Olivier Descosse

Blutspiegel

Marseille-Krimi

Aus dem Französischen
von Michaela Meßner

blanvalet

Die französische Originalausgabe erschien 2004 unter dem Titel
»Le miroir de sang« bei Editions Stock, Paris.

Umwelthinweis:
Alle bedruckten Materialien dieses Taschenbuches
sind chlorfrei und umweltschonend.

1. Auflage
Deutsche Erstausgabe August 2006 bei Blanvalet,
einem Unternehmen der Verlagsgruppe
Random House GmbH, München.

Umschlaggestaltung: Design Team München
Umschlagcollage: zefa
Redaktion: teXt in form, Gerhard Seidl
LW · Herstellung: Heidrun Nawrot
Satz: Uhl + Massopust, Aalen
Druck und Einband: GGP Media GmbH, Pößneck
Printed in Germany
ISBN-10: 3-442-36344-6
ISBN-13: 978-3-442-36344-5

www.blanvalet-verlag.de

Für meine Töchter
Julia und Alice

Prolog

September 1943. Gefängnis von Beaumettes. 4 Uhr 30.

Regenpfeile prasselten unter heftigen Windböen auf die Pflastersteine des Osthofs. Die ringsherum laufende Backsteinmauer glich einer dunklen Festung, die von der Nacht verschluckt wurde.

Eine Gestalt tauchte aus dem Nichts auf und zog das fahle Licht des Mondes auf sich. Sie kam nur mühsam voran, verborgen unter einem Überwurf, an dem glitzernd das klare Wasser herablief. Sie blieb vor dem Gitter stehen.

Eine Minute.

Zwei.

Ein Knall zerriss die Stille. Die Gestalt nahm eine stramme Haltung an. Drei Männer mit glänzenden Helmen und in Ledermänteln traten auf den Hof. Schnellen Schrittes verschmolzen sie mit der Dunkelheit.

Zwanzig Meter höher, die Finger um das Metall der Gitterstäbe gekrallt, verrenkte sich der Insasse von Zelle 36 schier den Hals, um etwas mehr mitzubekommen. Vergebens. Er konnte lediglich die Stiefel auf den glatten Steinen knallen hören.

Angst schnürte ihm die Kehle zu.

Den ganzen Tag über diese ungewöhnliche Erregung, dann die Schreie der Häftlinge aus dem Ost-Block. Und dann diese Stille. Wie ein Schraubstock aus Angst, ein Entsetzen, das alle gepackt hatte.

Heute Morgen war es so weit.

Er ließ sich auf die feuchte Matratze fallen. Sein abgemagerter Körper schrumpfte noch ein bisschen mehr zusammen. Plötzlich drang Kälte in seine Adern. Er schloss die Augen.

Heute Morgen …

Noch ein paar Minuten atmen, fühlen, leben.

Existieren.

Er nahm sein Geschlecht in die Hand, versuchte, Bilder in sich aufsteigen zu lassen. Aber die Fantasien verflüchtigten sich wieder. Stattdessen Tränen, angsterfüllte Schluchzer, Worte, die er nicht verstand. Dann das Gebettel, die hohen Stimmchen, ein Gestammel, das klang wie ein Hilferuf. Sie verwandelten seine Ekstase jedes Mal in einen Albtraum.

Er presste die Hände auf die Ohren, krümmte sich zusammen. Sein Mund klappte auf und zu, wie bei einem Fisch im Todeskampf.

Gefangen in seinem Wahn, hörte er nicht das Scharren, das hinter seinem Rücken laut wurde. Er spürte bloß zwei kräftige Hände, die ihn vom Boden aufhoben und auf den Schemel setzten. Der Geruch nach Rasierschaum *reizte* seine Schleimhäute.

Als er die Augen wieder aufschlug, sah er sich von einer Menge ernst dreinblickender Männer in schwarzen Anzügen umgeben. Er erkannte Charles, den Oberaufseher mit dem Fuchsgesicht. Neben ihm die abgetragenen Uniformen zweier Gefängnisaufseher mit breiten Schultern.

Und was die anderen anging …

Ein oder zwei Gesichter unter den Militärmützen riefen Erinnerungen in ihm wach. Welche? Unmöglich, sie mit einer konkreten Situation in Verbindung zu bringen.

»Bist du bereit?«

Der Ton, in dem Charles die Frage stellte, klang ein klein wenig gemein.

Er nickte. Oder vielmehr: Sein Kopf bewegte sich ganz von allein, als werde er von einer seltsamen Kraft getrieben. Bereit war er. Seit zwei Monaten lebte er für diesen Augenblick, versuchte, ihn sich im Voraus genau auszumalen, sich auf ihn einzustellen.

Um seiner Angst beizukommen.

»Halt das mal«, sagte der Oberaufseher und hielt ihm einen kleinen Spiegel hin. »Wir werden dich ein bisschen fein machen.«

Die Absurdität des Rituals entlockte ihm ein schwaches Lächeln. Sein Kopf sollte in einen Korb rollen, aber es würde ein sauberer Kopf sein, gut rasiert, womöglich parfümiert. Er nahm den Spiegel. Seine knochigen Gesichtszüge bildeten lange, scharfe Furchen unter der schäbigen Festung eines mottenzerfressenen Bartes. Darüber, gleich zwei erloschenen Öfen, seine viel zu hellen Augen, aus denen der Wahnsinn sprach.

Der Rasierer kratzte seine Haut. Abgehackte, ungeschickte Bewegungen, die stellenweise tief in die Haut schnitten. Der Gefängnisaufseher tat sein Bestes, seine Hände zitterten. Die dunklen Gestalten beobachteten schweigend die Szene, fühlten sich unwohl dabei.

Man fuhr ihm mit einem Handtuch übers Gesicht. Rote Streifen färbten die Baumwolle. Er spürte, wie man ihm seine Joppe auszog. An ihrer Stelle kleidete jetzt ein weißes Hemd seinen Oberkörper. Es fühlte sich frisch und angenehm an, roch nach sauberer Wäsche.

»Kopf runter.«

Er tat, wie ihm geheißen.

Der junge Gefängnisaufseher schnitt mit einer Schere den Kragen ab. Dann trat er zurück.

Eine ruhige Stimme flüsterte: »Möchtest du dein Gewissen erleichtern, mein Sohn?«

Er sah auf. Ein Mann mit Soutane stand keine paar Zentimeter vor ihm, mit der zerknirschten Miene geheuchelten Mitleids. Er schüttelte den Kopf. Welcher Gott könnte sich seine Sünden auf die Schultern laden?

Der Priester drang nicht weiter in ihn. Er zog sich hinter das Zeichen des Kreuzes zurück.

Die Sekunden verstrichen endlos langsam. Der Verurteilte aus Zelle 36 glaubte sein Herz im Rhythmus der Zeit schlagen zu hören. Ein Gong schlug den Takt in seiner Brust.

Eine neue Stimme ertönte aus dem Hintergrund der Zelle.

»Meine Herren ...«

Stoffgeraschel. Der Raum leerte sich, während man ihm die Hände auf den Rücken band und ihn aufrichtete.

Sie durchquerten einen Irrgarten aus Gängen, eine seltsame Prozession von Raben, die sich in einer Festung des Schmerzes verirrt hatten. Schweigen umgab sie, dicht, beißend, hin und wieder von fernem Quietschen zerhackt.

Die Gruppe gelangte in den Westhof. Der Regen hatte sich noch verstärkt, spannte zwischen den Mauern ein wogendes Netz.

Eine Beleidigung durchbohrte die Nacht.

»Du Arschgeige, du elender Schänder! Verrecke!«

Der Verurteilte versuchte herauszufinden, woher die Laute kamen. Die Fassade verschwand unter einer Teerschicht. Zwei weitere Beschimpfungen verhallten im plätschernden Regenwasser.

Sie durchquerten einen Portalvorbau und stiegen ein paar Stufen hinunter. Eine Tür in dem wuchtigen Gebäude öffnete sich, sie wurde von einem Uniformierten bewacht. Dahinter, inmitten eines fensterlosen Raums, thronte eine stählerne Maschine und wartete.

Die Beine gaben unter ihm nach. Er wurde von zwei festen Händen, die ihn unter den Achseln gepackt hielten, am Stürzen gehindert. Man trug ihn zu einem Stuhl, der wie ein Auswuchs an der Rückseite des Vollstreckungsinstruments befestigt war. Mit immer noch zusammengebundenen Handgelenken setzte man ihn rittlings darauf. Dann drückte man seinen Oberkörper auf die Platte vor ihm.

Nur der Kopf überragte das Ganze.

Wie ein dargebotenes Opfer.

Ein korpulenter Mann trat vor. Er hatte das Gesicht eines gealterten Lausejungen, der sich gern mit Süßigkeiten voll stopft. Er öffnete einen Briefumschlag und begann den Inhalt vorzulesen.

Die Opfer waren zwischen fünf und zwölf Jahre alt gewesen, er verlas die Vornamen kleiner Mädchen, alle wurden mehrfach vergewaltigt, bevor man ihnen die Haut abzog. Es waren vier. Die Anwesenden bissen die Kiefer aufeinander. Der Geistliche bekreuzigte sich.

Der Vollstreckungsbeamte räusperte sich.

»In Anbetracht dessen wurden Sie vom Gerichtshof zur Todesstrafe verurteilt.«

Die letzten Worte wurden von den weißen Wänden zurückgeworfen. Es folgte Stille. Der Verurteilte spürte, wie ihm zwei Tränen über die Wangen liefen. Dann hallte der Satz, den er am meisten fürchtete, wie eine innere Stimme in seinem Kopf wider: »Claude Durieux, kraft der mir übertragenen Vollmachten habe ich die Pflicht, das gegen Sie ausgesprochene Urteil zu vollstrecken. Haben Sie noch einen letzten Wunsch?«

Er suchte nach etwas, alles kam ihm absurd vor.

»Nein …«

»Gott erbarme sich Ihrer Seele.«

Die Platte kippte nach vorn. Im selben Augenblick pfiff die Klinge ihren Hass heraus.

Keinerlei Schmerz. Gerade mal ein Pusten auf seinem Nacken. Dann änderte sich der Blickwinkel. Er hatte kurz das Gefühl zu fallen, dann spürte er, wie sein Gesicht auf dem Weidengeflecht aufschlug.

Blinzeln. Senkrecht über ihm ein enthaupteter Körper, der in Stößen eine dunkle Flüssigkeit verspritzte.

Sein Körper.

Entsetzen überkam ihn.

Dann nichts mehr.

ERSTER TEIL

1

Alles schien perfekt.

Der Strand des Prado, knackvoll mit Leibern, braun wie gebackenes Brot; der Wind wehte konstant aus Süd-Süd-Ost; das Meer wurde von kräftigen Wellen gefurcht. Ideale Bedingungen für eine Aqua-Show vor rasendem Publikum.

Leutnant Paul Cabrera stand bis zum Hals im Wasser und kostete den Augenblick komplett aus. Das war für ihn ein unersetzlicher Moment des Aufatmens, in dem er sein Leben als Bulle und die krasse Gewalt seines Kriegsalltags vergaß.

Er schlüpfte mit den Füßen in die *fullstraps*, warf den Kopf nach hinten. Das Segel bedeckte ihn mit seinen schreienden Farben wie ein indisches Leichentuch. Ein Windstoß ließ die Wasseroberfläche in allen Regenbogenfarben schillern. Er streckte die Arme aus und zog an der Spreizgaffel. Sogleich blähte sich das Segeltuch.

Er schoss aus dem Wasser.

Großartig.

Zunächst die Haut. Von der warmen Luft gepeitscht, von der Sonne aufgeheizt, von Gischtschwadronen im Sturm erobert. Dann der Körper. Bis aufs Äußerste angespannt flog er in einem heiklen Gleichgewicht auf einem Teppich aus Federn dahin.

Dann der ganze Rest.

Der Geruch, eine Mischung aus Sonnencreme und Jod.

Die Geräusche, das Pfeifen. Das Licht, rein, gewaschen. Und dann noch die Aussicht, dunkle Wasserdünen, die den Horizont entlangrollten.

Der Windsurfer bog den Oberkörper nach hinten, während er das Segel beiholte. Er hob ab. Eine, zwei, drei, vier Sekunden lang hing er über einen Meter weit über den Fluten wie ein Ikarus in Neopren. Stille, getaktet von seinem Herzschlag.

Die Plastikspitze tauchte beim Aufprall ins Wasser. Ein Moment der Ungewissheit, ein Druckwechsel, er wendete und schoss Richtung Strand dahin.

Während seine Schultern die Schaumkronen streiften, sauste Paul mit über zwanzig Knoten über die Wellen. Er konnte schon den orangefarbenen Fleck erkennen, auf dem Annie ihre festen Formen zur Schau stellte. Die junge Kosmetikerin mit dem lachenden Gesicht und den braunen Locken war ihm im Millennium über den Weg gelaufen, dem Techno-Tempel, den man an der Straße nach Cassis errichtet hatte. Zwei Tage später war sich Cabrera nicht mehr so sicher, ob er die Sache weiterlaufen lassen sollte.

Sie winkte, als er ein paar Meter vom Ufer entfernt einen Schwenk machte. Aus den Augenwinkeln nahm er wahr, dass Riad neben ihr saß. Sein Kumpel hob kaum das Kinn und vertiefte sich wieder in die Lektüre eines Krimis. Paul blinzelte ihnen kurz zu, bevor er wieder zum Sprung seiner Träume ansetzte.

Nach einer Viertelstunde zog er müde und außer Atem das Surfbrett auf den Sand. Er klatschte sich an Annie dran.

»Hey! Du bist eiskalt!«

Die junge Frau hatte sich aufgerichtet. Wortlos presste Paul seinen Körper gegen den ihren. Sie stieß einen spitzen Schrei aus, während ein Lächeln über Riads Gesicht huschte. Der

Bulle ließ sich zur Seite rollen. Den Arm unterm Nacken, sprach er zur Sonne.

»Ist das Leben nicht schön? Noch drei Wochen Urlaub und der Sommer hat gerade erst begonnen.«

Riad nahm seine Brille ab.

»Drei Wochen? Ihr hängt ja ganz schön ab bei der Brigade. Du hast doch schon letzten Winter einen Monat frei gehabt.«

»Verkürzte Arbeitszeit, Kumpel. Außerdem schieb ich Nachtdienst. Das zählt dreifach.«

Riad lachte und stand auf. Der Vierzigjährige mit dem kurz geschorenen Haar und dem dünnen Schnurrbart stellte einen hageren und sehnigen Körper zur Schau. Den Körper eines Marathonläufers.

»Wollt ihr ein Eis oder so was?«

»Ein Bier«, antwortete Paul und grapschte sich die Sonnencreme.

»Und du?«

Die Kosmetikerin schüttelte den Kopf. Sie wirkte wie ein schmollendes Kind.

»Nichts, danke.«

Riad nahm seinen Geldbeutel und verschwand in dem Ozean aus Fleisch. Paul drehte sich zu Annie um. Er streckte ihr die Tube hin.

»Na los, an die Arbeit.«

Die junge Frau verzog das Gesicht, machte sich aber ans Werk. Sie schmierte sich Creme auf die Hände und setzte sich dann rittlings auf Cabreras Rücken. Als sie mit ihrer Massage loslegte, flüsterte sie ihm ins Ohr: »Mistkerl. Du hast mir nicht gesagt, dass du Bulle bist.«

»Polizeileutnant, meine Schöne. Brigade zur Kriminalitätsbekämpfung.«

»Dein Freund, ist der auch Bulle?«

»Jawohl. Bei der Kripo.«

Sie hielt inne.

»Nehmen die etwa Arabs bei euch?«

Paul antwortete nicht. Riad Kellal war einer der wenigen Polizeioffiziere, die aus dem Maghreb stammten. Eine beispielhafte Karriere, ein Vorzeigemodell der Integration. In Wahrheit eine schwierige Sache.

Für die Kollegenschaft ein schwarzes Schaf.

Für seine eigenen Leute ein Abtrünniger.

Annie hatte das Zögern wohl bemerkt. Sie drückte die Schenkel etwas fester zusammen.

»Scheiße... Ich raff's nicht. Da spaziere ich hier mit zwei verfluchten Bullen in Zivil herum. Und dann roboter ich noch umsonst für den größten Macho aus der Mannschaft.«

»Was regst du dich auf? Hast du dir die schrägen Typen hier mal genau angesehen? Mit uns kannst du dich wenigstens in Ruhe bräunen.«

Sie sah sich um. Gruppen von jungen Leuten lungerten in der Sonne herum, vor allem Maghrebiner, ein paar Typen schwarzafrikanischer Abstammung. Alle trugen Marken-Bermudas, Goldkettchen, glänzende Ringe. Mit dem Handy am Ohr spielten sie sich hin und wieder verschlüsselte Grüße zu.

Annie hob die schwarze Haarmatte an. Ihre flachen Hände massierten die Arme des Bullen. Eine auf den Bizeps tätowierte Kobra starrte sie böse an. Sie fragte: »Liegt das an deinem Job, dass du so paranoid drauf bist? Wo sind deine schrägen Typen? Hier sind alle ganz cool drauf.«

Der junge Leutnant machte sich los. Er hatte hohe Wangenknochen, nervöse Züge, sein Apachengesicht hatte sich plötzlich verhärtet.

»Du checkst ja wohl gar nichts, Mäuschen. Schau sie dir doch mal richtig an. Tagsüber kloppen sie die Kohle raus. Nachts sacken sie ein. Drogendealerei, Einbrüche, Hehlerei, Handel mit Autos, mit Handys, die machen alles, was ihnen Schotter einfährt.«

Die Kosmetikerin wandte sich ab, erstaunt über die Härte, die plötzlich von dem Polizisten ausging.

Paul fuhr fort: »Dafür gibt es uns. Um sie in die Schranken zu weisen. Jeden Tag, jede Stunde treiben wir sie in die Enge. Sie wissen, dass sie mit uns rechnen müssen, dass wir sie früher oder später in die Mangel nehmen.«

»In Ordnung. Reg dich nicht auf. Ich wollte ja nur…«

»Ich reg mich nicht auf. Das ist voll ernst…«

Schweigen trat zwischen sie, als täte sich eine ganze Welt zwischen ihnen auf. Mit drei Dosen in den Händen erschien Riad wieder auf der Bildfläche.

»Hier… Ich hab einen Orangensaft genommen«, sagte er und hielt Annie einen hin.

Die junge Frau nahm ihn wortlos entgegen und streckte sich auf ihrem Handtuch aus. Riad ließ sich neben Paul nieder.

»Sieht so aus, als hätt's Ärger gegeben.«

»Blödsinn. Mach dir keinen Kopf… Wir haben Ferien, Kumpel!«

»Das gilt für dich, Cabrera. Ich wurde gerade angepiepst. Ich muss weg.«

Der Bulle von der Brigade war überrascht.

»Bist du nicht eigentlich *off*?«

Riad zuckte mit den Schultern. Seine Augenbrauen bildeten eine dunkle Linie unter der Stirn.

»Heute Morgen wurde in den kleinen Buchten eine Leiche gefunden. Alle Ermittler sollen vor Ort erscheinen.

Mehr weiß ich derzeit auch nicht. So wie sich der Kommissar angehört hat, fürchte ich, das ist ’ne ziemlich grenzwertige Sache.«

Paul richtete sich mit ernstem Gesicht auf. Rund um ihn piepsten die Kids rum.

»Dann gehen wir also nicht mehr auf ein Glas.«

»So ist das nun mal mit der Arbeit, Brüderchen. Dafür werden wir bezahlt.«

2

Samstagnachmittag.

Kein Lüftchen regte sich, und die Klimaanlage lief nur auf halben Touren. In den Büroräumen, die gerade renoviert wurden, war es unerträglich heiß.

Die Spürhunde von der Kripo bekamen kaum Luft in ihren kurzärmeligen Baumwollhemden. Schweißperlen hingen in ihren Poren, große kreisrunde Flecken breiteten sich unter ihren Achseln aus.

Aber die Hitze war nicht das Schlimmste, die Brigade kochte vor Erregung. Die Inspektoren saßen im Raum verteilt und versuchten schwatzend ihre Aufregung in den Griff zu kriegen, mit angespannten Blicken und nervösen Händen.

Oberinspektor Roger Vial zog seine schneeweißen Brauen zusammen. Er saß hinter einem hellen Schreibtisch, eine Lupe in der einen Hand, einen Kugelschreiber in der anderen, und betrachtete eingehend eine Reihe von Fotos, die der Gerichtsmediziner vom Bereitschaftsdienst geschossen hatte. Kalte Abzüge, vor einer Stunde aufgenommen, direkt am Fundort der Leiche.

Vial kam aus einer alteingesessenen bürgerlichen Familie und hatte aus Trotz die Polizistenlaufbahn eingeschlagen. Seine Art, die Karten neu zu mischen, der Vergangenheit eine lange Nase zu drehen. Nach dreißig Karrierejahren, davon zwanzig bei der Kripo, war er eigentlich überzeugt, schon so manche Grausamkeit gesehen zu haben. Aber hier bekamen seine Zweifel an der menschlichen Natur etwas Schwindel erregendes.

Er zupfte kraftlos an seiner Fliege herum und nahm den Telefonhörer ab.

»Plantier, haben Sie alle erreicht?«

»Ja, das heißt, fast... Defendini ist nicht zu erreichen.«

»Lassen Sie's gut sein. Briefing in fünf Minuten, in der Cafeteria. Und... Plantier, sagen Sie ihnen, sie sollen sich Notizen machen.«

Er legte auf, mit einem üblen Gefühl im Bauch. Seine Inspektoren waren alle zwischen dreißig und vierzig Jahre alt – vier Männer, zwei Frauen –, ihre Reaktionen würden sicher sehr persönlich ausfallen. Man müsste sie in eine bestimmte Richtung lenken. Professionell bleiben.

Und vor allem nicht ausrasten.

Er strich sich die Haare glatt und fragte sich, in welchem Augenblick seines Lebens er begonnen hatte, seine Gefühle hinter Schloss und Riegel zu halten. Ein paar Bilder, die schlagartig auf ihn einstürmten, brachten ihm ein Stück weit die Antwort. Eine Rentnerin, die sich ihr Haar noch am Vortag mit graublauem Haarspray frisiert hatte, war zwei Tage lang in einem Häuschen in Saint-Henri gefoltert worden. Beim Zusammenklauben der Einzelteile mussten sie ihre Zehen aus der Toilette herausfischen. Vial, damals der Jüngste in der Brigade, war diese Aufgabe unter dem Gelächter seiner Kollegen übertragen worden.

Er erhob sich und räumte seinen Schreibtisch auf. Eine zwanghafte Beschäftigung, eine Art, Ordnung in seinen Schädel zu bringen.

Die Gendarmen hatten die ersten Zeugenaussagen aufgenommen, die Leiche war ins Labor gewandert, seine Mannschaft nahm die Sache in die Hand. Das war kein sehr verlockendes Geschenk, aber in Anbetracht der Umstände hatte er nicht ablehnen können.

Entschlossen betrat er die Cafeteria. Der kleine Raum dampfte noch den Geruch von Fertigmahlzeiten aus, die Restschwaden von Tiefkühlragout, das man am Vortag in die Mikrowelle geschoben hatte.

Seine kleine Mannschaft saß aufmerksam da, den Rücken gerade. Der Kommissar hatte noch nichts verlauten lassen. Aber seine Gesichtszüge verrieten eine ungewöhnliche Anspannung. Alle befürchteten das Schlimmste.

Ein paar Blicke wurden getauscht, in der Ferne ertönte das Martinshorn eines Feuerwehrautos. Etwas im Hintergrund saß mit verschränkten Armen Leutnant Riad Kellal.

Der Kommissar kam ohne Umschweife zur Sache.

»Üble Zeiten. Wir haben den widerwärtigsten Fall der letzten vierzig Jahre aufzuklären. Wir werden ihn schnell lösen müssen, sonst gibt's einen Aufstand. Hier, Desruel, schauen Sie sich die Fotos an und reichen Sie sie weiter.«

Sophie Desruel nahm den Umschlag entgegen. Sie war blond, schlank, sportlich, trug ihren Manurhin-Revolver am Poansatz, verstaut in einem Wildlederetui. Sie zog die Glanzpapierabzüge aus dem Umschlag.

Zwölf Bilder.

Vergrößerungen.

In Farbe.

Das erste machte sie ratlos. Eine rote, zusammengekauerte

Form, von oben aufgenommen. Sie sah aus wie ein dicker Wurm oder wie ein Riesenfötus, der vorzeitig aus der Fruchtblase ausgestoßen worden war. Sie schüttelte den Kopf und sah ihren Chef fragend an. Der Kommissar machte ihr ein Zeichen weiterzublättern.

Das nächste Foto war in einer ähnlichen Einstellung aufgenommen. Immer noch derselbe Wurm, nur aus einem anderen Blickwinkel betrachtet. Der jungen Frau wurde leicht übel. Diesmal bekam die Form menschliche Züge. Ihre Finger zitterten, sie zwang sich, auch die übrigen Aufnahmen anzuschauen.

Dem Gesicht, das der Gerichtsmediziner auf Film gebannt hatte, war die Haut abgezogen worden. Das Gleiche war mit dem restlichen Körper geschehen, die Verstümmelung wurde zur unbestreitbaren Realität. Man konnte einen Rest des Nasenrückens erahnen, die Kiefer waren herausgerissen worden, der Stirnknochen drei Zentimeter tief in den Schädel gedrückt. Mit der Kopfhaut war in derselben Weise verfahren worden, so dass das Ganze aussah wie eine kaputte Puppe. Nur die Augen schienen intakt, zwei schwarze Kugeln, die wie Schmerzensmonde auf diesem Haufen Fleisch lagen.

Sie gab die Bilder an ihren Nebenmann weiter und lehnte sich totenblass gegen die Wand. Die Inspektoren der Brigade versenkten sich einer nach dem anderen in den Anblick dieses Grauens. Als sie fertig waren, einte ein beißendes Schweigen ihre Seelen.

»Ein Kind?«, murmelte Desruel.

Der Kommissar sah seinen Untergebenen fest an. Er versuchte neutral zu blicken.

»Ein kleines Mädchen.«

»Das ist…«

Vial ließ ihnen keine Zeit, sich weiter auszulassen. Er musste die Situation unter Kontrolle bringen. Sofort.

»Der Untersuchungsrichter hat uns den Fall übertragen. Wir müssen ihn so schnell wie möglich lösen. Bitte keine Aufregung.«

»Warum wir? Die ganze Sache stinkt meilenweit nach der Notzucht eines Kinderschänders. Da müssen die Gendarmen ran.«

Inspektor Macarian war seinem Chef mit ruhiger Stimme ins Wort gefallen. Braun gebrannt sah der Älteste der Truppe in seinem weißen Hemd, das er offen über einem Goldkettchen trug, wie ein geschwärztes Streichholz aus.

»Nicht genug Personal«, erwiderte Vial. »Die Ermittlungsabteilungen sind überfordert. Ihr könnt euch über ein Rechtshilfeersuchen an sie wenden. Aber den Bogen nicht überspannen. Wir werden die Sache selbst in die Hand nehmen müssen.«

Vial hatte diese Lüge in ganz ungerührtem Ton losgelassen. In seinem tiefsten Inneren dachte er an ein ganz anderes Szenario. Die jüngsten Konflikte, bei denen die beiden Ermittlungsmannschaften aneinander geraten waren, waren an die große Glocke gehängt worden. Bei einem Fall von dieser Tragweite hatte sich niemand an die vorderste Front stellen und eine Niederlage riskieren wollen. Die Richter brauchten die Gendarmen viel zu sehr, als Unterstützung im Alltag. Wie gewöhnlich mussten die Bullen herhalten.

Er schlug den Polizeibericht auf und begann mit seiner Darlegung des Sachverhalts: »Die Leiche wurde heute Morgen um 10 Uhr 45 gefunden. Auf dem Plateau von Luminy, direkt über der kleinen Bucht von Sugiton. Sie ist noch nicht identifiziert worden. Die ersten Untersuchungen ergaben, dass es sich um ein kleines Mädchen handelt, acht bis zehn Jahre alt, der Tod ist vor über zehn Stunden eingetreten.«

»Todesursache?«, fragte Macarian.

»Was meinst du wohl?«, zischte Desruel. »Hast du Scheiße auf den Augen oder setzt gerade deine Denkschüssel aus?«

Vial hob beschwichtigend die Hand.

»Es ist noch zu früh, um irgendetwas mit Bestimmtheit sagen zu können. Wir wissen noch nicht, ob das Opfer an seinen Verletzungen gestorben ist, oder... oder ob sie ihm nach Eintreten des Todes zugefügt wurden.«

Wieder Schweigen. Jeder malte sich das Schlimmste aus. Auf seine Weise.

Kellal trat nach vorn. Seine kupferfarbene Haut hatte eine graue Färbung angenommen.

»Hat man Indizien bei der Leiche gefunden?«

Vial blätterte in seinen Notizen.

»Nichts Interessantes. Da oben gibt's nur Kies und Schotter. Und der Weg ist einer der meistfrequentierten im ganzen Massiv. Würde mich wundern, wenn von der Seite was zu erwarten wäre.«

»So ein Scheißkerl«, röhrte Desruel.

»Er hat sie mit Sicherheit getötet, bevor er sie nach oben brachte«, fuhr der Kommissar fort. »Vielleicht musste er sie sogar in eine Tasche packen oder in eine Decke wickeln. Es gibt keinerlei Blutspuren im ganzen Umkreis.«

Eine kleine Brünette mit Hornbrille hob die Hand. Karine Coglio. Nach einem Doktor in Psychologie hatte sie wegen längerer Arbeitslosigkeit die Aufnahmeprüfung für den Dienst in der Sicherheits- und Ordnungspolizei abgelegt. Sie war nach Abschluss ihres Praktikums zur Brigade gestoßen und legte immer noch das Gebaren eines Schulmädchens an den Tag.

»Der ist mit ihr da raufgekraxelt, nur um sie da abzulegen?«

»Warum nicht?«, schlug Vial vor.

»Entschuldigen Sie, aber das passt doch hinten und vorne nicht zusammen, Kommissar. Im Sommer ist der Weg für Autos gesperrt. Bis zum Plateau muss man mindestens eine Stunde laufen.«

»Genau«, stimmte Desruel ein. »Er hat sich wohl gedacht, man würde sie nicht gleich finden.«

»An einem Samstag? Bei den Massen, die da in geschlossenen Reihen die Wege hochpilgern? Nein. Er hat sie gezwungen, mit ihm hinaufzusteigen und sie dann da oben ermordet. Anschließend hat er sie gut sichtbar liegen gelassen.«

Macarian feixte. Das junge Ding wollte sie mit ihren verzwirbelten Thesen beeindrucken.

»Kein Blut, Coglio. Womit erklärst du das? Die dürfte mächtig Blut verspritzt haben, als er ihr die Haut abgezogen hat.«

Die Inspektorin ließ sich nicht verunsichern. Sie sah ihn scharf an und fuhr mit klarer Stimme fort: »Ich kenne das Massiv gut. Unten, ein paar hundert Meter weiter, gibt es eine Reihe von Grotten, die hinter der Vegetation versteckt sind. Er könnte sie sehr wohl an diesem Ort getötet haben. Dann hat er die Leiche aufs Plateau geschafft. Im Morgengrauen zum Beispiel.«

Vial hob die Brauen. Er betrachtete seine Truppe, die sich in völlig gewagte Überlegungen verrannt hatte. Auch er wusste von der Existenz dieser Felsenlöcher, Aushöhlungen des Kalkgesteins, in das sich die Pärchen flüchteten, wenn die Hormone verrückt spielten. Er nickte fast unmerklich. Coglio ging ihm mächtig auf den Zeiger. Aber ihre Schlussfolgerungen hatten durchaus Hand und Fuß.

»Einverstanden. Wir werden das überprüfen. Aber warum sollte er sich die Mühe machen, die Leiche ans Tageslicht zu zerren, wo er sie doch schon unter der Erde hatte?«

»Na eben, damit man sie findet. Wenn der Mörder triebhaft gehandelt hat, kann man sich gut vorstellen, dass er sofort danach von unerträglichen Schuldgefühlen gequält wurde. Er machte es möglich, dass die Leiche entdeckt wurde, und schon ging es ihm nicht mehr so schlecht. Weil er es mitgeteilt hatte.«

»Das Schwein braucht sich bloß zu stellen«, knirschte Macarian. »Dem werden wir seine Schuldgefühle schon austreiben. Mit ein paar Fußtritten in die hübsche Fresse.«

Niemand reagierte. Alle strengten sich an, den roten Faden zu finden, irgendeine Ungereimtheit, durch die sie der mörderischen Logik auf die Spur kommen könnten. Inspektor Coglio hatte einen Weg aufgezeigt. Jetzt musste dem auf den Grund gegangen werden.

Die Brille auf der Stirn, setzte Vial ihnen seinen Schlachtplan auseinander: »Coglio, Sie setzen sich mit der Gendarmerie in Verbindung und durchsuchen die Grotten. Ich möchte noch heute Abend den Bericht vorliegen haben. Macarian, Sie machen mir eine Liste sämtlicher Vermisstenanzeigen, die im Departement innerhalb der letzten vierundzwanzig Stunden eingegangen sind. Kellal, Sie gehen ins gerichtsmedizinische Institut. Die Autopsie dürfte beendet sein. Ich brauche auch jemanden, der den Kerl befragt, der die Leiche gefunden hat. Desruel, kümmern Sie sich darum?«

»Kein Problem, Kommissar.«

»Gut... Plantier, Sie drehen eine Runde bei der Uni von Luminy. Man weiß ja nie, vielleicht hat jemand ein Auto auf dem Parkplatz stehen sehen. Am Abend sehen wir uns alle wieder.«

Der Kommissar machte auf dem Absatz kehrt und ging wieder in sein Büro. Nachdem er die Tür geschlossen hatte, holte er einen kleinen silberfarbenen Flachmann aus einer Schublade. Als er seinen Whisky runterkippte, blieb sein Blick an dem Rahmen hängen, in dem seine kleine Tochter hing. Coralie würde in einer Woche ihren neunten Geburtstag feiern.

Eine dumpfe Angst zitterte irgendwo in ihm drin. Vial machte mit einer brüsken Bewegung den Flachmann zu.

Sieben Tage.

Bis dahin würde er den Irren geschnappt haben.

3

Kellal parkte seinen Wagen vor dem Gebäude.

Der düstere Block verschluckte alles Licht in einem Rosenkranz von grauer Farbe. In die Mauern eingefressen, brüllten schrille Sprühgraffitis ihren Hass in die Welt hinaus. In diesem Viertel am Stadtrand hatte sich die Stadtverwaltung von vornherein geschlagen gegeben. Sie zog es vor, den wilden Kreationen freien Lauf zu lassen, die Illusion eines vorgeblichen sozialen Friedens aufrechtzuerhalten.

Er zeigte dem Dienst habenden Wachtmeister seine Karte und betrat das Leichenschauhaus. Die Luft war gesättigt vom Geruch nach Desinfektionsmitteln, ganze Kanister waren über die abgescheuerten Keramikkacheln gekippt worden, um sie glatt und sauber wirken zu lassen. Dahinter, wie ein greifbares Grauen, versuchte der Gestank nach Exkrementen sich einen Weg zum Licht zu bahnen.

Der Bulle hielt sich die Nase zu. Er atmete durch den

Mund, bis er sich daran gewöhnt hatte. Er ging jetzt durch einen engen, von Türen durchlöcherten und von Neonlicht gepeinigten Flur. Seine Schritte hallten an diesem Ort der Stille und der Andacht wider. Das Leben wie vieler Menschen hatte in dieser keimfrei gemachten Krypta geendet? Morde, Selbstmorde, mysteriöse Todesfälle, Tod durch Verwahrlosung – das Vorzimmer zum Sarg sah aus wie ein Purgatorium.

Im Gehen murmelte er ein Gebet, ein paar Verse aus dem Koran, die Erlösung der Gerechten. In Algerien hatten diese Worte einen Sinn. Man brachte sie zusammen mit seinem Leid dar wie ein geteiltes Geschenk. Hier, in dieser Kultur des Augenblicks, wurde der Schmerz auf einsamen Festungstürmen zerschmettert. Kellal bog nach rechts ab und eilte eine Metalltreppe hinunter. Der Autopsiesaal lag unter dem Gebäude, im Herzen des Bunkers. Nach zehn Jahren Brigade hätte der Leutnant den verschlungenen Weg dorthin aus dem Gedächtnis aufzeichnen können.

Auf einem Plastikstuhl saß ein Mädchen in hellblauer Uniform und schob Wache. Es war blutjung, das Gesicht noch von Aknepusteln gezeichnet. Die junge Frau fuhr mit einem Satz hoch und versperrte ihm den Weg. Riad zeigte wieder seine Karte vor.

»Leutnant Kellal. Brigade der Kripo.«

Den Bruchteil einer Sekunde zögerte das Bullenmädchen. Ohne abzuwarten, bis sie begriffen hatte, drückte er die Türflügel auf und betrat den Saal.

Drinnen glänzte ein Edelstahltisch unter den Scheinwerfern einer Lampe, die aussah wie eine fliegende Untertasse. Er war teilweise von einem Laken bedeckt, mit roten Flecken und gelben Sudelspuren. Unter dem baumwollenen Tuch konnte man die kantigen Formen einer Leiche erahnen. Klein und winzig schien sie auf dieser Eisenplatte auf der Suche nach einem festen Halt umherzudriften.

Etwas abseits davon redeten drei Männer leise aufeinander ein. Der Leutnant erkannte zwei von ihnen wieder. Bernard Landra, der Oberarzt, ehemaliger Stürmer der ersten Reihe aus der Mannschaft von Béziers mit dem Körperbau eines Dolmen, und Lucas Detertre, breitschultrig und mit kurz geschorenen Haaren, sein Assistent. Den Dritten kannte er nicht, ein langer Lulatsch in einem cremefarbenen Anzug und mit gestutztem Bart.

»Und?«, sagte Kellal leichthin und ging auf sie zu.

Landra warf ihm einen ernsten Blick zu.

»Wir sind gerade fertig geworden.«

»Bestens.«

Der Bulle sagte nichts mehr. Schweigend wurden Hände geschüttelt. Der Oberarzt deutete mit dem Kinn auf die Bohnenstange.

»Michel Villon. Dermatologe. Leitender Oberarzt in der Abteilung für Schwere Verbrennungen im Hôpital Nord.«

Der Mann nickte, blieb aber im Hintergrund.

Kellal fragte verwundert: »Schwere Verbrennungen?«

Villon erklärte es ihm mit ruhiger Stimme.

»Dem Opfer wurde die Haut abgezogen. Mehrere Schnitte an entscheidenden Stellen. Unterm Hals, im Nacken, an den Gelenken und am Haaransatz. Die beiden oberen Hautschichten wurden buchstäblich abgezogen, bis auf die Subkutis. Diese Erscheinung ähnelt der einer vollständigen Verbrennung der Körperoberfläche.«

»Deshalb habe ich ihn gebeten zu kommen«, schaltete Landra sich ein. »Ich wollte wissen, welche Folgen diese Verstümmelung seiner Meinung nach hat.«

Kellal murmelte abwesend vor sich hin. Barbarische Bilder

stürmten auf ihn ein. Männer mit durchgeschnittener Kehle, die Gesichter wie Latexmasken herausgeschnitten, am Rande der Wüste auf Piken gesteckt.

»Das Opfer war nicht tot, als man ihm das angetan hat?«

»Nein … Die meisten Wunden sind koaguliert.«

Ein bleiernes Gewicht legte sich auf die Schultern des Leutnants. Wenn man das Leben eines Bullen führte, bekam man die übelsten Seiten der menschlichen Natur zu sehen. Er wusste das, nahm diese Bürde auf sich. Er hatte das Gefühl, in dieser Kathedrale des Schmerzes eine weitere schwierige Situation überstehen zu müssen. Noch tiefer in die Illusionslosigkeit einzutauchen.

Der Polizist trat näher an den Tisch heran. Ein Fuß ragte unter dem Laken hervor, intakt. Er streckte die Hand vor.

»Ich rate dir davon ab«, sagte Landra. »Im Bericht wird alles drinstehen.«

Kellal zögerte einen Augenblick, die Worte des Arztes hielten ihn zurück. Schließlich zog er an dem schützenden Tuch.

Der Körper des kleinen Mädchens, das auf dem Rücken lag, wirkte auch noch im Tod verletzlich. Zerbrechliche Gliedmaßen, zarte Schultern. Der Anblick dagegen dürfte selbst bei hart gesottenen Gemütern Brechreiz erregen. Ein Haufen purpurfarbenen Fleisches, der sich gut für einen der übelsten Horrorschinken eignen würde. Durch ein Detail wirkte dieses makabre Machwerk noch krasser. Die Füße und die Hände bildeten vier bleiche Inselchen, die aus dieser Komposition aus Rottönen herausstachen, als habe das Opfer Strümpfe und Handschuhe getragen.

»Was ist da passiert?«

»Hier konnte er nicht weitermachen. An dieser Körperstelle wurde er durch die Feinheit des Gewebes gehindert.«

Kellal presste die Kiefer aufeinander. Wie magnetisch angezogen, wanderte sein Blick über die Reste des Mädchens. Der Gerichtsmediziner war vorschriftsmäßig verfahren, hatte die inneren Organe entnommen und dabei entlang des Thorax eine lange Schnittwunde hinterlassen, aus der elfenbeinfarbene Spitzen herausragten.

»Keinerlei Verletzung am Unterleib«, erläuterte Landra in ernstem Tonfall. »Falls der Mörder ihr Schläge versetzt hat, waren sie nur oberflächlich. Jedenfalls lässt sich dieser Punkt angesichts der fehlenden Haut unmöglich überprüfen.«

Der Bulle unterbrach ihn: »Dein Fazit?«

»Niemand kann mit solchen Verletzungen überleben. Jedenfalls nicht lange. Aber daran ist sie nicht gestorben. Der Tod trat ein, als ihr der Schädel zertrümmert wurde. Nach dem Häuten. Wahrscheinlich hat er einen Stein genommen oder sie direkt auf den Felsen geschlagen.«

Die Augen des Bullen verweilten auf dem Gesicht der Leiche. Die Stirn sah aus, als sei sie mit dem Hammer eingeschlagen worden. Hiebe von unerhörter Wucht.

Der Arzt fuhr fort: »An den Einschlagstellen haben wir Moosteilchen gefunden. Und unter den Fingernägeln ebenfalls. Sie werden gerade im Labor analysiert. Auf den ersten Blick handelt es sich um Flechten aus der Gegend hier.«

Der Bulle dachte an Coglios Hypothesen. Flechten. Eine Grotte. In der Umgebung. Seine junge Kollegin hatte voll ins Schwarze getroffen.

»Hast du eine ungefähre Todeszeit?«

»In der Nacht zum Samstag. Auf alle Fälle vor weniger als vierundzwanzig Stunden. Die Leichenstarre ist noch nicht vollständig eingetreten.«

»Kannst du das nicht noch ein bisschen genauer sagen?«

»Schwierig. Da die Haut fehlt, ist es uns nicht möglich, anhand der Totenflecke den Todeszeitpunkt festzulegen. Die Körpertemperatur deutet auf eine Zeitspanne von vier Stunden hin, zwischen zweiundzwanzig Uhr und zwei Uhr morgens.«

»Das ist ein kleines Mädchen. Was hatte sie mitten in der Nacht da draußen zu suchen?«

»Er hat sie wahrscheinlich schon vorher entführt. Vielleicht am Spätnachmittag. Was soll ich dir dazu sagen?«

Der Arzt hatte die Stimme gehoben. Malvenfarbene Augenringe verrieten seine Anspannung. Kellal legte ihm eine Hand auf die Schulter. Die Situation war für alle Beteiligten unangenehm.

»Hat er sie vergewaltigt?«

Landra zog die Brauen hoch.

»Nicht wirklich.«

»Was?«

»Das Mädchen ist defloriert worden, aber man hat keine Spermaspuren gefunden.«

»Er hat wahrscheinlich ein Präser benutzt.«

»Nein. Da findet man immer Latexspuren in der Vagina. Und außerdem wurde kein einziges Schamhaar gefunden.«

Detertres metallische Stimme hallte vom Saalende herüber.

»Er konnte einen Gegenstand benutzt haben, Leutnant. Egal was, um das Jungfernhäutchen zu zerreißen.«

Kellal schloss die Augen. Wer konnte so durchgeknallt sein, um ein kleines Mädchen derart zu misshandeln? Er zwang sich dazu, nachzudenken, sich die Szene bildlich vorzustellen. Die Bilder entglitten ihm. Abgehackte Gesten, starre Schatten, ein Abgrund des Schreckens. Er fragte Landra weiter: »Wie sind die Schnitte ausgeführt worden?«

»Eine einfache Technik, wahrscheinlich mit einem Cutter.«

»Ein Profi?«

»Gewissermaßen. Der Typ wusste, was er tat, wo er schneiden musste, wie er die Haut abzuziehen hatte.«

»Woran denkst du?«

Der Gerichtsmediziner blickte unschlüssig drein. Bruchstücke einer Antwort schienen hinter seiner Stirn zusammenzustoßen.

»Jeder x-beliebige Student im zweiten Studienjahr wüsste, wie er's anzustellen hätte. Rein theoretisch. Praktisch gesehen denke ich, dass unser Mann eine gewisse Erfahrung besitzt und über gewaltige körperliche Kräfte verfügt.«

»Genauer.«

»Die Wunden sind sauber, ihm sind keine Schnitzer unterlaufen, es gibt keine Risse. Im Übrigen ist die Haut fest mit dem Gewebe verbunden. Wenn man einem Kadaver die Haut abziehen will, muss man ziehen wie ein Bekloppter.«

Die Stille schluckte seine Worte. Die vier Männer umstanden die Leiche, erstarrt in ihrem Entsetzen.

Kellal stemmte sich gegen seine Angst: »Was haben wir sonst noch?«

»Spuren von Hautabschürfungen im Bereich der Handgelenke und der Knöchel. Er hat ihr Hände und Füße gefesselt.«

»Womit?«

»Mit Sicherheit irgendetwas Plastikummanteltes. Es gibt keinerlei Rückstände.«

»Kein Knebel?«

»Unmöglich zu sagen. Hast du den Zustand des Kiefers gesehen?«

Der Leutnant fragte nicht weiter. Das Gemetzel begann

ihm auf den Magen zu schlagen. Er sah den Mediziner prüfend an.

»So ein Mist... Du musst doch irgendwas gefunden haben. Ein Staubkorn, eine Faser, ein Haar, was weiß ich.«

»Nichts. Meiner Meinung nach trug der Mann Latexhandschuhe. Die Leiche wird uns nichts über den Mörder verraten. Außer, dass er seine Sache absolut beherrscht und dass er durchgeknallt ist.«

Der Bulle nickte. Konkrete Indizien waren nicht in Sicht, aber das Profil des Mörders begann Gestalt anzunehmen. Ein Typ, der sorgfältig und überlegt vorging. Er hatte zwar eine Penetration vorgetäuscht, das Motiv schien aber nicht sexueller Natur zu sein. Was dann? Was hatte er gewollt? Warum diese Inszenierung?

Er wandte sich an Villon.

»Doktor Villon, wenn Sie den Schmerz einstufen müssten, welche Note würden Sie dieser Art von Verstümmelung geben?«

Der Dermatologe antwortete ohne Zögern.

»Die Höchstnote. Alles, was die Haut betrifft, ist extrem schmerzhaft. Unsere Patienten stehen ständig unter Morphium.«

»Ist es möglich, dass das Opfer die ganze Zeit bei Bewusstsein war?«

»Nein. Es sei denn, ihr wurde ein Stimulans injiziert.«

Kellal tauschte einen Blick mit Landra.

Der Mediziner nahm seine Brille ab und putzte die Gläser: »Wir haben Atropin in ihrem Blut gefunden... Zusammen mit Resten von Borsäure und Benzalkodiumchlorid. Angesichts der Mengenverhältnisse habe ich an Augentropfen gedacht, wie man sie bei einer Uveitis verschreibt, das Chibroxin.«

»Augentropfen? Eine Flüssigkeit also?«

»Es gibt sie in Fläschchen, wenn ich mich nicht irre. Hundertfünfzig Milligramm.«

»Weißt du, wie hoch das Atropin dosiert war?«

»Sehr hoch.«

Der Leutnant bekam glühend heiße Schläfen. Bei der Autopsie hatte man keine Einstichspuren erkennen können, sie verloren sich in dem Magma aus Fleisch. Der Spinner hatte die Augentropfen intravenös verabreicht. Er hatte ein Ritual vollführt, ein irres Spiel, bei dem der Schmerz zum Sinn und Zweck des Ganzen erhoben wurde. Er sagte: »Er hat sie wach gehalten. Damit sie alles spürt. So lange wie möglich.«

Eine Woge des Grauens durchflutete den Raum. Unter den grünlichen Lichtern sahen die Gesichter aus wie Grabtücher. Erneut ergriff Kellal die Initiative.

»Keine anderen Substanzen?«

»Reste von Diprivan«, sagte Landra. »Etwas älteren Datums. Meiner Meinung nach hat er das benutzt, damit sie sich ruhig verhielt, als er sie fortschleppte.«

Viele Fragen schossen Kellal durch den Kopf. Hatte das Mädchen sich gegen den Unbekannten zur Wehr gesetzt? Kannte sie ihren Henker und wusste sie, dass die Situation entgleiste? Oder wollte der Verrückte einfach nur kein Risiko eingehen?

Gegenwärtig war die eine Hypothese so viel wert wie die andere.

Er fragte weiter: »Was wissen wir über das Opfer?«

»Vorläufig ist es unmöglich, sie zu identifizieren. Wir haben das Blut analysiert, die Fingerabdrücke abgenommen, einen Kieferabdruck gemacht und Bilder von der Iris.«

»DNS?«

»Auch. Steht alles im Bericht.«

»Wann werde ich es haben, dein Stück Papier?«

Landra trat an die Wand und nahm einen Hörer ab. Nach ein paar Sekunden verkündete er: »In zehn Minuten. Die Röntgenaufnahmen sind gerade fertig geworden.«

4

Der Geruch nach Desinfektionsmitteln hing ihm noch in den Poren. Kellal hatte das Gefühl, seine Schleimhäute seien aus Pappe.

Er steckte den Schlüssel ins Schloss und betrat sein Refugium. Der vertraute Duft nach grüner Minze beruhigte ihn ein wenig. Er nahm sein Holster ab und legte es auf den Tisch.

Seit drei Jahren waren die vierzig Quadratmeter, die er in dem Viertel beim Bahnhof Saint-Charles bewohnte, die einzige greifbare Basis seiner neuen Existenz. Ein einsames Leben, ein Zwangsexil.

Laut dem Anwalt seiner Frau hatte der Polizeibeamte Riad Kellal seiner Familie nicht genug Zeit gewidmet. Ein unentschuldbarer Fehler. Unverzeihlich. Er hatte sich lieber mit seinen Ermittlungen beschäftigt, seiner Welt voller Gewalt, seinen Polizistenwahrheiten. In der Folge hatte es sich als unmöglich erwiesen, die ehelichen Bande aufrechtzuerhalten. Was das Wohl des Kindes anging, lag es auf der Hand, dass es bei der Mutter besser aufgehoben sein würde.

Richter mögen keine Bullen. Sie benutzten sie. Die rotzfreche Tante, die für die Verwaltung der Eheangelegenheiten zuständig war, hatte ihm an allem die Schuld gegeben.

Angewidert und stumm hatte Kellal sein Schicksal hingenommen.

Später war seine Exfrau wieder bei einem Leiter der Städtischen Rennwette untergeschlüpft. Jedes zweite Wochenende überließ das Paar Leïla seiner Obhut. In diesen vierundzwanzig Stunden machte der Polizist eine Metamorphose durch. Er fühlte sich wie ein Vater auf Widerruf, der Zustand war irgendwie neu, surrealistisch, er stellte sich dabei zwar etwas ungeschickt an, legte aber sein ganzes Herz hinein.

Er öffnete den Kühlschrank und goss sich ein Glas Wasser ein. Auf dem zerbeulten Lack hingen die Kinderzeichnungen seiner Tochter, Kreise, Striche, die den idealen Vater darstellten, der er nicht war. Die Polizei hatte seine Seele aufgegessen, sein Leben ausgehöhlt, bis er die Gründe vergaß, die ihn dazu bewogen hatten, sich an diese gesellschaftliche Rettungsboje zu klammern.

Kellal war in Frankreich geboren. Kellal war Franzose. Er sah wieder seinen Vater vor sich, der ihm das immer eingehämmert hatte, wenn er völlig erschöpft von seinem Sklavenalltag nach Hause gekommen war. Als Riad in den Polizeidienst eingetreten war, hatte seine Mutter geweint. Tränen, die nach Vergeltung schmeckten. Nach Hoffnung.

Riad hatte darum gekämpft, diesen Traum wahr werden zu lassen. Aber seine Wurzeln holten ihn immer wieder ein. Sein kupferfarbener Teint, seine schwarzen Augen, sein dünner Schnurrbart, alles an ihm roch nach dem Wind der Dünen, nach der Dürre der Wüste. Trotz seiner Erfolge und Anstrengungen ging der Hindernislauf weiter.

Er stand lange unter der Dusche, seifte sich mehrmals ein,

um die letzten Reste des Leichenschauhauses von der Haut zu tilgen. Das Bild des gemarterten Mädchens verfolgte ihn. Wer war sie? Woher kam sie? Welcher Schicksalsschlag hatte sie diesem Verrückten über den Weg getrieben? Allahs Hand schlug aufs Geratewohl zu, immer. Das musste man akzeptieren. Dieses Mal lehnte jedes Partikelchen seines Seins diesen Schiedsspruch ab.

Im Wohnzimmer klingelte das Telefon. Er schnappte sich einen Bademantel und war in zwei Sätzen dort.

»Riad? Bist du's?«

Der Bulle erkannte sofort die Stimme von Françoise. Seine Exfrau wirkte nervös.

»Was gibt's?«

»Ich bin gerade nach Hause gekommen. Leïla ist nicht da.«

Ein Schraubstock presste dem Leutnant die Brust zusammen. Er zwang sich dazu, ruhig zu bleiben.

»Was ist geschehen?«

»Sie sollte die Nacht bei Agnès verbringen und am Nachmittag wieder nach Hause kommen.«

»Agnès?«

»Eine Schulkameradin. Ich habe ihre Mutter angerufen, sie hat da nicht übernachtet.«

Der Bulle wurde etwas lauter: »Was soll der Mist?«

»Die Mädels haben uns was vorgeflunkert. Sie haben woanders übernachtet. Agnès ist heute Morgen zurückgekehrt, aber Leïla nicht. Sie ist verschwunden, Riad... verschwunden.«

Ein langer Schluchzer übertönte ihre letzten Worte. Der Leutnant sagte nichts mehr. Er versuchte, das Entsetzen zu verjagen, das ihn zu überkommen drohte.

»Hast du die Polizei benachrichtigt?«

Das Weinen wurde lauter.

»Verdammt, Riad… Du bist doch die Polizei.«

Er schloss die Augen. Atmete ein.

»Rühr dich nicht vom Fleck. Ich komme.«

Serge wartete auf der Freitreppe. Ein fetter Fünfzigjähriger, ein Bauch wie ein Basketball, das aufgedunsene Gesicht eines Typen, der es gewohnt ist, Runden für alle zu spendieren.

Und dabei mitzusaufen.

Kellal drückte ihm die Hand, ohne ihn anzusehen. Er mochte diesen Spießer nicht. Nicht wegen Françoise. Das war mittlerweile kein Grund mehr. Es beruhte eher auf einer grundlegenden Unvereinbarkeit, einem Aufeinanderprallen von Werten, die für alle Zeit jene zwei Welten trennten, die von Anfang an dazu bestimmt waren, einander zu ignorieren.

Im kleinen Gartenhaus saßen zwei Frauen auf einem mit blauem Stoff bezogenen Sofa und sprachen leise miteinander. Françoise, mit ihrem kantigen Gesicht und den braunen Locken, und eine große Blonde mit Pferdegesicht, behangen mit Modeschmuck. Auf dem Tisch standen zwei halb leere Gläser vor einer Flasche Whiskey. Der Polizist dachte unwillkürlich an eine Totenwache.

Françoise deutete mit dem Kinn auf Kellal. Die schmuckbehangene Frau setzte ein künstliches Lächeln auf. Ihre übermäßig geschminkten Augen verbargen mehr schlecht als recht ihre Verlegenheit.

»Und?«, fragte der Bulle.

Seine Ex nahm einen großen Schluck Malt-Whiskey, dann sprach sie in abgehackten Sätzen: »Ich habe Leïla gestern Morgen zur Schule gebracht. Freitags isst sie in der Kantine.

Ich hatte geplant, das Wochenende mit Serge zu verbringen, und ihr vorgeschlagen, bei ihrer Großmutter zu übernachten. Sie hatte mir gesagt, sie würde den Abend lieber bei Agnès bleiben …«

»Moment mal … Du hast sie nicht um fünf abgeholt?«, unterbrach sie Kellal.

Serge hatte die Spannung wohl bemerkt. Er versuchte sich einzumischen.

»Hör zu, Riad …«

Der Leutnant zeigte mit dem Finger in seine Richtung.

»Dich hab ich nicht gefragt.«

Mit resignierter Miene machte der Spießer einen Rückzieher. Françoise verteidigte sich umgehend.

»Agnès' Eltern wohnen in der Wohnanlage. Seit letztem Jahr gehen die Mädchen den Weg zusammen zu Fuß. In Anbetracht dessen, was sie uns erzählt hatten, hatten wir keinen Anlass, uns Sorgen zu machen.«

»Genauer.«

»Die übliche Geschichte. Leïla sollte bei Agnès schlafen, bei Agnès zu Hause. Wir haben uns nichts dabei gedacht.«

Trotz der Situation musste der Leutnant zugeben, dass seine Tochter das ganz schön gerissen angestellt hatte. Schon als kleines Kind hatte sie ihre Mutter wie einen Zinnsoldaten herumkommandiert. Er sah seine Exfrau mit ausdrucksloser Miene an. Der Graben, der zwischen ihnen lag, tat sich noch ein wenig tiefer auf. Ihr war die Verantwortung übertragen worden, auf sein Fleisch und Blut aufzupassen: Sie hatte versagt. Daran gab es nichts zu rütteln.

Er fragte: »Wo hatten sie die Nacht verbringen wollen?«

»Bei einem Jungen aus ihrer Klasse. Die Eltern waren für einen Tag weg. Fünf oder sechs Kids waren es zusammen.«

Kellal umklammerte die Lehne eines Sessels. Mit gesenktem Kopf murmelte er: »Ich raff's nicht. Die lassen zehnjährige Kids eine ganze Nacht alleine… Hast du mit ihnen sprechen können?«

Françoise rieb die Handflächen aneinander. Ihre Haut glänzte vor Angst.

»Die Eltern wissen nichts. Der Kleine hat mir gesagt, die Mädels seien wie verabredet zu ihm gekommen. Sie haben sich den ganzen Abend lang Videos angeschaut und sind dann gegen Mitternacht eingeschlafen. Als sie am nächsten Morgen aufgewacht sind…«

Sie unterbrach sich, ein Schluchzer schnürte ihr die Kehle zu.

»… war Leïla nicht mehr da.«

Kellal ballte eine Hand zur Faust. Er musste einen kühlen Kopf bewahren, nachdenken. Wenn ein Kind weglief, gab es immer einen Grund. Die Kleine hatte die Trennung nicht gut verkraftet. Eine heimliche Wunde, die vernarbt war, weil sie einen starken Willen hatte. Jedes Mal, wenn er darauf zu sprechen kam, änderte sie behutsam das Thema. Jetzt lag die Scheidung schon drei Jahre zurück, und er hatte nicht die leiseste Ahnung, in welcher Beziehung sie zu ihrer Mutter stand.

Eine Sache jedoch war eindeutig. Mit ihren fast elf Jahren begann Leïla allmählich, flügge zu werden. Ihre absichtliche Lüge war ein Beweis dafür. Hatte sie über die Stränge schlagen wollen? Sollte sie für irgendetwas bezahlen?

Er bohrte weiter: »Der Junge, was hat der genau gesagt?«

»Nichts weiter.«

»War einer von der Bande ihr Freund?«

»Nein… Ich glaube nicht. Das heißt, ich weiß es einfach nicht.«

Der Leutnant musterte die Frau, die vor ihm auf dem Sofa saß. Wie hatte sie es wagen können, dieses Thema völlig außen vor zu lassen? Vertraute Leïla ihr überhaupt etwas an? Er befahl in barschem Ton: »Gib mir die Adresse.«

»Guillaume Merrant. Sie wohnen in einer Villa in der Nähe vom Boulevard Michelet. Rue Desautel. Warte ...«

Sie griff nach einem Notizblock. Dem Polizisten fiel auf, dass sie einen neuen Ring am Ringfinger trug. Einen in einen Goldring eingelassenen Diamanten. Offensichtlich warf die Städtische Rennwette ziemlich viel Kohle ab.

»Warte, ich schreib dir auch die Telefonnummer auf.«

Kellal warf einen kurzen Blick auf den Zettel und steckte ihn in seine Tasche. Dann drehte er sich zu der Blondine um und fragte ruppig: »Und wo ist Ihre Tochter?«

»Sie war sehr schockiert. Ihr Vater ist mit ihr ins Kino gegangen, damit sie auf andere Gedanken kommt.«

»Geben Sie mir Bescheid, wenn sie zurück ist, vielleicht weiß sie ja was.« Dann wandte er sich wieder an seine Ex. »Wie war Leïla angezogen?«

Françoise schnäuzte sich in ein Taschentuch, bevor sie antwortete.

»Hellblaue Shorts, ein weißes Polohemd, Sandalen.«

»Kein Schmuck?«

»Ein silbernes Gliederarmband. Das du ihr letztes Jahr geschenkt hast.«

»Gut. Wir werden eine Suchmeldung rausgeben.«

Er zückte sein Handy und wählte die Nummer der Brigade zum Schutz Minderjähriger. Nachdem er sich vorgestellt hatte, gab er die Beschreibung seiner Tochter durch.

Seine Frau starrte ihn völlig abwesend an. Als er aufgelegt hatte, murmelte sie: »Ist das alles?«

»Ich werde bei dem Jungen vorbeischauen. Anschließend

werde ich Agnès befragen. Die Zentrale wird die Informationen an alle Streifenwagen weiterleiten. Falls sie ausgebüxt ist, dürften wir das recht schnell herausfinden. Auf alle Fälle werden wir, falls wir morgen früh noch nichts haben, ein Bild von ihr senden lassen und eine Suchmannschaft losschicken.«

Françoise senkte den Kopf. Tränen kullerten ihr über die Wangen.

»Ich bitte dich… Finde sie.«

Kellal ging wortlos aus dem Haus. Sein Brustkorb wurde wie von einem gusseisernen Panzer eingeschnürt. Seit er hier angekommen war, hatte er versucht, als Bulle zu handeln, Fakten zu sammeln, eine Erklärung zu suchen. Plötzlich schlug ihm eine andere Realität voll ins Gesicht. Der Fall beschränkte sich nicht auf eine hastig auf ein Stück Papier gekritzelte Beschreibung.

Diesmal ging es um seine Tochter.

Leïla sah ihm ähnlich. Sie hatte seine Augen, seine Nase, die hagere Gestalt, den langen Schatten der Wanderer aus dem Atlasgebirge. Vor allem aber spürte er bei ihr eine Seelenverwandtschaft. Wenn sie gemeinsam schwiegen, spürte er, wie sie gemeinsam abdrifteten, getragen von den sanft wogenden Bildern der Gluthitze des Sandes.

Der Leutnant drückte den Kolben seiner Waffe. Andere Bilder stürmten jetzt auf ihn ein. Verbindungen, die er nicht hatte herstellen wollen. Ein kleines Mädchen. Ein verstümmelter Leichnam, Blicke voll panischer Angst, die sich in einer harten Klinge spiegelten. Dann ein Schatten. Eine hoch gewachsene Gestalt, in der Dunkelheit verborgen, die methodisch ihre Arbeit verrichtete.

Er verscheuchte diese Gedanken und knallte die Tür hinter sich zu. Es gab keinen Grund, diesen Zusammenhang herzustellen. Er hatte die Leiche gesehen. Selbst wenn sie verstümmelt gewesen wäre, hätte er Leïla wiedererkannt. Hätte er gespürt, dass sie es war.

Er musste seine Sorgen eines Vaters an ihrem rechten Platz lassen.

Musste handeln wie ein Bulle.

5

Die Villa lag in einem kleinen Bambuswäldchen versteckt. Eine üppige Vegetation, ungewöhnlich in dieser Straße, in der Privathäuser an die Firmensitze von Versicherungsgesellschaften grenzten.

Der Polizist hatte lieber nicht warten wollen. Er hatte sofort angerufen, nachdem er das Haus von Françoise verlassen hatte.

Eine junge Stimme ertönte in der Gegensprechanlage: »Ja?«

»Riad Kellal. Ich bin Leïlas Vater.«

Ein Klicken. Die lackierte Metalltür drehte sich in den Angeln. Dahinter, eingerahmt von zwei hohen Steinmauern, erstreckte sich ein adrettes Gärtchen bis hin zu einem modernen Gebäude. Ein Wohnblock, zweistöckig, rechtwinklig, der aussah wie ein architektonischer Albtraum. Wie das maßstabsverkleinerte Modell eines Wohnblocks des sozialen Wohnungsbaus.

Eine junge Frau kam ihm auf der Eingangstreppe entgegen. Halblanges Haar, undefinierbarer Haarschnitt, ausgemergeltes Gesicht. Ihr allzu magerer Körper schlotterte in einem abgerissenen Trainingsanzug, der durch den rosa Rautenpulli, der schon einige Maschinenwäschen hinter sich hatte, kaum an Schönheit gewann. Ganz wie ihre Klamotten schien auch die Mutter vorzeitig gealtert zu sein. Kellal stellte sich einen Alltag voller Pflichten vor, dazwischen die Kinder zur Schule bringen, Einkäufe im Supermarkt, Wäschewaschen.

»Karine Merrant«, sagte sie. »Ihre Frau hat mich vor einer Stunde angerufen.«

Der Polizist nickte und gab ihr die Hand.

»Ich würde gern Ihren Sohn Guillaume sprechen.«

Die Frau zögerte kurz. Eine Wölfin in Verteidigungshaltung. Trotz seines eigenen seelischen Zustands versuchte Kellal sie zu beruhigen.

»Machen Sie sich keine Sorgen. Ich bin das gewohnt. Ich bin von der Polizei.«

»Von der Polizei?«

Sie sah ihm forschend in die schwarzen Augen, auf der Suche nach einer Erklärung. Offensichtlich hatte Françoise dieses Detail nicht erwähnt.

Kellal schlug vor: »Können wir reingehen?«

Sie betraten ein Haus, dessen Einrichtung völlig zusammengestoppelt war. Schwere Bauernmöbel, ein grellgelbes Sofa, etwas Krimskrams unter Glas in prunkvollen Vitrinen. An den Wänden geschmacklose Poster, billige Souvenirs, mit denen Kultur vorgegaukelt werden sollte. Es roch nach Zucchini. Der Polizist sah das Abendessen im Kreis der Familie vor sich. Die Samstagabendmesse in trauter Runde, gut abgeschirmt von der Welt vor dem Bildschirm eines ständig laufenden Fernsehers.

Kellal hatte den Eindruck, auf dem Umweg über andere das Universum seiner Ex auszukundschaften. Was er sich bei den wenigen Besuchen bei Françoise stets verboten hatte.

Alles kam ihm klein vor, beengt, stank nach Zufriedenheit. Die Mittelklasse in ihrer ganzen Pracht und Herrlichkeit, abgekapselt in der Vorgaukelung eines künstlichen Glücks. Ein braves Glück, das er zum Kotzen fand.

Die Hausfrau erklärte in einem entschiedenen Tonfall: »Ich verstehe das nicht… Guillaume ist ein vorbildliches Kind. Wir vertrauen ihm. Er ist sehr vernünftig für sein Alter.«

Kellal dachte, wie gedankenlos diese Leute doch waren. Er gab besser keine Kommentare ab.

»Könnten Sie ihn holen?«

»Ich habe Ihrer Frau schon alles erzählt. Er wird Ihnen auch nicht mehr sagen können. Die Kinder haben eine Dummheit gemacht. Aber sie sind schnell eingeschlafen und…«

»Bitte holen Sie ihn«, unterbrach sie Kellal.

Widerstrebend verließ die Frau das Wohnzimmer und ging in den ersten Stock hinauf. Eine Tür quietschte. Der Leutnant glaubte zu hören, dass getuschelt wurde. Die Mutter tauchte sehr bald wieder auf, gefolgt von einem Jungen mit roten Haaren, der in einem blauen Pyjama heranwatschelte.

Kellal streckte ihm die Hand hin. Er lächelte, als er sagte: »Ich heiße Riad. Und du bist Guillaume?«

»Ja.«

»Ich bin Leïlas Papa.«

»Ich weiß. Meine Mutter hat es mir gesagt.«

Der Junge blickte Kellal fest in die Augen. Dann sagte er mit ängstlicher Stimme: »Sie hat mir auch gesagt, dass du Polizist bist. Wird man mich ins Gefängnis stecken?«

Der Bulle zog die Augenbrauen weit nach oben. »Ins Gefängnis? Warum sollte man dich ins Gefängnis stecken?«

»Weil ich gelogen habe.«

»Man steckt die Leute nicht ins Gefängnis, nur weil sie lügen. Ich bin nur gekommen, um mich ein bisschen mit dir zu unterhalten.«

Guillaumes Miene entspannte sich. In dem mit Sommersprossen übersäten kleinen Gesicht konnte Kellal jedoch schon die scharfen Züge seiner Mutter erkennen.

»Erzähl mir, was passiert ist.«

»Von Anfang an?«

»Wenn du magst.«

Der Junge lächelte nervös. Er atmete tief ein, dann legte er los.

»Nach der Schule sind wir hierher gegangen.«

»Wer alles?«

»Ben ... Thomas, Hugo, Jules und die Mädchen.«

Der Polizist holte einen Block aus der Tasche und begann, sich Notizen zu machen.

»Wie heißen sie?«

»Agnès, Marjorie und ...«

Er hielt inne, als würde er sich plötzlich bewusst, welche Tragweite das hatte, was er jetzt sagen würde. Der Leutnant spürte seine Furcht. Er ermunterte ihn.

»Leïla?«

»Ja ... Anfangs war sie nicht einverstanden. Sie sagte, es sei nicht in Ordnung zu lügen. Dann ist sie zusammen mit Agnès gekommen.«

Der Bulle drehte sich zu Karine Merrant um.

»Könnten Sie mir die Namen und Adressen aller Eltern geben?«

»Selbstverständlich.«

Dann wandte er sich wieder Guillaume zu.

»Nach der Schule seid ihr hierher gekommen. Was ist dann passiert?«

»Na ja … Nichts … Wir haben CDs angehört, Chips gegessen und uns die Star Academy angekuckt. Dann sind die Mädels nach oben gegangen. Sie wollten sich irgendwelche Sachen erzählen.«

»Du und deine Kumpels, was habt ihr gemacht?«

»Hugo wollte sich ein Video anschauen. Jules und ich waren völlig fertig, aber wir sind bei ihm geblieben.«

»So richtig unter Männern, hm?«

Der Junge lächelte stolz.

»Genau. Die Mädchen mögen ja sowieso keine Horrorfilme.«

Kellal nickte verschworen.

»Seid ihr vor dem Fernseher eingeschlafen?«

»Nein. Wir sind in mein Zimmer hinaufgegangen.«

»Und die Mädchen?«

»Ich weiß nicht. Die waren im Bad. Wir haben ihnen durch die Tür Gute Nacht gesagt und sind schlafen gegangen. Agnès ist uns wecken gekommen. Sie glaubte, Leïla sei bei uns. Wir haben sehr gelacht.«

»Wieso denn gelacht?«

»Na weil Leïla eher nicht so drauf war, dass sie bei Jungs schlief. Leïla, die küsst ja nicht mal.«

Kellal fuhr sich mit der Hand über die Stirn. Der Streit mit dem eventuellen Freund lag nicht mehr im Bereich des Möglichen.

»Okay … Aber habt ihr euch denn nicht gefragt, wo sie ist?«

»Nein. Wir haben gedacht, sie sei nach Hause gegangen. Sie wollte ja sowieso nicht so gerne mit.«

»Wie spät war es gewesen, als Agnès euch geweckt hatte?«

»Das war morgens.«

»Ja, aber um wie viel Uhr?«

Der Bulle hatte einen härteren Ton angeschlagen. Unwillkürlich. Der Junge war sprachlos. Die Mutter schaltete sich ein.

»Hören Sie auf, Leutnant. Er ist ein Kind. Wie soll er das denn wissen?«

Kellal wies sie barsch in ihre Schranken.

»Ich bitte Sie, Madame. Meine Tochter ist verschwunden. Falls Guillaume sich an irgendetwas erinnert, muss ich es wissen. Und zwar jetzt.«

Er kam dem Jungen so nah, dass er seinen Atem spüren konnte.

»Also, mein Großer. Denk nach. Es ist wichtig. War es hell? Oder dunkel?«

»Hell, glaube ich. Aber nicht sehr. Wir sind aufgestanden und runtergegangen zum Frühstücken.«

Der Bulle rekonstruierte den Zeitplan der Kids. Die Sendung dürfte gegen halb zwölf zu Ende gewesen sein, wenn er noch anderthalb Stunden für den Film einrechnete, war es etwa ein Uhr morgens. Um diese Jahreszeit ging die Sonne gegen fünf Uhr auf. Leïla war also innerhalb dieser Zeitspanne verschwunden. Um es genauer zu wissen, müsste er Agnès befragen. Das Mädchen war ihre engste Vertraute. Sie hatte ihr bestimmt ihren Kummer erzählt.

Kellal stand auf. Der Geruch des Gratins verursachte ihm Übelkeit. Die Atmosphäre bedrückte ihn. Er musste raus aus diesem Kokon, auf die Straße, in die Freiheit.

Seine Tochter.

Etwas war da noch. Eine Unstimmigkeit in der Erzählung des Jungen.

»Sag mal, Guillaume. Eine Sache gibt mir noch zu denken. Du hast mir gesagt, du hättest Angst, ins Gefängnis zu kommen, weil du gelogen hast. Was war denn deine Lüge?«

Das Kind warf seiner Mutter einen fragenden Blick zu. Die junge Frau zwinkerte ihm zu. Ihr Sohn sagte wie aus der Pistole geschossen: »Dass ich Freunde eingeladen habe, ohne Mama was davon zu sagen.«

»Findest du, dass das eine Lüge ist?«

»Na ja ... Schon.«

»Schlimm genug, um ins Gefängnis zu kommen?«

»Ich ...«

Wieder schaltete die Frau sich ein. An ihrer Stimme konnte man unschwer erkennen, dass sie sehr angespannt war.

»Lassen Sie uns jetzt in Frieden. Ihre Tochter ist ausgebüxt. Sie ist in der Nacht abgehauen, mehr weiß er nicht darüber.«

Der Polizist ging nicht auf ihren Anwurf ein. Er bohrte seinen Blick weiter in die Augen des Jungen und fragte beharrlich weiter: »Antworte mir, Guillaume. Ich muss es wissen. Hat euch Leïla gestern Abend etwas erzählt? War sie traurig?«

Karine Merrant packte ihr Kind bei den Schultern. Sie schrie: »Jetzt reicht's. Sie haben kein Recht dazu. Lassen Sie uns in Ruhe.«

Kellal spürte, dass die Situation zu entgleisen drohte. Er war in seiner Eigenschaft als Vater gekommen, nicht als Bulle. Ganz egal, welchen Eindruck er hatte, er konnte nicht mit denselben Argumenten aufwarten. Er würde dieses Detail später klären, falls es nötig sein sollte. Er nahm sich zusammen und machte einen Rückzieher.

»Sie haben Recht. Entschuldigen Sie. Hier, meine Karte. Rufen Sie mich an, falls Guillaume sich an etwas erinnert.«

Erleichtert verließ er das Einfamilienhaus. Die Spannung, unter der sein Körper stand, fiel ein wenig von ihm ab, aber in seinem Kopf brodelte es. Das Kind wusste etwas. Und wagte nicht, darüber zu sprechen. Seine Eltern hatten ihm wahrscheinlich die Leviten gelesen. Weshalb? Wovor hatten sie Angst?

Er stieg mit dem Gefühl ins Auto, ein Minenfeld hinter sich zu lassen. Leïlas Gesicht tanzte ihm im funkelnden Abendlicht vor Augen. Plötzlich kam es ihm ferner vor, wie umgeben von einem geheimnisvollen Heiligenschein.

Guillaumes Lüge pochte gegen seine Schläfen wie eine Kriegstrommel.

6

Der Asphalt zeichnete ein dunkles Band auf die Hügelflanke. In dem für Anfang Juli viel zu grellen Licht hoben sich die nackten Felsen scharf vom Himmel ab.

Kellal hatte sich den Gineste geschnappt, ohne recht zu wissen, warum. Der Drang, die Flucht zu ergreifen, die Angst durch das Abspulen automatischer Gesten zu bekämpfen. Er hatte die Sonne in den Augen und fuhr langsam, als erwarte er an jeder Kurve, seine Tochter auftauchen zu sehen. Er würde sie ins Auto steigen lassen, sie zusammenstauchen, wie er es noch nie getan hatte, und sie dann in die Arme schließen und versuchen, zu verstehen.

Elf Jahre. Im August würde sie elf Jahre alt werden. Sie war noch ein Mädchen, schwärmerisch, leichtgläubig, zerbrechlich.

Und doch …

Hin und wieder jagten ihm ein paar Kleinigkeiten einen Schreck ein. Ein Blick, ein Gesichtsausdruck, eine Äußerung. In ihren Stimmungsschwankungen sah Kellal die willensstarke Frau aufscheinen, die sie schon bald sein würde.

Was war geschehen?

Er parkte auf dem Randstreifen und betrachtete die Reede. Die Sonne stand noch hoch, er ließ die Brille auf die Nase gleiten. Von diesem Aussichtspunkt betrachtet, sah die Stadt der Phokäer aus wie Algier. Das gleiche Weiß, der gleiche Eindruck von Üppigkeit, die gleichen riesigen Kräne, die ihre Eisenkrallen über den funkelnden Hafen krümmten.

Der Bulle war die Asphaltstraßen schon bis in ihre hintersten Winkel abgefahren. Er erkannte undeutlich das Gewirr der Straßen, die Aufeinanderfolge der Dörfer und Viertel, die durch die städtebauliche Entwicklung allmählich miteinander verbunden wurden. Sein Herz krampfte sich zusammen. Die Stadt erstreckte sich über einen Umkreis von vierzig Kilometern. Ein an das Meer geschmiegter Halbmond, eine von Hügeln umschlossene Oase aus Beton. Ein Labyrinth.

Wo war Leïla?

Er konnte sich alles vorstellen. Die schlimmste Folter.

Bis man sie wieder finden würde.

Falls man sie wieder finden würde.

Er setzte sich auf die Kühlerhaube und versuchte nachzudenken. Leïla war abgehauen. Zurzeit schien ihm das von allen Möglichkeiten die wahrscheinlichste. Er hatte keinen blassen Schimmer, warum sie das getan haben könnte. Die Folgen konnte er sich mühelos ausmalen. Ein zehnjähriges Mädchen, das allein durch die Straßen irrte, dem wilden Treiben der Stadt völlig ausgeliefert. Er wusste nur zu gut, was das hieß.

Die Bilder aus dem Leichenschauhaus legten wieder ihren Panzer aus Eis über seine Nerven. Ihn schauderte, als ihm bewusst wurde, wie sehr er gegen den Gedanken ankämpfte, dass ein solches Ende durchaus möglich war.

Konnte er mit Françoise darüber reden? Aber was sollte er ihr sagen? Dass er sich machtlos fühlte, überfordert? Nicht nötig.

Er erinnerte sich an diese grauenvollen Momente, in denen er an eine unbekannte Tür geklopft hatte, ein Bote mit einer Nachricht, die nicht wahr sein durfte. Um sich zu schützen, war ihm nur die Härte des Bullen geblieben.

Leïla. Sollte der schlimmste Fall eintreffen, wer würde dann kommen, um ihm die Nachricht zu überbringen?

Er ging wieder zum Auto und nahm den Telefonhörer ab.

»Leutnant Kellal. Ist der Kommissar noch da?«

Vials raue Stimme tönte in sein Ohr.

»Wo sind Sie? Ich erwarte Sie seit einer Stunde.«

Kellal sprach mit tonloser Stimme: »Meine Tochter ist verschwunden, Kommissar.«

»Ihre Tochter? Was ist das jetzt wieder für eine Geschichte?«

»Seit gestern Abend.«

Stille. Ein paar Meter weiter fuhr ein Motorrad vorbei, die glitzernde Chromverkleidung setzte fast auf dem Boden auf. Vial sprach weiter und versuchte, seinen Untergebenen zu beruhigen.

»Haben Sie eine Suchmeldung rausgegeben?«

»Vor einer halben Stunde.«

»Haben Sie eine Vorstellung, was da passiert sein könnte?«

»Ich denke, sie ist abgehauen.«

Wieder Stille. Der Kommissar rang nach Worten.

»Ich setze den Polizeipräsidenten von Paris darüber in Kenntnis. Machen Sie sich keine Sorgen, wir werden alles in Bewegung setzen, um sie wieder zu finden.«

»Danke, Kommissar.«

»Was wollen Sie jetzt tun?«

Kellal zögerte. Die Vorstellung, in sein Loch zurückzukehren und Trübsal zu blasen, war entsetzlich.

»Ich komme zur Brigade zurück. Ich habe den Autopsiebericht bekommen.«

Vial erwartete ihn in seinem Büro. Beige Plastikrollos ließen die letzten Sonnenstrahlen ins Zimmer hinein. Auf dem Gesicht des Kripochefs spiegelte sich extreme Anspannung. Er stand wortlos auf und machte hinter seinem Untergebenen die Tür zu.

»Setzen Sie sich.«

Kellal lehnte ab. Im Stehen hatte er eher das Gefühl, die Kontrolle behalten zu können, ein lächerlicher Versuch, zusammenzukratzen, was ihm an Verstand noch geblieben war. Er lehnte sich mit dem Rücken an die Wand, die Hände in den Taschen.

»Setzen Sie sich«, wiederholte der Kommissar. »Und keine Diskussion. Das ist ein Befehl, Sie Sturkopf.«

Trotz seines autoritären Gehabes war Vial ein Gefühlsmensch. Er leitete seine Männer wie eine Fußballmannschaft. Mit strenger Führung, aber aufmerksam, stets bereit, umzuschwenken, sich dessen bewusst, wie schwierig der Job war, wie heftig die Angriffe, denen die Seele in der ständigen Zerreißprobe des Alltags ausgesetzt war.

Kellal ließ sich in den Sessel vor seinem Chef fallen. Sein schweißgetränktes Hemd klebte am Leder. Nach ein paar Sekunden forderte der Kommissar ihn zum Reden auf.

»Ich höre.«

Der Leutnant spulte den Bericht über die letzten Stunden ab. Die Worte reihten sich aneinander, ergaben keinen Sinn, waren völlig abstrus. Während er seine Geschichte erzählte, hatte er das Gefühl, von jemand anders zu sprechen.

»Sie ist in der Nacht verschwunden, wenn ich recht verstehe?«

Der Kommissar klang bestimmt, als er diese Frage stellte. Als habe er eine erste Vorstellung von der Logik des Ganzen, als habe er sich ein vorläufiges Urteil gebildet.

»Zwischen ein und fünf Uhr morgens«, antwortete Kellal.

»Hatte sie einen Grund abzuhauen?«

Riad war sich nicht sicher, ob er Lust hatte, sich über seine persönlichen Wunden groß auszulassen. Er wehrte höflich ab.

»Ich möchte lieber nicht darüber reden, wenn es Ihnen nichts ausmacht.«

»Das ist Ihre Entscheidung. Aber… Falls das Mädchen Probleme hatte, wäre das vielleicht der Augenblick, sich ernsthaft damit zu beschäftigen. Das könnte dabei helfen, sie wiederzufinden.«

Kellal spürte sofort die Besorgnis. Eine fast unmerkliche Verschiebung in seiner Betonung. Vial wollte ihn schützen, beruhigende Worte finden. Aber sein Tonfall verriet ihn. Das Mädchen war sich selbst überlassen. Irgendwo trieb sich ein Unhold herum. Auch er hatte diese Tatsachen in seine Überlegungen einbezogen.

Der Leutnant fragte: »Habt ihr Neuigkeiten von Coglio?«

»Noch nicht. Ein Suchtrupp aus Gendarmen kämmt die Gegend mit ihr durch. Es wird bald dunkel, wir laufen Gefahr, Zeit zu verlieren.«

»Und die anderen?«

»Ackern weiter. Desruel hat gerade angerufen. Sie hat den Zeugen nicht erwischen können. Plantier hat mit dem Parkwächter vom Uniparkplatz gesprochen. Auch ohne Ergebnis. Und was Macarian angeht …«

Vial sprach den Satz nicht zu Ende. Er wusste nur zu gut, was sein Bulle machte. Und Kellal wusste das auch.

Die beiden Männer blieben stumm. In der menschenleeren Brigade konnte man fast das Pfeifen der laufenden Computer hören.

Der Leutnant streckte dem Kommissar die paar mit Maschine geschriebene Blätter hin, die den Wahnsinn eines gesichtslosen Verrückten enthielten.

»Haben Sie ihn gelesen?«, fragte Vial.

»Durchgeblättert. Ich hatte keine Zeit, mich näher damit zu beschäftigen.«

Der Kommissar nickte und überflog den Autopsiebericht. Immer derselbe neutrale und beschreibende Ton. Der Horror, mit dem Schleier der Wissenschaft versehen. Als er ihn durchgelesen hatte, fragte er Kellal: »Was halten Sie davon?«

»Das ist kein klassischer Fall. Es hat keine Vergewaltigung stattgefunden, zumindest nicht im üblichen Sinne.«

»Aber sie ist defloriert worden.«

»Ja, aber nicht mit dem Ziel der Befriedigung eines sexuellen Triebes. Man hat keine Spuren von Sperma gefunden, keine Latexrückstände, kein Schamhaar, nichts. Es hat zwar eine Penetration stattgefunden, aber sie konnte mit jedem beliebigen Gegenstand durchgeführt worden sein. Das Ganze ist nur Theater.«

Vial runzelte die Stirn. »Vor dem Gesetz kommt das aufs Gleiche raus.«

»Psychologisch betrachtet ist das ein großer Unterschied.

Ich glaube nicht, dass wir es mit einer sexuellen Perversion zu tun haben.«

»Das glauben Sie nicht? Ist diese Schlussfolgerung nicht ein wenig verfrüht?«

»Im Körper des Opfers wurden Spuren von Atropin entdeckt.«

»Und?«

»Der Gerichtsmediziner glaubt, dass sie von Augentropfen stammen, die diesen Wirkstoff in hohen Dosen enthalten. Aber ich glaube nicht daran. Ich denke eher, dass der Kerl sie wach halten wollte, während er ihr die Haut abzog.«

Über den Mund des Kommissars huschte ein unkontrolliertes Zittern.

»Hat er sie … gefoltert?«

»Höchstwahrscheinlich. Außerdem wurde der Tod durch das Einschlagen des Schädels herbeigeführt, nicht durch die Verstümmelungen. Wäre die Hypothese, man habe sie künstlich am Leben gehalten, falsch, dann hätte das Mädchen schon viel früher sterben müssen.«

Der alte Bulle vertiefte sich wieder in den Bericht. Seine Augen sprangen wie aufgeregte Flöhe von links nach rechts. Nach ein paar Sekunden hob er wieder den Kopf: »Warum hat er das Ihrer Meinung nach getan?«

Kellal antwortete nicht sogleich. Zu viele Gedanken gingen ihm durch den Kopf, alle durcheinander. Sein Hirn drohte zu implodieren.

Er stand auf, hielt die Jalousie einen Spaltbreit auf. Unten auf der Straße leerte sich allmählich die Terrasse der Bar Roger. Stimmenlärm, dröhnendes Gelächter, dem undeutliche Schatten folgten, die auf eine in zwei Reihen geparkte Metallkolonne zusteuerten.

»Schwierig«, sagte er schließlich. »Es muss sich um einen Psychopathen handeln, alles weist darauf hin. Aber vielleicht ist es auch etwas anderes. Rache. Oder eine Bestrafung.«

Vial wies diese Möglichkeit weit von sich.

»Eine Bestrafung? Das Opfer ist erst zehn Jahre alt. Das hat doch weder Hand noch Fuß.«

»Warum nicht? Die Leiche war gut sichtbar. Gut genug, dass man bei der ersten Gelegenheit darüber stolpern musste. Vielleicht wollte man die Eltern damit treffen?«

»Nein. Das glaube ich nicht. Die ganze Sache ist viel zu durchgeknallt. Ein Mensch, der in der Lage ist, eine solche Horrortat zu vollbringen, muss seelisch völlig kaputt sein. Zwangsweise. Wir müssen einen Experten zu Rate ziehen.«

Kellal stimmte mit einer Kinnbewegung zu. Er glaubte auch nicht wirklich an diese Lösung. Sie hatte ihm bloß gestattet, seine Befürchtungen runterzuschrauben, eine vernünftige Alternative für das Unvorstellbare zu finden.

»Gehen Sie jetzt nach Hause«, befahl Vial. »Sie sehen völlig fertig aus. Versuchen Sie, ein wenig zu schlafen, morgen arbeiten wir mit der ganzen Mannschaft an dem Fall weiter.«

»Ich glaube nicht, dass ich mich ausruhen möchte, Kommissar.«

»Zwingen Sie sich dazu. So wie Sie beieinander sind, fassen Sie keine klaren Gedanken mehr. Und ich brauche scharfsinnige Ermittler.«

Vial begleitete ihn bis zum Ausgang. Zum Abschied legte er ihm eine Hand auf die Schulter.

»Sie bringen gerade alles durcheinander. Machen Sie sich keine Sorgen. Wir werden Ihre Kleine schon finden.«

Kellal lächelte hohl. Es gelang ihm nicht, wieder zur Vernunft zu kommen. Leïla konnte diesem Monster in die Hände fallen. Vielleicht hatte er sie schon entdeckt.

Ein Reh, verirrt im tiefen Wald. Den entsetzlichsten Gräueltaten ausgeliefert.

7

Kellal parkte seinen Wagen auf den Allées Gambetta. Ein Abstecher, den er unbedingt noch machen musste, ein Zwischenspiel, nach dem er wieder in sein Einzimmerappartement zurückkehren konnte. In diesem übervölkerten Viertel waren Parkplätze nicht gerade üppig gesät. Vor einigen Jahren hatte die Stadt versucht, alle Mieter rauszuschmeißen und die Gebäude mit einem Rundumschlag an Enteignungen leer zu bekommen. Aber die Bevölkerung hatte Widerstand geleistet. Die Hausbesetzer konnten Zeit herausschinden, bis die Bebauungspläne abgesegnet sein würden, die urbanen Stammesverbände besetzten das Terrain.

Er bog nach links ab und fuhr den Boulevard d'Athènes hinauf. Eine belebte Verkehrsader mitten im Herzen der Stadt, die vor ihm schon Generationen von Immigranten zu ihrem Domizil erkoren hatten. Algerier, Tunesier, Marokkaner, Senegalesen, Zairer, seit kurzem eine ganze Schar von Leuten von den Komoren, eine bunte Welt für sich, die in einer verschwenderischen Fülle an Farben und Gerüchen in Harmonie zusammen lebte.

Wie üblich waren die Cafés proppenvoll. Eine ausschließlich männliche Kundschaft, die lässig unter dem Blattwerk der Platanen saß. Die Luft war von Gelächter erfüllt.

Er setzte sich auf eine Terrasse und bestellte sich einen Pfefferminztee. Von hier aus betrachtet sahen die monumentalen Treppenstufen, die zum Bahnhof führten, wie die eines antiken Zirkus aus. Auf dem Gipfel erleuchtete eine Glaspyramide die Nacht wie ein Stern zu Babel.

Kellal liebte diesen Ort, vor allem in dieser Jahreszeit. Feuchte Hitze, vertraute Satzmelodien, würzige Düfte und überall faltige, stolze Gesichter, die dem seinen ähnelten. Er hatte das Gefühl, in sein Innerstes hinabzutauchen, in den intuitiven Teil seines Wesens, der wie ein unauslöschlicher Fingerabdruck war.

Frankreich hatte ihm viel gegeben. Den republikanischen Pakt, die Chancengleichheit – sein eigener Werdegang konnte als Beispiel dienen. Im Gegenzug hatte der Immigrantensohn die Regeln dieser Wahlheimat zu seinen eigenen gemacht, ihre Werte, eine bestimmte Ethik, der er sich verbunden fühlte.

Und für deren Einhaltung er sich stark machte.

Aber in seinen geheimsten Träumen segelte Kellal in anderen Gefilden. Seine Haut reagierte auf heiße Zärtlichkeiten, seine Geschmackspapillen gerieten in Wallung, wenn er Honig aß, er berauschte sich an schweren, von Weihrauch gesättigten Düften.

Nach Jahren des Zweifels und der Zerrissenheit hatte der Mann, zu dem er mittlerweile geworden war, sich für die Integration entschieden. Nicht jene, mit der man ihm immer in den Ohren lag, nein, der Weg bis zur gelobten heilen Gesellschaft erschien ihm noch weit. Für ihn hatte das Wort eine andere Bedeutung angenommen, einen vertrauteren Klang. Er hatte seinen Wurzeln einen Platz im Hier und Jetzt gegeben, seine eigene Gespaltenheit durch die Annahme der Widersprüche gebändigt.

Zwei Kulturen, zwei Universen, eine einzige Antwort. Wie eine Pflichtfigur. Leïla war die Frucht dieses Weges. War vielleicht das Glied in einer Kette, die zu guter Letzt zum Ziel führen würde.

Das Adrenalin brachte sein Blut in Wallung. Er blickte auf die Uhr und zückte sein Handy.

»Riad Kellal, der Vater von Leïla. Ist Agnès nach Hause gekommen?«

Die weibliche Stimme am anderen Ende zögerte.

»Nein … Noch nicht.«

Sie log, aber er bohrte nicht weiter. Er bewegte sich auf vermintem Gelände und musste aufpassen, dass er den Bogen nicht überspannte. Françoise würde das unweigerlich ausnützen, falls es nötig sein sollte.

»Ich komme morgen vorbei. So gegen zehn, wenn Sie nichts dagegen haben.«

»Nein. Natürlich nicht.«

Er legte auf. Aus seinem Gesicht sprach nur noch ungeheure Erschöpfung.

Der Mann am Nebentisch beobachtete ihn aus dem Augenwinkel. Er zog lächelnd an einem Joint. Mit einem kurzen Zucken der Augenbrauen fragte er ihn wortlos, ob er etwas haben wolle.

Kellal ergriff die Tüte und nahm mehrere Züge. In wenigen Sekunden würde das Nagelkissen, das seine Nerven marterte, einer süßen Benommenheit weichen. Dann würde er schlafen können, vielleicht.

Er bedankte sich bei seinem Komplizen und verließ das Café. Fünf Minuten Fußmarsch, dann wäre er zu Hause. Die Dinge um ihn herum begannen sich bereits zu verändern. Kellal rauchte selten. Bloß ein paar Züge mit seinem Vater, die wenigen Male, wenn er seine Eltern besuchen ging, zwei Wracks, die in einer beschissenen Vorstadtsiedlung wohnten und dort ein Rentnerdasein fristeten, das einer Niederlage glich.

Er legte den Weg bis zu seiner Wohnung zurück. Ihm war, als schwinge er mit der Stadt mit, er hatte ein teuflisches Gefühl des Einsseins, bei dem er spürte, wie sein Bewusstsein sich auflöste. Die Scheinwerfer, die Autohupen, das Schnurren der Motoren, die Rufe der Passanten, all diese Sinneseindrücke zerschmolzen zu einer mit Händen zu greifenden Watteschicht, in die er eintauchte.

Immer tiefer.

Allmählich beruhigte er sich wieder. Der Kommissar hatte Recht gehabt. Er brachte alles durcheinander. Seine Vatersorgen hatten alles andere überlagert, zusammen mit den Befürchtungen von Françoise, das Ganze noch verschärft durch die unerträglichen Bilder, die er gesehen hatte. Bald würden sie Leïla finden. Bald würde alles wieder in Ordnung kommen.

Ein Lächeln huschte über sein Gesicht, als er den Schlüssel ins Schloss steckte.

In diesem Augenblick bohrte sich unaufhaltsam etwas in seine Rippen, blockte sein Zwerchfell. Er stützte sich mit einer Hand an der Wand ab. Ich bin's nicht mehr gewohnt, dachte er. Die Mixtur ließ seine Angst hochschnellen. In der Sprache der Junkies ein schlechter Trip. Was nicht überraschend war, wenn man bedachte, was für ein Tag hinter ihm lag.

Bloß keine Panik. In ein paar Minuten würde alles vorbei sein. Er schrappte die Wand entlang. Sein Atem ging schneller, er zwang sich, ihn zu kontrollieren. Allmählich wurde er wieder ruhig. Er schloss die Augen.

Da stieg ein Bild in ihm auf. Aus der Ferne. Ein Baby, das

nackt auf einem Wickeltisch lag. Zwei winzige in die Luft gereckte Beinchen. Ein mit Babymilch getränktes Wattebällchen, das sanft die zarten Hautfalten auswischte. Wieder überfiel ihn die Angst.

Er kramte mechanisch in seiner Tasche, seine Gedanken überschlugen sich. Er holte das Handy heraus.

Die vibrierenden Klingeltöne verloren sich im Nichts. Vial war wahrscheinlich schon lange gegangen. Er sah wieder auf seine Uhr und wählte die Nummer des Leichenschauhauses.

Eine schleppende Stimme marterte sein Trommelfell. Der Polizist sprach ohne Luft zu holen.

»Ist Dr. Landra noch da? Hier spricht Leutnant Kellal von der Brigade der Kripo.«

Zögern.

»Warten Sie eine Sekunde… Ich werde versuchen, Sie zu ihm durchzustellen.«

Der Bulle dankte dem Schicksal. Er wartete, saß wie auf glühenden Kohlen. Die Stimme des Gerichtsmediziners brummte in tiefen Tönen.

»Riad, bist du's? Was ist los?«

»Hast du die Leiche noch?«

»Selbstverständlich…«

»Ich muss sie sehen. Sofort.«

»Was? Weißt du, wie spät es ist? Ich wollte gerade gehen.«

»Warte auf mich. Ich komme.«

Die Droge floss noch immer in seinen Adern.

Durch die Wirkung des Shits kam ihm das Leichenschauhaus noch trübseliger vor. Menschenleere, in ein Dämmerlicht getauchte Gänge, lange Reihen von Türen, die eine lastende Stille bargen. Überall lag der Tod in seinem eisigen Nichts auf dem Rücken.

Landra erwartete ihn in seinem Büro. Mit der Brille auf der Nase betrachtete er sich Bilder und machte Notizen. Ein müdes Lächeln huschte über sein Gesicht.

»Immer im Einsatz … Schläfst du eigentlich nie?«

»Du doch auch nicht, wie's aussieht.«

Der Gerichtsmediziner lehnte sich im Sessel zurück, den Nacken aufgestützt. Das schräg einfallende Licht einer Halogenlampe ließ noch die kleinsten Runzeln auf seinem Gesicht erkennen.

»Hast du den Bericht gelesen? Da steht doch alles drin.«

»Ich muss mich nur noch einer Sache vergewissern. Das dauert fünf Minuten.«

Sie gingen ins Kellergeschoss hinunter. Landra ging vorneweg, Kellal folgte ihm. In seinen Trommelfellen schrillte ein lautes, ohrenbetäubendes Klingeln, das ihm jeden Gedanken raubte, bis ihm fast schwindlig wurde. Er ging mit gesenktem Kopf und hängenden Schultern, ihm war, als sei er auf dem Weg zum Schafott.

Der Saal lag im Dunkeln. Landra drehte den Lichtschalter an. Eine verschwenderische Fülle von Neonlichtern knallte dem Bullen auf die Netzhaut. Er kniff die Augen zusammen, bis sie sich an die Helligkeit gewöhnt hatten. In der grellweißen Umgebung glänzte der Autopsietisch wie gleißender Chrom.

»Wo ist sie?«, fragte der Leutnant verwundert.

»Im Kühlschrank. Die Leiche muss noch eine Woche konserviert werden, bevor sie zur Bestattung freigegeben wird. Der Richter könnte im Rahmen der Identifizierung noch weitere Maßnahmen anordnen. Das müsstest du aber wissen.«

Kellal reagierte nicht. Er kannte den Ablauf besser als

jeder andere. Schon in der Polizeischule hatte er sich immer durch seine Sachkenntnis hervorgetan.

Bei dieser Ermittlung hatte er ganz die Orientierung verloren.

Der Gerichtsmediziner sah auf einem Blatt nach, das zwischen anderen Merkzetteln an die Wand gepinnt war. Er näherte sich einer Klappe auf halber Höhe und betätigte den Hebel. Die Klappe öffnete sich und gab den Blick auf ein schwarzes Loch frei. Kellal spürte, wie sich ihm bei dem kalten Luftzug die Härchen aufstellten.

Landras dicke Hand verschwand in der dunklen Höhle. Sie tauchte sofort wieder auf, eine Metallstange im Griff. Gleich hinterdrein glitt eine Bahre auf sie zu.

»Ich verstehe nicht, was du suchst«, bemerkte der Arzt, während er sich rückwärts bewegte.

Der Leutnant hörte den Satz nicht. Er starrte auf die unmittelbar auf dem Blech liegende Gestalt. Rote und schwarze Striemen, jede Parzelle dieses Körpers schien noch seinen Schmerz herauszubrüllen. Zum zweiten Mal an diesem Tag geriet seine Bullenseele ins Wanken.

Er näherte sich dem rechten Fuß, betrachtete die Zehen. Der kleinste lag über seinem Nachbarn, in einer ungewöhnlichen Position erstarrt. Er bewegte ihn vorsichtig, aschfahl im Gesicht.

»Kann man sie umdrehen?«

Der Gerichtsmediziner warf ihm einen düsteren Blick zu. Er ging auf die Leiche zu, schob seine Hände unter die Schultern.

»Pack sie an den Beinen. Wir legen sie auf die Seite und dann ziehen wir sie zu uns rüber. Pass auf, dass du sie nicht fallen lässt.«

Auf ein Zeichen von Landra packten sie mit vereinten

Kräften an. Als er das kalte Fleisch berührte, erstarrte der Polizist. Der Körper rollte über die Seite, dann blieb er reglos auf dem Bauch liegen. Kellal streckte die Hand zum Rücken aus, beim Poansatz. Er zögerte eine Sekunde, bevor er seinen Zeigefinger auf das Steißbein legte. Er hielt inne, wanderte das Rückgrat ein paar Zentimeter hinauf und kehrte wieder zum Ausgangspunkt zurück.

Landra ließ ihn nicht aus den Augen.

»Mensch, Riad, sagst du mir jetzt bitte, was zum Teufel du da machst?«

Der Bulle sagte mit tonloser Stimme: »Da. Leg da mal deinen Finger drauf. Sag mir, was du spürst.«

Der Mediziner tat ganz überrascht wie ihm geheißen.

»Ich würde mal sagen, eine beginnende Skoliose. Das ist mir beim Betrachten der Röntgenbilder aufgefallen.«

»Nein, das meine ich nicht. Geh tiefer runter. Bis zum Steißbein.«

Die Hand des Arztes setzte ihren Erkundungsgang fort, geschickt, erfahren. Nach ein paar Sekunden runzelte er die Stirn. Er beugte sich weiter vor, betrachtete eingehend den verdächtigen Bereich. Schließlich räumte er ein: »Du hast Recht. Da sind keine Knochen zu tasten. Man könnte meinen, ein Knick auf Höhe der Pomuskeln. Die Trennlinie ist nicht gerade.«

»Wie ein Komma, meinst du das?«

»Oder wie ein Fragezeichen. Die Asymmetrie war auf dem Röntgenbild nicht zu erkennen. Wie hast du das herausgefunden?«

Der Bulle ging nicht auf die Frage ein. Die Welt um ihn herum drehte sich. Die Stellung der Zehen hätte ein Zufall sein können. Er hatte nach etwas Greifbarerem gesucht, nach einem eindeutigen Beweis.

Vor dem Abgrund stehend, fragte er noch: »Hast du so was schon mal gesehen?«

»Niemals. Das ist eher selten.«

Kellal war wie vor den Kopf geschlagen. Die Zeit stockte. Dann hörte er sich seelenruhig sagen: »Danke, mein Alter. Ich halte dich auf dem Laufenden.«

Er verließ völlig benebelt den Autopsiesaal. Seine Füße führten ihn aufs Geratewohl die Gänge entlang, er ging wie ein Automat.

Als er bei seinem Auto ankam, ließ er sich in den Sitz fallen. Er zog seinen Geldbeutel aus der Gesäßtasche seiner Jeans und schaltete die Deckenleuchte ein. Von einem Automatenfoto, das zwischen den Kreditkarten steckte, lächelte Leïla ihn vertrauensvoll an.

Er blieb sitzen und betrachtete sie mit abwesendem Blick, ohne auf die verstreichenden Minuten zu achten.

Plötzlich schüttete die Realität Ströme von Brackwasser über ihm aus. Er schlug die Tür zu und rannte in die Nacht hinaus.

Landra hatte seine Befürchtungen bestätigt.

Seine Tochter trug dieses Geburtsmerkmal. Dieses unverwechselbare.

Wie einen Stempel des Grauens.

8

Philippe stellte seine Tasche in die Badewanne. Einen Lederkoffer von der Größe einer Aktentasche. An den Wänden war das Blut schon getrocknet. Es begann abzubröseln, legte sich als brauner Staub über seine Hände.

Er ging in den Flur zurück und nahm seine Jacke unter die Lupe. Der Stoff hatte nicht allzu stark gelitten. Nur ein paar Flecken im Bereich der Ellbogen. Aber die Hose würde er wegschmeißen müssen. Braune Streifen machten sie unbrauchbar. Selbst wenn man sie in Bleichmittel einlegte, würde sie weiter nach Petroleum riechen.

Er zog sich bis auf die Unterhose aus und ging wieder ins Badezimmer. Seine nackten Füße berührten den Teppich, eine sinnliche, beruhigende Liebkosung. Das Gefühl, über seidiges Haar zu laufen.

Vor dem Spiegel konnte er der Versuchung nicht widerstehen, sich zu betrachten. Ein sehniger, braun gebrannter Körper, breite Schultern, schmale Taille. Und ein Engelsgesicht. Noch jung. So schön, dass jede Frau sich nach ihm umdrehte. Oder jeder Mann.

Er näherte sich, blickte über den Spiegel hinaus. Seine grünen Augen wirkten wie von vergänglichen Sternen umkränzt.

Dann verschwand das Lächeln um die Augen. Auf einen Schlag, wie ein wegspringendes Bild. An seiner Stelle sah er jetzt eine sorgenvolle Maske, eine ängstliche Grimasse.

Er nahm einen Waschlappen, spülte die Tasche mit Wasser aus. Das Blut löste sich im Wasser, dann floss es in den Abfluss wie ein bauxithaltiges Rinnsal. Er wischte die Tropfen von den Keilen und stellte die Tasche auf die Fliesen. Er setzte sich in den Schneidersitz und öffnete das Zahlenschloss.

Ein Klicken. Das Schloss gab nach.

Ein vertrauter Geruch kitzelte ihn in der Nase. Die Glasfläschchen. Beim Fahren war wohl eines umgekippt. Er kramte ein wenig herum, blindlings. Ein heftiger Schmerz durchfuhr ihn, wie der Biss eines Welpen. Er zog seine Hand zurück. Die Kuppe seines Mittelfingers war voller Blut.

Der Anblick der Flüssigkeit ließ ihn in einen Abgrund schauen. Seine herrliche Haut kam ihm plötzlich wie eine Täuschung vor. Sie barg nur eine Reihe scharlachroter Organe, gelblicher Eingeweide, zähflüssiger Säfte. Eine schmutzige Maschine, über dickflüssige Ströme miteinander verbunden. Auch bei ihm war das Leben nichts weiter als das.

Er griff nach einem Handtuch und drückte es auf das Fingerglied. Eine purpurrote Wolke strömte in die Baumwolle. Er verharrte so mehrere Minuten, den Oberkörper gerade, die Augen geschlossen. Allmählich versiegte der Strom. In seinen Geist kehrte wieder so etwas wie Ruhe ein.

Er versorgte die Wunde mit einem Pflaster und machte sich an die Arbeit.

Seine Tasche hatte drei Fächer. Das erste enthielt die Werkzeuge, das zweite ein Diktiergerät und Ersatzkassetten, das dritte die mit einer farblosen Flüssigkeit gefüllten Glasfläschchen.

Mit einem Handschuh zog er die Glasscherben heraus. Der Inhalt der Phiole hatte sich über das Leder ergossen. Vorsichtig holte er die anderen heraus.

Dann holte er die Instrumente hervor, eines nach dem anderen, und legte sie vor sich hin. Er streckte den Arm aus und griff nach einer Flasche mit Alkohol und einem Päckchen Watte.

Diese Phase nervte ihn, und er zögerte.

Aber Karl hatte ihm schon x-mal eingetrichtert, sie sei von fundamentaler Wichtigkeit, er müsse sie sorgfältig ausführen.

Er fing mit den Skalpellen an. Drei schmale Klingen, scharf geschliffen, kalt. Er musste an Bärenklauen denken. Mit wenigen präzisen Handgriffen säuberte er den Stahl.

Dann kamen die Zangen dran. Grobe Instrumente, die ihn an die mittelalterlichen Zangen von Scharfrichtern in Kapuzenmänteln denken ließen. Sie würden dieselbe Behandlung erfahren, bevor sie zu den auf dem Teppich aufgereihten Skalpellen gelegt werden würden.

Dann kam das Meisterstück. Eine merkwürdige kleine Maschine. Sie sah aus wie eine Art hohler Zylinder, der auf der ganzen Länge mit Kerben versehen war. Ein Schraubsystem an den beiden äußeren Enden vervollständigte das Gebilde.

Wozu mochte es dienen?

Er griff nach einem Spitzeisen und kratzte die Zwischenräume sauber, wie Karl es ihm empfohlen hatte. Dunkle Brocken fielen ihm zwischen die Beine. Er wischte sie mit Hilfe eines Wattebällchens zusammen und warf alles in den Mülleimer.

Als er fertig war, faltete er das Tuch und legte es neben sich. Er beugte sich mit sorgenvoll gerunzelter Stirn über die Taschen. Seine Finger kramten in den Lederinnereien herum. Er holte zwei auf die linke Seite gedrehte, mit braunen Flecken beschmutzte Latexhandschuhe hervor. Mit einer Bewegung aus dem Handgelenk schmiss er sie in den Mülleimer.

Dann wandte er seine Aufmerksamkeit wieder der Tasche zu. Er schürzte die Lippen. Was ihn erwartete, rechtfertigte alle Vorarbeit.

Er zog das Diktiergerät heraus. Eine Weile hielt er es noch in der Hand, zögerte den Augenblick, in dem er die Kassette einlegen würde, noch ein wenig hinaus.

Er wusste, was darauf war.

Was er nicht verstand, war, warum diese Klänge ihn beruhigten. Er musste verrückt sein. Völlig verrückt sogar, dass er sich so etwas anhören wollte. Wenn man ihn mit solchen Aufnahmen erwischte, würde man ihn umgehend einlochen.

Er warf einen Blick zur Tür, um sich zu vergewissern, dass sie auch wirklich zu war. Beruhigt ließ er das Band abspielen.

Weinen, unterdrückte Schluchzer. Eine Stimme. Zart, piepsig, flehend. Dann Schreie, Gebrüll.

Was hatte Karl wohl angestellt, damit ihm ein solches Konzert geliefert wurde?

Verdutzt hielt er die Kassette an. Malvenfarbene Blitze riffelten sein Gesichtsfeld, purpurfarbene Schatten. Er atmete tief durch.

Was hatte das letztlich für eine Bedeutung?

Sein Teil des Vertrages war erfüllt. Karl hatte seinerseits ebenfalls Wort gehalten.

Alles war in Ordnung.

Sein Körper entspannte sich, er ging schnell in die Küche, öffnete den Kühlschrank und goss sich ein Glas Milch ein.

Das Diktiergerät erwartete ihn.

Es versprach eine gute Nacht zu werden.

ZWEITER TEIL

1

Der Saal schwitzte Hass aus.

Zum Krachen voll, aufgeputscht vom Warten, konnte man fast spüren, wie seine Energie auf die Bankreihen übergriff. Sitzend, stehend, allein oder in Grüppchen, machten die wenigen Privilegierten, die eine Eintrittskarte ergattern konnten, bereits ihrer Ungeduld Luft. Überall wurden Schimpfreden laut, dazwischen Geschrei, laute Rufe. Das Ganze verursachte unter dem Metallgewölbe einen unerträglichen Lärm.

Noch fünfzehn Minuten. Für den Platz, den er auf dem Schwarzmarkt erstanden hatte, hatte er teuer bezahlt. Zu teuer wahrscheinlich. Aber die Sache war es wert. Mohamed Krim setzte seinen Titel aufs Spiel. Der Mann kam endlich wieder aus seiner Höhle heraus. Ein Ereignis, auf das Millionen von Fans gewartet hatten, seit er im Caesar's Palace in Las Vegas den Goldenen Gürtel im Schwergewicht errungen hatte.

Heute Abend würde das Narbengesicht aus der Vorstadtsiedlung Belzunce wieder zu seinen Boxhandschuhen greifen.

Und dafür hatte er sich Marseille ausgesucht.

Seine Stadt.

Die ganze Veranstaltung war gut organisiert. Wie es der Bedeutung dieser Begegnung ja auch angemessen war sowie den gewaltigen finanziellen Summen, die im Spiel waren, sobald Krim in den Ring stieg. Medienrummel, ein Wald von Kameras, weltweite Zuschaltungen – die Übertragungsrechte waren bis nach Japan an den Höchstbietenden verkauft worden.

Sein Manager konnte sich die Hände reiben. Wie auch immer der Kampf ausgehen mochte, damit wurde einer der schönsten Coups seiner Karriere wahr. Der Verband hatte all seinen Forderungen entsprochen und einen beeindruckenden Herausforderer aufgetrieben. Max Vito, ein Italiener schwarzer Abstammung, zwei Meter groß, pockennarbiges Gesicht und gewaltige Arme.

Die Show war bis ins kleinste Detail geregelt. Die Fans würden voll auf ihre Kosten kommen.

Aber keiner machte sich Illusionen. Dem Titelverteidiger konnte Vito nicht das Wasser reichen. In den Umkleidekabinen der Boxsäle machten schon Gerüchte die Runde. Man sprach von einem abgekarteten Aufbaukampf, von einem Zirkusspektakel.

Auf der Straße hatte sich eine große Menge von Anhängern versammelt, vor riesigen Bildschirmen, die man rund um das Gebäude angebracht hatte. Junge Leute aus den Vorstädten, die meisten davon aus Immigrantenfamilien. Für sie war Krim ein Mythos.

Die Spannung stieg von Sekunde zu Sekunde. Bereitschaftspolizisten patrouillierten, den Knüppel am Gürtel. Die Veranstaltung fand mitten im Zentrum statt und konnte durchaus in einen Aufstand ausarten.

Paul ging zur Arena hinunter. Vier Stuhlreihen bildeten ein keltisches Kreuz, das in sanftem Gefälle bis zum Seilkarree abfiel. Er beeilte sich nicht, kostete diesen Moment aus. Das Boxen war seine Welt gewesen, eine Welt für sich, in der er seine ersten Waffen poliert, seinen Ängsten den

Hals umgedreht hatte. Er hatte lange gehofft, es zu seinem Beruf machen zu können. Bevor seine Mutter sich einmischte, bevor er Polizeileutnant wurde, Kommissar Tomasini begegnete und der Brigade zur Kriminalitätsbekämpfung beitrat.

Er setzte sich vor das Podium. In die zweite Reihe, nahe genug, um den dumpfen Schlag der gelandeten Treffer hören, um die Ausrufe der Kämpfer aufschnappen zu können.

Um sie spüren zu können.

Er lehnte sich im Sitz zurück und verschränkte die Arme. Die auf seinen Arm tätowierte Kobra wölbte ihren Schild. Zu seiner Rechten kaute ein Angestellter im Anzug auf seinen Nägeln herum. Paul biss die Zähne zusammen und warf ihm einen düsteren Blick zu. Knallköppe wie der da hatten hier nichts zu suchen. Nicht auf dem Platz, das war geradezu eine Beleidigung der edlen Kunst.

Er wandte den Kopf. Was er linker Hand erblickte, war spritziger. Eine recht hübsche Frau in den Dreißigern, in Jeans und Rautenpulli.

Allein.

Er wusste, nach was sie hier auf der Suche war.

»Zwei Runden. Vielleicht drei. Krim wird ihn in die Pfanne hauen.«

Die junge Frau starrte die nackten Schultern an, den Pferdeschwanz, sein lächerliches Rowdygehabe. Sie griff in ihr Haar und antwortete selbstbewusst: »Nicht unbedingt… Vito hat eine gute Saison hinter sich. Fünf Kämpfe, fünf Siege, davon drei vor dem Schlussgong.«

»Das war nicht weiter schwer gewesen… Man hatte ihm absolute Nieten vorgesetzt. Mohamed Krim hat ihm fünfzehn Kilo voraus und ist viel flinker. Der wird den Unterschied zu spüren bekommen.«

»Krim hat seit vierzehn Monaten nichts mehr gemacht. Kein einziger Circuit-Pro-Kampf. Letztes Jahr hatte er eine Meniskusoperation, und sein Bein hält nur durch ein Wunder zusammen. Ein schneller K.-o.-Sieg ist seine einzige Chance. Sollte es mehr als drei Runden dauern, geb ich nicht mehr viel auf seine Haut.«

Völlig verdutzt über ihre Tirade, sagte Paul kein Wort mehr. Diese Frau wusste, wovon sie sprach. Nicht wie die paar aufgekratzten Liesen, die herkamen, um für billiges Geld in dieser Männerwelt Stielaugen zu machen. Er fragte: »Interessieren Sie sich schon lange fürs Boxen?«

»Ziemlich lange, ja.«

»Sie sehen gar nicht so aus.«

»Wieso, wie muss man denn dafür aussehen?«

Der Bulle mit dem Pferdeschwanz verzog unschlüssig den Mund. Ein Lächeln huschte über das Gesicht der jungen Frau.

»Geneviève Planche. Journalistin. Sportberichterstatterin bei der *Tribune de Montréal*.«

»Paul Cabrera. Exboxer. Jetzt bin ich Polizeileutnant.«

Sie musterte ihn mit spöttischer Miene. »Dass Sie wie ein Bulle aussehen, kann man aber auch nicht gerade behaupten.«

Der Polizist lachte schallend los. Der Abend fing gut an. Ihm blieb noch ein wenig Zeit, den Versuch in einen Treffer zu verwandeln und sie auf ein Glas einzuladen. Sollte der Kampf länger als fünf Minuten dauern.

Plötzlich wurde es laut im Saal, in ihrem Rücken schwoll eine Art primitiver Gesang an. Die Sitzreihen waren plötzlich in Dunkel getaucht, während zwei riesige Scheinwerfer einen Gang anstrahlten, der unter der nördlichen Bankreihe verlief.

Die Zeit blieb stehen. Die Rufe schwollen an, bis sie das Gebrüll der Rap-Gruppe übertönten, das die Lautsprecherboxen aus allen vier Ecken in den Saal spuckten. Tausende von Handflächen droschen auf die Plastiksitze ein, als seien es afrikanische Trommeln.

Paul war aufgestanden wie alle anderen. Er stand auf dem Stuhl und versuchte, etwas zu erkennen.

Im Lichtstrahl tauchte eine Gestalt auf. Die Kapuze über dem Kopf, gehüllt in einen Bademantel aus weißer Seide, steuerte sie mit ruhigen Schritten die Mitte des Wettkampfortes an. Paul musste an einen Soldatenmönch denken, so etwas wie einen modernen Tempelritter, der in den Kreuzzug loszog. Er war umgeben von einer Vielzahl von Gestalten, die im Schatten lagen, außer Reichweite der Scheinwerfer.

Die Menge skandierte seinen Namen. Ein schmerzliches Klagelied, wie ein frommes Gebet. Behände stieg Krim in den Ring.

Sogleich tauchte, im blutroten Bademantel und barhäuptig, am Ende des Gangs sein Herausforderer auf. Die gleiche pompöse Zeremonie, die gleiche aggressive Musik, aber diesmal war die Stimmung anders. Unter Pfiffen, spöttischen Zwischenrufen und Beschimpfungen kämpfte sich der Italiener bis zur Arena vor, dicht umringt von einer Armee von Leibwächtern.

Paul beobachtete die Journalistin aus den Augenwinkeln. Sie war vollkommen ruhig sitzen geblieben, nahm in keiner Weise an der kollektiven Hysterie teil, die die Gemüter entflammte. Den Kugelschreiber in der Hand, machte sie sich daran, ihre Arbeit zu tun.

Zwei Männer stiegen zu den Champions in den Ring: der Ringrichter, mit einer ausdruckslosen, wie platt gewalzten

Visage, und ein Typ mit einem verführerischen Lächeln, der in seinem dunklen Anzug wie aus dem Ei gepellt wirkte.

In ihren Ecken zusammengesunken, ließen die Kolosse ihre Halswirbel knacken und hörten sich die letzten Ratschläge ihres Teams an.

»Zwei Runden«, sagte Paul zum Ohr seiner Sitznachbarin gebeugt.

»Die Wette gilt.«

»Wenn ich gewinne, laden Sie mich zum Essen ein. Wenn Sie gewinnen, bezahle ich.«

Verschwörerisches Lächeln, Wimperngeklapper. Cabrera wusste, dass er einen entscheidenden Punkt erzielt hatte. Aber noch war alles offen. Er würde geschickt vorgehen müssen.

Seit seiner Affäre mit Meredith im letzten Jahr sah der Bulle die Frauen mit anderen Augen. Die schönen Pflänzchen langweilten ihn schnell. Ebenso die leichten Eroberungen. Das mit Annie, der Kosmetikerin, hatte nur ein Wochenende gehalten. Paul war jetzt über dreißig und suchte etwas anderes. Eine größere Herausforderung, vielleicht einen gleichberechtigten Partner. Die Journalistin fand er anziehend. Intelligent, witzig, eigensinnig und natürlich hübsch. Wenn er sie verführen wollte, würde er seine alten Jagdreflexe vergessen müssen, die Beziehung auf einer anderen Ebene anlaufen lassen.

Ein Gongschlag brachte ihn in die Realität zurück. Unter einem Brüllkonzert begannen die beiden wilden Tiere ihren Kriegstanz.

Krim war der schnellere. Eine Finte, ein Ausweichmanöver – seine Gerade ging ab wie eine ballistische Rakete. Eine halbe Tonne mitten in die Fresse, dachte Paul. Bei jedem anderen Mann wären die Knochen danach nur noch Kompott.

Vito wich kaum zurück. Einen Haken in die Leber, einen auf die Schläfe. Der Italiener wankte. Krim hob die Arme zum Zeichen des Sieges. Er tänzelte von einem Fuß auf den anderen und drehte sich der Menge zu. Eine Welle der Enttäuschung ging durch die Reihen. Der Herausforderer setzte ein Knie auf den Boden. Der Schiedsrichter begann zu zählen, unter Pfiffen.

»Und?«, sagte Paul mit zufriedener Miene. »Das war von Anfang an eine todsichere Sache.«

Die junge Frau machte sich Notizen. Ohne den Kopf zu heben, erwiderte sie: »Warten Sie's ab. Es ist noch nicht vorbei. In Italien haben sie Vito einen Spitznamen gegeben.«

»Ach ja? Und welchen?«

»Rocky. Nach dem Film. Sie können sich nicht vorstellen, was der Typ alles einstecken kann.«

Wie zur Bestätigung ihrer Bemerkung ließ ein lautes Gebrüll die Arkaden erzittern. Der Italiener war gerade wieder auf die Beine gekommen. Er schüttelte sich prustend, dann ging er wieder in Stellung. Der Titelweltmeister zögerte eine Viertelsekunde, was keinem entging. Er fing wieder zu tänzeln an, seiner selbst etwas weniger sicher.

Die Glocke ertönte und unterbrach das Martyrium.

Als sie in die zweite Runde gingen, war es still geworden im Publikum. Krim wirbelte um sein Opfer herum und suchte nach einer ungedeckten Stelle. Er versetzte unschlüssige Schläge, wie eine Stechmücke, die einen Stier sticht. Vito ließ sich nicht aus der Ruhe bringen. Er wich aus, schützte sich. Steckte ein.

Paul begriff, dass er abwartete.

Es folgten immer mehr Runden. Krim wurde langsam müde, sein Trainer massierte ihm in jeder Pause das Knie.

Paul war bereits klar geworden, dass er seine Wette verloren hatte.

In der fünften Runde konnte sich der Titelverteidiger nur noch schwerfällig bewegen. Sein Herausforderer änderte die Taktik und ging in die Offensive. Es hagelte Hiebe. Der Inder schützte sich, so gut er konnte.

Plötzlich knallte ein Uppercut rein, wie ein Donnerschlag, die Zuschauer waren wie versteinert. Vito hatte ihm den entscheidenden Schlag verpasst. Krim brach zusammen und biss wenige Zentimeter vor den Seilen in den Boden. Blutspritzer flogen bis zu den Zuschauern in der ersten Reihe.

»K.o. in der fünften Runde«, sagte die junge Frau lächelnd. »Sie laden mich ein.«

Sie standen sofort auf und verließen vor den anderen den Saal. Alles war gesagt, es war besser, die Menschenmassen zu meiden.

Draußen grollte die Menge. Für die Kids aus den Vorstädten war die schmähliche Niederlage ihres Champions eine ganz persönliche Angelegenheit. Auf die eine oder andere Weise würde man den Affront von sich abwaschen müssen. Die Bereitschaftspolizisten hatten vorsichtshalber schon mal ihre Helme aufgesetzt. Sie warteten, riegelten die Straßen hermetisch ab. Heute Nacht lag Pulvergeruch in der Luft.

Paul nahm Geneviève bei der Hand und führte sie in eine Seitenstraße.

»Fahren Sie gerne Motorrad?«

Die Augen der jungen Frau strahlten im Licht der Straßenlaternen.

»Ich liebe es.«

Sie setzten sich auf die Maschine. Paul ließ den Motor aufheulen. Ganz automatisch schaltete er sein Handy wieder ein. Sofort kündigte ein Vibrieren an, dass Nachrichten drauf waren. Er hörte sie ab.

Als der Polizist die Verbindung zur Mailbox beendete, war sein Gesichtsausdruck ein anderer.

2

Die Szene hatte etwas Unwirkliches.

Eine bleierne Sonne, ein strahlend blauer Himmel und das Zwitschern der Vögel, die von Zypresse zu Zypresse flogen. Ein idyllisches Bild. Weiter unten auf den Wegen, das Gegenstück dazu. Eine Prozession schwarzer Gestalten, die schweigend einem geschlossenen Kastenwagen folgten.

Die Kolonne zweigte nach rechts ab. Nach drei Metern Teerstraße bog sie in einen engeren Schotterweg ein. Zu beiden Seiten Gräber, die in unbestimmten Reihen ihre Klagemauern gen Himmel reckten.

Paul folgte der Prozession, die nur aus einer Hand voll Leuten bestand, denen die Eltern gestattet hatten, den eingezäunten Friedhof zu betreten. Das Ganze war durch die Presse gegangen, und die Erschütterung hatte die ganze Stadt wie eine schwarze Flutwelle überrollt. Seit dem Vorabend wartete eine anonyme Menschenmenge auf der Straße.

Nach Kellals Verschwinden waren die Dinge sehr schnell gegangen. In der Brigade hatte man sofort einen Zusammenhang hergestellt und einen neuen DNA-Test angefordert. Das Ergebnis des Vergleichstests, der anhand eines Haares von Leïla angestellt wurde, war eindeutig gewesen.

Der Trauerzug hielt vor einer Gedenktafel aus Marmor an. In deren Adern eingemeißelt, die Namen der Vermissten, in altmodische Rahmen gebannte Fotos. Und drum herum Blumen. Dutzende bunter Sträuße, stille Zeugen einer durch ein Drama jäh beendeten Jugend.

Vier schwarz gekleidete Männer tauchten aus dem Nichts auf und machten sich unverzüglich an die Arbeit. Sie holten den Sarg aus dem Leichenwagen und stellten ihn auf die Erde. Präzise Handgriffe, genau bemessene Bewegungen, übertriebene Zurückhaltung. Ihre braun gebrannten Gesichter wirkten völlig gefühllos.

Sie ließen Haken in die versilberten Henkel gleiten und traten einen Schritt zurück. Das frisch ausgehobene Grab ließ einen schwarzen Schacht ahnen. Paul hielt sich diskret im Hintergrund. So eine Art von Prüfung hatte er noch nie bestehen müssen. Er spürte nur, dass er lieber allein wäre, wenn ihm so etwas widerfahren würde.

Ein Priester trat vor. Grauer Anzug, Priesterkragen, dicke Schweißperlen auf seiner hohen Stirn. Ein christliches Begräbnis für die Tochter eines Muslimen, dachte Paul. Auch in dem Punkt hatte Riad nachgegeben. Wahrscheinlich hatte er sich gesagt, seine Tochter werde eines Tages selbst über ihr Schicksal entscheiden. Trotz ihrer Mutter.

Der Polizist warf Françoise einen Blick zu. Sie hatte ein durchscheinendes Gesicht, kaum zu erkennen hinter einer riesigen schwarzen Brille, und schien völlig neben sich zu stehen. Er stellte fest, dass aus Riads Familie niemand anwesend war. Hatte die Frau seines Kumpels sie überhaupt eingeladen?

Das Gebet fiel kurz aus. Als gelinge es dem Mann der Kirche nicht, die passenden Worte zu finden. Dann packten die Totengräber die Seile. Langsam versank der Sarg im Vergessen.

Der Pfarrer bekreuzigte sich. Er bat die Verwandten, vorzutreten. Rosen wurden ins Grab geworfen. Ein paar Hände wurden geschüttelt, es gab ein paar feierliche Umarmungen. Die Lebenden gingen wieder zum Ausgang, während ein Trupp von Friedhofsarbeitern die Grabplatte versiegelte.

Zweiundsiebzig Stunden, nachdem sie ausgebüxt war, hatte Leïla nun ihre letzte Ruhestätte gefunden.

Paul beobachtete Vial aufmerksam.

Der Kommissar marterte einen Gummi, während er einen Haufen Papier durchblätterte. Bei einem Verwaltungsformular hielt er plötzlich inne.

»Sie brauchen dieses Dokument bloß noch unterschreiben. Danach hat alles seine Ordnung.«

Der Leutnant griff nach dem Blatt, überflog es mit zerstreutem Blick.

Ein Bereitstellungsantrag von der Zentraldirektion der Kripo.

»Warum bitten Sie mich um Hilfe?«

»Kellal ist Ihr Freund.«

»Na und?«

»Von allen Bullen hier in der Gegend können Sie seine Reaktionen am besten voraussehen.«

Paul lächelte enttäuscht.

»Riad ist ein Einzelgänger.«

Die Augen des Kommissars schossen stählerne Blitze.

»Das sind Sie auch, Cabrera. Ein Hitzkopf, ein Typ ohne Vorurteile. Genau wie er tasten auch Sie sich immer am Rande vor. Genau wie er haben auch Sie Ihr Kreuz zu tragen. Das ist Ihr Trumpf.«

»Ich bin kein Ermittler, Kommissar. Mein Job ist die Straße. Noteinsätze, Vorstädte, Bars.«

Vial schlug mit der Faust auf den Schreibtisch.

»Verdammt, Sie sind Bulle, Cabrera. Bei Ihnen läuft alles über den Instinkt, immer. Tomasini hatte Ihnen vertraut. Also vertraue ich Ihnen auch. Sie werden ihn finden.«

Paul musterte den Bullen mit der Fliege. Seine Worte waren einfach, echt, kamen aus dem Herzen. Vial hatte den ehemaligen Chef der Brigade zur Kriminalitätsbekämpfung auf der Polizeischule kennen gelernt. Die gleiche Generation, die gleiche Entschlossenheit, die gleiche Glaubwürdigkeit. Nur die Methoden waren andere. Tomasini hatte sich für die Straße entschieden, für die etwas hintergründigeren Geheimnisse eines Cluedospiels in Lebensgröße. Seit dem Tod des Korsen hatte der junge Leutnant sich als Waise gefühlt.

Er stand auf und lief ein paar Schritte herum. Die Luft war emotionsgeladen.

»Sehr gut. Aber unter einer Bedingung.«

»Ich höre.«

»Ich möchte absolute Freiheit haben.«

»Die Tomasini-Methode?«

»Ich muss sehen, in welche Richtung ich laufe.«

»Bestens ... Die Brigade wird parallel dazu die Hauptermittlung fortführen. Wir werden Ihnen alle nützlichen Informationen zukommen lassen, außerdem logistische Hilfe, falls Bedarf besteht.«

Paul setzte sich wieder und zündete sich einen Zigarillo an. Kurzerhand unterzeichnete er das Dokument.

»Wie viel Zeit steht uns zur Verfügung?«

»Ein paar Tage. Eine Woche vielleicht. Offiziell ist Kellal zur Erholung nach Algerien gefahren, zu seiner Familie. Aber diese Aasgeier von Journalisten haben Lunte gerochen. Sie werden mit allen Mitteln versuchen, die Sache aufzudröseln.«

Er hielt kurz inne, massierte sich mit den Fingerkuppen

die Schläfen. In dieser Haltung wirkte er wie ein alter Lehrer, der über einer schlechten Klassenarbeit brütet.

»Und dann gibt es da noch etwas Gravierenderes. Es wird nicht mehr lange dauern, bis die Generalinspektion der Police Nationale ihre Nase reinsteckt. Wenn die merken, dass wir denen einen Bären aufgebunden haben, wird die Sache haarig.«

»Die werden gar nichts merken. Diese Idioten kennen sich in der Sache nicht aus.«

»Da seien Sie sich mal nicht so sicher. Auf ihrem Gebiet sind diese Typen Profis.«

Der Leutnant verzog verächtlich das Gesicht. Autorität, Hierarchien, diese ständischen Werte hatten ihn schon immer in Rage gebracht.

Vial fuhr fort: »Das sind alles berechtigte Gründe, sofort loszulegen. Letztlich kommen wir mit der Ermittlung keinen Schritt voran. Wie es aussieht, bekommt Kellal diesen Kranken noch vor uns zu fassen. Die Folgen können Sie sich ausmalen. Wir müssen ihn unbedingt ausschalten, bevor er eine Dummheit machen kann.«

Paul hob die Hand zum Zeichen des Einspruchs.

»Warten Sie, Kommissar. Warum sind Sie so sicher, dass er versuchen wird, den Mörder zu finden? Vielleicht hat er ja nur das Bedürfnis, allein zu sein.«

»Ach hören Sie doch auf mit dem Quatsch, Cabrera. Er ist vorbeigekommen, um sich den Autopsiebericht zu holen, und er hat sich eine Kopie der Akte gemacht. Wie dem auch sei, wir können es uns nicht leisten, dieses Risiko einzugehen.«

Der Bulle von der Brigade stimmte widerstrebend zu.

»Das wird nicht einfach sein. Riad ist ein intelligenter Bursche. Und motiviert.«

Der Kommissar griff nach einer Flasche Mineralwasser und setzte den Flaschenhals an seine Lippen. Er ließ Paul nicht aus den Augen. Als er sprach, lag in seiner Stimme nur noch eine extreme Müdigkeit.

»Das weiß ich doch alles. Also, verlieren Sie keine Zeit. Strengen Sie sich an und finden Sie ihn schnell.«

3

Zwei Wege standen ihm offen.

Er konnte die Spur des Psychopathen mitverfolgen, indem er sich an die Spürhunde der Kripo dranhängte. Oder direkt auf Kellal losstürmen und eine schnelle Ermittlung durchziehen. In beiden Fällen kamen ihm seine Chancen verschwindend gering vor.

Paul hielt sich nicht für einen Strategen. Er hatte sich immer zur Aktion bekannt, seine Religion war der Augenblick. Er verschob die Wahl der Strategie auf später, schwang sich auf sein Motorrad und brauste los.

Unterwegs wandten sich seine Gedanken wieder Riad zu. Kellal hatte vor nun schon fast drei Tagen die Kurve gekratzt. Er war ausgerastet, durchgeknallt. Der Mord an seiner Tochter hatte ihn auf die andere Seite katapultiert.

Was würde er tun?

Cabrera suchte nach irgendeiner zerklüfteten Stelle, in die er den Felshaken der Logik einrammen könnte. Vergeblich. Sein Kumpel sprach wenig und niemals über sich selbst. Ihre Freundschaft hatte aus Momenten bestanden, in denen sie einvernehmlich schwiegen, sich verschworene Blicke zuwarfen, dieselben Dinge empfanden. Bei den Spritztouren mit der Maschine war es nicht um Worte gegangen, sondern um das gemeinsame Erleben. Um nichts anderes.

Die Wohnung im Viertel Saint-Charles war schon mal ein brauchbarer Ausgangspunkt. An diesem intimen Rückzugsort würde er vielleicht erste kleine Hinweise finden.

Paul machte die Hausnummer ausfindig, die Vial ihm genannt hatte, und parkte die Honda auf dem Gehsteig. Er hatte Kellals Bude nie betreten. Sie hatten ihr Bier immer am Hafen gezischt, sich in der Stadt verabredet, auf diese Weise hatte Riad seinen geheimen Garten ängstlich vor dem Zutritt anderer bewahrt.

Das alte Gebäude aus Quaderstein verschwand unter einer Dreckschicht. Der Polizist fand den Namen auf einem abgestoßenen Schild inmitten sechs weiterer Klingeln. Er probierte aufs Geratewohl welche aus. Nach zwei Versuchen öffnete sich die Tür.

Sofort stieg ihm Staubgeruch in die Nase, uralte Teilchen, die in der Luft hingen. Paul untersuchte die Briefkästen. Dritter Stock links. Letzte Etage. Und kein Aufzug.

Er nahm den Aufstieg in Angriff. Feuchtigkeitsflecken an den Wänden, herausgebrochene Fliesen, der Ort machte einen vergessenen, verwahrlosten Eindruck. Auf jedem Treppenabsatz zwei einander gegenüberliegende Türen, wahrscheinlich zweifach abgesperrt. Paul hatte nie in einem Appartement gewohnt. Die Vorstellung, so übereinander gestapelt zu leben, störte ihn gewaltig.

Der Bulle brach mit Leichtigkeit das Schloss auf und drang in Kellals Universum ein. Das einzige Zimmer war in ein dämmriges Licht getaucht. Sauber, auf die Schnelle möbliert. Ein Schlafsofa, eine schmale Matratze, ein heller Holzschrank und ein niedriger Tisch – das Ganze sah nach Abreise aus. Oder nach Ankunft. Paul wusste nicht so recht, was von beidem. Im Hintergrund stand ein Fenster offen und ließ den Lärm der Stadt hinein.

Er durchsuchte den Schreibtisch ohne große Überzeugung. Teller in der Spüle, Wäsche auf einer Heizung, Spuren eines Lebens, das auf einen Schlag unterbrochen worden war. Er öffnete den Schrank, die Schubladen, auf der Suche nach irgendeinem Hinweis, einem Foto. Nichts. Riad hatte seine Geschichte mitgenommen.

Der Polizist setzte sich auf den Teppich und schloss die Augen. Er versuchte sich vorzustellen, was er selbst getan hätte. Wie er reagiert hätte. Er hatte kein Kind, aber der Überfall auf seine Eltern im letzten Winter hatte auf ihn die Wirkung eines Erdbebens gehabt. Sie waren davongekommen.

Was Riad widerfahren war, überstieg all seine Vorstellungskraft. Vial hatte Recht. An seiner Stelle hätte Paul wahrscheinlich denselben Weg eingeschlagen.

Ein Knacken in seinem Rücken machte seinen Überlegungen ein Ende. Er war mit einem Satz auf den Beinen und fuhr herum. Ein junger Schwarzer stand in der Tür, eine Eisenstange in der Faust.

»Was hast du hier zu suchen?«, fragte Paul barsch.

»Und du? Das ist nicht deine Bude.«

Der Polizist musterte den Jungen. Vierzehn, fünfzehn Jahre alt, kurz geschorenes Haar über einem harten Gesicht, Trainingsanzug von Lacoste und hochgeschlossene Sportschuhe. Keiner von denen, die mit der Polizei zusammenarbeiten.

»Ich bin ein Kumpel von Riad.«

Der junge Bursche zögerte.

»Bist du von den Bullen?«

»Nein. Wir fahren zusammen Motorrad. Ich heiße Paul.«

In den Augen des Jugendlichen blitzte es auf.

»Du bist ein Motorradfreak ... Und wo ist dein Helm?«

»In der Reparatur.«

Beide lächelten. Paul ging einen Schritt auf den Jungen zu und streckte ihm die Hand hin.

»Ich bin gekommen, um etwas zu holen, das ich Riad geliehen hatte. Es ist dringend. Er hat mir seinen Schlüssel gegeben. Schau.«

Er ließ einen kleinen Schlüssel zum Vorschein kommen, den er gleich wieder in die Tasche steckte.

»Ist gut«, sagte der Junge. »Ich dachte schon, dass ...«

»Macht nix. War schon richtig. Wie heißt du?«

»Mustafa. Ich wohne einen Stock tiefer. Riad hat mich gebeten, auf seine Wohnung aufzupassen.«

Der Bulle reagierte sofort.

»Ist er abgehauen?«

Der Schwarze zündete sich einen Joint an und antwortete in provokantem Ton: »Was geht dich das an?«

Paul ließ es einfach laufen. Er war diese schnellen Wortwechsel gewohnt. Der Junge stellte ihn auf die Probe, das würde nicht lange so weitergehen.

»Ich wollte ihm seinen Schlüssel wiedergeben. Auf seinem Handy hab ich ihn seit Sonntag nicht mehr erreicht. Weißt du, wo er ist?«

»Nö. Hat er mir nicht gesagt. Aber wenn du mich fragst, null Gefahr, dass der morgen hier wieder aufkreuzt.«

»Ach, echt? Warum?«

»Hat 'ne große Sporttasche mitgenommen. Voll bis zur Oberkante.«

Paul brannte vor Verlangen, ihn über die Einzelheiten auszufragen. Er tat aber so, als wäre er mit der Antwort zufrieden.

»Wenn du ihn siehst, sag ihm, dass ich vorbeigeschaut habe.«

»Ich richt's ihm aus. Sag mal, hast du deine Maschine unten stehen?«

Der Leutnant ergriff die Gelegenheit beim Schopf. Vertrauen gewann man durch Teilen.

»Willst du sie dir mal anschauen?«

Mustafa nickte. Seine aggressive Miene wurde durch das Aufblitzen ungetrübter Freude in seinen Augen überstrahlt.

Paul schloss das Fenster, während der Junge die Treppen runterstürzte. Er warf einen letzten Blick in das Einzimmerappartement. Ein Eindruck gähnender Leere, wie eine leere Plastiktüte. Kellal war in den Untergrund abgetaucht, hatte sein Leben in eine Tasche gepackt und die Tür hinter sich zugeknallt.

Er war immer allein gewesen.

Jetzt war die Wut seine Begleiterin.

Unten hatte Mustafa sich bereits auf die Maschine geschwungen. Er hielt den Lenker mit beiden Händen gepackt, hatte den Oberkörper flach auf den Tank gelegt und tat nun so, als wolle er möglichst schnell beschleunigen.

»Darf ich die mal ausprobieren?«

»Du bist nicht alt genug für fette Maschinen von dem Kaliber.«

»Red keinen Stuss. Beim Leben meiner Mutter. Ich hab'n Führerschein.«

Paul pflanzte sich vor ihm auf. Mit dem Rücken zur Sonne verschränkte er die Arme. Sein Bikerlook beeindruckte den Jungen nicht die Bohne.

»Mensch, ich schwör's dir. Riad gibt mir immer sein Teil.«

»Er gibt dir gar nichts. Dein Kumpel is'n Bulle. Der weiß

genau, dass du zu jung bist für den Führerschein. Wenn du willst, steig hinten auf, wir machen 'ne Tour.«

Mustafa kniff die Augen zusammen, als denke er nach.

»Du bist voll 'n Arsch, Mann.«

»Also? Was nun?«

»In Ordnung… wir machen 'ne Tour.«

Paul machte seine Lederjacke zu und ließ den Motor aufheulen. Er empfahl dem Jungen, sich an den Griffen festzuhalten, die neben dem Sitz angebracht waren. Mit dem Rodeo, das er ihm bieten wollte, würde er sich Respekt verschaffen. Auf die Art könnte er vielleicht ein paar Informationen aus ihm rausholen.

Die Fireblade schoss mit knirschenden Reifen los. Neunhundert Kubik volle Power mit V-Motor bei abgespeckter Karosserie. Damit konnte man dem Geschwindigkeitsrausch verfallen.

Mustafa klammerte sich gleich an seine Perfecto. Paul dachte kurz daran, dass er ja seinen Manurhin in die Innentasche gesteckt hatte. Zum Glück schien der Junge das nicht zu bemerken.

Sie fuhren in null Komma nichts den Boulevard d'Athènes hinunter. Das Motorrad schlängelte im Zickzack zwischen den Autos hindurch, streifte Kühlerhauben, rempelte Rückspiegel an. Paul ging mit der Maschine um wie ein Seiltänzer. Stets dachte er voraus, sah jedes Hindernis voraus. Sein Passagier brüllte ihm unverständliche Worte ins Ohr.

Auf der Canebière ließ der Bulle die Zügel schießen. Die Fireblade bäumte sich auf wie ein Stahlmustang. Er fuhr ein paar hundert Meter auf dem Hinterrad, den Lenker nach links geneigt, um das Ganze im Gleichgewicht zu halten. Der junge Schwarze klebte an seinem Rücken und enthielt sich jeden Kommentars.

Sie fuhren über den Boulevard de la République wieder Richtung Bahnhof, den Tacho auf hundertfünfzig. Während Paul sich ganz auf seine akrobatischen Kunststücke konzentrierte, schlug sein Herz kaum schneller. Aus der Art zu schließen, wie Mustafa seine Beine zusammenpresste, dürfte dessen Puls rasen.

Zwei Minuten später langten sie wieder in der engen Straße an, die Kellal sich zum Domizil erwählt hatte. Paul drehte den Motor ab.

»Und?«

Der Bursche schüttelte sich.

»Mann eh ... Du hast ja voll einen an der Klatsche. Hast du Flugstunden genommen oder was?«

»Klar. Zusammen mit Riad. Wir drehen ab und zu 'ne Runde im Castelet.«

Der Blick des Jungen verdüsterte sich. Nach einem kurzen Zögern fragte er: »Riad, ist das echt dein Kumpel?«

»Ein Bruder.«

»Ich muss dir was sagen.«

Immer noch auf dem Sitz seiner Maschine, zündete Cabrera sich einen Zigarillo an. Mustafa kramte noch einen Joint hervor und drehte ihn zwischen den Fingern.

»Gestern sind hier zwei Bullen aufgekreuzt. In Zivil. Die wollten wissen, wo er ist.«

»Bullen?«

»Ja, Scheißbullen. Die haben im ganzen Haus alle Leute voll angemacht. Nichts Ernstes, haben sie gesagt. Ist wegen der Arbeit.«

»Und?«

Der Junge bekam eine verschlossene Miene.

»Mit den Wichsern red ich nicht. Was? Riad? Nie gesehen. Kenn keinen Riad.«

Vorsichtig legte Paul einen Köder aus: »Hast du gesagt, die waren in Zivil?«

»Ein Alter, mit 'ner Fliege, und 'ne blonde Tussi, so eine vom Typ Schlunze.«

Paul konnte sich die Szene leicht ausmalen. Vial. Mit einem der Mädels aus seiner Mannschaft. Bevor er seinen Joker zog, hatte der Kommissar sich höchstpersönlich an Ort und Stelle begeben.

»Hat er Probleme?«, fragte der Junge mit einem Hauch von Ängstlichkeit in der Stimme.

»Mir hat er nichts erzählt.«

Der junge Bursche zog ein goldenes Feuerzeug aus der Tasche und zündete seine Tüte an.

»Da ist irgendwas faul an der Sache. Riad macht sich mitten in der Nacht mit seiner Tasche vom Acker, und am nächsten Tag kreuzen die Bullen auf. Kannst du mir das mal erklären, hm?«

»Ich nicht. Aber wenn du mir sagst, wo Riad ist, könnte man ja vielleicht Klarheit schaffen.«

Mustafa fasste sich mit einer Hand an den Kopf. Er machte einen nervösen Zug und sagte dann: »Bei Kader. Wenn er in der Scheiße sitzt, ist er bestimmt dahin gegangen.«

»Von welchem Kader sprichst du?«

»Na ... von seinem Brüderchen.«

Die Information überraschte Paul. Riad hatte die Tatsache, dass er hier Familie hatte, nie erwähnt. Und im Übrigen auch sonst nichts. Wenn Vial ebenfalls nichts davon wusste, dann hatte er seine Jungs noch nicht ausschicken können, um das Terrain abzugrasen.

Plötzlich hatte Cabrera eine Länge Vorsprung. Mit ein wenig Glück würde er vielleicht den Ansatz einer Fährte finden.

»Ich hab vergessen, wo er wohnt.«

»Cité Félix-Pyat.«

Cabrera nickte und drückte den Anlasser.

»He Alter«, sagte der junge Schwarze, während der Polizist in den ersten Gang schaltete. »Wenn du nach Félix-Pyat fährst, dann pass auf deine Birne auf. In der Ecke ham sie alle 'n Rad ab.«

4

Félix-Pyat.

Eine Vorstadt voller Verrückter.

Die nur wenige Schritte vom Handelshafen entfernte Enklave sah aus wie ein Furunkel kurz vor dem Aufplatzen. Von der Sozialfürsorge vergessen und von der Gemeindeverwaltung ignoriert, ließen die völlig entnervten Mieter ihre Wut am Gemeinschaftseigentum aus. Kein einziger Aufzug funktionierte, die Wände in den Eingangshallen waren mit Exkrementen beschmiert, der Müll wurde einfach aus dem Fenster geschmissen. Und die Kriminalitätsrate sprengte jede Statistik.

Die Polizeipräfektur schickte regelmäßig ihre Truppen vorbei. Systematische Hausdurchsuchungen, Haftbefehle, Festnahmen. Unwirksame Maßnahmen. Die Fäulnis breitete sich weiter aus. Stetig.

Paul kannte diese bunten Häuserblocks gut. Er hatte in vor Schmutz starrenden Kellern Gangs gejagt, bei Minderjährigen mit dem Gehabe von Bandenchefs die Personalien überprüft, Mütter getröstet, die nicht mehr aus noch ein wussten, in panischer Angst vor der Gewalttätigkeit ihrer eigenen Kinder. Kollektive Vergewaltigungen, Schwarzhandel, organisierte Erpressung. In diesem geschlossenen Universum trat das Gesetz auf der Stelle.

Vorsichtshalber stellte der Polizist seine Maschine ein Stück weiter weg ab. In Félix-Pyat konnte ein achtjähriges Kind jede Maschine innerhalb von fünf Minuten auseinander bauen und in null Komma nichts die Einzelteile weiterverscherbeln.

Die Hände in den Taschen vergraben, betrat der Leutnant die Siedlung. Hier wirkte alles erdrückend, wie in der Schwebe. Die Fassaden hingen voller Wäsche. Rot, rosa, orange, gold, ein Feuerwerk zarter Stoffe, die auf behelfsmäßigen Wäscheleinen trockneten. Und überall, wie eine abstruse, in den Beton eingelassene Nabelschnur, ein Wald von Parabolantennen, der sein gewaltiges Ohr auf das Gedöns der Welt richtete.

Der Bulle überquerte den Platz und achtete auf seine Haltung. Machte lange, beschwingte Schritte. Aber zugleich langsam. Er musste sie täuschen, musste Ruhe ausstrahlen. Hinter den billigen Vorhängen ahnte er hunderte auf ihn gerichteter Augen. Die Horde beobachtete ihn, beschnupperte ihn, lauerte auf den Ausrutscher.

Schon bald war er von einem Dutzend Kids umgeben. Zwölf Jahre im Durchschnitt, die Haare sehr kurz geschnitten, wasserstoffblond gefärbt, T-Shirts und kurze Hosen.

Ein Hamstergesicht pflanzte sich vor dem Bullen auf und musterte ihn spöttisch.

»He, du Witzfigur, wo willst'n hin?«

Paul blieb stehen.

Er machte den Reißverschluss seiner Jacke auf und legte seine muskulöse Brustpartie frei. Die Waffe tauchte auf, gut sichtbar im Holster, auf Höhe der Achseln.

»Sprichst du mit mir?«

Der Junge starrte den Manurhin an und hielt einen Moment die Klappe. Nervöses Gelächter in der Gruppe. Die Spannung stieg in Sekundenschnelle. Der Hamster verschränkte die Arme und spielte den Helden.

»Bist du von den Bullen?«

»Kann schon sein.«

»Mensch, du tickst wohl nicht richtig. Wo sind'n deine Leute?«

»Keine dabei. Hab was Persönliches zu regeln.«

Die Information sorgte in der kleinen Bande für einiges Unverständnis. In der Vorstellung dieser Kids waren Bullen nie allein unterwegs. Und wenn sie in ihr Territorium eindrangen, dann nur, um sie zu provozieren, ihnen den Krieg zu erklären.

»Du verarschst uns wohl«, sagte der Junge. »Du bist'n Scheißermittler. Deine Kumpels kreuzen hier bestimmt gleich auf.«

Er machte ein Zeichen mit dem Kopf. Einer der Jungs machte die Kehre und verschwand unter einem Vorbau. Der Leutnant wusste, dass er gegangen war, um Alarm zu schlagen. In fünf Minuten würde noch die letzte Handelsware verschwunden sein.

Der Polizist seufzte. Diesmal war er nicht deshalb gekommen.

»Kader Kellal. Kennst du den?«

»Wer soll'n das sein, dein Beur*?«

»Hör mal gut zu, Kerlchen. Ich bin nicht zu Scherzen aufgelegt. Ich werd mich jetzt da drüben hinhocken und warten. Wenn du ihn mir nicht bringst, dann schick jemand

* In Frankreich geborene Kinder der Einwanderer aus Nordafrika.

anders ihn holen. Und sag ihm, es ist ernst. Es geht um seinen Bruder.«

Ohne die Antwort abzuwarten, steuerte Paul ein Autowrack an und lehnte sich mit dem Rücken daran. Der Ball war jetzt auf ihrem Spielfeld. Falls Mustafa die Wahrheit gesagt hatte, würde der Wolf ganz schnell aus dem Wald herauskommen.

Der Leutnant zündete sich einen Zigarillo an und wandte sich der Sonne zu. So gut wie überall hatten sich junge Burschen zu Grüppchen formiert. Sie warfen ihm wütende Blicke zu. Paul achtete nicht auf sie. Er kannte die Regel. Ein Bulle ist niemals willkommen. Egal mit welchen Absichten.

Bald schon schlenderte eine schmale Gestalt direkt auf ihn zu.

»Bist du der Typ, der Kader sucht?«

»Ja.«

»Was willst du von ihm?«

Der Leutnant musterte sein Gegenüber. Weites Polohemd, Trainingshose, Mütze – die Uniform. Unter dem Panzer das Gesicht einer jungen Frau. Ausgeprägte, zarte Gesichtszüge, überstrahlt von zwei Augen in einem dunklen Grünton. Er wiederholte: »Ich muss ihn sprechen.«

»Ich hab dich schon mal gesehen. Du bist ein Bulle.«

»Ins Schwarze getroffen … Aber ich bin auch ein Freund seines Bruders.«

»Komm.«

Sie überquerten das Asphaltkarree, eskortiert von einem ganzen Haufen Youngsters, die sich als Männer gerierten. Ein paar Beleidigungen pfiffen ihm um die Ohren. Paul folgte seiner Führerin, gleichgültig gegenüber den sarkastischen Anwürfen.

Sie gingen um einen Häuserblock herum und betraten

eine schmale, dunkle, mit Graffiti bedeckte Eingangshalle. Auf dem Boden leere Dosen, Konservenbüchsen, Plastiktüten. In der Luft ein Gestank nach Müllcontainer, vermischt mit dem noch eindringlicheren nach Pisse.

Paul suchte nach einem möglicherweise vorhandenen Minutenschalter. Die Schalter waren herausgerissen, so dass die Kupferkabel blank lagen. Sie stiegen im Dunkeln die Treppen hinauf. Auf jedem Treppenabsatz schuf ein winziges Rechteck eine kleine helle Lichtluke in dieser künstlichen Nacht.

Im fünften Stock blieb die junge Frau stehen. Sie klopfte an eine Tür. Aus dem Geräusch schloss der Bulle, dass es sich um eine dicke Panzertür handeln musste. Er ging näher ran. Ein mit Tesa direkt aufs Eisen geklebtes Stück Papier diente als Namensschild. Der mit Filzstift geschriebene Name überraschte den Polizisten: Kader Ali.

Er legte seiner Führerin eine Hand auf die Schulter.

»Warte eine Sekunde. Wo sind wir hier?«

»Bei meinem Vater. Du wolltest Riads Bruder sehen, hier wohnt er.«

»Wieso trägt er nicht denselben Namen?«

»Riad hat meinen Vater überredet, ihn zu ändern. Versuch nicht, es zu verstehen. Das geht dich nichts an.«

Hinter der Tür fragte eine gedämpfte Stimme: »Wer ist da?«

»Malika. Ich hab einen Bullen dabei. Er will dich sehen. Er sagt, er kennt Riad.«

»Er soll sich zum Teufel scheren.«

Die junge Frau zuckte mit den Schultern und drehte sich zu Paul um.

»Er hat Ärger mit der Justiz gehabt. Das macht's für dich nicht leichter.«

Bei dieser Enthüllung ging dem Polizisten ein Licht auf. Sie erklärte, warum Riad diesen Teil seines Lebens immer geheim gehalten, warum Kader seinen Namen geändert hatte. Die beiden Brüder kämpften unter gegnerischen Fahnen. Weiß, schwarz, zwei einander widersprechende Antworten, mit denen man sich in einer Gesellschaft behauptete, in der jeder seinen Platz suchte.

Ohne abzuwarten, nahm Paul die Sache in die Hand.

»Mach keinen Quatsch, Kader. Ich bin allein, und ich brauche bloß einen Rat. Zwing mich nicht, mit einem Durchsuchungsbefehl wiederzukommen und deinen Laden hier auf den Kopf zu stellen.«

Stille. Dann ein dumpfes Klacken. Die Tür gab nach. Das Herz des Leutnants tat einen Sprung. Im Dämmerlicht hatte er geglaubt, seinen Freund vor sich zu haben. Nur mit Bart.

»Was willst du?«

Der Mann starrte den Polizisten eindringlich an.

»Kader? Du siehst deinem Bruder aber wirklich ähnlich!«

»Schieß los.«

»Kann ich reinkommen?«

»Nein. Kannst du nicht.«

»Riad ist seit zwei Tagen verschwunden. Ich hab mir gedacht, du hast ihn vielleicht gesehen.«

»Und warum sollte ich ihn gesehen haben? Riad hab ich seit zehn Jahren nicht mehr gesehen. Und Bullen find ich zum Kotzen.« Er warf der jungen Frau einen wütenden Blick zu. »Mensch, Malika, was fällt dir ein, mir so was hier anzuschleppen?«

Die junge Frau senkte den Kopf. Sie wirkte völlig verängstigt. Paul sagte nichts mehr. Er versuchte zu verstehen. Riads Nachbar schien es ernst gemeint zu haben, als er ihm diesen Tipp gab. Also, welches Spielchen spielte Kader?

Er versuchte es anders.

»Wusstest du, dass seine Tochter ermordet wurde?«

Der Mann zeigte keinerlei Regung. Paul legte noch eine Schaufel drauf.

»Der Typ, der sich ihrer angenommen hat, hat ihr die Haut abgezogen, bevor er ihr den Schädel einschlug. Leïla ist bis zum Schluss bei Bewusstsein gewesen.«

»Warum erzählst du mir so'n Scheiß?«

»Dein Bruder ist abgehauen. Im Moment sucht er vermutlich nach dem Verrückten, der seine Tochter auf dem Gewissen hat. Das werden die Bullen nicht zulassen. Ich muss ihn finden, bevor er sich in irgendeine Scheiße hineinmanövriert.«

Kaders Lider zitterten leicht.

»Ich hab dir schon gesagt, ich seh ihn nicht mehr. Was das Mädchen angeht, das tut mir Leid. Und jetzt verpiss dich.«

Der Bulle musterte das ausgemergelte Gesicht, die schwarzen Augen. Kader log. Er wusste über Riad Bescheid, hatte ihn wahrscheinlich in den letzten vierundzwanzig Stunden gesehen, hatte ihm geholfen, seine Flucht vorzubereiten.

Aber er würde nichts sagen. Wüstenmänner hielten zusammen. Das war gewiss schon immer so gewesen. Die Rache war ihre Sache, wie eine heilige Pflicht. Der Rest ging sie nichts an.

»Wie du willst. Wenn du deine Meinung änderst, kannst du mich unter der Nummer erreichen. Aber überleg es dir schnell. Riad hat nicht mehr viel Zeit.«

Der Leutnant streckte ihm eine Karte hin, auf der sein Name und seine Handynummer standen. Er machte kehrt und stürmte die Treppe hinunter.

Unten vor dem Gebäudeeingang erwartete ihn ein Empfangskomitee. Um die zwanzig Youngsters, im Halbkreis aufgepflanzt, feindselig. Paul spürte, wie sein Körper sich auflud. Wie er Lust bekam, ihnen eine reinzusemmeln, die Spannung loszuwerden, die sich seit einer Stunde in ihm aufstaute.

Mit verschlossener Miene trat er einen Schritt vor. In diesem Moment legte sich ihm eine Hand auf die Schulter.

»Warte.«

Malika stand hinter ihm.

5

Sie bahnten sich einen Weg durch die verbissen schweigende Gruppe. Aus den Poren sickerte der Hass, rasiermesserscharfe Blicke teilten den Raum.

Malika ging voran, die Schultern nur leicht gebeugt, in einer geschmeidigen Haltung, wie sie typisch ist für Rapper. Paul folgte dicht dahinter, in Alarmbereitschaft, die Muskeln angespannt. Vorläufig spielte sich die Konfrontation nur in den Köpfen ab. Ein Nervenkrieg wie bei Katzen, die sich stundenlang reglos beobachten, bis es zum Ausbruch kommt.

Im Bruchteil einer Sekunde konnte alles außer Kontrolle geraten. Fünfzehn gegen einen. Jung, aber extrem gewalttätig, wahrscheinlich mit Cuttern oder Messern ausgerüstet. In gewisser Weise erregte diese Vorstellung Cabrera.

Aber die Horde teilte sich, als Malika hindurchging. Es war, als schlagen sie eine Schneise in diesen Wald aus Hass.

Sie verließen ungehindert die Siedlung. Auf der Straße

knallte noch die pralle Sonne runter, Mädchen mit nackten Schultern schlenderten unter vielstimmigem Gelächter über die Gehsteige. Die Spannung sank. Paul band seine Haare zusammen.

»Warum hast du das getan?«

»Um mit dir zu reden.«

»Du willst mit einem Bullen reden?«

»Von denen hängt doch alles ab.«

Zum ersten Mal seit ihrer Begegnung lächelte Malika flüchtig. Paul runzelte die Stirn.

»Sind schon andere Polizisten vorbeigekommen?«

»Die sieht man hier jeden Tag. Aber nach Riad fragst du als Erster.«

Der Leutnant hatte einen Punkt gemacht. Innerhalb weniger Stunden hatte er die Spürhunde der Kripo überholt und wagte sich auf jungfräuliches Gelände vor. Er machte einen Vorschlag: »Gehen wir was trinken?«

»Wenn du willst. Aber nicht hier. Hier kennt mich jeder.«

Sie stiegen aufs Motorrad und fuhren Richtung Alter Hafen. Auf der Fahrt spürte der Leutnant in seinem Rücken die Formen der jungen Frau. Er stellte sich zwei feste, energische Brüste vor, eingezwängt in ein Seidenkorsett. Unwillkürlich schürzte er die Lippen.

Auf dem Quai de Rive-Neuve waren die Terrassen proppenvoll. Eine bunt gemischte Menge, lebhaft, fröhlich. Das alles überflutende orangefarbene Licht gab ihrer Haut einen warmen Ton. Mit halb geschlossenen Augen atmete hier jeder tief den Duft des offenen Meeres ein und wartete auf die Nacht.

Malika setzte sich in einen Stoffsessel mit Blick aufs Meer. Sie nahm ihre Mütze ab und schüttelte den Kopf. Eine Kaskade braunen Haars umrahmte das Oval ihres Gesichts.

»Der Schmetterling schlüpft aus dem Kokon«, bemerkte Paul und setzte sich dicht neben sie.

Die junge Frau strich ihre Mähne nach hinten und band sie mit einem Gummi zusammen. Die hervortretenden Wangenknochen verliehen ihrem Gesicht etwas Kraftvolles.

»Weißt du, was es heißt, als eine Frau von zweiundzwanzig Jahren in einer Vorstadt zu leben?«

»Das weiß ich. Aber du scheinst mir ja ganz gut damit klarzukommen.«

»Solange ich mich wie ein Kerl kleide und die Klappe halte, schon. Ich hab Glück: Vor meinem Vater haben sie Respekt. Aber wenn ich nur einen falschen Schritt mache, ergeht es mir wie den anderen.«

Die Erinnerungen an ein paar Treibjagden kamen dem Bullen quälend in den Sinn. Mädchen, die mit zwölf Jahren defloriert wurden, vergewaltigt von zwanzig brünstigen Bürschchen, die kaum älter waren als sie. Da wurden innerhalb weniger Stunden Schicksale besiegelt, aus bloßem Jux und Dollerei. Weil die Mädels sich schminkten und Röcke trugen, weil sie erhobenen Hauptes durchs Leben gingen, unbekümmert, von ihren Henkern in ein Gefängnis aus Vorurteilen eingepfercht.

Paul wurde fast übel, aber er nahm sich zusammen.

»Du wolltest mich sprechen. Ich höre.«

»Riad ist am Samstag bei uns vorbeigekommen. Das heißt… Sonntag, ganz früh am Morgen.«

Das Geständnis überraschte den Polizisten nicht. Er hatte in Kaders Blick das unmerkliche Flackern der Lüge wahrgenommen.

»Warum hast du das nicht gesagt?«

»Ich wusste nicht, was du wolltest. Ich hatte Angst. Mein Vater hat Probleme mit der Justiz gehabt. Ich habe gemerkt, dass ich dir vertrauen kann, als du erzählt hast, was Leïla geschehen ist.«

Sie brach unvermittelt ab. Tränen zeichneten auf ihre glanzlosen Wangen helle Wasserrinnsale.

»Ich kann nicht glauben, dass man ihr das angetan hat. Das ist widerlich.«

Paul sah die junge Frau prüfend an.

»Du hast nichts von Leïla gewusst?«

»Nein …«

Der Bulle konnte seinen Ärger nicht verhehlen.

»Verflucht, in was für einer Welt lebt ihr eigentlich? Sie ist deine Cousine. Kader hätte ruhig mit dir darüber reden können.«

»Das geht mich nichts an. Das ist Männersache.«

»Und deine Mutter ist damit einverstanden?«

Malika antwortete mit merkwürdig ruhiger Stimme: »Meine Mutter ist tot. Ich lebe allein mit meinem Vater.«

Paul blieb für eine Weile still. Die junge Frau spielte mit einem Silberring, der an ihrem Daumen steckte. Ihr Blick war abwesend, und sie schien ganz mit einem alten Schmerz beschäftigt.

Sie bestellten Bier.

Am Nachbartisch musterten zwei Männer Malika unauffällig, mit verschworenem Lächeln und glänzendem Blick. Es wurde langsam spät, allmählich änderte sich die Stimmung.

Paul beugte sich zu ihr hinüber: »Erzähl mir, was du weißt.«

»Riad hat uns mitten in der Nacht geweckt. Er führte sich auf wie ein Irrer. Er hämmerte gegen die Tür. Die Nachbarn kamen raus. Mein Vater stand auf, dann haben sie sich in der Küche eingeschlossen.«

»Hast du hören können, worüber sie miteinander geredet haben?«

»Ein paar Worte. Weinen. Beschimpfungen. Von meinem Zimmer aus ist das schwierig. Sie haben geflüstert.«

»Streng dich an. Versuch dich zu erinnern. Vielleicht hat er einen Namen genannt, einen Ort erwähnt.«

»Nein, bestimmt nicht. Ich konnte nichts verstehen.«

Der Bulle presste die Kiefer aufeinander. Malika bestätigte seine bösen Ahnungen, erzählte ihm aber nichts Neues, das es ihm ermöglicht hätte, mit seiner Spurensuche irgendwie weiterzukommen.

»Glaubst du, er ist nach Algerien zurückgegangen?«

Die Frage erstaunte die junge Frau.

»Nach Algerien? Wieso denn das?«

»Ich weiß nicht… um sich Unterstützung zu holen. Ihr dürftet da unten doch Familie haben. Freunde.«

Ein Kellner mit der Figur eines Körperkultfanatikers stellte zwei Flaschen auf den Tisch. Malika führte den Flaschenhals an ihre Lippen.

»Wir haben nichts mehr in Algerien. Wir sind alle hier geboren. In unserer Generation weiß keiner, wie's im Inneren Nordafrikas eigentlich ausschaut. Das Land der Beurs, das sind diese Scheißhasenställe hier, in denen wir unsere Träume geparkt haben.«

Malikas Gesichtsausdruck hatte sich verändert. War hart geworden. Paul musste an eine leidenschaftliche Freiheitskämpferin denken. An diese jungen Frauen aus dem Süden mit glutvollen Augen und schmerzverzogenem Mund. Die junge Frau trug das Bewusstsein unter der Haut – was für eine Verschwendung!

»Ich hab einen Abschluss in Sozialarbeit gemacht«, fuhr sie fort. »Drei Jahre an der geisteswissenschaftlichen Fakultät. Drei verdammte Jahre, in denen man mich in dem Glauben wiegte, wenn ich nur brav wäre, würde schon alles gut werden.«

»Und jetzt?«

»Jetzt hab ich eine ABM-Stelle beim Sozialdienst von Frais-Vallon. Ich spiele Fußball mit kleinen Arabern, damit sie keine Autos anzünden.«

Frais-Vallon. Noch so eine Vorstadt. Die gleichen Ausgeschlossenen, der gleiche Hass. Paul konnte sich unschwer vorstellen, was die junge Frau so alles durchmachen musste. Als die Familie Cabrera Anfang des Jahrhunderts aus Sizilien hier gestrandet war, war ihre Begeisterung an ähnlichen Felsen zerschellt. Um Marseiller zu werden, mussten sie sich über vier Generationen hinweg abrackern.

Er nickte. Jeder musste seinen eigenen Weg gehen.

»Dein Vater weiß bestimmt, wo Riad ist. Wenn er nach Hause gekommen ist, dann nur, um Hilfe zu suchen. Du musst versuchen, das herauszufinden.«

»Er wird mir nichts sagen. Weder mir noch sonst jemandem.«

»Du musst es trotzdem versuchen. Ich bin mir sicher, dass Riad eine Dummheit machen wird. Eine Dummheit, die ihm seine Tochter nicht wieder zurückbringt und für die er eine ganze Weile hinter Gitter wandern wird. Wenn du was rausfindest, hier ist meine Nummer.«

Der Leutnant legte eine Visitenkarte auf den Tisch. Malika betrachtete sie eine Weile, bevor sie sie in ihre Tasche gleiten ließ. Sie sah den Polizisten mit ihren smaragdgrünen Augen fest an.

»Mein Vater hat mit dieser Geschichte nichts zu schaffen. Sollte es ein Problem geben, dann versprich mir, dass ihr ihn in Frieden lasst.«

Paul nahm Malika bei der Hand.

»Ich kann dir nichts garantieren. Nicht ich mache hier die Regeln. Falls es hart auf hart kommt, braucht es immer einen Schuldigen. Und Kader sieht mir ganz so aus, als ob er sich für diese Zwecke eignen würde. Hilf mir. Das ist die beste Art, das Schlimmste zu verhindern.«

6

Paul machte zunächst einen Abstecher zu Riads Eltern. Ohne sich wirklich etwas davon zu erhoffen. Die beiden Alten sprachen kaum Französisch, das Gespräch fiel kurz aus. Sie hatten ihren Sohn seit vierzehn Tagen nicht gesehen und von dem Drama erst durch die Zeitung erfahren. Was Kader anging, so hatten sie ihn seit seiner ersten Inhaftierung aus ihrem Leben gestrichen.

Riads Verschwinden verursachte bei der alten Dame einen Panikanfall. Ihr Mann blieb stumm, als sei seine Seele bereits auf dem Weg zu anderen Ufern.

Als der Polizist die Wohnung verließ, entschuldigte er sich bei ihnen. Der Gedanke war absurd, aber er fühlte sich teilweise mitschuldig an diesem Schmerz.

Gegen zwanzig Uhr kehrte er zur Brigade zurück. Vial hatte ihm ein Büro zur Verfügung gestellt, oder besser gesagt einen Schrank, in dem stapelweise Akten auf ihn warteten. Ungelöste Fälle, verdächtige Personen, die auf der Flucht waren – die Polizei versteckte ihre Ohnmacht in der hintersten Ecke eines dunklen Raums.

Er ging grußlos durch die Büroräume. Der Kripochef hatte ihn nicht vorgestellt, Paul wollte ihm nicht zuvorkommen.

Dennoch spürte er, wie er von Blicken verfolgt wurde, als er vorbeiging.

Er schloss sich in seinem Kabuff ein. Die Anspannung der letzten Stunden pochte ihm noch in den Schläfen. Er musste einmal in Ruhe nachdenken. Die Diskussionen verschob er auf später.

Er schaffte sich Platz und ließ die Absätze seiner Rangers auf das Metall des Schreibtischs knallen. Er kam in seiner Ermittlung nicht voran. Riad lief immer noch herum. Seine Verwandten deckten ihn. Und was Françoise anging, die Exfrau seines Kumpels, so hatte er sich nicht einmal die Mühe gemacht, sie aufzusuchen.

Blieb noch Malika. Die junge Frau hatte Angst um ihren Vater. Und über diesen Umweg wurde sie zur Verbündeten. Zur einzigen. Falls sie sich als tatkräftige Hilfe erweisen sollte.

Cabrera streckte sich. Seine Ferien wuchsen sich allmählich zur Schwerarbeit aus. Die Journalistin, der er im Palais des Sports begegnet war, war wahrscheinlich schon nach Montréal abgedüst. Geneviève. Eine eigenständig denkende Frau, anders als seine bisherigen Eroberungen. Er dachte wieder an Meredith. Auch sie war ihm durch ein Flugzeug abhanden gekommen.

Und er hatte nichts getan, um sie zurückzuhalten.

Die Tür wurde schwungvoll aufgerissen.

»Ah, hier sind Sie!«

Vial kam heran, das Gesicht ganz zerknautscht vor Müdigkeit. Paul rührte sich keinen Fingerbreit vom Fleck.

»Und?«, fragte der Kommissar.

»Und was?«

»Haben Sie was Neues?«

Der Leutnant der Brigade erhob sich. Seine kräftigen Schultern traten unter dem Pulli hervor.

»Es wird immer komplizierter.«

»Scheiße, Cabrera, jetzt erzählen Sie doch mal.«

»Sie hatten Recht, Kellal sucht den Killer. Das weiß ich nun sicher.«

»Aha!«

»Aber jetzt bin ich nicht mehr der Einzige, der hinter ihm her ist.«

Vial nahm sich einen Stuhl und setzte sich. Er saß in seinem Anzug da, und ihm lief der Schweiß in dicken Tropfen herunter.

»Wer? Seine Eltern ja wohl nicht. Die sind seit zehn Jahren in Rente.«

»Abdel Kader Ali. Sagt Ihnen der Name nichts?«

»Es gibt dreitausend Alis im Stadtgebiet. Der Name ist bei Franzosen algerischer Herkunft ziemlich geläufig. Mensch, Cabrera, worauf wollen Sie hinaus?«

Paul drehte sich um: »Das ist Kellals Bruder. Sein älterer Bruder. Er lebt in der Vorstadtsiedlung Félix-Pyat. Falls Sie seinen Stammbaum haben wollen, brauchen Sie nur irgendeinen Computer anzuschalten. Dann wissen Sie alles.«

Der Kommissar holte ein Taschentuch aus seiner Tasche und wischte sich die Stirn. Er schien sich unwohl zu fühlen. Als habe man ihn auf seinem eigenen Fachgebiet kalt erwischt.

»Wie haben Sie das herausgekriegt? Sie tragen nicht denselben Namen.«

»Ich hab meine Arbeit getan. Dafür haben Sie mich doch abgezogen.«

Vial erhob sich seufzend. »Sehr gut. Folgen Sie mir.«

Paul hängte sich dem Kommissar an die Fersen. Sie gelangten in eine große Werkstatt, in der überall Metallschreibtische herumstanden. Die Brigade der Kripo arbeitete in einem *open space*, eine von Vials Ideen, er sollte dafür sorgen, dass die Ideen besser zirkulierten. Die Ermittler hatten sich zuerst dagegen gesträubt. Aber dann hatten sich schließlich alle daran gewöhnt.

Hinten im Raum klimperten zwei Frauen hinter LCD-Bildschirmen auf ihrer Tastatur herum. Eine kleine Brünette mit falschen Wimpern und eine kurvenreiche Blondine mit dem Gesicht eines Luders. Paul erinnerte sich an die Worte von Mustafa. Das war wahrscheinlich die, die Vial bei seinem Besuch bei Riad begleitet hatte.

Der Kommissar ging auf die Blondine zu und stellte ihr Paul vor. Die Frau musterte den Leutnant hemmungslos, wie eine Jägerin. Sie strahlte Stärke aus, Willenskraft, aber auch Einsamkeit. Als sie anfing zu sprechen, klang ihre allzu selbstbewusste Stimme falsch.

»Also Sie sind das. Der Superbulle von der Straße. Der Mann der Vorstadtghettos. Der weiße Ritter, der den armen Beamten von der Kripo zu Hilfe eilt.«

Paul starrte der jungen Inspektorin ins Weiße der Augen.

»Und Sie, mal abgesehen von Ihren Computerkenntnissen, was treiben Sie hier eigentlich?«

»Eine Menge interessanter Dinge. Ich zeig's Ihnen, wenn Sie brav sind.«

Die Stimme des Kommissars machte dem Geplänkel ein Ende.

»Machen Sie mal eine Recherche für mich, Desruel. Der Name lautet Kader Ali. Gehen Sie ins Zentralverzeichnis.«

Lächelnd riss Leutnant Sophie Desruel ihre blassen Augen von Paul los. Ihre malvenfarbenen Fingernägel klapperten auf der Tastatur.

Eine Liste erschien. Etwa vierzig Alis waren in den Maschen der Justizmaschine hängen geblieben. Nur ein Kader.

Sie machte einen Doppelklick. Die Datei füllte den ganzen Bildschirm aus. Oben stand in roten Lettern das Siegel OCRB, Büro gegen das organisierte Verbrechen. Wider alle Erwartung war der Mann unter der Rubrik »Schwere Bandenkriminalität« gespeichert.

Cabrera beugte sich so nah zu Desruel hinab, dass er ihren Atem spürte. Zitronenduft umnebelte ihm die Sinne. Sein Herz machte einen Sprung. Seit Meredith hatte er diesen Duft nicht mehr gerochen.

Der Polizist erkannte Kader problemlos wieder. Das für alle Zeiten auf Film gebannte Gesicht war das vollkommene Ebenbild des Originals. Die Adresse dagegen stimmte nicht mehr.

Er ging den Lebenslauf durch. Die Litanei der Verurteilungen war atemberaubend wie eine Aufzählung kriegerischer Heldentaten. Drogenhandel, Raubüberfall, Mord, Mitgliedschaft in einer kriminellen Vereinigung – der Mann hatte die Hälfte seines Lebens hinter Gittern verbracht. Im Jargon ein dicker Fisch. Paul stellte sich den Werdegang des Ganoven vor. Ein Paria, der von einem Versteck zum anderen hastete, immerzu die Bullen auf den Fersen.

Ihm fiel auf, dass das letzte Urteil im Jahr 1991 ausgesprochen worden war. Fünfzehn Jahre Zuchthaus für einen gemeinschaftlich verübten Diebstahl unter vorgehaltener Waffe. Mit anderen Worten: Raubüberfall. Im September 2002 wurde die Freiheitsstrafe auf Bewährung ausgesetzt. Was hatte er seither getan?

»Hübsche Familie!«, bemerkte Desruel und schob ihren Stuhl zurück. »Jetzt verstehe ich, warum Kellal über dieses Kapitel geschwiegen hat.«

Paul gefiel der Ton dieser Zicke nicht. Er sprach, ohne sie anzusehen.

»Seine Familie sucht man sich nicht aus. Mit der versucht man klarzukommen. Das ist alles.«

Vial ging dazwischen. »Hört jetzt auf mit dem Unsinn!« Er sah sie nacheinander wütend an, dann fragte er mit kalter Stimme: »Glauben Sie, dass sie in Kontakt bleiben werden?«

Paul zuckte die Achseln.

»Möglich …«

»Wir werden ein Auto in die Siedlung beordern und Kader überwachen lassen. Außerdem werden wir sein Telefon abhören.«

»Warum nicht? Aber jetzt sind sie misstrauisch geworden.«

Ein dünnes Stimmchen machte sich hinter ihnen vernehmlich.

»So kommen wir nicht zum Ziel.«

Paul drehte sich halb um. Die Brünette hüpfte von einem Fuß auf den anderen.

Der Kommissar blaffte sie an: »Werden Sie deutlicher, Coglio.«

»Wir alle kennen Kellal. Er ist ein Bulle wie wir. Er beherrscht unsere Techniken, weiß über unsere Möglichkeiten Bescheid, kann sie vorausahnen. Sein Bruder ist ein Gangster. Und offensichtlich ein großes Kaliber. Der Jäger und die Beute, vereint durch die Verfolgung eines gemeinsamen Ziels.«

Cabrera nickte. Diese Polizistin mit dem Schulmädchengesicht hatte gerade voll ins Schwarze getroffen.

Sie fuhr fort: »Kellal wurde im Leichenschauhaus das letzte Mal gesehen. Samstag gegen zweiundzwanzig Uhr. Danach Fehlanzeige. Alle Personen, die wir verhört haben, behaupten entweder, ihn nicht zu kennen oder nicht zu wissen, wo er sich befindet. Er benutzt sein Handy nicht, und wenn er mit seinem Bruder kommuniziert, tun sie das wahrscheinlich über gestohlene Apparate. In den Vorstadtsiedlungen dürfte es ihnen nicht schwer fallen, sich welche zu besorgen.«

»Diese Feststellung bringt uns nicht viel weiter«, brummte Vial mürrisch.

»Im Gegenteil, damit können wir uns auf neue Vorgehensweisen konzentrieren. Jetzt wissen wir, was für ein Spiel gespielt wird.«

Coglio drehte sich zu Paul um. Der spielte mit einem Gummi herum.

»Sie haben eine Sache gezeigt, Cabrera: Kellal weiß, dass er bei dieser Ermittlung aus dem Rennen ist. Keine logistischen Mittel, kein handfestes Ermittlungspotenzial. Und dann sind ihm noch seine Kollegen auf den Fersen. Sobald er sich rührt, werden sich alle auf ihn stürzen.«

Verächtlich unterbrach sie Sophie Desruel: »Du rennst offene Türen ein. Wir haben immer schon gedacht, dass er sich verstecken würde, bis wir den Spinner aufgestöbert haben, der sein Mädchen ermordet hat.«

»Genau das wird er tun.«

»Dann sind wir ja einer Meinung. Zurück zum Ausgangsfeld! Keiner wird ihn finden, der schöne Leutnant Cabrera ist eine Runde gefahren, um das Publikum mächtig zu beeindrucken, und geht jetzt brav wieder nach Hause.«

Paul ging nicht darauf ein. Er dachte über die Schlussfolgerungen des Schulmädchens nach. Riad war nicht auf den Kopf gefallen. Ein intelligenter, geschickter, erfahrener Bulle. Er hat sich bestimmt seine Chancen ausgerechnet. Blieb er allein, waren sie gleich null. Sein Kumpel hatte ganz bestimmt etwas anderes im Sinn gehabt.

»Fahren Sie bitte fort«, bat er Coglio.

»Kellal wird versuchen, diesen Verrückten zu töten. Das ist absolut sicher. Die Frage ist nur: wann? Wenn man bei der ersten Hypothese bleibt, wird er aus dem Wald herauskommen, sobald wir ihn festnehmen. Falls wir ihn festnehmen. Jetzt gibt es aber noch eine andere Möglichkeit.«

»Und die wäre?«

»Er führt seine eigene Ermittlung durch. Aus der Ferne, über einen Mittelsmann.«

»Kader?«

»Sein Bruder hat ihm seine Loyalität bereits bewiesen. Er hat seinen Namen geändert, das ist kein Pappenstiel. Er wird seinen Anordnungen Folge leisten.«

Kommissar Vial beobachtete das Gespräch und kratzte sich dabei die Stirn. Graue Wolken schienen sich unter seiner Schädeldecke zusammenzubrauen.

»Ein ehemaliger Knastbruder? Der in einer Vorstadtsiedlung lebt? Welche Aktionsmöglichkeiten könnte der wohl haben?«

Coglio nahm ihre Brille ab und putzte sie mit einem Taschentuch, das mit Kreuzstichen bestickt war.

»Dieselben wie wir.«

Paul fiel es wie Schuppen von den Augen.

»Die Polizeispitzel.«

»Mit einem Unterschied. Die Motive sind verschieden. Auf ihre Tipps wird jedes Mal Verlass sein. Sie werden schneller vorwärts kommen. Und sie werden den Mörder vielleicht vor uns finden.«

Stille folgte ihrem Satz. Ohne ihre Spitzel ähnelte die Polizei einer Blindenkolonie. Diesmal würden ihre im Schatten verborgenen Spürhunde für die Ehre ranklotzen. Coglio lag goldrichtig. Die Ergebnisse würden unter Umständen recht überzeugend ausfallen.

Desruel unterbrach als Erste ihre Überlegungen.

»Wir wissen nicht viel über den Mörder. Aber wenn es sich so verhält, wie ich glaube, dann macht er die Sache im Alleingang.«

»Er tötet«, stimmte Coglio zu, »auf eine besonders perverse Art. Er hat Zeichen hinterlassen. Man sieht sie nicht, aber sie sind da. Kellal wird sie zu nutzen wissen.«

»Wie denn?«

»Die Straße. Tausende von Augen und Ohren. Permanent eingeschaltete Satellitenschüsseln. Und noch besser: das Milieu. Das hat eine Struktur, ein Machtgefüge, Vermittlungskanäle, in denen Information zirkuliert. Das ist sein wichtigster Trumpf.«

Die vier Polizisten sahen einander verblüfft an. Eine höllische Allianz nahm in ihrer Vorstellung Gestalt an.

Das Gute und das Böse, vereint unter ein und derselben Flagge, und nur ein Ziel im Sinn.

Rache.

7

Philippe hasste diese Stunden der Untätigkeit.

Kleine Häppchen Leere, die er mit Hoffen und Warten verbrachte. Karl war der Taktgeber. Er würde ihm den Ort und die Stunde nennen, zur gegebenen Zeit. So war das von Anfang an bei ihnen gelaufen.

Er knöpfte sein Hemd zu. Naturseide, weich fließend wie ein Lufthauch, darunter konnte man das Zusammenspiel der Muskeln erahnen. Er überprüfte den Ladestand seines Handyakkus.

Fünf Striche, also ganz voll.

Karl hatte ihn gebeten, ein wenig abzuwarten, bevor er wieder die Nase rausstreckte. Eine reine Vorsichtsmaßnahme.

Nach drei Tagen Isolation war Philippe nun drauf und dran auszurasten.

Er hatte zwei Anfälle gehabt, eine unkontrollierbare Spirale, danach war er vollkommen am Ende gewesen. Nur das Anhören der Kassetten hatte ihn beruhigt.

Jetzt hatte er das drängende Bedürfnis, nach draußen zu kommen. Es fühlte sich an wie das quälende Bedürfnis zu pinkeln.

Er betrachtete ein letztes Mal sein Bild im Spiegel. Die Frisur, die Bräune, der Blick, alles schien in Ordnung.

Katzengleich schlich er sich in die Nacht hinaus und ließ sich ohne klares Ziel treiben, wohin seine Füße ihn trugen. Sein Körper saugte jeden Sinneseindruck auf wie ein Schwamm. Nach einer Stunde des Umherirrens rief er ein Taxi und ließ sich zur Corniche fahren.

Auf der Uferpromenade genoss eine fröhliche Menge die Abendluft. Hinter den Brüstungen erstreckten sich die Wiesen bis zum Strand, verschleiert von einem künstlichen Regen. Ein Raum voller Schatten, bevölkert mit geisterhaften Gestalten, überall Geplärre. Eine Meeresbrise wehte den Duft von Hammelbratwürsten und Salz herbei.

Philippe liebte diese Fülle. Der Sommer kam ihm wie eine Atempause vor, eine Zeit in der Schwebe, in der er wieder Leben in sich fühlte. Überall zerrissen die Lebewesen ihren Kokon, um sich der Straße anzubieten. Männer, Frauen, eine Vielzahl von Menschen auf der Suche nach Sinnesfreuden, Affären, Begegnungen. Zwei Monate lang lief der Karneval der Verführungen auf vollen Touren.

Er folgte dem Menschenstrom bis zum David. Den Rücken dem Horizont zugewandt, thronte die Nachbildung des von Michelangelo in Stein gehauenen Epheben mitten auf dem runden Platz. Er sah ihn eine Weile sinnend an, als betrachte er ein Bildnis seiner selbst. Dieselbe Reinheit der Linien, dieselbe Lässigkeit. Die Formvollendung, für alle Ewigkeit zu Stein geworden.

Er wurde von einer Welle der Verzweiflung überrollt. Wer würde sich in weniger als einem Jahrhundert noch an ihn erinnern? Die Fotos würden vergilbt sein, die Erinnerungen verblasst. Es würde nichts übrig bleiben. Dieser herrliche Körper, für den er Blut und Wasser schwitzte, dieses vollkommene Gesicht, das er jeden Abend pflegte. Nichts. Ein Häufchen Staub unter den Trümmern des Vergessens.

Ein Rempler in den Rücken brachte ihn wieder zu sich.

»He! Pass doch auf, wo du hinläufst!«

Eine junge Frau von etwa zwanzig Jahren stand unmittelbar vor ihm, die Fäuste in die Hüften gestemmt. Sie war unglaublich braun und trug Rastazöpfe mit türkisfarbenen Perlen.

Philippe stammelte eine Entschuldigung.

»Tut mir Leid… Ich hab nicht aufgepasst. Ich… Ich habe mir die Statue angesehen.«

Seine Stimme war gegen Ende heiser geworden, man merkte ihm deutlich an, wie verwirrt er war. Das Modepüppchen achtete nicht darauf. Sie besah sich die Erscheinung, die wie angewurzelt dastand und ihr den Weg versperrte. Älter als sie, aber von einer Schönheit, dass es einem den Atem verschlug. Sie änderte ihren Ton.

»Ist schon gut … Ist ja keiner gestorben. Du bist nicht aus Marseille, stimmt's?«

»Äh … Wie kommen Sie darauf?«

»Hier bleibt sonst keiner stehen, um sich Statuen anzuschauen.«

Sie blickte zu dem Adonis hin und der Schalk blitzte ihr aus den Augen.

»Vor allem nicht die Schwuchteln …«

Philippe spürte, wie Wut in ihm hochkochte. David … Eine Schwuchtel … Diese dumme Göre hatte soeben die Essenz der Kunst auf ein vulgäres Bild reduziert. Er hätte ihr am liebsten eine Ohrfeige versetzt, hier, sofort, nur damit sie eine Lektion fürs Leben bekam.

Aber Karl sollte ihn auf seinem Handy anrufen. Das war nicht der rechte Moment, um einen Streit vom Zaun zu brechen. Er sollte sich weiterhin auf den Anruf konzentrieren. Und nur darauf.

»Ich komme aus Paris. Ich bin in den Ferien.«

Das Mädchen benahm sich ein bisschen affig. Sie streckte sich und entblößte dabei ihren Nabel, der mit einem winzigen Piercing geschmückt war.

»Ich war mir nicht sicher. Du hast nicht den *look* eines Fans von Olympique Marseille. Du bist'n Model, stimmt's? Ich hab das Gefühl, dich schon mal irgendwo gesehen zu haben. «

»Nein …«

»Dann im Fernsehen. Du moderierst 'ne Sendung.«

Philippe machte zu. Das Gespräch nahm eine unangenehme, zu persönliche Richtung. Die junge Frau musste gespürt haben, dass ihm unwohl war. Sie machte einen Rückzieher.

»Schon gut … Ich hab heut' Abend noch nichts vor. Wenn du magst, zeig ich dir ein bisschen die Gegend.«

In Philippes Augen war plötzlich ein seltsames Leuchten. Im Bruchteil einer Sekunde hatte er die Anmache gerochen. Diese Nutte war scharf auf ihn. Ein wildes, körperliches Begehren. Ein Trieb, den er schon vor langer Zeit herauszuspüren gelernt hatte, für den er lebte.

Er antwortete nicht sofort. Er lächelte, als denke er über ihren Vorschlag nach. Tief in seinen Eingeweiden lagen gewaltige, zutiefst widersprüchliche Kräfte miteinander im Streit.

Ohne es zu merken, wich er etwas zurück. Die junge Frau zog überrascht die Brauen hoch.

»Keine Bange. Ich fress dich schon nicht auf.«

Der junge Mann zögerte kurz. Er stammelte: »Das ... Das ist es nicht ... Ich bin mit einem Freund verabredet.«

Sie deutete ein Lächeln an.

»Ach so ...«

»Ein andermal vielleicht.«

»Jou ... Wenn du wieder andersrum geworden bist.«

Sie öffnete die Arme, um anzudeuten, dass sie da machtlos sei und machte kehrt. Die Menschenmenge verschluckte sie, ein grollender Aschefunken in einem Ozean aus Fleisch.

Philippe entspannte sich. Er hatte die Frustration gespürt. Ein kurzer Moment der Freude. Rasch, gewaltig.

Er ging weiter Richtung Escale Borely. Restaurants, Bars, Diskotheken, zu dieser Jahreszeit war der Gebäudekomplex, den man direkt an den Strand gebaut hatte, randvoll mit Jägern und Beutetieren.

Hin und wieder zog er das Handy heraus. Das Display sah ihn mit einem toten Auge an.

Karl hatte ihm vor Ende der Woche eine neue Aufnahme versprochen. Eingesperrt in sein Kabuff, hatte Philippe sich die letzte stundenlang angehört. Ununterbrochen. Bis er den Boden unter den Füßen verlor. Das Weinen, die Schreie, das Flehen, er kannte dieses Leid schon auswendig.

Sein Körper verlangte nach neuem Stoff.

Dienstag. Noch drei Tage, dann würde die Frist ablaufen. Das würde kaum ausreichen, um den Boden zu bereiten.

Er biss die Zähne zusammen und trat auf den Platz hinaus. Proppenvolle Terrassen, kein Quadratzentimeter Platz mehr. Junge Leute, überall, auf Motorrollern sitzend, auf Spazierfahrt mit den Inlinern. Er ging zum Meer. Auf dem Weg dorthin wandten sich ihm die Blicke zu.

Er dachte nicht mehr daran, war nur noch von einem Gedanken besessen.

Dem an die Musik, die er bald zu hören bekommen würde.

DRITTER TEIL

1

Der Schmerz.

Wie ein Eisbrand. Überall. Ständig. Und kein Entrinnen.

Kellal setzte die Flasche an seine Lippen. Die Religion, die Verbote, die demütige Unterwerfung, all die Lehren, denen er anhing, galten nicht mehr. Waren überholt.

Wer konnte ihm Leïla zurückbringen? Wer hatte zugelassen, dass man sie umbrachte? Wer hatte ein Monster zur Welt gebracht, das imstande war, ein Kind zu foltern?

Der Whisky zerfraß ihm die Kehle. Er spie eine braune, ätzende Spucke aus. Seit dem Besuch im Leichenschauhaus hatte er nichts mehr runtergebracht. Nur sein Leid hatte er geschluckt, hatte sich eingerollt wie eine leblose Schlange.

Sein Bruder hatte ihm zugehört. Ohne ein Wort zu sagen. Dann hatte er in der Stille des geteilten Schweigens seine Hand genommen und eine Kugel hineingelegt. Ihre Blicke waren sich begegnet. Der seine tränenverschleiert. Der von Kader hasszerfressen.

Im Nu war alles sonnenklar. Ein Leben voller Zweifel, immer in dem Bemühen, Regeln anzuerkennen, die nicht die seinen waren.

Weg damit.

Kellal war immer brav gewesen. Ein Musterknabe, ein begabter Schüler, bei jeder Gelegenheit wurde er als Vorbild herangezogen. Eine Art Standarte, die anlässlich der Preisverleihungen gehisst wurde, um die Eliten zu überzeugen, dass ihr System funktionierte. Und er hatte daran geglaubt. So sehr, dass er schließlich in den Polizeidienst eintrat, sich einen Ausweis in den Farben der Trikolore auf die Brust heftete und sich für einen Bullen hielt.

Für einen Bullen wie alle anderen.

Sicher, ein paar Kleinigkeiten kratzten manchmal empfindlich an seinem Panzer aus Gewissheiten. Eine Bemerkung, ein ungläubiger Blick, ein Lächeln, wenn er vorbeiging. Aber er weigerte sich, sie wahrzunehmen. Seinen Frust ließ er verfaulen, sicher verwahrt in Käfigen aus Stolz.

Er kam voran.

Auf dem Weg vor ihm, weit entfernt von diesem künstlichen Schutzdach, gab es Leïla. Sie war die Rechtfertigung für den Weg, den er eingeschlagen, für die Dinge, auf die er verzichtet, für die täglichen Anstrengungen, die er unternommen hatte, um sich selbst zu vergessen.

Die Lügen waren in tausend Stücke zerschellt. Ein Schatten hatte ihn seiner Zukunft beraubt. Die Gegenwart schrie jetzt nach Rache.

Er betrachtete die Kugel. Ein Metallzylinder, nicht viel größer als ein Zäpfchen. Eine simple Wahrheit, von den Vorfahren überliefert, menschlich.

Kader log nicht. Araber, Beur, Maghrebiner, diese Worte standen für Zurückweisung und Ausschluss. Er fühlte sich an den Rand gedrängt, geduldet, Gefangener eines Lebens, das von anderen geschrieben wurde. Oder für andere. Letztlich war ihm das nie so recht klar gewesen.

Das Kind war auf dieser sauren Erde herangewachsen, hatte sich in seiner Haut nicht wohl gefühlt, war aggressiv gewesen, hatte den Zwergenaufstand geprobt. Nichts hatte den Jungen besänftigen können. Eltern, Erzieher, Ratgeber aller Art, niemand hatte ihn zurechtbiegen können. Er war gewalttätig, feindselig, cholerisch, ein einziger zorniger Schluckauf.

Dann war die Justiz auf den Plan getreten. Wie eine Befreiung, eine Katharsis. Die explizite Bestätigung seiner Taten, seines Werdegangs. Der Knast hatte ihm eine neue Welt offenbart. Mit ganz eigenen Gesetzen und Hierarchien, einem eigenen Ehrenkodex.

Die Antwort hatte sich aufgedrängt. Er würde Bandenführer werden. Man würde ihn fürchten, respektieren, auf ihn hören. Während er in seiner engen Zelle hockte, hatte der Ganove seine Wahrheit gefunden.

Kellal streckte sich auf der Matratze aus. Neben ihm stand die Sporttasche, in die er seine Sachen hineingeschmissen hatte. Sie stand offen. Ein Gewehrkolben ragte heraus. Schwarz, glänzend, wie ein Stück Schiefer.

Kader kümmerte sich um alles.

Er hatte ihm schon eine Waffe besorgt. Ein Gewehr mit Zielfernrohr, eine MG47, mit Infrarotpointer und drei Kugeln in der Kammer. Ein ausgefeiltes Werkzeug für Präzisionsschüsse. Seit sechs Monaten wurde es von den Brigaden der Gendarmerie benutzt, zum Schutz der Staatschefs.

Kellal musste nur noch warten. Und nachdenken. Die Informationen würden stückchenweise eintrudeln. Er hatte alle Zeit der Welt, sie zu ordnen, sie zusammenzufügen.

Bis er ihn finden würde.

Oder die anderen an seiner statt.

In beiden Fällen würde er zur Stelle sein.

Er kreuzte die Arme unter dem Kopfkissen, schloss die Augen. Das Versteck war nicht gerade ein Palast, aber es war ruhig. Und niemand wusste von seiner Existenz. Er dachte an Cabrera. Vial hatte ihn auf ihn angesetzt. Falls nicht schon die Generalinspektion der Police Nationale im

Spiel war. Was erhofften sie sich? Dass Paul ihn fand? Dass er ihm eine Lektion erteilte?

Paul war sein Freund. Ein schweigsamer Mensch, ganz wie er selbst. Cabrera steckte voller widersprüchlicher Empfindungen, war zurückhaltend. Ein echter Kerl. Da brauchte es keine Worte. Was würde geschehen, wenn das Schicksal dafür sorgte, dass sie sich von Angesicht zu Angesicht gegenüberstanden?

Diesen Gedanken schob er weit von sich. Gegenwärtig zählte nur die Wirklichkeit. Jede Minute, die er dem Leid abtrotzte, verwandelte sich in einen Strom reiner Energie.

Bald würde der Schmerz sein Verbündeter sein.

Bald würde er bereit sein.

2

Die Straße lag völlig verlassen da.

Ab und an schossen ein paar Autos Richtung Schnellstraße vorbei, mit blendenden Scheinwerfern und jaulenden Motoren. Auf den Gehsteigen war kein Mensch.

Sieben Tage die Woche lief die Arbeit in den Lagerhallen von La Joliette auf vollen Touren. Lastwägen, Aufzüge, Container, Paletten – der staubige Bienenstock sprühte vor Energie. Überall ließ eine ganze Staffel von Lagerarbeitern die Muskeln spielen, um die Stadt am Laufen zu halten, wie ein Heer seelenloser Galeerensträflinge.

Kader sah sich prüfend um. Zu dieser unsicheren Stunde nahmen Schattengestalten von der Lagerhalle Besitz. Die gewaltigen Blöcke reihten sich mit militärischer Geradlinigkeit aneinander, eine Ansammlung aus strengen, reinen Formen. Glas, Beton, Stahl. Ein kaltes, hartes Universum.

Der Ganove kam an den Fußgängerbrücken vorbei. Ein ineinander verschachteltes Gewebe, wie eine reglose Spinne, die sich an den Asphalt klammerte. Auf halbem Wege bog er nach rechts ab. Ein spärlich erleuchtetes, bloß geteertes Sträßchen. Er legte etwa fünfzig Meter zwischen zwei Backsteinmauern zurück, dann trat er in eine schwarze Mauervertiefung.

Er klopfte dreimal. In der Tür ging etwa auf Halshöhe eine Luke auf. Dahinter war ein Dröhnen zu vernehmen, fern, wie Kriegstrommeln. In dem hellen Viereck erschien ein pockennarbiges Gesicht.

»Das ist ein Privatclub. Haben Sie eine Karte?«

»Ich wollte Saïd sprechen.«

Keinerlei Regung in den kleinen schwarzen Augen. Ein Klicken. Die Luke wurde wieder geschlossen. Der Ganove wartete. Kurz darauf drehte sich die bläuliche Metallplatte mit einem schneidenden Quietschen in den Angeln.

Das pockennarbige Gesicht machte ihm ein Zeichen mit dem Kopf. Eine Treppenstufe, dann ging Kader durch die Eingangsschleuse. Der Rauch kratzte ihn sofort im Hals. Er blinzelte, sah sich um. Schwere Vorhänge, Neonlicht, der Vorraum des *Tunnel* wirkte leer, wie außerhalb von Raum und Zeit.

Zwei Nutten in hautengen T-Shirts und mit angriffslustig vorgerecktem Busen lagen sich hinter einem Tresen aus Weißblech in den Haaren. Am äußersten Rand, wie an die Wand geschweißt, stand eine Registrierkasse mit Digitalanzeige.

Ein Mann schob den Vorhang beiseite. Er war klein, muskulös, hatte einen kahl geschorenen Kopf und trug voller

Stolz ein prachtvolles rotes Hemd zur Schau, dessen Schöße ihm über die Jeans fielen. Das Outfit wurde durch ein Paar hochgeschlossene fluoreszierende Basketballschuhe vervollständigt. Ein Komplize, dachte Kader. Jung, selbstsicher, arrogant.

Der Typ pflanzte sich mit verschränkten Armen vor ihm auf. Beim Sprechen konnte man einen leichten arabischen Akzent heraushören.

»Du willst Saïd sprechen?«

»Ja.«

»Wer bist du?«

»Kader Ali.«

»Kenn ich nicht.«

Riads Bruder spürte ein unangenehmes Pieksen im Nacken. Er starrte den Schlaumeier böse an.

»Du brauchst mich nicht zu kennen. Sag einfach deinem Boss, dass ich ihn sprechen möchte. Und zwar dalli, bevor ich die Geduld verliere.«

Der Mann wich ein wenig vor ihm zurück. In Kaders Hand blitzte etwas auf. Alle im Raum erstarrten zu einem Standbild.

»Nur mit der Ruhe«, befahl der Handlanger, während er auf die chromblitzende Kanone blickte.

»Ich hab dir nichts zu sagen, du Knallcharge. Gib Saïd Bescheid. Das ist alles, worum ich dich bitte.«

Der Typ zögerte. Wartete ein paar Sekunden lang auf eine Erleuchtung. Dann nahm er den Hörer von einer Telefonanlage an der Wand und murmelte ein paar Worte auf Arabisch. Im Türrahmen stand der Rausschmeißer und wartete, gespannt wie eine Feder. Die Empfangsdamen waren näher zusammengerückt. Die Spannung im Vorraum erreichte ihren Höhepunkt.

Nach zweimaligem kurzem Nicken hängte der junge Mann ein. Er wirkte verlegen.

»Tut mir Leid, Monsieur Ali. Nehmen Sie es mir nicht übel. Ich tu bloß meine Arbeit, verstehen Sie …«

»Schon gut. Führ mich hin.«

»Sofort.«

Er streckte ihm die Hand hin.

»Tarek.«

Kader stopfte sich seine 45er in den Gürtel. Er tätschelte dem Typen beiläufig die Wange. Dieser Dreckskerl verdiente keine bessere Behandlung.

Sie lüpften die Vorhänge und verschwanden in der Disko. Schlagartig wurden die Töne lauter. Techno-Rhythmen, voll aufgedreht in einem engen Raum. Kader hatte das Gefühl, in einen Bauch zu gelangen, in eine warme, feuchte Gebärmutter, die ihm in vielfacher Lautstärke das Echo seiner eigenen Pulsschläge zurückwarf.

Er kniff die Augen zusammen. Blitzartige Bilder, allzu scharfe Konturen. Ein Stroboskop zerteilte mit fahlen Klingen die Dunkelheit. Weiter unten auf der Tanzfläche wogten zerstückelte Körper im Takt. Ein Wald aus nackten Armen, wie Stöckchen aus Fleisch zur Decke gereckt.

Eine diffuse Angst schnürte ihm die Kehle zu. Der enge Raum, die vielen Menschen, die Schreie. Wie im Knast. Er konzentrierte sich auf den Schädel seines Wegweisers.

Der Gang durch die Menge kam ihm lang vor. Schatten streiften ihn, irreal, schemenhaft. In dieser Enge konnte er ihre Hitze spüren, den Geruch ihrer Körpersäfte. Ein feuchtes Magma, nach Moschus riechend, eine Mischung aus Schweiß und Alkohol.

Sie durchschritten einen Bogen. Der Lärm nahm ab. Die Menschenmenge auch. Sie durchquerten einen dunklen Gewölbesaal, in dem sich Stühle und Tische auftürmten, in etlichen Schichten übereinander gestapelter alter Trödel. Am Ende eine Treppe. Die Stufen waren in den Boden gehauen, steil, eng, notdürftig gesichert durch ein Plastikgeländer.

Tarek blieb stehen, eine sich von dem Dämmerlicht abhebende Papiersilhouette, wie durchgepaust.

»Entschuldigen Sie, Monsieur Ali. Ich muss Ihnen Ihre Waffe abnehmen.«

Kader gehorchte.

Tarek stopfte sich die Waffe unters Hemd, trat zurück und sagte: »Gut... Jetzt muss ich sicherstellen, dass Sie sonst nichts dabeihaben.«

Der Ganove wusste schon, was gemeint war. Seufzend breitete er die Arme aus. Die Durchsuchung war schnell vorbei. Eine effiziente, wie geschmiert laufende Prozedur. Neben der Magnum, die er zu diesem Anlass mitgenommen hatte, trug der Beur immer ein Rasiermesser in der Gesäßtasche seiner Hose bei sich. Ein altes Exemplar, zwei gleich große Schenkel, der eine aus Holz, der andere aus Metall. Tarek erleichterte ihn darum.

»In Ordnung, Monsieur Ali. Sie können hineingehen. Geradeaus, am Ende des Gangs. Man wird sich um Sie kümmern.«

Ohne einen Blick für den anderen ging Kader hinunter. Unten mündete die Treppe in einen Gang. Dreckig, feucht, von einer einzigen Glühbirne spärlich erleuchtet. Sie hing direkt am Kabel, und ihre nackte Birne ließ altes Mauerwerk erkennen, deutlich älter als die oberen Etagen. Er ging weiter. Die Farbe blätterte ab und legte an etlichen Stellen lepröse Flecken frei. An den Wänden verliefen Kabel, wie Plastiklianen zu Bündeln zusammengefasst.

Zum ersten Mal während seines schweigsamen Marsches

stellte sich der Gauner die Frage, was er mit seinem nächtlichen Ausflug eigentlich bezwecken wollte. Seit wie langer Zeit hatte er Saïd nicht mehr gesehen? Seit acht Jahren? Seit neun vielleicht? Der Mistkerl hatte ihn ein- oder zweimal im Gefängnis besucht. Das war's auch schon.

Nach Kaders Erinnerung sah Saïd Abdou aus wie ein Krummschwert. Er war lang und gebeugt, seine Gelenke traten unter der Haut hervor wie Metalldorne. Jedes seiner Fingerglieder war dürr wie ein Knöchelchen. Wenn er zuschlug, zerfetzten sie das Fleisch, als seien sie aus Stacheldraht.

Seine Gesichtszüge passten zum Rest. Grobschlächtig. Hohle Wangen, unnatürlich hohl, eine Adlernase, keine Lippen. Und zwei winzige, tief in den Augenhöhlen versteckt liegende Linsen, ausdruckslos, stets auf der Lauer.

Die Klinge.

Für diejenigen, die ihm über den Weg liefen, lag die Bedeutung klar auf der Hand. Sie sahen die Spitze des Eisberges. Die anderen, Freunde oder Feinde, Bullen oder Gauner, kannten die tiefere Bedeutung dieser Analogie. Diese Bezeichnung war mehr als der Spitzname eines Knastbruders, sie drückte einen Werdegang aus, einen Gemütszustand.

Abdou schnitt sich seine Welt mit dem Cutter zurecht.

Der junge Bauer, der nach der Unabhängigkeit aus Algerien gekommen war, hatte die Massaker, welche die Schlächter der Nationalen Befreiungsfront veranstaltet hatten, nicht vergessen. An einem Juniabend hatten sie seine Familie dezimiert. Aus seinem Versteck unter einem Treppenverschlag heraus hatte derjenige, den man später die Klinge nennen würde, zusehen müssen, wie seiner Mutter, im sechsten Monat schwanger, der Bauch aufgeschlitzt wurde und man den Fötus seines Bruders wie einen Hasen mit dem Hackebeil zerstückelte.

Ihre Methoden hatten den Hilfssoldaten der französischen Armee zwei Dinge gelehrt.

Erstens: Sterben war kinderleicht. Was zählte, war die Vorstellung, die man sich davon machte. Mit den Verstümmelungen, den Foltern, den abgezogenen und auf Zelte aufgenähten Gesichtshäuten verfolgten die Rebellen nur ein Ziel: Sie wollten die Seele der Menschen verletzen, damit die Angst umging.

Und ihr Territorium verteidigen.

Zweitens: Auf der Stufenleiter der Urängste rangierte die Angst vor dem Tod durch eine Stichwaffe an oberster Stelle.

In seinem eigenen Land der Verfolgung ausgesetzt, von Frankreich verkauft, hatte er sich unter falschem Namen nach Marseille geflüchtet. Der Hass war gewachsen. Völlig skrupellos, mit seinen Dogmen als einzigem Schlüssel zum Erfolg, hatte Abdou innerhalb weniger Wochen die Glanzleistung vollbracht, sich auf dem Pariser Pflaster durchzusetzen. Die alteingesessenen Mitglieder des Milieus, Korsen und Italiener, ließen sich schnell erobern. Die Klinge war überall. Finden konnte man ihn nirgends. Seine Methoden ließen noch den Abgebrühtesten das Blut in den Adern gefrieren, sein Wahnsinn nötigte ihnen Respekt ab. Und noch dazu war sein Truppenpotenzial schier unbegrenzt. Diese Legionen, die man schubweise in die Heimat zurückgeschickt hatte, abgestellt in Ghettos voller Verbitterung, wuchsen unaufhörlich weiter.

Mittlerweile umfasste sein Reich alle Sektoren: selbstverständlich den Drogenhandel, die organisierte Erpressung, die Prostitution – allesamt Klassiker. Aber mit dem Alter hatte sein Ehrgeiz andere Ausmaße angenommen. Er machte faule Geschäfte mit einigen Regierungsvertretern, machte sich auf offiziellen Empfängen wichtig, leitete Geschäfte, da er sehr betucht war. Mit seinen dreiundsiebzig Lenzen konnte Saïd ein zufriedener Mann sein.

Im Milieu nahm er sich den Löwenanteil.

»Stop!«

Eine riesige Hand hatte sich auf Kaders Brust gelegt. In der Verlängerung: ein Arm, ebenso gewaltig. Am Ende eine Muskelmasse in langen Bermudas und Hawaiihemd.

Noch eine Durchsuchung.

»Warte.«

Während er Kader fest im Auge behielt, klopfte der massige Kerl mit der Faust gegen die Tür. Eine feste Stimme drang durch die Wand, wie aus dem Jenseits kommend.

»Ist gut. Lass ihn herein.«

3

Eine Doppeltür, gepolstert. Zwei Schritte, und Kader befand sich in einem anderen Universum.

»*Salam aleikum*, Saïd!«

»*Aleikum salam*, mein Freund!«

Die Klinge stand hinter einem Schreibtisch aus dunklem Holz, auf dem drei miteinander vernetzte Computer aufgeteilt waren. Er trug eine hellblaue Dschellaba, am Halsloch mit Goldlitzen verziert, die glänzten wie aztekische Schlangen.

Der Raum sah ihm ähnlich. Lang gestreckt, kalt, streng, funktional. Der Boden, die Wände, die Decke schienen wie aus einem Guss, wie in einen Block schwarzen Marmors gehauen. Unmöglich, ein Bild aufzuhängen. Als einzige Farbkleckse taten Teppiche mit komplizierten Mustern purpurfarbene Abgründe auf.

Ganz mit dem Rahmen verschmolzen, hielt ein Schwarzer in dunklem Anzug ein Tauchermesser in der Hand. Die Schneide schoss blau schimmernde Pfeile ab.

Abdou erhob sich mit einer geschmeidigen Bewegung. Er trippelte zu Kader hin, mit geöffneten Armen und schmeichlerischer Miene.

»Na? Du machst dich rar seit einiger Zeit.«

»Ich versuche, auf dem rechten Weg zu bleiben.«

Die Klinge brach in schallendes Gelächter aus. Er umarmte den Beur. Die beiden Männer gaben sich Küsse.

»Auf dem rechten Weg? Hör auf mit dem Quatsch. Du willst mir doch nicht erzählen, dass du arbeitest?«

»Mal hier, mal da.«

»Wann bist du rausgekommen?«

»Letztes Jahr. Vor neun Monaten und dreizehn Tagen, um genau zu sein.«

»Mensch ... Schon vor neun Monaten ... Warum bist du nicht früher gekommen?«

»Ich hab immer die Bullen im Nacken sitzen. Diese Knallköppe lassen mich keinen Moment aus den Augen.«

»Na ja, bei der Liste deiner Heldenstücke ...«

Abdou sprach seinen Satz nicht zu Ende. Kader wusste nicht so recht, wie er ihn deuten sollte. Als Zeichen des Respekts? Oder des Misstrauens? Zehn Jahre zuvor hatte der bewaffnete Überfall auf eine Bank in Nizza das Ende ihres gemeinsamen Weges besiegelt. Neun Jahre Zuchthaus für den einen, achtundvierzig Stunden Polizeigewahrsam für den anderen. Der Beur hatte die Klappe gehalten.

Bis heute hatten sie noch eine Rechnung offen. Und das wussten alle beide.

Kader ließ nicht gleich die Katze aus dem Sack. Er hatte alle Zeit der Welt.

»Die Jahre perlen an dir ab wie klares Wasser, mein Bruder.«

Die Klinge zog unschlüssig die Brauen hoch. Zwei rußschwarze kleine Kugeln musterten den ehemaligen Bankräuber auf der Suche nach einem Anhaltspunkt. Stille machte sich breit. Schließlich deutete er auf einen Stuhl.

»Setz dich doch, mein Freund. Trinkst du immer noch gern Tequila?«

»Gib mir lieber einen Tee.«

»Keinen Alkohol mehr?«

»Damit habe ich Schluss gemacht.«

Abdou zeigte keinerlei Regung. Mit einem Fingerschnalzen rief er seinen Leibwächter. Der Mann ließ eine Tafel zur Seite gleiten, die unmittelbar in den Marmor eingelassen war. Eine kristallfunkelnde Bar erschien. Er machte sich ans Werk, während die Klinge wieder zum Sessel zurückging.

»Gut. Jetzt lass uns ernsthaft miteinander reden. Was kann ich für dich tun?«

Kader ließ ein paar Sekunden verstreichen. Er betrachtete sich eingehend den Raum, trat mit dem Absatz fest auf den Boden. Die Eisenkappe machte einen Knall wie beim Zungenschnalzen.

»Sieht so aus, als gingen die Geschäfte gut.«

»Ich kann mich nicht beklagen.«

»Ich werde dich nie begreifen. Bei deinem ganzen Zaster, deinen Beziehungen, verkriechst du dich immer noch in diesem Rattenloch.«

Ein Finger, knotig wie ein Rebstock, schnellte aus der Dschellaba.

»Jeder Erwerbszweig hat so seine eigenen Freuden. Hier ist der harte Kern. Ich habe noch Büros in der Stadt, einen Chauffeur und maßgeschneiderte Anzüge. Aber jetzt sag mal … Du bist doch bestimmt nicht hierher gekommen, um dich mit mir über meine Büros zu unterhalten?«

»Nicht wirklich.«

Zwischen den Augenbrauen Abdous erschien eine tiefe, gewundene Falte, wie mit dem Meißel gehauen.

»Du willst deine Kohle, ist es das?«

»Mit allen Zinsen und der Schadensersatzsumme. Neun Jahre Knast, wie viel macht das in etwa?«

Die Falte grub sich tiefer, bis die Augen des mächtigen Gangsters wie in einer ledrigen Schlucht zu verschwinden schienen. Kader konnte nur noch schwach zwei kohlschwarze Nadeln erahnen, unter denen die Glut brodelte.

»Du kommst im falschen Moment. Ich habe alles an der Börse eingesetzt.« Er deutete mit einem zufriedenen Lächeln auf die Computer. »Die Handelsmärkte, mein Bruder. Das Betrugsgeschäft der Zukunft.«

»Und der Handel mit Koks?«

Der Alte tat so, als denke er nach.

»Ich kann dich ins System hereinholen … Aber du musst Geduld haben. Die Russen und die Usbeken beißen uns in die Waden. Sie machen die Preise kaputt, diese Affen. Da können wir kaum noch mitziehen.«

Der Beur deutete ein müdes Lächeln an. Er kannte seine Geiferreden. Ein Lügner, ein Dieb, für seinen Zaster würde er alles tun. Kader nutzte den Vorteil aus.

»Schmierst du die Bullen immer noch?«

»Immer noch.«

»Und die Richter?«

»Manche.«

»Dann können wir uns einig werden.«

Die Klinge sog die Wangen nach innen. Jetzt, da er alt war, ließ diese Marotte ihn wie eine Leiche aussehen. Wie der wandelnde Tod...

»Red Klartext.«

»Das Mädchen, das man in den kleinen Buchten gefunden hat, hast du davon gehört?«

»Wie alle. Ich lese Zeitung.«

Kader packte den Stuhl, drehte ihn um und setzte sich rittlings darauf, die Unterarme auf die Lehne gestützt.

»Ich hab sie gekannt.«

Die Augenbrauen der Klinge wurden zu Sicheln.

»Die Tochter eines Polypen?«

»Und wenn schon!«

»Das muss ich mir überlegen...«

Wie so viele andere hatte auch Saïd keine Ahnung, dass die beiden Männer durch Blutsbande verbunden waren. Seit Riad in den Polizeidienst eingetreten war, hatte der Ganove sich in allen Punkten genau an dessen Anweisungen gehalten. Und sogar seinen Namen geändert.

Er ließ Abdou weiter im Ungewissen.

»Das Mädchen war ein Schützling von Malika. Ich habe ihr versprochen, mich darum zu kümmern.«

Augenblicklich fiel die Anspannung von Abdou ab. Das Geschäft wurde wieder sauber, und das Kapitel Schuldenbegleichung war vergessen. Er beugte sich vor und heuchelte gekonnt Interesse.

»Malika... wie alt ist sie denn jetzt?«

»Zweiundzwanzig.«

»Eine junge Frau... und was hast du ihr versprochen?«

»Den Verrückten zu finden, der ihrer Freundin das Fell abgezogen hat.«

»Na, wenn's nur das ist…«

»Du sagst es… Und dabei musst du mir mit deiner Erfahrung ein wenig unter die Arme greifen, damit ich mein Wort auch halten kann.«

Schweigen. Die ehemaligen Komplizen belauerten einander.

Der Leibwächter trat zwischen sie, ein silbernes Tablett in Händen. Darauf stand ein fein ziseliertes Porzellanservice mit Gold, und in einer Kristallschale etwas Backwerk, das vor lauter Öl nur so triefte. Er schenkte auf die traditionelle Weise den Tee aus, die Teekanne in der Höhe, vierzig Zentimeter über den Tassen. Dem Getränk entströmte ein frischer Minzeduft.

»Wie soll ich das denn deiner Meinung nach anstellen?«, fragte Abdou erstaunt. »Das ist doch Sache der Bullen.«

»Genau. Du brauchst dich bloß zu bücken und die Teile aufzusammeln. Ich will über alles informiert werden, was sie herausfinden. Und zwar stündlich.«

Abdou hob die Tasse an die Lippen. Eine langsame, anachronistische Geste, wie ein Zeremoniell. Er sah aus wie eine Mumie, die man aus ihrem Sarkophag vertrieben hat.

»Ich soll also die Kripo bespitzeln?«

»Es reicht, wenn du dich auf den Chef beschränkst. Hauptkommissar Roger Vial. Die Akte ist zur Kenntnisnahme bei Richterin Galeotti.«

Kurzes Klappern des Porzellans auf der Untertasse. Jede Zelle des Alten schien ein Eigenleben zu führen. Gründe dafür. Gründe dagegen. Mögliche Gewinne. Risiken.

Entscheidung.

»Ich kenne sie beide nicht.«

Der Beur hatte mit dieser Ausflucht schon gerechnet.

»Überleg es dir gut, mein Freund. Ich bin als Bruder gekommen. Ich bitte dich um Hilfe. Lass mich nicht mit Kriegsgedanken ziehen.«

»Kriegsgedanken? Welch unüberlegte Worte, Kader. Bete dafür, dass ich sie schnell vergesse.«

»Ich werde für dich beten, wenn du Zicken machst. Und glaube mir, du wirst es brauchen.«

Die Klinge erstarrte. Die Selbstsicherheit, mit der dieser Gauner hier sein Überfallkommando ausführte, hatte etwas Irreales. Er war allein, ohne Artillerie, im Herzen dieser Festung, und bedrohte einen der meistgefürchteten Paten der Marseiller Unterwelt.

Der alte Gauner legte in Schnurrbarthöhe die Handflächen aufeinander. Mit einem Gesicht wie aus Kohle, glatt, undurchdringlich. Hinter der Maske tastete er Kader wie ein Scanner ab. Schließlich legte der Beur seine Karten offen auf den Tisch.

»Ich bin gekommen, um dir einen Deal vorzuschlagen. Wenn du mich in Verbindung bringst, spiele ich weiter Toter Mann. Als Zulage kannst du obendrein meine Stock Options behalten.«

»Und wenn nicht?«

»Sitzt du in der Scheiße. Ich werfe dich den Bulldoggen der Abteilung zur Bekämpfung der organisierten Kriminalität zum Fraß vor und du verschwindest für ein paar Jährchen im Knast. In deinem Alter…«

Abdous Stimmbänder knarzten eine Frage: »Nizza?«

»Da wird ihnen das Wasser im Mund zusammenlaufen.«

»Davon hast du keinen blassen Schimmer. Niemand hat je etwas darüber gewusst. Und außerdem… das ist verjährt. Die Akte ist geschlossen.«

»Du träumst wohl. Den Polypen wird es ein Vergnügen sein, sich die Geständnisse eines Reumütigen anzuhören. In deiner Position könnte das für ein ganz schönes Durcheinander sorgen.«

Abdou lief rot an. »Weißt du, was ich mit Tunten wie dir mache?«

»Wechsle nicht das Thema, Saïd. Streng doch wenigstens einmal deinen Grips an. Glaubst du etwa, ich bin verrückt genug, zu dir zu gehen und dich zu provozieren, ohne Gewährsmänner in der Hinterhand zu haben?«

»Das ficht mich nicht an. Ich mach dich alle.«

Abdou stand bereits auf. Er schwenkte einen Dolch mit Perlmuttgriff. Eine Ader pochte an seinem abgezehrten Hals, riesig, schwarz, wie ein torfiges Abflussrohr. Etwas weiter hinten richtete sich der Leibwächter auf.

Kader brüllte: »Sieh mich doch erst mal an, du Hornochse. Ich trinke keinen Alkohol mehr. Ich trage einen Bart. Begreifst du denn nicht?«

Abdou erstarrte.

Kader schrie weiter: »Was glaubst du denn? Dass ich auf dich gewartet habe? Ich habe im Gefängnis neue Kumpel gefunden. Typen, die nicht so denken wie du. Reine.«

»Sag bloß nicht, dass ...«

»Allah ist mein Führer. Wenn du mich umbringst, werden meine Brüder eine Fatwa über dich verhängen. Weißt du, was das heißt, oder hast du von deinem ganzen Zaster schon eine Matschbirne bekommen?«

»Du bluffst.«

»Wollen wir wetten?«

»Der Rektor der Moschee ist ein Freund. Niemand wird es wagen ...«

Kader lächelte hämisch.

»Du wirst alt, Saïd. Du weißt nicht mehr, wie der Hase läuft. Der Typ, der dir die Augen ausreißt, wird nicht viel älter sein als zwölf. Er wird dich schnappen, wenn du am wenigsten damit rechnest. Und falls es nötig sein sollte, wird er sich mit dir zusammen die Birne in die Luft jagen.«

Abdou schluckte. Er fragte mit tonloser Stimme: »Was… Was ist nur aus dir geworden?«

»Das ist unwichtig. Tu mir den Gefallen. Danach, darauf gebe ich dir mein Wort, verschwinde ich.«

4

Riad strich sich mit der Hand über die Wangen.

Fünf Tage. Auf seiner glatten Haut wuchs in rasantem Tempo ein dichter graumelierter Bart, glänzend wie eine seidene Rüstung. Er betrachtete prüfend sein neues Aussehen. Er wirkte härter, älter, ein gemessen-feierlicher Ausdruck veränderte seine Züge. Mit dem Bart war die Ähnlichkeit enorm.

Er sah Kader an.

Die Idee stammte von ihm. Ein einfaches Mittel, sich der Polizeiüberwachung zu entziehen. Zeit zu gewinnen. Um diese Stunde dürfte die Vorstadtsiedlung Félix-Pyat einem verglasten Büroraum ähneln. Abhörgeräte, als Privatwagen getarnte Polizeiautos, im ganzen Umkreis versteckte Polizisten in Zivil – Vial hatte schwere Artillerie auffahren müssen. Er wollte am Ende seiner Karriere nicht mit ansehen müssen, wie einer seiner Jungs das Gesetz der Vergeltung anwandte.

Über Riads Gesicht huschte ein Lächeln.

Zwei Brüder.

Ein Gesicht.

Cabrera hatte Kader aufgestöbert, hatte Witterung aufgenommen. Instinktive Logik, Sach- und Ortskenntnis, Know-how, diese Eigenschaften hatten ihn sehr schnell in das Schmuddelviertel geführt. Vial hatte Weitblick bewiesen, als er ihn auf seine Fersen gehetzt hatte. Der Beur hatte sich auf ein gesetzloses Territorium geflüchtet, mit beweglichen Grenzen und stillschweigenden Codes. Cabrera surfte mit dem Geschick eines Schlafwandlers auf diesen Ozeanen aus Morast. Es hätte sich kaum ein Besserer finden lassen.

Der Spiegel zog ihn erneut in Bann.

Zwei Brüder. Ein Gesicht.

Und seit kurzem ein und dasselbe Schicksal.

Der Bulle von der Brigade suchte einen anderen Bullen. Einen glatt rasierten Polizeileutnant auf der Flucht, dessen Schritte vorhersagbar waren. Um ihn zu finden, hatte er nur einen winzigen Anhaltspunkt. Kader Ali. Einen ehemaligen Bankräuber, dessen Vergangenheit Bände sprach. Cabrera würde ihm nachstellen, würde seine Polizeispitzel einsetzen, um über jeden einzelnen seiner Schritte Bescheid zu wissen und sie vorwegnehmen zu können. Und früher oder später würde er Riad zu fassen bekommen.

Und genau darin irrte er.

Köder und Beute würden nicht mehr unterscheidbar sein. Jeder von ihnen würde am helllichten Tag operieren. Als sein Bruder getarnt würde Riad seine Ermittlung durchführen. Die Bullen würden ihm vielleicht folgen, aber sie würden ihn nicht schnappen.

Sie suchten nach etwas anderem.

Kellal schlug die Kapuze des Trainingsanzugs hoch und

stürmte die eisernen Treppenstufen hinunter. Die Straße empfing ihn, pulsierend, warm, voll von schweren Gerüchen. Zwischen den Dächern versuchte eine zahme Sonne, sich einen Weg zu bahnen.

Er blieb ein paar Sekunden im Hauseingang stehen, lauerte reglos nach den Anzeichen eventueller Polizeipräsenz. Nichts. Überall waren Lieferanten zugange. Manche schlängelten sich zwischen den Autos hindurch, mit riesigen Kartons auf dem Arm und abwesendem Blick. Andere schoben Verkaufsständer mit Leder- und Wildlederjacken. Ein Hupkonzert begleitete ihre Wanderungen, dazwischen Flüche, scharfe Unmutsbezeugungen.

Riad kannte das Ritual.

Die Rue du Tapis-Vert begann ihr Tagewerk.

Er ging an Glasfassaden vorbei, hinter denen leere, nackte Räume zu sehen waren, in denen sich unmittelbar auf dem Boden Berge von Stoffen stapelten. Gestalten machten sich darum herum zu schaffen, den Kugelschreiber in der Hand, die Blicke angespannt. Über den Auslagen zwei Worte, wie ein Leitmotiv, ein Sesam-öffne-dich: Großhandel/Einzelhandel.

Sonst nichts.

Riad ging Richtung Canebière, passte sein Tempo dem der Menge an. Enge Gehsteige, begrenzter Raum, er hatte den Eindruck, ein Staubkorn zu sein, das von einem gewaltigen Siphon angezogen wurde. Hin und wieder wandte er sich mit einer Drehung der Schulter um. Eine langsame, harmlose, unmerkliche Bewegung. Unter der Kapuze suchten seine Augen die Umgebung ab, sezierten sie.

Auf Höhe des Börsenzentrums tauchte er in die Eingeweide der Metro ab.

Kontrast.

Wenige Leute, lange Gänge, eine grelle, aggressive Beleuchtung. Gewaltige, in die Decke eingelassene Ventilatoren verursachten in unregelmäßigem Abstand einen künstlichen Wirbelsturm.

Riad gelangte zu den U-Bahnsteigen. Linie 2. Die Linie zum Velodromstadion. Direkt bis zum Rond-Point des Prado. Dahinter die südlichen Vorstadtviertel. Bürgerlich. Sicher. Die Viertel, in denen Françoise seither wohnte. Wo sie ihre Tochter aufgezogen hatte, um ihr eine Zukunft zu geben.

Was hatte sie getan, um das Schlimmste zu verhindern?

Er ließ sich auf einen Sitz fallen, atmete durch. Elektrische Glühwürmchen tanzten unter seinen Wimpern. Seit drei Tagen hatte er kein Auge zugetan. Oder zumindest selten. Jedes Mal, wenn er es versuchte, begann seine infernalische Sarabande. Zusammenhanglose, abgehackte, unerträgliche Bilder. Und Geräusche. Kurz, dumpf, wie Türenschlagen. Stahlgeklapper.

Kreischend schoss der Zug heran. Riad fuhr zusammen. Wie elektrisiert verschwand er in seinem Innern.

5

In dem kleinen Haus herrschte völlige Stille.

Die langweilige Fassade absorbierte das Licht, warf einen trüben grauen, wie gekalkten Widerschein zurück. Man spürte an seiner viel zu wuchtigen Bauweise die kleinkarierte Arroganz der ehemals Armen.

Riad ging erst einmal am Zaun vorbei, ohne stehen zu bleiben. Das Gesicht unter der Kapuze versteckt, musterte er eingehend jedes in der Nähe geparkte Auto.

Alle leer.

Vial hatte seine Spürhunde in der Gegend nicht postiert.

Diese Feststellung beruhigte ihn. Nach der Vernehmung der Familie Merrant hatten sich seine Kollegen von der Kripo anderen Dingen zugewandt. Sie waren gar nicht erst auf die Idee gekommen, Kellal könnte sich ins Zentrum ihrer Ermittlungen vorwagen. Er hatte Recht gehabt mit seinen Vorhersagen.

Im Gehen holte er sein Handy heraus. Eine Frau meldete sich aufgeregt. Im Hintergrund, wie ein beruhigendes Gemurmel, schnurrte ein Fernsehapparat. Er kappte sofort die Verbindung.

Sie war da. Wahrscheinlich mit dem Jungen.

Der Bulle machte kehrt. Er sah sich kurz um, dann sprang er mit einem großen Satz übers Portal. Sein Herz klopfte zum Zerspringen, eine Mischung aus Aufregung und Furcht. Das Gefühl, auf einem Seil zu balancieren, das über einen Abgrund gespannt war.

Das Gärtchen kam ihm noch mickriger vor als beim ersten Mal. Billige Blumen, trist und geradlinig aneinander gereiht. Hinten ein Turngerüst aus rotem Plastik, an dem eine Kinderschaukel vor sich hin döste. Auf der Terrasse verrottende PVC-Gartenmöbel. In dem Steingrill war wahrscheinlich verbrannte Kohle.

Der Bulle rief sich Françoises Träume in Erinnerung. Klischees von einem öden Glück in einem Dekor wie in einer Fernsehshow. Dadurch, dass sie ihn verließ, hatte sie ihn wenigstens vor diesem Schiffbruch gerettet.

Vor dem Eingang blieb er stehen. Seine erste Begegnung mit Karine Merrant hatte sein Misstrauen geweckt. Die Frau hatte gelogen. Und sie hatte ihren Jungen gezwungen zu lügen.

Doch damals war er als Bulle hier aufgetaucht. Wollte er Geständnisse, so half nur die harte Tour.

Er ging um den Block herum. Auf der Seite fand er, was er suchte. Ein Fenster, angelehnt, das in ein Zimmer führte. Er ließ sich hineingleiten. Ein Doppelbett, weiße Laken mit Kirschmotiven, helle Holzmöbel. Auf dem Boden ein naturfarbener, von schwarzen Biesen durchzogener Teppichboden. Immer noch derselbe Eindruck eines aseptischen Komforts, eines Glücks nach Maß.

Das Singen eines Staubsaugers vervollständigte den Eindruck. Der Polizist ging zur Tür, drückte die Klinke herunter. Vor ihm lag ein Gang, bis an die Decke randvoll mit Schränken und Klapptüren.

Noch eine Tür. Dahinter das Esszimmer, der Eingangsbereich. Mittendrin, in ihrem abgerissenen Trainingsanzug, machte Karine Merrant ihren Haushalt.

Die Frau musste seine Gegenwart gespürt haben. Sie drehte sich um und stieß einen Schrei aus.

»Was machen Sie da?«

Riad nahm die Kapuze ab.

Guillaumes Mutter erkannte sein Gesicht mit dem Bart nicht wieder. Mit zitternder Stimme fragte sie noch einmal: »Was wollen Sie?«

Völlig verängstigt starrte sie ihn mit müden Augen an, zwei sandige Tümpel, in denen das Leben ins Stocken geraten war. Riad machte einen Schritt auf sie zu. Mit dem Fuß schaltete er den Staubsauger aus.

»Erkennen Sie mich nicht wieder?«

»Nein …«

»Riad Kellal. Leïlas Vater.«

Für einen Moment schien die Zeit stehen zu bleiben. Die Lippen der Frau zitterten. Sie sprach mit abgehackter Stimme.

»Guillaume hat Ihnen gesagt, was er wusste. Er hat Ihren Kollegen alles noch einmal erzählt.«

Kellal rückte ihr noch näher auf die Pelle, so dass er sie greifen konnte. Er packte ihren Arm, drückte ihn.

»Wo ist er?«

Die Frau verzog das Gesicht.

»Beim Rugby...«

Riad biss die Zähne aufeinander. Ohne den Jungen würde die Sache schwieriger werden.

»Gut... Es wird auch ohne ihn gehen. Ihr Sohn hat mir etwas verheimlicht. Das wissen Sie. Ich weiß es. Sagen Sie es mir.«

»Nein. Das ist die Wahrheit. Ich schwöre es Ihnen.«

Die Ohrfeige traf sie mit voller Wucht, ein Schlag mit dem Handrücken. Karine Merrant verlor das Gleichgewicht. Sie brach auf dem Teppich zusammen. Riad stellte sie ohne Umschweife wieder auf die Beine.

»Hör mir gut zu. Ein Verrückter hat meine Tochter gefoltert. Er hat ihr die Haut abgezogen, bevor er ihr den Schädel eingeschlagen hat. Ich muss es also wissen. Verstehst du? Ich muss es wissen!«

Der Polizist hatte geschrien. Der Raum wurde von einer Woge der Wut überrollt, mit Händen greifbar. Die Frau zuckte zusammen. Ein zinnoberroter Faden lief aus ihrer Nase.

Sie schluchzte laut: »Es ist nicht seine Schuld... Er ist nur ein Kind...«

Der Bulle erhob wieder die Hand.

Die Frau schützte ihr Gesicht. Dann hauchte sie: »Guillaume kann nichts dafür... Es ist meine Schuld... Ich habe ihm befohlen, den Mund zu halten.«

»Warum?«

»Ich wollte nicht, dass er Ärger bekommt.«

Der Horizont klarte auf. Riad musste nur noch den Faden aufdröseln.

»Ich höre.«

Die Hausfrau schniefte. Schwarze Tränen rollten ihr über die Wangen.

»Als wir nach Hause kamen, waren die Kinder irgendwie komisch.«

»Komisch? Inwiefern komisch?«

»Nicht wie sonst. Als hätten sie die ganze Nacht nicht geschlafen.«

»Ein bisschen genauer.«

Karine Merrant zögerte. Sie verschränkte die Finger, bis die Gelenke knackten. Schließlich flüsterte sie: »Sie haben die ganze Nacht geraucht. Haschisch … Gras … was weiß ich.«

Der Polizist machte große Augen. Die Kids waren im Durchschnitt zehn Jahre alt. Kamen aus behüteten Elternhäusern. Hatten keinen Grund, sich voll zu dröhnen. Ihm wurde fast schlecht, wenn er an seine Tochter dachte. Wie hatte es so weit mit ihr kommen können?

Die Frau fuhr mit ihrem Geständnis fort, als sei eine schwere Last von ihr abgefallen.

»Das geht seit drei Monaten so. Und niemand hat etwas bemerkt. Sie trafen sich immer am Mittwoch, am Nachmittag, in der Campagne Pastré. Im Pinienwald. Ich … Ich verstehe das nicht …«

Ein Schluchzer würgte sie in der Kehle. Die Deiche hielten nicht länger stand und trugen ihre letzten Gewissheiten in den Fluten davon.

Riad ließ sie weinen. Er verabscheute diese Frau. Ihre Welt, ihr Ideal. Aber angesichts dieser Verzweiflung stieg plötzlich unerwartet Mitgefühl in ihm auf. Er fing an, sich mit ihr verbunden zu fühlen, ganz aus dem Bauch heraus, auf unerklärliche Weise. Was sie gemein hatten, war die Blindheit der Erwachsenen.

Er nahm sie beim Arm, diesmal sanft, und half ihr, sich hinzusetzen. Er ging wieder zum Siezen über.

»Erzählen Sie. Was ist in dieser Nacht geschehen?«

Karine Merrant wirkte plötzlich jünger, glatter, so als hätten die Tränen ihre Seele gewaschen.

»Nach dem, was Guillaume mir erzählt hat, haben sie gegen zehn Uhr angefangen zu rauchen, vor dem Fernseher. Dann … gehen seine Erinnerungen etwas drunter und drüber. Ich konnte es kaum verstehen.«

»Ist nicht schlimm. Weiter. Ich werde mir schon das Rechte herauspicken.«

»Ich glaube, sie haben sich gestritten.«

»Warum?«

»Er erzählte etwas von was besorgen gehen oder einen Deal abwickeln, ich weiß nicht mehr.«

Der Polizist klammerte sich an seinen Sitz. Die Jungs benutzten Ausdrücke wie erfahrene Konsumenten. Sie hatten ihr ganzes Dope aufgeraucht und waren sich darüber in die Haare geraten, wer von ihnen jetzt für Nachschub sorgen sollte. Leïla gehörte zu ihnen. Wie hatte ihm das entgehen können?

Im selben Augenblick wurde ihm etwas klar.

»Meine Tochter … sie war an der Reihe.«

Die Frau nickte kurz.

»Sie hat gegen Mitternacht das Haus verlassen. Die Kinder haben eine Stunde lang auf sie gewartet. Dann sind sie eingeschlafen. Ich … Glauben Sie mir, es tut mir so Leid.«

Der Bulle bekam auf einmal stechende Magenschmerzen.

Wie ein Geschwür, das seine Gewissensbisse ihm beschert hatten. Als er vom Verschwinden seiner Tochter erfahren hatte, dachte er zunächst, sie sei ausgebüxt. Aus einer üblen Laune heraus, an der Françoise die Schuld trug.

Dann hatte das Grauen ihn eingeholt, ihn überrollt und alles auf seinem Weg mit sich gerissen.

Jetzt, da er die Wahrheit kannte, änderte sich das Grundmuster. Abgrundtiefe Zweifel taten sich auf und verfolgten ihn bis in den hintersten Winkel seiner selbst.

Leïla war ausgebüxt. Schon lange.

Seit der Scheidung.

Eine innere, verheimlichte, verschämte Flucht. Sie hatte sich in eine Dschunke aus Chemie geflüchtet, fern von allem Schmerz, außer Reichweite des Orkans, der ihr Leben verwüstet hatte.

Riad sprang mit einem Satz auf. Sein Leib, sein Herz, jede einzelne Zelle zitterte. Er ging unentschlossen durch den Flur. Die Hausfrau lag völlig niedergeschmettert auf dem Sofa und wartete.

Nach langem Schweigen zerriss ihr der Satz, den sie am meisten gefürchtet hatte, das Trommelfell.

»Ich muss Guillaume sprechen.«

Sie versuchte es mit einem letzten Ausweichmanöver.

»Ich bitte Sie … Lassen Sie uns in Frieden. Er erinnert sich an gar nichts mehr.«

Die Stimme des Bullen klang wieder hart wie Metall.

»Ich habe keine andere Wahl.«

6

Bis zum Club war es keine Viertelstunde.

Sie überquerten den Boulevard Michelet, fuhren die Avenue de Mazargues hinunter und bogen in die Rue Callelongue ein. Karine Merrant steuerte ihren Mégane mit abwesendem Blick, wie unter Hypnose.

Riad hatte sich hinter seiner Wut verschanzt und brachte die Zähne nicht auseinander. Er ließ seinen Blick über die renovierten Fassaden wandern, die weißen Rauputzwände, die Pultdächer, einen frisch gegossenen Betonzaun der neuen Stadtherren. Die Pariser flohen aus ihrer Region, in der alles Grau in Grau war, und stürmten den TGV, um die Stadt zu erobern.

Das Auto hielt auf einem großen Parkplatz. Eine riesige Glaswand reckte ihre reinen Formen in den blauen Himmel. Drinnen rannte eine Schar von Kindern in Badeklamotten um ein Wasserkarree.

Riad dachte an seine eigene Kindheit. Kein Schwimmbad. Kein Club. Die Deiche am Hafen als Tauchbecken. Er bereute nichts, beneidete niemanden. Auf dieser groben Komposterde hatte er seine ersten Freiheitserlebnisse gehabt.

Sie gingen an einem unbebauten Grundstück vorbei, auf dem Jugendliche sich die Kehle aus dem Leib schrien. Weiter unten, ein kleiner Wald. Dazwischen hellere Flecken, wie mattes Smaragdgrün, wahrscheinlich eine riesige Sportanlage.

Sie liefen Steintreppen hinab. Die Finger des Bullen hielten den Arm der Frau fest gepackt. Wie ein Eisenhaken, damit sie ihm nicht entkam.

Sie gingen über einen betonierten Platz, ein seltsames Gespann in diesem bunten Durcheinander. Noch eine Treppe. Daneben eine schräge Ebene, vergittert, mit Vorhängeschlössern gesichert, wie ein Käfig für wilde Tiere. Der Eingang für die Spieler. Bei den Siegerehrungen arteten die Spiele manchmal in Zirkusveranstaltungen aus. An manchen Sonntagen flogen mit Sand gefüllte Dosen auf den Platz.

Sie betraten den Rasen.

So gut wie überall liefen Jungs in weiten Polohemden herum. Blau und rot, klare Farben, damit man die Mannschaften gut unterscheiden konnte. Ein Mann in schwarzen Shorts, der in regelmäßigen Abständen in seine Trillerpfeife blies, rannte keuchend neben ihnen her.

Guillaume hatte seine Mutter bald entdeckt. Ein Handzeichen. Schnell, diskret, geradezu verstohlen. Riad spürte, wie unangenehm es ihm war. Vor der Gruppe machte die Gegenwart seiner Mutter ihm Angst. Er machte auf dem Absatz kehrt und warf sich ins Gewühl.

Zehn Minuten später, die Wangen gerötet, das Knie aufgeschlagen, kam sein roter Haarschopf auf sie zu.

»Mama! Hast du's gesehen? Ich war's, der den Punkt erzielt hat.«

Karine Merrant kniete nieder. Sie nahm ihn in die Arme.

»Ich hab's gesehen. Super, mein Schatz!«

Sie lehnte sich zurück, sah den Jungen fest an. Etwas zu lang, wie ein Standbild. Guillaume neigte den Kopf zur Seite.

»Was ist, Mama?«

»Erinnerst du dich an den Papa von Leïla?«

Der Junge versuchte, in dem Schatten unter der Kapuze etwas zu erkennen. Ein kurzes Kopfschütteln.

Seine Mutter fuhr fort: »Er weiß, was ihr mit den Mädchen gemacht habt.«

»Du… Hast du es ihm gesagt?«, stammelte der Junge.

Der Polizist nahm die Kapuze ab.

»Ich weiß es von Agnès. Deine Freundin hat euch verpfiffen.«

Guillaume sah seiner Mutter prüfend in die Augen. Karine Merrant senkte den Blick.

Riad setzte eine ernste Miene auf.

»Und jetzt sperr mal die Ohren auf. Wenn du mir alles sagst, werde ich diese Geschichte vergessen. Wenn ich merke, dass du mir irgendwas verheimlichst, nehme ich dich mit.«

»Um mich in ein Gefängnis für Kinder zu stecken?«

»Genau… In ein Gefängnis für Kinder.«

Riad hatte das Gefühl, ihm steckten lauter Nägel im Hals. Er wusste, wie man andere manipulierte. Eine der erforderlichen Fähigkeiten seines Berufs. Unentbehrlich, um die verkorksten Typen rumzukriegen, denen er im Alltag begegnete. In diesem Fall widerte ihn an, was er tat.

»Seit wann raucht ihr diesen Mist?«

»Wir haben in den Osterferien damit angefangen.«

»In der Schule?«

»Ja… Ein Junge aus unserer Klasse hat uns gezeigt, wie's geht.«

»Sein Name?«

»Arthur.«

»Arthur wie?«

Der Junge bekam ganz eingefallene Wangen. Seine zuvor gerötete Haut war blass geworden.

»Weiß nicht.«

Die Mutter schaltete sich ein. Stumpfe Strähnen klebten ihr an der Backe.

»Ich kann mich erkundigen.«

Riad hob die Hand, um anzudeuten, dass er das nicht wollte. Er wusste, er würde keine zweite Chance bekommen. Nach diesem Gespräch würde die Frau unverzüglich zu den Bullen rennen. Er brauchte die Informationen sofort, und seien sie noch so bruchstückhaft.

»Wie sieht er denn aus, dein Kumpel?«

Der Junge sah ihn nachdenklich an.

»Er ist so groß wie ich. Hat schwarzes Haar, schwarze, etwas schräge Augen.«

»Schräg?«

»Ja… Seine Mutter ist Vietnamesin, glaube ich.«

Kellal spürte, dass er endlich an etwas dran war. Er bohrte weiter.

»Hat Arthur euch das Zeug zum Rauchen besorgt?«

»Anfangs schon… Später haben wir uns selber weitergeholfen.«

»Wie das?«

»Er hat uns jemanden vorgestellt.«

»Einen Jungen aus der Schule?«

»Nein, einen Erwachsenen.«

Dem Bullen zitterten die Knie. War der Dealer möglicherweise der Mann, den er suchte? Die Entführer machten oft auf ihrem eigenen Territorium Jagd. In den meisten Fällen kannten sie ihre Opfer, standen mit ihnen in Kontakt. Jedes Mal fand man in der Mitte des Labyrinths diese Verbindung.

Er kniete sich vor dem Jungen nieder, so nah, dass er nur noch zu murmeln brauchte.

»Hast du ihn schon mal gesehen?«

»Nein.«

Riads Hoffnung schwand dahin. Trotzdem fragte er weiter: »Wer dann? Leïla?«

»Ja. Und die anderen Mädchen auch.«

»Und die Jungs nie?«

»Der Typ wollte das nicht. Entweder die Mädchen oder gar nicht.«

Diese Enthüllung brachte den Bullen aus der Fassung. Weshalb diese Forderung? Hielt der Schweinehund etwa Mädchen für sicherer? Oder nutzte er die Situation aus, um andere Bedürfnisse zu befriedigen? Beim Gedanken an diese Möglichkeit wurde ihm ganz schlecht.

Er fuhr fort: »Wo holten sie sich das Zeug? Bei ihm zu Hause? Auf der Straße?«

»Auf der Straße, glaube ich.«

»Weißt du, wo das ist?«

»Nein.«

Kellal versuchte nachzudenken. Mitten in der Nacht konnte seine Tochter nicht weit gegangen sein. Er stellte sich einen Ort in der Nähe vor, einen Platz, einen Häuserblock, den Parkplatz eines Supermarkts. Das Viertel bot zahlreiche Möglichkeiten.

Er schraubte seine Gedanken noch eine Umdrehung weiter.

Ein erwachsener Mann. Kunden, die noch in den Kinderschuhen steckten. Der Deal war außergewöhnlich. Der Verkäufer wartete bestimmt nicht an der Straßenecke auf seine Kundschaft.

Er sagte: »Sie hat ihn angerufen.«

»Vielleicht... Die Mädchen haben sich im Zimmer besprochen. Wir haben nichts davon mitbekommen. Als sie herauskamen, haben sie uns gesagt, Leïla würde was anschaffen.«

Wieder war der Bulle von dem Vokabular überrascht. Es passte nicht in diesen Engelsmund. Er ging darüber hinweg. Der Weg, den seine Tochter zurückgelegt hatte, blinkte wie eine Landebahn. Sie hatte sich mit dem Typen auf der Straße verabredet. Weit genug entfernt, um die Regel einzuhalten. Nicht zu weit, damit sie noch zu Fuß hingehen konnte. Er war gekommen. Er wusste, dass sie alleine kommen würde. Wahrscheinlich hatte er auf diesen Moment gewartet, in dem er sie schnappen konnte. Von Anfang an.

»Haben sie was über ihn erzählt? Sein Alter? Seine Größe? Die Haarfarbe?«

Der Junge kratzte sich am Kopf. Schweißperlen liefen ihm über die Stirn.

»Nein. Das war ihr Geheimnis. Damit konnten sie uns an der Nase herumführen. Und wir konnten nichts sagen.«

Riad riss eine Hand voll Gras aus. Seine Finger krampften sich unwillkürlich zusammen und griffen doch nur ins Leere. Zwei Schritte vor dem Ziel brach sein Konstrukt in sich zusammen. Er weigerte sich zu glauben, dass er in eine Sackgasse geraten war.

»Denk gut nach, mein Großer. Dieser Mann hat vielleicht deine Freundin auf dem Gewissen. Du willst doch auch, dass man ihn findet, nicht wahr?«

Riad hatte seinen sanftesten Ton angeschlagen, fast wie ein Gebet.

»Ja …«, hauchte der Junge.

»Das ist gut … Konzentrier dich. Als ob du eine Lektion aufsagen müsstest. Denk an die Augenblicke, in denen sie mit dem Dope zurückkamen. Sie haben doch bestimmt rumgetuschelt. Sich Mädchendinge erzählt. Dinge, von denen ihr nichts begriffen habt.«

»Ja …«

»Was denn, zum Beispiel?«

Die roten Augenbrauen zogen sich zusammen. Dann trat ein Funkeln in seine Augen.

»Sie nannten ihn Goldfinger.«

»Was?«

»Wegen der Ringe. Er trägt an jedem Finger einen. Sogar am Daumen.«

Ein Pfiff schrillte durch die Luft. Die beiden Mannschaften trotteten wieder aufs Spielfeld hinaus. Guillaume wurde unruhig.

»Kann ich jetzt gehen?«

»Noch nicht. Erzähl mir noch was über die Ringe. Sind sie dick? Klein? Mit Motiven drauf?«

»Ich ... Ich weiß nicht. Das ist alles, was ich gehört habe.«

Riad drang nicht weiter in ihn. Es war der Stimme des Jungen anzuhören, dass es einen Bruch gegeben hatte. Dass in dem Moment alles kippen konnte. Oder dass er sonst was erzählen würde, bloß um da herauszukommen.

»Schon gut. Das hast du spitzenmäßig gemacht.«

»Werden Sie mich nicht ins Gefängnis werfen?«

Der Polizist betrachtete das Kind, das ihn ängstlich musterte.

»Wenn du mir eines versprichst: Dass du nie wieder diesen Dreck rauchst.«

Guillaume nickte. Er lächelte seiner Mutter kurz zu, dann rannte er davon.

Die Frau drehte sich zu Riad um. Er war verschwunden. In der Ferne sah sie noch eine graue Kapuze, die nach und nach zwischen den glänzenden Bäumen verschwand.

7

»Goldfinger?«

An die Reling gelehnt, spielte Kader mit einer Gebetsschnur. Weiße Holzkugeln klapperten aneinander, als seien sie allesamt hohle Wünsche, die nie in Erfüllung gehen würden.

Er stellte sich mit dem Rücken zum Vordersteven und pflanzte sich vor Riad auf. Mit dem Meer im Hintergrund sah er aus wie ein maurischer Pirat, den Dünen entsprungen, um die Christenheit in Stücke zu reißen.

»Damit kommen wir nicht weit.«

»Mehr konnte ich nicht herausbekommen«, gab der Polizist zu. »Der Kleine hat mir alles verraten, was er wusste.«

Kader sah seinen älteren Bruder prüfend an.

»Bist du sicher?«

Riad musste an sich halten, um seinen Ärger nicht zu zeigen.

»Vertrau mir … Er hat gezittert wie Espenlaub.«

Sie verfielen in Schweigen. Schon seit ihrer Kindheit gingen die beiden Männer unterschiedliche Wege. Der eine wählte den im Schatten. Der andere einen im Licht. Mit jedem Stückchen Leben entfernten sie sich weiter voneinander, wie einander abstoßende Magneten. Doch während er dabei zusah, wie sein Bruder immer älter wurde, begann Riad seine eigene Irrfahrt unheimlich zu werden. Fürchtete er den Augenblick, in dem die Fäden zusammenlaufen, die Widersprüche sich wieder vereinen würden.

Es waren mehr als nur Blutsbande, in seiner Seele spürte er das klar und deutlich. Sie kamen aus demselben Bauch, entstammten dem Sand, vom Wind gepeitscht, mal brennend heiß, mal eiskalt, stets in Bewegung.

Unbeständig.

Ein Nebelhorn ertönte. Das Pendelschiff zur Insel Frioul setzte sich in Bewegung. Auf dem Achterdeck hielten Touristen in kurzen Pullis ihre allzu helle Haut dem gelben Stern hin. Der Geruch nach Sonnencreme waberte zwischen den Sitzen umher, übertönt von ranzigem Dieselölgestank.

Die beiden Männer gingen nach innen und setzten sich.

Bänke aus bordeauxfarbenem Kunstleder, abblätternde Farbe, schmutzige Bullaugen. Kein Lüftchen. Eine atemberaubende Hitze schnürte ihnen die Lunge ab wie ein Korsett aus Feuersglut. Der einzige Passagier in diesem Glutofen, eine alte Dame mit Strohhut und geblümtem Kleid, döste im vorderen Teil der Kabine vor sich hin.

»Ist man dir gefolgt?«, fragte Kader.

»Bisher nicht. Jedenfalls glauben sie, dass ich mich in meinem Loch verstecke und abwarte, bis du deine Arbeit getan hast.«

»Pass trotzdem auf. Von weitem kann man uns verwechseln. Wenn du dich schnappen lässt, wirst du dir was einfallen lassen müssen.«

Der Bulle ging nicht auf die Warnung ein. Seit fünf Tagen raste er über eine Autobahn. Einbahnstraße. Ohne Hoffnung auf Umkehr. Er sprach rasch weiter: »Ein Dealer. Mit Ringen an den Fingern. Der müsste sich doch identifizieren lassen.«

»Im Milieu tragen sie alle Ringe.«

»An jedem Finger einen?«

»Und manchmal auch im Arsch… Das ist zu wenig. So kommen wir nie zum Ziel.«

»Scheiße auch! Wie dann?«

Sie sprachen jetzt einen Deut lauter. Die Alte fuhr auf ihrem Sitz zusammen. Kader verdrehte die Augen.

»Jetzt bleib mal auf dem Boden, Bruderherz. Weißt du, wie viele Typen sich ihr monatliches Einkommen aufbessern, indem sie Dope verkaufen? Hunderte, allein in Marseille. Ganz zu schweigen von den Gelegenheitstätern, die von außerhalb kommen, um hier hübsch was abzusahnen.«

»Er hat bestimmt so seine Gewohnheiten.«

»Ach Quatsch. Er hat sie per Telefon einbestellt. Das kann sonst wo gewesen sein.«

Riad fegte das Argument beiseite. »Nicht sonst wo. Das ist ganz bestimmt hier im Viertel gewesen. Wenn du Kids an der Angel hast, dann gehst du zu ihnen. Und nicht umgekehrt.«

»Ja … Aber weißt du, die Kids heutzutage …«

Rechter Hand tauchte das Fort Saint-Jean auf. Auf der anderen Seite der Fahrrinne das Fort Saint-Nicolas. Zwei strenge Steinmassive, die sich wie Porzellanhunde beobachteten.

Riad dachte an seine alten Schulbücher. Die Irrfahrten des Odysseus. Charybdis und Skylla. Die beiden Seiten seines Lebens. Er blieb beharrlich: »Setz einen deiner Jungspunde auf die Sache an.«

»Du meinst einen Typen aus der Vorstadt?«

»Zum Beispiel.«

»Da schiebt sich gar nichts. Die beackern die südlichen Viertel nicht. Niemals. Wenn's um Dope geht, bleibt jeder auf seinem eigenen Territorium.«

Riad lächelte kopfschüttelnd.

»Nein. Du verstehst mich nicht recht. Ich rede von einem Köder.«

In Kaders Pupillen blitzte es auf.

»Ein Köder?«

»Die Gegend um die Schule dürfte mit Bullen vermint

sein. Weder du noch ich kommen da ran. Wir brauchen einen Spion.«

»Red weiter.«

»Ich habe den Namen und die Beschreibung des Jungen, der ihnen den Tipp mit Goldfinger gegeben hat. Er dürfte leicht zu finden sein, er ist Asiate. Wir schicken ihm einen von unseren Spähern, damit er uns zum Mörder von Leïla führt.«

Der Ganove unterbrach ihn. »Freu dich mal nicht zu früh. Selbst wenn wir diesen Hurensohn in die Fänge kriegen, garantiert uns gar nichts, dass er auch wirklich unser Mann ist.«

»Das entscheiden wir dann, wenn wir ihn haben. Erst schnappen wir ihn uns. Dann sehen wir weiter.«

»Glaubst du etwa, bei dem, was passiert ist, wird er sich weiter in der Gegend rumdrücken?«

Der Bulle fiel wieder in seinen Bullenjargon zurück. Demonstrativ.

»Zwei Möglichkeiten. Entweder es handelt sich um einen einfachen Zwischenhändler, dann gibt es keinen Grund, warum er mit seinem Geschäft aufhören sollte. Oder wir haben Glück und sind hinter dem echten Hasen her. Dieser Verrückte hat in der Mordnacht keine einzige Spur hinterlassen. Er hat keinen Grund, sich zu verstecken.«

Riad wollte an die zweite Option glauben. Die Zeit drängte. Er war einen Schritt voraus, er kannte ein aufschlussreiches Detail, das der Mannschaft des Kommissars bisher entgangen war.

Wie lange noch?

Er fuhr fort: »Dope ist ein gutes Mittel, um sich das Vertrauen der Kids zu erschleichen. Wenn das einmal geklappt hat, wird er es wieder versuchen.«

»Der muss wirklich verrückt sein.«

»Genau. Das ist ein Verrückter.«

Kader verschränkte die Arme vor der Brust. Im Profil sah er aus wie eine persische Statue. Die Sekunden verstrichen. Die Kabine knackte überall, geschaukelt von einer hinterlistigen Welle.

Er strich sich den Bart und murmelte: »Ich habe Saïd kontaktiert.«

»Saïd Abdou?«

»Keine Panik. Er hat uns nie miteinander in Verbindung gebracht. Er weiß nicht einmal, dass es dich gibt.«

»Umso besser. Der würde keine Sekunde zögern, einen Bullen auf der Flucht zu verpfeifen.«

Eine Welle ließ die Brücke wie ein Fass rollen. Meerestränen blieben an den Bullaugen hängen.

»Saïd ist ein gerissener Hund«, fuhr Kader fort. »Wir werden sehr bald wissen, wie weit sie mit ihren Ermittlungen sind. Darauf sollten wir uns konzentrieren und uns dann in aller Seelenruhe den Mörder krallen.«

Die Antwort kam wie aus der Pistole geschossen: »Ich kann nicht warten. Wir haben eine Fährte, und ich will ihr nachgehen. Wenn es auch nur die geringste Chance gibt, ihn in die Enge zu treiben, dann muss ich sie ergreifen.«

Kader legte die flachen Hände aufeinander, als wolle er ein Gebet sprechen. Er führte die Gebetsschnur ganz nah an seine Lippen. Seine Worte klangen wie gehaucht: »Wie du willst… Du entscheidest.«

8

Philippe verging vor Ungeduld.

All diese Stunden ohne Sinn und Ziel, in denen er mit seinen Phobien allein war. Die Stadt machte ihn ganz beklommen. Fremd, feindlich, wie von einem Eigenleben beseelt, das keiner verständlichen Logik folgte. Er fühlte sich wie ein wildes Tier. Er war ein freiwilliger Gefangener, ging mit großen Schritten in einem unsichtbaren Käfig auf und ab, dessen Wände so nah an ihn heranrückten, dass ihm fast schwindlig wurde.

Bald würde die Qual ein Ende haben.

Karl hatte ihn kontaktiert.

Und was noch besser war: Karl erwartete ihn.

Sechs Tage. Sein Kompagnon hielt sich an seine Vereinbarungen. Im Gegenzug übernahm Philippe die Verwaltung: Transport des Materials, Reinigung, Sterilisation, Lagerung. Eine harmlose Tätigkeit im Vergleich zu seiner ersten Aufgabe: dem Einfangen der Beute.

Ein Schauder lief ihm über den Rücken.

Er hatte in der Presse gelesen, was Karl mit der letzten angestellt hatte. Drastische Worte, genaue Beschreibungen. Das Grauen in seiner ganzen Pracht und Herrlichkeit.

Seltsamerweise hatte es Philippe Angst gemacht.

Bisher hatte der junge Mann sich das alles bloß vorgestellt. Die Aufnahmen öffneten ihm unendliche Perspektiven. Sie beruhigten ihn, wenn er seine Anfälle hatte, sprengten seine Grenzen bis zur Ekstase. Der Ton genügte ihm. Er gab ihm ein Gefühl der Wirklichkeitsferne, eine Distanz, wie ein über seinen Wahn gelegter Filter.

Auf Papier gebannt, bekamen seine Obsessionen eine

andere Dimension. Sie verwandelten sich in schonungslose Wahrheiten, in konkrete Bilder.

Auf der anderen Seite des Spiegels nahm das Hirngespinst die Gestalt des Grauens an.

Philippe bezahlte die Fahrt. Er hievte sich aus der Limousine heraus und zog sein Hemd aus. Braun gebranntes Gesicht, verspiegelte Brille, er sah aus wie ein x-beliebiger Sommerurlauber auf der Suche nach einem ruhigen Fleckchen, an dem er den Tag verbringen könnte.

Er wartete ein wenig, die Hände in den Taschen. Das Taxi entfernte sich schon, von den Kurven verschluckt wie ein drolliges Spielzeug.

Philippe ging los. Er lief mit großen Schritten über den Asphalt, das Handtuch über die Schulter geworfen. Weiter unten leckte das Meer die Felsen. Jeder Stein trug sein Siegel, scharfkantige Krater wie salzumspülte Pockennarben. Gebräuntes Fleisch lag schmachtend auf diesem Nagelteppich ausgebreitet, sorglos, den sengenden Strahlen des Himmels zum Opfer dargeboten.

Er überquerte die Straße. Auf der anderen Seite war der Hügel von Schotter bedeckt. Keinerlei Vegetation, außer ein paar Sträuchern, die hier und da aus dem Kies herauswuchsen. Die Landschaft erinnerte ihn an eine Ebene voller Lava, war wie eine zerfressene Erde, das Überbleibsel eines Vulkans.

Er folgte dem Pfad. Seine Basketballschuhe rutschten manchmal auf den rundgeschliffenen Kieseln ab.

Schon bald tauchte der Bunker auf. Ein massiger Bau aus Rohbeton, wuchtig, uneinnehmbar. Philippe sah sich die Umgebung genau an. Keine Menschenseele. Er bekämpfte die Furcht, die über ihn hereinbrach. Wenn Karl in der Nähe war, bekam er es immer öfter mit der Angst zu tun.

Das letzte Treffen hatte in einer Kirche stattgefunden. Sie hatten im Beichtstuhl miteinander gesprochen, durch ein mit kleinen Löchern gespicktes Holztäfelchen. Philippe hatte nur einen Schatten erkennen können. Erschreckend, beunruhigend. Sie arbeiteten nun schon zwei Monate zusammen, und er kannte immer noch nicht sein Gesicht.

Diesmal hatte Karl ihm empfohlen, eine Taschenlampe mitzunehmen. Was erwartete ihn?

Die hoch gewachsene Gestalt ging um den Bunker herum. Der Bau war zum Teil im Fels verankert, wie ein der Vergangenheit entrissenes Fossil. Obszöne Sprühgraffitis bedeckten jeden Zentimeter Beton.

Eine derbe, drastische, verzweifelte Freske.

Er entdeckte den Eingang. Drei unmittelbar in den Bunker gehauene Stufen führten zu einer verrosteten Metalltür.

Diese stand einen Spaltweit offen.

Philippe legte die Handflächen auf die dunkle Platte, drückte sie auf. Sie drehte sich in den Angeln und machte dabei ein Geräusch wie der Schrei eines Vogels.

Innen war alles rußschwarz. Es stank nach Exkrementen, nach verbranntem Plastik. Er erkannte auch den schweren Geruch von verwesendem Fleisch. Er murmelte: »Karl?«

Keine Antwort.

»Karl… Ich bin's. Bist du da?«

In der Nachtschwärze war ein Scharren zu vernehmen. Ein wildes Getrappel. Dann wieder Stille.

Philippe schaltete die Taschenlampe ein. Er schlüpfte durch den Spalt. Der Leichengeruch nahm zu, verursachte ihm Übelkeit. Er ließ den Schein der Lampe umherwandern und erforschte das finstere Loch. Schmutzig, ungesund, feucht. Auf dem ganzen Boden lag Gerümpel verstreut. Bierdosen, Flaschen, Kochtöpfe, die Überreste einer völlig zerbeulten Gasflasche. Auf einer aufgeschlitzten Matratze zuckte der Kadaver eines Hundes unter dem Ansturm der Ratten.

Philippe blieb stehen. Beim Anblick dieses stinkenden Stücks Fleisch stand ihm plötzlich sein eigener Tod vor Augen. Ein aufgeblähter, aschfahler Körper, der von einer unsichtbaren Armee von innen heraus aufgefressen wurde.

Ihn packte das Grauen. Dieser Ort wirkte auf ihn wie ein Grab. Eine vergessene Gruft, in der er verschwinden würde.

Hatte Karl ihn hierher gelockt, um ihn aus dem Weg zu räumen?

»Bleib, wo du bist!«

Die Stimme kam aus dem Dunkeln, dünn, piepsig, wie der Ruf einer Elster. Philippe erstarrte. Dann drehte er sich langsam um.

Schlagartig wich ihm alles Blut aus dem Gesicht.

Wie eine wächserne Maske starrte ihn jemand aus der Dunkelheit an. Sein eigenes, verwirrt blickendes Gesicht schwebte mitten im Nirgendwo wie ein schemenhaftes Gespenst.

»Hab keine Angst«, fuhr die Stimme fort. »Das ist ein Spiegel.«

Philippe trat einen Schritt vor, streckte den Arm aus. Seine Finger stießen an eine kalte Fläche. Er ging noch näher ran. Ein in den Stein eingelassener mannshoher Spiegel verdoppelte den Raum.

»Mensch, Karl. Da hast du mir vielleicht einen Schrecken eingejagt. Wo bist du?«

»Dahinter.«

»Was?«

»Hinter dem Spiegel. Da ist ein kleiner Raum.«

Philippe konnte wieder einigermaßen atmen. Er fragte: »Siehst du mich?«

»Das ist ein venezianischer Spiegel. Die Gestapo hat diese Bunker manchmal in der Besatzungszeit benutzt. Sie hat sie ein bisschen ausgebaut, um die Verhöre etwas pikanter zu gestalten.«

»Du bist ja völlig bescheuert.«

Ein kurzes Schweigen, wie ein stillschweigendes Eingeständnis. Karls Stimme klang jetzt schriller: »Ist alles bereit?«

Philippe nickte. Auf diesen Moment wartete er schon lange.

Karl fuhr fort: »Die Instrumente?«

»Sterilisiert.«

»Gut… du wirst die Tasche heute deponieren. Das übrige Werkzeug muss auch durchgesehen werden.«

»Wann soll's losgehen?«

»Morgen Abend. Schau nach rechts, da liegt etwas für dich.«

Philippe leuchtete mit seiner Taschenlampe in die genannte Richtung. Das Licht fiel auf einen Stuhl mit Strohsitz. Darauf ein Hemd im Karton. Er nahm es, während Karl weiter sprach: »Ich hab dir alles Wesentliche besorgt. Fotos, Adressen, Gewohnheiten.«

Philippe sah sich die Bilder an. Blonde Strähnen, haselnussbraune Augen, ein trauriges Lächeln. Das Opfer dürfte zwölf Jahre alt sein.

»Noch ein Kind?«

»Ist das ein Problem für dich?«

»Nein…«

»Na, dann mach es.«

Philippe antwortete nicht. Karl scherte sich nicht um ihn.

Er verachtete ihn, benutzte ihn. Wie einen lächerlichen Hampelmann, ein notwendiges Rädchen im Getriebe seiner Verbrechen.

Einstweilen brauchte er seine Hilfe.

Bis wann?

Der junge Mann ballte die Fäuste, machtlos. Er wusste: Ohne Karl war er ein Nichts.

VIERTER TEIL

1

Vier Tage. Und immer noch nichts.

Riad hatte sich in Luft aufgelöst. Was die Ermittlung anging, so bekam sie mit jeder Minute ein anderes Gesicht, wie ein Foto, das mit der Zeit verblasst.

Die Gendarmen hatten die Hochebene von Luminy durchgekämmt. Ohne Erfolg. Sämtliche Grotten waren durchsucht worden. Der Verrückte hatte nicht die geringste Spur hinterlassen, und Coglios Hypothese bekam langsam ein Leck. Macarian freute sich hämisch über diesen Schiffbruch.

Desruel und Plantier hatten ihrerseits auch nicht viel Erfolg gehabt. Der Zeuge, der zufällig auf die Leiche gestoßen war, hatte nichts Verwertbares beizusteuern gehabt. Der Hausmeister der Universität hatte am Ende zugegeben, dass er an jenem Abend zu betrunken gewesen sei, um sich auch nur an irgendwas erinnern zu können.

Vial war nicht untätig auf der Ersatzbank sitzen geblieben. Er hatte Kellals Weg zurückverfolgt, die Exfrau seines Bullen verhört und die Familie Merrant getroffen. Alle Kinder, die an jenem Abend dort gewesen waren, waren verhört worden. Ohne Ergebnis. Letztlich hatte der Kommissar nur einen Hinweis in der Hand: den Zeitrahmen ihres Verschwindens. Er hatte sich in seinem Büro verschanzt und musste jetzt dem Druck von oben standhalten und mit der Presse jonglieren. Er verlor zusehends seine natürliche Herzlichkeit.

In dieser Misserfolgsstimmung wartete Cabrera ab. Worauf wartete er? Er wusste es selbst nicht. Er fand jedoch nicht den geringsten Anhaltspunkt.

Die Stimme des Kommissars riss alle aus ihrer Erstarrung.

»Ich habe gerade mit Paris telefoniert. In einer Stunde landet er in Marignane.«

Die Blicke wurden wieder wach. Macarian rührte in seinem Kaffee herum und fragte: »Darf man wissen, wer?«

»Michel Foulon. Psychiatrieexperte beim Berufungsgericht von Paris. Ein *Profiler*.«

»Ein was?«, fragte Paul verdutzt.

»Gehen Sie nie ins Kino, Cabrera?«

Paul lächelte verschnupft.

»Wozu sollte ich? Was ich brauche, finde ich in der Realität.«

»Ein Verhaltensspezialist. Der Begriff kommt aus den Vereinigten Staaten. Die Polizei benutzt sie, um die Persönlichkeit und das Profil von Serienkillern einzukreisen.«

»Wer sagt euch denn, dass es sich um eine Serie handelt?«

»Wenn wir einmal von Coglios Hypothese absehen – nichts. Aber wenn es eine ist, wird Foulon uns wichtige Erkenntnisse liefern.«

Die Brünette rutschte unruhig auf ihrem Stuhl herum. Der Kommissar stimmte ihren Theorien nicht zu, aber die Ankunft eines Psycho-Fachmanns war schon mal ein erster Schritt.

»Solche Kasper brauchen wir nicht«, zischte Macarian. »Damit vertun wir bloß unsere Zeit.«

»Da stimme ich dir zu«, sagte Desruel.

Die Blonde hielt ihm die offene Hand hin. Ihr Kollege schlug ein. Verärgert musste Vial an sich halten, um nicht auch noch auf den Quatsch einzugehen.

»Gut«, sagte er. »Plantier, Sie kommen mit mir, wir holen ihn vom Flughafen ab. Alle anderen können sich die Beine vertreten. Treffpunkt hier um elf Uhr. Und ich zähle auf eure Pünktlichkeit.«

Michel Foulon hatte nichts von einem Helden aus einem High-Budget-Film. Er war klein und dünn und verdeckte seine Kahlköpfigkeit mit einer langen, auf dem Schädel eingerollten Haarsträhne. Zwei schwarze Kugeln hinter seiner Brille sezierten die Blicke.

Vial erzählte das Ganze noch mal von vorn. Wieder gingen Fotos rum. Niemand hielt sich lange damit auf. Der Experte ergriff das Wort, mit einer ernsten, gesetzten Stimme, die gar nicht zu seinem zarten Äußeren passen wollte.

»Bevor wir anfangen, möchte ich eine Sache klarstellen. Erwarten Sie keine Patentlösungen von mir. Auf meinem Fachgebiet wird mit empirischen Daten gearbeitet. Man stützt sich auf Hypothesen, auf Schlussfolgerungen, und oft wird nach dem Ausschlussverfahren vorgegangen. Außerdem besitzen wir in Frankreich noch nicht genug Hintergrundwissen zu dem Thema, um aus den gewonnenen Erkenntnissen unumstößliche Regeln ableiten zu können.«

Er machte eine Pause, sah sie prüfend an, wartete auf Reaktionen. Macarian, das Gesicht von Falten zerfurcht, reagierte als Erster.

»Sie sind doch schon ein Psychiater, ich meine, von der Grundausbildung her?«

»Wie Sie sagen, von der Grundausbildung her. Ich habe noch zwei andere Doktortitel, einen in Kriminologie und einen in Soziologie.«

»Beeindruckend«, bemerkte Desruel und verdrehte die Augen.

Der kleine Mann ließ Stille einkehren, dann sprach er mit ruhiger Stimme weiter.

»Ich weiß, dass Sie sich schwer tun … Da kommt ein Typ aus Paris daher, ein Experte, mit zehnmal so viel Diplomen wie Sie alle zusammen. Sie denken, dass Ihnen die Ermittlung aus den Händen genommen wird. Das ist nicht leicht zu schlucken.«

Diese Direktheit überraschte die Gruppe. Die Treffsicherheit der Analyse brachte sie aus dem Konzept. Nur Coglio lächelte.

»Ich bin nicht hier, um Ihnen Knüppel zwischen die Beine zu werfen«, fuhr Foulon fort. »Ich werde nur versuchen, Ihnen zusätzliche Erkenntnisse zu verschaffen. Wie ich Ihnen bereits gesagt habe, tappen wir in diesem Bereich noch im Dunkeln. Ich habe nicht die Absicht, Ihnen eine unumstößliche Wahrheit zu liefern. Ganz zu schweigen von einer Lösung.«

Der Experte machte wieder eine Pause, ein paar Sekunden lang. Man hörte das Motorgeschnurre eines Kopierers. Niemand wagte es, das Wort zu ergreifen. Foulon ging ein paar Schritte zwischen den Bullen hin und her.

»Ich habe mir während des Fluges die Akte angeschaut. Die Brutalität des Mordes und die Vorgehensweise lassen auf einen männlichen Täter schließen. Eine Frau, selbst wenn sie von Mordgelüsten getrieben würde, hätte niemals so handeln können.«

»Sind Sie sich da sicher?«

Diesmal war es Paul, der den Experten unterbrochen hatte. Er hielt die Bilder des Opfers in der Hand und blätterte mit abwesendem Blick darin herum. Der Psychiater antwortete ihm mit sanfter Stimme.

»Fünfundneunzig Prozent der vorsätzlichen Morde werden von Tätern männlichen Geschlechts verübt. Von den fünf restlichen werden nur ein Zehntel der Morde, die Frauen zugerechnet werden, nicht im Affekt begangen.«

»Sie meinen aus niederträchtigen Gründen?«

»Genau. Und zwar ausschließlich. Die Perversität der Frauen« – ein kurzes, an Vials Mitarbeiterinnen gerichtetes Lächeln – »im psychiatrischen Sinne meine ich, äußert sich auf ganz andere Weise.«

Paul gefiel die Bemerkung. Diesem Typen mangelte es nicht an Humor. Sie brauchten alle ein wenig Abstand zu der Sache. Foulon half ihnen dabei, die Anspannung loszuwerden.

»Also ein Mann, von mir aus«, sagte er und richtete sich auf. »Alter, Rasse, soziales Milieu? Was können Sie uns dazu sagen?«

»Auf den ersten Blick würde ich sagen: weißer Abstammung, zwischen fünfundzwanzig und vierzig Jahre alt. Aus einem gut situierten, ja, ich würde sogar sagen, kultivierten sozialen Milieu. Zumindest kultiviert genug, um ästhetische Werte verinnerlicht zu haben.«

Sophie Desruel blieb die Spucke weg.

»Ästhetische?«

»Der Mörder führt ein ganz eigenartiges Ritual aus. Der markanteste Aspekt ist sicherlich das vollständige Abziehen der Körperoberfläche. Aber es gibt da noch etwas, das mir wichtiger erscheint.«

»Ach ja?«

»Der Schmerz«, schaltete sich Vial ein.

»Ganz genau«, pflichtete Foulon ihm bei.

Die gesamte Mannschaft drehte sich dem Kommissar zu. In ihren Blicken stand zu lesen, dass sie das Ganze zu verstehen suchten. Vial hatte es vorgezogen, die Ankunft des

Experten abzuwarten, um ihnen die Wahrheit über diesen Aspekt der Akte zu enthüllen. Schließlich sagte er: »Die Autopsie hat ergeben, dass das Opfer noch am Leben war, als ihm die Haut abgezogen wurde.«

Kein Laut war zu hören. Die Wut schnürte ihnen wie eine Garotte die Halsschlagader ab, dass ihnen fast schwindlig wurde.

Foulon fuhr behutsam fort: »Die Vorgehensweise darf uns nicht in die Irre leiten. Sie beweist lediglich eine genaue Kenntnis der Funktionsweise des Schmerzes. Die Haut ist eines der sensibelsten Organe des menschlichen Körpers. Sie kann uns die größten Freuden bereiten… und die größten Schmerzen. Die Skala ist endlos erweiterbar. Deshalb hat er ihr die Haut abgezogen. Nur deshalb.«

Die Worte fielen wie Hammerschläge in die Stille hinein. Der Raum war von Sonnenlicht überflutet, aber auf den Gesichtern gab es keinen Widerschein.

»Und Sie wagen es, von Ästhetik zu reden?«, fauchte Desruel.

Der Experte nahm seine Brille ab. Er hielt dem Blick der Inspektorin stand.

»Der Mörder hat dem Opfer Atropin gespritzt… Um sie wach zu halten, als er ihr die Haut abzog. Das beweist seinen Sinn für raffinierte Foltern. In diesem Sinne habe ich von Ästhetik gesprochen…«

»Das ist doch Wahnsinn«, zischte Macarian zwischen den Zähnen hervor. »Wahnsinn…«

Foulon setzte sich die Brille wieder auf die Nase und fuhr fort: »In einigen orientalischen Kulturen wurde die Folter zur eigenständigen Kunstform erhoben. Eine Kunst, bei der die Opfer und die Henker gemeinsam ein ganz persönliches Bild malen. Ihre Grenzen kennen lernen. Unser Mann hält sich für einen Künstler. Er erfreut sich an seinen Kreationen. Für ihn ist der Schmerz des anderen wie eine Partitur, die er schreibt, während er die Musik hört.«

Paul erhob sich von seinem Stuhl und stellte sich vor den Psychiater.

»Sie haben die Hypothese geäußert, es handle sich um einen Mann weißer Rasse. Nicht um einen Asiaten.«

»Genau. Die Methoden ähneln in etwa denen, die man im China der Ming-Dynastie angewandt hat. Aber seien Sie beruhigt. Unsere Kulturen sind absolut dazu in der Lage, Monster hervorzubringen, die pervers genug sind, um sich hiervon inspirieren zu lassen.«

»Stammt das Monster wirklich aus Frankreich?«

»Ein Mann aus alter französischer Familie oder maghrebinischer Herkunft. Auf jeden Fall ein Mann, der der ethnischen Gruppe des Opfers angehört. Perversionen funktionieren nur über Identifikation.«

»Also schließen Sie rassistische Motive aus.«

»Ganz gewiss. Das Szenario ist viel zu kompliziert für eine so simple Vorliebe.«

Paul kratzte sich an der Wange. Ein harter Bart begann aus seinen Poren zu sprießen.

»Zwei Bevölkerungsgruppen. Das ist ein ganzer Haufen!«

»Gar nicht so viele. Wenn wir den Schmerz, den er anderen bereitet, als Ausgangspunkt nehmen, dann gehört der Mörder seinem psychologischen Profil nach zum Typus eines perversen Narzissten.«

»Im Klartext?«

»Diese Persönlichkeiten finden ihr Gleichgewicht in den Qualen, die sie anderen zufügen. Auf diese Weise befreien sie sich von dem Schmerz, den sie selbst nicht empfinden können, von den inneren Widersprüchen, die sie nicht wahrnehmen können. Wollte man es in den Begriffen der Psychiatrie ausdrücken, könnte man sagen, sie *übertragen* ihr Leid.«

»Eine Psychose«, murmelte Coglio.

»Ja. Aber ohne Symptome. Das Subjekt kann völlig normal erscheinen, völlig angepasst. Erst wenn man die Beziehung untersucht, die es zu seinem Opfer unterhält, erkennt man die Pathologie. Und am Grad der Angst der Letztgenannten lässt sich die seine ermessen.«

Paul lief ein paar Schritte umher. Schmerz, Leid, Angst. Diese Worte weckten schlafende Hunde bei ihm. Die er durch Action im Zaum hielt.

Er fiel Foulon ins Wort: »Leïla ist bei lebendigem Leibe die Haut abgezogen worden. Wenn man Ihren Theorien folgt, dann muss dieser Typ mehr leiden als der Durchschnitt.«

»Ganz gewiss.«

»War er vielleicht einmal in einer psychiatrischen Einrichtung?«

»Nicht unbedingt. Er leidet, aber er weiß es nicht. Perverse Narzissten sind gefühllos, haben keine Affekte.«

»Er weiß aber, was er dem Mädchen angetan hat.«

»Ja. Und daraus zieht er auch seine Lust. Aber ich habe Ihnen bereits gesagt, er weiß nicht, warum der Schmerz der anderen ihn beruhigt. Für ihn ist das Opfer ein Spiegel, ein leeres Spiegelbild, in dem er sich vergeblich sucht.«

»Ein Scheißpsychopath, der am Ende in einer Anstalt landen wird, falls wir ihn schnappen. Vielleicht wäre es besser, wir würden Kellal freie Hand lassen.«

Macarian hatte den Satz in den Raum geworfen. Wenn es um Kinder ging, wünschte er sich sehnlichst die Todesstrafe zurück.

Hinten wurde eine Hand gehoben. Coglio räusperte sich,

bevor sie sprach: »Entschuldigen Sie, Doktor. Es gibt einen Punkt, den wir noch nicht angesprochen haben. Was denken Sie über die vorgetäuschte Penetration?«

»Sie haben es selbst gesagt: eine Vortäuschung. Unser Mann hat sich wahrscheinlich gedacht, er könnte uns damit auf eine falsche Fährte locken.«

»Nicht sehr vif für einen Mann mit so raffiniertem Geschmack«, bemerkte Desruel ironisch.

Coglio ließ nicht locker: »Ich verstehe nicht, welchen Sinn eine falsche Fährte haben sollte. Er hat die Leiche deutlich sichtbar liegen lassen. Vielleicht sogar, damit man sie findet. Worauf will er hinaus?«

»Die falsche Fährte soll seine tieferen Beweggründe verschleiern«, erklärte Foulon. »Sein Wunsch, entdeckt zu werden, folgt einer Logik der Provokation. Der Allmacht. Er hält sich für sehr stark. Und das soll bekannt werden.«

Paul warf Vial einen besorgten Blick zu. Dem Kommissar war ebenfalls ein Licht aufgegangen. Er rückte seine Fliege zurecht und sagte: »Es wird weitere Morde geben.«

Der Experte verschränkte die Arme. Seit Beginn der Unterredung hatte er seine Jacke nicht ausgezogen.

»Ganz gewiss.«

Die Brigade stierte den Mediziner an, völlig gelähmt aufgrund seiner Prophezeiung.

»Es sei denn …«

»Was?«, unterbrach ihn Desruel.

»Sie schnappen ihn vorher …«

2

Coglio hatte es geahnt, Foulon hatte es bestätigt. Es handelte sich um einen Serienmord. Das psychologische Profil, das der Experte gezeichnet hatte, führte zu dieser Schlussfolgerung.

Wegen der Dringlichkeit der Sache suchte die Brigade verzweifelt nach zufälligen Zusammenhängen, ohne Erfolg. In allen Köpfen stand eine Frage im Vordergrund: Wie viel Zeit blieb ihnen, bevor der Verrückte wieder zuschnappte?

Vorläufig arbeitete Paul mit Desruel zusammen. Eine explosive Mischung. Die Blondine ließ ihn zappeln und fing an, ihm über das erträgliche Maß hinaus auf die Nerven zu gehen.

Sie parkte den Wagen auf einem mit Nägeln markierten Fußgängerüberweg, stellte das Blaulicht aufs Dach und stieg aus dem 306. Ihre enge Levi's schuf einen formvollendeten Hintern. Doch diese Aufforderung klang für den Leutnant wie ein hohles Versprechen, ein Traum ohne Zukunft.

Er folgte ihr.

»Ist der Platz schon reserviert?«

»Lassen Sie mich in Frieden, Cabrera. Ich habe eine höllische Nacht hinter mir. Ich bin nicht in der Stimmung.«

Die Gelegenheit war zu schön. Paul konnte sich eine ironische Bemerkung nicht verkneifen.

»Persönliche Probleme?«

Sie blieb stehen, sah Cabrera direkt in die Augen. Ihr slawisches Puppengesicht trug die Stigmata alkoholbedingter Müdigkeit.

»Jetzt mal Klartext, Cabrera. Wir sind zum Arbeiten hier. Also arbeiten wir auch. Und zwar ohne Kommentar.«

Paul holte seine Brille heraus. Zwei schwarze, längliche Bullaugen, wie eine futuristische Maske. Mit diesem Accessoire potenzierte sich sein lächerliches Rowdyoutfit.

»Null Problem. Geben Sie mir Bescheid, wenn Sie Ihre Meinung ändern.«

Sie überquerten die Avenue, ein seltsames Zweiergespann, das im Schatten der Platanen verschwand.

Das Gebäude erinnerte an eine Festung. Oder ein Gefängnis. Sechs Steinblöcke, deren wuchtige Form durch die Bögen kaum an Leichtigkeit gewann, wie Wachtürme an den Ecken eines gepflasterten Hofes errichtet. Rundherum hohe, dicke Mauern. In der Achse des Hauptgebäudes ein überdimensionierter Eingang, von einem schmiedeeisernen Tor versperrt. In das Frontispiz stand in riesigen Majuskeln eingemeißelt:

SCHLACHTHAUS

Es war Pauls Idee. Die Anwendung eines einfachen Prinzips, Tomasinis Vermächtnis, wenn er auf schnellstem Wege eine Aktion durchzog, fern vom üblichen Prozedere und dem ganzen überflüssigen Verwaltungskram.

Seiner Eingebung folgen.

Riads Tochter war die Haut abgezogen worden. Mit präzisen, effizienten Handgriffen. Wer konnte so eine Meisterleistung vollbringen? Laut dem Bericht des Gerichtsmediziners würde ein Medizinstudent das schaffen können. Vorausgesetzt, er verfügte über die nötige Kraft. Plantier und Macarian gingen dieser Fährte nach.

Den Bullen von der Brigade zur Kriminalitätsbekämpfung ließ die Brutalität der Vorgehensweise an etwas anderes denken. Einen weitaus prosaischeren Akt, der ohne Netz vollführt wurde, ohne langes Gefackel.

Er hatte an einen Abdecker gedacht.

Sie streckten dem Wächter ihre Amtsausweise hin und gelangten auf den Vorplatz. Der Lärm der Stadt klang gedämpfter. Eine merkwürdige Ruhe ließ die Dezibel nur noch zu einer vagen Erinnerung werden.

Hinter ihrem Rücken nahm der Angestellte einen Telefonhörer ab.

Auf der Freitreppe tauchte ein Mann auf. Er war groß und schwer, hatte schneeweißes Haar und ein aufgedunsenes, mit violetten, geplatzten Äderchen durchzogenes Gesicht. Einer der starken Kerle aus den Markthallen, der seine besten Jahre schon hinter sich hatte, im kurzärmeligen Hemd und in Leinenhose. Als er näher kam, rief er sie mit kräftiger Stimme an: »Guten Tag, Leutnant. Wieder an einem Fall dran?«

»Hallo, Kovacs. Ich brauche deine Unterstützung.«

»Wenn ich dir helfen kann.«

Sie lächelten sich an. In den nördlichen Vorstädten von Marseille führten die Wege oft in dieselben Sackgassen. Die ihren hatten sich schon mehrfach gekreuzt, anlässlich von Fleischdiebstählen auf dem öffentlichen Auktionsmarkt.

Der Mann pflanzte sich vor den Bullen auf. Er streckte Desruel die Hand hin.

»Gérard Kovacs. Ich bin der Wächter dieses Backsteinhaufens.«

»Leutnant Sophie Desruel, Regionaleinheit der Kripo Marseille, Brigade zur Kriminalitätsbekämpfung.«

Kovacs' riesige Pranke verschluckte nacheinander die Hände der beiden Bullen. Paul hatte das Gefühl, einen Baseballhandschuh zu drücken. Hinter der energischen Handbewegung war wie immer ein aufrichtiger, warmherziger Kontakt zu spüren.

»Sag mal, ist heute Feiertag?«

Der Mann erklärte in müdem Tonfall: »Die Kurse fangen um achtzehn Uhr an.«

Die junge Frau riss weit die Augen auf. »Die Kurse? Welche Kurse?«

»Die Schlachthöfe sind schon lange nicht mehr in Betrieb, Mademoiselle. Seit Ende der achtziger Jahre. Ein Großteil der Örtlichkeiten ist umgebaut worden, um die Schulen des zweiten Bildungsweges unterzubringen. Erwachsenenkurse für Analphabetismusopfer.«

»Ich verstehe nicht. Sie sind nicht …«

»Doch. Im Ruhestand. Ich konnte bei der Stadtverwaltung eine Verlängerung erwirken und beaufsichtige die alten Lagerhallen. Das heißt … was von ihnen übrig geblieben ist. Hat der Leutnant Ihnen das nicht gesagt?«

Desruel warf Paul einen vernichtenden Blick zu. Cabrera erwiderte den Blick mit einem spöttischen Lächeln.

»Ein Kaffee gefällig?«, schlug der Riese vor.

Sie verschwanden in einer Halle, in der Instrumente aus einem anderen Zeitalter an den Wänden funkelten. Messer, Äxte, Sägen und noch weitere, rätselhaftere mit gebogenen Klingen und scharfen Kanten. Ihre vom Alter gesprenkelte Oberfläche erstrahlte in mattem Glanz. Sie ließen Paul an eine alte Illustration denken, ein Kinderbuch, dessen Erinnerung irgendwo tief in seinem Gedächtnis schlummerte: Das Schloss des Menschenfressers, in das der kleine Däumling gerade hineinging.

Kovacs führte sie in ein winziges Büro. Kalter Tabakgeruch verpestete die Luft.

Während die Bullen sich setzten, machte er hinter ihnen die Tür zu. Seine imposante Statur, viel zu groß für dieses Zimmer, nahm den ganzen Raum ein. Aus einer Plastikkanne mit lädiertem Schnabel schenkte er drei Tassen ein.

»Das ist alles, was man mir gelassen hat. Ich glaube, der Schuldirektor schätzt mich nicht sonderlich. Er hätte lieber einen von seinen Leuten auf dem Posten gehabt.«

»Hast du von dem Mord in den Buchten gehört?«, fragte Paul.

Die fröhliche Miene verdüsterte sich.

»Üble Geschichte… So was passiert zum ersten Mal in der Gegend.«

Desruel schlug die Beine übereinander. Eingesperrt in diesen stickigen Raum, hatte die junge Frau ihre Nerven immer weniger unter Kontrolle. Sie streckte ihm eine Akte hin und befahl in barschem Ton: »Schauen Sie sich die Fotos an, Monsieur Kovacs. Lassen Sie sich Zeit.«

Der Mann quetschte sich mühevoll um die Stühle herum. Mit seiner Körpermasse streifte er einen Stapel Papier, drückte sich an einem Metallstuhl vorbei, um sich am Ende zwischen Fenster und Schreibtisch zu klemmen. Er ließ sich mit einem tiefen Seufzer fallen. Dann, ohne Eile, sah er sich jedes Bild genau an. Als er damit fertig war, murmelte er: »Das ist ekelhaft…«

»Und es ist sehr wahrscheinlich, dass es damit noch nicht vorbei ist«, fügte Desruel hinzu.

»Ein kleines Mädchen?«

»Zehn Jahre alt.«

»Was kann ich tun?«

Paul steckte sich einen Zigarillo zwischen die Lippen. Er wusste, dass er ihn nicht anzünden würde, bevor er hier wieder draußen wäre.

»Erzähl uns zunächst mal etwas über deinen Beruf.«

»Was wollt ihr wissen?«

»Alles. Ganz egal was. Was immer dir in den Kopf kommt.«

Kovacs' Augen verschleierten sich. Er holte eine Pfeife aus einer Schublade und stopfte sie randvoll. Erinnerungen stürmten auf ihn ein.

»Ich habe mein Leben inmitten von Tiergerippen zugebracht. Mein Vater arbeitete auch schon in dem Metier. Und mein Großvater. Bei uns geht es ein bisschen zu wie bei den Hafenarbeitern. Die Posten werden mit Billigung des Rathauses weitergegeben. Wir bleiben unter uns.«

»Was genau hast du gemacht?«

»Ich war für das Ausbeinen zuständig.«

Paul betrachtete den Metzger. Er war schon in die Jahre gekommen, aber man konnte noch den rohen Klotz mit den kräftigen Armen und dem breiten Brustkorb erahnen. Er konnte sich mühelos vorstellen, wie er Knochen zerbrach, Bänder und Sehnen herausriss, das Gesicht gerötet vor Anstrengung. Sah der Mörder ihm ähnlich?

Der Bulle fragte, ohne Kovacs aus den Augen zu lassen: »Das dürfte eine ganz schöne Plackerei sein, oder?«

»Schon. Vor allem damals. Da musste man Mumm in den Knochen haben. Jetzt ist alles automatisiert. Vom Schlachten bis zum Zerteilen. Sie stellen sogar Frauen ein ...«

Der Mann hatte den Satz mit einem leichten Unterton des Bedauerns gesprochen. Paul musste an seinen Vater denken. Der Alte hatte die Entwicklung in seinem Beruf nicht verkraftet. Als es an den Quais die ersten Konkurrenten in Röcken gab, hatte das sein Weltbild zerstört. Die Fischerei war für ihn reine Männersache.

Er unterdrückte eine Zärtlichkeitsanwandlung und fragte: »Hast du den Tieren schon mal das Fell abziehen müssen? Ich meine, mit Hilfe einer Maschine?«

»Hin und wieder. Für die Sorte Arbeit gab es Spezialisten.«

»Spezialisten? Welcher Art?«

»Der Art, dass sie einem Rind mit dem Messer den Balg abziehen konnten, ohne das Fleisch zu beschädigen. Es ist gar nicht so einfach, ein Tier zu entschwarten. Selbst wenn man gutes Werkzeug hat.«

Sophie Desruel, die sich auf ihren Stuhl zurückgelehnt hatte, wischte sich über die Stirn. Ihr Gesicht war durchscheinend wie dünnes Porzellan. Kovacs öffnete einen Spaltweit das Fenster und zündete sich seine Pfeife an.

»Ihr Kerl… Man sieht, dass er was von der Sache versteht. Man könnte meinen, er habe einen Entschwarter benutzt.«

»Einen Entschwarter?«

»Die nahm man damals her. So was findet man heutzutage nicht mehr. Oder wenn, dann in einem Museum.«

»Wie kommst du darauf?«

Der Kraftprotz zeigte mit dem Finger auf eine der Großaufnahmen.

»Da. Die Abdrücke auf Höhe der Handgelenke.«

Paul zwang sich hinzuschauen. Eine kleine bleiche Hand, zusammengekauert wie ein verwundeter Spatz. Am Rand, da wo die Haut noch vorhanden war, sah man winzige Einkerbungen in regelmäßigen Abständen, wie ein Armband. Er schüttelte den Kopf.

»Bei der Autopsie wurde auf Abdrücke von Fesseln geschlossen.«

»Bei allem Respekt, aber der Typ, der Ihnen das verklickert hat, muss Tomaten auf den Augen gehabt haben. Aber gut, er konnte es ja nicht wissen.«

Der Bulle hatte das Gefühl, endlich an etwas dran zu sein.

»Wie sieht dein Dingsbums denn aus?«

»Wartet mal 'ne Sekunde. Ich zeig's euch.«

Kovacs bahnte sich einen Weg bis zur Tür und verschwand. Die beiden Bullen tauschten Blicke. In Desruels Augen war ein matter Glanz getreten.

Der Wärter war wenige Sekunden später wieder da und hielt einen zylindrischen Gegenstand in der Hand. Er sah aus wie ein Metallrohr, in der Mitte geschlitzt von einer gezahnten Backe. Eine Handkurbel vervollständigte das Gerät.

»Hier. Schauen Sie. Nachdem Sie die Haut aufgeschnitten haben, machen Sie sie hier fest, zwischen den Zähnen. Dann drehen Sie diese kleine Schraube an, und dann müssen Sie nur noch kurbeln.«

Desruel wagte einen kurzen angewiderten Blick, während Paul die Maschine bediente. Kovacs setzte sich wieder in seinen Sessel.

»Heute ist das natürlich überholt. Bei all dem Quatsch mit europäischen Hygienenormen und dem ganzen Pipapo sehen die Schlachthäuser jetzt aus wie Kliniken.«

Paul hörte nicht zu. Soeben war ein wichtiges neues Element dazugekommen. Ein materielles Detail. Identifizierbar. Aufgrund seiner Besonderheit engte es das Feld der Ermittlungsarbeit ein. Der Polizist versuchte mehr darüber herauszubekommen.

»Was sind das da für Löcher?«

»Befestigungspunkte. Bevor man sie benutzen kann, muss man den Entschwarter auf einem festen Untergrund fixieren.«

»Erklär mir das.«

»Die Karkassen werden an den Füßen aufgehängt, nahe der Wand. Man schneidet den Balg der Länge nach auf, indem man das Messer zwischen Haut und Muskel entlangführt. Dann fixiert man den Entschwarter auf einer Schiene, damit man einen Auflagepunkt hat. Das Tier wird mit der Seilwinde hochgezogen, während man es auszieht.«

»... was macht?«

»Es abhäutet, meine ich.«

Kovacs sprach mit ganz neuem Schwung. Sein Gesicht hatte sich verändert. Wirkte wie verjüngt. Er fuhr in seinen Ausführungen fort: »Wenn die Sache gelingen soll, muss man genau der Bewegung der Seilwinde folgen. Weder zu langsam noch zu schnell.«

»Und wie funktionierte die Seilwinde?«

»Die wurde meistens von Hand betätigt. Zusammen mit einem anderen Kerl. Die Burschen mussten synchron arbeiten. Wenn einer die Sache vermasselte, dann ging alles schief.«

Cabrera versuchte, sich den Arbeitsvorgang bildlich vorzustellen. Kolosse in weißen, mit roten Streifen befleckten Arbeitskitteln, wohlüberlegte Handgriffe, Teamarbeit. Wie hatte der Verrückte das angestellt? Half ihm jemand dabei? Noch so ein Durchgeknallter, eine krankhafte Allianz, ein Gruppentrip an die Grenzen des Unsagbaren?

Kovacs' tiefe Bassstimme ertönte und holte den Polizisten in die Realität zurück.

»Euer Typ da, der hat das auch allein machen können. Mit einem kleinen Motor, um die Seilwinde hochzuziehen.«

Paul zog die Brauen in die Höhe. Allein, zu mehreren, das Ergebnis schien ihm das Gleiche zu sein. Er legte den Entschwarter zurück und starrte ihn nachdenklich an.

»Wann hat man diese Antiquität zum alten Eisen geworfen?«

»Ich würde mal sagen ... vor etwa vierzig Jahren.«

»Dem Mörder ist es aber trotzdem gelungen, sich so etwas zu beschaffen. Du hast von einem Museum gesprochen. Es gibt doch bestimmt noch andere Orte.«

Die Stirn des Ausbeiners legte sich in Falten. Er schien peinlich berührt.

»Vielleicht… Manche Bauern ziehen ihren Viechern noch selbst das Fell ab. Das ist verboten, aber sagen Sie das denen mal.«

»Und wo kaufen sie sie?«

»Was das angeht, Leutnant… Da hab ich keinen Schimmer.«

Paul beugte sich vor. Seine Augen funkelten bedrohlich. »Lass den Quatsch, Kovacs. Wo kaufen sie sie?«

Der Mann wirkte jetzt angespannt. Im Nu war die Stimmung auf beunruhigende Weise umgeschlagen. Er murmelte: »Manchmal findet man welche auf den Landwirtschaftsmessen. Es kommt selten vor, und sie werden unter der Hand verkauft.«

Der Bulle richtete sich auf. Jede Spur von Aggressivität war von ihm gewichen.

»Na also… Da siehst du's, du weißt doch eine ganze Menge. Erzähl mir von diesen Messen.«

»Sie finden jedes Frühjahr statt. Arles, Tarascon, Manosque, das sind die hier in der Region. Über die anderen weiß ich nicht viel.«

Paul ging im Geiste die Möglichkeiten durch. Diese Veranstaltungen wurden überall in der Gegend abgehalten, Hunderte von Fachleuten nahmen daran teil. Wo hatte sich der Mörder den Entschwarter besorgt? Bei wem?

Die Antwort erinnerte an ein Sternenfeld.

»Du musst mir mehr verraten, Kovacs. Denk gut nach. Wie würdest du es anstellen, wenn du dir einen besorgen müsstest?«

Der Mann machte ein ganz konzentriertes Gesicht. Dann sagte er: »Ich würde es über einen Schlächter versuchen.«

»Genauer.«

»Das sind die Vermittler. Die kennen Gott und die Welt. Man vertraut ihnen.«

»Nenn mir einen Namen.«

Das von Äderchen durchzogene Gesicht lief purpurrot an.

»Ich bin seit drei Jahren in Rente, Leutnant. Ich weiß nicht, ob …«

»Spuck's aus, Kovacs.«

»Maurice Ferchaud. Das ist einer der Ältesten. Bei der Art von Geschäft läuft alles über ihn.«

»Wo?«

»In Arles. Sein Büro befindet sich auf dem Rond-Point des Arènes. So wie ich ihn kenne, steht sein Name in großen Lettern aufs Schaufenster geschrieben.«

Ein Lächeln erhellte die Miene des Polizisten. Er drehte sich zu Desruel um. Die Blonde hatte seit zehn Minuten kein Wort mehr gesagt.

»Noch etwas, Miss?«

Sie machte einen Schmollmund und schüttelte den Kopf. Paul schob seinen Stuhl zurück.

»Danke, Kovacs. Dafür werde ich mich bei nächster Gelegenheit revanchieren.«

Der Mann verließ sein Kabuff, um sie hinauszubegleiten. Seine Stimme kippte ein wenig weg, als er sagte: »Ich habe Ihr Wort, Leutnant. Ich habe Ihnen nichts gesagt.«

Cabrera blinzelte ihm mit einem Auge zu. »Keine Sorge.«

Die Polizisten verabschiedeten sich. Über dem Vorplatz flirrte die Luft vor Hitze wie in einer Salzwüste.

Paul zündete seinen Zigarillo an. Kovacs' Enthüllungen eröffneten zwar neue Möglichkeiten, brachten aber auch in einem bestimmten Punkt den entscheidenden Hinweis. Um ein solches Blutbad anzurichten, bedurfte es einer Infrastruktur. Seilwinde, Rolle, Stütze, Motor, lauter auffälliges, sperriges Werkzeug. Und laut.

Diese Feststellung passte zu dem, was man über den Tatort herausgefunden hatte. Kein Blut, keine Spuren. Der Mörder hatte also einen Schlupfwinkel. Er häutete nicht so auf die Schnelle, mitten in der Natur.

Wo versteckte er sich?

Für Coglio war es kein Zufall, dass die Leiche auf dem Plateau entdeckt wurde. Angesichts der objektiven Sachzwänge musste sich der Ort der Folter notgedrungen in der Nähe befinden. Die Gendarmen hatten in einem Umkreis von fünf Kilometern die Grotten abgesucht. Die kleinen Buchten waren komplett auf den Kopf gestellt worden. Nichts. Schließlich hatte Vial beschlossen, diese Fährte nicht weiter zu verfolgen.

Der Bulle dachte an einen Keller. Einen vergessenen Ort, tief in die Erde gegraben, um die Schreie zu ersticken. In einem solchen Heiligtum hätte der Verrückte sich nach Herzenslust austoben können. Anschließend hätte er nur noch die Leiche aufs Plateau schaffen müssen. Ein Schotterweg führte bis hinauf zum Pass, ein Brandschutzweg, der den Feuerwehrautos vorbehalten war. Mit einem Geländewagen gut befahrbar.

In diesem Punkt hatte Coglio sich geirrt. Nachts blieb die Schranke, die den Zugang zu den Buchten versperrte, geöffnet.

Als er ins Auto stieg, dachte Paul an Riad. War er weitergekommen? Was wusste er in genau diesem Augenblick über den Mörder?

Dann tauchte eine verschwommene Gestalt vor seinem inneren Auge auf. Breite Schultern, in Dunkelheit gehüllt.

Wann würde der Irre wieder den Tisch decken?

3

Paul hatte eine schnelle Entscheidung getroffen.

Wenn er sich ein bisschen beeilte, könnte er noch vor Büroschluss dort sein.

Er schnappte sich seine Maschine und verließ Marseille gegen sechzehn Uhr.

Es ging kein Lüftchen. Über der Reede hatten sich dicke Hitzewolken zusammengeballt. Grau, trübe, milchig. In ihren Netzen hielten sie den schweren Dunst einer Stadt gefangen, die kurz vor dem Erstickungstod war.

Der Leutnant fuhr auf die A55. Richtung Arles, Nîmes, Montpellier. Die Landschaft zu beiden Seiten des schwarzen Bandes war eintönig. Deprimierend. Unten der Etang de Berre, ein Binnengewässer, durch und durch verschmutzt. An den Ufern eine chaotische Reihe von Industriezonen, Schlafstädten, Einkaufszentren.

Paul schlängelte sich mitten durch eine lange Reihe von Lastwagen. Dreckklumpen spritzten gegen sein Visier, stachen wie Eisnadeln in seine Arme. Er hatte das Gefühl, durch eine Baustelle unter freiem Himmel zu fahren, durch einen Bienenstock aus Metall, in dem die Bienen lauthals ihre Wut herausbrüllten.

Nach Martingues tauchte das Mittelmeer auf.

Cabrera fuhr jetzt auf der Nationalstraße 568 am Hafen von Fos entlang. Ein Ölumschlaghafen, der aussah wie eine mutierte Heuschrecke. In dem aluminiumfarbenen Licht nahm er flüchtig Stahlrohre wahr, verchromte Übergänge, riesige Hochfackeln. Die Bestie rülpste stoßweise Flammen hervor, als habe sie Schluckauf.

Paul hasste diesen Ort seit seiner Kindheit. Eine Art Hinterhofküche, ein Maschinenraum, aus dem die Region die Energie für ihr Weiterleben schöpfte. Ein Fegefeuer.

Dann änderte sich das Panorama.

Der Leutnant gelangte in die Plaine de la Crau.

Eine wüstenartige, vergessene Ebene, die in der Backofenhitze nach Luft schnappte. Cabrera dachte an das Tal des Todes, an die Route 66, die mythische Strecke für Motorradfreaks aller Art, die Nevada besuchten, um ihren Traum wahr werden zu lassen.

Er hatte oft mit Riad darüber gesprochen. Vierzehn Tage auf ihren Maschinen, und die Piste als einziges Ziel. Eine Initiationsreise, bei der alles denkbar war. Dem Tod auf Indianerterritorium eine lange Nase drehen. Als sie ihren Plan schmiedeten, hatten die Augen des Beur geleuchtet wie die eines Kindes.

Pauls Kiefer verkrampften sich. Seit dem Mord an seiner Tochter war sein Kumpel als Einzelkämpfer unterwegs. Eine ungewisse, gefährliche Tour, bei der am Ende nur eine Gewissheit stand: Nachdem die Polizei ihn unter Aufbietung aller Mittel zum Musterbeispiel gelungener Integrationspolitik gemacht hatte, würde sie ihn nicht davonkommen lassen.

Er beherrschte seine Wut. Riad hatte vielleicht noch eine Chance. In dem ganzen Schlamassel war ihm noch eine Karte geblieben, ein Joker.

Er selbst.

Paul erreichte Arles, das zum Platzen voll war.

Er schlüpfte durch die Maschen eines gewaltigen Staus, den Helm am Arm, die Brille in den Haaren. Auf den überfüllten Gehsteigen trug eine träge Menschenmenge auf der Suche nach einem schattigen Plätzchen ihre Gelassenheit spazieren.

Mit gedrosseltem Motor fuhr er in die Altstadt. Ein Labyrinth aus kleinen Gässchen. Blumenbalkons, frisch gestrichene Rollos, die Saison lief auf Hochtouren.

Er parkte in der Nähe der Stierkampfarena. Das antike Amphitheater riss einen Krater der Vergangenheit in die Altstadt. Ein grandioses elliptisches Bauwerk, ein Zusammenspiel aneinander gebauter Arkaden, rund um mittelalterliche Wehrtürme. Sie erinnerten Paul an leere Mäuler, geöffnet zu einem stummen Schrei über die Raserei der Menschen. Er drehte eine Runde um den Platz. Der Laden von Ferchaud befand sich hier irgendwo zwischen den Bars, den Terrassen, den Sonnenschirmen und den Losverkäufern.

Wie Kovacs ihm prophezeit hatte, prangte der Name des Schlächters an der Ecke zu einem Gässchen in riesigen Buchstaben auf einem weißen Schild.

Paul stieß eine Glastür auf. Dahinter ein kühler Raum, mit weißem Stoff ausgespannt und mit einem cremefarbenen Teppichboden ausgelegt. Zwei Schreibtische, teure, alte Möbelstücke, darauf Computer und Telefone. Eine Balkendecke und Steinbögen rundeten den Raum ab. Eine gelungene Mischung aus Tradition und Moderne.

Hinter einem Bildschirm tauchte ein verwelktes Gesicht auf.

»Ja?«

»Paul Cabrera… Polizeileutnant. Ich wollte Monsieur Ferchaud sprechen.«

Der Leutnant hatte seine Berufsbezeichnung mit einer kurzen Verzögerung heruntergebetet. Brigade zur Kriminalitätsbekämpfung, Kripo, Privatdetektiv – er wusste selbst nicht mehr so recht, in welche Schublade er seine Ermittlungstätigkeit stecken sollte. Es war ihm völlig egal. Seine Freundschaft zu Riad war für ihn Passierschein genug.

Die Mumie – eine lange, schmale Frau, deren Drosselhals in einer hochgeschlossenen Hemdbluse aus blauer Seide steckte – setzte eine herablassende Miene auf.

»Worum geht es?«

»Ich muss ihn befragen. Im Rahmen eines Ermittlungsverfahrens der Kripo.«

Die Frau wurde plötzlich ganz blass. Sie versuchte trotzdem, ihm die Stirn zu bieten.

»Aber... Ich verstehe nicht...«

»Da gibt es nichts zu verstehen. Ist er da?«

»Nein. Ich... Ich bin seine Sekretärin. Vielleicht kann ich...«

Der Bulle warf seinen Helm auf den Schreibtisch, mitten auf die Papiere, und pflanzte sich mit verschränkten Armen vor der Frau auf.

»Ist doch ganz einfach. Sie sagen mir, wo Ihr Chef ist, und ich mach die Flatter.«

Zwei oder drei Sekunden verstrichen. Die Alte betrachtete die Tätowierung, die langen Haare, die schwarzen Bullaugen über der braun gebrannten Stirn. Obwohl sie verstört war, überlegte sie noch.

»Haben Sie einen Ausweis? Einen Durchsuchungsbefehl?«

Paul versteifte sich und hielt seinen blauweißroten Ausweis unter die veilchenblau gerahmte Brille.

»Ich brauche keinen Durchsuchungsbefehl, um einen Zeugen zu verhören. Das ist eine Ermittlung der Kripo.«

Die Alte ließ sich nicht aus dem Konzept bringen. Nach und nach fand sie wieder zu der hochmütigen Selbstsicherheit zurück, die sie offenbar mit ihrer Funktion verband.

»Monsieur Ferchaud ist ein sehr beschäftigter Mann. Sie haben sich nicht angemeldet. Ich kann ihn nicht unter irgendeinem Vorwand stören.«

Die Worte hingen einen Augenblick im Raum. Wie ein Echo. Paul spürte, wie sein Blutdruck stieg. Er sah wieder den abgehäuteten Leichnam Leïlas vor sich. Und der gab andere Töne von sich. Schmerzerfülltes Flehen, Worte des Entsetzens.

Er ging um den Schreibtisch herum, beugte sich zu dem Zerberus hinunter, bis er ihren sauren Geruch in der Nase hatte.

»Hör zu, Mütterchen. Genug gespielt. Du spuckst jetzt aus oder ich nehm dich mit!«

Diesmal gab die Alte klein bei.

»Er ist im Schlachthof... In Tarascon.«

Der Bulle schnappte sich einen Bilderrahmen, der auf dem Schreibtisch stand und hielt ihn der Frau unter die Nase.

»Ist er das?«

Ein diffuses Unbehagen ließ die Frau rot anlaufen. Als gebe es da eine ganz verwerfliche Geschichte, die unter den Hüllen der Zeit verborgen war.

»Ja... Aber ich warne Sie...«

Paul wartete das Ende des Satzes nicht ab. Das Leben dieser eingebildeten Pute ließ ihn kalt. Er war schon wieder im Backofen und rannte zu seiner Maschine.

4

Von der Straße aus gesehen erinnerte das Gebäude an eine Klinik. Zwei parallel laufende Blöcke mit strahlend weißen Mauern, eingezäunt von einem brandneuen Drahtzaun. Kühllaster warteten am Quai, die Hinterteile den hermetisch verschlossenen Schleusen entgegengereckt.

Paul fuhr bis zum Eingang vor. Wagen mit großem Hubraum und Nummernschildern aus den angrenzenden Departements drängelten sich auf einem Parkplatz. Er parkte neben einem eingestaubten Mercedes 300 SL.

Schnell stieg er die drei Stufen hoch, die zum Gebäude führten. Drinnen sah es ähnlich aus. Glaswände, weißes Holz, viel Platz. Das Ganze makellos rein.

Er stützte sich mit den Ellbogen auf den Empfangstresen.

»Polizeileutnant Cabrera. Mir wurde gesagt, Monsieur Maurice Ferchaud sei bei Ihnen.«

Eine Blonde mittleren Alters sah ihn mit glanzlosen Augen an.

»Ja.«

Der müde Ton ihrer Stimme brachte den Polizisten ganz aus dem Konzept. Die Frau schien in einem Traum zu schweben.

»Könnten Sie ihn anrufen?«

»Nein.«

Der Polizist lächelte verkrampft.

»Warum nicht?«

»Er ist im Kühlraum.«

»Na und?«

Die Blonde zog die Brauen nach oben.

»Die neue Telefonanlage… Es ist ihnen noch nicht gelungen, alle Leitungen anzuschließen.«

»Wunderbar. Was machen wir jetzt?«

Sie stieß einen tiefen Seufzer aus und nahm einen Hörer ab.

»Laurent? Kannst du zur Rezeption kommen? Bring einen Anzug mit, es ist für einen Besucher.«

Sie deutete auf eine Reihe von Stühlen, die an der Wand standen.

»Setzen Sie sich da hin, man wird Sie abholen kommen.«

Ohne ein weiteres Wort vertiefte sie sich wieder in die Lektüre einer Zeitschrift.

Paul ließ sich auf einem der Stühle niedersinken. Die Müdigkeit machte ihm allmählich zu schaffen. Durch die Klimaanlage begann die Mischung aus Staub und Schweiß, die noch von der Fahrt stammte, auf seiner Haut Kristalle zu bilden.

Reiseerinnerungen klebten ihm auf der Netzhaut. Drei Tage in den Cevennen, letzten Sommer. Mit einer Anwältin, Charlotte, der er in den Büros der Brigade anlässlich eines Polizeigewahrsams begegnet war. Die junge Frau hatte sich ihm ohne Umschweife angeboten. So lange die Reise dauerte. Nach achtundvierzig Stunden erkannte sie ihn kaum wieder.

Ein entspanntes Lächeln huschte über sein Gesicht. Frauen faszinierten ihn. Schon immer. Je mehr die Zeit verging, desto weniger verstand er sie. Was folgenlos blieb. In seiner Vorstellung war nur eines wichtig: dass es sie gab.

»Sind Sie der Besucher?«

Ein rundlicher Typ stand vor Paul, in einen weißen Kittel gehüllt, ein Käppi auf dem Schädel.

»Ja, das bin ich.«

»Sind Sie von der Hygieneaufsicht?«

»Nein. Von der Polizei.«

Wieder dieses Zögern, diese Beunruhigung. Dann rechtfertigte sich der Mann: »Die Fabrik ist neu. Wir haben derzeit etliche Kontrollen. Normalerweise schicken sie …«

»Ich suche Maurice Ferchaud.«

»Aha? Gibt es Probleme?«

»Keine, die Sie etwas angehen würden.«

Der Angestellte zuckte die Schultern.

»Hier. Ziehen Sie sich das an.«

Cabrera wickelte sich in eine Plastiktunika, die so dünn war wie Zigarettenpapier. Er fragte: »Die Stiefel, ist das Vorschrift?«

»Wird empfohlen.«

Paul zog sich weiter an. Ihm war, als mache er sich auf den Weg in ein unbekanntes, feindliches Land, eine Hölle aus Glas, bevölkert mit mutierten Giftpflanzen. Als er fertig war, gab sein Führer ihm ein Zeichen, ihm zu folgen.

Eine Tür. Eine Schleuse. Wie ein Kartenspiel übereinander gelegte Plastiklamellen. Die Temperatur ging runter. Die Muskeln des Polizisten spannten sich an.

Sie durchquerten die erste Zone. Ein Brüllkonzert zerriss dem Polizisten das Trommelfell. Markerschütternde, verzweifelte Schreie. Rinder standen hintereinander aufgereiht und warteten, abgestellt in einem Gang aus Metallwänden. Am Ende ein stämmiger Kerl auf einem Podest. Er legte zwischen den Hörnern der Tiere einen Chromzylinder an. Paul glaubte das Geräusch einer Luftdruckpistole zu hören, die das Gebrüll noch übertönte.

In der zweiten Zone ging es nicht so laut zu. Scharfes Zischen, kaltes Klappern, dumpfer Aufprall. Die Rinder hingen in einer Reihe an einer Schiene, mit dicken Haken an den Vorderbeinen aufgehängt. Drum herum waren seltsame Kobolde in weißen Kitteln in einer Flut von Purpurrot zugange.

Zum ersten Mal verspürte Paul ein Unbehagen.

Es gab zu viel Blut.

Es schien in Strömen von den Wänden, aus dem Boden zu spritzen, von den Stahlträgern zu rieseln. Man konnte es fast atmen. Entlang der Gänge randvolle gekachelte Wannen. In der Mitte, wo die dunklen Bäche zusammenliefen, führte ein Rinnstein den Lebenssaft in einen riesigen Bottich.

Hinter einer Biegung tauchte eine weitere Zone auf. Immer noch die gleichen Gerippe, aber jetzt abgehäutet. Paul erschauerte. Die Fotos vom Erkennungsdienst legten ihre bleiche Körnung über die scharlachrote Orgie. Rosiges Fleisch, beigefarbene Bänder, Leïla hatte dasselbe Schicksal ereilt.

Ohne Betäubung.

Dann wurde die Unterwelt noch einen Grad höllischer. Das Ausweiden, das Zerschneiden der armen Tiere mit der Schnelltrennsäge – Cabrera schlenderte in einem kontrollierten, rationalisierten Wahnsinn umher.

Und die ganze Zeit verfolgte ihn das Bild des Mädchens.

Er legte eine Hand auf die Schulter seines Führers und bedeutete ihm, schneller zu gehen.

Schließlich gelangten sie in einen weißen Saal. Drei Typen umstanden eine Maschine zum Abwiegen und diskutierten. Ein Vierter machte sich Notizen. Nach dem Foto zu urteilen, konnte es Ferchaud sein. Paul sprach ihn an: »Maurice Ferchaud?«

Statt einer Antwort hob der Angesprochene arrogant das Kinn. Lesebrille auf der Nase, graue, an den Schläfen unter dem Käppi hervorquellende Haare, scharf geschnittenes Gesicht. Unter dem Kittel sah man eine glänzende Seidenkrawatte.

Cabrera spürte die Verachtung. Die Welt des Fleisches erschien ihm plötzlich in einem anderen Licht. Ein lukratives Geschäft, gerissene Geschäftsleute, Zugehörigkeitskodes.

»Polizeileutnant Cabrera. Hätten Sie eine Minute Zeit?«

Ferchaud musterte den Polizisten.

Etwas zu lange.

»Warten Sie draußen auf mich, ich komme gleich zu Ihnen.«

Der Ton war gefunden. Kurz, herrisch.

Paul unterdrückte das drängende Verlangen, dieses Arschloch beim Kragen zu packen und aus dem Kühlraum zu schleifen. Er ließ es mit einem Zwinkern bewenden. Der Raum hatte nur einen Zugang. Das Wild konnte ihm nicht entkommen.

Er wartete eine gute Viertelstunde. Die Metzger um ihn herum fuhren unerschütterlich in ihrer Arbeit fort. Sie wirkten auf ihn wie eine Armee von Dämonen, die Legionen des Grauens. Mit Ferchaud an der Spitze. Ein Ausbeiner mit dem Gehabe eines Bankiers.

Der Schlächter wusste bestimmt über den Mord Bescheid. Ganz Frankreich sprach davon. Was würde er von ihm erfahren?

Paul träumte von einer schnellen Lösung, von einer klaren, einleuchtenden Fährte, bei der jedes Teilstück ins andere greifen würde, wie bei einem Kinderspiel.

Die Zeit drängte. Vielleicht würde es schon bald einen weiteren Mord geben. Vielleicht begann schon bald die Hetzjagd auf Riad.

Die Tür wurde äußerst schwungvoll aufgerissen. Ferchaud kam entschlossen auf den Polizisten zu.

»Was wollen Sie? Ich habe nicht viel Zeit.«

Paul zuckte nicht mit der Wimper. Er war einen guten Kopf größer als der andere und zwanzig Kilo schwerer.

»Leïla Kellal. Sie wissen Bescheid?«

»Das Mädchen, das in Marseille ermordet wurde?«

Der Bulle stellte in eisigem Tonfall richtig: »Zu Tode gefoltert. Ihr wurde bei lebendigem Leib die Haut abgezogen.

Man hat ihr den Schädel auf einem Felsen zerschmettert, um sie alle zu machen.«

Der Schlächter schluckte.

»Ich verstehe nicht.«

»Ich erklär's Ihnen. Der Verrückte, der sich über sie hergemacht hat, hat ein Werkzeug benutzt, das man in Ihrem Metier verwendet. Einen Entschwarter. Ich brauche Informationen.«

Der Metzger fuhr mit den Händen in seine Taschen, als suche er einen Kuli.

»Technischer Art?«

»Nein. Persönlicher.«

Ferchauds Gesichtsausdruck änderte sich. Paul nutzte den Vorteil aus.

»Ich weiß, dass man diese Maschinen nicht mehr benutzt. Ich weiß auch, dass man sie sich auf illegalem Wege beschaffen kann. Und letztlich weiß ich, dass Sie für diese Art von Schiebereien genau der Richtige sind.«

Der Schlächter machte sich steif. »Was wollen Sie damit andeuten?«

»Dass Sie vielleicht die Tatwaffe gesehen haben.«

»Soll das ein Scherz sein?«

»Sehe ich aus, als würde ich scherzen?«

Der Polizist trat einen Schritt nach vorn. Er überragte Ferchaud um Schulterbreite.

Der Mann versuchte, Haltung zu bewahren.

»Ich mache Geschäfte, Leutnant Cabrera. Ich gebe mich nicht mit dieser Art von… Schiebereien ab. Das habe ich nicht nötig.«

»Wer dann?«

»Aber… Das weiß ich doch nicht!«

Paul roch die Angst. Man konnte den Gestank auf hundert Meter riechen. Er packte Ferchaud am Kragen und zog ihn zu sich heran.

»Ich kenne das Mädchen, du Scheißkerl. Wenn du was weißt, dann rat ich dir, spuck's schnell aus. Sonst komm ich wieder. Und dann wird dich dein niedlicher Anzug nicht davor bewahren, dass ich dir die Birne zermatsche.«

Ferchaud rollte die hervorgequollenen Augen.

»Ich ...«

»Gibt es Probleme, Monsieur Ferchaud?«

Ein Ausbeiner hatte sich genähert. Ein Gorilla mit Unterarmen so dick wie Baumstämme. Er hielt eine Axt in der Hand.

Mit seiner freien Hand öffnete der Bulle ein Stück weit seinen Plastikkittel. Der Kolben des Manurhin tauchte auf, unter die Achsel geschnallt.

»Polizei, du Blödmann. Verpiss dich.«

Das Muskelpaket schlich sich rückwärts davon, die Hände wie zu einer stummen Entschuldigung zur Seite ausgestreckt.

Der Bulle wandte sich wieder Ferchaud zu. Die Auseinandersetzung hatte seine Wut nur noch mehr angestachelt. Seine Finger hielten ihn immer noch an der schmalen Gurgel gepackt.

»Ich gebe dir fünf Sekunden.«

»Ich habe mit dieser Mordgeschichte nichts zu tun.«

»Vier. Drei ...«

»Es ist einer in Umlauf gewesen«, spuckte der Schlächter aus.

»Ein was?«

»Ein Entschwarter.«

»Hast du ihn selbst jemandem weiterverkauft?«

»Ja ...«

Ein Hoffnungsschimmer ließ das Herz des Leutnants einen Sprung machen. Er lockerte kaum merklich seinen Griff.

»Wem?«

Ferchaud wand sich. Rote Flecken erschienen auf seinen Wangen. Er hatte Angst. Und zwar nicht nur vor Paul.

Vor was dann?

Cabrera wiederholte etwas lauter: »Wem, zum Teufel?«

»Einem großen Typen, dunkelhaarig … Braun gebrannt.«

»Du willst mich wohl verarschen? Was soll ich denn damit anfangen?«

»Das ist alles, was ich weiß. Ich schwöre es Ihnen.«

Paul sah seinen Zeugen prüfend an. Er wirkte zerbrechlich, ängstlich. Er beschloss, ihm zu glauben.

Dann dachte er an Kovacs' Erläuterungen. Ein illegaler Markt. Werkzeuge aus einem anderen Zeitalter. Verbotene Werkzeuge. Wie hatte Ferchaud sich mit einem Unbekannten einlassen können, ohne jede Garantie?

Er fragte weiter: »Wo bist du ihm begegnet?«

Die Frage überraschte Ferchaud. Paul hatte das Gefühl, dass er gerade an einem Faden gezogen hatte. Er zog stärker.

»Wo?«

Das Gesicht des Schlächters war puterrot angelaufen. Er stieß hervor: »In … Saintes-Maries-de-la-Mer … In der Stierkampfarena.«

»Genauer.«

»Er arbeitet dort …«

»Als was?«

»Als Saisonarbeiter … Ich weiß nicht genau.«

Paul schmiss Ferchaud mit vollem Karacho in die Gerippe.

»Hör auf, mich zum Narren zu halten.«

Auf dem Boden kauernd hielt der Mann sich den Hals und schnappte nach Luft. Er murmelte: »Sie müssen mir glauben …«

Der Polizist beugte sich zu ihm hinunter. »Was sagst du da?«

»Ich … Ich konnte nicht widerstehen.«

»Verflucht, wovon sprichst du überhaupt?«

»Von den Zigeunern. Sie sind auf mich zugekommen … Ich habe nicht widerstehen können …«

Paul wich verwirrt zurück. Der Psychiater hatte das Porträt eines kultivierten, kunstsinnigen Mannes gezeichnet, der das Leid zu einer eigenen Kunstform erhoben hatte. Einen Ästheten des Verbrechens, der derselben ethnischen Gruppe wie das Opfer angehörte. Jetzt wollte der Schlächter ihm einen Zigeuner verkaufen, der als Tagelöhner in einem Stall arbeitete.

Einen gewissen Spielraum für Fehler gab es immer, aber die Abweichung war zu groß.

Ihn quälte die Vorstellung, er könne sich vielleicht von Anfang an geirrt haben. Seine Eingebung mit dem Schlächter, Kovacs' Enthüllungen über die Vorgehensweise, selbst Ferchauds Geständnis.

Plötzlich kam ihm alles absurd vor.

Er lief ein paar Schritte und versuchte, wieder zur Ruhe zu kommen. Fleischstücke fuhren an einer Schiene vorbei, gaben stoßweise ein beunruhigendes Klicken von sich. Ferchaud verharrte reglos, wie in ein stilles Gebet versunken.

Allmählich wurde der junge Leutnant wieder ruhig. Er fand wieder zu seinen Gewissheiten zurück, zu seiner Art zu handeln, direkt und einfach. Das Ziel rückte etwas in die Ferne, aber gegenwärtig bewies nichts, dass er in eine Sackgasse geraten war. Vial hatte ihm freie Hand gelassen. Der Kommissar hatte ihn wegen seines Instinktes ausgewählt, weil das Terrain ihm vertraut war, weil er unberechenbar war.

Auf dieser Ebene müsste er weitermachen. Seinen eigenen Weg weitergehen. Bis zum Ende. Ganz egal, welche Hindernisse auftauchten.

Und außerdem hatte er keine andere Fährte.

Nachdem er den Schlachthof verlassen hatte, fuhr er Richtung Les Saintes.

Wie er so über seiner Maschine lag, stellte er sich vor, er lichte einen Anker. Eine endlose Kette, mit schneidend scharfen Gliedern, die im schwarzen Wasser eines kranken Gehirns steckte.

Am anderen Ende würde er vielleicht den Verrückten finden.

Und gewiss auch Riad.

5

Ein weißer Ring unter freiem Himmel, geriffelt durch die Zuschauerreihen aus Beton. Graue Absperrungen, dicht gedrängt, wie ein Netz. Eine kreisförmige Innengalerie, knapp einen Meter tief, abgeschirmt durch ein rotes Schutzdach.

Davor die Arena.

Das Blut.

Der Tod.

Paul ließ seine Augen über die Arena wandern. Ein paar gebeugte Gestalten strebten dem Ausgang zu, mit lässigem Gang, Schirmmützen auf dem Kopf. Weiter unten, auf dem kreisrunden Platz, säuberten Leute im Blaumann mit motorgetriebenen Maschinen den Sand.

Jetzt bemerkte Paul die schmutzigen Kleckse. Dunkle Streifen, unregelmäßige Flecken. Die Geschichte der letzten Stunden. Sie färbte den fahlen Schlamm in einer ganzen Palette von Purpurtönen ein.

Er sprang über die Bande und landete im Kreisinneren. Ein kurzer Blick rundum, wie ein Reflex, eine alte Angst.

Vollkommen leer.

Er ging weiter. Alle zwei Meter Wände aus rotem Holz, rechteckig, mannshoch. Sie waren im Beton befestigt und boten den Künstlern einen Überlebensraum.

Falls alles außer Kontrolle geriet.

Plötzlich wehte ihn eine Erinnerung an. Ein schwarzes Tier mit glasigen Augen. Ein geborstener Bretterzaun. Die Menschenmenge. Rennende Männer mit Pailletten und Gold. Rosafarbene Capas. Schreie. Eine weiche Puppe, die in die Luft flog, auf der herumgetrampelt wurde, die wieder in die Luft flog.

Die Stille.

Der Leutnant zündete sich einen Zigarillo an. An jenem Nachmittag hatte er beim Einlass gesessen, ganz vorne. Der Stier hatte seinen Henker mehrmals auf die Hörner genommen. Aufgeschlitzte Oberschenkelader, Perforation des Magens, der Matador war in wenigen Minuten verblutet.

Berufsrisiko.

Paul ging zum Stierzwinger. Sollte der Verdächtige hier sein, müsste er einen Überraschungscoup landen. Bei Zigeunern waren üble Auftritte gang und gäbe.

Er ging durch die Absperrung. Mit dem Gefühl, eine Löwengrube zu betreten. Derselbe Geruch, wenige Fenster, bloß ein paar Luken, die ein Grabeslicht einfallen ließen.

Drinnen war nichts weiter als ein langer Gang mit einer Reihe von Boxen an der Seite. Am anderen Ende eine monumentale zweiflügelige Tür. Auf der festgestampften Erde drei blutüberströmte Stiere, die auf der Seite lagen. Riesige, mächtige Tiere mit cremefarbenem, braun geflecktem Fell. An den kurzen Hörnern und der breiten Stirn erkannte Paul, dass es Miura-Zuchtstiere waren.

Etwa ein Dutzend Kerle machten sich an ihnen zu schaffen, dunkle Gestalten mit Handschuhen.

Welcher war der, den er suchte?

Er näherte sich einem zarten Bürschchen mit speckig glänzendem Haar. Dreck oder Pomade? Schwer zu sagen. Er klopfte ihm auf die Schulter.

»Wer ist dein Chef?«

Der Hilfsarbeiter drehte sich um. Eine Kippe hing zwischen seinen Lippen, die blutunterlaufenen Augen ließen ahnen, was für eine Mischung er da inhalierte. Er deutete mit einem schwarzen Fingernagel auf eine Box.

Paul bedankte sich mit einem kurzen Nicken und betrat die Höhle. Die Schatten beobachteten ihn beim Vorbeigehen aus den Augenwinkeln, ohne mit dem Arbeiten aufzuhören.

Nach wenigen Schritten war er bei dem Mann. Ein Prolet in einem Hemd mit provenzalischem Muster, dessen vorstehender Bauch über einen Nietengürtel quoll. Ein Paar vergilbte Stiefel komplettierte die Aufmachung dieses Möchtegern-Gauchos.

»Sind Sie hier der Verantwortliche?«, fragte Paul.

Der Dicke tönte: »Ja, warum?«

Der Leutnant beugte sich vor und flüsterte ihm ins Ohr: »Polizei. Ich muss kurz mit Ihnen reden. Unter vier Augen.«

Der Gaucho brummte einen Fluch. Er hob einen dicken

Arm und schrie den anderen zu: »Bewegt euren Arsch, ihr Larvenpack. Wir haben nur noch eine Viertelstunde, bis die Viecher eingesammelt werden.« Dann zu Paul: »Kommen Sie.«

Sie gingen in den hinteren Teil des Stierzwingers, stiegen fünf wacklige Stufen hinauf. Eine verglaste Tür führte zu einer Rumpelkammer, voll gestopft mit Kartons, schmutzigem Papier, Plastikbehältern. In einer Ecke stand ein winziger Schreibtisch, begraben unter den verschiedensten Gegenständen: Steigbügeln, Banderillas, Lederbänder, Messer. In dem Raum roch es muffig.

Der Mann knallte die Tür zu.

»Was ist los?«

Paul ging ohne Umschweife zum Angriff über: »Lasst ihr jetzt Zigeuner arbeiten?«

»Ich wüsste nicht, dass das verboten wäre.«

Der Tonfall roch nach Streit. Schwarzarbeit, ein höllischer Arbeitstakt, manche Zünfte scherten sich wenig um die Sozialgesetze. Er beruhigte den Sklaventreiber.

»Das ist nicht mein Problem. Deswegen bin ich nicht hier.«

Der Prolet machte ein unentschlossenes Gesicht. Er sah aus wie ein rechter Streithammel.

»Ach ja… Worum geht's denn dann bei Ihnen?«

»Um Verbrechen.«

Ein leicht amüsiertes Staunen huschte über das feiste Gesicht.

»Ernsthaft?«

»Einer Ihrer Leute ist in eine schmutzige Geschichte verwickelt. Ein großer Dunkelhaariger mit dunkler Haut. Ein Zigeuner.«

Der Gaucho lächelte.

»Im Sommer hab ich nur Zigeuner. Die vom Ort wollen sich nicht mehr die Hände schmutzig machen. Was die Beschreibung angeht, da müssen Sie noch dran feilen. Die sehen alle gleich aus.«

»Ich wollte sie verhören. Aber vorher müssen Sie mir noch etwas erklären.«

»Wenn ich kann.«

Paul streckte seine Füße auf dem Schreibtisch aus und zündete sich einen Zigarillo an.

»Früher benutzte man Entschwarter. Um den Tieren die Haut abzuziehen.«

»Kenn ich.«

»Und Sie wissen auch, dass das heute verboten ist.«

»Weiß ich.«

»Trotzdem sind noch ein paar im Umlauf, die von Privatpersonen benutzt werden.«

Der Gaucho verschränkte die Arme über seiner Wampe. In seinen Augen loderte ein schwarzer Glanz auf.

»Glauben Sie etwa, dass ich mir mit so einem Quatsch die Zeit vertreibe?«

Paul hob beschwichtigend die Hand. »Nicht Sie. Die Zigeuner.«

»Wollen Sie damit sagen, dass sie das selbst benutzen?«

»Warum nicht?«

Der Mann brach in ein breites Lachen aus.

»Wissen Sie, was es heißt, ein Fell abziehen? Dazu braucht es Geschicklichkeit. Diese Hinterwäldler haben Scheiße in den Händen. Außer Ställe säubern und den Bettelhut hinhalten können die nicht viel.«

Paul hatte sich auf diese Antwort schon gefasst gemacht. Er hatte nie an die Hypothese vom einfachen Schwarzhandel mit Fleisch geglaubt. Er starrte den Gaucho an und musste sich zusammennehmen, um die rassistische Bemerkung zu überhören.

»Ich brauche ihre Personenangaben.«

»Das wird nicht einfach sein ... Dieses Pack hat nie Papiere. Und das nutzen sie aus und erzählen Ihnen irgendeinen Stuss.«

»Lassen wir das mit den Papieren. Ich werde mir ihre Namen aufschreiben, und dann geh ich sie mir anschauen.«

Der Mann erklärte sich einverstanden, sichtlich zufrieden. Er pflanzte sich vor dem verglasten Karree auf. Unten rackerten sich seine Tagelöhner ab. Er ging sie einen nach dem anderen durch, nannte den Vornamen, manchmal auch den vollständigen Namen, aber nicht immer.

Paul notierte die Angaben auf ein Papier mit fleckigen Rändern, das er auf dem Schreibtisch gefunden hatte. Aus den Augenwinkeln beobachtete er die Männer. Ohne große Überzeugung. Auf diese Entfernung, über die Gerippe gebeugt, sahen die Typen sich alle ähnlich, ohne besondere Merkmale, ohne Relief.

Plötzlich fiel ihm einer auf.

Hoch gewachsen, Ringerschultern. Selbst in gebückter Haltung stach der Typ aus der gleichförmigen Masse heraus.

Er hörte sich die endlose Aufzählung bis zum Schluss an, ohne die Gestalt aus den Augen zu lassen. Der Mann lief ohne rechtes Ziel zwischen den Boxen hin und her. Hin und wieder hob er den Blick in ihre Richtung.

Paul spürte augenblicklich seine Besorgnis.

»Der da«, sagte er und deutete auf sein anvisiertes Objekt.

»Manuel. Der ist seit einem Monat da. Fragen Sie mich nicht, woher der kommt.«

In diesem Augenblick erstarrte der Typ. Als habe er begriffen, dass von ihm die Rede war. Er wich zurück und verschwand im Halbdunkel.

Der Leutnant reagierte postwendend. Er ließ den Dicken mitten im Satz stehen, stürzte nach draußen, rannte die Stufen hinunter und sah sich suchend im Stierzwinger um.

Der Typ hatte sich im Handumdrehen in Luft aufgelöst.

Paul zog seine Waffe. Es gab nur zwei Möglichkeiten, den Käfig zu verlassen: die Doppeltür, die auf die Straße führte und durch die die Stiere gebracht wurden; und das Gitter, das zur Arena führte.

Beide waren verschlossen.

Der Kerl versteckte sich irgendwo.

Cabrera rannte Richtung Arena, die Waffe in der Faust. Köpfe drehten sich mit leerem Blick in seine Richtung. Eine Kohorte von Gespenstern.

Auf Höhe der Gitter machte er kehrt und stellte sich in der Verlängerung des Gangs auf. Vor ihm entrollte der Gang seine Zunge aus feuchter Erde. Er ging zurück, ohne den anderen Ausgang aus den Augen zu lassen, und durchsuchte die Boxen eine nach der anderen, methodisch. Eine Eisentür, quietschende Angeln, er hatte das Gefühl, ein Pissoir zu durchkämmen, in dem sich ein Dealer versteckt hatte.

Auf dem Boden Strohreste, Kothaufen.

Sonst nichts.

Paul blieb auf Höhe des Büros stehen. Weniger als einen Meter weiter, der Ausgang, die Straße. Wo war der Typ hin?

Drei kurze Schläge ließen ihn den Kopf heben. Hinter dem Glas eine undeutliche Gestalt. Der Gaucho. Der Scheißkerl deutete mit dem Finger in einen dunklen Schacht. Ihm war von Anfang an nicht das Geringste von dem Schauspiel entgangen.

Der Polizist umklammerte den Kolben seiner Waffe. Er ging ein paar Schritte weiter. An dieser Stelle konnte man fast nichts mehr sehen.

Er wartete, bis seine Augen sich an das Dämmerlicht gewöhnt hatten. Nach und nach tauchte eine Nische aus dem Nichts auf. Drei Boxen, halbkreisförmig angeordnet, bildeten eine Sackgasse. Sie waren geräumiger als die anderen, nicht abgesperrt, woraus der Bulle schloss, dass hier die Pferde abgestellt wurden.

Er tastete sich vor, die Waffe im Anschlag, nach vorn gerichtet.

Das Geräusch von Schritten hinter seinem Rücken. Er drehte sich um. Etwas zu spät.

Die Faust erwischte ihn auf Höhe des Solarplexus, ein gemeiner Schlag von phänomenaler Wucht. Er klappte zusammen. In seine Lungen kam keine Luft mehr. Noch ein Schlag. Diesmal auf den Kopf. Es regnete Glas. Er verlor das Gleichgewicht und ging zu Boden. Dabei entglitt ihm die Waffe.

Schwankend erhob er sich wieder. Im Gegenlicht erkannte er die hoch gewachsene Gestalt des Flüchtenden. Er hatte eine Flaschenscherbe in der herabhängenden Hand.

Der Typ warf sich auf ihn. Paul ging reflexartig mit dem Knie dazwischen. Die Knochen quetschten die Hoden. Sein Angreifer klappte zusammen.

Cabrera suchte seine Knarre. Glühwürmchen flogen durch sein Gesichtsfeld. Eine lauwarme Flüssigkeit lief ihm die Schläfe hinunter.

Schließlich entdeckte er sie.

Er machte einen Schritt nach vorn.

Einen Moment lang schien die Zeit stehen zu bleiben.

Ein Schatten war aus dem Nichts aufgetaucht. Er bückte sich, hob die Waffe auf, zielte jetzt auf ihn.

Die Stimme des ersten Typen brüllte in seinem Rücken: *»¡Mátalo! ¡Mátalo!«*

Der Schrei brachte den Raum schier zum Bersten, ließ den Augenblick zu einem endlosen Schreckensmoment gerinnen. Paul starrte sein Schicksal an. Der Kerl sah aus wie ein Profikiller mit muskulösen Schultern, dickem Hals und rabenschwarzen Haaren. Auf seiner rechten Wange konnte man undeutlich einen Schmiss erkennen, einen dicken Strich, der vom Auge bis zum Kiefer lief. Im Halbdunkel glaubte der Bulle zu erkennen, dass er einen Ring im Ohr trug.

Der Typ kam näher. Seine Hand zitterte. Er zögerte ein paar Sekunden lang. Der andere brüllte immer noch. Kurze Sätze auf Spanisch.

Der Zigeuner legte Pauls Kanone an der Schläfe des Polizisten an. Er biss sich auf die Lippen, atmete laut. Paul erkannte nur ferne, wabernde Formen. In einem Stahlnebel vernahm er ein Klicken. Der Hund machte sich zum Schießen bereit. Viele Stunden Training, endlos wiederholte Handgriffe, mit verbundenen Augen, an den Grenzen zur Erschöpfung.

Pauls Ellbogen schnellte zu der Knarre hoch. Die Waffe flog dem Zigeuner aus der Hand. Dann beschrieben seine Fingergelenke in einer einzigen fließenden Bewegung einen Halbkreis, um die Nase des Killers zu brechen. Die Kugel ging los. Der Mann wankte. Er presste die Hände auf seine zerfetzten Nasenflügel, um den Blutfluss zu stoppen. Blut strömte ihm übers Gesicht wie schwarze Suppe.

Paul ergriff seine Waffe und richtete das Kaliber auf die davonlaufenden Schatten.

Bevor er bewusstlos wurde, fing er noch im Sturz ein paar Wortfetzen auf.

»¡Venga! ¡Venga!«

6

Paul blinzelte.

Schemenhaft nahm er einen Kopf wahr, der sich über ihn beugte. Weiche Hängebacken, schmale Lippen, es war der Gaucho. Sein Giftzwergengesicht tanzte im Schein eines Bic-Feuerzeugs.

»Alles klar, Mann?«

Die Worte hallten wider, fern, weich, wie aus einer nebelverhangenen Schlucht. Paul versuchte nicht, sie festzuhalten. Er nickte und machte Anstalten, sich aufzusetzen.

Schwindel.

Bei jedem Herzschlag explodierte eine gusseiserne Masse in seinem Schädel. Er schloss die Augen und wartete. Nach und nach kam sein Innenohr wieder in Ordnung.

»Ich hab's Ihnen ja gesagt«, fuhr die Stimme fort. »Alles Abschaum. Und schnell sind die … Ich hatte keine Zeit, sie zu schnappen.«

Paul hörte ihn nicht. Er nahm all seine Kräfte zusammen, um sich aus dem Dreck herauszuarbeiten. Gleichzeitig stürzten Bruchstücke der Erinnerung auf ihn ein.

Zwei wilde Wölfe. Sie hatten ihn in die Zange genommen. Der Kleinere hatte sich versteckt, während der Große ihn abgepasst hatte. Ein konzertantes Manöver, da war nicht gegen anzukommen.

Er hatte gedacht, er mache Jagd auf einen Hasen.

Nicht auf zwei.

Er setzte sich mühsam auf, stützte sich auf den Arm des Gaucho. Weitere Schmerzen übermannten ihn. Brennend, eisig. Glasscherben stachen ihn in die Arme. Er zog sie mit schmerzverzerrtem Gesicht heraus und legte dann die Hand auf seine Schläfe. In den Haaren hatte sich schon eine Kruste gebildet.

»Geben Sie mir Ihr Feuerzeug.«

»Was?«

»Ihr Feuerzeug, verdammt!«

Der Prolet hielt ihm das Feuerzeug hin. Paul beugte sich vor und ließ den Schein der Flamme über den Boden wandern. Er fand die Waffe und steckte sie in sein Holster zurück. Langsam ging er durch den Stall, auf der Suche nach einem Detail, einem Indiz. Umsonst. Die Zigeuner hatten sich klammheimlich davongemacht.

Er versetzte der Leere einen Fußtritt. Er war schneller als vermutet in eine Sackgasse geraten. Keine Namen. Keine Papiere. Verschwommene Gesichter wie Masken der Dunkelheit.

Mit anderen Worten: nichts.

Doch in dem ganzen Nebel schien ein Licht auf. Seine Vorahnung hatte sich als richtig erwiesen. Der Angriff, dem er sich gerade hatte erwehren müssen, war die Bestätigung.

Er blieb vor dem Gaucho stehen.

Der Mann stand mit verschränkten Armen da und wartete, seine Miene schwankte zwischen Furcht und Genugtuung. Paul kannte diese Art von Macker. Hundsgemeine Faschos, die sich immer am Rande des Gesetzes bewegten und bei dem Schauspiel, wie ein Bulle vermöbelt wurde, eine Erektion bekamen. Von diesem Oberarschloch war nichts zu erwarten.

Er wandte den Blick ab. Hinter dem Kerl mit den Hängeschultern sah er den Trupp der Arbeiter stehen.

»Wir werden wieder bei null anfangen«, bemerkte er.

Das Gesicht des Prolls erstarrte. »Was soll das heißen, bei null?«

»Ihre Jungs. Ich will sie verhören.«

»Wozu?«

Paul hatte genug vom Spielen. Seine Antwort knallte wie ein Peitschenhieb.

»Das geht dich einen feuchten Kehricht an!«

Der Dicke machte auf dem Absatz kehrt und flüchtete sich schleunigst in seine Höhle. Der Polizist versammelte die Tagelöhner. Gezeichnete, schmutzige Gesichter; die Münder voller Stummel und Zahnlücken; die Augen leer wie ausgeschaltete Bildschirme. Keiner sprach Französisch, nur ein paar Basisausdrücke mit starkem spanischem Akzent: »ja«, »nein«, »nicht wissen«, »Spanien«, »Europa«.

Diese Gespenster schienen aus dem Nirgendwo zu stammen, aufgetaucht aus einem Nichts aus Sonne und Erde, wie Ikonen aus Ton.

Trotzdem war für Paul eines gewiss. Hinter diesen traurigen Gesichtern, diesen ungeschickten Ausflüchten, stand die Angst. Eine archaische, animalische Angst, die nach Unterwürfigkeit roch.

Er hakte ein wenig nach, schließlich gab er auf.

Mit einer Riesenwut im Bauch ging er wieder nach oben, um seinen Helm zu holen. Der Dicke tat so, als sei er mit seinem Taschenrechner beschäftigt. Er hob verschmitzt eine Augenbraue.

Cabrera legte die flachen Hände auf den Schreibtisch und beugte den Oberkörper vor, ein letzter Einschüchterungsversuch.

»Bist du wirklich sicher, dass du nichts hast? Diese Burschen arbeiten für dich. Sie kreuzen jeden Tag hier auf.«

»Hundert Prozent sicher. Jedes Mal kommt ein Neuer. Ein Cousin, ein Bruder, sie geben die Adresse untereinander weiter und schuften tageweise. Übrigens … Den Typen, der mit Manuel abgehauen ist, den hab ich noch nie gesehen.«

»Sie müssen doch irgendwo schlafen.«

Der Dicke vertiefte sich wieder in seine Berechnungen.

»Was geht mich das an, wo sie an der Knarrkante horchen? Sie machen nach jedem Stierkampf die Ställe sauber. Ich gebe ihnen ihre Kohle, und sie verpissen sich. Mehr verlang ich nicht von ihnen.«

»Es muss doch Wohnwagen geben, Scheiße, irgendwas halt.«

»Ich hab nicht die Bohne einer Ahnung.«

Cabrera wartete ein paar Sekunden. Er kochte. Verging fast vor Lust, diesen Scherzkeks zu packen und ihm sämtliche Zähne einzuschlagen. Er nahm sich jedoch zusammen, bevor er hervorstieß: »Weißt du, was das kostet, wenn man eine polizeiliche Ermittlung behindert? Mal ganz abgesehen von deinen üblen Mauscheleien. Ich werd dich einlochen, du Hundsfott.«

Der Sklavenhändler zuckte mit den Schultern. »Buchten Sie mich doch ein, wenn's Ihnen gefällt. Ich habe Ihnen alles gesagt, was ich wusste.«

Paul war im Innersten davon überzeugt, dass er die Wahrheit sprach. Für ihn waren die Tagelöhner nicht mehr wert als seine Viecher. Wenn er gekonnt hätte, hätte er sie ihm mit Freuden zum Fraß vorgeworfen.

Aus Frust packte der Bulle ihn beim Kragen und schlug ihn mit dem Gesicht auf den Tisch. Die Nase krachte, als sie auf dem Holz aufschlug.

»Sperr gut deine Ohren auf, du Eierkopf. Ich habe heute keine Zeit, mich um dich zu kümmern. Aber ich werde wiederkommen. Später. Und dann schlag ich dir den Schädel ein. Just for fun.«

Er schnappte sich seinen Helm. Als er durch die Tür ging, versetzte er dem Glas einen Stoß. Glasscherben flogen zum Stierzwinger.

Und mit ihnen gingen seine Hoffnungen dahin.

7

Die Bilanz war alles andere als erfreulich.

Eine kochend heiße Fährte, die abrupt und unwiederbringlich endete. Das Leben der Zigeuner war eine einzige Reise. Sie waren unstete Menschen, Schatten, die ständig in Bewegung waren, die ihr Leben lang wie die Schildkröten in einem Wohnwagen spazieren fuhren.

Wo hausten sie jetzt gerade?

Paul fuhr Richtung Meer. Der Himmel erstrahlte glutrot im letzten Tageslicht. Auf dem Sand saßen ein paar reglose Gestalten und genossen diese magische Stunde, versunken in die Betrachtung des Horizonts.

Er fuhr langsam den Strand entlang. Ein warmes Lüftchen wehte, es roch nach Jod, und doch vermochte die Vollkommenheit des Augenblicks ihn nicht zu beruhigen.

Er dachte an Leïla, an Riad, zwei Schicksale, die voller Hoffnung begonnen hatten und an den Klippen des Schmerzes zerschellt waren. Er stellte sich auch den Mann vor, der ihnen das Leben geraubt hatte. Ein unverbesserlicher Perverser, der die Techniken des Enthäutens meisterlich beherrschte. Foulon hatte seine seelische Verfassung dargelegt und ein ungefähres Phantombild gezeichnet, Kovacs seine Vorgehensweise detailliert geschildert. Aus alledem hatte Paul auf die Notwendigkeit einer komplexen Logistik geschlossen.

Aber das Mädchen? Warum sie? Hatte er aufs Geratewohl zugeschlagen? Hatte er sich vorher kundig gemacht?

Wie dem auch sei, der Verrückte hatte keinerlei Spuren hinterlassen.

Mit Ausnahme des Entschwarters.

Cabrera konzentrierte sich auf die jüngsten Ereignisse. Die Zigeuner benutzten solche Werkzeuge nicht. Weder für sich selbst noch für einen etwaigen Schwarzhandel mit Stierfleisch.

Der Gaucho hatte das lautstark bekräftigt und damit seinen Eindruck bestätigt. Außerdem entsprachen sie nicht dem Profil des Mörders. Sie hatten also bloß den Gegenstand geliefert, den sie sich zuvor bei dem Schlächter besorgt hatten.

Einfache Zwischenhändler. Eine Bestellung.

Warum hatten sie ein solches Geschäft getätigt?

Paul dachte an eine günstige finanzielle Gelegenheit. Ein seltenes, verbotenes Objekt, der Preis war es wahrscheinlich wert, dass man sich in Bewegung setzte.

Er verwarf die Hypothese auf der Stelle.

Dieses fahrende Volk belastete sich nicht mit komplizierten Plänen. Auch nicht, wenn sie gut bezahlt waren. Sie hielten sich lieber an den Augenblick, den schnellen Raub, krumme Dinger ohne böses Nachspiel. Seit Jahrhunderten war ihnen ihre Freiheit mehr wert als alle Paläste.

Was also?

In diesem Wust an Fragen tauchte ein Element immer wieder auf – die Angst.

Ferchaud, seine Angreifer, die Truppe der Tagelöhner, sie alle hatten vor etwas Angst. Eine deutlich spürbare Furcht, die größer war als die Angst vor den Folgen einer einfachen Schieberei oder der Verwicklung in ein Verbrechen. Cabrera spürte darin etwas durch und durch Primitives, Brutales, als ginge es hier um Leben oder Tod.

Das Motorrad erreichte das Ende der Lagune. Paul stellte den Motor ab. Rundum erstreckte sich die Camargue. Eine sumpfige Ebene, Becken voll stehenden Gewässers, geboren aus den stinkenden Liebesspielen eines Meeres und eines Flusses. Mitten hineingepflanzt ein brandneues Schild, das die Richtung der Hauptstadt anzeigte: Arles.

Paul zögerte. Sollte er umkehren, wieder Les Saintes durchqueren, in dieser brackigen Erde wühlen, um ein Indiz aufzustöbern? Oder nach Marseille zurückfahren, seine Entdeckungen dem Kommissar unterbreiten und mit der Brigade weiterbosseln?

Die Vorstellung, wieder zurück ins Glied zu treten, behagte ihm nicht.

Und doch …

Vial konnte ihm vielleicht helfen. Straßensperren, Einsatztrupps der Gendarmerie, Durchsuchung aller Campingplätze, aller Wohnwagen: die Schneckentaktik. Vom Tatort aus in alle Himmelsrichtungen Ermittlungen durchführen. Der alte Soldat könnte auch die Akten der Romas durchackern, die in der Gegend vorübergehend von der Polizei festgenommen worden waren.

Letztlich war das sein Job.

Paul fuhr mit knirschenden Reifen auf die Straße. In dem Stierzwinger hatte er sich eine günstige Gelegenheit durch die Lappen gehen lassen. Es war zwecklos, noch weiter Zeit zu vergeuden.

Er fuhr durch die Salzgärten. Rosafarbene Flamingos standen im Abendgold, die Beine steif durchgestreckt. Völlig in seine Mutmaßungen verstrickt, nahm er sie gar nicht wahr.

Er wollte gerade auf die Autobahn auffahren, als er ein tiefer gelegenes, unbebautes Gelände bemerkte. Er bremste abrupt und parkte am Straßenrand. Im hohen Gras stand ein gutes Dutzend gestrandeter Wohnwagen im Halbkreis um ein Barackenlager aus Brettern.

Paul sah auf seine Uhr. Vor morgen früh würde ohnehin nichts vorangehen. Was hatte er also schon zu verlieren?

Er sprang über die Leitplanke, ging die Wiese hinunter und gelangte zu einem zypressengesäumten Grundstück. Der Ort wirkte verlassen, wie zeitlos. Er sah sich die Wohnwagen an. Klein, alt, aus lackiertem Holz, mit Speichenrädern und balkenförmiger Anhängerkupplung. Die Seiten zierten schrille, glänzende Malereien, eine Orgie in Rot und Gold. Die Wohnwagen schienen sich, in Schatten gehüllt, in die Erinnerungen an ihre glorreiche Vergangenheit zurückgezogen zu haben.

Cabrera musste an einen Film denken, den sein Vater sehr schätzte. Eine italienische Komödie aus den fünfziger Jahren.

Ein Zirkus, eine Straße.

Die Freundschaft, der Schmerz.

Die Geschichte biss sich in den Schwanz.

Er näherte sich dem ersten Zirkuswagen, presste die Nase an die Fensterscheibe. Alles schwarz, alles still. Er machte die Runde, stets auf der Lauer. Jede dieser Antiquitäten bot ihm dasselbe Bild der Verlassenheit.

Dann steuerte er die Hauptbaracke an, eine Art Hütte, hinter der man offenbar ein Zelt errichtet hatte. Auf einer Tafel, die in die Erde gerammt war, stand zu lesen: »Zirkuswagenmuseum«. Unter der unbeholfenen Schrift standen die Eintrittspreise und die Öffnungszeiten. Seit zwei Stunden geschlossen.

Aus bloßem Ärger schlug er mit der flachen Hand auf die

Bretter. In Wellen überkam ihn die Wut. Er schlug noch einmal, diesmal etwas stärker.

Eine Frauenstimme schnarrte durch den Abend. »Es ist geschlossen …«

Paul zuckte zusammen. Damit hatte er nicht gerechnet. Ohne nachzudenken antwortete er: »Ich bin von der Polizei.«

»Die Polizei … Ähm … Ich komme. Ich muss grad noch was machen.«

Ein Lichtschein erhellte das Zelt. Er flackerte unter der Zeltplane, warf ein Schattenspiel darauf. Paul hatte den Eindruck, im Inneren bewege sich ein riesiges Insekt.

Eine junge Frau tauchte auf. Sie hielt eine Sturmlampe in der Hand. Der Anblick gefiel ihm. Kleines Modell, aber perfekt proportioniert, ein fleischiger Mund, hohe Wangenknochen. Sie trug einen eng anliegenden Pulli, den sie in die Jeansshorts gestopft hatte. In ihrem Schlepptau hing ein Geruch nach Gras.

»Wer hat Sie diesmal gerufen?«

»Was?«

»Kommen Sie nicht wegen der Herumtreiber?«

»Nein …«

Die junge Frau musterte Cabrera, ohne auch nur die geringste Furcht zu zeigen. Dann blaffte sie ihn mit arroganter Stimme an: »Wo ist dann das Problem?«

»Ich suche einen Zigeuner. Ich habe die Zirkuswagen gesehen. Ich dachte mir, vielleicht verstecken sie sich hier.«

Auf ihren lebensprallen Gesichtszügen erschien ein Ausdruck des Erstaunens. Sie zündete sich eine Zigarette an.

»Pech für Sie. Hier in der Gegend gibt's nur Gespenster. Und ich werde dafür bezahlt, dass sie nicht abhanden kommen. Falls Sie fünf Minuten Zeit haben, dann erklären Sie das mal den Prolls von nebenan. Dann hätte ich endlich meine Ruhe.«

Paul spürte ein vertrautes Prickeln im Nacken. Dieser Tonfall, diese Selbstsicherheit, diese Unbekümmertheit, und noch dazu in einer so verheißungsvollen Verpackung, erregten ihn.

Die junge Frau dürfte sein Begehren gespürt haben. Sie ließ einen erobernden Blick über seinen Körper schweifen. Paul lächelte und verschränkte die Arme. Zum ersten Mal seit Beginn seiner Spritztour traf er auf jemanden, der nicht vor Angst zitterte. Sollte die Frau etwas wissen, würde sie nicht zögern, es ihm zu sagen.

Er fragte: »Arbeiten Sie schon lange hier?«

»Nur im Sommer. Ich arbeite während der Saison, damit finanziere ich mir mein Studium.«

»Eine Dissertation über das fahrende Volk?«, scherzte der Polizist.

»Medizin. Nächstes Jahr krieg ich eine Stelle als Assistenzärztin.«

Der Polizeileutnant war verblüfft. Die junge Frau hatte Mumm in den Knochen. Sie scheute sich nicht, sich in diesem Loch zu verkriechen, um sich eine Zukunft aufzubauen. Er kam sich dumm vor. Welche Opfer hatte er gebracht, um seine Träume zu verwirklichen? Die Straße war für ihn immer ein offensichtliches Betätigungsfeld gewesen. Seine Arbeit als Bulle eine Konsequenz.

Er schlug einen anderen Ton an: »Gibt es in der Gegend Zigeunerlager?«

»Nein. Nicht dass ich wüsste. Das heißt ... zurzeit nicht.«

»Was wollen Sie damit sagen?«

»Sie brechen im Mai zu ihrer jährlichen Pilgerfahrt auf. Die schwarze Madonna. Schon mal davon gehört?«

»Mir dämmert was.«

»Die Feiern dauern vier Tage. Alle Zigeunergemeinden sind vertreten. Romas, Manouches, Gitanos. Mehrere Tausend Zigeuner. Die Stadt gibt die Gemeindegrundstücke frei, damit sie ihre Wohnwagen parken können.«

»Und danach?«

»Ziehen sie weiter. Wie die Wandervögel.«

»Wohin?«

Die junge Frau zuckte die Achseln.

»Nach Spanien, Portugal, in den Maghreb, nach Osteuropa … Vielleicht noch weiter. Sie kommen aus der ganzen Welt, um ihrer Heiligen die Ehre zu erweisen.«

Plötzliches Schweigen. Auf dem Gelände legte die Nacht über alle Formen einen undurchsichtigen Schleier. Paul spürte, wie diese Frau ihm wie warmer Balsam unter die Haut kroch.

Er stieß in einem Atemzug hervor: »Der, den ich suche, ist Spanier. Er arbeitet im Sommer in der Stierkampfarena. Mit seinen Brüdern, seinen Cousins. Eine ganze Bande. Alle aus derselben Ecke. Sagt Ihnen das was?«

»Tut mir Leid. Ich und die Stierkämpfe …«

Cabrera näherte sich der jungen Frau. Neben dem Grasgeruch schnupperte er noch Düfte, die eher an Moschus erinnerten.

»Sie haben immerhin das Zirkuswagenmuseum. Strengen Sie sich an, Mademoiselle. Ein großer, kräftiger Kerl und ein Tagelöhner mit einem Schmiss übers ganze Gesicht. Sind die nie hier gewesen?«

»Für diese Reliquien interessieren sich nur die Touristen.«

Paul machte den Mund auf, besann sich dann aber anders. Er suchte nach einer neuen Frage, einem anderen Ansatz. Ihm fiel aber nichts ein.

Die junge Frau band sich die Haare zum Dutt hoch. Ein blonder Flaum spross unter ihren Achseln. Sie schlug in neutralem Ton vor: »Haben Sie es schon am Strand versucht?«

Er nickte. Er war den Strand bis zur Mündung der Petit Rhône entlanggefahren. Kilometerlang grauer, von der Brandung gehärteter Sand. Und kein einziger Wohnwagen.

»Hinter der Stierkampfarena, auf der Meerseite«, beharrte sie. »Im Sommer treffen sich da die Penner. Falls Ihre Typen sich in der Gegend rumtreiben, hat sie vielleicht jemand gesehen.«

Der Polizist antwortete nicht. Er glaubte nicht an diese Möglichkeit. Die Zigeuner tun sich nicht gern mit andern zusammen. Sie lebten in ihrer eigenen kleinen Welt, mit ihren eigenen Regeln, Codes und Territorien. Bei allem Elend bewahrten sie sich doch ihren Stolz. Die Gesellschaft von Clochards würde sie stören.

Er bedankte sich bei der jungen Frau und kehrte zu seinem Motorrad zurück. Die Nacht verschluckte die Landschaft. Er musste an eine Kohlelandschaft denken, bevölkert von Monstern mit runzligen Gesichtern voller Narben.

Die Zigeuner waren da. Irgendwo ganz in der Nähe.

Seine einzige Fährte.

Paul ließ den Motor aufheulen. Er machte kehrt und raste los Richtung Les Saintes.

8

»Hallo, Jungs.«

Paul hockte sich im Schneidersitz mitten in die Gruppe, direkt in den Sand. Er hatte sie recht schnell gefunden. Ein gutes Dutzend Wracks, die schlapp hinter einem Zementmäuerchen herumhingen. Ausnahmslos alle sturzbetrunken.

»Wer bistn du?«

Die Frage war aus dem formlosen Haufen herausgekrochen gekommen. Eine schleppende, belegte Stimme, kaum verständlich. Der Bulle hatte beschlossen, nichts über seinen Beruf verlauten zu lassen. Er antwortete so neutral wie möglich: »Paul.«

»Verpiss dich, du Scheißkerl.«

Der Haufen verfiel wieder in Reglosigkeit. Ein Schatten, vom Mondenschein kaum beleuchtet.

Cabrera musterte die Penner. Undeutliche Gestalten mit Ringen unter den Augen, ausgehöhlt vom Leben auf der Straße. Ihr ganzes Leben war auf diesem Stückchen Erde zusammengeballt, stapelte sich in Einkaufswagen aus dem Supermarkt, in Kinderbuggys, in Kartons. So gut wie überall lagen Flaschenkadaver herum. Der Fuselgestank war fast unerträglich.

Paul wartete ab. Bis die Wracks sich an seine Gegenwart gewöhnt hätten. Bullen in Zivil, besoffene Skinheads, Junkies auf der Suche nach Dope – es gab viele Gefahren. Um überleben zu können, verließen diese Gespenster sich auf ihren Instinkt. Reden konnte man später noch, wenn sie die Gewissheit hatten, dass der Unbekannte keine Bedrohung darstellte.

Die Minuten verstrichen, die Stimmung war spannungsgeladen. In den Relikten ihrer Gesichter glänzten die Augen.

Plötzlich reichte ihm ein Mann eine Plastikflasche. Im Dämmerlicht konnte Paul einen grauen Bart erkennen, einen weichen Hut. Anhand des langen Oberkörpers schloss er auf eine imposante Statur.

Er nahm das Geschenk an und setzte die Flasche an die

Lippen. Die warme, saure Flüssigkeit brannte ihm in der Speiseröhre. Er schluckte sie still hinunter.

Zu seiner Rechten krächzte eine Frauenstimme durch die Nacht.

»Mensch, Pastor, wieso gibst du ihm dein Gesöff?«

»Halt's Maul, du alte Fotze. Hab dich nicht gefragt.«

»Hey, wie sprichst'n mit mir, du Arsch? Fick dich doch selber!«

Breites Gelächter erscholl. Es kam Leben in die Bande.

»Klappe, alle miteinander!«

Die Penner kauerten sich zusammen. Der Patriarch wandte sich wieder an Paul: »Schlaf nicht ein auf der Pulle, Mann. Die heißt ›komm zurück‹.«

Cabrera lächelte kurz und gab den kostbaren Behälter zurück.

»Danke, Kumpel.«

»Keine Ursache.«

Der Alte streckte ihm eine lange Hand hin. Seine von Rheumatismus zerstörten Finger sahen aus wie Krallen.

»Man nennt mich den Pastor. Und wie heißt du?«

»Paul.«

»Wo kommst'n her?«

»Marseille.«

»Mensch, das ist ja 'ne ganze Ecke.«

Der Penner wischte den Flaschenhals an seinem Pulli ab.

»Was machst'n hier?«

»Such 'nen Typen.«

Unter der Behaarung zeichnete sich ein Lächeln ab.

»Wir suchen alle einen Mann, Junge. Gibt keine mehr.«

Der Typ stank penetrant nach Alkohol, machte sich aber mühelos verständlich. Hinter der derben Sprache spürte man eine gewisse Klasse.

»Einen Zigeuner«, murmelte Paul. »Mit ’nem Schmiss auf der rechten Wange.«

Der Patriarch schloss die Augen. Er nahm einen tiefen Schluck und ließ die Zunge schnalzen.

»Einen Zigeuner… Heute hier, morgen dort… Kein guter Umgang, Junge. Die sind mit dem Teufel im Bunde.«

»Ist mir völlig egal. Ich muss ihn finden.«

»Du musst… Was bist du eigentlich für einer, dass du solche Ansprüche stellst?«

»Lass gut sein, Papi, geht dich nix an.«

Der Penner sah ihn eindringlich an. Er kramte ein Opinel-Messer hervor und säuberte sich die Zähne.

»Du bist’n Bulle, hm?«

Paul wusste nicht genau, warum, aber er wollte nicht lügen. »Ganz recht, alter Knabe. Ein Polizeileutnant. Und ich ermittle in einem Verbrechen.«

Ein Murmeln stieg aus den Kehlen auf. Der Pastor hob beschwichtigend die Hand.

»Wusst ich’s doch. Gleich als ich dich gesehen hab.«

»Kannst du mir helfen?«

»Hast gut daran getan, mir die Wahrheit zu sagen. Die Wahrheit ist wichtig. Alle verbergen einander was, alle lügen sich an. In dieser Scheißwelt kann man niemandem mehr trauen.«

Der Alte sah die Sterne an. Paul hatte das Gefühl, dass er sich zwischen Traum und Wirklichkeit bewegte. Er würde ihn sanft auf den Boden der Tatsachen zurückholen müssen.

»Er gehört zu einer Bande. Die machen Gelegenheitsarbeiten in den Stierkampfarenen.«

»Ruhe, Junge. Ruhe… Ich denke nach.«

Der Pastor kippte den Rest von dem Gesöff in einem Zug herunter. Er rülpste und verkündete feierlich: »Die Teufel treten zu zweit in Erscheinung. Immer. Einer mit einem Schmiss, ein Riese. Das perfekte Gespann.«

»Kennst du sie?«

»Gut möglich.«

Paul riss sich zusammen. Der Alte wies ihm den Weg. In seinem Tempo. Das musste er akzeptieren.

»Sie verkaufen Gras zum Rauchen«, fuhr der Pastor fort. »Kleine, in Zeitungspapier eingewickelte Päckchen. Sie sind jeden Abend da.«

Cabrera dachte an seinen Besuch im Museum. Das Weibsbild hatte sich gerade einen Joint gedreht. Sie hatte gesagt, sie kenne die Zigeuner nicht, hatte ihn dann aber zum Strand geschickt. Eine Art, ihm die Hand zu reichen, ohne sie dabei im Spiel zu haben. Er dankte ihr im Stillen dafür und fragte: »Wohnen sie hier in der Ecke? Am Strand?«

»Vielleicht... Der Sand ist Gemeingut...«

Der ausweichende Ton zeigte an, dass das Kapitel abgeschlossen war. Paul blätterte um.

»Und dann? Was weißt du sonst noch?«

Mit gerunzelter Stirn strich sich der Penner über den Bart.

»Du fragst mich ja schwierige Sachen. Ich kann nicht mehr so recht klar denken. Ich muss einen Schluck trinken.«

Sein Arm streckte sich nach einem zerlumpten Bündel aus. Er zog eine volle Flasche heraus. Paul packte ihn am Handgelenk.

»Das kommt später, Papi. Diese Geschichte ist eine ernste Sache.«

»Das Saufen auch, Junge. Du machst dir keine Vorstellung...«

Der Tonfall verblüffte Cabrera. Tief, ernst. Jeder Widerspruch war ausgeschlossen. Er ließ los und sah dabei zu, wie der Mann seine Mixtur in sich hineinlaufen ließ. Mit zurückgeworfenem Kopf schien er ein Ritual zu vollbringen. Schließlich sprach er weiter.

»Eines Abends ist ein Lieferwagen sie holen gekommen. Er hat auf dem Parkplatz gleich dahinten geparkt.«

Paul wurde ganz aufgeregt.

»Die Nummer. Hast du die Nummer gesehen?«

»Du machst wohl Scherze?«

»Okay ... Also versuch dich zu erinnern. Was für eine Art von Lieferwagen?«

»Weiß, glaube ich. Ja, genau ... ein weißer Lieferwagen. Die Reinheit der Engel, um die Bestie fortzuschaffen.«

Der Polizist ermunterte ihn: »Erzähl weiter. Beschreib ihn mir.«

»Er hatte ein Führerhaus. Und eine Ladefläche mit allem möglichen Eisenkram darauf. Daran erinnere ich mich, weil es so einen Lärm gemacht hat. Als sie über die Bremsschwelle gefahren sind, klang das, als sei die Hölle los.«

Paul sah ein völlig heruntergekommenes Vehikel vor sich. Ein Metallwrack, das man bis zum Gehtnichtmehr verbraucht hatte. Dem Pastor mit seinem zerfurchten Gesicht winkte ganz offensichtlich dasselbe Schicksal. Er fragte weiter: »Ein Logo. War ein Logo drauf?«

»Willst du wissen, ob ich die Marke erkannt habe, Junge?«

»Die Marke oder etwas anderes. Irgendetwas, das es mir gestattet, ihn zu identifizieren.«

»Möglich. Aber ...«

»Aber was?«

»Schau doch selbst.«

Der Patriarch deutete mit dem Zeigefinger in Richtung Parkplatz. Der von orangefarbenen Lampen erhellte Platz war in etwa fünfzig Metern nur undeutlich zu erkennen. Auf diese Entfernung verschwammen die Linien.

Enttäuscht stand der Polizist mit der Gewissheit auf, dass er nicht mehr herauskriegen würde.

Der Pastor nahm noch einen tiefen Schluck und blaffte ihn dann an: »Hey! Haste mal 'ne Münze? Für die Auskunft.«

Paul warf ihm einen mitleidigen Blick zu. Er wühlte in seinen Taschen und steckte ihm einen Zehn-Euro-Schein zu. Der Schnapsbruder stieß ein bewunderndes Pfeifen aus.

»Mein Prinz ...«

»Die trinkst du auf das Wohl der Polizei.«

Der Alte stopfte sich den Zaster unter den bösen Blicken der anderen Wracks in die Tasche. Mit ernstem Ton sagte er noch zu Paul: »Du suchst Gespenster, Junge. Pass auf, dass du nicht mit ihnen beerdigt wirst.«

Paul blieb stumm. Er hatte das Gefühl, ihm jedes Stückchen Wahrheit mit der Geburtszange entreißen zu müssen. Bei dieser Ermittlung hatte er von Anfang an das Gefühl gehabt, hinterherzuhinken. Die Brigade war für Soforteinsätze und Notfälle zuständig. Aber hier kam es immer wieder zu unvorhergesehenen Wendungen, zu Wartezeiten, zu Rückschlägen, etwas, das seiner spontanen Art völlig gegen den Strich ging.

Riad hatte in der Hinsicht mehrere Längen Vorsprung. Außerdem arbeitete er mit seinem Bruder zusammen. Zwei erfahrene Männer, zwei Sichtweisen, die einander ergänzten. Ihr Aktionsradius war weit größer als seine Möglichkeiten, die Ermittlung voranzutreiben.

Wie sollte er kämpfen?

Er verließ den Strand mit dem tief in seinen Eingeweiden rumorenden Gefühl, eine Niederlage eingesteckt zu haben. Seine Möglichkeiten, als Einzelkämpfer zu agieren, stießen an ihre Grenzen. Es wurde wieder Zeit fürs Kollektiv.

Zusammen mit der Brigade hätte er vielleicht eine Chance.

9

Wieder einmal war er von Karls Intelligenz beeindruckt.

Ein Superhirn, mit allen Wassern gewaschen, von eiskalter Logik. Er hinterließ keine Spuren. Niemals. Er tauchte in letzter Sekunde auf, operierte seinen Patienten und verschwand im Äther.

Ein Hauch. Ein Schatten.

Das Nichts.

Philippe sprang über die Brüstung. Eine Auffahrtsrampe aus Beton führte in sanftem Gefälle zu einer Blechlawine. Er ging hinunter, die Nerven zum Zerreißen gespannt.

Dreißig Meter. Die schiefe Ebene hörte abrupt auf. Er blieb stehen. Seine Augen versuchten die Nacht zu durchdringen. Niemand. Er sprang auf das umfriedete Grundstück.

Der Ort zog keine Besucher an. So weit das Auge reichte, stapelten sich Metallskelette, Blechspaliere, von denen der Rost in den lockeren Boden sickerte. Stellenweise erhellte der Mond diese verfallene Pracht. Verwitterte Kühlergrills, zerkratzte Felgen, eingeschlagene Scheinwerfer. Für tausende von Autos war die Geschichte hier zu Ende.

Philippe ging an dieser Nekropolis vorbei. Seine Füße stießen gegen amorphe Hindernisse, traten in undefinierbare Kuhlen. Jedes Mal spannten sich seine Muskeln an, verlor er fast den Verstand.

Er dachte an die letzten Wochen. Eine zu große Anspannung. Zu viele Pflichten. Von der kleinen Maschine einmal abgesehen, hatte er sich um alles gekümmert.

Von Anfang an.

Zunächst einmal die Grundausstattung. Unentbehrlich.

Schwierig zu beschaffen. Skalpelle, Pinzetten, Präzisionswerkzeuge, die er nach jedem Einsatz verwahren und reinigen musste. Karl hatte ihm eine Liste zusammengestellt, und er hatte sich bemüht, die Dinge aufzutreiben.

Dann der Ort. Ein albtraumhaftes Versteck, abgeschieden, unauffindbar, verborgen im hintersten Winkel eines vergessenen Friedhofs. Er hatte es gefunden, hergerichtet, ausgestattet. Eine mühselige Kleinarbeit. Für Karl eine unabdingbare Voraussetzung für die Ausübung seiner Kunst.

Dann die Opfer. Karl machte sie ausfindig, studierte sie. Er nahm ihr Leben genau unter die Lupe, auf der Suche nach dem Bruch, dem geeigneten Mittel, dem günstigen Augenblick. Philippe schnappte sich die Akte und machte sich dann an die Opfer ran. Er brachte seine Verführungsgabe, seine Verstellungskünste zum Einsatz, um ihr Vertrauen zu gewinnen. Die Entführung ging völlig problemlos über die Bühne.

Und dann trat Karl auf den Plan. Allein. Eine makabre Zeremonie, die sich an den Grenzen zum Unsagbaren bewegte. Er ging nachts zu Werke, immer nachts, wartete ab, bis Philippe ihm seinen Platz überlassen hatte. Er kümmerte sich darum, die Leiche verschwinden zu lassen, und überließ es seinem Assistenten, sich um die Verwaltungsaufgaben zu kümmern.

Ein gut eingespielter Mechanismus, bei dem jeder seine Rolle erfüllte.

Drei Opfer in weniger als einem Monat.

Die beiden ersten waren in der Lyoner Gegend entführt und ermordet worden. Ein Mann, eine Frau. Jung, ledig, keine Verwandten. Nachdem Karl sie zu Tode gefoltert hatte, hatte er sie zerstückelt und die Leichenteile verbrannt. Eine saubere Arbeit. Jedes Jahr verschwanden Hunderte von Leuten. Die Polizei legte bei diesen Fällen keinen besonderen Eifer an den Tag.

Bis heute hatte Philippe keine einzige Frage gestellt, hatte sich mit den Bandaufnahmen zufrieden gegeben. Aber seit sie in Marseille waren, wurden die Dinge komplizierter. Sein Partner änderte die Regeln. Er fiel jetzt über Kinder her – ein Punkt, der ihn letztlich kalt ließ –, aber vor allem hatte er die Leiche des kleinen Mädchens gut sichtbar liegen lassen.

Warum?

Philippe fühlte sich gefangen. Er hatte plötzlich den Eindruck, so eine Art Sicherung zu sein, ein Bauer aus Pappe, den der Teufel in Person übers Schachbrett schickte. Wenn man ihm auf die Schliche kommen würde, dann könnte er den Verrückten, der diese Fantasien zum Leben erweckte, nicht einmal beschreiben.

Ein Verrückter, der ihn in der Hand hatte.

Ein Psychopath, der alles so eingefädelt hatte, dass er einen Schuldigen in der Hand hielt.

Ihn.

Er betrachtete seine Hände. Schmal, gepflegt, mit glatten Nägeln. Sie wurden von einem unkontrollierbaren Zittern erfasst. Ein neuer Anfall kündigte sich an. Ganz tief in seinem Innern spürte Philippe bereits, dass er sehr heftig werden würde.

Er konzentrierte sich auf sein Ziel. Der Schlüssel drehte sich im Schloss.

Seine Nasenflügel fingen sogleich zu beben an. Ein modriger Geruch nach feuchter Erde lag in der Luft, der durch den üblen Geruch von Verfaultem noch schwerer wurde. Er knipste den Schalter an. Ein grelles Licht ergoss sich über ihn.

Der Raum war klein. Zwanzig Quadratmeter, fensterlose Wände, auf denen eine dicke Schicht Glaswolle glänzte. Der Boden war vollkommen von einer gelben Plastikplane bedeckt. Dunkle Streifen liefen darüber hinweg, unterbrochen und dünn, wie bei einem zeitgenössischen Gemälde.

Er blickte sich um. Im Zentrum stand eine Edelstahlwanne, die wie eine Sonne aus Eisen erstrahlte. Senkrecht über dem Behältnis hing an einer Kette eine Lastwinde von der Decke, die mit einem unmittelbar auf dem Boden stehenden Rasenmähermotor verbunden war. Die ganze Apparatur wurde durch einen Rolltisch vervollständigt.

Er schloss zweimal ab, dann ging er in den Raum. Die Tasche schlug ihm gegen die Beine. Ein anarchischer Rhythmus. Er hatte das Gefühl, sein Herz schlage den Takt dazu.

Ein paar Sekunden. Um sich zu beruhigen.

Seine Hände hörten wieder auf zu zittern.

Er begann mit der Prozedur.

Eins: Überprüfung des Motors. Benzin, Ölstand, Zündkerzen. Er wickelte den Anlasser um die Achse und zog mit einem festen Ruck. Ein tiefes, hohles Gebrumm dröhnte durch den Raum.

Zwei: die Winde. Er brachte eine Metallzunge zum Drehen, die an der Spitze der Maschine angebracht war. Zentimeter um Zentimeter entrollte sich quietschend das Kabel. Vorsichtshalber rieb Philippe es mit einer Fettschicht ein.

Drei: die Gurte. Zwei Lederarmbänder, die mit Segelsplints am Ende des Kabels befestigt waren. Am anderen Ende dieselben Armbänder, an einem in der Erde befestigten Haken festgezurrt.

Philippe konnte sich mühelos vorstellen, welchem Zweck sie dienten. Karl fixierte den Körper in der Vertikalen, die Arme und Beine wurden wie bei einem Gekreuzigten mithilfe der Gurte gestreckt. Auf diese Weise konnte jede intime Falte offen seinem Wahnsinn dargeboten werden. Dann benutzte er die Winde. Und wahrscheinlich den Zylinder.

Philippe schaltete den Motor ab. Eine beklemmende Stille senkte sich auf ihn herab. Er schob den Rolltisch unter die Vorrichtung. Blutkrusten zeugten davon, dass er erst kürzlich benutzt worden war. Er reinigte den Edelstahl mit Desinfektionsmittel und stellte seine Tasche darauf.

Mehrmaliges Klicken. Die ledernen Seitenwände öffneten sich.

Ein blaues Blitzen, etliche Spiegel. Er reihte die Werkzeuge auf wie ein Pfleger, der das OP-Material überprüft.

Was war er letztlich anderes? Ein ausführendes Organ. Ein hingebungsvoller Diener.

Warum hatte Karl ihn ausgewählt?

Ihre Begegnung blieb ein Mysterium.

Unter Verwendung eines Pseudonyms hatte Karl ihn auf einer trashigen Website mit seinen Wahnvorstellungen geködert, in denen es immer um den Schmerz ging. Er war der Ansicht, die Folter sei gleichzusetzen mit der reinen Schönheit des Bösen. Sei eine Erlösung. Eine Katharsis. Nach und nach hatte Philippe sich in dieser Allegorie wiedererkannt.

Am Ende ihrer Chats hatte Karl ihm vorgeschlagen, einen Schritt weiter zu gehen. Ihre Fantasien in die Praxis umzusetzen. Er hatte zunächst abgelehnt. Karl hatte ihn überzeugt.

Er müsse nichts tun. Er werde nichts sehen.

Er werde ihm assistieren.

Sonst nichts.

Und dann käme die Belohnung. Markerschütternde Töne, die es ihm gestatteten, sich die Abgründe der menschlichen Seele vorzustellen. Sich die Verzweiflung der Opfer reinzuziehen.

Philippe spürte, wie ihn eine Woge der Entspannung überkam. Die Schreie der Opfer, ihr Flehen, ihr Leiden, er wollte noch mehr davon. Diese Töne wirkten auf ihn wie ein Beruhigungsmittel, das einzige, das seinen Schmerz stillen konnte.

Er betrachtete seine Arbeit. Die Subkutannadeln lagen nun bei den anderen Instrumenten, acht winzige Pumpen, die einzeln steril verpackt waren. Das Fläschchen mit den Augentropfen. Die Latexhandschuhe.

Der kleine Zylinder.

Karl benutzte ihn, um seiner Beute die Haut abzuziehen. Die sterblichen Überreste des kleinen Mädchens ließen in diesem Punkt keinen Zweifel. Warum hatte er ihm nichts gesagt? Hatte er die ersten beiden Leichen auf dieselbe Art behandelt?

Er nahm das Objekt vorsichtig in die Hand. Seine Seltenheit, seine Vollkommenheit, seine Möglichkeiten faszinierten ihn. Die Skalpelle und Pinzetten waren im Vergleich dazu recht kümmerliche Instrumente, geeignet für Folterknechte zweiter Ordnung.

Eine Angstattacke ließ ihn erstarren.

Sollte jemand aus einem unglücklichen Zufall heraus diesen Ort finden, dann könnten sie immer noch ausweichen. Dieser Ort war schon der zweite. Es würde weitere geben.

Aber wenn sie den Zylinder verlieren würden …

Er legte ihn zurück, löschte das Licht und schloss die Tür.

Morgen.

Ein Feiertag stand bevor. Eine fluchbeladene Feier, die nach Hexensabbat stank.

Eines war gewiss.

Er würde auf seine Kosten kommen.

FÜNFTER TEIL

1

Ein Mondgesicht.

Unter zwei dunklen Balken lagen ausdruckslose kohlschwarze Kugeln in den Höhlen. Etwas tiefer ein schiefer Nasenrücken, gefolgt von zwei nicht vorhandenen Lippen, gespalten von einer Narbe. Zwei riesige Segelohren. Eine gräuliche, schlaffe Haut, wie Raureifnebel. Darüber gelbe Haarbüschel, die auf anarchische Weise über einer niedrigen Stirn sprossen.

Francis' Gesicht könnte man einen Irrtum nennen. Einen Tippfehler. Nach seiner Geburt hatte seine Mutter aufgeschrien. Vor Entsetzen, aber auch aus Schuldgefühlen heraus. Fünfzehn Jahre später, nachdem die Hasenscharte und eine bestimmte Haltung chirurgisch korrigiert worden waren, betrachtete sie ihren Sohn immer noch voller Scham.

Die ersten drei Jahre waren für den Kleinen halbwegs normal verlaufen. Er war der einzige Sohn einer allein erziehenden Mutter, die von der Sozialhilfe lebte, und wuchs unter ihrem Schutz in einer überbehüteten Umgebung auf. Von den Besuchen beim Kinderarzt einmal abgesehen, kam er nie nach draußen.

Die wahre Hölle hatte später begonnen. In der Kindergartenzeit. Eine Welt ohne Tabus und Grenzen, in der Francis schnell unter seiner Andersartigkeit zu leiden gelernt hatte. Die Knirpse legten ihm die Hände aufs Gesicht, betatschten die raue Haut, die Fluchtlinien, die Narben. Manche wichen weinend zurück, andere waren unschlüssig, tasteten mit ihren Patschehändchen die seltsamen Formen ab.

Ausnahmslos alle quälten ihn.

Francis verschanzte sich hinter abwartendem Schweigen. Im Alter von vier Jahren konnte er weder laufen noch sprechen noch lachen. Sein Mund biss in jede Hand, die sich näherte, um ihn zu füttern.

Man musste ihn schon bald wieder aus dem Kindergarten nehmen.

Dann begann eine lange Irrfahrt. Tageskliniken, Kinderpsychiatrie, Erziehungshilfe. Der Parcours eines Kämpfers gegen den Schmerz. Eine Diagnose jagte die andere, keine war imstande klarzulegen, von welchem Übel das Kind aufgefressen wurde. Wenn von Autismus die Rede war, von Spezialeinrichtungen, knallte die Mutter den Männern im weißen Kittel die Tür vor der Nase zu.

Sechs Monate vergingen, in denen Mutter und Sohn noch enger zusammenwuchsen. Eine Schlachtpause. Ein Waffenstillstand voller Zärtlichkeit. Im Schutz dieses Inselchens fand Francis allmählich wieder zu sich selbst zurück.

Seine Mutter erklärte es ihm. Fand einfache Worte für eine unglückselige Tatsache. Das Leben hatte sich über ihn lustig gemacht. Eine schlechte Farce, über die er am besten, allem zum Trotz, lachen sollte.

Eines Morgens begann er zu sprechen.

Und hörte nicht mehr damit auf.

In der Siedlung reagierte man jetzt anders auf ihn. Man fand ihn drollig, hatte Mitleid mit ihm. Obwohl er schon ein richtiger Teenager war, besaß er noch den Körper eines Kindes. Die Großen machten ihn zu ihrem Maskottchen.

Diesen Vorteil nutzte Francis aus und gab seinem Talent den letzten Schliff. Die Worte sprudelten ihm mit Leichtigkeit von der Zunge, manchmal waren sie gemein, immer trafen sie den Kern. Seine Kumpels hatten schnell einen Spitznamen für ihn parat: »Uzi«, in Anspielung auf die israelische Maschinenpistole. Die Sätze schossen nur so in Feuerstößen heraus, schnell, beißend, wie aus einem Schnellfeuergewehr. Wenn er schoss, kam keiner unverletzt davon. Seine beißende Kritik traf so manchen, seine schnellen Entgegnungen hauten selbst die Abgebrühtesten um. Der lebhafte, intelligente, gerissene Junge mit den ausradierten Gesichtszügen begriff schnell, worin sein Heil lag.

Er ging unter die Rapper.

Scharfe Worte, wie Säuregeschosse, dumpfe Rhythmen, lyrische Ergüsse. Es lag auch Frust darin, und im Schlepptau Wut und Hass. Francis hatte das alles in sich. Auf natürliche Art.

Nachdem er mit dem Wort als einzigem Passierschein von den Toten auferstanden war, brachte er sein Talent zunächst in Kellern zum Einsatz. Dann folgten die Gruppenräume, die Jugendkulturzentren, die Konzertsäle. Er genoss immer größeres Ansehen. Sein Pseudonym: Monster Mix. Seine Argumente: sein Leben. In diesem Universum der Gewalt wurde seine Hässlichkeit zum Trumpf. Ein Markenzeichen.

Er hatte sich vier Jahre gegeben, um die Profis in den Sack zu stecken.

»Zieh deine Latschen aus.«

Mit zögernden Handbewegungen zog Francis seine Nikes aus. Als er durch die Panzertür trat, schlug ihm das Herz im Hals. Obwohl er ein selbstbewusster Junge war, gewann die Furcht die Oberhand. Der Mann, der ihn von oben bis unten musterte, hatte den Ruf einer Legende. Kader Ali. Ein ehemaliger Bankräuber. Ein Exsträfling. Ein knallharter

Typ. Man erzählte sich, der Gauner habe sich nach dem Gefängnis mit den Bärtigen eingelassen.

Was wollte er von ihm?

Die Reuse schloss sich unter einer Garbe von Klickgeräuschen.

»Willst du was trinken?«

Francis hob zögernd die Schultern. Dann hörte er sich antworten: »Eine Cola …«

Kader ging gemächlich durch das Wohnzimmer. Er trug einen weißen Kaftan und Babuschen aus Wildleder. Das Kleidungsstück war so weit geschnitten und so weich fließend, dass man das Gefühl hatte, in einen Abgrund der Ruhe zu blicken.

Der Junge blieb vor Schreck stehen. Nur wenige Leute in der Siedlung konnten sich damit brüsten, bei Ali auf ein Glas eingeladen worden zu sein. Der Bankräuber hatte einen Schutzwall aus Angst um sich herum errichtet.

Die Neugierde war stärker. Francis sah sich die Räumlichkeiten genau an.

In dieser Höhle hier sah es deutlich anders aus als im Rest der verkommenen Vorstadtsiedlung Félix-Pyat. Sauber, hell, geräumig. Die Rigipswände waren eingerissen worden, um ein Zimmer von erstaunlicher Größe zu schaffen. Ein unerwartetes Loft, dessen klimatisierte Weitläufigkeit das Elend auf Distanz zu halten schien. Eine große Fensterfront ließ ein malvenfarben schillerndes Licht hinein. Man lief über ein Geflecht aus fein gemusterten Teppichen in Fahlrot, Indigo und Blau. Dichte Wolle, zu ausgeklügelten geometrischen Formen geknüpft, wie endlos wiederholte, zeitlose Träume.

Francis ging über diese wogenden Zeichen. Das Zimmer war lang gestreckt, von ein paar niedrigen Möbeln unterteilt, auf denen sich Bücher stapelten. Ihm fiel auf, dass es keinen Fernseher gab. Rechter Hand drei Türen. Zwei von ihnen waren geschlossen, verbargen ihr Geheimnis.

Kader kam aus der dritten, eine Dose in der Hand. Er reichte sie Francis.

»Ich hab viel von dir gehört.«

Der Junge schluckte.

»Aha …«

»Komm her. Wir müssen miteinander reden.«

Der Ganove setzte sich im Schneidersitz auf ein abgewetztes Lederkissen.

Seine Schultern waren gebeugt, er hatte tiefe Schatten unter den Augen und schien das ganze Elend der Welt in seinem Gepäck zu tragen.

»Du bist sehr begabt, heißt es. Véronique kann stolz auf dich sein.«

Francis schnürte es den Hals zusammen. Der Ganove kannte seine Mutter. Dieser Abstecher in die Familienverhältnisse gab ihm noch stärker das Gefühl, dass das Kräfteverhältnis nicht ausgeglichen war.

Kader spürte seine Panik und schlug einen anderen Ton an.

»Ich habe großen Respekt vor ihr. Sie ist eine mutige Frau. Sie weiß, dass sie auf mich zählen kann. Und du dürftest das auch wissen … Ich bin ein Freund deiner Familie, Francis. Und jetzt setz dich.«

Aus den Augen des Rappers verschwand die Angst. Er kauerte sich vor Kader nieder.

»Danke, Monsieur Ali.«

»Ich brauche Hilfe, Francis.«

»Was immer Sie wünschen, Monsieur Ali.«

»Wie alt bist du genau?«

»Fünfzehn.«

»Sieht man dir aber nicht an.«

»Ich weiß.«

»Rauchst du?«

Francis lächelte verschwörerisch. Seit vier Jahren rauchte er täglich eine Schachtel.

Und was den Rest anging… Shit gab's in den Siedlungen wie Sand am Meer. Die Reimeschmieder dröhnten sich in jeder neuen Generation mit immer härteren Sachen zu. Man brauchte nur die Hand danach auszustrecken.

»Ein Dealer mit Ringen an jedem Finger«, fuhr Kader fort. »Hast du mit dem schon mal Geschäfte gemacht?«

»Nein.«

»Den Schweinehund müssen wir uns schnappen. Er verlängert sein Dope mit Rattengift. Das ist schlecht fürs Geschäft.«

Der Rapper zog verblüfft die Brauen hoch. Die Legende war wieder ins Geschäft eingestiegen. Er stellte sich ein Siedlungskartell vor, eine Mafia, deren Krakenarme weit reichten: Marokko, Afghanistan, Pakistan. Die Mullahs kümmerten sich um den Anbau, Kader Ali brachte die Ware für sie in Umlauf. Die Droge zum Verderben der Ketzer, das Geld zur Finanzierung des Dschihad. Auf diese Weise gewannen sie auf beiden Seiten.

Der Ganove fuhr fort: »Der Typ verkauft an Kids. In den südlichen Vorstädten. Mal abgesehen von den Ringen wissen wir nicht genau, wie der Scheißkerl aussieht.« Er unterbrach sich und spießte Francis mit seinen dunklen Augen auf. »Wir brauchen einen Köder.«

Der Junge zuckte überrascht zusammen.

»Einen Köder?«

»Du siehst aus wie zehn und bist gerissener als ein Schimpanse. Du scheinst mir alle Fähigkeiten zu haben, die es braucht, um diesen Part zu spielen.«

In der Karikatur eines Gesichts flackerte Stolz auf.

»Kein Problem, Monsieur Ali.«

»Wir haben eine Fährte, um den Mann mit den Ringen zu schnappen. Einen seiner Kunden. Ein Junge von zehn Jahren, der Arthur heißt.«

»Arthur wie?«

»Ich kenne nur seinen Vornamen. Aber es dürfte nicht schwierig für dich sein, ihn ausfindig zu machen. Er ist ein Schlitzauge. Ein Vietnamese, glaube ich. Er geht in die Ecole du Cabot. Du brauchst ihn nur am Ausgang abzupassen und ihm zu sagen, dass du was zu rauchen brauchst.«

»Dann wird er vielleicht misstrauisch. Ich meine... Wegen meiner Fresse.«

Kader zupfte seinen Kaftan zurecht.

»Deine Birne ist kein Hindernis. Worauf es ankommt, ist deine Haltung. Was du ihm erzählst, damit er anbeißt.«

Der Raum schrumpfte auf die Größe eines Stecknadelkopfes. Francis nahm einen tiefen Schluck von dem sprudelnden Gesöff, um sich die Kehle zu ölen.

»Okay, Monsieur Ali, ich bin dabei.«

»Bestens.«

Einen Augenblick lang rollte sich die Zeit zu einer hohlen Spirale zusammen. Francis erkannte das wahre Wesen von Kader Ali. Ein unbändiger, unbeugsamer Wille, der sich einem bis ins Innerste der Seele bohrte.

Der Form halber fragte er: »Wie soll es weitergehen, wenn ich das Schlitzauge gefunden habe?«

»Dann stellst du dich als einen Kumpel von Guillaume vor.«

»Von wem?«

»Guillaume Merrant. Ein anderer Junge. Sie rauchen zusammen.«

»Und dann?«

Kader zog ein Bündel Geldscheine aus seinem Kaftan. Nagelneue Zwanzig-Euro-Scheine.

»Dann kaufst du ein. Du probierst das Zeug und gibst eine größere Menge bei ihm in Auftrag.«

»Wie viel?«

»Viel. Ist mir scheißegal. Ich will vor allem, dass du mich zu seinem Dealer führst. Du wirst schon klarkommen.«

Francis nickte wie ein Kind, das man bei einer Dummheit ertappt hat. Kader warf ihm das Bündel zwischen die Beine.

»Tu mir den Gefallen. Du musst dieses Arschloch noch vor heute Abend finden. Ich werde mich gebührend erkenntlich zeigen.«

Francis verließ schwankend das Loft. In weniger als einer Stunde hatte sich sein Karriereplan in eine Tombola verwandelt. Er hatte gerade ein Geschäft mit der Legende abgeschlossen.

Wenn alles gut ging, würde seine Zukunft auf Rosen gebettet sein.

Im anderen Fall winkten ihm wieder düstere Tage.

2

Francis wartete seit fünfzehn Minuten.

Er hatte den idealen Beobachtungsposten ausfindig gemacht. Ein weißes Backsteinmäuerchen auf der anderen Straßenseite, gegenüber dem Schulportal. Davor standen sich

Frauen in sommerlichen Kleidern mit abwesendem Blick die Beine in den Bauch.

Eine Stunde zuvor war Francis den ganzen Gebäudekomplex abgelaufen. Die Gemeindeschule Cabot sah aus wie in den Albträumen seiner Kindheit. Anämische, von hohen Zäunen umgebene Häuserblöcke, hinter denen man leere Flächen erahnen konnte. Ein paar in Stahlkäfigen gefangen gehaltene Bäume und überall Beton, wie ein schwefeliger Überzug. Für Francis sah es aus wie das öffentliche Gesundheitsamt, wie eine Wissenskaserne, in der das Leben sich hinter den Rückenharnischen von Büchern versteckte.

Das war etwas, womit er in seinem eigenen Leben schlechte Erfahrungen gemacht hatte.

Sein Blick segelte kurz zu der Uhr auf seinem Handy.

17:07. Die Stunde war um fünf zu Ende. Diese bescheuerten Beamten hatten doch sonst immer eine Uhr in der Birne. Was war da los?

Im selben Moment bemerkte er einen weißen Clio, der im Schatten eines Kirschbaums geparkt stand.

Auf den Sitzen zusammengesunken sah man das charakteristische Profil zweier Bullen im Rock. Sie lagen vor der Penne auf der Lauer. Verfolgten sie etwa dieselbe Beute?

Ein schriller Ton riss ihn aus seiner Benommenheit. Wie ein Wecker. Auf dem Vorplatz kam Bewegung in die Gruppen. Francis richtete sich auf und rückte seine Schirmmütze zurecht.

Sofort kam eine Flut von Knirpsen wild kreischend angerannt. Die Mütter stürzten sich auf sie, die Hände voller Stullen. Die weiblichen Bullen stiegen aus dem Clio und begaben sich ins Getümmel. Eine kompakte Menschenmenge drängte sich vor dem Portal.

Francis passte auf wie ein Luchs. Die Kids machten Rabatz, hier und da blitzte Gelächter auf, unmöglich zu orten. Mehrmals glaubte er seine Beute zu erkennen. Im selben Augenblick verschwand sie, von der Masse verschluckt. Kader Ali hatte ihn auf die Suche nach dem Unmöglichen geschickt. Nach einer perlmuttfarbenen Nadel in einem Ozean aus Elfenbein.

Er suchte weiter, verengte sein Gesichtsfeld wie ein Laserstrahl. Die Menge war schon nicht mehr so dicht, die Rotznasen zerstreuten sich.

Plötzlich sah er ihn.

Klein, zierlich, glattes Haar, sauber gescheitelt. Der Viet lehnte an der Kühlerhaube eines Mégane und sülzte drei oder vier arrogante Arschlöcher voll. Selbst auf die Entfernung konnte Francis den anmaßenden Geldgestank riechen. In seinen weißen Shorts und seinem weißen Polohemd sah der Junge aus, als sei er unmittelbar einem Versandhauskatalog entstiegen.

Der Rapper fixierte sein Ziel. Der Junge schlug mit der offenen Hand in die der anderen, wie es in den Vorstädten üblich ist. Die *black attitude*. Häufig anzutreffen bei Kids von Mittelständlern, die nicht recht wussten, wo sie hingehörten. Während der andere die Straße überquerte, folgte er ihm mit dem Blick, ohne sich von der Stelle zu bewegen. Keine Eltern, keine Begleitperson. Der Bullenclio hatte sich in Luft aufgelöst.

Er hüpfte von seinem Mäuerchen und begann, ihm unauffällig zu folgen.

Das Schlitzauge lief ein paar Meter, die Hände in den Taschen, mit dem lässigen Gang der Leute, die bislang von der Härte des Lebens verschont worden waren. Hin und wieder kickte er mit dem Fuß einen imaginären Kieselstein weg. Er hob die Arme zum Victory-Zeichen und schlenderte weiter.

Bald war von dem Gemurmel der Schule nichts mehr zu hören. Sie liefen an einer mit bunten Flaschenscherben und verrosteten Nägeln gespickten Grundstücksmauer entlang. Der Asiate bog nach rechts ab, in eine platanengesäumte Sackgasse, in der sich ein Einfamilienhäuschen ans andere reihte. Menschenleer.

Francis legte einen Zahn zu. Nach wenigen langen Schritten war er bei dem Jungen angelangt.

»Hey, Mann. Warte mal.«

Der Viet drehte sich überrascht um. Seine Miene erstarrte, als er in das verwüstete Gesicht blickte.

»Was gibt's?«

»Bist du Arthur?«

»Ja.«

»Guillaume schickt mich.«

Francis hielt sich die Seiten und tat so, als habe er große Mühe, wieder zu Atem zu kommen.

Arthur blieb weiter auf der Hut. Er fragte misstrauisch: »Guillaume Merrant? Der aus der Klasse von Madame Bonafé?«

»Genau der.«

Arthur musterte den Wasserspeierkopf im Trainingsanzug mit verächtlichem Blick.

»Kennst du ihn?«

»Wenn ich's dir doch sage.«

»Du bist nicht von der Schule. Ich hab dich hier noch nie gesehen.«

»Nein, Mann. Meine Eltern sind mit denen von Guillaume befreundet. Wir sind gerade aus Cannes gekommen, übers Wochenende.«

»Wo ist Guillaume?«

»Seine Mutter hat ihm zurzeit Hausarrest aufgebrummt. Der kann nicht mal mehr den kleinen Finger rühren. Deshalb bin ich allein gekommen.«

Der Asiate kniff die Augen zusammen. Zwei katzenhafte, bernsteinfarben schimmernde Schlitze.

»Was willst du?«

Francis warf ihm sein entwaffnendes Lächeln zu.

»Was glaubst du wohl?«

»Keine Ahnung.«

»Ich bin auf der Suche nach was zum Rauchen. Shit oder Gras, egal was.«

»Hab ich nicht.«

»Du meinst, du hast nichts bei dir?«

»Nein. Ich meine damit, dass ich nicht rauche.«

Der Rapper prustete los und warf ihm dabei einen schrägen Blick von der Seite zu. Sein Gesicht sah aus wie eine Collage.

»Hör doch auf, Mann. Guillaume hat mich zu dir geschickt. Du scheinst spitzenmäßige Connections zu haben.«

»Dann hat er dich belogen.«

Francis seufzte. Der Viet traute ihm nicht. Eine verständliche Reaktion. Er müsste die Sache anders angehen. Er änderte seinen Tonfall. Plötzlich klang er wie ein Erwachsener.

»Ach, echt, ey? Und der Typ, der dich beliefert, der mit den vielen Ringen an den Fingern, was ist mit dem? Soll das 'ne Halluzination sein?«

Arthurs Wangen wurden wachsbleich. Er stammelte: »Wo… Woher weißt du das?«

»Guillaume hat mir's gesteckt. Wir haben uns schon gekannt, als wir noch in der Wiege lagen.«

Francis legte Arthur einen Arm um den Hals und flüsterte

ihm ins Ohr: »Bleib cool, Mann. Ich brauch bloß'n bisschen Shit. Ist doch nichts dabei.«

Der Junge machte sich los. »Ich… Ich hab nichts bei mir.«

»Dann bei dir zu Hause?«

»Nein!«

Der Junge hatte aufgeschrien. Im selben Augenblick parkte ein Golf in der Sackgasse. Eine Frau stieg aus, die Arme voll bepackt mit Einkaufstüten. Sie beobachtete die beiden aus dem Augenwinkel und verschwand hinter einer Hecke.

»Du kannst nicht ins Haus kommen«, wiederholte der Viet. »Das ist… Das ist unmöglich.«

»Weil ich deiner Mutter Angst machen würde?«

»Du… Ja, du könntest… Aber…«

»Aber was?«, zischte Francis.

»Ich hab keinen Stoff mehr. Ich schwör's dir, das stimmt.«

Das Gesicht des Rappers wurde durch die Grimasse, die er jetzt zog, noch etwas mehr entstellt. Wollte der Typ ihn auf den Arm nehmen oder was? Hatte er wirklich seinen Vorrat aufgebraucht? Damit könnte er in gewisser Weise Zeit sparen. Er sagte: »Dann sehe ich nur eine Lösung. Wir treffen uns mit deinem Dealer. Wir beide zusammen.«

»Der kennt dich nicht. Das könnte ein Problem sein.«

»Sollen wir lieber deiner Mutter davon erzählen?«

Arthur wurde stocksteif. Er starrte ängstlich den zusammengeflickten Kürbis des Jungen an. Francis spürte, dass er einen Schritt weiter gekommen war. Das Schlitzauge dürfte sich allmählich sagen, dass hier was schief lief. Dass das Ganze nicht ganz koscher war.

Er ließ ihm keine Zeit, dem auf den Grund zu gehen. Er legte kaltschnäuzig noch eine Schaufel nach.

»Er … oder sie? Entscheide dich.«

Der Asiate betrachtete seine Tennisschuhe. Dann fixierte er das Ende der Straße. Ein weißes Haus ragte imposant hinter schmiedeeisernen Zäunen auf. Als er den Blick wieder abwandte, glänzten Schweißperlen an seinen Schläfen.

»In Ordnung. Wir treffen uns in einer Stunde hier. Ich schau mal, was sich machen lässt.«

»Und keinen Ärger, ja?«

»Versprochen.«

3

Der Viet hatte eine Metamorphose durchgemacht.

Er trug ein khakifarbenes Polohemd mit einem aufgedruckten Totenkopf und eine weite Jeans, die tief auf ein Paar silberfarbene Reeboks runterschlabberte. Sein Musterknabenhaarschnitt sah aus, als sei ein Knallkörper darauf explodiert. Um den vornehmen Hals trug er ein Goldkettchen.

Als er dieses typische Vorstadtsiedlungsprodukt sah, wurde Francis klar, wie anpassungsfähig er war. Der Engel wich dem Dämon, je nachdem, was gerade angesagt war. In gewisser Weise zog er den Hut vor ihm.

Sie stiegen in den Bus. Die Hitze war erdrückend, es stank nach Schweiß, die offenen Fenster konnten da nichts ausrichten. Zu dieser Stunde wurde jedes Fitzelchen Raum, das noch vorhanden war, von den andrängenden Fahrgästen beansprucht.

»Wo fahren wir hin?«, fragte Francis.

»Ins Quartier Noailles.«

»Kenn ich nicht.«

»Im Stadtzentrum. Hinter der Canebière.«

Arthur starrte seinen neuen Freund düster an. Er atmete ein, als wolle er etwas sagen. Schließlich besann er sich. Die restliche Fahrt verlief in verbissenem Schweigen.

Eine halbe Stunde später lief das Zweiergespann die Canebière hinunter, auf Höhe des ehemaligen Hôtel Noailles. Der verfallene Gigant verschwand unter verdreckten Planen in der Erwartung einer Renovierung, die wahrscheinlich nie stattfinden würde.

Sie bogen gleich rechts in die Rue Papère ein und gelangten auf die Place du Marché-des-Capucins.

Das Trottoir war überall mit aufgerissenen Verpackungen zugemüllt – Kartons, Plastikfolien, Kisten. Da und dort sah man Reste von Korianderkraut, grüner Minze und Tee, die wie mumifizierte Pflanzen verwelkt auf dem Asphalt lagen. An anderen Stellen waren aufgeplatzte Früchte in zuckenden Streifen über den Boden verteilt, lagen fettige, mit Fliegen bedeckte Papiere herum. Der Duft der Gewürze hing noch in der Luft. Herb, schwer, berauschend.

Jeden Morgen gaben sich dort sämtliche Völker aus dem Süden ein Stelldichein. Eine tropische Enklave, in der sich die Farben, Gerüche und Dialekte vermischten. Die ganze Stadt besorgte sich dort ihren Vorrat an Exotik, für einen Augenblick zusammengeschweißt in einer Stimmung gegenseitigen Wohlwollens.

Nachmittags spielten Männer in sauberen Hemden auf Spieltischen Würfelspiele, beschimpften sich in rappenden Sprachen, dann brachen sie wieder in Gelächter aus und tranken kannenweise Tee dazu.

Wenn der Tag sich neigte, änderte sich die Stimmung. Dunkle Kaschemmen öffneten ihre Eisengitter, gaben den

Blick in bläuliche Höhlen frei, Räume mit tiefen Decken, Hinterzimmer. Kohlschwarze Schatten irrten auf dem klebrigen Pflaster umher, taumelten von Bar zu Bar auf der Suche nach einem willigen Zuhörer.

Das einheimische Volk nahm den Ort wieder in Besitz. Da es vorwiegend afrikanischer Herkunft war, hatte es sich auf das einzige lukrative Geschäft konzentriert, das man ihm zugestand: Drogen.

Francis fand sich in diesem Universum gut zurecht. Die Schwarzen, die in der Gegend herumlungerten, beschafften sich ihr Zeug in den Vorstädten. Kleine Dealer, mittelmäßig, aggressiv, drogenabhängig. Ihn hätte dasselbe Schicksal ereilen können. Zum Glück hatte seine Hässlichkeit ihm andere Wege aufgezeigt.

Er sah Arthur an. Trotz seiner Verkleidung spürte man, dass er anders war. An der Art, wie er den Kopf trug, an seiner Haltung, seinen Gesten. Was zum Teufel machte er hier?

Gerade so, als wolle er darauf antworten, fragte der Asiate: »Gehen wir hin?«

»Na los.«

Sie überquerten den Platz, zerquetschten verschüttete Kaffeebohnen unter ihren Schuhsohlen. Um sie herum bildeten heruntergekommene Gebäude ein Dreieck aus Grau-in-Grau. Sie wurden lächelnd von einer glänzenden Statue belauert, die wie eine steinerne Vestalin wirkte.

In einem Korbstuhl fläzte sich ein Schwarzer mit nacktem Oberkörper und grüßte den Rapper. Francis reagierte nicht.

Arthur fragte ihn aufgeregt: »Ist das ein Freund von dir?«

»Mir völlig unbekannt.«

»Gut, ich zeig dir den Ort, und dann mach ich die Flatter.«

»Was? Willst du mich verarschen?«

»Der Typ kommt jeden Abend. Du kannst dich sehr gut alleine durchschlagen.«

»Scheiße, du gehst mir voll auf den Sack. Ich kreuz hier auf, kenn kein Schwein, und du lässt mich in diesem Slum einfach stehen.«

»Quatsch nicht so einen Müll. Du kommst hier nicht weniger gut klar als ich. Ich weiß nicht, wie du Guillaume kennen gelernt hast, hab keine Ahnung, ob du ihn überhaupt schon mal gesehen hast. Ich weiß nicht, was du suchst, und ich pfeif auch drauf, das zu wissen. Ich will keinen Ärger mit meinen Eltern. Deshalb habe ich dir geholfen. Aber treib es nicht zu weit.«

Den Rapper überraschte die Selbstsicherheit des Schlitzauges. Der Junge war echt zäh. Und seine Drohung würde er sowieso nicht wahr machen können. Er hob die geöffneten Hände zum Himmel.

»In Ordnung. Nullo Problemo. Du zeigst mir den Ort und verpisst dich.«

Sie verschwanden in der Rue Longue-des-Capucins. Hier hatten sie noch mehr das Gefühl, gleich ersticken zu müssen. Enge Gehsteige, verfallene Fassaden, verriegelte Schaufenster. Lebensmittelläden, Metzgereien, Hallals, orientalische Stände – die erbärmlichen Läden stanken nach ranzigem Öl. Weiter oben hingen, wie Segel ohne Boote, langweilige Wäschestücke vor den Fenstern. Der Ort gab einem das Gefühl, hier sei eine graue Farbbombe hochgegangen.

Arthur bog nach links in die Rue du Musée ein. Hier gab es keine Läden mehr, keine Gehsteige, nichts. In dicken Placken blätterte die Farbe von den düsteren Wänden, die Fenster waren mit verrotteten Holzplanken zugenagelt, der Asphalt wellte sich und bildete hohle Blasen.

Das Ende der Zivilisation. Mitten im Stadtzentrum.

Er blieb vor einer schwarzen Metalltür stehen. Ein in die Masse eingelassener Totenschädel streckte ihnen seine lachende Fratze hin.

Francis reckte den Hals vor, um die Inschrift zu lesen, die einen Bogen bildete: »›GHOST‹. Scheiße… Was soll der Quatsch?«

Der Viet antwortete in neutralem Tonfall: »Eine Bar. Hier verkehren nur Hell's.«

»Wer?«

»Hell's Angels. Die Engel der Hölle. Die machen um zweiundzwanzig Uhr auf.«

Das Ende des Satzes hörte Francis nicht mehr. Er sah Horden behelmter, motorisierter Männer in ihrem Panzer aus Leder und Hass auf ihn losstürmen. Manchmal hatte es Zusammenstöße zwischen den Vorstadtbanden und den Motorradgangs gegeben. Blutige Guerillakriege, die mit Pumpguns und Maschinenpistolen ausgetragen wurden. Es war sogar einmal ein Konvoi Zairer, der aus Amsterdam gekommen war, von einer Stinger-Rakete zerfetzt worden. Die Drogen ermöglichten die unmöglichsten Begegnungen. Ihr Potenzial, ihr Mehrwert, entfesselte eiserne Stürme.

Der junge Rapper spürte, wie ihm ein Prickeln über den ganzen Körper lief. Er fragte weiter: »Dein Typ, ist das so ein scheiß Motorradfreak?«

»Sein Shit ist endgeil. Das ist es doch, was du wolltest? Kreuz heut Abend hier auf, du wirst es nicht bereuen.«

»Mal abgesehen von den Ringen, woran erkenne ich ihn denn?«

»Meinst du sein Aussehen oder was?«

»Ja, zum Beispiel.«

»Hat nichts Besonderes an sich. Lange Haare, Jeans und Lederklamotten. Aber du wirst ihn an seinem Abzeichen erkennen. Er gehört zum Club der Bandidos, und er ist der einzige aus der Gang, der dort verkehrt.«

Arthur fuhr sich mit der Hand durch die Haare. Eine seltsame, fast schon tuntige Geste. Er setzte hinzu: »Sag ihm, du kommst von mir. Halbmond, unter dem Namen bin ich dort bekannt.«

»Und wie komm ich in den Bunker rein?«

Der Asiate dachte nach. Er schüttelte den Kopf. »Schaffst du nicht. Versuch, ihn draußen abzufangen. Er fährt eine Electra Glide mit einer Darth-Vador-Maske über dem Scheinwerfer.«

Francis nickte. Er speicherte die Informationen, viel zu verdutzt, um einen Kommentar abzugeben. Der Junge aus dem Schickimicki-Viertel dröhnte sich mit Drogen zu. Was das anging, dazu brauchte es nicht viel Mumm. Aber er kaufte sein Dope bei hypergewalttätigen Motorradfreaks, nachts, im Keller einer gothicmäßigen Spelunke, die aussah wie eine Räuberhöhle.

Wie hatte er es angestellt, ihr Vertrauen zu gewinnen? War dieses kleine Scheißschlitzauge nicht drauf und dran, ihn übers Ohr zu hauen mit seinem abenteuerlichen Plan?

Er versuchte nicht länger, da durchzusteigen. Der Form halber schickte er ihm noch eine kleine Drohung hinterher: »Ich warne dich, falls du mich verarscht hast…«

»Nu mal halblang. Ich hab echt anderes zu tun.«

Die beiden Jungen trennten sich. Arthur ging die Straße zum Markt zurück und verschwand hinter einer Mauer. Francis warf einen Blick auf sein Handy.

19:10.

Der Club öffnete erst in über zwei Stunden. Zeit genug für Kader, seine Vorkehrungen zu treffen. Und ihm seine Dankbarkeit zu bekunden.

Bevor er kehrtmachte, warf er einen letzten Blick auf die Tür. Der Schädel zeigte ihm breit grinsend sein Gebiss, wie eine Aufforderung zu den übelsten Trips.

4

Fünf Stunden Wache geschoben.

Vergebens.

Riad saß auf dem Boden, an einen Müllcontainer gelehnt, und überwachte die Rue du Marché. Kader versperrte den anderen Ausgang, hockte zusammengekauert in einem Gebäudevorsprung. Zwei vollgedröhnte Typen mit flackerndem Blick, die gar nicht richtig da waren.

Während dieser unfreiwilligen Atempause hatte Kellal der Vergangenheit einen Besuch abgestattet. Verblasste Erinnerungen, von denen ihm jede einzelne einen Stich ins Herz versetzte. Das Lächeln seiner Tochter, ihre Unschuld, ihre vielversprechenden Begabungen. Ihr achter Geburtstag, der erste nach der Scheidung, den sie in trauter Zweisamkeit und einer neuen Verschworenheit gefeiert hatten. In seiner ganzen Verbitterung klammerte Riad sich an sein einziges Kind.

Für sie wünschte und erhoffte er sich alles. Für sie bot er der Undankbarkeit und dem Unverständnis, die seinen Alltag bestimmten, die Stirn.

Leïla war seine ganze Erfüllung. Die Zeugnisse waren hervorragend, sie besaß eine ungewöhnliche Intuition und Intelligenz, ihre Reife beeindruckte die Lehrer. Ihr Körper war zauberhaft anzusehen. Eine Blume kurz vor dem Erblühen, ein herrlicher Vorgeschmack auf das Beste, das die Natur erhoffen konnte, wenn sie bereit war, sich zu mischen.

Dann hatte das Grauen mit wenigen Schlägen diesem Aufstieg ein jähes Ende bereitet. Seither war Riads Leben wie eine einzige Strafe.

Tränen der Wut rollten über seine Wangen. Welchen Gott hatte er erzürnt? Welches Verbrechen hatte er begangen?

Am anderen Ende des Gässchens sah man undeutlich eine Form vorüberschlingern. Riad hob den Arm. Er kroch mühsam aus seinem Versteck heraus und trat in das Halbdunkel hinaus. Kader lief ihm entgegen, eine schemenhafte Gestalt mit Konturen aus Granit.

Vor dem Eingang des GHOST trafen sie aufeinander. Vier Monster aus Chrom standen Seite an Seite in einer Reihe mitten auf der Gasse. Riad erkannte mühelos die verschiedenen Modelle: Electra Glide, Fat Boy, Sporster und eine brandneue V Rod, die aussah wie ein Dragster. Die Harley-Davidson glänzte, als habe man sie für eine Halloween-Nacht herausgeputzt.

»Das war's. Der kommt nicht mehr.«

Kader hatte sich auf einen winzigen Sattel aus blutrotem Leder gesetzt. Riad starrte ihn an, ohne etwas zu erwidern. Sprechen hätte bedeutet, das Offensichtliche zu bestätigen. Und dazu war er nicht in der Lage.

»Hauen wir ab?«, fragte Kader aufs Geratewohl.

»Scheiße! Ich kann's nicht glauben.«

»Nur mit der Ruhe. Vielleicht hat er ein Problem gehabt. Das ist oft so bei diesen Kretins.«

»Jeden Abend, das hat uns dein kleiner Informant gesagt. Jeden verdammten Scheißabend. Pünktlich wie die Maurer.«

»Wir brauchen nur morgen wiederzukommen. Wir rufen

Saïd an. Vielleicht hat er Neuigkeiten von seinen Helfershelfern.«

»Nein!«

Kader fuhr zusammen, so heftig war der plötzliche Ausbruch gewesen.

»Wir müssen das bis zum Schluss durchziehen«, fuhr Riad fort. »Wir gehen rein und verhören sie alle.«

»Bist du bekloppt?«

»Wenn ich richtig gezählt habe, sind es noch fünf.«

»Und der Wirt. Das macht zusammen sechs.«

Kellal holte seine Waffe heraus, eine Beretta 9-mm-Automatik, so schwarz wie ein Skorpion.

»Wo ist das Problem?«

Kader zuckte mit den Schultern.

»Was willst du denn mit dem Spielzeug anfangen? Diese Verrückten dürften ein ganzes Arsenal in ihrer Höhle verstecken.«

Der Polizist zückte seinen Polizeiausweis.

»Joker. Ohne triftigen Grund und ohne in Lebensgefahr zu schweben, bringt kein Mensch einen Bullen um.«

»Bulle hin oder her – die werden nicht zögern, einen Arab hopsgehen zu lassen.«

»Wir versuchen's.«

Kader seufzte, als gebe er sich geschlagen und werde gleich einen Häcksler betreten. Er klopfte auf seine Gesäßtasche. Die 38er beulte den Stoff aus.

»Geh voraus. Mit deiner Wumme dürften wir einen ziemlichen Überraschungscoup landen.«

Riad schlug mit der Faust gegen die Tür. Sie warteten mit pochenden Schläfen. Nach etwa fünfzehn Sekunden glitt auf Blickhöhe ein metallenes Viereck auf. Der Bulle hielt seinen Ausweis in die Öffnung.

»Polizei. Glücksspielbrigade.«

Die Luke schloss sich wieder. Stille. Leere. Acht, vielleicht zehn Sekunden lang. Die beiden Brüder sahen sich unentschlossen an. Das Klicken einer elektrischen Verriegelung.

Die Tür gab den Blick auf einen Albtraum frei. Ein langer Lulatsch mit knochigem Gesicht, flachsblonder Mähne und in engen schwarzen Jeans. Auf seinem ebenfalls schwarzen Pulli prangte ein bläulicher, von zwei gekreuzten Kolben durchgestrichener Totenschädel.

»Was...«

Der Hell's hielt abrupt inne, als er die dunklen Gesichter erblickte. Riad schubste ihn mit der Schulter nach hinten und trat durch die Öffnung. Wie der Schatten einer Spinne klebte Kader an ihm dran.

Der Anblick jagte ihnen eine Gänsehaut über den Rücken. Ein Saal mit tiefer Gewölbedecke, die Wände nachtschwarz. Überall mit Farbspray und Schablone aufgesprühte Totenköpfe, Hakenkreuze und Frakturinschriften. Über der Bar, in eine Wolframplatte eingraviert, der Name einer der gewalttätigsten Gangs aus den USA: Outlaw Motor Club.

Die Höhle des Teufels. Meilenweit entfernt von den schicken Spießer-Clubs, in denen sich die als Biker verkleideten Honoratioren der Stadt trafen.

Riad zählte fünf Brutalos, die am Tresen lehnten. Lederklamotten, Rangers, fettige Mähnen. Die Motorradfreaks beobachteten sie mit verschlossener Miene aus den Augenwinkeln.

Hinter ihrem Rücken erschallte die Stimme des Wirts. Ein flämischer, rauer Akzent.

»Was soll der Mist? Ich habe letzte Woche schon eine Kontrolle gehabt.«

Kellal drehte sich in aller Seelenruhe um.

»Wir möchten mit einem Kumpel von dir sprechen. Fette Ringe an allen Fingern, vom Club der Bandidos. Weißt du, von wem ich rede?«

Der Mann lächelte spöttisch. Er streckte seine Hände vor.

»So wie bei mir?«

Riad senkte den Kopf auf das Arrangement aus Silber. Die fünf Langmähnen hingen über ihren Bierkrügen und feixten.

»So in der Art.«

»Mach die Düse, Mohamed. Mit Arabs rede ich nicht.«

Die Beretta tauchte auf wie ein Blitz. Riad drückte sie dem Hell's so fest in die Wange, dass sein Kiefer ganz schief stand.

»Was hab ich da gehört, du Rattengesicht?«

»Verfickter Kameltreiber.«

Das wirkte wie ein Signal. Die Brutalos erwachten aus ihrer Benommenheit und wollten vorrücken. Das hatte Kader vorausgesehen. Er hielt sie mit seiner Magnum in Schach.

»Sachte, sachte, meine Mädchen. Setzen, und die Hände flach auf den Tresen.«

Die Bande erstarrte. Aus ihren Pupillen schoss glühender Hass.

Kellal drückte den Kopf des Flamen gegen den Zinktresen.

»Ich erklär dir mal die Regeln, du Wichser. Ich stelle hier die Fragen, und du antwortest. Eine falsche Antwort, und du hast keine Zähne mehr. Zwei falsche Antworten, und ich hau dir den Schädel zu Brei. Ich wiederhole: Wo ist dein Kumpel?«

Der Mann spuckte ein Wort aus, das deutsch klang. Er grinste immer noch. Riad packte das schüttere Haar und schlug mehrmals zu. Es klang wie berstende Äste. Die Bar bedeckte sich mit Rot.

Riad entsicherte den Hammer. Er betonte jede Silbe einzeln: »Wo ist er?«

Der Typ brach in ein irres Gelächter aus. Bei dem würde Riad nichts erreichen. Der Hell's würde bis zum Schluss weitermachen, aus purer Lust an der Provokation.

Er trat einen Schritt zurück. Ein dumpfer Rhythmus pulste in seinen Schläfen, mit der Regelmäßigkeit eines Metronoms. Er drückte ab. Die Kugel zerschlug die Kniescheibe und schleuderte die Knorpelstückchen über einen Meter weit. Der Wirt wälzte sich brüllend auf dem Boden.

Der Raum erstarrte in eisigem Schweigen.

Riad ließ das zusammengekauerte Wrack einfach liegen und ging auf die anderen zu. Die Hell's senkten verdutzt den Kopf. Mit den harten Männern war es nicht mehr weit her.

»Auf die Knie, Hände hinter den Kopf. Aber dalli.«

Die Horde gehorchte, ohne sich lange bitten zu lassen. Die fünf Kolosse legten sich brav einer neben dem anderen auf den Boden.

Riad befahl Kader: »Dein Rasiermesser.«

Der Ganove starrte seinen Bruder an. In seinen Augen stand eine stumme Frage.

»Dein Rasiermesser«, wiederholte Riad mit fester Stimme.

Kader zog das Messer aus seiner Hemdtasche. Eine Woge der Angst erfasste die Motorradfreaks. Riad klappte die Klinge auf.

»Jetzt hört mal gut zu, ihr Penner. Ich bin ein Polyp. Ich habe alle Rechte auf meiner Seite. Wenn ich euch abmurkse, krieg ich vielleicht noch 'ne Medaille dafür. Und dabei käm's dann gar nicht so darauf an, wie ich's gemacht habe.«

»Was… Was willst du?«, stotterte ein Bärtiger, dem der Bauch über den Gürtel schlabberte.

»Infos.«

»Worüber?«

»Über ein Arschloch, das mit zehnjährigen Kids dealt.«

»Verdammt, wer bist du?«

Als Antwort versetzte Kader ihm bloß einen Tritt in die Leber. Die anderen rührten sich keinen Millimeter, in Bann geschlagen von dem Rasiermesser.

»Versuch's gar nicht erst. Im Moment bin ich bloß ein Araber, der ein Rasiermesser in der Hand hält und auf so einen Schandfleck wie dich spuckt.«

Der Mann stützte sich schwerfällig auf seinen Ellbogen.

»Das ist einer von den Bandidos. Den kennen wir nicht.«

»Quatsch nicht so einen Stuss. Der kommt jeden Abend.«

»Na und? Wir sind Outlaws, Mann. Keine Affensusen.«

Riad kapierte noch ein bisschen mehr von der Logik der Hell's. Ihr Rassismus zielte nicht nur auf Neger und Araber. Er umfasste alles, was nicht zu ihrem Clan zählte.

Kellal schloss die Augen. Immerhin kam Goldfinger regelmäßig an diesen Ort.

Er fragte: »Was treibt er hier?«

Der Motorradfreak zuckte mit den Schultern. »Dasselbe wie wir. Er zischt'n Bier.«

»Und ihr duldet ihn?«

»Wir haben mit diesen Tucken einen Waffenstillstand geschlossen. Und zwar landesweit. Die dürfen sich alle frei bewegen.«

Der Mann, den sie suchten, wagte sich auf feindliches Territorium. Trotz der Vereinbarungen dürfte das kein Zuckerschlecken sein. Der Dicke verschwieg ihm etwas.

Riad kniete nieder und fuchtelte mit dem Rasiermesser vor der Nase des Hell's herum.

»Du willst mich wohl auf den Arm nehmen.«

»Nein. Frag die anderen. Ich schwör's dir.«

»Ich schneid dir die Nase ab, du Arsch.«

Er stand auf und versetzte ihm einen Fußtritt in die Seite. Der Mann stöhnte auf. Riad riss den dicken Kopf nach hinten und kitzelte mit der Klinge seine Nasenflügel.

»Spuck's aus. Ich hab keine Zeit mehr zu verlieren.«

In einem Gurgeln zischte der Koloss seine Geständnisse.

»Er liefert uns Dope.«

»Shit?«

»Alles Mögliche … Shit, Heroin, Koks, PCP. Was auch immer. Große Mengen.«

»Wo versteckt er sich?«

»Hat er mir nicht gesagt.«

Riad presste die Rasierklinge auf die fette Haut. Scharlachrote Tropfen perlten wie ein Rosenkranz. Er wiederholte murmelnd: »Wo?«

Starr vor Schreck fixierte der Mann den blitzenden Stahl.

»Am Bahnhof. Da hängt er immer rum.«

»Bei der Gare Saint-Charles?«

»Ja … Lässt du mich jetzt los?«

»Noch nicht. Der Bahnhof ist groß. Ich werde nicht drei Stunden lang Kreise ziehen und drauf warten, dass er sich blicken lässt.«

Der Dicke setzte ein Vipernlächeln auf.

»Du musst gar nicht reingehen. Um diese Zeit findest du ihn auf dem Vorplatz.«

Riad stand auf und wischte sich die Hand an der Hose ab. Er hatte, was er wollte. Er sah seinen Bruder an. Kader zuckte zum Zeichen des Einverständnisses mit den Schultern.

Sie gingen rückwärts aus dem Raum, die Kanonen weiter auf die Motorradfreaks gerichtet. Beim Vorübergehen versetzte Riad dem Flamen einen Fußtritt, nur so zum Spaß.

Sie traten auf die Straße hinaus. Kellal dachte an seine alte Wohnung im Quartier Saint-Charles. Der Henker seiner Tochter setzte seine Füße auf denselben Asphalt wie er. Vielleicht war er ihm im Viertel schon mal begegnet, hatte in denselben Kneipen herumgehangen. Der Mörder kannte Leïla vielleicht schon lange.

Aber warum sie?

Ohne ein Wort machten sie sich auf den Weg Richtung Bahnhof.

5

Drei Stunden.

Der Bahnhof Saint-Charles lag im Schlummer, in Staubgeruch gehüllt. Die Gitter waren zugezogen, die Türen verschlossen, die Bahnhofsverwaltung schützte mit großem Aufwand ihr kostbares Gut.

Die beiden Brüder liefen unter dem Glasdach entlang. Riad ging schnell. Die Erinnerung an die Keilerei elektrisierte seine Muskeln. Diese improvisierte Schlägerei hatte ihn seiner tieferen Wahrheit wieder etwas näher gebracht. Ein freigelassenes Wildtier, von den Dünen geformt, für den Überlebenskampf ausgelegt.

Gewusst hatte er das schon immer. Heute Nacht konnte er es endlich ausleben.

Letzte Zielgerade.

Goldfinger erwartete sie nicht. Er hatte nicht vorhersehen können, dass ein Bulle ihm auf die Spur kommen würde. Nicht so schnell.

Riad stellte ihn sich selbstbewusst vor, siegessicher. Ein

Monster in Leder, ein Cyborg mit eisernen Klauen, der im Fleisch wühlte und es herausriss, um die Eingeweide zu zermalmen. Der Hell's dealte im großen Stil. Auf dieser Sprosse im Drogengeschäft waren die Plätze heiß umkämpft.

Er betete. Ein hemmungsloses Flehen, gespeist von dem letzten Rest an Glauben, der ihm noch geblieben war. Falls der Prophet ihn hörte, würde er ihm den Sieg schenken.

Sofort.

Sie blieben am Rand des Vorplatzes hinter einer überdachten Bushaltestelle stehen. Über dem Asphalt schwebten bläuliche Leuchtkörper und warfen einen geisterhaften Lichtkreis, der am Rand in allen Regenbogenfarben schimmerte. In diesem ungewissen Streifen lungerte eine Kohorte von Gespenstern herum.

Über Kaders Gesicht huschte ein verächtliches Lächeln.

»Hier geht ja noch voll der Punk ab. Die Jugos machen Überstunden.«

Kellal verstand den Sarkasmus nicht. Er antwortete etwas daneben: »Was zum Teufel hat der hier verloren?«

»Entweder er bringt sein Dope unters Volk, oder er reißt ein paar hübsche Burschen auf. Oder beides. Diese Jungs hängen alle an der Spritze.«

Riad hatte das Gefühl, dass ihm die Sache über den Kopf wuchs. Der Hell's hatte das Format eines Grossisten. Es gab keinen Grund, sich in irgendeine üble Geschichte reinziehen zu lassen. Er dachte auch an Guillaumes Worte. Goldfinger verkaufte nur an Mädchen. Er weigerte sich, Jungs zu treffen. Den Viet ausgenommen.

Das passte alles nicht zusammen.

Er deutete mit dem Zeigefinger in eine dunkle Ecke.

»Da!«

Kader suchte die Nacht mit den Augen ab. Auf den Ständer aufgebockt sah man undeutlich einen stromlinienförmigen Chopper, der durch eine überdimensionale Vordergabel noch länger wirkte. Eine schlanke Gestalt verschmolz mit der Maschine. Es war unmöglich, das Gesicht genau zu erkennen, man konnte gerade noch sehen, wie in regelmäßigen Abständen die Spitze einer Zigarette aufglühte.

Riad packte seinen Bruder beim Arm.

»Das ist er.«

»Ja… Wir müssen ihn ganz überraschend in die Enge treiben, sonst laufen wir Gefahr, dass er uns entwischt.«

Der Polizist setzte ihm seinen Plan auseinander.

»Du kommst über die Avenue Paul-Sémard. Wir nehmen ihn in die Zange.«

»Die Strichjungen werden denken, wir seien gekommen, um uns einen blasen zu lassen. Damit lenken wir unter Umständen die Aufmerksamkeit auf uns.«

»Umso besser. Der Typ wird nicht auf uns achten, wenn es so aussieht, als würden wir uns für die Jugos interessieren.«

»Und die Sicherheitsbeamten?«

Kellal sah sich mit hochgerecktem Kinn um.

»Keiner da heute Abend. Um die Uhrzeit horchen die sicher schon an der Knarrkante.«

Sie trennten sich. Kader machte kehrt und verschwand auf der Treppe. Riad verließ seinen Schlupfwinkel, um sich unters Volk zu mischen.

Er schlenderte zwischen den schmächtigen jungen Kerlen herum. Alles Jungs. Weite Shorts, der Blick auf Halbmast. Sie stellten ihre unbehaarten Oberkörper zur Schau wie pathetische Präludien. Wenn er vorüberging, nahmen sie laszive, aufreizende Posen ein. Riad spielte das Spiel mit, ging von Strichjunge zu Strichjunge, antwortete mit einem Lächeln auf die in rauer Sprache zugeflüsterten Aufforderungen.

Er fühlte sich so richtig zum Kotzen. Die Jungs hatten pro Nacht um die fünfzehn Freier. Meist waren sie minderjährig, fast immer ohne Papiere, sie hatten ihr Krieg führendes Land verlassen, indem sie sich an die kroatische oder slowakische Mafia verkauften. Die Fluchthelfer versprachen ihnen eine Unterkunft – anrüchige Hotels, besetzte Häuser, heruntergekommene möblierte Wohnungen, in denen sechs Familien aufeinander hockten – und nahmen sie dann nach Strich und Faden aus. Nach ihrer Ankunft gingen sie auf der Straße anschaffen. Doch obwohl das alles der reinste Horror war, waren Frankreichs Trottoirs für sie so etwas wie das Eldorado.

Der Bulle ließ den Hell's keine Sekunde aus den Augen. Der Mann beachtete ihn überhaupt nicht. Er diskutierte mit einem blonden Jüngelchen mit seidenweichem Haar.

Auf der anderen Seite des Vorplatzes tauchte Kaders Gestalt auf. Ihre Beute war nur noch zehn Meter entfernt, auf halber Strecke zwischen ihnen.

Die beiden Brüder waren jetzt ganz aufeinander eingespielt. Sie bewegten sich im selben Rhythmus voran, ganz locker, wie Kobras auf der Jagd.

Fünf Meter.

Drei Meter.

Riad erkannte die Darth-Vader-Maske über dem Lenker.

Er zog seine Waffe.

»Polizei, keine Bewegung.«

Kader tat es ihm gleich.

»Die Hände. Auf den Lenker.«

Der Hell's warf in aller Ruhe seine Zigarette weg und folgte dem Befehl. Seine Finger warfen goldene Blitze.

Dem blonden Burschen stockte vor Schreck der Atem. Kader schob ihn mit der Hand beiseite.

»Du verpisst dich.«

Der Jugo machte die Flatter, die restlichen bunten Vögel ihm hinterher. Innerhalb von zehn Sekunden hatte der Platz sich geleert.

»Was wollen Sie?«, krächzte der Biker.

Riad gab ihm den Ton vor, in dem gespielt wurde: »Klappe. Kader, durchsuch ihn.«

Der Ganove durchsuchte die Jeans Zentimeter für Zentimeter. Er zog ein Springmesser und eine Maschinenpistole mit verchromtem Kolben aus den Tiefen hervor.

Riad hatte ihn immer noch im Visier.

»Komm mal rüber, damit wir uns ein Bild davon machen können, wie du aussiehst.«

Der Mann hob ein Spinnenbein über den Tank und ging zum Licht hinüber. Eine kalkweiße Fresse, um die dreißig, Augen so hell wie Seen. Auf seiner Lederweste das Zeichen der Bandidos.

Der Polizeileutnant legte ihm ohne Umschweife Handschellen an, die Handgelenke auf den Rücken gedreht. Der Typ verzog das Gesicht.

»Keine Ahnung, wen ihr sucht, aber ihr seid auf dem Holzweg, Jungs.«

»Glaub ich kaum, du Arschgeige.«

»Seid ihr neu in der Gegend?«

»Was geht's dich an?«

»Müsst euch bei euren Kollegen erkundigen! Ich habe die diplomatische Immunität.«

»Bist du ein Polizeispitzel?«

»Nennen Sie es, wie Sie wollen. Ich arbeite für Kommissar Kerkerian.«

Das war ein harter Schlag für Riad. Der Motorradfuzzi verpfiff die Leute an die Drogenfahndung. Sie schützten ihn. Die Tatsache, dass er ein Spitzel war, gestattete ihm, eine olympische Gelassenheit an den Tag zu legen.

»Wir sind nicht wegen Dope hier«, zischte Kellal.

»Brigade zum Schutz der Minderjährigen?«

»Auch nicht.«

Der Mann grinste breit.

»Ihr wollt'n bisschen rumspannen?«

Eine gusseiserne Masse radierte ihm das Grinsen aus dem Gesicht. Die Beretta des Bullen hatte ihn am Kiefer getroffen.

»Ein kleines Mädchen. Ihr wurde letzte Woche die Haut abgezogen. Brauchst du noch Einzelheiten?«

Der Hell's spuckte einen schwarzen Auswurf aus. Eine scharlachrote Wunde bildete einen Stern auf seinem Wangenknochen. Er antwortete, ohne in Panik zu geraten.

»Ihr habt euch in der Adresse geirrt. Ich verkaufe Dope und geb den Bullen ein paar Tipps. Metzgerei ist nicht mein Spezialgebiet.«

»Warum sollte ich dir glauben, du Dreckskerl? Sie ist in der Nacht verschwunden, in der sie dich getroffen hat. Du bist eine der letzten Personen, die sie lebend gesehen haben.«

Es gab eine Pause. Der Dealer wankte jetzt auf seinen Stöckchenbeinen. Er stammelte mit tonloser Stimme: »Sie ist nicht zum vereinbarten Treffpunkt gekommen. Ich hab mir bis ein Uhr die Beine in den Bauch gestanden, dann bin ich gegangen.«

Riad hatte sich auf diese Art von Lügengeschichten schon gefasst gemacht. Er strich mit dem Daumen über den Hammer seiner Beretta. Trotzdem musste er sichergehen.

»Erklär mir das. Dealst du im großen Stil oder verkaufst du kleine Mengen?«

»Kleine Mengen nur, um jemand einen Gefallen zu tun.«

»Sieh mal einer an. Du übst dich also in guten Werken?«

»Ich kenne einen von den Jungs.«

»Das wussten wir. Etwas genauer bitte.«

»Ich … Ich wollte ihm eine Freude machen …«

Der Tonfall, der Sprachrhythmus, Riad hatte sofort begriffen.

»Du bespringst ihn, du Mistkerl.«

Der Mann blieb stumm. Der Beur trat näher und schnarrte ihm ins Ohr: »Und die Mädchen? Die bespringst du auch, oder? Bist wohl bi?«

Der Motorradfreak erschauderte.

»Nein … Mädchen sind nicht mein Ding. Ich hab mich für die andere Variante entschieden, dann komm ich auch nicht in Versuchung.«

Riad richtete seine Waffe erneut auf das Gesicht des Motorradfreaks. Seine kohlschwarzen Augen glänzten vor Wut.

»Du lügst. Du stehst auf Kids. Mädchen oder Jungs. Du bist ein Scheißperverser.«

Der Mann pisste Blut. Er stieß hervor: »Ich war's nicht.«

Riad legte die Mündung der Kanone an die Stirn des Bikers.

»Das Opfer war meine Tochter. Ich mach dich kalt, du Schwuchtel.«

Panik überkam den Chopperfahrer. Im Bruchteil einer Sekunde hatte er begriffen, dass er es hier nicht mit einer klassischen Ermittlung zu tun hatte. Er stammelte: »Warten Sie … Ich hab … Ich hab einen Tipp für Sie.«

»Meine Scheiße. Das kommt aber früh.«

Der Hell's ließ seine vortretenden Augen rollen.

»Ein Verrückter. Ein Typ, der wegen Sittendelikten gesessen hat.«

Kellal lachte krampfhaft los. Die Angst verlieh der Fantasie Flügel. Am Rande des Abgrunds versuchte der Polizeispitzel sich an den letzten Strohhalm zu klammern.

»Scher dich zum Teufel.«

Er legte die linke Hand schützend über die Kanone, um nichts abzubekommen.

Kaders Stimme flüsterte ihm von hinten zu: »Lass ihn reden. Kaltmachen kannst du ihn danach.«

Riad zögerte. Schließlich ließ er seine Waffe sinken.

»In deinem eigenen Interesse solltest du uns eine glaubwürdige Geschichte erzählen.«

»Ich kenne seinen Namen nicht. Nur seinen Spitznamen.«

»Nun schieß schon los.«

»Brad Pitt. Wegen seinem Look. Ein Engelsgesicht mit Bürstenschnitt. Er war mit mir in Les Glycines.«

»Kapier ich nicht.«

»Eine Psychoanstalt. Bei Lyon.«

Riads Interesse war geweckt. Er hatte von Anfang an die Möglichkeit in Betracht gezogen, dass der Täter schon mal irgendwann mit der Psychiatrie in Berührung gekommen war. Eine zu komplizierte Fährte, viel zu beliebig angesichts der Informationen, über die er verfügte. Die Treibjagd hatte ihn woanders hingeführt. Jetzt stand er wieder vor dieser Möglichkeit.

»Weswegen hat man dich eingeliefert?«

»Sollte eine Entziehungskur machen. Ich war bei drei Gramm pro Tag angelangt.«

Der Biker trug ein langärmeliges Jeanshemd, völlig daneben bei der Junihitze. Während der Aktion war Riad dieses Detail nicht aufgefallen. Er befahl: »Zeig mal deine Arme.«

Der Mann drehte sich um.

Riad krempelte ihm die Ärmel hoch.

Die Haut sah aus wie eine Mondlandschaft. Fast völlig bedeckt mit ausgezackten Kratern, die umrandet waren von ins Gelbe übergehenden Hämatomen. Die stark hervortretenden Venen rollten unter den Fingern weg wie Plastiktrinkhalme.

Heroin. Unter seiner Lederrüstung moderte der Hell's langsam, aber sicher vor sich hin.

Riad wich zurück. Ein unwillkürlicher Abscheu vor der Zersetzung des Fleisches. Leïlas Leiche tauchte aus einem Abgrund der Barbarei auf. Stück für Stück gehäutet, ganz methodisch. Eine präzise Technik. Die Handgriffe eines Mediziners.

Er beobachtete das menschliche Wrack. Plötzlich lag dessen Schuld für ihn nicht mehr so klar auf der Hand.

»Erzähl mir von deinem Kumpel.«

»In der Klinik gab es einen Hochsicherheitstrakt. Einen Käfig für die extrem Gewalttätigen. Als ich ankam, war Brad dort untergebracht.«

»Die Suchtkranken gehören in eine besondere Abteilung. Wie hast du mit ihm in Kontakt treten können?«

»Über die Musik, Mann. Die öffnet einem Tür und Tor.«

»Kapier ich nicht.«

»Die Psychofritzen ließen uns allen möglichen Kram anhören. Geige, Klavier, so was wie Symphonien. Sie waren der Ansicht, damit käme Ruhe in die Krawallbude. Es würde die Entzugserscheinungen mildern, wenn du so willst.«

Der Typ sah nicht aus, als würde er sich »Musik« anhören. Eher Heavy Metal, voll aufgedreht in geschlossenen

Räumen voller Lichtbögen. Riad fuhr sich mit der Hand übers Gesicht und fragte: »Was hat das mit Brad zu tun?«

»Der Saal war zweigeteilt. Mit einer Art Glasscheibe dazwischen. Da gab's 'ne Menge Suchtkrüppel, die sich mit dem Quatsch die Ohren voll sülzen ließen. Vor allem bei denen, die eine Zwangstherapie machten. Die ließen sich dort blicken, damit sie schneller wieder rauskamen.«

»Und?«, fragte der Bulle ungeduldig.

»Eines Morgens ist Brad aufgekreuzt. Und das hat voll eingeschlagen. Keiner konnte den Blick abwenden.«

»Hat man ihn zu euch gesetzt?«

»Das tat man besser nicht, zumindest nach dem, was ich so herauszuhören glaubte. Der saß auf der anderen Seite der Grenze. Im wahrsten Sinne des Wortes. Fest verschnürte Zwangsjacke und einen Pfleger im Nacken, der ihn an einer Leine festband.«

Riad spürte, wie seine Hände am Kolben festklebten. Die Beschreibung des Monsters stimmte mit der Vorstellung überein, die er sich von ihm machte. Auf jeden Fall entsprach sie ihm eher als das zugedröhnte, schon vornüberkippende Wrack da vor ihm.

»Konntest du mit ihm sprechen?«

»Niemand durfte in seine Nähe kommen. Ein Pfleger hat es mir gesteckt.«

»Was hat er dir gesagt?«

»Etwas, das ins Auge sprang. Brad ist ein Wahnsinniger. Er war nur vorübergehend in dieser Abteilung. Wegen Tests, glaube ich. Die Sache mit der Sitte ist alles, was er mir an ernsthaften Geschichten erzählt hat.«

Im Hirn des Polizisten lief eine bestimmte Szene ab. Der Mann wurde verfolgt, stand unter Kontrolle. Er wurde wahrscheinlich geschnappt, nachdem er ein oder mehrere andere Verbrechen begangen hatte. Schwurgericht, psychiatrisches Gutachten, strafrechtliche Feststellung seiner Unzurechnungsfähigkeit, Einweisung in eine geschlossene Anstalt auf unbestimmte Zeit. Der übliche Ablauf bei dieser Art von Psychopathen.

Was machte er draußen?

Riad starrte den Polizeispitzel an. Ein weiteres Rätsel war dem ersten gefolgt. Oder eine neue Lüge.

»Warum versuchst du, mir diesen Verrückten aufzutischen? Bei seiner Vorgeschichte dürfte der jetzt in einer Gummizelle die Fliegen zählen.«

»Da hast du sicher Recht. Aber ich habe ihn draußen gesehen. Vor einem Monat. Er hat Dope bei mir gekauft.«

»Glaubst du etwa, dass ich das schlucke?«

»Du machst, was du willst. Es ist die Wahrheit.«

Der Beur runzelte die Stirn. Das Wort eines Junkies war so viel wert wie seine Versprechen, von der Spritze loszukommen. Aber er hatte nichts anderes.

»Hat er dir irgendwas anvertraut?«

»Nein. Er hat seinen Stoff genommen und die Flatter gemacht.«

»Heroin?«

»Und ob. Und zwar lupenreines. Der dürfte höllisch gut draufgekommen sein.«

Riad versuchte diese Nachricht einzuordnen. In seiner Vorstellung bewies sie gar nichts, brachte sie nichts Neues. Sie zeigte bloß, wie intelligent der Mörder war. Er hatte sich dem Dealer genähert, um ihn zu beobachten, seine Gewohnheiten und seine Einsatzmöglichkeiten eingehend zu studieren.

Auf diese Weise war er auch Leïla auf die Spur gekommen.

»Der Name des Pflegers. Weißt du den noch?«

»Pierre. Ein Brutalo mit einem Walrossschnauzer.«

Riad steckte die Beretta in den Hosenbund und drehte sich zu Kader um.

»Wir hauen ab.«

Der Hell's konnte endlich wieder lächeln und streckte seine Handgelenke vor.

»Vergesst eure Handschellen nicht.«

»Freu dich mal nicht zu früh«, fauchte Riad ihn an. »Du kommst mit.« Das Gesicht des Junkies fiel in sich zusammen. Er fragte fast flehend: »Wohin?«

»Wir drehen eine Runde.«

»Wollt ihr mich alle machen?«

»Momentan hast du noch eine Gnadenfrist. Ich hoffe für dich, dass du uns nicht belogen hast.«

Wie eine Prätorianergarde nahmen die beiden Brüder den Hell's in die Zange. Der Mann versuchte nicht, sich zu wehren.

Riad verließ den Markt der Lustbarkeiten ohne Bedauern. In verschwommenen Streifen färbte das Morgengrauen den Himmel schon violett ein. Die ersten Busse begannen auf den verschlafenen Alleen geruhsame Runden zu drehen. Eine feuchtkühle Brise wehte über die Stadt.

Kellal zog sich die Kapuze über den Kopf. Die Treibjagd führte ihn in eine andere Richtung. Ein grenzenloses Universum ohne Fixpunkte, in dem sich selbst das strafrechtliche Verfahren in Ätherdampf auflöste.

Das Spiel wurde immer komplizierter.

Die Straße und das seltsame Völkchen, das sich dort tummelte, das Milieu oder die geistesgestörten Motorradfreaks – all das konnte er im Alleingang bewältigen. Bei einer Verwaltungsbehörde erschienen ihm seine Chancen auf Erfolg gleich null.

6

Philippe öffnete die Lider mit dem Gefühl, etwas durchbohre ihm die Linse. Er sah zum großen Fenster hinaus. Ein aschfahler Schimmer erhellte den grauen Fleck der Hügel. Weiter unten, in der Verlängerung des Streifens, bildete das Meer eine schwarze Masse, die alle Schatten schluckte.

Er sprang mit einem Satz auf.

Heute war es so weit.

Trotz seiner Müdigkeit trug ihn diese Tatsache zu den höchsten Gipfeln der Erregung hinauf.

Er hatte den Schrottfriedhof gegen Mitternacht verlassen, nachdem er noch einmal jede Phase des gesamten Ablaufs durchgegangen war. Ein Versäumnis – und Karl konnte nicht weitermachen. Wenn man die Umstände bedachte und auch angesichts der Spannung, die in ihrer Beziehung herrschte, könnte das ziemlich unangenehme Folgen haben.

Er war gleich darauf nach Hause gegangen, hatte es kaum erwarten können, die Akte zu lesen, nachzudenken, sich vorzubereiten. Wenn Karl zufrieden war, dann war er es auch.

Aber nichts war wie geplant gelaufen.

Der Anfall war ihm zuvorgekommen.

Heftig.

Total.

Von Krämpfen geschüttelt hatte er sich zum Bett geschleppt und eine Kassette eingelegt. Wogen reinen Schmerzes hatten sich im Zimmer breit gemacht. Vergebens. Der Anfall war so gewaltig, dass seine Vorbeugungsmaßnahmen nichts ausrichten konnten.

Vor Schreck erstarrt, hatte er abgewartet.

Wie lange?

In diesen Augenblicken der Leere verlor er jede Orientierung. Die Minuten verdichteten sich, als würden sie Stunden zusammenschmelzen, dann zogen sie sich in die Länge, bis sie einen endlosen, verlassenen Strand bildeten. Die Unwirklichkeit dieser Abgründe erinnerte ihn an die Bilder des katalanischen Meisters Salvador Dalí, mit ihren zerfließenden Uhren, die einem verrückten Traum entsprungen waren, vom Geist vollkommen beliebig dorthin gestellt, um den Verstand zu narren.

Zwei Worte indes waren wie ein roter Faden eingewoben, um diesen Abgrund zu markieren.

Akute Wahnpsychose.

Wann hatte er seinen ersten Anfall gehabt? Was war dessen Auslöser gewesen?

Auch hier war es ihm unmöglich, irgendetwas zeitlich einzuordnen.

Diesmal hatte Philippe wieder versucht, dagegen anzukämpfen. Ein ungleicher Kampf, bei dem jede Fiber seines Körpers den Vorgang kontrollieren, ihn umkehren wollte.

Vergeblich.

Ein rötlicher Baldachin hatte sich über sein Gesichtsfeld gelegt.

Was folgte, war immer gleich. Atmung, Blutdruck, Reflexe, sämtliche grundlegenden Körperfunktionen waren gestört. Er fiel in einen hypnotischen Zustand, der einer Katalepsie glich und brach zusammen.

Und dann begann der Albtraum erst richtig.

Zunächst waren da verschwommene Formen, wie Puppen, die unter einer alabasterfarbenen Seidenhaut wogten. Sie kamen auf ihn zu, in ein bleiches Licht getaucht, umringten ihn, streiften ihn. Unter dem beweglichen Filter zeichneten sich undeutlich Gesichter ab. Ein Nasenrücken, der vorspringende Wulst einer Lippe, die Linie einer Stirn. Reine Linien wie von antiken Statuen.

Philippe hörte sie weinen, vernahm ein schmerzvolles Klagelied, das klang wie ein Hilferuf.

Dann zerrissen die verschwommenen Formen ihren Kokon. Unter der Maske kamen offene Gesichter zum Vorschein, gehäutete Fleischstücke, aus denen elfenbeinerne Stellen herausragten.

In seiner Fantasie wehrte sich Philippe. Er lag da, ans Bett genagelt wie an einen mentalen Pranger, und konnte seine Glieder keinen Millimeter von der Stelle rühren.

Gestalten tauchten auf, fern, in Nebel gehüllt. Sie stiegen von einem Felsvorsprung herab und kamen auf ihn zu.

Granitartige Massen, die auf einem Riss im Eis dahinglitten. Doch in der Vorstellung des jungen Mannes ließen ihre Schritte den Erdboden erzittern.

Als die Gestalten sich über ihn beugten, steigerte sich seine Angst im Nu. Sie flüsterten ihm Worte ins Ohr. Sie hatten sanfte Stimmen, rochen nach Kindheit, nach Erinnerungen.

Aber ihre Worte ließen ihm das Blut in den Adern gefrieren.

Er zog sich schnell an und machte sich einen Kaffee. Das Entsetzen schwand, sein Gehirn funktionierte wieder ganz normal. Vielleicht sogar schneller. Die Anfälle hatten immer diese Wirkung. Danach, als er wieder ruhig geworden war, fühlte er, wie er immer stärker wurde. Eine gewaltige Woge, wie bei einem Sturm, deren Kamm erzitterte wie bei einem Orgasmus.

Er breitete die Dokumente auf dem Tisch aus und begann sie zu sortieren. Er betrachtete eingehend die Fotos, analysierte die Notizen, sah sich die Pläne an.

Nach einer halben Stunde erhellte ein Lächeln sein Gesicht.

Er hatte soeben die zwingende Lösung gefunden.

Klar und einleuchtend.

Wie etwas Offensichtliches.

SECHSTER TEIL

1

»Willst du einen Kaffee?«

Paul riss die Augen auf. Ein faltengegerbtes Gesicht beugte sich über ihn und warf ihm ein zärtliches Lächeln zu.

Er räkelte sich und nickte kurz. Seine Mutter betastete die schwarze Kruste an seiner Schläfe.

»Hast du dich wieder geprügelt?«

»Nur ein paar Kratzer ...«

Die alte Dame tat einen tiefen Seufzer. Sie drehte sich um und trottete Richtung Küche davon, ein zerbrechliches, in schwarzen Stoff gehülltes Persönchen.

Paul ließ die Fingergelenke knacken. Nach der langen Fahrt hatte das zerschlissene Sofa seinem Rückgrat den Rest gegeben. Während seiner Rückkehr von Les Saintes hatte er sich für einen Zwischenstopp im Valon entschieden. Er brauchte Wärme, bedingungsloses Verständnis, als würde damit die Bilderflut einen Moment angehalten. Manchmal fehlte ihm das. Wenn sein Leben als Bulle zu große Bedeutung bekam, wenn es keine Auszeiten mehr gab, wenn er abstürzte. Das unter der Corniche versteckte Haus seiner Familie entsprach diesem drängenden Bedürfnis. Es war klein, blitzsauber und in jeder Hinsicht typisch für die Geschichte der Cabreras.

Zunächst einmal das Meer. Fischernetze überzogen in regelmäßigen Abständen die weißen Wände und bildeten ein feingliedriges Schachbrett. Zwischen ihren Maschen hingen ein paar naive Ölbilder, auf denen mit ungeschickten Pinselstrichen silbrige Fische auf die Leinwand gebannt waren.

Dann die Erde. Möbel aus unbehandeltem Holz, ohne Schnickschnack, schwere, funktionale Teile, ein Boden aus ockerfarbenen Terrakottafliesen. Das Ganze war bis in den hintersten Winkel wie ein Landhaus eingerichtet.

Dann der Himmel. Heiligenbilder, Kruzifixe, Heiligenfigürchen. Sie waren hier und da aufgestellt und zeugten von einer ungebrochenen Frömmigkeit.

Pauls Eltern stammten von einer Insel. Einem von der Brandung gepeitschten Granitfelsen, der einsam in quälender Sonnenglut dalag. Obwohl sie nach Marseille ausgewandert waren, pulste noch der karge Saft Siziliens in ihren Adern, mit festen Prioritäten, Glaubensvorstellungen aus einem anderen Zeitalter. In diesem Schlupfwinkel der Vergangenheit vermischte sich der beruhigende Duft der Kindheit mit dem etwas schwereren Geruch nach Bohnerwachs. Obwohl er schon auf die dreißig zuging, hatte der Bulle die Schlüssel behalten.

Er ließ den Nacken aufs Sofa sinken. Dieses Mal, bei dieser Ermittlung, war der Druck fast nicht mehr auszuhalten.

Der Mord an Leïla flößte ihm Entsetzen ein. Ein barbarisches Gemetzel, das man sich fast nicht vorstellen konnte. Was ihn ganz persönlich anging, war seine Seele ebenso in Aufruhr wie die seines Freundes.

Aber sein Verstand diktierte ihm eine andere Sprache. Das Gesetz, die Regeln, die Ethik einer humaneren Zivilisation. Niemand konnte sich das Recht anmaßen, ein Leben zu beenden. Ganz gleich aus welchem Motiv heraus.

Seit bald zwei Wochen surfte der junge Leutnant auf diesen Wellen des Zweifels. Um sie bewältigen zu können, hielt er an seinen ganz persönlichen Prinzipien fest: Freundschaft und Treue.

Riad war in Gefahr.

Er kämpfte für seine Rettung.

Sein Blick fiel auf das Handy, das neben seinen Rangers auf dem Boden lag. Schon zehn Uhr. Vial hatte noch nicht versucht, ihn zu erreichen. Der Kommissar dürfte schier umkommen vor Angst, aber er hielt sich an ihre Abmachung. Cabrera zog die Ermittlung auf seine Art durch. Er würde selbst entscheiden, wann er mit der Brigade in Kontakt treten wollte.

Paul griff nach dem grauen Apparat.

»Cabrera. Geben Sie mir den Kommissar.«

Eine unpassende Musik erklang. Ein Hit von Mylène Farmer mit schmalzigen Klängen und chaotischem Text. Die Verwaltung wollte ihr Image aufbessern. Näher an den Klienten dran sein, an den Opfern. Letztlich auch nur eine Art Augenwischerei, mit der man erreichen wollte, dass die Bevölkerung die jüngsten Verschärfungen der Polizeimethoden schluckte.

»Vial, ich höre.«

»Ich habe Neuigkeiten, Kommissar.«

»Freut mich.«

Cabrera war der Sarkasmus nicht entgangen. Der Grund dafür war wahrscheinlich seine abgrundtiefe Erschöpfung. Der Kripochef gab in diesem Fall sein Letztes. Er mochte Riad gern, das war ein wichtiger Punkt, aber vor allem wollte er nicht für einen Fehler der Polizei den Kopf hinhalten.

»Der Entschwarter, sind Sie da auf dem Laufenden?«

»Desruel hat mir über Ihren Besuch im Schlachthof Bericht erstattet.«

»Ich hatte Recht. Wir sind auf der richtigen Spur.«

»Wie kommen Sie darauf?«

»Durch eine Waffe, die auf meine Stirn gerichtet war.«

Nach einer Pause, wie nach kurzem Zögern, befahl Vial in neutralem Ton: »Genauer bitte.«

»Ich habe Ferchaud gefunden. Der Schlächter war etwas bockig, aber ich habe ihn überzeugt, dass es besser ist, wenn er alles zugibt. Er hat letzten Monat unter der Hand einen Entschwarter verkauft. An einen Zigeuner.«

»Na und? Soweit ich weiß, suchen wir doch nicht nach einem Zigeuner, oder?«

Paul tat so, als habe er die Bemerkung nicht gehört. Er tigerte mit nackten Füßen durchs Zimmer, spulte seine Sätze im Rhythmus seiner Schritte ab: »Ich bin nach Les Saintes gefahren, um zu versuchen, den Käufer zu fassen zu kriegen. Einen Tagelöhner, der in der Stierkampfarena gearbeitet hat. Der Typ war schlauer als ich. Eigentlich waren es zwei. Sie haben mich überrumpelt, bevor ich sie ausquetschen konnte.«

»Sie hatten vielleicht andere Gründe, den Besuch eines Polizisten zu fürchten. Falls ich das richtig verstanden habe, ist wildes Schlachten gesetzeswidrig.«

»Möglich. Aber das glaube ich nicht. Die Zigeuner sind gar nicht in der Lage, so einen Apparat zu benutzen. Außerdem lassen sie sich nur kleine Betrügereien zu Schulden kommen. Das sind keine Bullenmörder.«

Am anderen Ende der Leitung hörte man einen schweren Atem.

»Zugegeben. Worauf wollen Sie hinaus?«

»Die Roma sind nur Mittelsmänner. Sie haben einen Auftrag ausgeführt.«

»Nichts beweist, dass der Auftraggeber unser Mann ist.«

»Nichts, das stimmt. Aber da gibt es noch etwas. Sie hatten Angst. Panische Angst. Deshalb haben sie mich angegriffen.«

Wieder herrschte Schweigen in der Leitung. Vial war wahrscheinlich dabei, die Reaktionen der Zigeuner mit seinen eigenen Erfahrungen auf dem Gebiet zu vergleichen.

Er sagte: »Sie wissen wahrscheinlich von dem Mord. Das erklärt ihr Verhalten.«

»Nein. Nicht ganz. Sie haben die Tatwaffe besorgt. Das ist alles. Und sie haben ganz gewiss nicht danach gefragt, wozu sie benutzt werden soll.«

»Woran denken Sie?«

Paul antwortete nicht. Mit dem Handy am Ohr drehte er sich Richtung Terrasse. Sonnenstrahlen durchschnitten den Raum, grelle Pfeile, die ein Bild der Fenster auf die Terrakottafliesen zeichneten. Hinter den Fensterscheiben sah er bunte Boote, die brav auf ihrem Wellenbett aufgereiht lagen.

Seine Hypothese ließ ihn zu Eis erstarren. Ein einzelner Mann konnte eine Gemeinschaft, die gewaltbereit war und zusammenhielt wie Pech und Schwefel, einfach so terrorisieren.

Wer war er?

Was hatte er ihnen getan, dass sie so eine Angst vor ihm hatten?

Der Kommissar wurde ungeduldig: »Cabrera? Sind Sie noch da?«

Paul antwortete mechanisch: »Der Mörder.«

»Der Mörder was?«

»Vor ihm haben sie Angst. Warum? Keine Ahnung. Aber in einer Sache bin ich mir sicher: Dieser Verrückte hat ihnen einen mordsmäßigen Schrecken eingejagt. Wir müssen die Zigeuner finden. Sie werden uns zu ihm führen.«

»Haben Sie ihre Personenbeschreibung?«

»Ein großer Stämmiger und ein kleiner Drahtiger. Schwarzes Haar alle beide, wahrscheinlich Spanier. Der Kleine hat einen Schmiss übers ganze Gesicht. Und ich glaube, er trägt einen Ohrring, eine Kreole.«

»Ist das alles?«

»Nein. Sie dealen mit Gras und fahren in einem Pick-up herum, der mit Schrott voll geladen ist.«

»Die Marke?«

»Keine Ahnung.«

»Gut… Wir werden in der Datei nachsehen, in der das fahrende Volk verzeichnet ist. Außerdem werden wir eine Liste der Schrotthändler aus der Region zusammenstellen.«

»Fragen Sie nicht bei der Drogenfahndung nach?«

»Da sehen wir später weiter. Das Spektrum ist zu groß.«

»Kommissar, ich glaube…«

Vial ließ ihn nicht weiter ausholen.

»Lassen Sie mich meine Arbeit machen, Cabrera. Da kenne ich mich aus.«

Paul presste die Kiefer aufeinander. Um wieder Oberhand zu gewinnen, fragte er: »Wo stehen Sie denn mit Ihren Ermittlungen?«

»Nirgendwo. Wir nehmen die Ärzteschaft auseinander. Die Studenten, die Chirurgen, die Gerichtsmediziner, all jene, die in der Lage wären, so eine Tat auszuführen. Gegenwärtig entspricht keiner dem Profil. Wir haben auch über ›Judex‹ einen Vergleich anstellen lassen. In dieser Datenbank taucht kein Verbrechen auf, in dem auf dieselbe Weise vorgegangen wurde.«

»Und Riad?«

»Völlige Funkstille. Er versteckt sich wahrscheinlich und wartet darauf, dass irgendetwas passiert. Kader wird überwacht, aber Sie kennen ja die Vorstädte. Wenn er uns entwischen will, wird er schon einen Weg finden.«

Cabrera drückte die Stirn an die Wand. Was das anging, vertraute er dem Gauner. Die Gosse hatte immer einige Längen Vorsprung.

Plötzlich überkam ihn ein Gefühl der Ohnmacht. Auf offizieller Seite trat die Untersuchung auf der Stelle. Die Nachforschungen auf Verwaltungsebene würden Zeit brauchen und vielleicht in eine Sackgasse münden. Was die halbamtliche Seite anging, so hatte Riad sich in Luft aufgelöst.

Warten.

Was sollte er sonst tun?

Er dachte plötzlich an Malika. Kaders Tochter. Sie war nicht erschienen. Weil sie nichts wusste? Weil sie Angst hatte? Weil sie gehorsam war?

Einen Versuch war es wert.

»Ich rufe Sie wieder an, Kommissar.«

Paul legte auf. Gleich darauf erschien seine Mutter, ein Tablett auf dem Arm, auf dem zwei Scheiben Butterbrot und eine Tasse Kaffee standen. Sie sah ihren Sohn mit sorgenvoller Miene an.

»Ist alles in Ordnung?«

Der junge Leutnant lächelte in Gedanken versunken.

»Ich weiß nicht... Noch nicht.«

Er schlang sein Frühstück hinunter und hüpfte noch schnell unter die Dusche. Das Plätschern des Wasserstrahls hob seine Laune. Der Gedanke an die nächsten Stunden auch.

Er ging auf die Jagd.

Besser noch, er war wieder in seinem Element.

2

Paul benutzte die linke Hand als Sonnenblende und drückte sich die Nase an der Scheibe platt.

Hinter den schmutzigen Fensterscheiben entdeckte er einen mit Sprühgraffiti verschandelten Raum. Aufgeblähte Buchstaben und grellbunte Pfeile zeichneten trotzige Arabesken auf die Leichtbauwände. Die einzigen Möbel waren ein Tisch und Bänke aus Metall. Im Hintergrund eine Wandtafel, mit sich überlappenden Linien und Kreisen, eine Abfolge von Kreidestrichen.

Der Bulle dachte an eine Schlacht, an Festungen, die es einzunehmen, einen Krieg, den es zu gewinnen galt.

Auf den Fliesen saßen etwa zehn Kids, den Rücken der Sonne zugewandt. Sie blickten alle zu einer zierlichen Gestalt mit langen Raphaelslocken, die wie sie selbst einen roten Trainingsanzug trug.

Cabrera klopfte mit den Knöcheln an die Scheibe.

Malika drehte sich sofort um.

Sie stand einen Moment zögernd da und sah Paul direkt in die Augen. Dann klatschte sie wie eine Lehrerin in die Hände.

Noch in derselben Sekunde stürmte ein aufgekratzter Schwarm aus dem Gebäude. Dunkle Köpfe, sprudelndes Gelächter, die Kinder zerstreuten sich kreischend in dem Labyrinth aus Beton.

Gleich darauf trat die junge Frau aus der Tür.

»Was willst du?«

Verschwunden das verschwörerische Lächeln, der sanfte Ton. Malika trug eine undurchdringliche Maske vor sich her, kniff aggressiv die Nasenflügel zusammen. Der Polizist konnte sich unschwer vorstellen, was für eine Moralpredigt sie sich von Kader hatte anhören müssen. Ein Halseisen aus Dogmen, ein Maulkorb aus archaischen Vorgaben, mit denen er seine Tochter unter Kontrolle zu halten versuchte.

Er zeigte mit dem Finger auf die Wandtafel: »Spieltaktik?«

»Machen wir nach jedem Spiel. Das baut sie auf.«

Malika stand mit verschränkten Armen da und sah Cabrera durchdringend an. Sie wiederholte ihre Frage: »Was willst du?«

»Du solltest mich anrufen ...«

»Falls ich dir was zu berichten hätte.«

»Und das hast du nicht?«

»Nein.«

Paul nickte. Er wollte die Sache behutsam angehen. Weil er ihre Geschichte kannte. Weil er sie respektierte. Und vor allem, weil er wusste, dass er mit Einschüchterung bei diesem Bündel an Willenskraft nichts ausrichten würde.

Er schlug vor: »Gehen wir ein bisschen spazieren?«

»Und wohin?«

Cabrera sah sich kurz um. Düstere Wohnblöcke, versetzt angeordnete Betongänge, die Siedlung umschloss einen Platz, der nur noch dem Schwarzhandel diente. Frais-Vallon oder Félix-Pyat: überall derselbe Kampf. Eine Welt ohne Zukunft, voller Tristesse und Langeweile, in der in jeder Sekunde bittere Enttäuschung alles zerfraß.

Er nahm die junge Frau beim Arm und zog sie zu dem einzigen Stück Rasen.

»Die Dinge spitzen sich zu.«

Malika sah ihn aufgebracht an. »Ach ja? Und für wen tun sie das?«

»Für alle.«

»Für meinen Vater?«

»In erster Linie.«

Die junge Frau ließ sich auf die mickrige Wiese fallen. Ihr Atem ging schneller.

»Scheiße, er hat nichts damit zu tun. Lasst ihn in Ruhe.«

»Falsch, meine Gute. Riad wird gesucht. Kader deckt ihn. Rein rechtlich gesehen ist das Beihilfe.«

»Beihilfe zu was? Mein Onkel hat niemanden getötet.«

»Noch nicht.«

»Du bluffst. Die haben nichts gegen sie in der Hand.«

Dieser Tatsache musste der Polizist notgedrungen zustimmen. Er dachte sich sogleich ein Lügenmärchen aus.

»Riad hat Teile aus einer Ermittlungsakte entwendet. Die Richterin hat das schlecht aufgenommen. Sie hat ein Untersuchungsverfahren eingeleitet und einen Haftbefehl erlassen. Dein Vater sitzt im selben Boot. Und bei seinem Lebenslauf…«

Paul unterbrach sich und überließ es Malika, sich den Rest auszumalen.

Die Reaktion war mehr als lautstark.

»Arschlöcher…«

Schweigen, ein Augenblick der Unentschlossenheit, in dem die junge Frau sich entscheiden musste, welchen Weg sie einschlagen wollte. Das Für und Wider abwägen musste. Ihrem Vater gehorchen oder ihm helfen, wider dessen eigenen Wunsch. Als sie sich entschieden hatte, netzten Tränen ihre Wangen.

»Sie… sie haben eine Spur…«

Cabrera setzte sich im Schneidersitz neben sie. In der Ferne hörte man scharfes Geknatter, das gellende Aufheulen von Motoren, die Siegesschreie von Motorrollern, die in vollem Karacho über die Alleen gejagt wurden.

»Erzähl mir alles. Das ist der beste Weg, Kader zu helfen.«

Malika warf den Kopf zurück. Ihr zerbrechlicher Hals bot ein Bild reiner, ergreifender Schönheit. Paul wehte plötzlich die Lust an, sein Gesicht darin zu vergraben.

Sie stützte sich auf ihre Ellbogen und starrte den Polizisten misstrauisch an.

»Falls sie meinen Vater einlochen, versprichst du mir dann etwas?«

»Großes Ehrenwort.«

Ein in Gedanken versunkenes, gequältes Kopfnicken.

»Er ist heute Morgen vorbeigekommen, in aller Früh. Zehn Minuten später klingelte es. Ich weiß nicht, wer es war. Eine Männerstimme. Mein Vater sprach von einem Motorradfahrer, den sie sich in der Nacht geschnappt hatten.«

Paul hatte das Gefühl, in einen Abgrund gezogen zu werden.

Hatte Riad einen Volltreffer gelandet? Jetzt schon?

Malika fuhr fort: »Ich habe nicht viel verstanden, aber ich habe mir die Dinge zusammengereimt.«

»Zusammengereimt?«

»Mithilfe der Gerüchte. Dem Gerede in den Vorstadtsiedlungen.«

»Erklär mir das.«

»Seit drei Tagen wird über einen Biker gemunkelt. Eine Art Hell's Angel mit einer Harley, Lederklamotten und Rangers. Leïla hat Gras bei ihm gekauft. Sie hatte in dieser Nacht ein Treffen mit ihm.«

Der Bulle war völlig bestürzt, als er das hörte.

»Die Kids dröhnen sich zu?«

»Was denkst du denn? Dass das nur die Vorstadtkids machen, die es aus der Bahn geworfen hat?«

Ertappt stammelte er: »Nein… Das wollte ich nicht sagen…«

»Mach die Augen auf. Die nehmen alle was. Und zwar immer früher. Das soziale Milieu hat damit nichts zu tun.«

Stille. Paul hatte sich was vorgemacht, das musste er zugeben. Er fragte weiter: »Das Treffen, um wie viel Uhr sollte das stattfinden?«

»Lass es gut sein. Der Typ ist der Letzte, der sie lebend gesehen hat.«

Paul nickte. Er zögerte noch, die nächste Frage zu stellen. Aus Furcht vor der Antwort.

Die Worte sprudelten nur so aus ihm heraus.

»Glaubst du, dass es sich um den Mörder handelt?«

»Auf gar keinen Fall.«

»Wie kommst du darauf?«

»Sie sagten, sie würden ihn genau beobachten. Bis der andere sich blicken lässt. Wenn er schon der Richtige gewesen wäre, hätten sie ihm auf der Stelle die Kehle durchgeschnitten.«

Paul nickte schweigend. Malikas Gewissheit beruhigte ihn und bestätigte seine eigene Sicht der Dinge. Riad verstand was von seinem Job. Er hätte nicht blindlings zugeschlagen.

Er dachte auch an seine Ermittlung, an seine Spritztour zu Les Saintes, an den Bericht des Penners: *»Sie verkaufen Gras. Kleine, in Zeitungspapier gewickelte Päckchen.«*

Allmählich zeichnete sich ein Zusammenhang ab. Die Zigeuner, die Motorradfreaks, alles Asphaltcowboys, die Dope verkauften. Die Zigeuner hatten bloß den Entschwarter geliefert. Waren angelernte Arbeiter bei diesem Verbrechen, wurden für den einen Job bezahlt und dann in die Peripherie abgeschoben.

Die Rolle des Hell's schien komplexer zu sein.

Hatte er das Geschäft für den Irren abgeschlossen? Leïla geködert, um sie an ihn auszuliefern?

In beiden Fällen gab es einen gemeinsamen Nenner: die Droge. Sie stellte eine Verhandlungsbasis dar, ein Tauschmittel.

Der Polizist hakte weiter nach. »Erzähl mir was über den Biker.«

»Ich weiß auch nicht mehr.«

»Gibt es ein besonderes Merkmal? Eine Tätowierung? Diese Typen lassen sich doch gern tätowieren.«

Der Blick der jungen Frau blieb an der Kobra hängen. »Aus dir spricht der Kenner.«

»Wechsel nicht das Thema.«

»Ich glaube, er trägt Ringe. Goldringe.«

Der Bulle lächelte hämisch. »Ringe? Was soll ich denn damit anfangen?«

»Woher soll ich das wissen?«

Paul legte ihr eine Hand auf die Schulter. »Cool down! Alles okay.«

»Scheiße … Du bist doch der Polyp.«

Er ging seine Befragung anders an: »Du hast von Gerüchten gesprochen. Die hat ja wohl irgendwer in Umlauf gesetzt, oder?«

»Man weiß nie, wo die herkommen. Vor allem diesmal nicht. Mein Vater macht ihnen zu viel Angst.«

Der Polizist flüsterte ihr ins Ohr: »Mehr als ich?«

Malika streichelte die Wiese. Ein roter Schimmer flammte in ihrem Haar auf, wie samtige glühende Teilchen.

»Ihr habt ihnen nie Angst gemacht. Dazu hättet ihr ihnen erst einmal Respekt einflößen müssen.«

Paul senkte den Kopf. Die kleinen Bandenführer fürchteten sich nicht vor der Polizei. Sie beleidigten die Uniform, spuckten auf die Käppis, bewarfen die Einsatzwagen mit Steinen. In den Ghettos der Städte wurde ständig Dampf abgelassen, floss eine brodelnde, nach Niederlage stinkende Lava.

Er zuckte mit den Schultern. Für diesen Hass fühlte er sich nicht verantwortlich. Er bekämpfte lediglich die Folgen. Ohne zimperlich zu sein.

»Hilf mir, Malika. Ich muss diesen Verrückten vor ihnen finden. Wenn ich in die Irre laufe, wenn sie ihn aufstöbern und ihm den Garaus machen, dann ist Riad dran. Und dein Vater ebenso. Dann kann ich nichts mehr machen.«

Die junge Frau zog in einer Geste des Rückzugs die Knie an die Brust und stammelte mit tonloser Stimme: »Ich hab dir alles gesteckt, was ich wusste. Ich kann dir nicht weiter helfen. Wenn sie erfahren, dass ich geredet habe…«

Paul versuchte sie zu beruhigen: »Wir bieten dir Schutz. Bis die Sache sich beruhigt hat.«

Malika sah ihn verzweifelt an. »Du kapierst nicht. Das sind meine Leute. Das ist meine Welt. Meine Familie. Ich kann sie nicht verlassen.«

Das Geständnis berührte Cabrera tief. Auch er war ein Kind der Immigration. Sie war schon länger her, war schon verdaut, aber die Werte waren dieselben. Marseiller war er aus Zufall, in seinen Adern floss noch immer Sizilien, mit seinen Codes, Regeln und feinen Banden, die bewirkten, dass er anders war. Um nichts in der Welt hätte er sie verleugnet.

Mit einer scheuen Geste strich er Malika über die Wange. Dann verließ er wortlos die Siedlung. Die junge Frau kämpfte mit ihren bösen Geistern. Bei dieser persönlichen Angelegenheit konnte er ihr nicht beistehen. Jeder lebte seine eigene Geschichte. Allein und in seinem eigenen Rhythmus.

Die seine führte ihn zu Riad. Zu einer Konfrontation, die

seinem Gefühl nach kurz bevorstand. Wie eine Rückkehr zu sich selbst, wie ein Spiegel, in dem er die verborgene Seite seiner Zweifel betrachtete.

Ein Spiegel aus Blut.

3

Es gab nur einen Menschen, der ihm aus diesem Schlamassel heraushelfen konnte.

Ein Veteran der Brigade zur Kriminalitätsbekämpfung, im Dienst ergraut bei nächtlichen Streifenfahrten, bei haarsträubenden Ermittlungen, bei Festnahmen, bei denen Gruppen von drei oder vier Typen in den Abwasserkanälen der Stadt ihre Muskeln spielen ließen.

Mit seinem rasierten Schädel, seinem Goldkettchen und der Lederweste verschmolz Brigadeführer Atavian mit der Landschaft. Marseille klebte ihm auf der Haut, sang in seinem Akzent, brannte in seinen tintenschwarzen Augen. Seine untersetzte Gestalt schien einer Matrix aus Jod und Asphalt zu entstammen, eine knorrige, dunkle Mischung, eine fein abgestimmte Mixtur aus Lässigkeit und Wildheit.

Paul hatte ihn kontaktiert, als er Frais-Vallon verließ. Der Empfang war eisig gewesen. Obgleich er bei der Einteilung der Dienstzeiten bevorzugt behandelt wurde – diesen Vorteil verschaffte ihm sein Dienstalter –, schlug sich der Armenier trotzdem weiter die Nächte um die Ohren.

Eine Einstellung.

Eine Lebensart.

Am frühen Nachmittag tauchte der Mann nur mit Mühe aus einem Zustand todesähnlicher Benommenheit auf.

Paul bog in den Boulevard National ein. Lichtspeere drangen hier und da durch die Blätter und sprenkelten die Straße mit fluoreszierenden Flecken. Nur wenige Autos um diese Stunde, die Plätze vor den Cafés waren fast leer. An diesem Ort herrschte beständig Schatten, eine prickelnde Frische, eine diskrete Ruhe.

Er parkte sein Motorrad auf dem Gehsteig, ohne es festzuketten. In eine Steinnische gequetscht lag die Bar des Platanes. Sie befand sich in Schussweite der Büros von der Nordbrigade und stellte für die Polizeibeamten eine anheimelnde und billige Kantine dar.

Paul nahm seinen Helm ab und ging hinein. Verlassene Tische, ein leerer Tresen, in der Luft lag eine Stimmung wie nach einer Schießerei. Hinten im Saal, ganz oben an einen Gelenkarm montiert, strahlte ein Sechzehn-Zoll-Bildschirm einen Videoclip nach dem anderen aus.

Von Atavian keine Spur.

Der Polizist setzte sich auf eine viel zu neue Sitzbank. Ein Lederimitat, das nach Plastik stank und glänzte wie ein Wachstuch. In der Decke verankert rührte ein Ventilator mit verchromten Flügeln die abgestandene Luft durch, die ranzig und pappig roch.

Sofort standen ein Bier und ein Teller mit Pistazien auf dem Tisch. Der Wirt, ein junger Typ mit modischem Haarschnitt und weitem Polohemd, zwinkerte ihm zu, bevor er im Hinterzimmer verschwand.

Paul trank den Schaum ab. Er dachte an die Abende, wenn ein Spiel lief und die Stammgäste sich vor dem Apparat drängten. Die Luft war dann elektrisch aufgeladen, die Schreie malträtierten die Trommelfelle, eine Lokalrunde jagte die nächste und schürte die Leidenschaften bis zum Rausch.

Diese Augenblicke liebte er. Eine absurde und sinnlose Kommunion, deren Zweck nur in ihr selbst lag. Diese Augenblicke unter Männern.

»Bist du schon beim Bier?«

Atavian setzte sich. Zwei bauchige Tränensäcke zuckten unter seinen Augen, so dass es aussah, als zappele eine Armee von Insekten zwischen Fleisch und Knochen. Er hob einen Arm in Richtung Tresen, während ein Lächeln über Pauls Gesicht huschte.

»Bei der Polizei saufen sie alle. Gerade du solltest das wissen.«

Der Armenier spielte mit dem Armband, einem dicken, aus drei Kabeln geflochtenen Reif. Wie eine klare und deutliche Antwort auf seine Worte tauchte ein Kir vor ihm auf. Mit zusammengepressten Lippen fragte er: »Hast du nicht gerade Urlaub?«

»Nicht wirklich ... Ich habe einen Vertrag mit der Kripo.«

»Der Kripo?«

Der junge Leutnant betrachtete mit ernster Miene seine Fingernägel.

»Mein guter Ruf ...«

»Hör auf mit dem Stuss. Erzähl.«

Paul grinste von einem Ohr zum andern. In wenigen Worten fasste er die Situation zusammen: den Mord an dem Mädchen, Kellals Verschwinden, sein Bündnis mit Kader. Ein Labyrinth, das gegenwärtig nirgendwohin führte.

Er erzählte bis zu dem, was er von Malika erfahren hatte.

Den Oberkörper vorgeneigt, ließ sich Atavian keine Silbe der Geschichte entgehen. Er schüttelte den Kopf, runzelte die Stirn, riss die Augen auf, würzte die Darlegungen mit gepfefferten Flüchen.

»Ich brauche Hilfe«, schloss Cabrera.

»Ich höre.«

»Der Biker. Ich muss ihn identifizieren.«

»Willst du mich auf den Arm nehmen?«

Paul setzte eine beleidigte Miene auf. »Ein bisschen Respekt für deinen Vorgesetzten, Brigadeführer.«

»Scher dich zum Teufel, Leutnant. Du zerrst mich um zwei Uhr mittags an den Füßen aus dem Bett, um mir deinen bekackten Plan unter die Nase zu reiben, um den du dich besser kümmern kannst als ich.«

»Nein.«

»Was nein?«

»Wenn Riad merkt, dass ich hinter ihm her bin, ist alles im Eimer. Ich muss ihn in dem Glauben lassen, dass er eine Länge Vorsprung hat.«

»Kapier ich nicht.«

Paul packte den Tisch mit beiden Händen. Seine Nasenflügel bebten.

»Er hat einen Fisch an der Angel. Nicht den richtigen, aber der große Fang hängt vielleicht hintendran. Es gibt zwei Möglichkeiten. Nummer eins: Die Brüder rennen immer noch dem Verrückten hinterher. Ich verfolge die Spur unauffällig und greife sie mir einen nach dem anderen in dem Augenblick, wo sie ihn hopsnehmen. Nummer zwei: Sie haben ihn bereits geschnappt ...«

»Das ist dann das Ende der Geschichte«, unterbrach ihn Atavian.

»Noch nicht. Wenn es so ist, wie ich annehme, dann werden sie sich alle Zeit der Welt lassen.«

»Ja ... Möglich ... Aber du hast trotzdem ein Problem.«

»Welches?«

»Wie willst du herausfinden, wo sie untergeschlüpft sind?«

Er zuckte mit den Schultern.

»Alles zu seiner Zeit.«

Atavian hielt sich das Glas unter die Nase und schnupperte an der Mischung aus Cassis und Weißwein mit dem gezierten Gehabe eines Önologen.

»Du tätest gut daran, sie schleunigst zu finden, wenn du die einzelnen Teile zusammenbekommen willst.«

»Das ist meine einzige Chance. Kader hat die Kontrolle über die Straße. Wenn ich auch nur einen Schritt mache, wissen sie augenblicklich darüber Bescheid. Sie werden mir keine Gelegenheit geben, ihren Coup zu vereiteln.«

»Lass Vial daran arbeiten. Er ist Spezialist.«

»Die Mannschaft ist noch stärker im Sichtfeld. Wir brauchen ein freies Elektron.«

Der Armenier legte eine Hand auf seinen glatten Schädel.

»Scheiße … Du bist 'ne Nervensäge, Cabrera. Glaubst du etwa, ich habe sonst nichts zu tun? Du hast Urlaub, bei uns sind zwei Jungs außer Gefecht gesetzt. Ich bräuchte einen guten Grund, mir noch mehr Arbeit aufzuhalsen.«

Pauls Gesichtszüge wurden schärfer. Hohe, vorstehende Wangenknochen, die, wie mit dem Skalpell geschnitten, die Wangen überragten.

»Ein Mädchen wurde ermordet, Atavian. Die Tochter eines Bullen. Und dieser Bulle ist mein Freund. Zähl mit. Das macht drei gute Gründe, schleunigst den Arsch hochzukriegen.«

Der Brigadeführer erschauerte. Cabrera ließ ihn nicht aus den Augen. Atavian brummelte noch etwas, der Form halber, dann gab er klein bei.

»Am Ende bist du der Boss. Wenn bei deiner Rückkehr die Kacke am Dampfen ist, dann brauchst du dich nicht zu beschweren.«

»Klar.«

»Wie soll ich vorgehen?«

Paul kippte sein Bier hinunter und listete ihm all die erfreulichen Dinge auf.

»Du machst mir eine Aufstellung aller Spelunken, in denen man Vögeln dieser Art begegnen kann. Clubs, Lokale, Diskos, Bars. Die komplette Liste. Schau auch in den Dateien der Drogenfahnder nach. Der Typ dealt mit Gras und trägt Goldringe. Vielleicht hat er ein Andenken hinterlassen.«

»Bis wann brauchst du das?«

»Du hast eine Stunde Zeit.«

4

Ein offenes Grab.

Drum herum das Säuseln des Grases, das Rauschen der Blätter. Eine undurchdringliche Finsternis verschluckt jedes noch so kleine Stückchen Mond.

Das Feld ist in Rechtecke aufgeteilt. Hier und da ein kaum merkliches Funkeln, ein flüchtiges Glitzern. Pflastersteine aus Marmor teilen den Boden in Quadrate ein. Sie bilden ein perfektes Muster, schnurgerade Linien von militärischer Strenge.

Kein Kreuz.

Kein Grabstein.

Alles vollkommen nüchtern.

Dann, in diesem allzu lastenden Schweigen, ein schabendes Geräusch. Nägel kratzen über Eichenrinde. Dahinter ein Stöhnen, ein von vergeblichen Schluchzern unterbrochenes Flehen.

Paul kniet sich nieder. Er küsst die Medaille, die er um

den Hals hängen hat. Eine stampfende Armee marschiert über seinen Brustkorb hinweg. Gegen seinen Willen beugt sich sein Oberkörper zu dem Loch vor.

Ein blaues Licht erleuchtet den Sarg. Eine winzige Kiste aus lackiertem Holz, mit Eisen beschlagen. In seine Maserung ist eine Kupferplatte genagelt, die Buchstaben sind zum Teil unlesbar.

Die Geräusche werden lauter.

Kratzen… Schläge… Murmeln…

Paul stockt der Atem. Durch die Panik sind all seine Gesten wie in ein Korsett geschnürt. Er nähert den Dolch und setzt die Klinge an.

Das Holz knirscht.

Der Deckel gibt nach.

Plötzlich erstarrt die Zeit, wird konkret, greifbar, als sei auch sie leibhaftig zugegen.

Paul hebt das Holz an. Seine Hände zittern. Er weiß nicht, was er finden wird, was er hier suchen wollte. Sein Gedächtnis erinnert sich daran. Es ist ihm nicht gelungen, es auszulöschen. Seit damals rennt er. Sein Leben ist nur noch eine Flucht. Ein Risiko. Eine Wette gegen den Tod.

Der Körper liegt da. Klein, zerbrechlich. Ein Haufen zappelnden Fleisches, ein dunkles Gewusel.

Alles geht sehr schnell.

Wie jedes Mal packt Paul den Säugling. Wie jedes Mal holt er ihn aus dem Sarg heraus.

Aber dann ist plötzlich etwas anders.

Es ist ein Mädchen.

Er kennt sie nicht, kann sie nicht kennen.

Er kennt nur ihren Namen.

Leïla.

Paul erwachte mit einem Schrei aus diesem Albtraum. Seine Haut war schweißgebadet und eisig kalt. Er ließ ein paar Sekunden verstreichen, gönnte sich eine Ruhepause, um diese Visionen zu verdauen, zu versuchen, sie zu verstehen.

Er hatte diesen Traum seit mindestens sechs Monaten nicht mehr gehabt. Was schon eine unverhoffte Besserung darstellte, die er Meredith zu verdanken hatte, ihrer Begegnung, den Perspektiven, die die Analytikerin ihm eröffnet hatte. Ohne es zu wollen, hatte die Amerikanerin mit den blonden Strähnen ihn von dieser Last befreit.

Cabrera atmete tief ein. Der Mord an Leïla hatte die bösen Geister wieder geweckt. Serge würde ihn immer verfolgen. Dieser Zwilling aus Lehm, eine Totgeburt, nur wenige Minuten älter, auf immer mit seinen Ängsten verwoben.

Paul erhob sich vom Liegestuhl und ging zurück ins Wohnzimmer. Mit seinen Steinmauern und hohen Decken hielt sein Haus in Vauban die Kühle unter der schattigen Wölbung.

Er sah auf die digitale Zeitanzeige der Mikrowelle.

15:07.

Er war zwanzig Minuten eingedöst.

Nach dem Briefing in der Bar des Platanes war er in das Viertel gegangen, in dem Leïla verschwunden war. Aus einem ganz irrationalen Impuls heraus, denn die Gegend war von den Ermittlern der Gendarmerie bereits bis in den hintersten Winkel auf den Kopf gestellt worden. Trotzdem hatte er den Weg noch einmal zurückverfolgt, hatte sämtliche Sträßchen auf der Suche nach einem Zeichen, einer Erleuchtung durchkämmt.

Ohne Erfolg.

Dann war er wieder nach Hause gegangen und hatte, von demselben Impuls getrieben, einen Stapel Zeitschriften durchgeblättert. Er hatte eine alte Nummer von *Wild Motorcycles* ausgegraben, die Zeitschrift über V-Twins, die er vor drei Jahren abonniert hatte. In einem Artikel wurde das System der Hell's in Frankreich aufgedröselt, die in etwa so organisiert waren wie ihre großen amerikanischen Brüder.

Paul hatte die Zeichenkolonnen überflogen, sich eingehend die Fotos angeschaut, auf denen wild dreinschauende Motorradfreaks mit provozierendem Gehabe abgebildet waren. Die grölenden Asphaltrowdys ähnelten einer Horde Wölfe. Sie führten ein Bandenleben, bildeten einen Clan, ließen sich mit Bier voll laufen und fuhren auf Hard Rock ab, mit einer Vorliebe für Heavy Metal. Wenn sie Tod säten, dann ausschließlich zur Verteidigung ihres Territoriums, mit Pumpguns oder Maschinenpistolen.

Cabrera hatte die Hochglanzseiten zerknüllt. In den Artikeln über diese Krieger in lederner Rüstung war nichts, das auch nur annäherungsweise eine Verbindung zum Universum des Mörders ergab. Die klassischen Motive Geld und Profit konnten auch keine ausreichende Erklärung liefern.

Nicht, wenn es um die Folterung eines Mädchens ging.

Paul hatte sich an dieser Idee festgebissen. Die beiden Männer hatten sich schon vorher kennen gelernt. Eine unwahrscheinliche, widernatürliche Begegnung, die sie schon vor dem Mord zusammengeführt haben musste.

Wo? Unter welchen Umständen?

Beim weiteren Nachforschen in dieser Richtung hatte er den Eindruck gehabt, es sei ihm gelungen, zumindest einen Zipfel des Schleiers zu lüften.

Er warf einen Blick auf sein Handy. Keine Nachrichten. Er wählte Atavians Nummer.

»Cabrera. Wie weit bist du?«

Am anderen Ende dröhnte die Bassstimme des Armeniers.

»Ich hab ihn. Dein Typ heißt Marius Ferraci... achtundzwanzig Jahre alt, braunes Haar... Einen Meter neunzig bei siebzig Kilo. Mitglied im Club der Bandidos. Besonderes Merkmal: Goldplättchen an den Fingern.«

»Plättchen? Sind es keine Ringe?«

»Nicht wirklich. Eher so was wie Zylinder, die millimetergenau jedem einzelnen Gelenk angepasst sind, um die Bewegungsfreiheit der Finger zu ermöglichen. In der Akte gibt es ein Foto. Mit ausgestreckten Händen sieht es so aus, als hätte der Typ sich Prothesen aus massivem Gold anfertigen lassen.«

Paul stieß einen bewundernden Pfiff aus.

»Wunderbar... Wo hast du das her?«

»Er ist in der Kartei der Drogenfahnder. Erste vorläufige Festnahme im Jahr 1993, da war er gerade volljährig geworden. Aufgrund des Besitzes und Konsums von Heroin. Von da an geht das nonstop so weiter. Die Drogenkarriere dürfte schon vorher begonnen haben, aber die Minderjährigenakten sind gelöscht.«

»Ein Junkie?«

»Bis auf die Knochen.«

Paul dachte darüber nach, was er von der neuen Erkenntnis halten sollte. Er wusste, dass Biker nicht gerade zimperlich waren, wenn es darum ging, sich voll zu dröhnen. Aber es kam trotzdem selten vor, dass sie so tief in den Schlamassel hineingerieten. Er ermunterte Atavian dazu weiter zu reden.

»Was noch?«

»Eine seltsame Sache. Seine Akte ist gesperrt.«

»Ein Polizeispitzel?«

»Vielleicht… Aber dann ein Kaiser. Die Zugriffserlaubnis liegt bei Stufe V.«

»Das heißt?«

»Er ist den Zentraldirektionen vorbehalten.«

Paul verzog das Gesicht. Das Organigramm des Hauses war nicht seine Hauptsorge. Ihm war vor allem eines klar geworden. Wie auch immer der Fall geartet war, dieser Dreckskerl stand unter Beobachtung, genoss den Schutz der Polizei.

Diese Tatsache würde Riad sicherlich hemmen. Sie würde ihn auch verletzlicher machen.

»Wie bist du an diese Infos rangekommen?«

Der Armenier lachte hämisch auf, ein schrilles Geräusch, wie von einem schlecht geölten Scharnier.

»Was geht dich das an. Das ist mein Betriebsgeheimnis.«

Was dieses Kapitel anging, ließ Paul die Sache auf sich beruhen. Er kannte die Methoden des Armeniers, seine nützlichen Beziehungen, er kannte immer Leute, die ihm was schuldig waren. Atavian war aktives Mitglied beim SGP-FO, der größten Gewerkschaft in der Berufssparte, allmächtig gegenüber der Hierarchie.

»Hast du eine Idee, wo wir ihn uns schnappen könnten?«

»In der Akte wird eine Adresse erwähnt. Warte mal…«

Knistern von Papier.

»Boulevard Chave Nummer 56.«

Paul schüttelte den Kopf. So ein Drogenfuzzi wechselte oft die Bude, vor allem, wenn sein Konterfei in der Visagensammlung der Polizei vertreten war. Er fragte dennoch: »Schau trotzdem nach. Und sonst?«

»Ich hab drei Bars ausfindig gemacht, in denen diese Spinner sich treffen. Zwei in Marseille, eine in Aix. Es gibt auch ein paar Clubs, die nach dem Gesetz von 1901 als Verein geführt werden.«

»Hast du sie miteinander verglichen?«

»Ich fahre gerade die Ernte ein.«

Der Piepston eines hereinkommenden Anrufs unterstrich Atavians Worte. Paul sah auf das Display seines Handys. Die Nummer der Brigade blinkte ständig. Er würgte den Brigadier ab: »Mach schnell, altes Haus. Fang mit den Clubs an, die Bars öffnen wahrscheinlich erst später. Wir bleiben in Verbindung.«

Ohne seine Kommentare abzuwarten, schaltete Paul auf die andere Leitung um.

»Cabrera.«

Die Stimme des Kommissars erklang im Apparat.

»Wir haben die Zigeuner gefunden.«

»Was?«

»Im Gemeindebezirk Mazargues. Beeilt euch. Der Einsatz beginnt in dreißig Minuten.«

5

Er hatte dreißig Minuten Zeit.

Jede Entscheidung musste sitzen. Ein Fehler, ein Ausrutscher, und die Sache war aus und vorbei. Die Folgen eines solchen Ausgangs mochte er sich gar nicht erst vorstellen.

Philippe zog den Kittel an. Er war ein bisschen zu eng für seine ein Meter neunzig, spannte über dem Brustkorb und nahm ihm die Bewegungsfreiheit. Er streckte die Arme aus, beugte sie und versuchte, die Fasern ein bisschen zu dehnen.

Ein Krachen in seinem Rücken unterrichtete ihn, dass auch Acryl so seine Grenzen hatte.

Mit hochrotem Kopf drehte er den Zündschlüssel um. Wie ein Leguan glitt der Krankenwagen in den Strom.

Die Idee einer Entführung am helllichten Tag war ihm so nach und nach gekommen. Wie üblich hatte Karl ihm eine Akte zur Verfügung gestellt. Mit dem Teleobjektiv geschossene Aufnahmen, Pläne, Notizen, das Wesentliche des Alltags, in wenigen starken Bildern zusammengefasst. Was die Herangehensweise anging, so hatte Philippe völlig freie Hand. Er musste den Jungen nur vor Mitternacht zurückbringen.

Als Erstes hatte er einen Krankenwagen gestohlen, einen nagelneuen Audi Kombi, den man in zweiter Reihe vor dem Hospital von Camas geparkt hatte. Der Zufall wollte es, dass ein Kittel mit dem Abzeichen der Privatorganisation »La Pastorale«, der das Fahrzeug gehörte, zusammen mit anderen Ausweisen auf dem Beifahrersitz herumlag.

Anschließend hatte er die Mutter des Jungen angerufen, um ihr Bescheid zu geben, dass er gegen siebzehn Uhr vorbeikommen würde, das heißt eine Viertelstunde früher als gewöhnlich. Die Frau hatte sich nicht gewundert. Weder über die Tatsache, dass ein neuer Pfleger ihren Sohn mitnahm, noch darüber, dass die Behandlungszeit etwas vorverlegt worden war. Mit der Behandlung ging es seit sechs Monaten nicht voran, die Versicherung übernahm alle Kosten, zwei gute Gründe, um in ihrer Wachsamkeit nachzulassen.

Philippe hatte aus der Akte entnommen, dass Thibaud Martial fünfmal die Woche in die Klinik Saint-Martin gebracht wurde. Krankengymnastik, Bewegungstherapie im Schwimmbad, der Junge musste Höllenqualen leiden, um seine Behinderung in den Griff zu bekommen. Eine lange Prozedur in einer Spezialeinrichtung, die sich damit brüstete, Tote wieder zum Leben zu erwecken. Und nach seinem Sturz vom Dach und dem Wirbelsäulenbruch hatte man ihn fast schon für einen solchen gehalten.

Philippe fuhr jetzt die Avenue Saint-Barnabé hinauf, eine betagte, elegante Dame, ein wenig spießig wegen des diskreten Charmes ihrer schattigen Parks. In unmittelbarer Umgebung spuckten die Schulen ihren Strom wilden Lebens aus, eine wogende Flut, die bis zur Straße wallte.

Der Verkehr stockte.

Überall spielten Kinder unter großem Gebrüll Fangen. Sie schlängelten sich zwischen den Autos hindurch, unbesiegbar, und hieben zum Zeichen des Triumphes mit den Fäusten auf die Kühlerhauben.

Philippe konnte sich ein Lächeln nicht verkneifen. Auch für ihn hatte das Ende des Schuljahres einen Hauch von Abenteuer verströmt.

Er sah sich den Plan an. Die Rue des Caillols müsste rechts kommen. Eine Sackgasse, die vom Boulevard des Alpes umschlossen wurde.

Noch zweihundert Meter.

In dem Tempo würde er zu spät kommen.

Er schaute sich die Knöpfe auf dem Armaturenbrett an.

Ein Knopfdruck. Eine rote Lampe. Die Sirene ging los.

Philippe spürte, wie sein Puls schneller ging. Er näherte sich dem Ziel und bereitete sich auf seine Aufgabe vor. Ein nichts sagendes Gesicht, eher freundlich, aber nicht übertrieben freundlich. Genaue, professionelle Handgriffe. Wenige Worte. So wenige wie möglich.

Er parkte vor der Nummer 114. Ein kleines Häuschen, zwei Stockwerke hoch, efeuumrankt. Kein Garten. Der Eingang führte zur Straße, drei Treppen schufen eine zweite Ebene auf Höhe des Erdgeschosses.

Unmöglich, die Trage durch dieses Mauseloch zu bugsieren.

Philippe checkte die Umgebung ab. Ein paar parkende Autos. Niemand. Eine betäubende Stille folgte dem lärmenden Gewusel der vorangegangenen Minuten.

Ohne abzuwarten öffnete er die Tür und sprang auf den Gehsteig. Die Hitze des späten Nachmittags machte sich in seinem Hals breit, als habe er einen Schwall Propangas geschluckt.

Er ging um den Krankenwagen herum und öffnete die hintere Klappe. Auf einer Gleitschiene war linker Hand eine Metallliege angebracht. Rechter Hand ein Schalensitz, Decken, eine Sauerstoffflasche mit Inhalator. Ein Notfallkoffer vervollständigte die Ausstattung.

Er entriegelte die Liege und ließ sie herausgleiten. Zwei Gestelle klappten wie Insektenbeine unter der Liege auf. Er wischte sich die Stirn und schob die Trage vor sich her. Seine Bewegungen griffen ineinander, langsam, methodisch. In drei langen Sätzen war er vor der Tür.

Er drückte auf einen Messingknopf, der zwischen zwei Efeublättern verborgen war. Noch in derselben Sekunde gab es ein Krachen wie von einem Feuerwerkskörper. Der Türflügel öffnete sich. Philippe stieg die Treppenstufen hoch und ließ die Tragbahre hinter sich stehen.

Drinnen: hohe Decken, Zierleisten, ein Kristalllüster, lackierte Möbel. Ein luxuriöser Rahmen, wie er in der Gegend zu erwarten war. Aber es gab noch etwas anderes, das den Ort vom Rest unterschied. Das Haus glich einem Gewächshaus. Pflanzen aller Art eroberten den Raum, ausschließlich Grünpflanzen, welche die Wände überwucherten wie ein Urwaldgürtel. Lange gewölbte Blätter, fein gefurcht, dünne Blattstiele, jede Blattform schien danach ausgewählt worden zu sein, das Ganze in eine lebende Freske zu verwandeln.

Im ersten Stock wurde eine weibliche, aggressive Stimme laut.

»Beeilen Sie sich! Ich muss in fünf Minuten los.«

Philippe ging seinem Gehör nach. Eine kochend heiße Flüssigkeit floss durch seine Adern, Hammerschläge pulsten in seinen Trommelfellen.

Er gelangte auf einen Treppenabsatz. Afrikanische Masken starrten einander an wie Porzellanhunde, die Augenhöhlen leer, wie Blicke von Leichen.

Weiter hinten eine angelehnte Tür.

Er lief über einen dicken Teppich, vorbei an Vasen, die unmittelbar auf dem Boden standen. Blumen überall. Fuchsien, rot, gelb, ein zauberhaftes Schauspiel aus warmen Farben, betörende Düfte. Seine Nasenflügel weiteten sich. Hinter diesem süßlichen Schleier nahm er den eigentlichen Grund wahr, weswegen dieser Sinneszauber veranstaltet wurde.

Einen etwas eisigeren Geruch.

Den nach Antiseptika, nach Krankheit, nach langsamem Tod.

Er atmete möglichst wenig, als er das Zimmer betrat.

Eine Frau stand neben einem Bett, einem blauen, mit Micky-Maus-Friesen verzierten Bettverschlag aus Holz. Sie beugte den Oberkörper vor und murmelte etwas.

Von hinten schätzte er sie so auf die dreißig. Als sie sich umdrehte, sah Philippe tief gefurchte Wangen, geschwollene Augen, einen schlaffen Mund. Das Gesicht einer Säuferin, von Angst und Alkohol entstellt.

»Passen Sie auf beim Runtertragen. Am rechten Oberschenkel bekommt er langsam einen Dekubitus.«

Philippe nickte.

Die Mutter eilte bereits in den Gang hinaus und rief ihm zu: »Sie können ihn gleich im Anschluss wieder herbringen. Ich bin dann zurück. Und ziehen Sie gut die Tür hinter sich zu, wenn Sie gehen.«

Der Pfleger blinzelte mit abwesender Miene.

Er hörte nichts mehr.

Er betrachtete seine Beute.

Der Junge lag auf dem Rücken, ein Knochenhaufen mit kohlrabenschwarzen Schatten unter den Augen. Seine Pupillen starrten einen imaginären Punkt an, zwei allzu starre Kugeln, in denen zu lesen war, dass er aufgegeben, resigniert hatte.

Philippe trat näher. Er schob seine Arme unter Thibauds Schultern hindurch. Ein übler Verwesungsgeruch kroch ihm in die Nase, so dass er unwillkürlich zusammenzuckte. Bei sich zersetzendem Fleisch erstarrte er zu Eis. Es weckte eine dumpfe, unerklärliche Angst in ihm. Wie ein Gespensterschiff, das durch seine Erinnerung segelte.

Der Junge ließ ihn gewähren. Er wog kaum mehr als ein Stapel Decken. Als er ihn auf die Trage legte, dachte Philippe an Karl.

Was wollte er denn mit dem anstellen?

Was konnte er von ihm erhoffen?

Ein Schauder lief ihm über den Rücken. Der Wahnsinn seines Partners hatte noch ein Stück zugenommen. Er hatte das Gefühl, er betrachte einen Quasar, ein schwarzes Loch des Grauens, in dem sich sein Verstand auflöste.

Das, was noch davon übrig war.

SIEBTER TEIL

1

Im Morgengrauen desselben Tages begann Riad mit der Durchführung seines Schlachtplans.

Im Dunkel der Straßen war sein Bruder ein großer Trumpf gewesen. Jetzt, da sie der eiskalten Beleuchtung einer Behörde ausgesetzt waren, würde das Aussehen des Bankräubers sie bei ihrem Vorhaben behindern.

Nach dem Bahnhof hatten sie sich getrennt. Kellal fuhr los, um mit seiner Ermittlung weiterzumachen, Kader kümmerte sich um den Hell's. Diese Rollenverteilung überraschte nicht weiter, sie entsprach vollkommen ihren jeweiligen Fähigkeiten.

Riad fuhr durch das Tor von Aix und dann rauf auf die Autobahn. Laut der Hinweisschilder waren es noch dreihundertsieben Kilometer bis Lyon. Auf seiner Uhr an Bord war es sechs Uhr fünfundvierzig.

In weniger als drei Stunden würde er die Rhône entlangfahren.

Riad schnallte sich an. In dem grellen Licht kündigte sich bereits an, dass es einen Wahnsinnsverkehr geben würde, Autofahrer unter Zeitdruck, das Gesicht noch vom Schlaf zerknittert.

Er blinkte, wandte den Kopf und zog rüber auf die Mittelspur. Hundertdreißig. Und keinen Deut schneller. Der Laguna, den Kader ihm geliehen hatte, würde nicht auffallen. Falls er die Geschwindigkeitsbegrenzungen beachtete.

Im Morgengrauen lag die Wahrscheinlichkeit einer Straßenkontrolle vom Typ Überfallkommando nahezu bei null. Was die Wahrscheinlichkeit einer Großfahndung anging, so erschien sie ihm noch geringer.

Vial hatte Cabrera auf seine Fersen gehetzt und damit bewiesen, dass er den Fall unter Verschluss halten wollte.

Noch.

In gewisser Weise war Kellal froh darüber. Andererseits machte das alles noch komplizierter. Zunächst einmal, weil er Pauls Unberechenbarkeit fürchtete. Vor allem aber, weil der Polyp aus der Motorradtruppe der Brigade sein Freund war.

Riad lehnte den Nacken an die Kopfstütze. Wie weit war Cabrera gekommen? Auf welche Fährte war er gestoßen? Was hatte er entdeckt? Auf all diese Fragen gab es nur eine Antwort: Es war besser für sie beide, wenn sein Kumpel auch in Zukunft hinterherhinken würde.

Er drückte auf den Tasten einer Radiobedienung herum, die in das Steuer eingelassen war. Die Stimme eines Marktschreiers ertönte im Wagen, aufgeladen mit einer künstlichen Energie, einer käuflichen guten Laune. Er zappte zwei oder drei Kanäle weiter, bis er bei France Info landete. Vorsätzlich gelegte Brände im Südosten, Streikaufrufe beim öffentlichen Dienst, Referendum in Korsika, die beginnenden Hundstage schienen alle Leute ganz kirre zu machen.

Kellal hörte ohne große Begeisterung und mit halbem Ohr hin. Das turbulente Weltgeschehen ließ ihn kalt. Er wartete nur darauf, dass man von Leïla sprach, von der Ermittlung, von seiner Flucht.

Das Radio schwieg sich aus.

Der Mord an dem Mädchen interessierte niemanden mehr, ihr Ausbüxen war stillschweigend übergangen worden.

Und dennoch …

Der Schmerz eines Vaters, die Integrationsschwierigkeiten eines Polizisten aus dem Maghreb, der private Rachefeldzug – das Thema hätte eigentlich voll einschlagen müssen.

Ein Lächeln huschte über Riads Gesicht. Vial hielt die Stellung. Er schützte seine Ermittlung besser als ein Zerberus. Eine Woche schon, und nichts war durchgesickert.

Es war offensichtlich, dass da im Geheimen eine Jagd im Gange war. *Mano a mano*. Bulle gegen Bulle. Die Stunde der Wagemutigen.

Er schaltete das Radio ab und zog Bilanz.

Seit seinem Abgang hatte eine Überraschung die andere abgelöst. Die Kids, allen voran seine Tochter, versteckten explosive Geheimnisse in ihren Schulranzen. Drogen, Sex, eine Welt, die eigentlich den Erwachsenen vorbehalten war.

Der Mörder hatte sich diese Schwäche zunutze gemacht. Er hatte sich an den Junkie herangemacht, da er sicher sein konnte, in seinem Schlepptau auf die perfekte Beute zu stoßen. Kinder, die sich unwohl fühlten in ihrer Haut, die nachts in verlassenen Vierteln umherirrten, allein, zerbrechlich, wehrlos. Der Verrückte dürfte ihnen schon eine ganze Weile auf der Spur sein, ihr Kommen und Gehen erforschen, die günstige Gelegenheit, den rechten Augenblick abwarten.

Das Schicksal hatte sich sein Mädchen ausgesucht. Hatte sie auf absurde Weise aus einem Haufen von Dominosteinen herausgefischt und bei ihm eine Lawine an Gewissensbissen ausgelöst. Seine Tochter war aus der Bahn geraten. Er hatte nichts gesehen, nichts begriffen.

Nichts getan.

Tränen verschleierten seinen Blick. Die Straße war so leer wie die Welt ohne seine Tochter. Eine Asphaltschlange, kalt, fern, die seine Zweifel endlos weiterspulte.

Allmählich bekam Riad sich wieder in den Griff. Unter dem Schmerzpanzer begann sich die Wut zu regen. Er spürte, wie sie in ihm aufstieg, größer wurde, sich in kalten Hass verwandelte.

Der Strom in seiner Seele versiegte.

Er spannte die Muskeln an und ließ sein Gehirn wieder die Leitung übernehmen.

Der Junkie hatte die Ermittlung wieder in Gang gebracht. Riad hatte nun eine Beschreibung der Körpermerkmale des Mörders in der Hand sowie ein *curriculum vitae*. Einen amtlichen Irren, dessen Wahnsinn analysiert worden war. Wahrscheinlich hochintelligent. Horden von Psychologen hatten sich über seinen Fall gebeugt, hatten seine Gefährlichkeit eingestuft, ihn in eine Schublade gesteckt.

Und aus der hätte er nie wieder herauskommen dürfen.

Wieder blinkte diese Frage auf.

Was machte er draußen?

Ein gellender Pfeifton brachte ihm die Antwort. Auf der rechten Seite des Armaturenbretts leuchtete ein rotes Kontrolllämpchen auf. Ihm ging das Benzin aus. Riad biss die Zähne zusammen. Der Wagen fuhr jetzt über einen freien Platz, der ein paar hundert Meter weiter von einem Gürtel orangefarbener Schilderhäuschen begrenzt wurde.

Er nahm das Ticket und fuhr langsam weiter. Die Gebührenzahlstelle von Lançon verschwand allmählich aus dem Rückfenster. Schon sehr bald zeigte ihm ein Schild an, dass bald eine Tankstelle kam, in dreiundzwanzig Kilometern. Er könnte voll tanken und einen Kaffee trinken. Sechsunddreißig Stunden ohne Schlaf, da musste er sich dringend ein wenig aufpäppeln.

Vor allem angesichts dessen, was ihn erwartete.

2

Les Glycines hatte nichts von einer Irrenanstalt.

Zumindest nicht von außen betrachtet.

Die psychiatrische Klinik, versteckt in einem schattigen Park gelegen, erinnerte eher an ein Kurheim, einen Erholungsort für lebensmüde Depressive.

Riad hatte den Ort völlig mühelos gefunden. In Collonges-au-Mont-d'or, der Nachbargemeinde von Lyon, kannten alle das »Schloss«. Ein ehemaliges Jagdrevier, das der Staat zurückgekauft hatte, um dort eine Forensische Abteilung einzurichten, in der die ganz schwierigen Patienten untergebracht wurden. An die zwanzig Betten für unheilbare Erkrankungen, die mit extremer Gewaltbereitschaft einhergingen.

Das Feinste vom Feinen in der Welt des Schwachsinns.

Da das Gebäude für seine ursprüngliche Bestimmung zu groß war, wurde in einem Flügel auch ein Zentrum für Entziehungskuren untergebracht, das dem Justizministerium unterstellt war.

Der Laguna fuhr durch das schmiedeeiserne Tor. Kellal wunderte sich, dass es keine Zäune gab, keine Wächter und keinerlei Videoüberwachungsanlagen.

Sehr schnell wurde seine Aufmerksamkeit von einer Märchenlandschaft aus Pflanzen gefangen genommen. Schnurgerade Alleen verliefen unter einer Reihe hoher Bäume, gesäumt von Blumenbeeten in jungfräulichem Weiß. Schachbrettartig angelegte, frisch gemähte Wiesen räkelten sich im Duft von Humus. Darüber streckten Eichen mit seidigem Geraschel ihr Astgewirr aus.

Er fuhr mehrere hundert Meter, ohne einer Menschenseele zu begegnen. Der Ort wirkte auf ihn wie eine Enklave, wie ein zeitloses Theater, versunken in Andacht und Meditation. Er dachte auch an die Nähe der Wohnviertel, an die Villen, Millionen von Euros schwer, hinter Steinmauern verschanzt, an die wohlhabenden Leute, die völlig unbekümmert Tür an Tür mit den unkontrollierbarsten Geschöpfen der Menschheit lebten.

Die einzelnen Gebäudeteile tauchten hinter einer Zypressenhecke auf. Ein Zentralbau, eine imposante Masse aus Quadersteinen, mit Frontgiebeln geschmückt und mit Nischen versehen. Die Seitenflügel waren wahrscheinlich ehemalige Ställe. Etwas weiter abseits, wie ein Anachronismus, eine Asphaltpfütze, auf der Autos aufgereiht standen.

Riad parkte unter einer Weide. Er steuerte das Hauptgebäude an. An der Pforte hing eine einfache Tafel aus Plexiglas, die auf die eigentliche Bestimmung des Ortes hinwies:

CENTRE DE SOINS DES GLYCINES
PSYCHIATRISCHER DIENST
DOCTEUR NICOLET

Riad klingelte. Augenblicklich schaltete sich eine Kamera ein. Er hielt seinen Dienstausweis vor das Kameraauge. Niemand war über seinen Ausflug unterrichtet. Da konnte er sich diesen Vorteil auch zunutze machen.

Das Schloss ließ ein kurzes Knacken vernehmen. Er ging durch die Tür.

Wechsel des Farbtons.

Weiß getünchte Wände, Neonlicht. Die Atmosphäre eines Irrenhauses in ihrer ganzen Pracht und Herrlichkeit. Ein Wärter mit einem Gesicht wie ein Holzklotz bat ihn zunächst darum, sich in eine Liste einzutragen. Nachdem er sich vergewissert hatte, dass diese Formalität erfüllt war, hörte sich der Mann mit blasierter Miene seine Erklärungen an. Er griff zum Telefon und bat ihn zu warten.

Riad nickte. Er lief ein paar Schritte durch die Halle und sah sich ein wenig um. Eine Sache fiel ihm besonders auf. Alles war glatt. Der Boden, die Wände, die Decke, keinerlei Unebenheit. Die Lampen waren eingebaut, die Türen Schiebetüren. Kein Türgriff, kein Möbelstück. Nichts, womit die Gewalttäter, die hier unter diesem Edelstahlmantel versammelt waren, irgendetwas hätten anstellen können.

Plötzlich hörte er ein fernes Geräusch, das ihm durch Mark und Bein ging. Es klang wie der Schrei eines Nachtvogels. Ein anderer antwortete ihm als Echo. Näher diesmal.

Der Polizist fühlte sich mit einem Mal so unwohl, dass er fast die Kontrolle verlor. Er sah zu dem Wächter hinüber. Der Mann las weiter ungerührt seine Zeitung.

Ein Signalton holte Riad in die Realität zurück. In der Halle blinkte eine rote Lampe.

Das Klicken eines elektronisch gesteuerten Riegels.

Hinten im Raum glitt eine Tür auf.

Ein Gnom in cremefarbenem Anzug und mit roter Krawatte kam hereinspaziert. Unter dem feinen Leinenstoff konnte man die spitzen Knochen seines Skeletts erkennen. Sein pechschwarzes Haar fiel bis auf die Schultern herab und war mit einem Fön noch mehr aufgebauscht worden. Er wirkte auf Riad wie ein Marquis, unversehens einer historischen Rekonstruktion entsprungen.

»Ich bin Doktor Nicolet. Sie wollten mich sprechen?«

Der Mann hatte mit affektierter Stimme gesprochen. Seine Augen wirkten wie schwarze Löcher, die die Seele seines Gesprächspartners in ihre Tiefen hinabzogen.

Riad zeigte ihm seine Karte und rang sich ein Lächeln ab.

»Polizeileutnant Riad Kellal. Regionalabteilung der Kripo Marseille.«

»Marseille? Dann fällt das hier nicht in Ihren Zuständigkeitsbereich.«

»Genau. Ist das für Sie ein Problem?«

Der Mediziner zuckte zusammen, als habe ihm ein elektrischer Schlag eine gewischt.

»Nein ... Das heißt ... nicht *a priori*.«

»Bestens. Ich brauche Einblick in eine Akte.«

Der Psychiater verzog verächtlich das Gesicht. »Sie kennen die spezifische Besonderheit unserer Klinik?«

»Ist mir bekannt.«

Der Mann strich seine Fönfrisur glatt. Er fragte mit einem schrägen Blick von der Seite: »Darf ich Sie fragen, mit welcher Art von Ermittlung Sie betraut sind, Leutnant?«

Riad spürte, dass jetzt der Punkt kam, an dem geblockt wurde. Der Typ wusste genau, wie er es anstellen musste. Es war ihm nicht unbekannt, dass es eines Rechtshilfeersuchens bedurfte, um die ärztliche Schweigepflicht aufzuheben. Kellal setzte eine verzweifelte Miene auf und versuchte es mit einem Bluff.

»Eine kriminalpolizeiliche. Falls Sie den Stempel der Dienstanweisung sehen wollen, geben Sie mir Ihre Fax-Nummer. Aber beeilen Sie sich, ich habe nicht den ganzen Tag Zeit.«

Nicolet musterte den Bullen abschätzig. Ein grob geschnittenes Gesicht, böse Augen. Er trat den Rückzug an.

»Das wird nicht nötig sein. Was auch immer geschieht, unsere Patienten werden sich bestimmt nicht beschweren kommen.« Er unterbrach sich kurz, gab dem Wärter ein Zeichen und sagte dann selbstbewusst: »Folgen Sie mir. In den ersten Stock.«

Ein Metallgeräusch. Hinter ihm ging die Türverriegelung wieder zu.

Sie liefen durch einen Gang ohne Tür und Fenster. Ihre Schritte quietschten auf dem Linoleum. Am Ende eine Eingangschleuse, abgetrennt durch eine durchsichtige Wand. Nach Riads Einschätzung war sie etwa zehn Zentimeter dick. Sie ließ sich über eine digitale Tastatur öffnen.

»Feuersicheres Plastik«, bemerkte der Psychiater. »Ein unzerbrechliches und ungefährliches Polymer. In diesem Teil der Klinik wird auf die Sicherheitsvorkehrungen größter Wert gelegt.«

Der Bulle stellte sich dicht vor die Scheidewand. Dahinter lag ein Rundbau, der in seinem Zentrum von einem hermetisch geschlossenen Häuschen beherrscht wurde. Rundum Türen mit Außenverriegelung, die mit einem Spion versehen waren. Ein Mann im weißen Kittel und mit dem Körperbau eines Catchers ging von einer Tür zur nächsten und schrieb Notizen in eine Kladde mit festem Einband.

Ein Schrei zerriss die Stille. Riad spürte, wie sein Nacken ganz steif wurde. Nicolet lächelte amüsiert.

»Machen Sie sich keine Sorgen. Am Morgen sind unsere Insassen recht ruhig. Zu Zwischenfällen kommt es eher in den frühen Abendstunden.«

»Was wollen Sie damit sagen?«

»Angriffe auf das Personal, Selbstverstümmelungen, Selbstmordversuche, so was kommt ständig vor. Ich habe mal gesehen, wie einer seine Zunge geschluckt und in fünf Minuten sein ganzes Blut verloren hat.«

Ein Schrei unterstrich die Worte des Psychiaters. Riad verscheuchte die Bilder, die auf ihn einstürmten.

»Warum schreien sie?«

Jetzt zeigte sich erstmalig Mitgefühl auf dem Gesicht des Psychiaters.

»Letztlich wissen wir es nicht. Die meisten von ihnen leiden an einer Verlustpsychose. Am Nichts. Sie leben in einer albtraumhaften Welt voller Wahnvorstellungen, Schuldattacken und Leid. Sie werden von ihren Trieben wie mit Schürhaken gequält. Die Schwere ihrer Erkrankung lässt sich weder in Zahlen noch in Worte fassen. Wir versuchen lediglich, sie zu begleiten.«

Für Riad war es so, als werde ihm der Schädel geöffnet. Das Grauen des Wahnsinns schien unmittelbar in ihn einzudringen. Eine negative, konkrete Energie, die in den flehenden Schreien der Verzweiflung Gestalt annahm. Ein Punkt, an dem es kein Zurück mehr gab, an dem das Bewusstsein sich auflöste. Der Kerl, der seine Tochter verstümmelt hatte, war in diesen Abgrund hinabgetaucht.

Er kam ihm plötzlich viel wirklicher vor.

Schrecklicher.

Ein Aufzug öffnete seine beiden Türen. Sie fuhren in den ersten Stock und nahmen in Nicolets Büro Platz.

Im Verwaltungsteil seiner Anstalt hatte der Arzt den Baustil des achtzehnten Jahrhunderts beibehalten können. Freskengeschmückte Decken – Jagdszenen, Edelmänner und Edeldamen beim Blindekuhspielen –, Holztäfelungen, Parkettböden aus Akazienholz. Gewaltige rechteckige Fenster warfen große helle Flecken ins Zimmer.

Er setzte sich hinter einen mit Intarsien verzierten Schreibtisch und legte die Hände vor den Lippen aufeinander. Ein Provinzadliger, der seinem Volk eine Audienz gewährt.

»Worum geht es?«

Riad setzte sich vor den Arzt in einen Sessel, dessen Lehne mit Samt bezogen war.

»Um Brad Pitt.«

»Ich fürchte, ich verstehe Sie nicht.«

»Ich bin mir sicher, Sie verstehen mich sehr wohl. Letztes Jahr wurde ein Verrückter bei Ihnen eingeliefert. Ein Kerl um die dreißig, der aussah wie ein Engel. Die Leute von der Suchtabteilung hatten ihm diesen Spitznamen gegeben.«

Der Psychiater spielte mit einem Briefbeschwerer herum. Bemessene Gesten, überaus schlanke Hände. Er nahm sich Zeit, bevor er sich dazu äußerte.

»Unsere Anstalt ist eine Abteilung für chronisch Kranke. ›Verrückte‹, wie Sie sagen, bekommen wir das ganze Jahr über, sie werden in Gummizellen unter Verschluss gehalten. Darüber hinaus bekommen wir vom Justizministerium etwa zehn Fälle zur gutachterlichen Beurteilung geschickt. Sie müssen mir schon ein bisschen mehr verraten.«

Riad spürte, wie er vor lauter Wut einen Kloß in den Hals bekam. Er mochte diesen Typ nicht, sein selbstgefälliges Auftreten, sein Gehabe eines falschen Adligen. Er zwang sich, auf dem Teppich zu bleiben.

»Ich habe keinen blassen Schimmer, wie er heißt oder was er hier verloren hatte. Ich weiß nur, dass er eine Sonderbehandlung genoss. Einzelhaft, Zwangsjacke, Leibwächter. Er ist nur ein paar Tage geblieben. Sie haben ihn Musik anhören lassen. Oder er hat darum gebeten. Bei dieser Gelegenheit ist er den Suchtpatienten begegnet.«

»Tut mir Leid, das sagt mir nichts.«

Kellal glaubte in seiner Stimme ein leichtes Vibrato wahrzunehmen, die Forderung nach widerspruchsloser Zustimmung. Weshalb?

Er bohrte weiter.

»Dieser Kerl war etwas ganz Besonderes. Sie können ihn unmöglich vergessen haben.«

»Sagt mir nichts. Wirklich nicht. Außerdem bewahren wir die Akten der externen Fälle nicht auf. Sie verlassen mit ihnen das Haus.«

Riad flocht seine Finger ineinander, drückte sie zusammen. Dann stand er auf und ging zum Fenster. Der Park schien hin und her zu wanken, wie ein unbekanntes Gestade, das man von einer Schiffsbrücke aus betrachtet.

Er schloss die Lider. Der Psychiater würde ihm nicht helfen. Wollte ihm nicht helfen. Riad spürte einen passiven Widerstand, über dessen Motive er sich nicht im Klaren war.

Die Anspannung in seinen Muskeln löste sich. Wozu weitermachen? Die Ermittlung war in eine Sackgasse geraten. Er fühlte sich leer, schmutzig, am Boden zerstört.

Ein Mann überquerte die Eingangstreppe, um zum Parkplatz zu gelangen. Weißer Kittel, gebaut wie ein Eisschrank. Als er um sein Auto herumging, glaubte Riad den Schatten eines Bartes zu erkennen.

Das Geständnis des Junkies schoss ihm durch den Kopf.

»Haben Sie einen Pfleger namens Pierre?«

Der Arzt lächelte erstaunt.

»Pierre?«

»Ein rüder Kerl mit Walrossschnauzer.«

Zögern. Blinzeln.

»Sie meinen wahrscheinlich Pierre Lanteau?«

»Vielleicht. Ich kenne seinen vollen Namen nicht.«

»Was wollen Sie von ihm?«

»Ist er zu sprechen?«

»Keine Ahnung. Warten Sie …«

Nicolet nahm einen rot lackierten Hörer ab. Riad setzte sich, während der Arzt Erkundigungen einzog. Nach weniger als zehn Sekunden kam die Antwort: »Er hat heute frei. Kommen Sie morgen wieder, ich gebe ihm Bescheid.«

Kellal hatte keine Zeit zu warten. Er forderte: »Geben Sie mir seine Daten. Adresse und Telefon. Ich komme schon klar.«

3

Laut Aussage des Psychiaters wohnte Lanteau in der Altstadt von Lyon.

Ein Stück Vergangenheit, hingekauert zwischen den Fourvière-Hügel und eine Biegung der Saône.

Während der Fahrt telefonierte Riad. Nicolet hatte ihm eine Festnetznummer gegeben, das war alles, was er besaß.

Die erste Überraschung war, dass es unter dieser Nummer keinen Anschluss gab. Er wählte sie noch einmal und konzentrierte sich auf die winzigen Tasten des Handys, das Kader ihm gegeben hatte.

Zwei Versuche.

Immer dieselbe Leier.

Plötzlich überkam ihn der Gedanke, der Psychiater könne ihn in die Irre geleitet haben. Er verwarf ihn sogleich wieder.

Warum hätte dieser kleine Marquis einen Bullen belügen sollen?

Riad versuchte eine vernünftigere Erklärung zu finden. Der Pfleger hatte seine Rechnung nicht bezahlt, die Nummer hatte sich geändert, ohne dass man dies der Anstalt mitgeteilt hatte.

Kellal entschied sich für einen Überraschungsbesuch.

Ab der Insel Barbe fuhr er die Saône entlang Richtung

Süden. Die von der lauen Juniluft umschmeichelten Ufer erinnerten an die Gemälde von Monet. Unter Schatten verborgen sah Riad Gartenlauben, zerzauste Blumenenklaven, wie die Verheißung eines sorglosen Glücks. Der Duft von feuchtem Gras lag in der Luft.

Nach und nach tauchte die Stadt auf. Fassaden in Ocker, Rosa und Gelb, durchbrochen von hohen Fenstern; steinerne Quais, Überreste des Mittelalters, die sich unter einem Platanenwald entlangzogen. Und der Fluss, die wahre Lunge der Stadt, eine brackige Schlange, die einen Burggraben aus Schlamm in den Beton grub.

Er parkte die Limousine auf dem Parkplatz Saint-Jean, gegenüber vom Justizpalast. Die Nähe zu diesem symbolträchtigen Gebäude entlockte ihm ein säuerliches Lächeln. Er war jetzt in eigener Angelegenheit unterwegs, in einem privaten Gerichtsverfahren ohne Staatsanwälte und ohne Gesetzbuch. Der Prophet würde sein Richter sein, seine Strafe: die Ewigkeit.

Er überquerte den Quai Romain-Rolland. Die Gebäude des historischen Viertels waren aneinander geklatscht, als habe man sie mit Hilfe eines Senklots eingepasst. Dahinter begann das Mosaik der gepflasterten Straßen, das Labyrinth der Passagen zwischen den Häuserblöcken. Ein Abtauchen in die Vergangenheit, in der das Geräusch der Kaleschen widerhallte, die Schreie der Seidenweber, die sich im Geratter der Webereien von einer Verkaufsbude zur anderen etwas zuriefen.

Er blieb vor einem Plan stehen, einer riesigen Tafel, die wie ein Werbeplakat auf dem Gehsteig angebracht war. Die angegebene Adresse lag nur ein paar Häuserblöcke entfernt.

Er folgte mühelos dem Weg und blieb vor seinem Ziel stehen. Eine renovierte Fassade, ein pompöser Eingang, in Pur-

pur gekleidete Hotelpagen. Die Nummer sechs der Rue du Bœuf war ein Hotel. La Cour des Loges, ein Fünf-Sterne-Palast, dessen Name oben auf der Mauer entlanglief, als wolle er ihm eine lange Nase drehen.

Riad wich erstaunt zurück. Der merkwürdige Eindruck, den die Antworten des Psychiaters auf ihn gemacht hatten, der gesperrte Telefonanschluss und jetzt diese Sackgasse.

Nicolet hatte ihn in die falsche Richtung geschickt.

Das war grotesk.

Er ging wieder zum Auto zurück, völlig am Boden zerstört. Seine Hoffnungen auf Rache waren zunichte gemacht. Ein Katastrophenszenarium jagte das andere. Paul hatte eine Abkürzung gefunden. Er war ihm in Collonges zuvorgekommen und hatte dem Psychiater Anweisung gegeben, ihn in die Pampa zu schicken.

Jetzt war Cabrera dem Verrückten auf den Fersen.

Allein.

Riad schlug mit der Faust auf das Lenkrad. Paul war sein Freund, sein Bruder. Warum hätte er ihm so übel mitspielen sollen? Und wie hätte er den Arzt dazu bringen können, ihn anzulügen?

Er schaltete die Klimaanlage ein und stellte fest, dass Müdigkeit und Stress ihn daran hinderten, klare Gedanken zu fassen.

Schon drängte sich ihm eine neue Idee auf.

Die ärztliche Schweigepflicht. Da es kein Rechtshilfeersuchen gab, wollte der Psychiater kein Risiko eingehen. Riad stellte sich ihn als eine Art Ayatollah des Schweigens vor, durchaus imstande, einen Bullen gewaltsam vor die Tür setzen zu lassen, um seine Patienten zu schützen.

Die Hypothese beruhigte ihn nicht. Zu welchem Zweck sollte Nicolet ihn an der Nase herumführen? Er brauchte ihm ja bloß seine Hilfe zu verweigern, und schon war die Sache geritzt.

Diese Feststellung beunruhigte Kellal noch mehr. Er musste vorankommen. Verstehen. Er hatte schon drei Seiten des Quadrats beisammen.

Einen Namen. Eine Personenbeschreibung. Einen Beruf.

Wie konnte er diese Bruchstücke dazu nutzen, die vierte Seite zu rekonstruieren?

Die Adresse.

Er stellte den Motor ab und sprang aus dem Wagen.

Mit ein wenig Glück würde Lanteau nicht auf der roten Liste stehen.

Riad betrat das Postamt. Eine Filiale im Viertel, nur ein paar Schritte vom Palast entfernt. Leer. Drei Beamtinnen, ganz junge Frauen, guckten Löcher in die Luft und sahen auf ihre Uhren.

Er sprach aufs Geratewohl eine von ihnen an.

»Das Telefonbuch, bitte.«

Die Angestellte, mit einem verschlagenen Gesicht und blondem Haar, setzte ein breites Lächeln auf.

»Da hinten, gleich hinter dem automatischen Frankiergerät. Machen Sie schnell, wir schließen in fünf Minuten.«

Riad bedankte sich mit einem Nicken. Er entdeckte die Telefonbücher, abgegriffene Bände, deren Seiten schon durch tausend Hände gegangen und die an den Ecken ganz labbrig waren.

Er fing mit den Gelben Seiten an. Unter der Rubrik Krankenpfleger hatte sich eine ganze Reihe von Leuten eintragen lassen, die eine Praxis betrieben oder Hausbesuche machten. Keinerlei Spezialisierung. Er ging die Liste durch, ohne allzu große Hoffnung. Der schlaue Fuchs, der im Zentrum als Vollzeitkraft angestellt war, hatte keinen Grund, sich unter die Freiberufler zu gesellen.

Als er merkte, dass das Ganze ein Schlag ins Wasser war, ging er zu den Privathaushalten über. Der weiße Backstein umfasste den gesamten Großraum Lyon. Eine Vielzahl winzig kleiner Gemeinden, die auf dem Papier zur ehemaligen Hauptstadt der Gallier dazugezählt wurden.

Eine Stimme ließ ihn aufhorchen: »Tut mir Leid, mein Herr. Es ist Mittag. Sie können um vierzehn Uhr wiederkommen, wenn Sie möchten.«

Riad drehte sich kaum um und machte mit der einen Hand ein Zeichen, dass er verstanden hatte. Mit der anderen ließ er das Telefonbuch unter seinen Klamotten verschwinden.

Er ging wieder auf den Parkplatz und verbarrikadierte sich in der Limousine. Das Wasser lief ihm in Strömen über die Schläfen. Sein Blutdruck befand sich im freien Fall.

Er machte sich an die Arbeit.

Zunächst Lyon. Zwei Lanteaus. Françoise und Caroline. Ehefrauen? Familienangehörige? Das könnte er später noch überprüfen. Er machte Eselsohren in die Seiten und setzte seine Suche fort. Die Städte marschierten in alphabetischer Reihenfolge vorüber. Bron, Caluire, Champagne, hohl tönende Laute, wie Hinweisschilder auf Chinesisch.

Bei Ecully schlug sein Herz höher. Ein P. Lanteau wohnte in der Rue Marietton. Er rief sofort an. Ein Anrufbeantworter schaltete sich ein, die Stimme einer jungen Frau bat darum, eine Nachricht zu hinterlassen.

Riad kicherte. Ein nervöser Hustenanfall, wie ein Reflex. Seine Finger blätterten immer noch die Seiten durch. So ging es über eine Viertelstunde weiter. Hin und wieder sprang ein Lanteau aus dem Hut. Es war niemals der richtige. Der

Krankenpfleger schien Versteck zu spielen. Ein Kobold, in irgendeinem geheimen Winkel der Zellulose versteckt.

Bei Villeurbanne gab es schließlich wieder ein Licht am Horizont. Name und Vorname stimmten überein. Riad legte die Finger über Kreuz und rief an. Eine tiefe Stimme krächzte in den Apparat.

»Ja?«

»Monsieur Lanteau?«

»Jawohl.«

»Polizeileutnant Riad Kellal. Ich komme gerade aus der Klinik, mir wurde Ihre Nummer gegeben.«

Die Stille klang jetzt misstrauisch.

»Aus der Klinik? Was ist passiert?«

Riad jubelte im Stillen. Endlich hatte er seinen Kontaktmann gefunden. Mit bedächtiger Stimme sagte er: »Ich kann am Telefon nicht darüber reden. Wir müssen uns treffen. Sofort.«

»Es ist nur so ...«

»Ich bin von der Kripo, Monsieur Lanteau. Es ist wichtig.«

Schweigen machte sich im Hörer breit, ein Schweigen von ganz besonderer Art. Es roch nach Panik. Schließlich gab der Mann seinen Widerstand auf: »In Ordnung. Und wo?«

»Rühren Sie sich nicht von der Stelle. Ich komme.«

4

Zwischen zwölf und zwei versiegte der Strom.

Riad brauchte trotzdem dreißig Minuten bis Villeurbanne. Auf seinem Weg hatte er eine Insel durchquert und war über zwei Riesen hinweggestiegen. Die Saône und die Rhône nahmen das Herz der Stadt in die Zange. Ein letztes Rückzugsgefecht, bevor sich ihre Gewässer zu einem einzigen Fluss vereinten.

Anschließend war Kellal in Richtung La Part-Dieu weitergefahren, einem avantgardistischen Ensemble, das mit lichtdurchlässigen Türmen durchsetzt und mit zeitgenössischen Werken geschmückt war. Ein Volk von Krawattenträgern rannte auf einer hängenden Bodenplatte herum und verschlang dabei in großen Happen in Zellophan eingewickelte Sandwiches. Riad hasste Technokraten, ihren starren Geist, ihre hohle Selbstsicherheit, ihre erbärmliche Schwäche. Hoch oben in ihren Refugien entwarfen sie eine Welt in Schwarzweiß.

Er kam in Villeurbanne an, ohne es zu merken. Die Stadtsiedlungen wechselten einander übergangslos ab, eine Abfolge von Straßen ohne besondere Note und ohne eigenes Flair. Cours Emile-Zola. Rue Léon-Blum. Rue Jean-Jaurès. Eine Nomenklatur, die an die Klassenkämpfe, an die Hoffnungen auf Gerechtigkeit erinnerte.

Er parkte die Limousine auf dem Cours Tolstoï, direkt vor dem Gebäude, einem grauen Block aus einem Guss, streng wie ein Haus des Volkes. In einer ganzen Heerschar von Klingelknöpfen versteckt entdeckte Paul den des Pflegers.

Er drückte auf den Knopf. Keine Antwort. Nach fünfzehn Sekunden versuchte er es noch einmal; diesmal schellte er Sturm. Immer noch nichts. Hinten in der Halle tauchte eine Gestalt auf. Eine alte Dame mit bläulich gefärbtem Wuschelkopf humpelte Richtung Eingang. Nachdem sie ihm einen misstrauischen Blick zugeworfen hatte, schwang sie die Glastür auf. Kellal warf ihr ein beruhigendes Lächeln zu und ging hinein.

Das Gebäude bestand aus zwei Teilen. Zwei jämmerliche Kaninchenställe, dazwischen ein ovaler Spiegel. Der Mülltonnengestank ließ sich durch Geruchsvertilger kaum überdecken. Auf jeder Seite ein Aufzug und eine Namensliste unter Glas. Der Krankenpfleger wohnte in Block A, im achten Stock.

Aus Gewohnheit untersuchte der Polizist die Briefkästen. Die Plastikkästen bargen oft wahre Wunder. Der von Lanteau war leer.

Riad betrat den Aufzugskäfig.

Beim Hinauffahren versuchte er, seiner wachsenden Unruhe Herr zu werden. Noch vor einer halben Stunde hatte Lanteau sich mit einem Treffen einverstanden erklärt. Warum antwortete er nicht? Hatte er in der Zwischenzeit seinen Chef kontaktiert? War er ein braver Köter, der den Befehlen seines Herrchens Folge leistete?

Die Stahltüren öffneten sich, und vor ihm lag ein enger, neonbeleuchteter Gang. Die ganze Ausstattung stank nach Mittelmäßigkeit, nach armen Schluckern. Riad dachte an seine kleine Wohnung, an sein Mietshaus, an das vielfache Unglück, das sich hinter Schutzschilden aus Überheblichkeit verbarg. Er nahm sich die Türen eine nach der anderen vor. An manchen hing eine Visitenkarte anstelle eines Türschildes. An anderen hatten die Bewohner es vorgezogen, gar keinen Namen anzubringen. Der von Lanteau stand auf einem glänzenden Messingschild.

Der Polizist klopfte höflich.

Dabei öffnete sich die Holztür einen Spaltweit.

Riad wich unwillkürlich zurück. Sein Bulleninstinkt warnte ihn vor einer gefährlichen Situation. Er zückte seine Beretta und schlich sich in die Wohnung, die Waffe auf das Halbdunkel gerichtet. Als Erstes fiel ihm der Gestank auf.

Eine Mischung aus muffiger Luft und Katzenklo. Er tastete ein wenig umher und fand den Lichtschalter. Eine Deckenlampe tauchte das Zimmer in grelles Licht. Verwaschene Tapeten, ein rustikaler Einbauschrank in einem nachgemachten Louis-Philippe-Stil, Sofa und Sessel dazu passend, Lederimitat. Ein auf den Millimeter genau eingepasstes Konzentrat an Spießigkeit.

Kellal ging weiter, die Pupillen stark verengt. Die Wohnung wirkte verlassen, ganz in sich zurückgezogen wie eine Auster. Auf der Anrichte fiel ihm eine Reihe von Bilderrahmen auf, die wie die Orgelpfeifen aufgereiht waren. Gruppenfotos, auf denen Leute in Badehosen und Skianzügen zu sehen waren. Er musste an Ferien im Club Med denken, mit Glücksgarantie für übermütige Singles.

Keiner trug einen Schnurrbart.

Ein Kratzen zerriss die Stille. Riad entsicherte die Kanone. Wieder ein Kratzen. Es schien aus einem Nebenzimmer zu kommen, das im Dunkeln lag. Kellal atmete tief ein und ging dem Geräusch nach.

Auf halbem Weg erstarrte er. Zwei gelbe Lichtblitze funkelten in dem dunklen Schacht. Sie bewegten sich. Riad spürte, wie sein Finger den Abzug niederdrückte.

Eine weiße Perserkatze streckte die Nase heraus, sie war gewaltig und hatte den Blick einer Viper. Die Pelzkugel musterte in aller Seelenruhe ihren Gegner. Dann begann sie sich zu putzen und benutzte dabei ihre Pfote als Waschlappen.

Der Polizist rieb sich die Augen.

Die Katze hatte eine rote Schnauze. Auch um die Schnauze herum war das Fell rot.

Plötzlich legte das Tier die Ohren an und jagte fauchend davon.

Riad betrat den Raum und machte Licht. Ein Schlafzimmer. Klein, funktional, die Höhle eines Junggesellen. Überall, auf dem Teppichboden, auf dem Bett, Tatzenspuren.

Purpurrot.

Kellal folgte den Richtungspfeilen. Sein Magen fühlte sich an, als werde er von Blei nach unten gezogen. Der Ort stank nach Tod, nach Gewaltverbrechen.

Die Spur führte in ein Bad, ein kleines, mit türkisfarbenen Kacheln ausgekleidetes Kabuff. In der Ecke: eine Dusche, versteckt hinter einem Plastikvorhang. Er zog den Vorhang zur Seite.

Riad hätte ums Haar geschrien. Ein nackter Körper lehnte mit dem Rücken gegen die gekachelte Wand, im Schneidersitz, den Kopf vornübergekippt. Eine Bronzestatue, die im Lotussitz in einer Blutlache saß, als meditiere sie.

Der Geruch nach Exkrementen stieg ihm aggressiv in die Nase.

Der Polizist ging näher heran.

Der stämmige Mann war nur noch eine leere Hülle. Das ganze Rohrleitungsnetz, das in Schließmuskel und Blase mündete, war undicht geworden und umgab die Person mit einer Aura der Verletzlichkeit, die gar nicht recht zu ihr passen wollte. Mitten im Tod hatte der Krankenpfleger immer noch etwas Wildes an sich. Der Walrossschnauzer, der kantige Haarschnitt und die Schlitzaugen gaben ihm das Aussehen eines mongolischen Reiters. Die Augen waren offen und starrten auf das Abflussloch, durch das sein Leben in die Kanalisation floss.

Sein Henker hatte ihm keine Chance gelassen. Drei Kugeln mitten ins Herz. Die Schüsse waren aus nächster Nähe abgefeuert worden, aus einem Großkaliber. Rund um die Einschussstellen zeichnete das Pulver rußige Kränze. Die Katze hatte das Blut unmittelbar aus der Wunde geleckt.

Riad erstarrte, fühlte sich am Boden zerstört. Dieser Mord brachte ihn völlig aus der Fassung. Alles, woran er sich bisher orientiert hatte, seine ganze Erfahrung, nichts davon gestattete ihm, eine vernünftige Erklärung für diese Tat zu finden.

Er blieb mehrere Minuten so stehen, unfähig, seinen Blick von dem abzuwenden, was einmal Pierre Lanteau gewesen war. Dann kam er allmählich wieder zur Besinnung. Er rief sich die Geschehnisse der letzten Stunden ins Gedächtnis, die undurchschaubare Haltung des Psychiaters, dieses Spiel mit den falschen Fährten, das ihn in Sackgassen geführt hatte. Die Hinrichtung des Krankenpflegers brachte all diese Widersprüche auf einen Punkt: Er näherte sich dem Ziel.

Umgekehrt wurde damit eine andere Wahrheit offensichtlich: Seine Ermittlung war ein Störfaktor. Die Nachforschungen förderten ein noch viel schwerer wiegendes Geheimnis zutage, eines, das bei weitem schlimmer war als die Flucht eines Exbullen der Kripo oder als die Angst vor einem Irrtum der Polizei.

Ein Geheimnis, das die Ermordung eines Menschen erforderlich machte.

Wer war verantwortlich für eine solche Tat?

Aus welchen Gründen?

Riad massierte sich die Schläfen. Der Planet der Geistesgestörten war wie ein Minenfeld, eine *terra incognita*, wo sich auf Schritt und Tritt die Regeln änderten.

Er ging wieder ins Zimmer und setzte sich aufs Bett. Er bekam kaum Luft. Der Anblick des Blutbads ließ verdrängte Bilder in ihm aufsteigen, ein zuckendes Grauen. Der verstümmelte, in Rot gekleidete Körper Leïlas. Diesem Bild folgten all die anderen Bilder wie auf einer Schnur aufgereihte, verfaulte Fleischstücke. Bilder von Tatorten und Bilder, die er im Leichenschauhaus gesehen hatte. Eine Aufeinanderfolge von Leichen, alles Lebensgeschichten, denen man den Garaus gemacht hatte.

Er wurde von einer Verzweiflung übermannt, die ihm die Luft abdrückte. Sein Leben glich einem schlechten Film. Er spürte, dass der letzte Akt kurz bevorstand und fürchtete das Schlimmste.

Von Anfang an hatte er nicht auf der richtigen Seite gestanden.

5

Riad riss die Kilometer nur so runter.

Hitzenebel verschluckten den Asphalt und schufen am Horizont Wirbel aus Nichts. Die Autobahn schwitzte Erdöl aus. Hin und wieder ein Funkeln, das flüchtige Bild eines Fahrzeugs, das sich in diesen Backofen hineinwagte.

Der Polizist bremste ein wenig ab, bevor er mit seinem Handy die Verbindung herstellte. Seit einer Stunde klebte der Tachometerzeiger der Limousine voll am Anschlag.

»Kader?«

Die Stimme zitterte vor Erregung.

»Mensch, wo bist du denn?«

»Auf der Autobahn. Wir haben ein Problem.«

»Hast du den Kerl mit dem Schnurrbart gefunden?«

Riad antwortete nicht sogleich. Er hatte ihr offenkundiges Scheitern noch nicht so recht verdaut.

»Tot. Drei Kugeln im Wanst.«

»Was?«

»Ich weiß nicht, was hier vorgeht, aber das riecht nach einer ganz krummen Sache. Der Psychiater von Les Glycines hat mir falsche Tipps gegeben. Er wollte nicht, dass ich mir den Pfleger kralle. Bis ich ihn ausfindig machen konnte, hatte schon jemand mit ihm aufgeräumt.«

»Ein Profi?«

»Mit Sicherheit. Die Schüsse wurden aus nächster Nähe abgegeben. Eine 38er oder eine 45er. Der Typ hat die Hülsen eingesammelt und die Kugeln aus der Wand geholt. Sie hatten den Brustkorb durchschlagen.«

Einen Moment war es still. Er fuhr an einem Stromverteiler vorbei. Kaders Stimme war wieder zu hören, diesmal klang sie näher.

»Und wenn das unser Mann war?«

»Brad?«

»Vom Psychiater benachrichtigt. Bei diesen Irren ist mit allem zu rechnen.«

»Nein. Das sind nicht seine Methoden. Außerdem hätte er dazu in der Gegend sein müssen.«

»Scheiße, aber wer dann?«

»Keine Ahnung. Der Doktor hat Alarm geschlagen. Was den Rest angeht, hab ich keinen blassen Dunst.« Er verstummte, als habe ihn für einen Moment die Angst angeweht. Schließlich fuhr Riad energisch fort: »Es muss eine Erklärung geben. Aber wir werden Hilfe brauchen, falls wir sie finden wollen.«

»Abdou?«

»Hol mich in einer Stunde im Versteck ab. Wir werden ihm einen kleinen Besuch abstatten.«

»Hast du keine Angst, entdeckt zu werden?«

»Ich habe keine Zeit mehr für Täuschungsmanöver. Wir werden ja sehen.«

»Und der Junkie, was mach ich mit dem?«

»Den brauchen wir nicht mehr. Lass ihn verschwinden.«

Kellal hatte mit seinen Skrupeln ein für alle Mal aufgeräumt. Er war umgekippt, nahm rücksichtslos den Verlust von Menschenleben in Kauf. In weniger als einer Woche hatten Seele und Geist sich getrennt. Unwiderruflich.

Windräder ragten in der Ebene auf, die Propeller abflugbereit für eine Reise ins Nirgendwo. Sie zerteilten die Luft in Zeitlupe, eine synkopische, hypnotisierende Bewegung. Riad riss weit die Augen auf, um die Schläfrigkeit zu vertreiben. Er schaltete den Blinker ein, während sein Blick den Rückspiegel streifte.

In genau diesem Augenblick bemerkte er den Kombi. Einen schwarzen BMW mit getönten Scheiben, dem Kühlergrill nach zu urteilen aus der 5er- oder 6er-Serie. Ein Leichenwagen. Er scherte nun auf seine Spur aus.

Es traf ihn wie ein elektrischer Schlag. Wie hatte er ihn übersehen können? Er, ein Bulle, der ans Beschatten gewöhnt war. Das Auto verfolgte ihn sicher schon seit Villeurbanne.

Lanteaus Mörder?

Wollte er ihn ebenfalls eliminieren?

Seine erste Reaktion bestand darin, dass er das Gaspedal durchtrat. Der Renault antwortete lustlos wie eine träge Frau, die sich ihrer Reize allzu sicher ist. Dahinter, in einiger Entfernung, folgte immer noch der Kombi.

Er hielt das Tempo etwas mehr als eine Minute. Sein Herz begann derart zu rasen, dass ihm schwarz vor Augen wurde. Plötzlich tauchte ein Wohnwagen auf. Er setzte gerade dazu an, einen Sattelschlepper zu überholen. Riad stieß einen Fluch aus und stieg auf die Bremse. Lichthupe. Hupsignal. Das rollende Haus machte einen Schlenker und reihte sich wieder ein. Riad schaltete unter dem Protest der Kupplung einen Gang zurück. Der BMW hängte sich wie ein Jagdflieger dicht an ihn dran. Ein Meter. Vielleicht zwei. Ein aggressiver Abstand, das Eindringen eines Fremdkörpers in die Pufferzone. Das Gefühl, eine Beute zu sein.

Einen Augenblick lang dachte Kellal daran, voll in die Eisen zu treten. Ende der Geschichte. Er würde zu Leïla in Allahs Paradies kommen und endlich Frieden finden.

Der abgezogene Leib seiner Tochter rief ihn zur Ordnung. Sollte er sterben, wollte er den Irren, der ihm seine Tochter geraubt hatte, noch im Fall mit sich reißen.

Riad klammerte sich ans Lenkrad und zog nach rechts. Der Renault wechselte die Spur und konnte gerade noch einem Austin ausweichen. Ein schräger Blick zur Seite. Der Leichenwagen fuhr auf seiner Höhe. Die beiden Limousinen blieben eine Weile Seite an Seite. Riad versuchte durch die schwarzen Fensterscheiben zu blicken. Es war unmöglich, im Innern etwas zu erkennen. Dann beschleunigte der BMW. Allmählich verschmolz er mit dem Asphalt und verschwand in einer Kurve.

Der Polizist starrte auf das schwarze Band. Die Sekunden verstrichen und warfen ebenso viele Fragen auf.

Was war eigentlich geschehen?

Ein Wagen mit großem Hubraum hatte ihn in die Enge getrieben. Bei der ersten Gelegenheit hatte er ihn überholt. Nichts weiter. Der Rest hatte nur in seinem Kopf stattgefunden. Ein plötzlicher Verfolgungswahn, verursacht durch die nervliche Anspannung.

Bald darauf erblickte Riad die Zitadelle von Mornas. Verfallene Festung, die wie ein Schloss aus Pappmaché über dem Massiv aufragte, das denselben Namen trug. Er näherte sich Orange. Zwischen den Wegen war Ginster gepflanzt worden und protzte vor seinen Augen mit seiner gelben

Farbenpracht. Das Aroma von Lindenblüten lag in der Luft, Lavendeldüfte.

Die ersten Wohlgerüche des Südens. Er war wieder in der Heimat.

Um siebzehn Uhr erreichte Kellal Aix. Eine Schar von Müßiggängern lungerte auf den Wiesen herum, über ein Patchwork aus Decken verteilt.

Am Bahnhof ließ er die Limousine stehen und ging zu Fuß zum Versteck. Die Straßen wirkten verlassen, erdrückt von einer lastenden Starre. Leere Kartons verschmutzten noch die Gehsteige, Müll, den die Galeerensträflinge des Gebrauchtkleiderhandels hinterlassen hatten.

Von einem plötzlichen Energieschub gepackt, rannte er die Treppe hinauf.

Er betrat ihr Refugium mit dem Gefühl, in einem Wattebausch zu versinken. Kader hielt die Karten in der Hand. Er würde ihn anrufen, falls es Neuigkeiten gäbe. Während er darauf wartete, konnte er sich fallen lassen. Ein paar Minuten, in denen er seine Wut vergessen konnte, ein weißes Loch in einer Komposition aus düsteren Farben.

Er öffnete nicht die Fensterläden, begnügte sich mit dem gedämpften Licht einer Nachttischlampe. Er streckte sich auf dem Bett aus, schloss die Augen. Seine Lider brannten. Das Gesicht seiner Tochter schwebte in einem Wald aus Eisen.

Er dämmerte weg.

Nach wenigen Sekunden zerriss ein Krachen den Schleier, fern, auf halbem Wege zu den Ufern seines Bewusstseins.

Kellal setzte sich mit einem Ruck auf. Er spitzte die Ohren. Das Geräusch eines Fernsehapparates drang durch das offene Fenster herein, ein diffuses Gepiepse, ein beruhigendes Schnurren. Den Blick starr auf die Tür geheftet, krallten seine Finger sich um die Beretta.

Schritte.

Flüstern.

Riad spannte den Hammer.

Die Tür barst unter der Wucht des Ansturms. Splitter flogen wie hölzerne Lanzen durchs Zimmer. Kellal ließ sich hinters Bett rollen.

Über seinem Kopf zersplitterte der Putz in tausend Stücke. Die Lampe zersprang und ließ das Zimmer im Dämmerlicht versinken. Ein Regen aus zersprungenem Glas ging über dem Bettrahmen nieder. Entsetzt sah Riad nach oben. Das Zimmer wurde von Einschlägen erschüttert. Ein Metalltornado zerfetzte jeden kleinsten Winkel, hauchte dem Mobiliar für kurze Zeit Leben ein.

Während dieser Apokalypse fiel dem Polizisten etwas auf. Es war keine Verpuffung zu hören, die ihm bestätigt hätte, dass bei dem Angriff schwere Geschütze aufgefahren wurden. Nur erstickte Laute, wie von Champagnerkorken, die eine ungeschickte Hand aus dem Flaschenhals schießen ließ.

Schalldämpferpistolen.

Was auf eine ausgefeilte Strategie hindeutete.

Der Angriff dauerte weniger als zehn Sekunden. Ein Kriegskonzentrat. Eine weiße Staubwolke verschleierte die Sicht. Die Luft stank nach Kordit.

Der Bulle kroch zum Bettrand vor. Spitze Späne zerkratzten ihm die Oberarme und sorgten dafür, dass er das Gesicht zur Grimasse verzog.

Er riskierte einen Blick. Zwei Gestalten zerteilten den Nebel. Es waren Kolosse, stämmig und agil zugleich, mit Thermobrillen ausgerüstet. Die roten Lichtkegel der Laserpointer gingen ihnen voraus, durchdrangen den Rauch mit einem glitzernden Lichthof.

Den Polizisten packte eine Heidenangst. Auf der Autobahn hatte der BMW ihn auf sich aufmerksam gemacht. Er hatte den Flüchtigen entkommen lassen und die Verfolgung an eine zweite Mannschaft übergeben. Alles Profis. Imstande, einen Verfolger abzuhängen, ausgerüstet mit hochmodernen Geräten. Abgerichtet zum Töten.

Eine weitere Salve durchlöcherte den Bettrahmen. Die Patronenhülsen fielen mit einem regelmäßigen Klacken zu Boden. Riad streckte den Arm durch und feuerte aufs Geratewohl los. Eine Masse schlug dumpf auf dem Boden auf und zeigte ihm an, dass er Glück gehabt hatte. Einer der beiden Scheusale hatte Eisen geschluckt und hielt sich wimmernd die Gedärme.

Das Stahlgewitter brach von neuem los. Eine Kugel durchschlug die Wolle und riss ihm das Schlüsselbein weg. Riad brüllte auf und ließ die Beretta fallen. Blutüberströmt krümmte er sich zusammen.

Ein roter Punkt kroch über seine Brust. Das todbringende Pünktchen blieb auf seiner Netzhaut stehen. Er schloss die Augen und hörte sich die Worte der Märtyrer sprechen: »*Allah akbhar.*«

Eine Detonation. Im selben Moment schüttelte es den Schädel des Polizisten. Neben ihm brach eine schwere Masse zusammen.

Drei Schüsse ertönten hintereinander.

Dann senkte sich wieder Stille herab.

Als Riad die Augen aufschlug, lag die sterbliche Hülle des Kerls vom Aufräumkommando auf dem Bett, den Schädel teilweise weggerissen. Der andere badete in seinem Blut, auf dem Boden ausgestreckt wie ein kaputter Hampelmann. Die roten Ringe der Laser strahlten sinnlos die Decke an.

Aus dem Nebel war eine Stimme zu vernehmen: »Riad?«

In einer letzten Anstrengung winkte der Beur mit seiner

gesunden Hand. Bevor er in Bewusstlosigkeit versank, erkannte er den Bart seines Bruders, der sich über ihn beugte.

6

Diesmal zögerte er, ihm den Jungen auszuliefern.

Ein Behinderter, dessen Körper bereits vom Leid gezeichnet war, der Blick leer. Als er ihn in den Wagen lud, musste er an einen verletzten Spatzen denken, einen aus dem Nest gefallenen kleinen Vogel, im Asphaltdschungel den Raubtieren ausgeliefert.

Thibaud war das vierte Opfer. Drei andere waren ihm vorausgegangen. Ein Mann. Eine Frau. Und zuletzt noch ein freches Mädchen mit wallenden Haaren wie die Seufzer eines Wildwassers.

Bisher hatte Philippe den Kurs gehalten. Es war ihm gelungen, im Geiste die einzelnen Etappen auseinander zu halten, sein eigenes Mitwirken vom eigentlichen Endzweck zu trennen. Für das, was Karl tat, fühlte er sich nicht verantwortlich. Ihre Zusammenarbeit war für den jungen Mann ein Tauschgeschäft, eine Plattform, auf der jeder seinen Wahnsinn befriedigen konnte. Angesichts der Exzesse dieses Monsters kam ihm sein eigener Wahnsinn noch harmlos vor.

Er warf einen Blick ins Wageninnere. Thibaud schlief noch, eine Sauerstoffmaske auf dem Gesicht.

Der Gedanke, wieder umzukehren, nahm immer deutlicher Gestalt an. Wieder zurückzufahren, den Krankenwagen stehen zu lassen, einfach abzuhauen. Seine Anfälle wurden zunehmend schlimmer. Die Kassetten, die Karl ihm besorgte, konnten sein Leid nicht mehr in Schach halten.

Wozu noch weitermachen?

Er dachte an den langen Weg, der ihn bis hierher geführt hatte. Der Himmel seiner Qualen nahm eine etwas trübere Färbung an. Er war in Gefahr, stand an vorderster Front, belauert von einem virtuellen Monster mit einem konturlosen Gesicht.

Wenn es ans Bezahlen gehen sollte, würde er der Einzige sein.

Angst überkam ihn. Das Gefühl, ein Zug rolle über seinen Brustkorb. Philippe hielt die Luft an und wartete. Autos überholten ihn. Die Straße sah aus wie Salzbruch.

Die Woge ebbte wieder ab.

Seit seiner Begegnung mit Karl folgten die Anfälle immer dichter aufeinander. Zwei- oder dreimal die Woche, die ersten Anzeichen drohender Gefahr gar nicht mitgerechnet. Und sie waren jedes Mal heftiger.

Das letzte Mal hatte etwas in ihm zum Kippen gebracht. Seine Wahrnehmung hatte sich von Grund auf verändert. Mittlerweile drehten seine Albträume endlose Schleifen. Die Bilder waren klarer, das Grauen trat deutlicher hervor.

Es waren immer dieselben.

Schwarz gekleidete Männer. Graue Sonnen. Ein chromblitzender Raum. Ohne recht zu wissen, warum, erinnerten diese Visionen Philippe an ein Bild von Magritte. Eine Gestalt ohne Gesicht, die eine Melone auf dem Kopf trug.

Wer war er?

Weshalb verfolgte ihn diese Wahnvorstellung?

Philippe blinzelte. Die Spätnachmittagssonne knallte mit der Kraft eines Meteoriten auf die Windschutzscheibe. Er fuhr langsamer, suchte den Randstreifen mit dem Blick ab. Schon bald reckte ein verrottetes Metallschild sein Knochengerippe unter einem Halseisen aus Dornenzweigen hindurch.

Die Buchstaben waren zum Teil verblichen. Ein mittlerweile vertrauter Name.

Der Krankenwagen bremste noch mehr ab. Die Straße machte scharfe Kurven. Die Sicht betrug nicht mehr als zwanzig Meter. Plötzlich, von Büschen verdeckt, eine Einmündung. Der graue Streifen verschwand unter einem grünen Wall. Philippe vergewisserte sich, dass der Weg frei war. Im letzten Moment schlug er das Steuer ein und fuhr in das Wäldchen hinein.

Eine Kathedrale der Stille. Das dumpfe Geräusch des Reifengummis auf dem Asphalt. Hin und wieder ein fernes Piepsen, wie eine Stammestrommel, die mit ihrem Signal einen Eindringling ankündigte.

Ein Stöhnen kam von der Trage. Philippe heftete seinen Blick auf den Rückspiegel. Von Riemen gehalten, warf der Junge sich in seiner künstlichen Betäubung hin und her. Das vor einer Stunde injizierte Diprivan ließ in seiner Wirkung nach.

Plötzlich überkam ihn ein Schwindel, und vor seinen Augen verschwamm alles. Der soundsovielte Anfall kündigte sich an. Offenbar konnte jedes unerwartete Ereignis als Auslöser wirken. Er musste sich beherrschen. Am Rande des Abgrunds das Gleichgewicht behalten.

Noch ein paar Minuten. Der Autofriedhof rückte näher. Keine drei Kilometer mehr, dann würde er die Metallkolonnen sehen können.

Der Anfall packte ihn noch schlimmer. Seine Schultern wurden von Krämpfen geschüttelt. Er klammerte sich ans Steuer, spannte jeden einzelnen Muskel an, um die Bestie im Zaum zu halten.

Stimmen wurden laut. Ein lautes Gewirr. Im Auto unterhielten sich Leute.

Um ihn herum.

In ihm drin.

Sie sprachen von zerfetzten Leibern, von abgerissenen Gliedmaßen, von verstümmelten Gesichtern. Jede Verletzung wurde untersucht, und zwar nicht im Hinblick auf ihre anatomische Besonderheit, sondern um abzuschätzen, welches Maß an Schmerz damit verbunden war.

Aus dieser Kakophonie hörte Philippe eine besondere Klangfarbe heraus. Die raue Patina einer Männerstimme. Ein beruhigender, betörender Ton, in dem er sich am liebsten verlieren würde.

Er dachte an das Bild.

Den Mann mit dem Hut.

Der weiße Wagen parkte auf einem Erdwall. Philippe stellte den Motor ab. Er blieb ein paar Minuten sitzen und betrachtete die Ebene voller Wracks, die ihre Zunge aus Eisen bis ins Unendliche erstreckte.

Die Stimmen verstummten.

Er stieg aus, öffnete die hintere Wagentür und betrachtete Thibaud. Der Junge war wieder eingeschlafen.

Philippe hatte so etwas wie eine Erleuchtung. Wenn er kehrtmachte, würde er sich noch mehr in Gefahr bringen. Er musste die Arbeit zu Ende bringen.

Auch diesmal würde Karl seinen Tribut erhalten.

Den letzten.

Anschließend würden sie getrennte Wege gehen.

Für immer.

ACHTER TEIL

1

Eine Demonstration der Stärke.

Rund um das Lager waren Dienstwagen und Polizeiwagen postiert, orangefarbene Signallampen blinkten wie verrückt. Zwischen allen Fahrzeugen Bullen in Uniform, ein paar Motorradfahrer in Sweat-Shirts. Ein undurchdringliches Netz umschloss das Gebiet und sperrte den Verkehr.

Vor dem Eingang schlenderten Spezialeinheiten der GIPN umher. Helme, Kapuzenmützen, schwarzer Drillich, Sturmgewehre, die Uniform der Eingreiftruppe, der Polizeirambos. Zehn Meter weiter hinten Vials vollzählige Mannschaft. Jeans, Sportschuhe, rote Armbinden über kurzärmeligen Hemden, die Uniform der Bullen in Zivil.

Paul zündete sich einen Zigarillo an. Er stand neben dem Kommissar, an einen grauen 306er gelehnt, der mit einem Magnetblaulicht ausgestattet war. Die beiden Männer beobachteten schweigend das Manöver.

Stiernackig und mit glänzendem Schädel stand ein kräftiges Mannsbild mit Schnurrbart über einen Plan gebeugt. Hin und wieder hob er das Kinn und brüllte den Beamten der Eliteeinheit Befehle zu. Die gleiche Militäruniform, die gleiche Gladiatorenstatur, wendig und kräftig zugleich. Hauptmann Tardon schien aus einem Block aus Selbstsicherheit gehauen. Er missachtete die Lehrbuchregeln und hielt es offenbar nicht für sinnvoll, sich mit einer Kapuzenmütze herumzuschlagen.

Paul zählte vier Mannschaften. Sechs Beamte pro Mannschaft und drei in der Reserve. Da wurden alle Register gezogen.

Nach zehn Minuten Besprechung kam Tardon auf sie zu.

»Meine Jungs sitzen in den Startlöchern. Auf Ihr Signal schlagen wir los.«

Vial nickte. Er hob den Daumen Richtung Brigade. Die Antwort erfolgte unmittelbar auf dieselbe Art. Der Kommissar zückte seinen Manurhin.

»Los geht's.«

Die vier Gruppen der GIPN stürmten gemeinsam das Gelände. Fließende Bewegungen, verschlüsselte Handzeichen. Die Zivilbeamten folgten ihnen mit der Waffe in der Faust. Hinter dem Polizeikordon stand eine Reihe von Schaulustigen und stieß sich gegenseitig die Ellbogen in die Rippen, um sich nichts von dem Schauspiel entgehen zu lassen.

Paul drückte seine Kippe aus und machte bei der Treibjagd mit, der Kommissar folgte dicht hinter ihm.

Auf den ersten Blick wirkte das Ganze wie ein Ferienlager. Neue Wohnwagen, gemäß einer bestimmten Geometrie entlang der geteerten Straßen aufgereiht, demontierbare Holzbauten, grau, braun, farblos, sonnenverblichene Planen. Hin und wieder ein paar behelfsmäßige Schwimmbäder: Wassertröge und randvoll mit Wasser gefüllte Badewannen. Dahinter döste eine kleine Flotte von Limousinen auf einem Parkplatz, im Schatten einer Weidenhecke.

Keine Menschenseele.

Das Völkchen schien den Wohnort verlassen zu haben, als habe es sich auf Zehenspitzen davongeschlichen, um ihn dem Wüten der Polizei zu überlassen. Auf Paul wirkte es wie eine Geisterstadt, hinübergedöst in einen samtweichen Traum.

Dann hallten Schreie wider.

Die Elitepolizisten stürmten in einer Linie vorwärts, eine hermetische Front, rannten jedes Häuschen mit einem Rammbock ein. Die Behausungen barsten unter der Wucht der Schläge. Sie offenbarten, was für ein anspruchsloses Leben die Leute hier führten, zusammengekauert auf ein paar Quadratmetern illusorischer Sicherheit.

Die Soldateska stürzte sich auf die Unterschlüpfe aus Wellblech, schlug bei ihrem Durchmarsch die aufgestapelten Erinnerungen kurz und klein. Sie zerrte die wie betäubt wirkenden Zigeuner ohne großes Federlesens ins Sonnenlicht und brüllte dabei Kriegspsalme.

In wenigen Minuten hatte sich die Oase der Stille in ein Feld der Ehre verwandelt.

Paul kniff die Augen zusammen. Das Gedränge erreichte seine kritische Obergrenze. In alle Richtungen liefen Gestalten herum, rote Ameisen in panischer Angst vor dem Feuer.

Plötzlich trat Hauptmann Tardon aus der Menge heraus. Er schubste einen Mann mit grauen Schläfen vor sich her, der eine Hose und ein weißes Hemd trug, beides völlig staubbefleckt. Mit einem Tritt in den Allerwertesten schickte er ihn den Asphalt küssen.

Paul presste die Kiefer aufeinander, während Vial sich einschaltete.

»Mensch, Tardon! Sind Sie noch ganz bei Trost?«

Der Hauptmann wischte sich mit dem Rücken eines Handschuhs die Stirn. Er keuchte in seinen Schnurrbart: »Diese Operation dient dazu, in feindlichem Milieu die Ordnung aufrechtzuerhalten, Kommissar. Höchste Gefahrenstufe. Wahrscheinlich gibt es Schusswaffen. Die gesuchten Individuen sind gefährlich. Ich will kein Risiko eingehen.«

Paul betrachtete den im Staub liegenden Patriarchen. In Handschellen, die Stirn voller Blut, entsprach er nicht den von Tardon aufgezählten Kriterien.

Der Kommandeur fuhr fort: »Wir haben alles durchsucht. Die Verdächtigen sind unauffindbar. Dieser Zigeuner da scheint ihr Häuptling zu sein.«

Vial warf ihm einen zornigen Blick zu. »Ist gut. Ich kümmere mich drum.«

Er kniete sich neben den Zigeuner und half ihm, sich aufzusetzen.

»Wie heißen Sie?«

Der Patriarch rollte hasserfüllt die Augen. In seinen Mundwinkeln hatten sich purpurrote Blasen gebildet.

»René… René Gomez.«

»Sehr gut, René. Sehen Sie dieses Papier?«

Vial zeigte ihm ein Dokument mit dem Siegel des Justizministeriums und fuhr im gleichen Tonfall fort: »Das ist ein Haftbefehl. Er wurde auf zwei Individuen ausgestellt, die in einem Mordfall verdächtigt werden. Manuel Muñoz und Pedro González. Wir wissen, dass sie hier sind.«

Gomez runzelte die Stirn. Paul hatte das Gefühl, er habe ein Frettchen vor sich, das sich in einer Falle verfangen hatte. Würde er sich die Pfote abnagen, um wieder in Freiheit zu gelangen?

»Das Opfer war ein kleines Mädchen«, fuhr der Kommissar fort, machte dann eine kurze Pause und ließ die Worte wirken. »Das ist ernst, René… Sehr ernst. Wenn ihr den Verdächtigen helft, werdet ihr alle mit hineingezogen.«

»Ich kenne sie nicht.«

Der Chef der Kripo spielte mit seinem Siegelring.

»Sie lügen. Aber das ist Ihr gutes Recht. Mein gutes Recht ist es, das Gesetz anzuwenden. Wir werden alle mitnehmen müssen, die Kinder werden irgendwo untergebracht, und der Campingplatz wird geschlossen. Es ist Ihre Entscheidung.«

Der Mann presste die Kiefer aufeinander. Sein Blick huschte von einem Bullen zum nächsten, dann zum Parkplatz, auf dem Tardon die Leute in Gruppen aufgeteilt hatte.

Paul folgte dem Blick des Zigeuners. Die Polizisten von der GIPN bildeten einen Abwehrkreis, einen dunklen Ring mit metallenen Konturen. Im Inneren reckte eine aufgebrachte Schar die geballten Fäuste und schrie. Die Männer standen vorn, die Brust herausgestreckt. Sie schienen mit ihren Leibern Frauen und Kinder zu beschützen.

Gomez murmelte ein paar Worte, kratzende Töne, die nach Flamenco klangen. Dann sagte er auf Französisch zu Vial: »Ich möchte aufstehen.«

Der Kommissar packte ihn beim Arm und half ihm auf. Als der Mann stand, schüttelte er sich. Trotz seines Alters war noch seine Kraft zu spüren, wie etwas Knorriges, das ihm festen Halt gab. Er sah Vial fest in die Augen und streckte ihm die Handgelenke mit den Handschellen hin.

»Werdet ihr uns dann in Ruhe lassen?«

Mit einem präzisen Handgriff löste der Chef der Kripo die Handschellen.

»Darauf gebe ich Ihnen mein Wort.«

Der Patriarch reckte sein Kinn in Richtung eines Holzhauses, das etwa dreißig Meter weiter stand, eine Art Hütte auf niedrigen Stelzen, die zwischen zwei Wohnwagen gezwängt stand.

»Das haben wir schon durchsucht«, wunderte sich Vial.

»Darunter. Schieben Sie den Kühlschrank zur Seite, es gibt da ein Versteck.«

Der Kommissar rückte seine Fliege zurecht. Er machte

Tardon mit erhobenem Arm ein Zeichen. Der Hauptmann lief herbei, die Schultern gereckt wie ein Athlet.

»Die Hütte da unten«, sagte der Kommissar. »Sagen Sie Ihren Söldnern, sie sollen rundum Aufstellung nehmen.«

Tardon nahm den Befehl wortlos entgegen. Er eilte im Sturmschritt zurück, um die Anweisung an seine Meute weiterzuleiten. In null Komma nichts war das Gebiet umzingelt.

Die beiden Bullen machten sich auf den Weg zum Zielort. Im Gehen zog Paul innerlich den Hut vor Vials Methode. Ruhe, Höflichkeit, Genauigkeit. Eine unerbittliche psychologische Manipulation, das gerade Gegenteil zu den Druckmitteln, die Tomasini angewandt hatte.

Das knochige Gesicht des ehemaligen Brigadechefs warf Cabrera von jenseits des Grabes ein Lächeln zu. Der Korse hatte ihm beigebracht, auf eine ganz andere Art zum Ziel zu kommen. Unter Zuhilfenahme seiner Fäuste. Indem er Angst verbreitete, und zwar im Rohzustand.

Sie blieben vor der Hütte stehen. Die Mannschaft des Kommissars wartete mit lauernder Miene auf seine Befehle. Die Spannung wuchs spürbar von Sekunde zu Sekunde.

Auf Tardons Signal hin kreisten die Spezialeinheiten den Ort ein. Die bereits aus den Angeln gehobene Tür zersplitterte. Stiefelgetrappel drang durch die Türöffnung, fern, gedämpft. Das Manöver dauerte weniger als fünfzehn Sekunden. Sehr schnell tauchte der Schädel des Hauptmanns wieder auf, glänzend wie ein Regenwurm.

»Sie sind abgehauen.«

»Wie das?«

»Durch das Loch … Es führt in die Kanalisation.«

Der Chef der Kripo rieb sich die Augen. Er erläuterte dem Schnurrbärtigen seine Strategie.

»Sie gehen runter. In einem Umkreis von zweihundert Metern suchen Sie die Gegend ab.«

»Glauben Sie, die haben uns erwartet?«

»Das müssen wir herausfinden. Ich werde Ihnen über Funk meine Anweisungen mitteilen.«

Tardon trat von einem Fuß auf den anderen. Er wollte gerade etwas erwidern, als Vial losbrüllte: »Worauf warten Sie noch, zum Teufel? Jetzt aber dalli!«

Der Hauptmann erstarrte kurz. Wahrscheinlich wurde selten in diesem Ton mit ihm gesprochen. Er sah den Beamten in Zivil an, als wolle er ihn umbringen, dann machte er auf den Hacken kehrt.

Vial entwarf bereits seinen Schlachtplan: »Alle Mann zu den Autos. Haltet Kontakt. Cabrera, Sie kommen mit mir.«

Die Brigade der Kripo zog unter den sarkastischen Bemerkungen der Zigeuner wieder ab. Draußen war die Menschenmenge gewachsen, auf Blut und Tränen lauernd.

Paul öffnete die Autotür auf der Beifahrerseite.

»Gehen Sie ans Steuer«, befahl der Kommissar. »Ich muss beide Hände frei haben.«

Sie tauschten die Plätze. Vial steckte einen Laptop ein, der auf Höhe des Handschuhfachs auf einem Plastiksockel befestigt war und hackte wie wild auf der Tastatur herum.

Aus dem Augenwinkel verfolgte der junge Leutnant die Recherche. Landkarten, Pläne, Zahlen. Das Gedächtnis der Kriminalpolizei in Echtzeit. Der Kommissar starrte auf eine gewundene Linie, eine Art vielfarbige Hydra mit zahlreichen Tentakeln.

»Da hätten wir's ja.«

Paul zog die Brauen in die Höhe.

Vial erklärte: »Der Verlauf der Abwasserkanäle. Er folgt bis auf kleinere Abweichungen dem Lauf der Straßen.«

»Wollen Sie runtersteigen?«

»Das wird vielleicht nicht nötig sein … Schauen Sie.«

Er drückte den Zeigefinger auf den Bildschirm.

»Hauptachsen. Nebenachsen. Zubringer. Unsere Flüchtigen sind unter einem Zubringer. Vor Saint-Michel im Osten, dem Parc Balnéaire du Prado im Westen und dem Alten Hafen im Norden gibt es keinen benutzbaren Ausgang.« Vial deutete auf runde Kreise. »Da, da … und da.«

Paul deutete auf andere Kreise, sie waren blau und kleiner. »Alle hundert Meter gibt es einen Kanaldeckel.«

»Gesperrt. Man braucht einen Hauptschlüssel, um diesen Zugang zu benutzen.«

»Dann müssen sie einen besitzen, schließlich konnten sie entkommen.«

»Glaube ich nicht. Die Sicherheitsmaßnahmen stammen aus dem Jahr 1998, und das Gebiet ist gerade in einen Enteignungsprozess verwickelt. Früher oder später wird die Abwasserleitung des Campingplatzes stillgelegt werden. Die Ingenieure haben da schon ein bisschen vorgegriffen. Sie haben es nicht für sinnvoll erachtet, diese Kanalöffnungen auch in den neuen Plänen einzuzeichnen.«

Paul strich sich die Haare glatt. Er lauschte interessiert den Schlussfolgerungen seines Kollegen. Vial zerlegte alles, setzte es wieder neu zusammen, dachte voraus. Für ihn war die Polizeiarbeit wie ein gigantisches Schachspiel, eine geistige Herausforderung, bei der er jedes Mal die Regeln neu erfand.

Der Kommissar sah auf seine Uhr.

»Siebzehn Uhr fünfzehn. Vor einer Dreiviertelstunde hat die Operation begonnen. Einmal angenommen, dass sie schnell gehen und sich da unten bereits zurechtgefunden haben, brauchen sie bei den Bedingungen unter Tage mindestens fünfundvierzig Minuten, bevor sie den nächsten Ausgang erreichen.«

»Zu kurz für uns«, warf Cabrera ein.

»Nein ... Denken Sie doch mal nach. Marseille ist nicht ihre Stadt. Dieses Lager ist nicht ihr Lager. Sie haben sich hier versteckt, weil sie keine andere Möglichkeit hatten. Man hat ihnen allenfalls gesagt, welche Richtung sie einschlagen sollen. Sie haben Zeit verloren. Gezwungenermaßen. Ich leg meine Hand dafür ins Feuer, dass sie noch da unten sind.«

Noch am selben Morgen hatte Vial Paul eine Einzelheit aus den Nachforschungen mitgeteilt, die anhand der per Telefon angefertigten Phantombilder angestellt wurden.

Vial hatte mit der Datenbank über das fahrende Volk begonnen. Ohne Ergebnis. Dann hatte er sich bei der Drogenfahndung umgesehen. Nach zwei Stunden vergeblicher Suche war er schließlich über Interpol benachrichtigt worden: Die beiden Zigeuner kamen aus Spanien. Zwei unbedeutende Helfershelfer, die angeheuert worden waren, um die rasend schnellen Zodiaks der marokkanischen Schwarzhändler zu fahren.

Das ganze Risiko lag bei ihnen. Aber der Profit war gering.

Die beiden kleinen Drogenschmuggler hatten sich auf den Balearen schnappen lassen. Seit dem letzten G8-Gipfel wandte José Maria Aznars Spanien gegenüber den Drogenkartellen aus dem Maghreb eine Politik der verbrannten Erde an. Es war ihnen gelungen, anlässlich einer Voruntersuchung beim Transport in den Justizpalast von Madrid die Flucht zu ergreifen. Da sie auf spanischem Boden in Schwierigkeiten geraten würden, versteckten sie sich in Frankreich und warteten auf bessere Zeiten.

Um sie ausfindig zu machen, hatte der Chef der Kripo die guten alten Methoden angewandt. Sie hatten einen Polizeispitzel auf Bewährung darauf angesetzt, der schier umkam vor Angst, wieder in den Knast zurück zu müssen.

Paul schaltete das Blaulicht ein.

»Welchen nehmen wir?«

»Den im Seebad. Sie dürften logischerweise den kürzesten Weg genommen haben.«

Vial griff nach dem Funkgerät.

»Vial an Tardon ... Vial an Tardon. Hören Sie mich?«

Ein Knacken. Die Stimme des Hauptmanns krächzte aus dem Funkgerät.

»Wir haben das Gebiet genau unter die Lupe genommen ... Nichts ... Die können sonst wohin verschwunden sein ...«

Ein Hauch von Ironie war aus dem martialischen Tonfall herauszuhören. Vial blieb ungerührt wie ein Marmorstein und setzte ihm seine Entdeckungen auseinander. Dann erklärte er ihm mit wenigen Worten, wie seine Elitetruppen jetzt vorgehen sollten.

Der Kommandochef legte vor sich hin schimpfend wieder auf.

Der Kommissar griff zum Bordfunk.

Er setzte die Brigade in Bewegung, während Paul davondüste.

Ein Lächeln erstrahlte auf dem Gesicht des Bullen mit dem Pferdeschwanz.

Drei Ausstiege. Einen für jedes Auto. Die Rambos von der GIPN würden ihnen das Wild in die Arme treiben.

Sie brauchten es nur noch abzufangen.

2

Die Spitze des Obelisken warf wie der Zeiger einer Sonnenuhr einen dunklen Schatten auf den Asphalt. Paul startete den Countdown.

17:22.

Der 306er fuhr den Kreisverkehr von Mazargues in entgegengesetzter Richtung. Reifen knirschten, der Gummi riss Teer aus der Straße. Ein Geruch nach heißem Plastik machte sich im Wageninneren breit. Cabrera fuhr extrem konzentriert und umklammerte das Lenkrad so fest, dass seine Knöchel weiß hervortraten.

Er wich einem Audi aus, schlug das Steuer nach rechts ein, drückte aufs Gas und bremste in dem Moment scharf ab, in dem ein Roller fast unter die Räder geriet. Es hagelte Beschimpfungen, die Gesten waren eindeutig.

Er schaltete das Blaulicht ein. Aggressives Miauen, zweifarbiges Licht, in Quecksilber getaucht. Sofort rührte sich etwas. Die Autofahrer fuhren zur Seite, mit verschämter Miene, als habe man sie bei einem Fehler ertappt.

»Sie hätten die Michelet runterfahren sollen«, murrte Vial.

»Völlig sinnlos. Alles blockiert.«

Sie fuhren auf den Boulevard de la Concorde. Die Verkehrsader brach unter dem Metall schier zusammen. Paul fuhr in der zweiten Spur an der Autoschlange vorbei, die Scheinwerfer voll aufgeblendet, und zwang die entgegenkommenden Fahrzeuge, auf den Gehsteig auszuweichen.

Rote Ampel.

Er fuhr nach rechts. Straßen, deren Namen seinem Gedächtnis sofort wieder entglitten. Leer, still. Er gab Gas. Die

Kotflügel des 306 schrammten an einer Rauputzmauer entlang. Auf seiner Linken ging ein Funkenregen nieder. Vial schnallte sich an.

»Passen Sie doch auf. Sie müssen ja nicht gleich die Ausrüstung zum Teufel jagen.«

Statt einer Antwort trat Paul das Gaspedal noch weiter runter.

Nach dreihundert Metern auf dieser Spur schnitten sie die Avenue de Mazargues. Dasselbe Szenarium. Ein in der Hitze kriechendes Metallband. Cabrera sah auf die Digitaluhr.

17:29.

Der Verkehr hatte sie bereits sieben Minuten gekostet.

Er fuhr im Zickzack bis zum Chemin du Lancier. Die Sache war geritzt, der Geländewagen leistete hier ganz gute Dienste. Paul schaltete einen Gang zurück. Noch ein Kreisverkehr, die Avenue de Hambourg tauchte auf. Lang, glänzend, eine fast schnurgerade Startbahn mit etwa zweihundert Prozent Gefälle.

Sie legten die Entfernung, die sie noch vom Strand trennte, in weniger als einer Minute zurück.

Dann begannen die Dinge komplizierter zu werden.

Dichter Verkehr blockierte die Avenue de Bonneveine. Sommerurlauber schlenderten am Hippodrom entlang, ein Handtuch um den Hals gelegt, lässiger Gang. Am Horizont schimmerte das Meer aluminiumfarben.

Nach fünf Minuten Gymkhana erreichten sie die Avenue Pierre-Mendès-France. Verstopft. Der 306 wechselte auf die Busspur und fuhr zum David hinauf. Paul quälte das Gaspedal. Die Fahrzeuge, die in Schrittgeschwindigkeit fuhren, defilierten zu ihrer Linken in Sekundenschnelle rückwärts vorbei.

17:35.

Sie waren schon fünfzehn Minuten unterwegs.

Tief in seinen Sitz vergraben, befragte Vial seinen Computer. Er runzelte die Stirn, gleichgültig gegenüber Cabreras sportlichem Fahrstil.

Sie fuhren an dem Epheben aus Stein vorbei. Wieder ein Halt. Die Avenue Georges-Pompidou bog sich unter der Last regloser Karosserien.

»Da«, schrie Vial. »Die Feuerwehreinfahrt.«

Paul riss das Steuer herum. Er schnitt mit einem aggressiven Schlenker den Verkehr und fuhr auf den Gehsteig, der am Strand entlangführte. Horden von Rollerskatern stoben auseinander.

Der Brigadeleutnant trat vor der Schranke, die die Fußgängerzone abgrenzte, voll auf die Bremse. Zwei Reanimationswagen warteten hinter der Absperrung, rote Kästen vor einem Hintergrund aus gebräunter Haut.

Paul brüllte durchs Fenster: »Weg da!«

Die Notfallwagen reagierten in Sekundenschnelle. Ein Pionier mit marineblauer Schirmmütze entriegelte die Metallstange und winkte sie durch.

Der 306 fuhr langsam ins Seebad ein. Künstliche Dünen, Spielplätze, schnurgerade gemähte, von Fußgängerwegen zerschnittene Wiesen. In der Ferne, als blauer Kontrapunkt, das Mittelmeer. Die Strandanlagen des Prado boten dem Spaziergänger einen heiteren Ort der Muße, ruhige Gelassenheit, reine Lebenslust im kalifornischen Stil.

Paul schaltete die Sirene ein.

»Wo muss ich hinfahren?«

Vial antwortete, ohne von seinem Bildschirm aufzuschauen.

»Geradeaus. Nach dem Hügel kommt eine Kneipe. Genau dahinter ist es.«

17:40.

Die Maulwürfe rannten jetzt schon seit einer Stunde in ihren Gängen herum.

Eine Ewigkeit.

Cabrera fuhr quer über die Wiese. Kinder, den Kopf in den Nacken gelegt, zogen an Nylonstrippen. Durchsichtige Leinen stiegen in den Himmel auf, in dem bemalte Papierdrachen flatterten. Paul hatte den Eindruck, durch das Netz einer Wolfsspinne zu fahren.

Der Peugeot bremste vor einem kubusförmigen Häuschen, das einsam am Rande des Deiches stand. Eine rote Tafel verkündete das absolute Verbot, das Gelände zu betreten. Die beiden Bullen schossen synchron aus dem Auto. Paul erreichte als Erster die Vorrichtung. Vor dem Schloss blieb er abrupt stehen.

»Scheiße!«

Der Kommissar holte seine Brille heraus und sah sich die Mechanik genau an.

»Unilaterales Zugangssystem.«

»Was?«

»Eine Sicherheitsvorkehrung für die Kanalarbeiter. Falls es ein Problem gibt. Zum Reinkommen braucht man unbedingt einen Schlüssel, nicht aber, um rauszukommen. Auf der anderen Seite muss es einen Griff geben.«

Ohne zu zögern zückte der Leutnant seine Waffe. Er zielte, drückte ab. Der Schuss knallte wie eine Want und wurde sofort vom Schnarchen der See verschluckt. Wo zuvor ein Schloss gewesen war, reckten Metallsplitter ihre Krallen in die Luft.

Vial verschränkte skeptisch die Arme.

»Was die Diskretion angeht, da müssen Sie noch üben.«

»Haben Sie eine bessere Lösung?«

Paul zog die Tür auf. Der Gestank nach Exkrementen schnürte ihm die Kehle zu. Er beugte sich vor. Betonstufen führten ins Dunkel hinab.

Der Kommissar kehrte zum Auto zurück und wühlte im Kofferraum. Kurze Zeit später tauchte er wieder auf und hielt zwei Zylinder aus schwarzem Plastik in Händen.

»Hundertzwanzig Watt. Halogenbirnchen. Fünf Stunden Laufzeit. Wollen wir mal hoffen, dass wir nicht damit sparen müssen.«

Der junge Leutnant formte aus Daumen und Zeigefinger einen Kreis. Die Antwort der Taucher. Alles okay.

Sie stiegen in den Schacht.

Die Luftfeuchtigkeit nahm sofort zu. Eine klebrige Hitze, die wie zäher Brei unter die Haut kroch. Übelriechende Dämpfe sättigten jedes Sauerstoffteilchen.

Die Lampen kreuzten ihre Lichtkegel in einer nervösen Sarabande. Paul ging voran. In seinem Rücken hörte er den Kommissar die Funkverbindung herstellen.

»Tardon… Hier spricht Vial. Wir sind vor Ort. Wir werden unter der Promenade Pompidou bis zum ehemaligen Kollektor von l'Huveaune zurückgehen. Kommen Sie uns entgegen und machen Sie so viel Lärm wie möglich. Und vor allem: Bleiben Sie in Kontakt!«

Ohne abzuwarten wechselte er auf die Frequenz der Brigade. Die beiden Mannschaften, die jeweils von Macarian und Desruel angeführt wurden, hatten ihren Einstiegspunkt noch nicht erreicht. Der Verkehr oben verstopfte die Straßen jede Sekunde ein Stück mehr.

Paul blieb am Fuß der Stufen stehen. Alle zwanzig Meter waren Sicherheitsleuchten angebracht, die ihre Route mit Hoffnungsfünkchen sprenkelten. Ein einziger Weg, so weit das Auge reichte, wie ein Kreuzgang. Ein geräumiger Tunnel mit Kabelschächten an der Decke, dessen Mauern einen fettigen Saft ausschwitzten. In der Mitte, begrenzt von verkümmerten Ufern, floss ein Abwasserkanal in dem gelblichen Licht.

Sie schalteten die Lampen aus. Paul fragte der Form halber: »Geradeaus?«

»Wir gehen den Weg zurück und folgen dabei dem Verlauf der Straßen. Es ist ausgeschildert.«

Die Bullen gingen in den Stollen. Der Boden war rutschig, sie kamen langsam voran, mit tastenden Schritten. Auf dem seifenglatten Steg waren die Rangers Cabreras von Vorteil. Die Sohlen griffen bei jeder noch so kleinen Unebenheit, im Gegensatz zu den Westons mit Ledersohle, die Vial trug.

Sie brauchten zehn Minuten, um den ersten Knotenpunkt zu erreichen. Beim Kreisverkehr rund um den David trennten sich die Wege. Weiter geradeaus kam die Avenue Pierre-Mendès-France, links die Avenue du Prado. Wenn sie in die Freiheit gelangen wollten, standen den flüchtenden Männern nur diese beiden Möglichkeiten offen.

»Ich laufe zum Kollektor«, entschied Vial. »Sie folgen dem Prado bis Michelet und rennen zum Obelisken vor. Falls wir nichts finden, kommen wir mit Tardon zu Ihnen zurück.«

Paul erklärte sich einverstanden. Er zog alleine weiter, ohne Unterstützung und ohne Verbindung, mit nichts als seinem Instinkt als Leitbake. Letztlich gefiel ihm diese Situation. Mit ein wenig Glück würde er das große Los ziehen.

Er bog ab. Die Schritte des Kommissars hallten als fernes Echo wider, bevor sie von dem Gewölbe verschluckt wurden. Eine Stille wie in einer Krypta breitete ihr Leichentuch aus, unterbrochen von einem gelegentlichen Plätschern.

Paul zückte seinen Manurhin. Auf dieser Achse waren alle dreißig Meter Nischen in die Wand gehauen, die in dunkle Schächte voller verrosteter Leitern führten. Der Polizist konnte sich unschwer die Blechdeckel vorstellen, die in der Senkrechte eingemauert waren, um die Ausgänge zu versperren.

Er rückte dreihundert Meter vor, die Taschenlampe in der einen Hand, die ans Bein gepresste Waffe in der anderen. Er sprang wie ein Heckenschütze von Schacht zu Schacht. Seine Silhouette kroch über die Wände, ein beweglicher Schatten in dieser erstarrten Umgebung.

Er kam an der Avenue du Parc-Borely vorbei, an der Rue des Mousses, am Boulevard Jules-Verne. Bei jeder Kreuzung zeigte eine verrostete Platte die rein theoretische Existenz einer Straße an. Er dachte an die Irrwege der Hölle, an eine Welt nach dem Atomkrieg, in deren erstarrter Erinnerung nur noch die Namen aufbewahrt wurden.

Wie Mahnmale.

Eine Ratte huschte zwischen seinen Beinen hindurch. Paul lehnte sich mit dem Rücken an die Wand. Sein Körper war nur noch ein einziges Triefen. Wo waren die Zigeuner? Hatten sie sich für einen anderen Weg entschieden? Eine andere Wahl getroffen? Er sah auf die Uhr. Die Treibjagd dauerte jetzt schon eineinhalb Stunden. Falls Vial Recht hatte, falls die Zigeuner in seine Richtung liefen, müsste der Zusammenstoß unmittelbar bevorstehen.

Wie eine Antwort auf seine Gedanken hallten Geräusche durch die Finsternis. Ein Knacken, heisere Töne. Paul schlüpfte in eine der Nischen.

Nach und nach erkannte er Stimmen, keuchenden Atem. Er wagte einen kurzen Blick. Zwei Gestalten gingen den Kanal entlang, vor lauter Anstrengung vornübergebeugt.

Er erkannte die Ringerschultern des ersten, den riesigen Körper des zweiten.

Die Zigeuner.

Sie liefen direkt auf ihn zu.

Der Bulle versuchte seinen Siegesrausch in den Griff zu bekommen. Atmete in den Bauch hinein, langsam, machte seinen Kopf ganz leer. Er spürte, wie Energie in seine Gliedmaßen floss, wie die Muskeln sich entspannten, sich um den Plexus zusammenzogen. Sein Puls ging runter, ihm wurde wieder warm. Sein Körper verwandelte sich in eine Waffe. Kalt, scharf geschliffen, zielgenau.

Diesmal war der Überraschungseffekt auf seiner Seite.

Er wartete den letzten Moment ab. Die Zigeuner kamen völlig nichts ahnend auf ihn zu, waren keine paar Meter entfernt.

Er sprang aus der Nische wie ein Teufel aus der Schachtel. Mit vorgehaltener Kanone hörte er sich brüllen: »Auf den Boden! Leg dich hin! Hände über den Kopf! Du auch, du Arschloch.«

Die Flüchtenden erstarrten zur Salzsäule. Ihre bereits tief eingekerbten Gesichter sahen aus wie Grabtücher. Paul spannte den Hammer und schoss. Die Detonation zerriss ihnen schier das Trommelfell, während die Kugel ihnen um die Ohren pfiff. Entsetzen flackerte in ihren Blicken auf. Die Kerle fielen auf die Knie, die Hände im Nacken verschränkt.

Cabrera streckte ihnen ein paar Handschellen hin und machte ihnen ein Zeichen, dass sie sich aneinander fesseln sollten. Ein letztes Mal sah er auf die Uhr.

Nach dem Lärm würde Vial sicher bald aufkreuzen.

In zwanzig Minuten würde alles vorbei sein.

3

»An wen hast du sie verhökert, du Scheißkerl?«

Der Mann saß mit Handschellen an einen Stuhl gefesselt und schüttelte den Kopf. Seit zwanzig Minuten kam immer wieder derselbe Satz, wie eine Litanei, wie eine Beschwörungsformel.

»*Yo no entiendo … Hablo español … español …*«

Leutnant Macarian zerdrückte nervös seinen Plastikbecher. Er näherte sich dem Zigeuner, beugte sich bis auf Stirnhöhe zu ihm hinab und wiederholte mit zusammengepressten Lippen: »*No entiendo … No entiendo …* Du nimmst mich auf den Arm, du Scheißmakak. Ich schlag dir die Zähne ein, dann wollen wir mal schauen, ob das deinem Verständnis auf die Sprünge hilft.«

Der Zigeuner lächelte bedauernd. Der Schmiss, der seine Wange teilte, zog sich bis zum Ohransatz. Macarian trat einen Schritt zurück und hob die Faust. Eine autoritäre Stimme knisterte im Lautsprecher.

»Macarian!«

Der Ermittler erstarrte und hielt mitten in der Geste inne. Er warf einen wütenden Blick in die Kamera und ging aus dem Büro.

»Den hätte ich weich gekocht, Kommissar. Noch fünf Minuten … Fünf läppische Minuten.«

Vial antwortete nicht. Er beobachtete einen rechteckigen Kontrollbildschirm, auf dem in Schwarzweiß und auf voller Länge das Verhörzimmer zu sehen war. Hinter ihm stand Paul und sah ebenfalls auf den Monitor.

Macarian zündete sich eine Camel an. Durchsichtige Perlen standen ihm auf den Schläfen, liefen ihm über die Wangen. Mit seinen extrem geweiteten Pupillen wirkte er wie in Trance.

»Dieser Scheißzigeuner.«

»Gehen Sie einen Kaffee trinken«, befahl Vial.

»Aber … Kommissar.«

»Und kommen Sie zurück, sobald Sie sich beruhigt haben.«

Der Bulle mit dem Gehabe eines Zuhälters presste die Kiefer aufeinander. Er lachte höhnisch auf, warf Paul einen verächtlichen Blick zu und ging hinaus, knallte die Tür hinter sich zu.

»Der Junge ist nicht ganz dicht«, bemerkte Cabrera.

»Sparen Sie sich Ihre Kommentare, Cabrera. Macarian ist ein exzellenter Ermittler. Er ist gerissen, macht saubere Arbeit und behält immer den Überblick. Vielleicht der beste von uns.«

»Man müsste ihm beibringen, wie man seine Nerven unter Kontrolle hält. Das kann in manchen Situationen zum Problem werden.«

Der alte Fuchs beobachtete Paul durch seine viereckigen Augengläser. Mit einem verächtlichen Tonfall bemerkte er: »Sie sind ja auch in einer völlig anderen Lage, Leutnant. Hier kommt es auf logisches Denken, Intelligenz und Beobachtungsgabe an. Unsere Fälle sind Puzzles. Keine Jagdpartien.«

Paul antwortete nicht. In wenigen schroffen Sätzen hatte Vial gerade seine innersten Überzeugungen enthüllt. Für ihn hatte die Straße schon immer Mülltonnengestank verbreitet.

Die Sekunden zogen sich in die Länge, vieles blieb ungesagt, die Stimmung verschlechterte sich spürbar.

Der Kommissar konzentrierte sich wieder auf den Bildschirm. Auf seinem gekrümmten Rücken schien alles Elend der Welt zu lasten. Er drückte einen Knopf. Das Bild kippte. Dasselbe Büro, dieselben Möbel: ein Tisch, zwei einander gegenüberstehende Stühle.

Nur die Darsteller waren andere.

Paul erkannte Desruels blonde Mähne, wie sie mit herablassender Haltung mit dem Rücken zur Kamera saß. Auf den Stuhl gefläzt und Lässigkeit vortäuschend, der zweite Verdächtige: Manuel Muñoz. Der Zigeuner, der dem Schlächter den Entschwarter abgekauft hatte.

Vial näherte sich dem Mikro.

»Desruel… Kommen Sie.«

Der weibliche Bulle verließ den Aufnahmebereich der Kamera. Gleich darauf flog unter Karacho die Tür auf und eine Furie mit roten Wangen stand im Raum.

»*No hablo… No hablo…* Der verarscht uns doch komplett. Das sieht ein Blinder mit Krückstock.«

Der Kommissar strich sich mit den Fingerspitzen die Stirn glatt. Eine zarte, beinahe affektierte Geste.

»Ich habe mich mit einem Dolmetscher in Verbindung gesetzt. In einer Viertelstunde wird er hier sein.«

»Meine Backe! Dieser Typ spricht Französisch wie Sie und ich. Der wird nichts ausspucken.«

»So lautet die Vorschrift. Wenn wir uns an die nicht halten, dann kann sie jeder Anwalt in null Komma nichts aus dem Polizeigewahrsam herausholen.«

»Ich scheiß auf die Vorschriften. Lassen Sie mich nur machen. Ich garantiere Ihnen, der wird mir alles erzählen.«

Vial lehnte sich in seinem Sessel zurück und sah seine Ermittlerin durchdringend an.

»Desruel… Sind Sie sich darüber im Klaren, was Sie da sagen?«

»Es ist mir scheißegal. Diese Dreckskerle kennen den Verrückten, der das Mädchen gefoltert hat. Wir müssen sie zum Reden bringen.«

»Etwa indem wir dieselben Methoden anwenden?«

»Warum auch nicht? Wer sollte sich darüber beschweren?«

Der Kommissar vergrub sein Gesicht in den Händen.

»Verlassen Sie dieses Büro.«

»Sie...«

Er brüllte: »RAUS HIER!«

Die Blonde griff nach ihrer Waffe. Ihre Körperhaltung drückte nur noch Anspannung und Frustration aus. In diesem Moment der Wahrheit zeigte auch sie ihr wahres Gesicht. Paul sah ihr nach, als sie das Zimmer verließ. Er beglückwünschte sich im Stillen, dem Gesang der Sirenen nicht nachgegeben zu haben.

Hinter sich hörte er die niedergeschlagene Stimme des Kripochefs in zittrigem Ton sagen: »Gehen Sie nach Hause. Ich schaff das schon mit dem Dolmetscher.«

Der Leutnant wurde ganz überraschend von Mitleid gepackt. Trotz seiner harschen Worte, seiner taktlos geäußerten Verachtung, war es Vial gelungen, sich bei ihm so etwas wie Respekt zu verschaffen. Sein Leben hatte er selbst in die Hand genommen. Sein Charakter war geprägt von einem Hang zum Absoluten, den Umgangsformen eines anderen Zeitalters, und einer absurden Eleganz, alles Versuche, gegen die herrschende Gleichgültigkeit eine Festung der Werte zu errichten.

Obwohl er sich in seinem Stolz verletzt fühlte, gab Cabrera ihm auch diesmal Recht. Paul murmelte, während er sich an die Wand lehnte: »Lassen Sie es mich versuchen.«

4

Vial hatte ihm zehn Minuten gegeben. Nicht eine mehr. Dann würde der Dolmetscher aufkreuzen, die Verhöre würden aufgezeichnet werden und alles würde wieder seinen vorschriftsmäßigen Gang nehmen.

Zehn Minuten. Ein kurzes Intermezzo, ein Aufschub. Paul besann sich noch einmal auf die einzelnen Punkte der Vereinbarung. Er hatte nur ein Ziel: Informationen über das Monster zu erhalten. Nur eine Verpflichtung: keine körperliche Gewaltanwendung.

Ansonsten hatte er freie Hand.

Er betrat den Käfig.

Das Zimmer wirkte noch düsterer als auf dem Monitor. Ein fensterloses Kabuff mit farblosen Wänden, von bewusst kalkulierter Trostlosigkeit. Eine flackernde Beleuchtungsanlage spuckte Neonlicht in den Raum und verstärkte noch das Gefühl von Beklemmung. Um dem Ganzen die Krone aufzusetzen, war ein verwaistes Plakat mitten an die Wand gepinnt, ein altmodisches Werbeplakat, das die beruflichen Vorteile des Polizeidienstes anpries.

Der Bulle legte die Hände flach auf den Tisch, die Absätze fest auf dem Boden. Auf der anderen Seite, keinen Meter entfernt, saßen die beiden knallharten Burschen. Muñoz, groß, kräftig, nur noch ein Nervenbündel. González, klein, stämmig, ein aufbrausender Typ. Cabrera hatte Vial gebeten, sie gemeinsam verhören zu dürfen, ohne Kamera und ohne Handschellen.

Er zündete sich einen Zigarillo an und sah auf die Uhr.

»Jetzt geht's auf die letzte Zielgerade, Jungs. In neun Minuten ist alles vorbei.«

Die Zigeuner sahen ihn fragend an. Sie runzelten die Stirn und schienen sich zu bemühen, ihn zu verstehen. Der Polizist machte in einem heiteren, belehrenden Ton weiter.

»Es wird ein Dolmetscher kommen. Er spricht Spanisch, Portugiesisch und sogar Katalanisch. Den könnt ihr nicht aufs Glatteis führen.«

Paul hielt ganz bewusst einen Moment inne. Er blickte jedem Einzelnen in die Augen, tastete wie ein Scanner mit dem Blick ihre Pupillen ab.

Muñoz verriet sich als Erster. Besser gesagt: Sein Körper sprach für ihn. Ein Flackern der Iris, wie eine Windbö über einem schwarzen See. Der Bulle von der Brigade nahm es als Eingeständnis.

»Manuel Muñoz. Zweiunddreißig Jahre alt. Spanischer Herkunft. Am 21. Oktober 2002 in Palma de Mallorca festgenommen. Mitnahme und Einfuhr von Drogen. Seit dem 7. Februar 2003 auf der Flucht, nach erfolgreichem Ausbruch aus einem Wagen der Guardia Civil. Vor vier Monaten wurde von der spanischen Justiz der internationale Haftbefehl erlassen.«

Der Zigeuner musterte ihn verächtlich und mit arrogantem Blick.

Dicke Perlen sprossen am Rand seiner Kopfhaut.

Paul wechselte zum Nächsten.

»Pedro González. *El Toro*. Fünfunddreißig Jahre alt. Ebenfalls spanischer Herkunft. Gibt sich als sein Cousin aus. Bei derselben Gelegenheit ausgebrochen. Aus denselben Gründen gesucht.«

Der mit dem Schmiss schlug die Beine übereinander. Mit seiner stolzgereckten Brust wirkte er wie eine Skulptur. Paul ließ seinen Zigarillo rot aufglühen.

»Ich weiß, dass ihr mich versteht. Ihr mimt die Deppen,

und in diesem Land kann euch niemand daran hindern. Jetzt erklär ich euch mal, wie's weitergeht.«

Die Zigeuner blieben vollkommen reglos. Sie lauschten, die Gesichtszüge zu einer Maske des Stolzes erstarrt.

Der junge Leutnant führte ihnen vor Augen, was in unmittelbarer Zukunft mit ihnen geschehen würde: »Man wird euch vorschriftsmäßig verhören. Eure Aussagen werden übersetzt, schriftlich festgehalten und im Anschluss der Staatsanwaltschaft übermittelt. Dann wird ein Eilverfahren in die Wege geleitet. Erst der Untersuchungsrichter. Gleich im Anschluss: ab ins Gefängnis Les Beaumettes. In drei Monaten seid ihr wieder in euren Zellen in Madrid, bis die Einzelheiten der Auslieferung geregelt sind.«

Paul legte abermals eine Pause ein. Er machte keinerlei Anspielungen auf die bisher geäußerten Drohungen. Macarian, Desruel, seine Kollegen von der Kripo hatten wahrscheinlich ähnliche Argumente vorgebracht, auf kampferprobte Dealer dürften sie keine nennenswerte Wirkung haben. Aber er musste die Konfrontation damit beginnen lassen, wenn er das Spielfeld abstecken wollte.

Er konzentrierte seine Attacke auf Muñoz. Instinktiv spürte er, dass der Große der Schwächere war.

»Dann gibt es noch eine andere Möglichkeit. Weniger lustig. Willst du sie erfahren?«

Der Mann machte sich stocksteif.

»Wir behalten dich bei uns und hängen dir die ganze Geschichte an«, fuhr der Polizist fort. »Dann wirst du drei Jahre in Untersuchungshaft versauern, bis dein Fall geklärt ist. In deinem Fall ist das ein Kinderspiel. Du hast die Mordwaffe geliefert, und du hast kein Alibi. Um das Schwurgericht kommst du nicht herum. Ein hübscher Prozess, mit Geschworenen und dem ganzen Pipapo.«

Paul zückte einen Umschlag. Er breitete die Fotos aus den Akten auf dem Tisch aus.

»Du brauchst dir nur die Mütter vorzustellen, wie sie wohl reagieren werden, wenn man ihnen diese Fotos vor die Nase hält… Damit ist dir ein ›Lebenslänglich‹ sicher. Vor allem, falls ihnen der Irre nicht ins Netz geht. Es braucht immer einen Schuldigen, Mann. Glaub mir, die werden sich den schnappen, der gerade greifbar ist.«

Cabrera bluffte. Er konnte die weitere Entwicklung des Falls gar nicht vorhersagen, wusste nicht, wie der Staatsanwalt, wie die Geschworenen insgeheim urteilen würden. Er manipulierte seinen Klienten auf Tomasinis Art, indem er dem Zigeuner Tatsachen, von deren Tragweite dieser sich keine Vorstellung machen konnte, als Realität vorsetzte.

Er beugte sich über den Tisch zu ihm vor und mimte den freundlichen Helfer.

»Hilf mir, dich da herauszuholen.«

Das Gesicht des Zigeuners verkrampfte sich.

Paul beugte sich noch weiter vor. Seine Stimme wurde zu einem Murmeln: »Den Entschwarter, an wen hast du den geliefert?«

Das Schweigen wurde immer undurchdringlicher. Es war von ganz besonderer Beschaffenheit, ein Kondensat der Angst. Der Bulle rückte mit seinen Bauern vor.

»Marius Ferraci, kennst du den? Ein Motorradfreak. Ein Hell's. Er trägt Goldringe und dröhnt sich hemmungslos mit Heroin zu. Außerdem dealt er.«

Paul wartete, die Schultern bedrohlich vorgereckt.

Muñoz machte den Mund auf. Links von ihm wurde ein Grunzen laut. González. Der mit dem Schmiss starrte seinen Cousin an, die Augenbrauen zu einem Ausdruck der Verweigerung zusammengezogen. In aller Seelenruhe ließ Cabrera die Sache ihren Lauf nehmen. Er beugte sich ein wenig zurück, so dass er beide Zigeuner im Blick hatte. Jetzt begann Phase B, die Phase, wegen der er sie zusammengebracht hatte und von der sich die Spürhunde von der Kripo keine rechte Vorstellung hatten machen können.

Er rief sich Tomasinis Lehren wieder ins Gedächtnis.

Als Erstes die Drohung. Angst einjagen, mit einem kleinen Hauch von Vergnügen in der Stimme. Dem Schweinehund den Eindruck vermitteln, dass das ein Mordsspaß für einen ist. Auf der Ebene hatte der Korse sich nicht besonders anstrengen müssen. Außerdem – und das war wichtiger als der ganze Rest – hatte er sich den Luxus geleistet, Urteile auszusprechen. So eine Art Selbstjustiz, eine gesichtslose Vendetta, deren Vollstrecker im Dunklen blieben. Die Straße war Tomasinis Lebensinhalt gewesen. Er hatte sie benutzt, bekämpft und, falls es nötig war, in Schutz genommen. Ein wirres Knäuel gegensätzlicher Leidenschaften, bei dem eine Hand die andere wusch.

Jetzt trat Paul in seine Fußstapfen. Er deutete mit dem Zeigefinger auf González.

»Du bist tot.«

Der Zigeuner verzog das Gesicht. Er hatte alles verstanden und versuchte das auch nicht mehr zu verbergen. Mit einem starken spanischen Akzent posaunte er los: »Fick dich doch selbst!«

Cabrera ging um den Tisch herum. Die Erinnerung an die auf ihn gerichtete Kanone brannte ihm noch auf der Haut. Er packte den Zigeuner mit dem Schmiss bei den Haaren und brüllte ihm ins Ohr: »Du bist ein Nichts! Du existierst gar nicht! Der andere, der schon … Wir brauchen einen Prozess, einen Schuldigen. Aber du bist nur Dreck. Dich wird man laufen lassen. Mit einer Abmachung, die dir auf der Fresse geschrieben steht: In drei Tagen bist du kalt.«

Das Gesicht des Zigeuners entgleiste. Paul riss seinen Kopf immer weiter nach hinten.

»Da hast du Pech gehabt, du Oberarschloch. So richtig Pech. Dieser Fall ist ein ganz persönlicher.«

Ein Knacken setzte einen Punkt hinter seinen Satz. Die Stimme des Kommissars schwebte im Raum.

»Zwei Minuten, Cabrera. Der Dolmetscher ist gerade gekommen.«

Paul band seine Haare auf und lehnte sich mit dem Rücken an die Wand. Die Prinzipien des Korsen gaben ihm den Takt vor.

Nun galt es, ein Geschäft vorzuschlagen, eine würdige Gelegenheit, aus dem Ganzen wieder herauszufinden, eine Alternative zu den Folterqualen. Die alte Kunst der Kriegsführung, aktualisiert und unmittelbar der Gewalt des dritten Jahrtausends angepasst.

Der Leutnant rief in den Raum hinein: »Ihr seid erledigt. Und zwar komplett. Sobald ich durch diese Tür gehe, geht der ganze Zauber los.«

Er trat hinter die Zigeuner und blieb zwischen beiden Stühlen stehen. Er legte ihnen jeweils eine Hand auf die Schulter und holte zum entscheidenden Schlag aus.

»Sechzig Sekunden, Jungs. Strengt mal ein bisschen euren Grips an.«

González ließ ein Zischen vernehmen. »Du kannst gar nichts gegen uns ausrichten.«

»Ich kann dafür sorgen, dass du verreckst. Aber mal so ganz unter uns gesagt, es wäre mir lieber, du würdest mit mir zusammenarbeiten. Wenn ihr das Spiel mitspielt, lass ich euch laufen.«

Der mit dem Schmiss zuckte zusammen. Muñoz rutschte nervös auf seinem Stuhl herum. Er raunzte seinem Cousin ein paar Wörter zu, kurze Silben, mit herzergreifenden Tönen dazwischen. González schüttelte den Kopf. Der Wortwechsel wurde heftiger, kratzende Töne, die Muskeln und Sehnen im Hals wie Seile gespannt.

Es knisterte im Lautsprecher.

»Der Dolmetscher ist da.«

Paul hob eine Hand.

»Aus und vorbei, Jungs.«

Er nahm die Fotos wieder an sich und wandte sich zur Tür. Muñoz rief ihn zurück.

»Warte …«

Der Polizist drehte sich langsam um.

»Ich muss dir was sagen.«

»Ich höre.«

»Die Kamera. Schalt die Kamera ab.«

Paul zeigte auf das tote Auge. »Es gibt keine Spione mehr, mein Süßer. Wir sind unter uns.«

Der Zigeuner warf seinem Cousin einen letzten fragenden Blick zu.

Gespannt wie ein Flitzebogen, starrte González auf seine Latschen. Muñoz wandte sich auf der Suche nach einer letzten Beteuerung an Paul: »Wenn ich rede, lässt du uns dann laufen?«

»Ich hab mit euch beiden nichts zu schaffen. Du spuckst es aus, und ich sperr den Käfig auf.«

»Von dem Mädchen haben wir nichts gewusst. Ich schwör's dir. Bei so was hätten wir nie mitgemacht.«

»Fass dich kürzer.«

»Der Kerl kam im Mai ins Lager von Les Saintes, als bei uns das Fest der Schwarzen Jungfrau gefeiert wurde. Aber du bist schief gewickelt. Das ist nicht der, den du meinst. Der dealte nicht, und der war auch kein Junkie.«

»Die Ringe? Hast du nicht die Ringe gesehen?«

»Nein. Die Motorradfreaks, die kenn ich. Aber der da, das war keiner.«

Paul hoffte auf das Unmögliche. Der Verrückte hatte sich bei seinem Einkauf nicht von den Hell's helfen lassen. War er etwa persönlich aufgetaucht? Er sprang sofort darauf an: »Wer war's?«

Der Zigeuner lächelte verächtlich.

»Ein Gajo, kein Zigeuner. Er spricht unsere Sprache und kennt unsere Geschichte. Damit hat er sich unser Vertrauen erschlichen.«

Der Polizist hatte im Nu begriffen. Er hatte die richtige Beute vor der Flinte. Ein intelligenter Mann, der imstande ist, sich für eine vergessene Gemeinschaft zu interessieren und deren Sprache zu erlernen. Er hatte seinen Coup so gut vorbereitet, dass er sogar mit Leib und Seele in diese Nomadenkultur eingetaucht war.

Er befahl: »Red weiter…«

»Dieser Gajo… Also der war komisch. Wie's aussah, war der voll informiert.«

»Kapier ich nicht.«

»Unsere Namen, der Ausbruch, die Arbeit in der Stierkampfarena. Der wusste alles.«

Der Bulle verschränkte die Arme.

»Er hat uns ein Angebot gemacht, das wir nicht ablehnen konnten.«

»Was für ein Angebot?«

»Kohle. Einen Haufen Kohle. So viel, dass wir sechs Monate lang in aller Ruhe untertauchen konnten.«

»Wie viel?«

»Hunderttausend Euro. Kannst du dir vorstellen, was das für ein Batzen ist? Bloß dafür, dass wir ihm ein Werkzeug beschaffen.«

Paul war nicht sehr überrascht. Der Profiler hatte von einem organisierten, kultivierten Menschen gesprochen. Das Geld passte ins Bild, war das Mittel, mit dem er das alles zuwege brachte.

»Kannst du ihn beschreiben?«

»Es war Nacht. Wir waren am Strand. Ich konnte ihn nicht gut sehen.«

»Du hattest ja auch Licht genug, um deine Kohle zu zählen, etwa nicht?«, zischte Cabrera.

»Das Geld haben wir erst später bekommen. Als wir ihm den Entschwarter gebracht haben.«

»Und wie war's da? Der ist ja wohl kaum mit einer Maske angetanzt, oder?«

»Wir haben das Ding auf einem Parkplatz am Meer hinterlegt. Hinter einem Mäuerchen. Wir mussten ein bisschen weiter weg warten. Er ist es holen gekommen und hat einen Umschlag dagelassen. Ich habe nur seinen Rücken gesehen.«

Die Erklärung befriedigte den Bullen nicht. Aber sie stimmte mit dem Phantombild des Verrückten überein. Er war misstrauisch und gerissen und hatte alles darangesetzt, unsichtbar zu bleiben. Paul seufzte schwer.

»Seine Figur. Wie sah der Mann aus?«

»Groß… breitschultrig. Schulterlanges Haar.«

»Welche Farbe?«

»Gelb.«

»Du meinst blond?«

»Nein. Gelb. Irgend so ein Chemokram, gefärbt.«

Paul drückte seine Kippe aus. Die Beschreibung brachte

ihm nichts Neues. Oder zumindest nicht viel. Wenn der Mann sich die Haare färbte, dann konnte er auch seinen Haarschnitt ändern. Oder eine Perücke tragen. Was die Größe anging, den Umstand, dass er kräftig war, so entsprach das dem heutigen Standard einer wohlgenährten Jugend.

Er fragte weiter.

»Erinnerst du dich noch an etwas?«

Der Zigeuner ruckelte auf dem Stuhl herum. Er schüttelte den Kopf, dann sagte er noch: »Seine Stimme. Er hatte ein Problem mit seiner Stimme.«

»Was für eines?«

»Sie klang wie eine Kinderstimme. Wie die von einem kleinen Jungen.«

Paul erschauderte. Diese Enthüllung störte ihn. Er suchte nach einer Erklärung. Der Mörder hatte die Klangfarbe seiner Stimme möglicherweise verändert. Vielleicht hatte er die Ruchlosigkeit so weit getrieben, das einzige unverwechselbare Element seiner Persönlichkeit zu verfälschen.

Dann schoss ihm eine andere Idee durch den Kopf. Sie schuf eine Verbindung zwischen dieser Besonderheit und dem Verbrechen, enthüllte dessen innere Mechanik. Der Mann litt an einer Missbildung. Eine abgrundtiefe Scham hatte ihn in den Wahnsinn getrieben.

Hatte ihn dahin getrieben, sich an einem Kind zu vergreifen.

Um sich für sein Schicksal zu rächen.

Der junge Leutnant versuchte seine Verwirrung in den Griff zu bekommen. Einen Punkt galt es noch zu klären: »Warum habt ihr versucht, mich umzubringen?«

Die Zigeuner tauschten einen Blick. Über ihre Gesichter kroch die Angst.

Paul bohrte weiter: »Ihr macht euch ja fast in die Hosen

vor Muffensausen. Man könnte euch beinahe für zwei Schwuchteln halten. Habt ihr etwa vor dem Typen so einen Heidenbammel?«

Das Argument zog. Mit einem Grollen in der Stimme versuchte der mit dem Schmiss die Sache wieder an sich zu reißen.

»Hör mal gut zu, du Scheißpolyp. Ich fürchte niemanden. Weder den Spinner, der die Göre ins Jenseits befördert hat, noch dich, noch sonst wen.«

»Du bist allein, du Idiot. Und dein Bruder hat uns alles gesteckt. Du hast nur noch mich, falls du da wieder rauskommen willst. Willst du nicht, dass ich dir ein wenig unter die Arme greife?«

»Ich hab's dir schon gesagt. Du kannst nichts für uns tun.«

»Was riskierst du denn?«

González blies in sein Hemd. Sein Gesicht sah aus wie eine Lehmmaske. Er murmelte mit gesenktem Kopf: »Ich bin nicht das Problem.«

»Wer dann? Sprich!«

Mit einem Schlag hatte die Stimmung sich gewandelt. Die seit Stunden angestaute Spannung durchbrach wie steigendes Hochwasser die Widerstände. Der mit dem Schmiss sank schlaff auf seinem Stuhl zusammen.

»An dem Abend mit dem Deal, da war noch was.«

Ein Lächeln huschte über Cabreras Gesicht. Wenn man kleine Schläge austeilte, musste man bloß Geduld haben.

»Ich höre.«

»Der Kerl hat uns gebeten, zu vergessen, was gerade passiert war, und zu verschwinden.«

»Und du hast Ja und Amen dazu gesagt.«

»Ich habe zwei *chicos*. Zwei Jungs. Sie leben in Alicante,

bei meinem Vater. Dieser Verrückte wusste darüber Bescheid. Ich weiß nicht, wie er das gemacht hat, aber er wusste das. Er hat mir gesagt, er würde sie kaltmachen, wenn ich nicht meinen Mund halten würde. Wir wollten gerade abhauen, als du aufgetaucht bist.«

Der Mann räusperte sich. In seinen Augen stand das pure Grauen.

»Du machst dir keine Vorstellung, wozu der fähig ist.«

»Genauer.«

»Er hat uns gebeten, ihm zu folgen.«

»Wozu? Ihr hattet das Geld doch schon, oder?«

»Er wollte uns etwas zeigen. Wir hatten keinen Grund, das abzulehnen.«

Der Mann hielt kurz inne. Er sah aus, als versinke er in einem Sumpf.

»Wir sind mitgegangen. Er hatte so eine Art Kleinlaster.«

Die Teile rückten an ihren Platz. Paul bestätigte: »Einen Pick-up. Mit Schrott darin.«

»Er hatte auch eine Winde. Wie bei einem Abschleppwagen. Wir sind eingestiegen. Drinnen war es zappenduster. Er fuhr bis Vaccarès. Er hielt mitten im Nirgendwo und…«

Der Zigeuner verkrampfte sich.

»Scheiße… so was hab ich noch nie gesehen. Er hatte einen Koffer mit Gläsern… O Mann, Scheiße… und da drin waren lauter einzelne Stücke. Augen, Zungen, Finger, ich konnte gar nicht richtig hinschauen. Alles, was ich sehen konnte, war, dass der mit menschlichen Körperteilen durch die Gegend kutschierte.«

Den Bullen packte der Ekel. Das war es also. Das seltsame Verhalten der Zigeuner, diese Schutzmauer, hinter der sie sich mit ihrem Schweigen verschanzten.

Der Verrückte hatte sie in Angst und Schrecken versetzt.

Was anschließend geschehen war, war nicht schwer zu erraten. Sie hatten dem Schlächter und den Tagelöhnern in der Stierkampfarena von ihrer Angst erzählt und dann, vor lauter Panik, die Wahrheit könne ans Licht kommen, nicht gezögert, einen Bullen umzunieten. Anschließend hatte die Solidarität ihnen weitergeholfen. Sie waren nach Marseille geflüchtet, in der Hoffnung, sie könnten ihre Spuren verwischen und sich in nichts auflösen.

Paul klopfte dem Zigeuner auf den Rücken.

»Jetzt hol erst mal Luft. Das kriegen wir schon wieder hin.«

Er ging aus dem Raum, die Gedanken vollkommen in Aufruhr. Was die Personenbeschreibung betraf, so würde man ein Phantombild anfertigen und dabei hinterm Rücken die Finger kreuzen. Was den Rest anging, hatte die Treibjagd sich gelohnt. Er war nun im Besitz eines wesentlichen Hinweises zur Identität des Mörders, der in dessen Kehlkopf steckte.

Ohne stehen zu bleiben ging Paul an Vials Büro vorbei. Im Vorbeigehen rotzte er ihm hin: »Geben Sie mir fünf Minuten!«

Der junge Leutnant musste nachdenken. Als die Zigeuner ihm erzählt hatten, wie informiert der Irre war, hatte ihn das stutzig gemacht. Das lief etwa in dieselbe Richtung wie Atavians Entdeckung dieser hypergeschützten Akte über einen Polizeispitzel mit Goldfingern.

Als die Treibjagd begonnen hatte, war man von der Barbarei eines Einzeltäters ausgegangen. Später dann, im Laufe der Ermittlungen, hatte man zwingende Gründe für einen möglichen Komplizen gefunden.

Zwei Verrückte, das kam auf ein und dasselbe heraus.

Plötzlich begannen die Schatten, die nicht zusammenpassten, um dieses Puzzle herumzutanzen. Ein Mörder, der in einem Grad informiert war, dass es schon nicht mehr mit rechten Dingen zugehen konnte, hohe Tiere bei der Polizei, die eine Akte unter Verschluss hielten.

Das alles ergab kein zusammenhängendes Bild.

Doch seine Intuition sagte ihm ganz eindeutig: Jedes Element gehorchte einer ureigenen Logik.

Er stand schon vor der Tür, obwohl er nicht hätte sagen können, wie er dahin gekommen war. Die Nacht streckte ihre ebenholzschwarze Blütenkrone über den Platanen der Rue de l'Evêché aus. Im Westen, Richtung Handelshafen, rangen die letzten Sonnenstrahlen mit dem Tode.

Paul sah auf seine Uhr – 22:09.

Überall in den Elendsvierteln der Stadt begannen die Ratten ihren chaotischen Reigen.

Atavian, der unbemerkt in ihrem Kielwasser schwamm, hatte ja vielleicht Neuigkeiten zu berichten.

5

»Cabrera.«

Großer Lärm am anderen Ende der Leitung. Überlagert von Gebrumm.

»Genau zur rechten Zeit. Hast du Antennen?«

Paul warf einen zerstreuten Blick auf die Rue de l'Evêché. Ineinander verkeilte Karosserien, Hupkonzerte, die Nacht verströmte einen Hauch von Ungeduld, als seien alle in Erwartung einer Fiesta. Er fragte: »Was ist los?«

»Sie haben ihn umgelegt.«

»Was?«

»Den Fixer. Man hat ihm eine Kugel in den Rücken verpasst.«

»Ein Denunziant?«

»Jedenfalls dieselbe Strafe. Wir haben ihn am Bahnhof gefunden. Er ist von einem Container gefallen, in dem Moment, als die Müllmänner den Müll abtransportieren wollten.«

»Bist du sicher, dass er es ist?«

»Hundert Prozent. Der Müllwagen hat ihn ein bisschen verhunzt, aber keine Zeit gehabt, die Ringe zu zermalmen.«

Paul kam an einer Gruppe von Jugendlichen vorbei. Diese Klone in ihren topmodischen Klamotten versteckten ihre Augen hinter schwarzen Brillen.

»Wer hat dir den Tipp gegeben?«

»Der Scanner. Die Personenbeschreibung stimmte überein, ich bin hingegangen, um es zu überprüfen.«

Das Heulen einer Sirene ertönte im Apparat. Paul spitzte die Ohren. Atavian brüllte, um den Lärm zu übertönen.

»Der Krankenwagen ist gerade gekommen. Hier ist die Hölle los. Wie auf dem Jahrmarkt.«

Cabrera hörte nicht mehr zu. Er dachte an die Methode, mit der man den Hell's mundtot gemacht hatte. Eine Kugel in den Rücken, das Markenzeichen des Milieus. Der Müllcontainer war wie eine symbolische Unterschrift, wie ein angemessener Sarg.

Hatte man den Polizeispitzel entlarvt? Handelte es sich um eine Exekution, die mit der Ermittlung nichts zu tun hatte?

Er glaubte nicht länger als eine Sekunde daran. Dieser Tod passte allzu gut, war wie ein Signal, ein deutliches Zeichen. Er bewies, dass die Beurs vorankamen, und bestätigte seine eigenen Schlussfolgerungen.

Der Mörder war nicht im Alleingang unterwegs.

Es hatte von Anfang an einen Komplizen gegeben, der ihm das Feld bereitete.

Riad hatte die Bestätigung dafür erhalten. Wahrscheinlich als er den anderen geschnappt hatte. Und er hatte begonnen, seine Rechnungen zu begleichen. In diesem Augenblick versteckte er sich wahrscheinlich irgendwo, um seine Arbeit zu Ende zu bringen.

Atavian raunzte in den Apparat: »Cabrera? Bist du noch da?«

»Ich hab grad über was nachgedacht.«

»Was machen wir jetzt?«

»Hast du seine Wohnung überprüft?«

»Vor sechs Monaten abgehauen. Ohne eine Adresse zu hinterlassen.«

»Und die Vereine? Die Clubs?«

»Nichts in den Karteien. Er hat ihnen wahrscheinlich einen Decknamen genannt. Was die Clubs angeht, so hab ich noch keine Zeit gehabt, sie mir vorzunehmen.«

Paul biss die Zähne zusammen. Das Handy ans Ohr gepresst, stieg er jetzt die Montée des Accoules hinauf.

Wohnhäuser, denen der Putz von den Wänden bröckelte, mit strengen Fassaden, schiefe Treppenstufen unterhalb der Gassen des Panier-Viertels. Er blieb auf einer Plattform stehen, einem Viereck aus Beton, nackt wie ein Felsvorsprung. Die Müdigkeit lastete wie ein Bleimantel auf seinen Schultern.

»Lass gut sein. Der andere ist viel zu gerissen. Er wird sich kaum zusammen mit ihm gezeigt haben.«

»Der andere? Welcher andere?«

Cabrera ging in die Hocke, mit dem Rücken zur Mauer. Eine Hitze wie in der Sauna drang durch seinen Pulli.

»Nichts. Ich denk mir nur so mein Teil. Ich ruf dich wieder an, wenn ich Hilfe brauche.«

Paul klappte das Handy zu. Eine klebrige Luft hing ihm in den Poren. Küchendünste drangen aggressiv in seine Nase. Er hatte das Gefühl, mitten auf einem Schuttabladeplatz zu stehen. Ein paar Minuten verharrte er so, die Gedanken im Freilauf, der Körper in Wartehaltung.

Riad hatte gerade seinen Tod besiegelt. Mit dem Mord an diesem Junkie hatte er den Punkt, an dem es kein Zurück mehr gab, überschritten.

Sobald man ihn damit in Verbindung brachte, würde die IGPN, die Generalinspektion der Police Nationale, mittanzen. Eine Bande aufgehetzter Faschos, die bei der Vorstellung, einen Kanaken auf die Liste ihrer Jagdtrophäen zu setzen, zu sabbern anfingen.

Paul verließ seinen Aussichtspunkt und machte sich wieder auf den Weg zur Brigade. Die Geräusche der Stadt wehten zu ihm hinauf, von der Hitze wie auf Flügeln getragen. Und mit ihnen die Worte der Niederlage des Kommissars.

Er blieb vor seiner Maschine stehen. Der Feuerstuhl funkelte, ein vertrautes, beruhigendes Objekt. Die Zeit, in der er mit seinem Kumpel Spritztouren unternommen hatte, schien sich noch im Chrom zu spiegeln.

Er musste weitermachen.

Für Riad. Für Leïla. Auch für sich selbst.

Die Beschreibung der Erkennungsmerkmale, die die Zigeuner ihm geliefert hatten, waren schon der Beginn einer Antwort.

Morgen, so früh wie möglich, würde er die Jagd wieder aufnehmen. Und mit ein wenig Glück würde er vielleicht rechtzeitig ankommen.

6

Thibaud schlug ein Auge auf.

Er blinzelte, ein Reflex, mit dem er sich langsam auf seine Umgebung einstellte. Seine Augen brannten, er hatte das Gefühl, eine Hand voll Sand zerkratze ihm die Linse. Er mühte sich damit ab, in dem Halbdunkel etwas zu erkennen.

Allmählich zeichneten sich Linien ab. Scharfe Kanten, längliche Formen, Konturen, die den Raum in dunkle Fragmente zerschnitten. Sehr schnell begriff der Junge, dass er lag. Die übliche Position seit dem Unfall, er hatte sich schon daran gewöhnt.

Er tastete den Untergrund ab. Ein rauer Stoff, verstaubt. Sehr verschieden von den seidigen Betttüchern im Haus. Auch der Geruch erstaunte ihn. Ein widerlicher Petroleumgestank vergiftete jedes Sauerstoffmolekül.

Er wurde von Panik überrollt. Und mit ihr kehrte die Erinnerung an die letzten Stunden zurück. Der Pfleger hatte ihn in den Krankenwagen gebracht. Ein Mann, den er nicht kannte. Groß, mit einem Engelsgesicht und kurzem Haar. Er hatte ihn angelächelt, als er die Gurte der Trage festgezurrt hatte. Ein seltsamer Ausdruck, faszinierend und fern zugleich.

Ohne recht zu wissen, warum, hatte Thibaud Angst gehabt.

Bevor sie losgefahren waren, hatte der Mann eine Subkutanspritze aus seiner Tasche gezogen und sich lächelnd zum Arm des Kindes vorgebeugt. Die Nadel, die extrem fein war, hatte in den Ellbogen gestochen. Nach zwei Atemzügen hatte Thibaud gespürt, wie er wegdämmerte.

Der Junge hatte keinen Laut von sich gegeben, sich nicht gewehrt. Doch in irgendeinem verborgenen Winkel seines Bewusstseins hatte er die Gewissheit gehabt, dass man ihm Böses antun wollte.

Er stützte sich auf die Handflächen. Ein Lichtstrahl fiel unten vom Boden ein. Ein paar Sekunden lang blieb er so, kniff die Augen zusammen, um sich auf die Dunkelheit einzustellen. Die Dinge wurden klarer. Ein Tisch, eine Wanne, eine Kette, auf eine Rolle gewickelt. Sein Blick wanderte die Metallglieder entlang. Das letzte war an einem kompakten Block befestigt, der unmittelbar auf dem Boden stand.

Thibaud wurde schwindlig. Er ließ sich zurückfallen, die Anstrengung hatte ihn erschöpft.

Wozu sollte er kämpfen?

Kindesentführungen endeten immer auf dieselbe Art. Man fand die strangulierten Körper in einem Straßengraben. Oder man fand sie nicht.

Er würde sterben.

Er wusste es.

Er ließ sich lange so treiben, halb der Realität entrückt, versunken in einen Albtraum voller Rollstühle, chromverkleideter Maschinen, Männern in weißen Kitteln.

Sein Überlebenskampf dauerte nun schon sechs Monate. Fraktur der Wirbelsäule beim zwölften Brustwirbel mit Durchtrennung des Rückenmarks. Querschnittslähmung. Eine Diagnose, an der es nichts mehr zu rütteln gab. Thibaud hatte mehrmals seinem Leben ein Ende machen wollen. Nur der Blick seiner Mutter hatte ihn davon abgehalten. Jetzt war es bald so weit, und er hatte ein Gefühl der Befreiung, der Erleichterung.

Sie würde es ihm nicht übel nehmen.

Es wäre nicht seine Schuld.

Ein Quietschen ließ ihn zusammenzucken. Er öffnete die Augen, versuchte zu erkennen, woher der Ton kam. Vergeblich. Der Raum schien vollkommen verlassen, ein Sarkophag, in dessen Inneren er ruhte.

Ein Schaben schärfte wieder seine Sinne, es klang wie das Geräusch eines Korkens auf Sandpapier. Er setzte sich hastig auf und lehnte sich mit dem Rücken an die Wand. Das Geräusch kam wieder, jetzt regelmäßig und deutlich. Thibaud hatte das Gefühl, jemand bewege sich in der Dunkelheit.

Er wartete ab, erstarrt.

Die Gestalt ging um die Matratze herum. Einen Augenblick lang glaubte der Junge, eine schlanke geschmeidige Silhouette zu erkennen. Sein Entführer. Er beobachtete ihn, atmete seinen Geruch ein.

Was hatte er mit ihm vor?

Er spürte einen unangenehmen Pieks in der Schulter. Thibaud zuckte zusammen. Noch in derselben Sekunde verlor er das Bewusstsein.

Als Thibaud erwachte, saß er aufrecht. Ein grelles Licht quälte seine Netzhaut und ließ einen Raum mit weich gepolsterten Wänden erkennen. Die Dinge, die er im Halbdunkel undeutlich wahrgenommen hatte, traten in aller Schärfe hervor. Metall, Edelstahl, grau schimmernd, weiß blitzend.

Er unterdrückte ein Stöhnen. Es zog fürchterlich an seinen Armen und an seinen Schultern. Kalte Bisse rissen ihm die Haut in Stücke, er hatte das Gefühl, man wolle ihn vierteilen. Er versuchte, eine andere Stellung einzunehmen, aber irgendetwas hinderte ihn daran. Er bog den Kopf nach hinten. An der Decke befestigte Ketten fesselten seine Handgelenke, spannten seinen Körper wie eine Armbrust.

Thibaud merkte nicht sofort, dass er auch an den Fußgelenken gefesselt war. Seine gefühllosen Beine existierten nicht. Als sein Kopf wieder nach vorn kippte, sah er, was für eine ausgetüftelte Vorrichtung das war.

Und zugleich merkte er, dass er nackt war.

Ein Scheinwerfer ging an. Der Junge kniff geblendet die Augen zusammen. Er hörte zunächst ein Klacken, wie das Geräusch eines Kassettenrekorders, wenn man auf Start drückt. Dann erschien ein Gesicht, im Gegenlicht, verborgen hinter dem Lichtermeer. Thibaud konnte die Züge nicht erkennen, nur den groben Umriss. Er dachte an eine Maske, ein groteskes Theaterkostüm, wie es in den Geschäften für Scherzartikel und Fastnachtskleider verkauft wird.

Und da begriff er.

Das Ding, das ihn da anstarrte, hatte sich eine Maske aus Haut übergezogen. Ein unförmiges, weiches Gesicht, aus dessen widerwärtiger Grimasse zwei starre Augen blickten. Vom Haaransatz bis hin zur Kinnspitze wirkten die Ränder wie mit dem Skalpell geschnitten. Nur unten am Hals war alles etwas weniger konturiert.

Ein Schrei entfuhr seinem Kehlkopf. Er wehrte sich, wobei es ihn tief in die Handgelenke schnitt. Sein Folterknecht streckte den Arm zum Tisch aus. In seiner Handfläche, die in einem grünen Plastikhandschuh steckte, blitzte es quecksilbrig auf.

Bis zur Körpermitte spürte Thibaud nichts. Er sah dabei zu, wie der Mann mit Hilfe eines Metallzylinders seine Haut aufkrempelte, als sei das Ganze bloß eine Halluzination. Die Rolle zog an seinen Armen, während sein Körper sich im Rhythmus der Zahnräder krümmte. Seine Beine waren schon bald nichts als roter Lehm.

Erneut verlor er das Bewusstsein.

Die Atempause war gleich wieder vorbei. Thibaud schreckte jäh aus dem Nebel hoch, mit dem Gefühl, ätzende Säure brenne ihm in den Adern. Der Mann klopfte ihm auf die Wange, eine Einwegspritze zwischen die Finger geklemmt. Nachdem er sich versichert hatte, dass das Kind wieder vollkommen bei Bewusstsein war, fuhr er mit seiner Arbeit fort.

Im Nabelbereich nahm der Junge ein erstes Brennen wahr. Rote Ameisen bissen ihn, nagten an den inneren Schichten der Epidermis. Er hatte noch keine wirklichen Schmerzen. Noch nicht.

Aber entsetzliche Angst.

Sein Gebrüll wurde lauter. Tränen liefen ihm in Strömen über die Wangen. Er flehte, in abgehackten, zusammenhanglosen Worten.

Der Entschwarter erreichte den mit Nerven versorgten Bereich.

Der Junge wurde von einer Flutwelle überschwemmt. Ein ungeheurer Schmerz, von dem er unmöglich sagen konnte, in welchem Körperteil er eigentlich wütete. Sein Körper brannte, jede einzelne Zelle wurde von einem weiß glühenden Schürhaken gemartert.

Irgendwo brummte ein Motor. Er hörte ihn kaum. Seine Schreie übertönten das dumpfe Stampfen der Kolben. Der Zylinder drehte sich um die Achse. Er fuhr den Oberkörper entlang, löste Zentimeter um Zentimeter die Haut ab.

Thibaud spürte nicht, wie sich die Nadel in seinen Hals bohrte. So wenig wie ihm bewusst war, dass er nicht in Ohnmacht fiel. Nur der Schmerz hielt ihn gefangen. Er hatte alles Bewusstsein aus seinem Geist verbannt.

Die Folter dauerte zwanzig Minuten. Der Peiniger machte nur selten eine Pause, führte seinem Opfer zwischendurch immer wieder Atropin und Sauerstoff zu, um es wach zu halten. Er handhabte seine Werkzeuge mit Geschick und achtete darauf, die Haut nicht zu beschädigen und dabei den höchstmöglichen Schmerz zu erzielen.

Als ein Leichtbaustein ihm den Schädel zertrümmerte, hatte Thibauds Körper schon nichts Menschliches mehr an sich. Seine freigelegten Muskeln sahen aus wie Fleischstücke aus der Metzgerei. An manchen Stellen warf ein herausstehender Knochen dem Betrachter ein strahlendes Blitzen entgegen. Sein mit dem Skalpell abgehäutetes Gesicht lag auf dem Tisch, neben den Fleischfetzen, die sein Ich bekleidet hatten. Nur die Extremitäten waren ausgelassen worden und hinterließen in dem Magma eine Erinnerung an seine Würde.

Sein letzter Gedanke galt seiner Mutter.

Das Kind hoffte für sie nur eines: dass sie nicht zu seiner Identifizierung kommen müsste.

NEUNTER TEIL

1

Das Versteck war entdeckt worden.

Sie mussten einen sicheren Ort finden, an denen die Kommandos, die ihnen ihre Strategie vermasselt hatten, sie nicht finden konnten. Von dort aus könnten sie weitermachen, das Geheimnis aufklären, die Hetzjagd wieder aufnehmen.

Angesichts der nach Gangrän stinkenden Wunde war vor allem eins von höchster Dringlichkeit: Sie mussten einen Arzt finden und Riad wieder zusammenflicken lassen.

Kellal wurde schlecht, als er aus dem Auto stieg. Es floss kein Blut mehr, zurück blieb eine schwarze Stelle, deren Hof sich gelblich verfärbte. Der Eiter begann sein Werk zu tun und zerfraß die Wunde wie Säure.

Er stützte sich auf seinen Bruder. Jeder Schritt entriss ihm einen Klagelaut. Er torkelte, verloren in einem Fieberschub, in dem wirre Bilder auf ihn einstürmten. Lanteaus Leiche, zusammengesackt in ihren Fäkalien; die offenen Wunden genau auf Höhe des Herzens; der Feuertornado, der die kleine Wohnung in der Rue du Tapis-Vert verwüstet hatte, die mit Thermolampen und schweren Waffen ausgestatteten Gorillas. Und dann, in diesem ganzen entfesselten Sturm, in diesem Eisengetöse, das blutüberströmte Gesicht seines einzigen Kindes, über dem ein trauriges Lächeln lag.

Er hörte kaum, wie sein Bruder ans Fenster klopfte. Sogleich vernahm man aus dem Gebäude, einem Backsteinkubus am Straßenrand, eine aufgeregte Stimme: »Wer ist da?«

»Ich bin's … Kader …«

Die Tür ging auf, und ihr Blick fiel auf Gestrüpp. Dichte, kurze Haare, die bis tief in die Stirn wuchsen. Kurz darunter kohlschwarze Augenbrauen, dicht wie Reisigbündel. Ein Zottelbart fraß den Rest des Gesichts.

Karim Djouadi hatte nichts von einem Arzt. Er sah eher aus wie ein Fan vom Olympique Marseille, trug schmutzige Unterhosen und ein Unterhemd in den Farben des Clubs und schien sich nur mit Mühe von einer Niederlage zu erholen, die er im Bier ersäuft hatte. Riad hatte das Gefühl, nicht an die richtige Tür geklopft zu haben.

Djouadi flüsterte: »Kommen Sie rein … Schnell!«

Sie betraten eine lichte Eingangshalle, deren Boden mit Linoleum ausgelegt war. PVC-Stühle reihten sich entlang der Wände, durch eine Eisenstange miteinander verbunden. Gegenüber dem Eingang ein runder Tisch, mit zwei Metallfüßen fest an den Boden genagelt. Eine quergestreifte Bank vervollständigte die Einrichtung. Die Möbel bildeten eine Einheit mit dem Rest, waren wie aus einem Guß. Der Polizist hatte das Gefühl, eine Festung zu betreten, die man so ausgestattet hatte, dass sie Plünderungen standhalten konnte.

Der Mann, der ihnen helfen sollte, suchte mit dem Blick eines Frettchens die Straße ab. Er fuchtelte mit den Händen herum, um ihnen zu bedeuten, dass sie still sein sollten. Nach einer guten Minute verriegelte er die Tür und gab den beiden Brüdern ein Zeichen, ihm zu folgen.

Sie gingen einen Gang entlang und kamen in einen weißen, mit blassblauen Kacheln ausgekleideten Raum. In der Mitte glänzte ein Edelstahltisch, überragt von einer Chirurgenlampe. Kein Fenster.

Riad erinnerte der Raum nicht so sehr an einen Operationssaal als vielmehr an einen Autopsie- oder Experimentiersaal. Außerdem gab es etwas, das nicht recht dorthin passen wollte. In einer Ecke stapelten sich Stahlkäfige, deren Gitterstäbe ein blitzendes Lochmuster zurückwarfen.

»Hier sind wir ungestört«, verkündete Djouadi.

Er ging mit offenen Armen auf Kader zu und umarmte ihn mit betonter Herzlichkeit.

»Freut mich zu erfahren, dass du jetzt einer von uns bist.«

»Mich nicht so sehr. Ich frage mich allmählich, ob es für mich nicht besser gewesen wäre, in Les Beaumettes zu versauern.«

Der Bärtige lächelte verschmitzt. »Wir leben alle in einem Gefängnis. Es kommt nur darauf an, sich das richtige auszusuchen.«

Kader nickte. In diesem Augenblick schienen die beiden Männer durch eine unverbrüchliche Verschworenheit verbunden.

Er deutete auf Riad. »Kannst du das wieder hinkriegen?«

Djouadi setzte sich eine vergoldete Brille auf und reckte seine Nase über die Wunde.

»Magnum?«

»Sturmgewehr. Eine Kugel hat getroffen. Ich glaube, es ist ein Durchschuss.«

Djouadi ergriff vorsichtig Riads Arm.

»Legen Sie sich hin. Für die Untersuchung brauche ich mehr Licht.«

Kellal legte sich ächzend auf den Edelstahltisch. Er klapperte mit den Zähnen, Schauder liefen ihm den Nacken hinunter. Als er lag, wusste er nicht, was er mehr fürchtete, das Urteil des Bärtigen oder seinen Eingriff.

Djouadi ging um den Tisch herum. Er zog sich einen mit

roten Flecken besudelten Kittel an und kramte in einer Schublade. Das Klappern hallte in dem Raum wider.

Aus dem dichten Nebel heraus glaubte Riad, ein Knurren zu vernehmen. Es wurde schnell lauter und verwandelte sich in ein Bellen.

»Leg dich hin, Kleiner. Wir werden nicht lange brauchen.«

Djouadi hatte mit ruhiger Stimme gesprochen, ohne das geringste Anzeichen von Furcht. Er holte einen Beutel mit sterilem Verbandszeug, während er in den Raum hinein sprach: »Ein Pitbull. Im Sommer operiere ich zwei pro Woche. Bisswunden groß wie Fußbälle. Aber ich kann mich nicht beschweren, die Besitzer zahlen cash und geben mir Tipps für den ein oder anderen Kampf.«

Riads letzte Widerstände brachen zusammen. Er nahm all seine Kräfte zusammen, um zu fragen: »Sind Sie … sind Sie Tierarzt?«

Der Bärtige schaltete die OP-Lampe ein.

»Hat Kader Ihnen das nicht gesagt?«

Riad warf seinem Bruder einen gequälten Blick zu. Sein Bruder sackte in sich zusammen.

»Wir hatten keine andere Wahl.«

»Scheiße, was soll der Quatsch? Wer ist der Typ?«

»Seinen Lebenslauf steck ich dir ein andermal. Er ist kompetent, das ist alles, was zählt.«

»Und kompetente Ärzte für Menschen? Die gibt's ja wohl auch, oder nicht?«

»Zu riskant. Den Luxus können wir uns nicht leisten. Niemand wird auf einen Tierarzt kommen. Und Karim ist nicht in der Szene.«

Kellal stieß einen Seufzer aus. Die Spiegel der Lampe lenkten alles Licht auf die Wunde. Djouadi desinfizierte seine Hände mit Alkohol und zog sich Handschuhe an.

»Entspannen Sie sich. Sie werden nichts spüren.«

Er verpasste Riad eine örtliche Betäubung. Xylocain. Mehrere Einstiche, im Halbkreis rund um den Krater und ins Innere der Wunde. Der Bulle spürte den Schmerz schon bald nicht mehr. Es blieb nur das Gefühl, einen toten Arm zu haben, einen Fremdkörper, den man ihm auf den Oberkörper gepfropft hatte.

Der Tierarzt wartete ein paar Sekunden, bevor er eine Verbandsschere zur Hand nahm. Er begann das Hemd zu zerschneiden. Blutverkrustete Stofffetzen flogen Richtung Papierkorb. Als das Fleisch schließlich bloßlag, nahm er eine Pinzette und reinigte die Wunde mit Hilfe eines mit Antiseptika voll gesogenen Baumwolltupfers.

Riad hatte die Augen geschlossen. Er schlitterte am Rande der Ohnmacht entlang.

Kader nutzte diesen Augenblick, um näher zu treten. Tiefe Sorgenfalten hatten sich in sein Gesicht gegraben.

»Und?«

Der Arzt sprach in einem Atemzug, den Blick auf das tiefe Loch geheftet.

»Das Geschoss hat die Schulter vollständig durchschlagen. Arterien sind keine verletzt. Ein Wunder. Das Schlüsselbein scheint mir in Ordnung zu sein. Wir müssen trotzdem eine Röntgenaufnahme machen.«

»Bist du dafür ausgestattet?«

»Nicht für die Art von Aufnahme.«

»Macht nichts. Flick ihn wieder zusammen, dann hauen wir ab.«

»Das wäre Pfusch. Innerhalb der nächsten vierundzwanzig Stunden kann sich das infizieren.«

»Mach's, so gut du kannst. Ich werd mir was einfallen lassen.«

Kader zog ein Handy aus seiner Tasche. Er entfernte sich ein wenig, bevor er die Verbindung herstellte.

»Saïd, hier ist Kader.«

Die Stimme des Paten zischte übellaunig aus dem Apparat.

»Hast du gesehen, wie viel Uhr es ist? Ich hab dir doch gesagt, ich gebe Bescheid, sobald ich Neuigkeiten habe. Ich kann jetzt nicht mit dir reden.«

»Deine Probleme scheren mich einen feuchten Kehricht. Es ist dringend. Du musst mir ein Versteck besorgen.«

»Was?«

»Schick ein Auto nach Allauch. Chemin de Vallon-Vert. Nummer fünfhundertsechsundvierzig.«

»Spinnst du?«

»Noch nicht. Aber du musst mir vertrauen. Wenn du mich hängen lässt, wird mein Fieber ansteckend sein.«

Kader konnte fast hören, wie der alte Wolf mit den Zähnen knirschte.

»In dreißig Minuten. Ein alter Volvo. Mustafa wird ihn fahren.«

»Wer?«

»Der Schwarze. Du hast ihn in der Disko gesehen. Er kennt dich.«

»Dreißig Minuten, Saïd. Und keine krummen Touren.«

Er beendete das Gespräch und ging wieder in den Operationssaal zurück. Djouadi mühte sich mit einem Plastikschlauch ab, den er in der Wunde zu befestigen versuchte.

»Ich habe die Wunde desinfiziert. Ich lege ihm jetzt vorläufig eine Drainage. Mit einem schönen Druckverband und den ganzen Antibiotika dürfte es gehen.«

»Du bist spitze.«

Der Tierarzt zuckte mit dem Kinn. Schweißperlen netzten

seine Schläfen. Er machte ihm einen Elastoplastverband und stellte den Arm mit Hilfe einer Schiene ruhig. Mit tonloser Stimme fragte er: »Wer ist der Typ?«

Kader antwortete zögerlich. »Mein Bruder.«

Der Tierarzt sah den Bart an, der Riads Wangen überwucherte.

»Ist er einer von uns?«

»Nein ... Mein jüngerer Bruder. Der Sohn meines Vaters.«

2

Der Volvo fraß sich durch die Dämmerung.

Mustafa, schwarzer Anzug auf ebenholzschwarzer Haut, manövrierte ihn geschickt zwischen Schlaglöchern und abgebrochenen Ästen hindurch. Hinten saß Kader, stützte Riad und klammerte sich am Sitz fest.

Wie vereinbart hatte Saïds Gorilla sie abgeholt. Ohne ein Wort zu verlieren, hatten sie sich in die Limousine verkrochen.

Bis zur Straße nach Luynes hatte Kader sich leicht zurechtgefunden. Sie hatten Allauch verlassen, Plan-de-Cuques durchquert und die Etoile-Bergkette umfahren. In Cadeville waren sie Richtung Gardanne abgebogen. Die Ortschaften zogen in einer stillen Landschaft an ihnen vorbei, die sich mit protzigen Industriezonen, weit verzweigten Gebieten des sozialen Wohnungsbaus und erschwindelten Baugenehmigungen dem Zeitgeschmack angeglichen hatte.

War man nachts hier unterwegs, hatte man den Eindruck, durch Ruinen zu fahren. Die Alten verkrochen sich in den Dörfern und brüteten über ihren Enttäuschungen. Die Jungen lebten zusammengepfercht in Schlafstädten oder Einfamilienhäuschen aus Pappkarton, vom Opium des Fernsehens vollkommen verblödet.

Gegenden, in denen es rein gar nichts gab, bestens geeignet, wenn man vergessen werden wollte.

Nach einer halben Stunde kamen sie in Luynes an. Kader wurde langsam nervös. Aix rückte immer näher, und er fragte sich, wo die Schwarzhaut ihn hinfuhr. Hatte Abdou ihn angewiesen, sie zu liquidieren? Die Klinge war ein unsicherer Rettungsanker. Ein Verrückter mit unvorhersagbaren Reaktionen, dessen Niedertracht durch den Umgang mit Politikern noch zugenommen hatte. Plötzlich waren sie nach einer Eisenbahnbrücke auf einen schmalen Weg abgebogen. In dem flackernden Scheinwerferlicht hatte Kader undeutlich ein neues Schild wahrgenommen, auf dem in weißen Lettern stand: Chemin de la Blaque. Ein Teerstreifen, gesäumt von restaurierten Gehöften, dichten Wäldern, düsteren Abgründen.

Die Gegend stank nach Zaster.

Dann fuhr die Limousine auf einem schmalen Stückchen Erde weiter. Der Chauffeur drosselte das Tempo. Sie fuhren noch zehn Minuten mit ausgeschalteten Scheinwerfern unter einem Gewölbe aus Schirmpinien hindurch. Riad stöhnte bei jeder Erschütterung.

Mustafa bremste vor einem wuchtigen Portal aus Vollmetall, über dem zwei Kameras thronten. Er drückte auf eine Fernbedienung. Ein rotes Säulenlicht ging an und durchzuckte die Nacht mit blutroten Blitzen. Vom Mondlicht nur spärlich beleuchtet, fuhr der Volvo eine Kiesallee hinauf.

Der Schwarze blendete zweimal die Scheinwerfer auf. Im gelblichen Lichtschein kam ein rechteckiger Block zum Vorschein. Wuchtig, mit hohen Mauern, geschlossenen Fensterläden.

Eine Festung.

Hinter diesem Bauwerk wirkte die Nacht noch dichter. Ein Stück Nichts, wie ein sternenloser Abgrund.

Eine Gestalt erschien auf der Eingangstreppe. Sie war hell gekleidet und trippelte schon ganz ungeduldig auf der Stelle.

Saïd.

Kader befreite sich aus der stählernen Falle und bewegte sich auf ihn zu: »Das ging ja schnell.«

»Du hast was von eilig gesagt. Da komm ich natürlich.«

Ihre Blicke begegneten sich. Kader deutete auf den Rücksitz der Limousine.

»Hilf mir mal. Mein Bruderherz hat eine Kugel in der Schulter.«

»Dein Bruder? Du hast mir nie gesagt, dass du einen Bruder hast.«

»Es gibt viele Dinge, die ich dir nie gesagt habe.«

Die Klinge beugte sich vor und sah in den Wagen. Riad lag auf dem Lederpolster, weißer noch als ein Leintuch.

»Es scheint ihm ja nicht gerade gut zu gehen, deinem Bruder.«

»Mach dir um ihn keine Sorgen. Der hat schon Schlimmeres erlebt.«

Abdou zuckte mit den Schultern und machte seinem Leibwächter ein Zeichen. Er schaltete eine elektrische Taschenlampe ein und zog Kader in die Eingangshalle.

Sie betraten eine vollkommene Leere. Kein Mobiliar, keine Lampe, nichts. Im Lichtschein blendeten die leeren Wände fast, so weiß waren sie. Lösungsmittelgeruch hing in der Luft.

»Die Villa muss am Montag übergeben werden«, verkündete Saïd.

»Bist du auch im Immobiliengeschäft?«

»Was geht's dich an? Ich gebe dir achtundvierzig Stunden.«

Kader konnte aufatmen. Die Klinge hatte beschlossen, ihre Schuld zu begleichen. Wie weit würde er gehen? Er fragte: »Und dann?«

»Verpisst du dich.«

Das kam nicht überraschend. Abdou starrte seinen ehemaligen Komplizen provozierend an. Er konnte nur ja oder nein sagen. Kader wusste, der Alte war bereits bis an seine Grenzen gegangen, indem er seinem Hilferuf Folge geleistet hatte.

Er warf Riad, der auf dem Boden ausgestreckt lag, einen kurzen Blick zu und wandte sich sofort wieder an Saïd. »Das Versteck geht schon mal in Ordnung.«

Der Alte pfiff durch die Zähne. »Wie meinst du das?«

»Wir haben eine Vereinbarung getroffen, Saïd. Dein Leben gegen Infos.«

»Ich habe nichts.«

»Dann setz deine Überzeugungskraft mal etwas effektiver ein, alter Gauner. Du treibst dein Gemauschel mit den Bullen, und die Politiker fressen dir aus der Hand. Wenn du nichts hast, heißt das, du hast es gar nicht erst versucht.«

Kader starrte den Paten an. Der Mann hielt dem Blick stand.

»Ich kenne niemanden bei der Kripo. Das habe ich dir schon gesagt. Und was die Richter angeht, die sitzen auf glühenden Kohlen. Seit einer Woche warten sie auf ein Rechtshilfeersuchen.«

Kader strich sich über den Bart.

»Haben die Bullen keine Fährte?«

»Sieht nicht so aus. Wenn man den Gerüchten Glauben schenken kann, macht das Justizministerium Druck, dass die Ermittlung den Gendarmen übertragen wird. Mordkommission, die Leiter hocken in Aulnay-sous-Bois.«

Diese Mitteilung ließ Kader kalt. Der Wettlauf gegen die Zeit war nicht mehr von Bedeutung. Der Rachefeldzug seines Bruders war mittlerweile Nebensache. Er hoffte nur, irgendeinen erhellenden Hinweis zur Schießerei im Tapis-Vert zu finden.

»Kriegswaffen, kennst du Kunden, die solches Gerät kaufen?«

»Viele.«

»Etwas genauer.«

Abdou lächelte gehässig. »Deine neuen Freunde. Die Reinen … Die solltest du fragen. Die haben eine Menge zu dem Thema zu sagen.«

Kader ging nicht darauf ein. Die Waffen, die über die islamistischen Netzwerke liefen, hatten einen ganz anderen Weg hinter sich. Und gegenwärtig lag Frankreich nicht auf der Strecke. Die Fragen an Abdou sollten ihm bei einer ganz anderen Spur weiterhelfen: Er suchte nach Profikillern, die einen Vertrag erfüllten.

Wer hatte sie engagiert?

Warum wollte man Riad aus dem Weg räumen?

Er verschränkte die Arme und bohrte hartnäckig weiter: »Streng deinen Grips an. FAMAS mit rausgefeilten Nummern und Laserpointern. Und dazu noch Thermobrillen. Auf die Art von Tierchen stößt man nicht so oft.«

Abdou kratzte sich am Kinn, als sehe er plötzlich etwas klarer.

»Stimmt … Derzeit sind Kalaschnikows in Mode. Lagerbestände, die noch aus dem Tschetschenienkrieg stammen und von Nizza aus von der russischen Mafia in Umlauf gebracht werden. Ich hab nie gehört, dass jemand FAMAS verlangt hätte.«

»Trotzdem sind ein paar im Umlauf.«

»Was soll ich dir dazu sagen? Ich habe keine Kontrolle über den Markt.«

Kader seufzte. Er hatte das Gefühl, er müsse ihm jede Antwort mit der Geburtszange ziehen.

»Dann mach dich kundig. Ich will wissen, ob die Waffen gestohlen sind, ob es sich um ein Kommando handelt und wer es losgeschickt hat.«

»Das ist absurd.«

»Was? Was ist absurd?«

»FAMAS zu stehlen. Auf dem Schwarzmarkt kann man weit Besseres bekommen. Und ohne solche Risiken einzugehen.«

Die offenkundige Richtigkeit dieser Schlussfolgerung brachte Kader ganz aus dem Konzept. Um ein Armeelager voller Maschinengewehre leer zu räumen, brauchte man eine ausgefeilte Logistik und Helfer innerhalb der Organisation. Diese Operation war an sich schon ein gewagtes Unternehmen, und der Ertrag müsste den Einsatz auch wirklich lohnen.

Wer hatte das veranlassen können?

Abdou kniff die Augen zusammen. Kaders Zweifel waren ihm nicht entgangen. Er fragte: »Was für ein Spiel spielst du da eigentlich?«

Die Antwort kam wie eine Ohrfeige.

»Frag nicht weiter nach. Mach dich kundig, das ist alles, worum ich dich bitte.«

Ein Ächzen war zu hören. Riad hob eine Hand, um seinem Bruder zu bedeuten, er möge näher kommen. Kader kniete sich am Kopfende nieder.

»Der Doktor«, flüsterte Riad. »Erzähl ihm von dem Doktor …«

Kader strich ihm zärtlich über die feuchte Stirn. Das Fieber war weiter gestiegen.

Er ging zu Abdou zurück, die Miene vollkommen ausdruckslos.

»Noch etwas. Ich brauche Auskünfte über einen Arzt. Einen Psychiater, der in Lyon im Centre des Glycines praktiziert. Ein gewisser Doktor Nicolet.«

»Lyon? Glaubst du etwa, dass mein Arm so weit reicht?«

»Spiel nicht den Bescheidenen, Saïd. Ich brauche keine Kopie vom Ärzteverzeichnis. Finde heraus, was der für Leichen im Keller hat. In solchen Dingen bist du der Beste.«

Saïd machte sich auf den Weg. Er gab seinem Gorilla ein Zeichen mit dem Kopf und steuerte den Ausgang an. Ohne große Worte warf er Kader die Taschenlampe zu.

»Geh sparsam mit den Batterien um. Montag wird der Strom eingeschaltet.« Auf der Türschwelle raunte er ihm misslaunig zu: »Danach brauchst du mich um nichts mehr zu bitten. Hetz mir deine Fatwa auf den Hals, wenn es dir Spaß macht. Ich werde dich jedenfalls völlig ausbluten lassen, bevor ich in die Luft gesprengt werde.«

3

Kader schreckte aus dem Schlaf.

Knirschen auf dem Vorplatz. Das Geräusch von Reifen, die durch den Kies schrammten.

Zwei Autos. Drei vielleicht.

Türenknallen.

Er griff nach seiner Waffe. Ein weißer Lichtstrahl drang durch die Fensterläden und erhellte den Ort, an dem er die Nacht verbracht hatte. Leer, hell, ein anonymer Unterschlupf in einer Villa ohne Vergangenheit.

Ein kurzer Blick. Riad schlief immer noch, lag mit angezogenen Beinen auf einem Meer aus Marmor.

Kader näherte sich dem Eingang, drückte die Schultern dicht an die Wand, den Hammer gespannt. Er war besessen von der Vorstellung, Abdou habe sie an die Bullen verraten. Die Klinge war ein gerissener Hund. Er hatte jetzt genug Teile in der Hand, um das Puzzle zusammenzusetzen. Und Profit daraus zu ziehen.

Schritte. Schatten, die den hellen Raum zwischen den Fensterläden verdunkelten. Etwa die Kraftprotze, die seinen Bruder mit Maschinengewehren beschossen hatten? Eine andere Mannschaft, die sich wie hungrige Schiffshalter an ihre Fährte geheftet hatte?

Eine heisere Stimme durchbohrte seine Angst.

»Kader! Ich bin's!«

»Saïd?«

»Bleib ruhig. Ich komm rein.«

Ein Schlüssel drehte sich im Schloss. Sogleich fiel Sonnenlicht ins Zimmer, glitt über die Spitzbögen, und ein verschwenderisch großer Raum entfaltete sich innerhalb der Grundmauern.

Kader ließ die Kanone sinken, als er Abdou sah. Der Alte trug einen perlgrauen Anzug, der durch eine leuchtend kanariengelbe Krawatte erst richtig zur Geltung gebracht wurde. Ein Mann mit graumeliertem Haar, wie aus dem Ei gepellt, begleitete ihn. Er sah aus wie ein Playboy und trat auf wie ein Minister. Der Leibwächter verriegelte den Eingang, eine Statue aus Ebenholz im bleichen Licht des Morgengrauens.

Die Tür knallte zu. Das Zimmer versank wieder im Dämmerlicht.

»Gut geschlafen?«

»Wie spät ist es?«

»Viertel nach sieben. Weck deinen Bruder, und dann sperrt eure Ohren auf. Wir bleiben nicht hier.«

Kader warf seinem Bruder einen Blick zu. Riad hatte die Augen aufgekriegt und richtete sich mühsam auf.

Abdou sprach weiter, während er mit dem Kinn auf den anderen Mann deutete.

»Vincent. Er dürfte imstande sein, euch zu helfen.«

Der Mann nickte lächelnd. Mit der stolzen Haltung und der hohen Stirn vermittelte die ganze Person einen Eindruck von Macht, noch unterstrichen von einer Adlernase, gebogen wie eine Büchse. Ein hohes Tier, gewöhnt an Kämpfe auf Leben und Tod, an teuflische Allianzen.

Kader streckte ihm die Hand hin. Vincent ergriff sie nicht. Er lächelte bloß.

Die Abfuhr erstaunte den Ganoven nicht. Abdou hatte ihm irgendeinen Fantasievornamen genannt. Er würde im Hintergrund agieren und seine Identität geheim halten.

Die Klinge trat näher. Seine Weste hing auf den abgezehrten Schultern wie auf einem Kleiderbügel.

»Wir fangen mit dem Einfachsten an. Keine Bestellung von FAMAS ist jemals über die Schwerverbrecher gelaufen. Weder hier noch sonst wo.«

Diese Feststellung überraschte Kader nicht sonderlich. Seine glorreiche Phase war zwar schon lange vorbei, aber er erinnerte sich noch an die Grundprinzipien. So einfach wie möglich. Serienwaffen benutzen, wenn möglich aus dem Ausland. Wenn die Bandenführer Überfälle machten, gingen sie dabei zweckmäßig und effizient vor.

»Wer dann? Unabhängige Kommandos?«

»Unmöglich.«

»Warum?«

»Bei Operationen dieser Art sind alle auf dem Laufenden. Ich habe mich auf offizieller Seite erkundigt. Die Lagervorräte sind vollzählig.«

Kader schluckte die bittere Pille. Die Waffen, die das Erschießungskommando benutzt hatte, stammten nicht aus einem Raub. Die Hoffnung, den Weg zu den Auftraggebern zurückverfolgen zu können, löste sich in nichts auf.

Er zog seine Gebetskette heraus und spielte damit herum. Die groben Visagen der Killer standen ihm überdeutlich vor Augen. Sie agierten wie Kommandomitglieder, hatten einen wuchtigen Körperbau, gestählt durch regelmäßiges Training in Sporthallen. Offensichtlich eine Kampftruppe aus Profis.

Eine Möglichkeit schälte sich heraus, an die er nicht zu denken gewagt hatte.

Militärs. Die Kolosse mit dem Bürstenschnitt waren keine Killer, die jemand unter Vertrag genommen hatte, sondern Soldaten, eine Spezialeinheit oder sonst eine Schweinerei in der Art.

Er suchte Riads Blick.

Mit einem Blinzeln bestätigte ihm sein Bruder, dass sie sich auf einer Wellenlänge befanden. Er hatte einen ähnlichen Gedanken gehabt, und der hatte ihn in eine ebenso absurde Sackgasse geführt.

Kader beschloss, diese Möglichkeit fallen zu lassen. Er drehte sich mit einer langsamen Bewegung zu Klinge um.

»Du sagst, es hat keinen Diebstahl gegeben?«

»Keinen einzigen.«

»Wer außer der Armee kann diese Gewehre sonst noch benutzen?«

»*Eigentlich* niemand.«

»Wieso *eigentlich*? Bist du dir nicht sicher?«

Abdou rieb sich die Hände. Dabei klang es, als sei seine welke Haut aus Papyrus.

»Die regionalen Eingreiftruppen. Noch nichts davon gehört? Das neue Spielzeug des Innenministers. Die Gendarmerie tut sich mit dem Bullenpack zusammen, zum Besten und zum Schlimmsten. Seit letztem Jahr haben sie ihre Logistik zusammengelegt. Büroräume, technische Ausrüstung. Man könnte fast meinen, dass die sogar miteinander pennen, die Schwuchteln.«

Bullen. Die Mosaikteilchen ergaben allmählich ein Bild. Über den Umweg dieser Eingreiftruppen hatten sie Waffen benutzen können, die eigentlich der Gendarmerie vorbehalten waren.

Trotzdem, dieses Feuerwerk an eingesetzten Mitteln wollte nicht zu dem passen, worum es ging.

Warum hätten die Bullen versuchen sollen, einen der ihren auszuschalten? Die Menschenjagd, die Riad in Gang gesetzt hatte, genügte nicht, um dieses Blutbad zu erklären.

Kader ließ ein paar Sekunden verstreichen, bevor er einwarf: »Und der Psychofritze? Hast du dich kundig gemacht?«

Abdou rückte seine Krawatte zurecht, als wolle er sich vergewissern, dass sie noch da war. Er warf dem anderen Mann ein honigsüßes Lächeln zu.

»Ich überlasse Ihnen das Wort, werter Freund.«

Vincent ließ einige Sekunden verstreichen. Er schien seine Wichtigkeit auszukosten wie Schokolade, die auf der Zunge schmilzt. Die Worte kamen eines nach dem anderen, abgehackt, eine geschraubte Rede, die nur schwer zu ertragen war.

»Richard Nicolet… Dieser Kerl wird mich aber auch immer in Erstaunen versetzen.«

Riad lehnte an der Wand und spitzte die Ohren. Vincent kostete seine Wirkung aus, bevor er fortfuhr: »Darf ich Ihnen eine Frage stellen?«

Kader spannte alle Muskeln an. Er herrschte Abdou an: »Was ist denn das für ein Kasper? Ich hatte gedacht, du hast den angeschleppt, damit er uns was verklickert.«

Die Klinge wurde kreidebleich. »Halt's Maul, sonst überleg ich's mir anders und mach mich aus dem Staub.«

Das hohe Tier tat so, als ginge ihr Streit ihn gar nichts an. Er starrte seinen Gesprächspartner mit verschwörerischer Miene an.

»Ich habe mich gefragt, wie Sie Nicolet begegnet sind.«

»Das hat dich nicht zu interessieren.«

»Das zu beurteilen, lassen Sie doch bitte meine Sorge sein.«

Der Klang seiner Stimme brachte Kader ganz aus der Fassung. Entschlossen und höflich zugleich. Der feine Pinkel wollte sich Abdou erkenntlich zeigen, dabei aber selbst die Regeln bestimmen. Er musste nachgeben.

»Sagen wir es mal so: Wir interessieren uns für dieselbe Person.«

»Genauer.«

»Einen seiner Insassen.«

Der Mann warf einen Blick zu Riad hinüber.

»Die Verwundung da, ich nehme an, das hängt damit zusammen.«

»Was geht dich das an?«, raunzte Kader. »Wir haben…«

Kellal schnitt seinem Bruder mit einer Handbewegung das Wort ab.

»Sie wollen wissen, wo Sie Ihre Füße hineinsetzen, nicht wahr?«

»Die Füße – und den Rest.«

Riad hatte intuitiv die Aura des wilden Raubtiers gespürt. Vincent war nicht zufällig hier. Nicht zu dieser frühmorgendlichen Stunde. Er interessierte sich für Nicolet.

Er hatte sich nicht bereit erklärt, einen Bankräuber zu treffen, bloß um Abdou einen Gefallen zu tun. Er wollte vielmehr Erkundigungen einziehen.

Riad atmete tief ein und ratterte los: »Sagen Sie mir, was Sie über Nicolet wissen. Dann werde ich Ihre Fragen beantworten.«

»Glauben Sie etwa, Sie könnten hier die Regeln vorgeben?«

»Nein. Aber ich kann Ihnen auf die Sprünge helfen. Betrachten Sie es als einen Tauschhandel.«

Vincent reckte die Schultern nach hinten und starrte nacheinander den Verwundeten und Kader an. Ein Lächeln huschte über sein Gesicht, und er flüsterte: »Welche Garantie bieten Sie mir?«

»Mein Wort. Das ist alles, was mir bleibt.«

Er tat einen müden Seufzer. »Gut... Was wollen Sie wissen?«

Riad war aufgestanden. Er kam näher.

»Alles.«

»Alles? Sind Sie sicher, dass Ihr Horizont groß genug dafür ist?«

Riad grinste hämisch.

»Machen Sie sich da mal keine Sorgen. Mein Horizont hat sich seit einiger Zeit erweitert.«

Vincent steckte seine Hände in die Hosentaschen. »Also, dann mal los.«

4

»Richard Nicolet wurde 1952 in Valenciennes geboren. Demnach ist er, sollten meine Berechnungen stimmen, einundfünfzig Jahre alt. Bürgerliches Milieu, Abitur mit sechzehn. Mathematisch-naturwissenschaftliche Richtung, der damalige C-Abschluss. Er erhält die Bewertung Sehr Gut, bei achtzehneinhalb von zwanzig im Durchschnitt.«

Der Mann, der sich Vincent nannte, ging mit langen Schritten bedächtig auf und ab. Sein Umriss zeichnete sich als heller Schatten auf den weißen Wänden ab.

Riad konnte seine Überraschung kaum verhehlen.

»Ein Hochbegabter?«

»Höchstwahrscheinlich. In der Akte steht nichts in der Richtung, aber sein weiterer Werdegang legt nahe, dass er einen außergewöhnlich hohen IQ besitzt.«

»In der Akte?«

»Ein Backstein. Zwanzig Zentimeter dick. Nicolet ist nicht irgendwer. Viele Leute haben sich für ihn interessiert. Allen voran wir.«

»Wer? Wer wir?«

Der Mann zierte sich.

»Das brauchen Sie nicht zu wissen.«

Riad versuchte, sein Gegenüber einzuschätzen. Ein Bulle, ein Mann vom französischen Staatsschutz oder vom polizeilichen Inlandsgeheimdienst? Ein Arzt? Unmöglich, ihn in eine Schublade zu stecken. Sein gepflegtes Äußeres bewies lediglich, dass Abdou mit allen Milieus Umgang pflegte.

Vincent fuhr fort: »Nicolet geht im Sommer 1968 nach Paris. Die Ereignisse des Mai achtundsechzig berühren ihn nur ganz am Rande. Er ist ein schüchterner, introvertierter junger Mann, und außerdem ist es schon zu spät. Die Studenten haben die Straßen des Quartier Latin bereits verlassen und hocken wieder in ihren Hörsälen. September. Nicolet macht sich an die Arbeit. Zwei Jahre Vorbereitungsstudium in Janson-de-Sailly. Vorbereitungsklassen in Naturwissenschaften und Mathematik, um die Aufnahmeprüfungen für die großen Universitäten bestehen zu können. Seine Eltern unterstützen ihn. Er enttäuscht sie nicht. Polytechnikum, Saint-Cyr, Ponts et Chaussées. Er erhält eine Zulassung für alle drei.«

»Und studiert Medizin?«

»Nicht sofort. Er wird zunächst in die Ecole Polytechnique aufgenommen und geht nach Montagne-Sainte-Geneviève. Militärdienst, multidisziplinäre wissenschaftliche Ausbildung, der junge Mann aus der Provinz unterwirft sich der strengen Ausbildung der Eliten. Nach einer herausragenden Hochschulzeit erzielt er an der Ecole Polytechnique einen der besten Abschlüsse. Er ist noch keine dreiundzwanzig Jahre alt.«

Der Krawattenträger mit dem Gehabe eines Ministers machte eine wohlgesetzte Pause, als wolle er die Aufmerksamkeit seines Auditoriums abschätzen. Die Art ihres Schweigens gab ihm grünes Licht.

»Letztlich ist das alles nebensächlich. Während seiner Ausbildungszeit absolviert Nicolet ein Praktikum beim Ministerium für wissenschaftliche Forschung. Dort erregt er erst richtig unsere Aufmerksamkeit. Er verkehrt mit Spitzenkräften aus Politik und Wirtschaft, Forschern, Ingenieuren. Er hat seinen Weg noch nicht gefunden. Eine Begegnung wird ihm die Richtung weisen.«

»Mit einem Mediziner?«

»Einem Hypnotherapeuten.«

»Einem was?«

»Einem Spezialisten für Suggestion.«

Riad hatte das Gefühl, ein Eisblock drücke sich ihm ins Kreuz. Der seltsame Blick von Nicolet während ihres Treffens war ihm noch äußerst lebhaft im Gedächtnis. Er hatte sich gefühlt, als könne der Psychiater in ihn hineinschauen.

Vincent räusperte sich und fuhr fort: »Claude Priquart. Psychoanalytiker, Schüler von Chertock, Analyse bei Lacan. Er ist kein Arzt, was ihm einen umso größeren Handlungsspielraum gewährt.«

»Um was zu tun?«

»Um an einem Forschungsprogramm namens INC-IV zu arbeiten. Eine Methode, sich dem Unbewussten mittels Hypnose anzunähern. Damals wurden im Bereich der Neurowissenschaften nur bruchstückhafte Entdeckungen gemacht. Die Forschungen zu Wirkstoffen wie Benzodiazepin oder Alprazolam stecken noch in den Kinderschuhen. Prozac gibt es nicht. Die Hospitalisierungen verursachen zu hohe Kosten, und die Intellektuellen, die sich für die Antipsychiatrie stark machen, zeigen verächtlich mit dem Finger auf die Irrenanstalten. Es müssen alternative Lösungen gefunden werden.

Viele Wissenschaftler haben sich nach Charcot und Freud für die Hypnose interessiert. Sie sahen darin eine Lösung für das Problem, die Türen der Black Box zu öffnen und die Widerstände des Patienten zu schwächen. Das Unbewusste, auf dem Servierteller präsentiert. Ähnlich wie die Psychoanalyse, mit der sie eng verbunden ist, hat die Hypnose große Leidenschaften entfesselt. Schulen haben einander abgelöst, sich gegenseitig bekämpft, jede hat ihre eigene Theorie aufgestellt, welche die der anderen herabsetzen sollte und Anspruch auf die Rechtmäßigkeit des eigenen Ansatzes erhob. Bei dem Versuch, diesen therapeutischen Ansatz in Misskredit zu bringen, waren die Mediziner nicht um Worte verlegen.«

Riad folgte aufmerksam den Mäandern seiner Rede. Seine Kenntnis der Hypnose beschränkte sich auf einen Abend im Zirkus, wo ein Typ, der wie Dracula aussah, eine Frau dazu gebracht hatte, sich vor zweihundert belustigten Zuschauern auszuziehen. Es war damals so offensichtlich gewesen, dass das Ganze ein abgekartetes Spiel war, dass er nicht weiter darüber nachgedacht hatte.

»Priquart ist ein Erleuchteter«, fuhr Vincent fort. »Oder ein Genie. Seine Arbeiten über die Wirkung der Hypnose auf den Körper bewirken in der kleinen Gemeinschaft der Hypnologen einen Tsunami-Effekt. Er behauptet, ›die‹ unfehlbare Induktionsmethode gefunden zu haben. Eine Methode, die einen in die Lage versetzte, in der Psyche wie in einem Bilderbuch zu lesen. Die Folgen können Sie sich ausmalen …«

Kellal zuckte mit den Schultern, um anzudeuten, dass er dazu nicht in der Lage war.

»Eine revolutionäre Behandlungsmethode der Geisteskrankheiten. Der Beginn einer neuen Ära. Das Ende des Wahnsinns. Er organisiert Konferenzen, publiziert in psychoanalytischen Zeitschriften. Alle Welt macht sich über ihn lustig.«

»Mit gutem Grund.«

»Alle, außer einem. Martin Bect. Ein Beauftragter des

Gesundheitsministeriums. Ein eklektischer Geist, seiner Zeit voraus … und seiner Funktion auch. Der hohe Beamte sieht in diesem Spinner eine mögliche Lösung für seine Budgetprobleme. Er beschließt, die Herausforderung anzunehmen und gründet einen interministeriellen Ausschuss, der sich mit der Sache befasste. Sechs Monate später wird das INC-IV-Programm aus der Taufe gehoben.«

Vincent machte eine Pause. Mit gesenktem Kopf, den Blick in die Ferne gerichtet, sah er plötzlich aus wie ein Priester.

Riad verlor allmählich die Geduld.

»Nicolet, welche Rolle hat er in dem Programm gespielt?«

Ein aufgesetztes Lächeln des Amtsträgers, das ihm wie ein fabrikfertiges Markenprodukt vorkam.

»Um zu verstehen, was einen Menschen antreibt, muss man seine Lehrmeister kennen. Priquart hatte Nicolet in seinen Bann geschlagen. Und ich denke, umgekehrt gilt das ebenso. Als sein Praktikum zu Ende war, nahm der ehemalige Schüler der Ecole Polytechnique ein Darlehen auf, kaufte sich für eine gewisse Zeit vom Staat frei und begann ein Medizinstudium. Seine Berufung nahm Gestalt an, aber im Gegensatz zu dem alten Verrückten trieb seine wissenschaftliche Grundhaltung ihn dahin, das Ganze in den Rahmen der Vernunft zu stellen.«

»Das ist keine Antwort auf meine Frage.«

»Ich komme darauf zurück. Das INC-IV-Programm erlitt schon bald Schiffbruch. Priquarts Thesen scheiterten an der Messlatte der Realität. Das Gehirn blieb auch weiterhin ein wilder Kontinent. Die Hypnose hatte neue Wege aufgezeigt, aber keine Wunderlösung gebracht. 1979, als Nicolet seinen Facharzt in Psychiatrie machte, hatte man das Experiment bereits seit fünf Jahren aufgegeben.«

»Wusste er darüber Bescheid?«

»Sicher. Nicolet hatte während des Studiums weiter mit dem Hypnologen zusammengearbeitet. Er gehörte nicht mehr zum Kreis der Eingeweihten, aber die beiden Männer sahen sich regelmäßig. Eine Art geheime Zusammenarbeit. Auf den Ratschlag seines Mentors hin begann er außerdem eine Lehranalyse, die er während des Studiums an der Fakultät nebenbei verfolgte.«

»Etwas verständlicher, wenn's geht.«

»Eine unumgängliche Etappe. Man muss sich analysieren lassen, um den Beruf ausüben zu können.«

Riad verstand nichts von diesem Kauderwelsch. Er stellte sich nur den kleinen Marquis und den Weisen vor. Zwei innovative Geister, die sich bis an die Grenzen des Unmöglichen gegenseitig die Bälle zuschossen.

»Was hat er anschließend gemacht?«

»Eine hypnotherapeutische Praxis eröffnet. Rue des Saints-Pères in Paris.«

»Er betreibt eine Privatpraxis?«

»Wenn man das so nennen will... In Wahrheit arbeitet er an Priquarts Werk weiter. Der Alte ist im Vorjahr gestorben. Er hat ihm ein brachliegendes Erbe hinterlassen. Hunderte von Fällen, zwanzig Jahre Erfahrung, zwanzig Jahre Forschung und tastende Versuche. Nicolet ist überzeugt, seine wissenschaftliche Ausbildung werde es ihm gestatten, das Bild zu vereinheitlichen.«

Riads Aufmerksamkeit wurde hin und wieder abgelenkt. Ein Pfeil wühlte in seiner Schulter. Sie fühlte sich brennend heiß an, dann wieder eiskalt. Das Fieber schwelte wie ein Lavastrom unter seiner Haut. Trotzdem blinkte in diesem Nebel aus Feuer eine klare Erkenntnis auf.

»Menschliches Versuchsmaterial... Aus diesem Grund hat er sich niedergelassen.«

»Genau. Die Basis klinischen Experimentierens. Das Einzige, was ihm noch fehlte und was er nach Priquarts Scheitern nicht so leicht bekommen konnte.«

Abdou tänzelte von einem Fuß auf den anderen, Kader spielte mit seiner Gebetskette. Es war Riad, der schließlich das Schweigen brach.

»Hat man ihn gewähren lassen?«

»Es hat nie eine Beschwerde gegeben. Es liegt in der Natur der Sache, dass hypnotisierte Menschen sich nicht an das Experiment erinnern. Es ist eine Reise außerhalb der Zeit. Ein Wachtraum. Nicolet konnte in den Sitzungen machen, was er wollte, konnte mit seinen Versuchskaninchen bis an ihre Grenzen gehen, sie dazu bringen, bestimmte Dinge zu tun.«

Dem Polizist dämmerte es allmählich, inwiefern der Psychiater in seine Ermittlung verwickelt war. Nicolet hatte versucht, den Verrückten zu beeinflussen. Wahrscheinlich hatte er sich vorgestellt, er könne ihn von seinem Wahnsinn befreien. Was dann auch seinen vorübergehenden Aufenthalt in Les Glycines erklären würde.

Aber was war daraus gefolgt?

Das konnte durch nichts gerechtfertigt werden.

»Die achtziger Jahre sind ein Segen«, fuhr Vincent fort. »Die New-Age-Anhänger sind die Ersten, die ihm die Praxis einrennen. Eine wohlhabende Klientel, die sich nach spirituellen Erfahrungen sehnt. Nicolet hatte keinerlei Respekt vor ihnen. Er verlangte exorbitante Honorare, nahm sogar ihre privaten Dienste in Anspruch. Er wurde eine Art Guru, gründete einen Arbeitskreis, die SEPAH, die Stiftung zur Erforschung der psychiatrischen Anwendungsmöglichkeiten der Hypnose. Ein zusätzliches Mittel, Geld zu scheffeln. Nach und nach verliert er den Kontakt zur Realität. In dieser Phase verschwindet er.«

»Was?«

»Er löst sich in Luft auf. Zwei Jahre lang weiß kein Mensch, wo er sich aufhält. Oder was er macht.«

»Ich verstehe nicht. Sie haben doch gesagt, Sie würden ihn seit seinem Eintritt ins Forschungsministerium überwachen. Haben Sie nicht versucht, ihn zu finden?«

»Wir befinden uns an der Schwelle zum Jahr zweitausend. Die Nachforschungen auf französischem Hoheitsgebiet verlaufen ergebnislos. Unsere Abteilungen haben andere Sorgen.«

Riad kniff die Augen zusammen. Das Vokabular war ihm vertraut. Trotz seines teuren Anzugs hatte Vincent gerade ein wenig wie ein Bulle geklungen. Zu welcher Riege gehörte er?

Er versuchte sein Glück.

»Ihre Abteilungen?«

Wieder ein sibyllinisches Lächeln des Krawattenträgers.

»Versuchen Sie nicht, mehr herauszufinden… Es wird Ihnen nichts bringen.«

Riad bohrte nicht weiter. Er würde ihm seine Geheimnisse schon noch verraten.

»Wie erklären Sie sich, dass er jetzt eine Klinik leitet, eine geschlossene Anstalt mitten in einem Vorort von Lyon?«

»Nicolet ist zweitausendeins wieder aufgetaucht. Er hatte noch genug Freunde und kannte noch genug Leute, die ihm zu Dank verpflichtet waren, um eine Arztstelle in einem Krankenhaus zu bekommen. Unmittelbar danach wurde Les Glycines aufgemacht. Und ihm wurde per Dekret die Leitung übertragen.«

»Eine maßgeschneiderte Stelle.«

»Wir nehmen eher an, dass sie als Deckmantel diente.«

»Als Deckmantel? Für was?«

»Eben das wissen wir nicht.«

Vincent stemmte die Fäuste in die Hüften. Seine Weste klaffte und ließ den Oberkörper eines Holzfällers zum Vorschein kommen.

»Genau in dem Punkt werden Sie mir weiterhelfen.«

Riad sah seine intuitive Ahnung bestätigt. Das hohe Tier war auf Angeltour. Er interessierte sich für alles, was mit Nicolet zu tun hatte. Insbesondere, wenn die Fährte nach Fäulnis stank.

Kellal wischte sich die Stirn. Er stieß abgehackte Silben hervor, als stünde er völlig neben sich.

»Ich bin Bulle.«

»Bulle?«

»Nun ja … Ich war es. Leutnant Riad Kellal. Brigade der Kripo. Regionaleinheit der Kripo Marseille.«

Vincent warf der Klinge einen fragenden Blick zu. Aus seinem Schattenloch heraus verzog Abdou das Gesicht, als wolle er sagen, damit habe er nichts zu tun. Er hätte sonst die einzelnen Punkte miteinander verknüpfen müssen, die Motive an den Tag legen, die Kader dahin getrieben hatten, wieder Kontakt zu ihm aufzunehmen.

Blass wie ein Leichentuch fuhr Riad fort.

»Ein Verrückter hat meine Tochter zu Tode gefoltert. Falls Sie Zeitung lesen, wissen Sie, wovon ich rede.«

»Das Mädchen von den kleinen Felsbuchten …«

»Sie hieß Leïla. Sie wäre demnächst elf geworden …« Vor lauter Wut wurde die Stimme des Polizisten brüchig. Er schluckte und räusperte sich. »Ich will diesen Irren finden, bevor die Gesellschaft sich schützend vor ihn stellt.«

»Auge um Auge?«

»Nennen Sie das, wie Sie wollen.«

Ihre Blicke kreuzten sich. Der Amtsträger schien zufrieden mit der weiteren Entwicklung.

»Sie wissen, dass ich kurz vor dem Ziel stehe«, fuhr Riad fort. »Ein wichtiger Zeuge wurde hingerichtet. Anschließend hatten sie versucht, mich aus dem Verkehr zu ziehen.«

»Sie? Wen meinen Sie damit?«

»Die Kugel, die mir diesen Krater beschert hat, stammt von einem FAMAS. Sie haben gehört, was Saïd gesagt hat. Es sind nirgendwo welche gestohlen worden. Das können nur Soldaten sein. Gendarmen oder Bullen.«

Vincent ließ seinen Blick zur Decke wandern. Er schien ein unsichtbares Puzzle zusammenzusetzen. Nach kurzem Schweigen ergriff er wieder das Wort: »Nicolet … Er hat ihn behandelt …«

»Behandelt, begutachtet, eine Diagnose gestellt. Ist mir scheißegal. Er hat genug zu verbergen, um mir Gorillas auf die Fersen zu hetzen.« Riad ging auf den Anzugträger zu.

»Wer hat versucht, mich umzubringen? Ich bin sicher, Sie haben da eine Idee.«

Der andere wich zurück. Seine Unterlippe zitterte leicht.

»Ich kann Ihnen nicht helfen. Sie haben sich in eine Sache hineinmanövriert, der Sie nicht gewachsen sind.«

»Es sind Bullen, nicht wahr? Bullen wie Sie? Was für ein Spiel spielen Sie da?«

Vincent lief in großen Schritten zur Tür.

»Hauen Sie ab, das ist alles, was ich Ihnen sagen kann … Hauen Sie schnell ab.«

»Warum zum Teufel?«

»Sie befinden sich mitten im Zentrum der Zielscheibe.«

5

Es war der einzige Ausweg.

Karl musste unmittelbar am Tatort geschnappt werden. Er selbst musste genügend Beweise sammeln, um sich aus dem Spiel zu bringen. Und dann alles den Bullen stecken.

Philippe hatte alle Fakten wohl bedacht und sich für eine Möglichkeit entschieden. Die einfachste. Das Monster mit seiner Arbeit beginnen lassen, plötzlich hinter ihm auftauchen und ihm eine Dosis Diprivan in den Muskel jagen.

Auf frischer Tat ertappt. Die Hände blutbesudelt, vor ihm ein zerstückelter Körper, ein Folterapparat.

Wer würde an Karls Schuld zweifeln?

Wer würde sich seine Erklärungen anhören, mit denen er versuchen würde, einem zweiten Mann die Schuld zuzuschieben?

Philippe hatte den Krankenwagen fortgefahren, alles wieder an seinen Platz geräumt und eine Nadel aufgezogen. Nachdem er den Jungen auf die Matratze gelegt hatte, hatte er sich in einer Kammer im Nebenraum versteckt. In einem Schrank, der vom ehemaligen Besitzer als Lager für seine Pornohefte benutzt worden war. Das Rattenloch hatte einen kleinen Riegel, mit dem man die Tür von innen verschließen konnte.

Er hatte lange gewartet, war dazwischen von Anfällen und Zweifeln geplagt worden.

Karl machte ihm Angst.

Faszinierte ihn.

Würde er die Kraft finden, bis zum Ende zu gehen?

Gegen dreiundzwanzig Uhr hatte ein Klappern ihn aus seiner Trance gerissen. Sein Puls war in die Höhe geschnellt. Er hatte die Zähne zusammengebissen, bis er das Gefühl gehabt hatte, ein Holzstock drückte ihm die Kehle zu.

Karl war da. Neben ihm. Plötzlich wurde die Stille ganz besonders dicht.

Philippe hatte geblinzelt. Eine gusseiserne Schwärze schnitt ihn von der Realität ab. Der Junge auf der anderen Seite der Tür hatte gewinselt. Wie ein Welpe. Als spüre auch er die Anwesenheit einer Gefahr.

Der Herzschlag des jungen Mannes hatte sich in einen Trommelwirbel verwandelt.

Er hatte die Spritze in seiner Hand fest gedrückt.

Hatte gewartet.

Dann war eine gewaltige Woge auf ihn zugerollt. Der allerletzte Anfall. Den er immer von sich fern gehalten hatte, die Folge seiner inneren Konflikte. Der Anfall gelangte an seinen Höhepunkt, riss weit das Maul auf, um seinen Verstand zu verschlingen.

Er hatte angefangen zu zittern. Seine Beine hatten ihm den Dienst versagt. Ein zäher Speichel klebte ihm die Zunge am Gaumen fest.

In seinem Kopf – wie eine Explosion.

Das Gefühl, in einen rußschwarzen Abgrund zu stürzen. Immer weniger wahrzunehmen.

Dann nichts mehr.

Ein Pfeifen hatte ihn wieder zu Bewusstsein gebracht. Ein Tinnitusgeräusch, das ihm schier das Trommelfell zu zerreißen drohte. Er hatte sich auf die Hände gestützt, sich mit Schwindelgefühlen aufgerichtet. Nach und nach war das Geräusch einer ätherischen Stille gewichen.

Sein Instinkt hatte ihm gesagt, er solle den Riegel zurückschieben und die Tür öffnen. Das grellweiße Licht eines Scheinwerfers hatte ihm bestätigt, was seine Sinne ihm zugebrüllt hatten.

Der Körper des Jungen streckte zwischen zwei Eisenstangen seine stockdürren Gliedmaßen aus. Arme und Beine, vertikal ausgestreckt, bildeten ein Kreuz aus bloßliegendem Fleisch. Er hatte keinen Zentimeter Haut mehr. Karl hatte ihn geschält wie eine Zwiebel und ihm auch das Gesicht und die Kopfhaut abgezogen.

Philippe musste sich übergeben. Wie ein Blitz hatte ihn die Erkenntnis getroffen, was für einen monströsen Pakt er da geschlossen hatte.

Er war mit üblen Bauchkrämpfen aus dem Zimmer gewankt. Draußen hatte die Nacht ihn eingehüllt. Eine warme Brise, der Duft nach Wald. Ein riesengroßer Mond, der das Metall der Schrottgerippe wie mit einem quecksilbrigen Schimmer überzog.

Er hatte seinen letzten Rest an Vernunft zusammengenommen.

Karl hatte sich aus dem Staub gemacht.

Bald würde er verschwunden sein.

Ein weiterer Kadaver verweste in der Natur.

Die Falle schnappte zu.

Philippe hatte nachgedacht. Vielleicht gab es noch eine Möglichkeit, ihn zu erwischen.

Karl zog seinen Opfern die Haut ab. Auch vom Gesicht. Thibaud, das Mädchen, es gab keinen Grund, warum er mit den Erwachsenen nicht ebenso verfahren war.

Er musste sie doch irgendwo zwischenlagern.

Und genau da würde er ihn schnappen.

Philippe war zum Krankenwagen gelaufen. Plötzlich war ihm aufgegangen, wo das sein musste.

Ein ruhiges Plätzchen in einem Museum der Vergangenheit.

Der Geruch nach Aas. Der einen anderen Geruch überdeckte.

Den nach verwesenden Häuten.

ZEHNTER TEIL

1

»Wo sind Sie gewesen?«

»Musste die Maschine mal ein bisschen hochjagen…«

Paul hatte dem Kommissar mit einem Lächeln geantwortet. Einem echten, entspannten, fast schon heiteren Lächeln. Nach der Sitzung mit den Zigeunern hatte er sich ausgepumpt gefühlt. Mit Atavians Telefonanruf war seine Arbeit beendet. Er war nach Hause gegangen, ohne bei der Brigade vorbeizuschauen, und in einen traumlosen Schlaf gefallen.

Vial warf ihm einen verärgerten Blick zu. Auf seine Schreibunterlage war ein Fries gezeichnet, das aussah wie ein Labyrinth und die Wundmale eines spannungsgeladenen Gesprächs offen legte.

»Wir haben wieder eine…«

Paul erstarrte auf seinem Stuhl.

»Ein Kind?«

»Ja… Männlichen Geschlechts. Etwa zehn Jahre alt. Und jetzt halten Sie sich gut fest… Behindert.«

Vial hatte das letzte Wort nur mit großer Mühe herausgebracht. Die Augen unter seinen Brauen blickten ins Leere.

Der Leutnant zündete sich einen Zigarillo an.

»Dieselben Verstümmelungen?«

»Eine genaue Kopie. Er hat die Haut vollständig abgezogen, mit Ausnahme der Extremitäten. Der Hände, der Füße. Dann hat er ihm den Schädel eingeschlagen.«

Wieder Schweigen. Paul stand auf und öffnete das Fenster. Die stickige Luft in den Büros der Brigade erdrückte ihn. Er hatte das Gefühl, Blut zu atmen.

»Die Leiche, wo wurde sie gefunden?«

»Auf einer alten Schrotthalde. An der Straße nach Eiguilles. Unter Baracken war ein Raum dafür hergerichtet worden. Eine echte Folterkammer. Ketten, Kabel, ein Edelstahltisch und das ganze Brimborium. Maßgeschneidert. Der Typ hat sogar Glaswolle ausgespannt, damit man die Schreie nicht hören kann.«

Ein eigens hergerichteter, schalldicht gemachter Keller.

Pauls erste Schlussfolgerung erwies sich damit als richtig. Der Verrückte brauchte Werkzeug, eine Infrastruktur. Er hatte sich ein Versteck gebaut, in einem Knochenhaufen aus Metall.

Paul versuchte, mehr herauszubekommen.

»Der Entschwarter?«

»Was ist damit?«

»War der da?«

»Er war das wichtigste Stück in der Sammlung. Angeschlossen an den Motor eines Rasenmähers. Es wurden auch ein professionelles Lehrbuch des Schlachtens und anatomische Bildtafeln gefunden. Skizzen, Legenden, Ratschläge, es war alles da, um eine saubere Arbeit zu machen.«

Falls Paul noch eine Bestätigung gebraucht hätte, dann wäre sie das jetzt gewesen.

Unmittelbar danach erinnerte er sich an den Hinweis, den er von dem Penner erhalten hatte und der von den Zigeunern bestätigt worden war. Ein kleiner Lieferwagen, bis zum Rand voll gestopft mit Alteisen.

Ihn packte eine gigantische Wut. Die Lösung war da, man brauchte nur noch danach zu greifen. Bei der Ermittlung hatte er in der Hitze des Gefechts woanders gesucht und diesen fundamentalen Punkt vernachlässigt. Ein weiteres Kind hatte gerade dafür bezahlen müssen.

Er herrschte den Kommissar in vorwurfsvollem Ton an: »Sollten Sie nicht eine Liste aller Schrotthändler zusammenstellen?«

»Wir haben uns darum gekümmert. Der Platz ist seit zwanzig Jahren geschlossen.«

»Es muss ja wohl irgendwo eine Spur geben, oder? Im Handelsregister, im Telefonbuch, was weiß ich.«

»Nein. Keine. Das ist merkwürdig, ich gebe es zu, aber dieser Schrottplatz taucht in keinem Dokument auf.«

Paul erschauderte. Eine geschützte Akte. Außergewöhnliche Verfahren. Sollte hier wieder einmal ein falsches Spiel gespielt werden?

»Ohne diesen Hund hätte niemand auch nur irgendwas bemerkt«, fuhr Vial fort.

»Welchen Hund?«

»Ein Rottweiler, der mit seinem Herrchen Gassi war. Der Kerl ging an der Stelle vorbei. Der Köter verschwand. Nach einer Viertelstunde kam er mit einer Art Knochen im Maul zurück.« Der Kommissar hielt inne. Er hakte die Fliege auf, nahm sie ab und öffnete seinen Hemdkragen. Schließlich fuhr er mit matter Stimme fort: »Es war ein Fuß. Oder sagen wir besser... ein Stück von einem Fuß. Er hat einen Teil gefressen und den Rest apportiert. Wie eine Beute.«

Paul lief unwillkürlich ein Schauder über den Rücken. Bei der Vorstellung, von einem Köter abgenagt zu werden, wurde ihm ganz komisch zumute.

»Wann ist das passiert?«

»Heute Morgen. In aller Frühe. Die Gendarmen sind sofort hingefahren.«

Paul glaubte, einen Hauch von Enttäuschung aus dem

Tonfall des Kommissars herauszuhören. Er fragte: »Die Gendarmerie? Was ist das für eine Schnapsidee?«

»Der Fall wird uns entzogen. Richter Galeotti hat sich an die Sondereinheit der Mordkommission von Aulnay-sous-Bois gewandt. Ich muss das Baby noch vor morgen früh übergeben.«

»Das ist schwachsinnig. Die beiden Morde stehen in Zusammenhang und Sie ...«

Der Kommissar schnitt ihm schroff das Wort ab: »Das dürfte schwer sein. Angesichts unserer Ergebnisse stand uns das ohnehin bevor.«

»Dürfen wir wenigstens einen Blick darauf werfen?«

»Njet. Die Anweisungen sind klar. Neuer Leiter, neue Mannschaft. Keine gegenseitige Behinderung.«

Paul schlug mit der Faust auf den Schreibtisch. Man würde Vial die Ermittlung entziehen. Die Folgen waren klar. Riad würde nicht mehr gedeckt werden. Die Polizeiaufsichtsbehörde hätte vollkommen freie Hand.

Er sah auf seine Uhr.

»Sie sagten morgen?«

»Ja. Warum?«

»Es ist neun Uhr. Wenn wir es ein bisschen hinauszögern, bleibt uns noch ein Tag. Wir können den Fall noch lösen.«

Die Augen des alten Fuchses leuchteten in ihren Höhlen.

»Ach ja? Und wie? Haben Sie sich angesehen, was wir innerhalb der letzten Wochen zusammengetragen haben?«

»Ich habe Ihnen noch nicht meinen Bericht gegeben.«

»Ich weiß Bescheid.«

Paul ließ die Gelenke knacken. Es war an der Zeit, dass er seinem Vorgesetzten reinen Wein einschenkte.

»Es ist genau so, wie ich angenommen hatte: Die Zigeuner haben den Entschwarter beschafft.«

»Gut... Und weiter?«

»Sie haben den Mörder gesehen.«

»Bravo... Ich nehme an, sie haben Ihnen eine Beschreibung gegeben?«

Paul machte eine wegwerfende Handbewegung.

»Die Personenbeschreibung ist zu ungenau. Groß, kräftig, schulterlanges Haar, gelb, wahrscheinlich gefärbt oder eine Perücke.«

»Nichts über das Gesicht? Haben sie ihn von hinten gesehen oder was?«

»Nicht von hinten. Es war Nacht. Der Typ stand im Dunkeln.«

Der Kommissar machte ein enttäuschtes Gesicht. Er griff sich einen Kuli und kritzelte weiter an seinem Fries.

»Die haben Sie voll verarscht...«

Der junge Leutnant fixierte seinen Vorgesetzten wie ein Torero den Stier kurz vor dem Todesstoß.

»Der Typ hatte sterbliche Überreste von Menschen in seinem Lieferwagen. Was sagen Sie dazu? Meinen Sie etwa, die haben das erfunden?«

Vial murrte, ohne die Nase von seiner Zeichnung zu heben.

»Dann ist da noch was.«

»Noch so ein Knüller?«

»Der Irre hat eine Kinderstimme. Als habe er keinen Stimmbruch gehabt.«

Vial zog überrascht eine Braue hoch. Er legte seinen Kuli hin und lehnte sich im Stuhl zurück.

»Eine Missbildung?«

»Vielleicht. Oder die Folge eines Unfalls. Jedenfalls sind seine Stimmbänder nicht normal.«

Der Chef der Kripo zuckte mit den Schultern.

»Nehmen wir einmal an, wir könnten es wagen. Es bleiben uns vierundzwanzig Stunden. Was wollen Sie mit dieser Information groß anfangen?«

Paul hatte keine genaue Vorstellung. Wenn er Pläne aufstellte, ließ er sich immer von seinem Instinkt leiten. Aufs Geratewohl schlug er vor: »Ich werde per Computer die Verbrecherkartei durchgehen. Falls der Typ bei uns gespeichert ist, haben wir ihn sofort. Außerdem forschen wir bei den Geisteskranken nach. Krankenhäuser, Irrenanstalten, Privatkliniken. Unser Mann hat vielleicht einen Aufenthalt in einer dieser Einrichtungen hinter sich. Jetzt, da wir seine Visitenkarte haben, lohnt sich der Versuch.«

Der Kommissar schüttelte den Kopf. Er sah aus, als wolle er alles hinschmeißen.

»Zu wenig Zeit. Und die Krankengeschichten sind vertraulich.«

»Falsch. Der Richter hat uns um rechtliche Zusammenarbeit gebeten. Offiziell sind Sie noch mit von der Partie. Wenn Sie auf den Plan treten, kann kein Mediziner seine Mitarbeit verweigern.«

Der schrille Lärm eines Bohrers setzte den Schlusspunkt hinter seine Antwort. In den Büros der Brigade machten sich Männer im Blaumann zu schaffen. Die Klimaanlage wurde endlich repariert.

Paul wartete ab, bis das pfeifende Geräusch verstummt war, dann legte er ihm seine Strategie auseinander.

»Ich habe meinen Bericht noch nicht abgefasst. Die Zeugenaussagen der Zigeuner sind hier drin.« Er legte den Zeigefinger an die Schläfe. »Wir haben gut und gerne eine Länge Vorsprung.«

Vial wollte nicht recht verstehen. »Wollen Sie etwa, dass wir die Indizien geheim halten?«

»Es gibt keine Indizien. Ich bin der Einzige, der davon etwas weiß. Mit Ihnen.«

»Ich kann nicht…«

»Natürlich können Sie. Sie haben mich gebeten, Ihnen in der Angelegenheit zu helfen. Einen Bullen von der Straße. Eine geheime Ermittlung. Andere Methoden.«

»Ich habe Sie niemals darum gebeten, gegen das Gesetz zu verstoßen.«

Paul knallte beide Hände auf den Schreibtisch. Seine Boxerstatur warf einen dunklen Schatten auf den Chef der Kripo.

»Das ist ein Wettlauf, Kommissar. Ein Wettlauf gegen die Uhr. Wenn wir alles einfach laufen lassen, wird Riad gewinnen. Wenn wir den Militärfuzzis unsere Tipps zustecken, erscheinen die allenfalls gerade rechtzeitig zum Showdown. In beiden Fällen verliert Ihr Bulle das Spiel. Und Sie damit auch.«

Cabrera nahm einen Stuhl und drehte ihn zwischen seinen Beinen. Er setzte sich rittlings darauf, die Arme auf der Lehne. Er hatte keine Lust mehr, den Musterschüler zu mimen.

»Ich habe einen meiner Leute auf die Fährte angesetzt.«

»Ohne mir vorher Bescheid zu sagen?«

»War noch zu früh. Ich wollte erst mal schauen.«

»Sie wollen mich wohl verarschen?«

Paul lächelte eiskalt. »Erinnern Sie sich, Kommissar. Wir hatten vereinbart: auf meine Art. So lautete der Deal.«

Vial plusterte sich auf. Er sah Paul säuerlich an.

»Also gut… Bringen Sie es auf den Punkt.«

»Riad macht Fortschritte. Er hat bereits jemanden getötet. Heute Nacht. Einen Helfershelfer, ein Junkie, völlig durch den Wind, der den Kids die Drogen beschaffte.«

»Kellals Tochter nahm Drogen?«

»Zeug zum Rauchen. Der Dealer hat die Drogen als Köder benutzt. Und wahrscheinlich auch bei der Entführung eingesetzt. Dann hat er dem Mörder sein Päckchen abgeliefert.«

»Ein Komplize? Das passt nicht zu ihm.«

»Die Zigeuner sind dem Verrückten begegnet. Selbst wenn man nur die groben Züge vergleicht, zeigt die Personenbeschreibung keinerlei Übereinstimmungen.«

Vial kaute auf seinem Kuli herum. Er sah plötzlich aus wie der Großvater, der er eigentlich sein sollte. Gut gepolstert, gemütlich, friedlich, ein klein wenig altmodisch.

Paul fuhr fort: »Ich weiß nicht, wie Riad die Fährte bis zu ihm zurückverfolgen konnte. Eines ist klar: Bevor er ihn kaltgemacht hat, hat er sich noch die Zeit genommen, ihn die Sache ausspucken zu lassen.«

»Eine Leiche dürfte man nicht mehr so leicht zum Reden bringen ...«

»Ich habe immerhin eine interessante Sache. Der Typ hieß Marius Ferraci. Wenn er gerade nichts Besseres zu tun hatte, pflegte er eine dicke Freundschaft mit den Bullen.«

»Ein Polizeispitzel?«

»Mehr als das. Seine Akte steht unter Verschluss, und zwar auf Stufe V.«

Auf diese Enthüllung hin versank Vial in einer Art Meditation. Nach ein paar Sekunden sagte er: »Das passt nicht zusammen.«

»Nicht wirklich. Diese Sicherheitsstufe ist zu hoch für einen Dealer.«

»Haben Sie eine Vorstellung?«

»Nein. Aber genau da müssen wir weiterbohren. Irgendetwas in der ganzen Geschichte deutet auf eine ziemlich krumme Sache hin. Wenn wir das herausfinden, können wir vielleicht eine Abkürzung nehmen.«

»Oder wir rennen gegen eine Wand. Nur die Zentraldirektionen haben auf dieser Stufe eine Zugriffsberechtigung.«

Ein kaltes Blitzen trat in die Pupillen Cabreras.

»Ist mir egal. Wir suchen die Infos da, wo sie sich befinden. So oder gar nicht.«

Der Kommissar lehnte sich weit zurück, die Hände im Nacken verschränkt.

Paul drückte seine Kippe aus. In seinen Augen stand nur noch kalte Entschlossenheit.

»Geben Sie mir grünes Licht. Ich komm schon klar.«

Die beiden Polizisten schwiegen sich an. Paul hatte die Sache bis zum Äußersten getrieben. Er konnte keinen Alleingang machen, und das wusste er auch.

Auf seinem Schenkel vibrierte es. Er warf einen Blick auf sein Handy. Die Nummer des Anrufers war unterdrückt. Er zögerte. Nur wenige Leute besaßen seine persönliche Nummer. Sie standen alle im Adressbuch. Wer hatte sie sich beschafft?

Er beschloss dranzugehen.

»Ja?«

»Cabrera?«

Paul erstarrte. Er gab dem Kommissar ein Zeichen und ging aus dem Raum. Instinktiv sprach er leiser: »Riad? Bist du's?«

»Ich stecke in der Scheiße, ich muss mit dir reden.«

Kellals Stimme klang angekratzt. Paul stellte sich eine Verwundung vor, blutgetränkte Verbände.

»Wo bist du?«

»Kann ich dir nicht sagen. Kannst du kommen?«

»Okay, okay … Jetzt gleich?«

»Auf der Straße nach Lynes. Vor dem internationalen Gymnasium. Mit der Maschine brauchst du nicht länger als zwanzig Minuten.«

»Scheiße, Riad. Aber …«

Riad ließ ihm keine Zeit weiterzureden.

»Kader wartet beim Kreisel auf dich. Und bitte kreuz alleine auf. Mir ist nicht danach, eine Pressekonferenz zu geben.«

Die Verbindung wurde unterbrochen.

Paul sah auf sein Telefon, als habe er gerade ein Gespenst gesehen.

Ohne ein Wort zu Vial und dessen Mannschaft nahm er seinen Helm und rannte auf die Straße.

2

Paul erkannte die Gestalt schon von weitem.

Kader, groß und schlaksig, das Gesicht unter einem hellen Tuch, dem Schech verborgen, stand stolz und aufrecht wie ein Tuareg auf dem Rondell im Kreisverkehr.

Cabrera trat kurz vor Kader voll auf die Bremse. Ohne seinen Integralhelm abzunehmen, fragte er: »Ist mit Riad alles in Ordnung?«

»Er lebt noch. Los, wir fahren hin.«

Kader schwang sich auf die Maschine. Der Motor heulte auf.

Sie fuhren mit quietschenden Reifen durch Lynes. Der kleine Marktflecken, zwei Spalierhecken aus mittelmäßigen Wohnhäusern am Rande der Straße, lag noch tief im Schlaf.

Die wenigen Frühaufsteher, die schon losgezogen waren, um Brot zu kaufen, sahen eine Rakete vorbeischießen. Sie dürften erst im Nachhinein begriffen haben, dass es sich um ein Motorrad handelte, das mit Karacho durch ihre beschauliche Ruhe düste.

Kader tippte dem Bullen auf die Schulter und streckte den Arm nach links aus. Paul schaltete runter, so dass die Ventile Walzer tanzten. Der Hinterreifen blockierte. Er bekam die schlingernden Räder unter Kontrolle und bog in den Chemin de la Blaque ein.

Kader hielt sich mit den Händen bloß am Mitfahrergriff fest und hatte nicht einmal die Schenkel zusammengepresst.

Sie fuhren zehn Minuten und gelangten in eine domestizierte ländliche Gegend, in der zaunlose private Anwesen einander abwechselten. Ockerfarbene Häuser, weiße Häuser, aus einem Block gehauene Steinskulpturen, die das Licht einfangen sollten. Drum herum tadellos gepflegte Wiesen, Blumenfelder. Und dann, wie eine rauschende Umfriedung wogten im Hintergrund stachlige Pinienwälder.

Mitten in der ganzen Unruhe nahm Paul die Vollkommenheit des Augenblicks wahr. Ein Duft. Ein Augenblick. Ein dem Grauen entrissenes instabiles Gleichgewicht, in dem Mensch und Natur sich versöhnt zu haben schienen, um das Leben zu feiern.

Sie hielten vor einem Portal aus grauem Metall. Kader betätigte eine Fernbedienung. Die Höhle öffnete sich unter höllischem Eisengedröhn.

Sie fuhren ganz langsam einen Kiesweg entlang und hielten vor einem weißen, wuchtigen Haus mit Betonmauern. Die lavendelfarbenen Fensterläden schienen am Vortag gestrichen worden zu sein.

Alles abgesperrt, alles ohne Ausnahme.

Cabrera bockte die Maschine auf dem Ständer auf. Er spürte, wie sein Mitfahrer leicht wie eine Brise vom Feuerstuhl sprang.

Kader stürzte zur Tür, klopfte dreimal.

Sogleich erschien Riads Gesicht. Spitz. Grau. Seine Wangenknochen traten hervor wie Pingpongbälle. Dennoch versuchte ein Lächeln sich seinen Weg durch den Bart zu bahnen.

»Die Kavallerie …«

Paul öffnete die Arme.

»Du verrückter Kerl! Ich such dich seit einer Woche.«

»Sieht so aus, als hättest du mich gefunden.«

Die beiden Freunde umarmten sich. Riad wich sofort zurück.

»Sachte, mein Bruder.«

Der Arm unter dem zerknitterten Hemd hing in einer Stoffschlinge.

»Hast du dich geprügelt?«

»Ein Durchschuss. Dank der Antibiotika halt ich ganz gut durch.«

Wie aus einem Maschinengewehr ratterte es Fragen.

»Wer hat das getan? Der Verrückte? Hast du ihn geschnappt?«

Riad schluckte. Tränen quollen unter seinen Wimpern hervor. Er schien völlig durch den Wind zu sein.

»Deshalb habe ich dich ja angerufen. Da geht irgendwas völlig Irrsinniges ab. Ich kapier gar nichts mehr.«

Paul war gerührt. Er hatte seinen Kumpel noch nie zusammenbrechen sehen. Er senkte den Kopf und wiederholte seine Frage mit leiser Stimme: »Wer?«

»Ich bin mir nicht sicher … Vielleicht die Bullen.«

»Die Bullen?«

»Ich weiß. Das ergibt keinen Sinn.«

Eine Feuerkugel wütete im Magen Cabreras. Die Verbindung, die er sich zusammengereimt hatte, nahm gerade konkrete Gestalt an.

Die Bullen schützten den Mörder.

Sie hatten seinen Komplizen gedeckt, die Akten der Zigeuner geliefert und seine Daten aus dem Verwaltungsnetz gelöscht. Die Attacke auf Riad rundete das Bild ab. Jetzt ergab alles einen Zusammenhang.

Innerhalb weniger Sekunden versuchte Paul, so etwas wie eine Ordnung in diese ganzen abstrusen Geschehnisse zu bringen. Vergebens. Einem solchen Chaos war mit Vernunft unmöglich beizukommen.

Er nahm sanft den Arm seines Kumpels und zog ihn in den Garten. Die Zeit der Geständnisse war gekommen.

»Erzähl.«

3

Nach etwa zehn Metern blieb Riad stehen und lehnte sich an einen Baum.

»Ich glaube, ich habe mich in eine Falle locken lassen.«

Seine Stimme zitterte, als quäle ihn ein geheimer Schmerz.

Paul zündete sich einen Zigarillo an und antwortete lediglich: »Du konntest das nicht vorhersehen.«

»Nein. So meine ich das gar nicht. Ich hab mir das alles ganz allein eingebrockt. Ich hätte das Problem niemals im Alleingang lösen dürfen.«

Kellal hatte sich zusammengekauert, die Schultern gebeugt, das Kinn auf die Brust gesenkt. Er schien Buße zu tun.

Paul fegte die Gewissensbisse mit einer Handbewegung beiseite.

»Lass es gut sein. Ich hätte vielleicht den gleichen Unsinn gemacht. Das hätten wir alle getan.«

Schweigen.

Schmerzhafter Versuch eines Lächelns.

Riad hob den Kopf. In seinen Augen lag wieder dieser wilde Ausdruck.

Er konterte mit einer Frage: »Wie weit seid ihr gekommen?«

»Es hat einen zweiten Mord gegeben. Heute Nacht.«

Paul hielt kurz inne. Er wählte seine Worte mit Bedacht, er wollte das Grauen nicht wieder wachrufen.

»Die gleichen Merkmale. Das gleiche Ritual. Man hat den Jungen auf einem ehemaligen Schrottplatz gefunden, in der Gegend von Eiguille.«

Riad verzog das Gesicht. Unter seiner Stirn schien eine Feder gesprungen zu sein.

Cabrera verharrte schweigend. Die Details wollten ihm nicht über die Lippen. Er fuhr fort: »Wir kommen nicht so recht voran. Zwei Morde in einer Woche, das ist ein Handikap. Vial wurde gerade die Ermittlung aus der Hand genommen.«

»Von den Gendarmen?«

»Aulnay-sous-Bois. Mordkommission.«

Paul zog an seinem Zigarillo. Er starrte seinen Kumpel an und stieß den Rauch aus.

»Wir müssen einen Gang zurückschalten. Jetzt ist keiner mehr da, der dir Deckung gibt, wenn du Mist baust.«

»Zu spät. Die lassen mich nicht mehr aus. Ich habe die

Nase in ihre Angelegenheiten gesteckt, und die werden bis zum Ende gehen.«

Cabrera war nicht weit davon entfernt, diese Meinung zu teilen. Seine eigenen Schlüsse ergaben, dass es sich um eine Organisation handelte, die über ausgefeilte Mittel verfügte und in der Lage war, die Regeln zu ändern, um das Spiel zu gewinnen. Oder, falls nötig, die Bauern zu opfern.

Mit eintöniger Stimme erzählte Riad, wie es ihm ergangen war.

»Ich bin auf eine Fährte gestoßen. Guillaume Merrant. Ein Junge, bei dem Leïla den Abend verbracht hatte. Der Knabe hat mir gestanden, dass sie Shit geraucht haben, und er hat mir eine Personenbeschreibung seines Dealers geliefert.«

Paul tat so, als sei er überrascht. Diesen Teil des Puzzles kannte er schon, aber er wollte Malika nicht hineinziehen. Sie hatte für ihn Polizeispitzel gespielt. Also schuldete er ihr auch den Schutz, den ein solcher genoss.

Mit dem Rücken zur Sonne fuhr Riad fort: »Sie hatten diesem Dreckskerl einen Spitznamen verpasst: Goldfinger. Ein Hell's Angel, voll auf Heroin, hing immer in der Bahnhofsgegend rum. Leïla sollte ihn in jener Nacht treffen. Um Gras oder Shit von ihm zu kaufen.«

Eine Pause, als müsse die Erinnerung kurz Atem schöpfen. Riad ließ sich zu Boden gleiten.

»Ich konnte mir den Typen greifen. Anfangs war ich überzeugt davon, dass es sich um den handelte, den ich suchte. Der Letzte, dem meine Tochter lebend begegnet war… Als ich ihn sah, kamen mir die ersten Zweifel. Der Typ war mit Drogen viel zu voll gepumpt, um irgendwelche klaren Gedanken fassen zu können. Seine Hände zitterten ständig. Ich konnte mir nicht vorstellen, dass er in der Lage sein sollte, ein Skalpell zu halten.«

Paul hörte konzentriert zu. Ihm wohlbekannte Tatsachen, aus einem anderen Blickwinkel heraus beobachtet. Zwei Männer. Ein Verrückter, ein Komplize. Der Mörder war, wie Foulon sagte, nach seinem psychologischen Profil zu urteilen ein organisierter Mensch. Bei dem Hell's lief alles über den Instinkt, wie bei einem Tier.

Ein Abgrund trennte sie. Eine Schlussfolgerung, die von den Zigeunern bestätigt wurde.

Riad sprach weiter: »Goldfinger hat meine Tochter in jener Nacht überhaupt nicht zu Gesicht bekommen. Und das kannst du mir glauben, mit einer 45er im Mund konnte der nicht lügen. Aber ich war trotzdem nah dran. Dieser Dreckskerl kannte den Mörder. Er war ihm zwei Monate zuvor in einer psychiatrischen Klinik begegnet. In der Klinik Les Glycines in Collonges.«

»Wo?«

»In der Nähe von Lyon. Eine Irrenanstalt mitten in der Pampa, randvoll mit Durchgeknallten.«

Die Rädchen griffen ineinander. Paul hatte diese Verbindung geahnt, eine Verbindung, die schon lange vor dem Mord bestand. Dort hatte sich der Weg der beiden Verrückten gekreuzt. Er fragte: »Haben sie das Ding zusammen ausgecheckt?«

»Ich denke nicht. Der Mörder ist in der Isolationsabteilung der Klinik geblieben. Niemand konnte mit ihm sprechen.«

»Kapier ich nicht.«

»Die Suchtkranken konnten ihn durch eine Glaswand sehen. Bei den musiktherapeutischen Sitzungen. Er hat sie auch gesehen. Als dieser Verrückte rauskam, ist er mit Goldfinger in Kontakt getreten. Angeblich um ihm Dope abzukaufen. Ich denke, dabei hat er seine Gewohnheiten studieren können. Und so ist er auch auf die Kids gestoßen.«

Cabrera verzog das Gesicht.

»Und wie kommt's, dass sie ihn rausgelassen haben?«

Kellal hob die Handflächen zum Himmel.

»Darauf habe ich keine Antwort.«

Wieder tauchte das Schreckgespenst einer üblen Machenschaft auf. Aber warum? Zu welchem Zweck?

Paul kauerte sich nieder.

»Red weiter.«

»Ich bin nach Collonges gefahren. Der Hell's hatte mir einen Tipp gegeben. Den Namen eines Pflegers, der sich um unseren Mann gekümmert hatte. Von da an ist alles eskaliert. Ich traf den Chef der Psychiatrie und der schickte mich auf eine falsche Fährte. Als ich eine Stunde später den Pfleger fand, hatte er drei Kugeln im Wanst stecken. Ich bin nach Marseille gedüst. Auf der Autobahn ist mir ein Wagen gefolgt. Er ist dann verschwunden, aber zwei Kerle mit Schusswaffen fanden den Ort, an dem ich mich versteckt hatte. Sie haben alles mit FAMAS niedergemäht. Kader ist im letzten Augenblick gekommen, und wir haben sie kaltgemacht.«

Cabrera zählte die Toten. Zusammen mit Goldfinger hatte Riad schon drei Opfer mit Kugeln durchsiebt.

»Und dann?«

»Haben wir Abdou angerufen.«

»Wen?«

»Saïd Abdou. Ein Verrückter, der das Milieu unter Kontrolle hat und bei öffentlichen Empfängen den Gockel macht. Eine Goldmine, wenn's um Infos geht.«

Paul konnte sich den Kerl gut vorstellen. Ein Gauner in maßgeschneiderten Klamotten, der je nach den Erfordernissen der Lage imstande ist, ein Gesicht mit dem Absatz zu zertreten oder bei einer Wohltätigkeitsveranstaltung einen Scheck auszustellen. Zum Glück konnten die Bullen von der Brigade bei ihrer Arbeit in der Gosse dieser Art von Umgang aus dem Weg gehen.

»Hat er dir Infos beschaffen können?«

»Er tauchte mit so einem hohen Tier auf, von der Sorte dreiteiliger Anzug und Pomade im Haar. Der Informant war misstrauisch, aber ich habe trotzdem das Gefühl gehabt, er gehört zu den Bullen. Und zwar zur obersten Riege. Der Typ ist nicht wegen Abdous schöner Augen gekommen. Er wollte herauskriegen, was wir über Nicolet wussten.«

»Wen?«

»Richard Nicolet. Den Leiter von Les Glycines. Ein ganz sonderbarer Typ. Er ist Psychoanalytiker und Hypnologe und hat in den siebziger Jahren an einem Forschungsprogramm zur therapeutischen Induktion teilgenommen. Man heilt den Wahnsinn, indem man tief in die Vergangenheit der Patienten eintaucht, wenn du so willst. Das Programm wurde INC-IV genannt. Auf lange Sicht ist das völlig schief gelaufen, aber Nicolet hatte sich weiter darauf versteift. Er hat ein paar Jahre lang in seiner Ecke weitergemacht. Dann ist er verschwunden. Als er wieder auftauchte, beförderte man ihn kurzerhand zum Leiter einer Klinik mit geschlossener Abteilung.«

»Die Klinik von Collonges …«

»In einem Flügel gibt es ein Häuschen für die extrem gewalttätigen Straftäter. Ich bin sicher, er hat mit unserem Kerl irgendwelche Versuche angestellt.«

Paul drückte seine Kippe aus und zündete sich gleich einen weiteren Zigarillo an.

»Das erklärt nicht das, was danach kam. Warum sollte er ihn schützen?«

»Da weiß ich auch nicht weiter. Ich habe mir gedacht, wir könnten vielleicht gemeinsam eine Antwort finden.«

Paul gab es einen Stich ins Herz. Sein Freund hatte sich entschieden, ihm zu vertrauen. Er beschloss, ein paar Karten offen zu legen.

»Zwei Verrückte. Das bestätigt mir, was ich herausgefunden habe.«

»Deine Ermittlung oder die von Vial?«

»Meine. Ich habe ein paar Zigeuner in die Mangel genommen. Sie haben dem Mörder das nötige Werkzeug geliefert.«

Ein Schleier legte sich über Riads Iris. Paul behielt die Einzelheiten für sich.

»Sie haben mir eine Beschreibung gegeben. Groß, schulterlanges Haar, gelb gefärbt.«

»Das könnte passen. Mal abgesehen von den Haaren... Vielleicht hatte er eine Perücke auf.«

»Hab ich auch schon dran gedacht. Aber der Knüller kommt erst noch. Seine Stimme. Eine Kastratenstimme. Ein Hinweis, der meiner Meinung nach Beachtung verdient.«

In Riads Augen blitzte ein Funke auf. »Lässt sich damit was anfangen?«

»Vial forscht in der Richtung nach. Ich habe ihn dazu gebracht, Vollgas zu geben, bis er die Akte den Militärs übergeben muss.«

»Was sonst noch?«

»Seltsame Dinge. Der Kerl war über die Zigeuner viel zu gut unterrichtet. Er sprach ihre Sprache, wusste alles über ihr Leben. Und zwar völlig aus dem Effeff.«

»Ein intelligenter, organisierter Räuber. Das habe ich mir von Anfang an gedacht.«

»Und er hat einen Haufen Kohle. Er hat ihnen für die Lieferung einen verdammten Batzen zugeschoben.«

Riad hob seinen leblosen Arm an und rückte die Schlinge zurecht. »Worauf willst du hinaus?«

»Auf das, was du mir gesagt hast. Die Typen, die dich abgefangen haben, sind Bullen. Der Mörder verfügt über Informationen, die vertraulich sind. Er kommt aus einer Anstalt, in der er eigentlich den Rest seiner Tage hätte verbringen sollen. Steht unter dem Schutz eines Arztes, der für die Regierung gearbeitet hat. Versehen mit Moos bis über beide Ohren. Da zieht irgendjemand die Fäden. Wenn wir den finden, dann haben wir all unsere Probleme gelöst.«

Riad starrte in die Landschaft. Der Ginster zog Perlen von Sonnenlicht auf sich und bildete auf dem Azurblau ein Karree aus Gold.

»Was schlägst du vor?«

Nicolet zu finden kam ihm unrealistisch vor. Diesem Geheimnis waren sie auf die Spur gekommen. Jedenfalls waren sie nah genug herangekommen, um eine Lawine von Leichen loszutreten. Der Psychiater würde nicht hinter seinem Schreibtisch hocken bleiben und darauf warten, dass man ihm Fragen stellte.

Paul lief ein paar Schritte umher. Er dachte nach.

Die Ermittlungen hatten eine gefährliche Bresche geschlagen. Zwielichtige Bullen, Eliteschützen, ein durchgeknallter Psychiater. Ein Potpourri mit größerer Explosionsgewalt als eine C4-Bombe.

Der einzige Vorteil: Er hatte endlich eine ernst zu nehmende Fährte. Wenn er ihr bis zum Ende folgte, würde er den Mörder finden und Riad retten.

Paul griff nach seinem Handy.

In dem Stadium, in dem sie angelangt waren, gab es nur eine Person, die ihnen weiterhelfen konnte.

Sie dürfte aller Logik zufolge gerade dabei sein, nach einer stürmischen Nacht allmählich wieder munter zu werden.

4

Ein Name drängte sich ihm auf.

Ein Name, der nach Vergangenheit roch, nach einer gemeinsam durchlebten harten Zeit, in der ihre Ideale noch ihre billigen Illusionen genährt hatten.

Serge Skali. Ein Polizeileutnant, der dem Kommissariat des 18. Arrondissements von Paris zugeteilt war, Freimaurer und Experte für menschliche Beziehungen. Paul hatte ihn während der Ausbildung kennen gelernt, in Marseille, wohin man den Sepharden geschickt hatte, weil anderswo keine Plätze mehr frei gewesen waren. Nachdem sie vier Jahre nichts mehr voneinander gehört hatten, hatten ihre Wege sich bei einem verrückten Fall, in den Geheimagenten der Spionageabwehr verwickelt waren, wieder gekreuzt.*

Cabrera war von den Socken gewesen. Von seinem jämmerlichen Büro aus pflegte der Dicke ein Beziehungsnetz, das leistungsfähiger war als das eines Computers des französischen Verfassungsschutzes.

»Serge? Hier spricht Paul.«

»Alles klar, altes Haus? Bist du aus dem Bett gefallen?«

* Olivier Descosse, *Die Höhle des Kraken*, Blanvalet, München 2005

Die Stimme klang warmherzig. Drückte eine aufrichtige Zuneigung aus, die durch geteiltes Leid und geteilte Freude unverbrüchlich geworden war. Paul ging an einer Zypressenhecke vorbei und auf das Portal zu, um einen besseren Empfang zu bekommen.

»Ich arbeite.«

Sein Pariser Kollege lachte schallend auf.

»An einem Samstag? Mach keine Dinger!«

»Serge, ich habe ein Problem. Die Sache ist heikel, und ich brauche deine Hilfe.«

»Schieß los. Ich höre.«

»Das Mädchen, das letzte Woche ermordet wurde, schon davon gehört?«

»Lässt sich schlecht vermeiden.«

»Es ist wieder einem Jungen die Pelle abgezogen worden.«

Skali stutzte. »Warte mal... Kapier ich nicht. Bist du jetzt bei der Kripo oder was?«

»Kann ich dir jetzt nicht alles erklären. Mir bleiben vierundzwanzig Stunden, um den Schlachter zu schnappen, der das gemacht hat.«

»Okay. Spuck's aus.«

»Ich hab an einem Faden gezogen, der gar nicht ins Knäuel gehört. Wir sind nicht imstande herauszufinden, was der da zu suchen hat.«

Paul wechselte das Handy zum anderen Ohr. Schweißtropfen perlten auf den Apparat. »Und du weißt so gut wie ich: Von Zufall steht nichts im Lehrbuch.«

Kurzes Schweigen. Die beiden Männer kannten ihr Thema nur zu gut.

Paul fuhr mit fester Stimme fort: »Wir haben einen Polizeispitzel aufgetan, einen Dealer, der unter Umständen mit dem Mörder in Verbindung stand.«

»Bis dahin kann ich dir folgen.«

»Ich habe anhand der Personenbeschreibung ein bisschen nachgeforscht. Rate mal, was ich herausfinde?«

»Wie soll ich das wissen?«

»Eine unter Verschluss liegende Akte. Stufe V.«

Ein Pfeifen im Handy.

»Das ist eine heiße Sache… Der Grad an Geheimhaltung ist eher selten. Terrorismus oder Korruption. Wo hast du da bloß wieder deine Nase reingesteckt, altes Haus?«

»Wenn ich das nur wüsste… Eines ist sicher: Einen Dealer schützt man nicht mit der Art von Abschirmung.«

Während er sprach, folgte Paul Riad mit dem Blick. Kellal war wieder zur Terrasse zurückgegangen und diskutierte mit seinem Bruder. Wölfe des Wüstensands, die nicht gezögert hatten, einen Mann zu Brei zu schlagen, um ihre Rache zu stillen. Jetzt bezahlten die beiden Flüchtigen die Rechnung. Innerhalb weniger Stunden waren sie zu den unfreiwilligen Helden einer Menschenjagd im Großformat geworden.

»Das ist noch nicht alles«, sprach Paul weiter. »Der Vater des Mädchens hat seine eigene Ermittlung aufgenommen. Er ist dem Mörder so nahe gekommen, dass man versucht hat, ihn abzuknallen. Es ist möglich, dass Bullen hinter diesem Coup stecken.«

»Dieselben, die deinen Polizeispitzel gedeckt haben?«

»Wahrscheinlich. Sie deckten auch den Verrückten, nach dem wir suchen. Ich habe noch nicht herausgefunden, warum, aber angesichts der Mittel, die sie einsetzen, kommt das von ganz oben.«

»Sag mal, du weißt schon, dass deine Geschichte ziemlich abgedreht klingt, oder?«

»Weiß ich…«

Ein Seufzer ließ den Apparat erzittern. Skali hatte sich wahrscheinlich auf sein Kopfkissen fallen lassen, als er versuchte, sich bildlich vorzustellen, was Cabrera von ihm erwartete.

»Kennst du den Namen des Spitzels?«

»Marius Ferraci. Ein Hell's Angel vom Club der Bandidos. Versuche auch herauszufinden, was er mit einem bestimmten Psychiater zu tun hat. Richard Nicolet. Dem Leiter der Klinik Les Glycines in Collonges. In den siebziger Jahren war er in ein Forschungsprogramm zur Hypnose verwickelt gewesen. INC-IV glaube ich. Es ist möglich, dass er versucht hat, unseren Mann zu heilen.«

»Ich werd mal schauen, was ich tun kann.«

Paul wusste, was das bedeutete. Skali hatte schon eine Lösung im Sinn. Andernfalls hätte er den Ball ins Aus geschossen.

Er sah auf seine Uhr. Fast schon Mittag. Die Ermittler des Kommissars dürften ihr Feld schon beackert haben.

»Ich muss aufhören. Hab noch ein Eisen im Feuer.«

»Dein Eisen, hat das grüne oder blaue Augen?«

Cabrera musste innerlich lachen. Was die Frauen anging, war der Dicke immer gut klargekommen.

»Ruf mich auf dem Handy an, sobald du was Neues hast. Aber beeil dich. Es brennt.«

5

Unter der Durchwahlnummer des Kommissars klingelte es sechs Mal ins Leere. Paul wollte schon aufgeben, als eine Frauenstimme in den Hörer brüllte: »Was denn jetzt noch?«

Der junge Leutnant erkannte Desruel.

»Cabrera. Ist Vial nicht da?«

»Nein.«

»Wie weit seid ihr?«

Die Blonde sagte erst gar nichts. Dann fuhr sie in noch schärferem Ton fort: »Nirgendwo. Die Kartei vom Erkennungsdienst spuckt uns zweihundert Personen aus, die passen könnten.«

»Mit einem Kastratenstimmchen?«

»Du träumst wohl, Süßer. Die Art von Detail ist nicht festgehalten.«

Paul drückte sein Handy noch etwas fester. Er konnte sich gut vorstellen, wie die Zimtzicke gerade verächtlich das Gesicht verzog, überglücklich, ihm eins reinwürgen zu können. Er zwang sich, ruhig zu bleiben, und fragte: »Auf medizinischer Seite, wie sehen da die Ergebnisse aus?«

»Nichts. Wir haben eine Aufstellung der psychiatrischen Kliniken, der Privatkliniken und sogar der Sanatorien gemacht. Dabei haben wir uns auf das Dreieck Nizza-Lyon-Montpellier konzentriert. Macarian und Plantier hängen seit einer Stunde ununterbrochen am Telefon.«

Desruel sprach ohne Überzeugung. In den Büros der Kripo schien keiner so recht an diese Fährte zu glauben.

»Macht weiter«, befahl Paul. »Wenn ihr was an der Angel zappeln habt, ruft mich an.«

Er machte kehrt und ging wieder zu dem Gebäude zurück. In weniger als einer Stunde hatte die Landschaft sich verändert. Die Schatten hatten sich in die Bäume verzogen, als seien sie vom Biss der Sonne überrascht worden. Quecksilberfarbene Pfeile blitzten auf den Steinen und bohrten sich ihnen tief ins Mark.

Kein Hauch.

Kein Laut.

Die ganze Natur litt unter der Hitze wie unter einer Strafe.

Durch die Zypressen hindurch konnte Paul den Vorplatz sehen. Ein leerer, gleißender Raum. Die beiden Brüder hatten sich ins Haus zurückgezogen, so dass der verlassene Platz jetzt riesig wirkte.

Er fühlte sich plötzlich allein. Eine Einsamkeit, die er nur in diesen Momenten der Abwesenheit empfunden hatte, wenn man ihm die Hände verband.

Der Augenblick der Wahrheit.

Vor dem Eintritt in den Ring, vor dem Angriff.

Vor dem Krieg.

Er fing an zu rennen. Bei jedem Schritt spritzte der Kies unter seinen Füßen weg. Sein Herz machte Bocksprünge in seinem Brustkorb.

In wenigen Sekunden war er auf der Terrasse. Grellweißer Marmor, gleißender Rauputz – der Leutnant verlor jegliches Raumgefühl.

Das Klackern der Eisen unter seinen Schuhen dröhnte ihm im Trommelfell.

Es war wie ein Signal.

Eine Terrakottafliese zersprang unter seinen Füßen. Dann noch eine. Auf Augenhöhe barsten Wände. Eine gewaltige Flamme hüllte seine Maschine ein, die von der Explosion des Tanks zerfetzt wurde.

Die Welt um ihn herum brach in Stücke.

Er beugte sich vor, zog den Kopf ein und lief im Zickzack nach vorn, folgte einem zufälligen Weg, um dem herumfliegenden Metall zu entkommen. Seine Reflexe hatten den Verstand abgelöst, er war fast in Trance. Er lief gleichsam in Zeitlupe durch ein Minenfeld, während sein Geist über den Geschossen schwebte.

Zwei Meter.

Eine Kugel streifte über der Schläfe seine Kopfhaut.

Ein Meter.

Eine Anduze-Vase explodierte in der Nähe seines Beins.

Er rannte die Tür ein und machte einen Salto in den Raum.

»Scheiße, wir haben uns reinlegen lassen«, schrie Kader.

Der Ganove hatte sich hinter der Wand versteckt, bei einem der Fenster, das auf den Vorplatz hinausging. Riad, der sich auf der anderen Seite der Öffnung befand, hatte eine ähnliche Haltung eingenommen. Sie hatten ihre Waffen herausgeholt und hielten sie mit angewinkeltem Arm auf Schulterhöhe in Anschlag.

Paul sprang auf und zog seinen Manurhin. Zur gleichen Zeit zerfetzte ein Eisentornado die Fensterläden. Die Scheiben barsten in tausend Stücke und schossen Glasstilette durchs Zimmer. Das helle Licht der Junisonne gleißte auf dem Marmor und enthüllte die schreckerstarrten Gesichter dreier Ratten in der Falle.

Sie ließen sich in einer Bewegung zu Boden gleiten. Der Tod drang sintflutartig durch die klaffenden Löcher, um ihren Unterschlupf in kleine Stücke zu reißen. Tonnen von Gips verstopften die Luft wie nach einem Vulkanausbruch. In diesem Wahnsinn aus Staub sah Paul ein Bild vor seinem inneren Auge: Ein Gebäude in Bosnien, verstümmelt vom Einschlag schwerer Maschinengewehrgeschosse, in dem zerlumpte Bengel Blindekuh spielten.

Die drei Männer liefen, geduckt und geblendet, unter den Kugeln hindurch in einen Raum, der in der Verlängerung der Eingangshalle lag.

Keine Tür, kein Fenster. Ein weißes Karree, wahrscheinlich das zukünftige Esszimmer.

Sie setzten sich mit dem Rücken zur Wand.

Nach ein paar Sekunden hörte das Gewitter plötzlich auf.

Wie benommen tastete Paul seinen Körper ab. Er war unverletzt. Ein kurzer Blick auf die anderen beiden beruhigte ihn. Niemand war verwundet worden.

»Vier Schützen«, murmelte Cabrera. »Mehr nicht.«

»Automatikgewehre«, präzisierte Kader. »Kugeln mit durchschlagender Wirkung.«

Riad kroch zu Paul hinüber.

»Tausend zu eins, dass das FAMAS sind. Dieser bekloppte Abdou hat uns verkauft.«

»Er und sein Kumpel«, knarzte Kader. »Schöne Arschlöcher.«

Cabrera spannte den Hammer. Sein Gesicht war ausdruckslos. Mit dem ganzen Staub, der ihn bedeckte, sah er aus wie ein Medizinmann der Apachen.

»Das werden wir später sehen. Gibt es einen Zugang von hinten?«

Kader keuchte in seinen Bart: »Eine Tür. Sie führt in den Wald.«

»Wenn wir schnell machen, können wir einen Überraschungscoup landen.«

»Das schaffen wir nicht. Nicht so.«

Paul sah dem Ganoven fest in die Augen. Sie sprühten Funken wie Feuersteine.

»Ihr haut ab«, warf Kader hin. »Du und Riad. Ich lenke sie unterdessen ab.«

Kellal schüttelte den Kopf. »Völlig ausgeschlossen. Wir bleiben zusammen.«

»Die sind mindestens zu viert. Profis, schwer bewaffnet. Wenn wir hinten rausgehen, ohne sie abzulenken, dann fallen die schnurstracks über uns her. Auf einer Skala von eins bis fünf, wie hoch schätzt du da unsere Chancen ein?«

Riad antwortete nicht. Er war Krisensituationen gewöhnt, konnte die Lage schnell einordnen. Hier kannte er sich aus, konnte die Risiken einschätzen, kannte mögliche Auswege.

Paul hielt sich zurück. Er konnte sich gut vorstellen, in welcher Zwickmühle sie sich befanden. Ein Leben sollte das andere retten. Das letzte Opfer. In diesem Augenblick waren die Brüder durch das Band der Liebe verbunden. Binnen kurzem würde einer von beiden es zerschneiden und sich in die Hölle stürzen.

Schritte knirschten auf dem Kies. Ein schneller und geschmeidiger Lauf. Wie ein Echo folgte Metallgeratter. Der Tanz der Schlagbolzen.

Kader lud seinen Colt. Er rappelte sich auf und schoss eine Salve Richtung Fenster ab. Das dumpfe Wummern der 45er, wie Hiebe mit der Keule. Eine Maschinengewehrgarbe antwortete ihm und malte Todessterne in den Gips. Kader warf sein Magazin aus, nahm ein anderes, das ihm unters Hemd gerutscht war, und steckte es in den Kolben.

»Verpisst euch. Sofort.«

Riad sah seinen Bruder ein letztes Mal fest an. Widerstrebend nickte er.

Sie krochen durch den Schutt weiter. Kader gab ihnen Rückendeckung und beschoss die Fenster, während er auf Arabisch fluchte.

Die beiden Bullen erreichten einen Gang. Sie richteten sich auf und liefen schnurstracks geradeaus. Wie ein Seelenfährmann bahnte Riad ihnen den Weg im Halbdunkel.

Sie durchquerten zwei nackte Räume, in denen noch der Geruch von Klebstoff hing. Der Lärm der Detonationen hallte von den blassblauen Kacheln wider und nahm ihnen alle Orientierung.

Noch während er rannte, empfand Paul im Stillen Ehrfurcht vor der Tat des Ganoven. Kader verkaufte sein Leben teuer. Eine Frage des Prinzips. In den letzten Augenblicken ließ er demselben Zorn freien Lauf, an dem er auch im Leben zerbrochen war.

Schließlich tauchte am Ende eines weiteren Gangs der Ausgang auf.

Eine von Farbe schillernde Panzertür, ganz in der Ecke eines makellosen Raums.

Der Schlüssel steckte im Schloss.

Instinktiv stellten sie sich in Position. Paul an vorderster Front, gegen die Tür gelehnt, Riad im Hintergrund, seine Beretta auf den Gang gerichtet.

Man hörte keinen Laut mehr, mit Ausnahme ihres Atems.

Cabrera lauschte in die Stille. Hatte Kader sich verneigt? Hatten die Kommandos sich verteilt, um zum letzten Angriff überzugehen?

Er ließ seinen Manurhin ins Holster gleiten. Es blieben ihnen nur ein paar Sekunden. Er schob den Riegel mühelos zurück und zog die Tür zu sich heran, den Oberkörper hinter der Panzertür geschützt. Die schwere Tür öffnete sich auf einen Pinienwald, ein unentwirrbares Mikadospiel dicht hinterm Haus.

Niemand.

Ein schneller Blick, und die beiden Männer verschwanden unter der schützenden Harzdecke.

6

Der Wald umfing sie.

Ein Kuss, gespickt mit Nadeln, Brombeersträuchern und Dornbüschen, die wie ein Keuschheitsgürtel einen Wall bildeten. Die Bäume wuchsen wild durcheinander, überall, verflochten Arme und Beine und bildeten so eine kompakte Einheit. Aleppokiefern standen dicht neben Kermes-Eichen, überwucherten jedes noch so kleine Stückchen Erde.

Die beiden Bullen liefen lange, blindlings, orientierten sich an der Sonne, sofern sie ab und an durchs Blattwerk schien. Bei jedem Schritt hatten sie das Gefühl, tief in das ureigene Fleisch der Vegetation einzudringen. Eine rituelle, heidnische Vergewaltigung, die ihnen die Sinne verwirrte, bis ihnen ganz schwindelig wurde.

Vorsichtshalber vermieden sie die Forstwege, da sie sicher sein konnten, dass ihre Angreifer diese Spur als Erstes verfolgen würden. Paul quälte vor allem eine Befürchtung: Sie könnten im Kreis laufen. Wieder zurück zum Ausgangspunkt. Den Eliteschützen über den Weg.

In dieser Hinsicht machte er sich keine Illusionen. Durch Kaders Opfer hatten sie drei oder vier Minuten gewonnen. Mehr nicht. Nach Kaders Eliminierung hatten die Eliteschützen das Haus gestürmt und ihre Flucht entdeckt.

Die Jagd hatte begonnen.

Knackende Geräusche in ihrem Rücken bestätigten diese Tatsache.

Paul lief schneller. Er bahnte sich mit den Händen einen Weg durch das Dickicht, schuf einen Tunnel unter den Bäumen. Das dichte Buschwerk gab nach, öffnete sein gezahntes Maul und schloss sich sogleich wieder über ihren Fußabdrücken. Der junge Leutnant presste die Kiefer aufeinander. Seine Unterarme, mit roten Kratzern und schwarzen Streifen bedeckt, waren wie zwei schmerzende Pole, die ihm ins Unbekannte vorauseilten.

Riad folgte ihm dicht auf den Fersen, schweißglänzend und bleicher als ein Leichentuch.

Hin und wieder drehte Paul sich zu ihm um. Was er in seinem Blick las, machte ihm Angst. Eine Wut im Urzustand. Eine Woge reinen Hasses, die seine Züge entstellte. In weniger als acht Tagen war Riad ein Teil seiner Familie entrissen worden. Seine Tochter. Sein Bruder. Vergangenheit und Zukunft stahlen sich davon. Die Gegenwart brannte unter seinen Lidern wie eine Hochfackel.

Sie gelangten auf eine Lichtung. Ein unregelmäßiger Kreis von ein paar hundert Metern Umfang. Verkohlte Holzreste lagen in einzelnen Haufen in der Mitte. Aschegeruch vermischte sich mit dem Duft vom Harz.

Jenseits davon, hinter einem Saum von Pinien, hörte man das typische Geräusch von Autos, die über den Asphalt düsten.

Eine Straße, in wenigen Schritten Entfernung.

Und damit die Rettung.

Sie rückten so nah wie möglich zum Rand des Unterholzes vor. Riad ließ sich auf einem Felsen nieder. Unter seinem Hemd sah man einen dreckigen Verband, aus dem eine braune Flüssigkeit lief.

Paul versuchte ihre Chancen abzuschätzen. Bis jetzt hatten sie sich in voller Deckung vorwärts bewegt, im Schutz des Vegetationspanzers.

Ihre Verfolger waren nicht weit. Das Knacken kam näher.

Wie lange würden diese voll durchtrainierten Kämpfer brauchen, um die Lichtung zu erreichen?

Zwei Minuten? Drei?

Cabrera kniete sich neben seinem Kumpel nieder. Mit ruhiger Stimme murmelte er: »Die Straße ist auf der anderen Seite. Schaffst du einen Sprint?«

Riad verzog das Gesicht. Er stützte sich auf Pauls Schulter und richtete sich mühsam auf.

Paul hielt den Daumen nach oben. Nach einem letzten Blick in alle Richtungen stürmten sie vor.

Sie rannten. Ihre Füße flogen dahin. Feindliches Terrain, verborgen unter einem Teppich aus Unkraut. Tief im Bauch saß die Angst. Und vor den Augen das Ziel.

Sonst nichts.

Auf halbem Weg ein Schrei. Eher ein Signal.

Die Schützen.

Sie hatten sie entdeckt. Sie gruppierten sich.

Die ersten Schüsse hallten durch die Bäume.

Paul und Riad drehten sich nicht um. Solange sie im Wald waren, konnten die Kerle nicht genau zielen.

Sie brauchten etwas weniger als zwanzig Sekunden für hundert Meter. Als sie die Straße erreicht hatten, sah Paul sich um. Gestalten mit Kapuzenmasken rannten in ihre Richtung, Sturmgewehre mit gestutztem Lauf über die Schulter gehängt. Trotz der Entfernung erkannte der Polizist die charakteristische Form der FAMAS.

Er warf sich auf die Fahrbahn.

Ein Geländewagen machte einen jähen Schlenker und legte vor ihm eine Vollbremsung hin. Andere Autos stoppten in allerletzter Sekunde und veranstalteten ein Dauerhupkonzert.

Er ging um das Auto herum, seinen Ausweis in der Hand, und brüllte, als er den Verschlag aufriss.

»Polizei. Ihr Fahrzeug ist beschlagnahmt.«

Die Fahrerin, eine Frau mit brünetter Mähne und in Sportklamotten, machte Anstalten, auf den Beifahrersitz zu rutschen. Paul zerrte sie ohne Umschweife aus dem Wagen.

»Du haust ab.«

»Aber …«

Eine Kugel zerschoss das rückwärtige Fenster. Zwei weitere schlugen in die Karosserie ein und machten ein Geräusch wie beim Topfschlagen. Die Besitzerin des Geländewagens stieß einen Schrei aus und stürzte sich in den Graben, ohne weitere Fragen zu stellen.

Der Beschuss wurde heftiger. Die rechte Seite des Autos bekam alle Einschläge ab. Zum Glück entkamen die Reifen dem Gemetzel.

Paul pflanzte Riad auf den Rücksitz, setzte sich ans Steuer, und mit quietschenden Reifen brausten sie davon.

Im Schatten der Pinien bewegten sich weitere Schatten.

Sie überquerten wieder die Lichtung und verschwanden im Wald.

7

»Bist du sicher, dass er auch da ist?«

Paul sprach laut. Er brüllte fast. Dennoch kam seine Stimme kaum gegen das Pfeifen des Windes an, der durch den Wagen fegte.

Riad schrie zurück: »Nach dem, was mein Bruder gesagt hat, verbringt dieses Arschloch dort seine Samstage. Zählt seine Kohle.«

Paul nickte. Einen Schweinehund auszuquetschen zählte

durchaus zu den Dingen, die ihm Vergnügen machten. Vor allem, wenn er Markenanzüge trug.

Während der Fahrt fasste Paul noch einmal seine Erkenntnisse zusammen. Abdou hatte das Geheimnis unmöglich verraten können. Er hatte keine Ahnung, wer in diese Geschichte verwickelt war. Folglich konnte er auch die Eliteschützen, die das Haus gestürmt hatten, nicht informiert haben.

Nur der Mann, der sich Vincent nannte, wäre dazu in der Lage gewesen. Er kannte die Akte, und wenn man sich seine Vorgeschichte ansah, so dürfte er innerhalb kürzester Zeit Eingreiftruppen mobilisieren können.

Trotzdem war diese Hypothese nicht stichhaltig. Vincent machte Jagd auf Nicolet. Er müsste auf ihrer Seite sein. Auf der Seite der Guten. Riads Bericht ließ hieran keinen Zweifel.

Paul dachte an die Möglichkeit eines doppelten Spiels. An eine Verteilung der Rollen, deren Regeln er nicht verstand, die ihn jedoch zu dem Verrückten führen würde. In diesem undurchschaubaren Wust war er von einer Sache felsenfest überzeugt: Wenn Vincent den Anfang der Geschichte kannte, dann lag jetzt auch die Auflösung in seiner Hand.

Wenn er die Klinge befragte, könnte er seine Identität herausbekommen und ihn ausfindig machen.

Er fuhr von der Landstraße ab und nahm die Autobahn. Der Geländewagen glitt über den Asphalt, ein Range Rover, der letzte Schrei, angetrieben von einem 300-PS-Motor. Die Sonne knallte durch die Windschutzscheibe, ein weißer, milchiger Kreis, der einen zwang, die Augen zusammenzukneifen.

Riads Kopf hing willenlos auf der Seite, er war eingeschlafen.

Bei La Joliette fuhren sie ab. Laut Kaders Erzählungen besaß Abdou eine Diskothek in einer der alten Lagerhallen am Hafen. Den Tunnel. Paul war zu Tomasinis Zeiten zwei- oder dreimal dort eingefallen. Er wusste damals nicht, dass sich dort, von Strohmännern geschützt, eine der Galionsfiguren des Marseiller Milieus versteckte.

Sie stellten das Auto in der Nähe der Docks ab. Monumentale Quadersteingebäude, die sich wie Monopoly-Fabriken vor der Abfahrtsstelle der Fährboote aneinander reihten. Dieser Teil von La Joliette war renoviert worden und beherbergte jetzt Büros, Restaurants und Unternehmen, die in das neue Eldorado des Südens ausgelagert worden waren. Eine abgefahrene Gegend für TGV-Yuppies.

Gleich dahinter, noch in Hörentfernung eines Fluches, der Dreck des Arbeiterviertels, die Gewalt des Hafens, übergangslos.

Sie legten die fünfhundert Meter, die sie noch von der Grenze trennten, zu Fuß zurück. Paul rechnete damit, dass Leibwächter in der Nähe waren, zwei oder drei fiese Kerle, und er wollte den Paten lieber überraschen. Sein Büro lag im Untergeschoss, dort könnten sie ihn womöglich erwischen.

Der Haupteingang war mit einem Vorhängeschloss abgesperrt. Die Polizisten gingen um das Gebäude herum, ein Gerüst aus verrostetem Metall, obenauf mit Milchglas durchwirkt. Der Ort strahlte Ruhe und Verlassenheit aus.

Sie gingen eine Wiese hinunter und blieben vor einer Stahltür stehen. Ein rotweißer Aufkleber wies darauf hin, dass Parken hier verboten war.

Kein einziges Auto.

Abdou hatte vielleicht seine Pläne geändert.

Paul zückte seinen Manurhin. Riad lehnte sich mit dem Rücken an die Wand, die Waffe auf dem Oberschenkel.

Cabrera klopfte mit der Faust an die Tür, wartete. Die Sekunden verstrichen, adrenalingeladen.

Noch ein Versuch. Paul hämmerte gegen das Metall.

Das Scheuern eines Riegels. Die Tür öffnete sich, und vor ihnen tauchte ein breites, völlig ausdrucksloses Gesicht auf, das sie ansah wie ein Mondfisch.

»Der …«

Dem Mann blieb keine Zeit für weitere Worte. Riads Kanone klebte ihm an der Backe und drückte eine Beule ins weiche Fleisch.

»Immer mit der Ruhe, Dickerchen«, murmelte Paul.

Er packte ihn beim Ohr, drehte ihm den Knorpel um und zog ihn aus dem Loch heraus. Der Kerl folgte der Bewegung mit gesenktem Kopf, um zu vermeiden, dass er ihm die Ohrmuschel abriss. Riad schlug ihm den Lauf seiner Beretta in den Nacken.

Wieder trat Stille ein.

Die Bullen schleiften den massigen Kerl auf die Seite, wo er vor Blicken geschützt war. Wortlos schlichen sie hinein. Paul erinnerte sich vage an den Ort. Ein dunkler Gang mit nackten Glühbirnen, von Elektrokabeln geädert. Die Eingeweide des Tunnels rochen nach Schimmel, nach verdreckter Küche.

Am Ende des Gangs eine lederbespannte Doppeltür, ein heftiger Kontrast zum heruntergekommenen Zustand des restlichen Ganzen.

»Wir sind da«, keuchte Riad.

Paul wischte sich die Handflächen an seiner Jeans ab.

»Wie viele Wachhunde?«

»Ich hab das Auto nicht gesehen. Kein Auto, kein Chauffeur. Falls Abdou da ist, dann ist er allein.«

Die Polizisten folgten dem Hauptgang und blieben vor den Türflügeln stehen.

Sie tauschten Blicke. Die Pupillen geweitet.

Gemeinsam rannten sie die Tür ein.

Paul verschlug es die Sprache. Er hatte ein schäbiges Büro erwartet und jetzt stand er in einem riesigen Raum aus schwarzem Marmor. Keine Möbel außer einem mit Computermaterial voll gestellten Mahagonischreibtisch. Flachbildschirme bildeten bläuliche Fenster in dieser klösterlichen Atmosphäre.

Abdou arbeitete allein, beim Duft von Tee über seine Tastatur gebeugt.

Seine Hand griff etwas zu spät unter den Schreibtisch. Riad war schon über ihm und hielt ihm die Kanone vors Gesicht.

»Na los. Tu mir den Gefallen.«

Die Klinge zögerte. Er musterte Paul, dann sah er wieder Riad an. Langsam tauchte sein Arm auf, bewaffnet mit einer alten Luger, die er vor sich hinlegte.

»Was willst du noch? Ich habe dir zwei Tage gegeben. Reicht das nicht?«

»Nicht, wenn du mich hinters Licht führst, du Scheißkerl.«

»Was?«

Kellal trat einen Schritt vor. Er nahm die Luger an sich und steckte sie sich in den Hosenbund.

»Tu nicht so überrascht, Saïd. Du oder Vincent, das kommt aufs Gleiche raus.«

»Ich kapiere nichts von deinem Gefasel. Ein Wort ist ein Wort. Kader hat das meine, das dürfte dir genügen.«

Die Stimme der Klinge war so schroff wie sein Klappergestell dürr war.

Riad atmete tief ein. »Mein Bruder ist tot. Die Villa wurde zwei Stunden, nachdem du gegangen warst, gestürmt. Kommandos. Mit FAMAS bewaffnet«, rotzte er ihm in einem Satz hin.

Abdou machte sich steif. Er verschränkte seine Finger und ließ die Knöchel knacken.

»Damit habe ich nichts zu tun. Wenn es nötig gewesen wäre, Kader mit Kugeln zu durchsieben, dann hätte ich das selbst besorgt. Und das kannst du mir glauben, das hätte mir saumäßig Spaß gemacht.«

»Ich weiß«, zischte Riad. »Aber du hast mir diesen feinen Pinkel angeschleppt. Ich muss ihn finden.«

»Vergiss es.«

»Wie bitte?«

»Du hast richtig gehört, du mieser Polyp. Ich kann es mir nicht erlauben, seine Koordinaten in Umlauf zu bringen.«

Riad war enttäuscht über die strikte Ablehnung. Etwas in ihm konnte nicht umhin, den alten Gangster zu bewundern. Selbst mit einem Großkaliber am Schädel bewahrte er sich seine erhabene Würde.

Ein kurzes Schwanken. Riad spannte den Hammer und ging um den Schreibtisch herum. Noch bevor Abdou mit der Wimper zucken konnte, hatte er vor seiner Gurgel ein Rasiermesser ausgeklappt.

»Siehst du dieses Messer? Es gehörte meinem Bruder. Ich habe nichts mehr zu verlieren, du elender Abschaum. Ich werde dir dein Lächeln verbreitern, und zwar bis zu den Ohren.«

Der Gauner riss die Augen ein Stück weiter auf.

»Nimm das da weg!«

Der Beur drückte noch etwas fester. Blutperlen kullerten Abdou über den Hals.

»Seinen Namen.«

»Warte, ich ...«

Abdou war erstarrt. Er hatte die Hände auf den Schreibtisch gelegt und bog sich nach hinten.

Paul spürte, wie er umschwenkte. Der, den man »die Klinge« nannte, machte die größte Angst seines Lebens durch. Jene Angst, die ihn dahin getrieben hatte, mit Stichwaffen umzugehen, Dutzenden von Opfern die Kehle durchzuschneiden, dafür zu sorgen, dass er zu einer Legende wurde.

Aufschlitzen.

Jahrzehntelang hatte Abdou das Böse mit dem Bösen bekämpft. Um seine Dämonen auszutreiben. Sich vor ihnen zu schützen.

Riad hatte das verstanden. Er hatte den schwachen Punkt gespürt, das Paradox, den Riss, der den Deich zum Brechen bringen würde. Er flüsterte ihm ins Ohr: »Beeil dich.«

»Carré... Patrick Carré.«

»Beruf?«

»Polyp.«

»Was für einer?«

»DCRG. Außerordentlicher Kommissar. Einer von den hohen Tieren.«

Die beiden Bullen tauschten Blicke. Patrick Carré alias Vincent war ein Profi vom Geheimdienst. Er lenkte seine Segel durch trübe Gewässer, dorthin, wo die Politik und das große Geld zusammenströmten. Wahrscheinlich war er in dem Zusammenhang dem Paten über den Weg gelaufen.

Trotzdem, diesmal war er hinter einem Psychiater her.

Weil er seine Theorien an seinen Patienten ausprobiert hatte? Weil er eine Forschungsgruppe gegründet hatte, die sich mit menschlicher Materie befasste?

Das alles kam ihm zu dünn vor.

Die beteiligten Personen hatten sich einverstanden erklärt, bis zu seinem Verschwinden hatte ihm niemand an den Karren fahren können.

Riad ließ in seinem Druck nach. Die Klinge sank auf dem Stuhl zusammen, kreidebleich. Mit linkischen Gesten massierte er sich den Hals, betrachtete das Blut auf seiner Handfläche. In weniger als einer Minute war er um zehn Jahre gealtert.

»Das konnte ich nicht wissen. Kader hatte mich gebeten, ihm zu helfen. Das habe ich getan. Das ist alles.«

Riad klopfte ihm auf die Schulter.

»Mach dir keine Sorgen. Mit dir will ich mich gar nicht lange aufhalten. Wo kann man ihn finden, diesen Superbullen?«

»In Paris. Im Ministerium. Da arbeitet er.«

»Willst du mich verarschen?«

»Ich kenne seine Adresse nicht. Das ist nicht der Typ, der mich zu seinen Kindern und seiner Fatma zum Hammelessen einlädt.«

Riad stellte sich wieder vor die Klinge, auf die andere Seite der Bildschirme.

»Klär mich auf. Er hat die lange Reise gemacht ... nur um uns zu sehen?«

»Ich glaub schon ...«

»Und dann ist er wieder gefahren?«

Abdou goss sich eine Tasse Tee ein. Er kam wieder zu Kräften.

»Ich habe ihn in seinem Auto verlassen. Ich glaube, er hat vorgehabt, das Wochenende an der Küste zu verbringen.«

»Wo?«

»Woher soll ich das …«

Der Lauf der Beretta hämmerte gegen den Hörer.

»Ruf ihn an. Sag ihm, es sei dringend. Du musst ihn treffen.«

»Aber …«

»Sag ihm, du kannst am Telefon nicht sprechen, dass du gerade spitzenmäßige Informationen über die Kampagne der Front National in Marseille bekommen hast.«

»Darauf wird er nicht anspringen.«

»Sicher wird er das. Wollen wir wetten?«

Mit einem bösen Blick nahm die Klinge den Hörer ab. Er wählte eine Handynummer.

Paul beobachtete den alten Filou dabei, wie er die Sache anpackte. Er mimte treffsicher die verschiedensten Gefühle. Aufregung, Interesse, Unterwürfigkeit. In weniger als zwanzig Sekunden hatte er ein Treffen arrangiert.

»Fünfzehn Uhr dreißig. In Toulon. In einem Café am Hafen. Im Café France.«

8

Paul rief Skali von unterwegs an.

»Kommst du voran?«

»Ich hab schon zwei oder drei Hinweise.«

»Schieß los.«

»Erstens, dein Polizeispitzel ist letzte Nacht kaltgemacht worden.«

Der junge Leutnant warf Riad einen besorgten Blick zu. Er wusste Bescheid über den Hell's, hatte es aber vorgezogen, diese Wahrheit zu verschweigen, um seinen Kumpel zu schützen. Wenn er hier an einem Faden zog, würde das ganze Netz aufgedröselt werden.

Am anderen Ende der Leitung spulte Skali die ganze Geschichte ab: »Die Typen haben ihn nicht gerade mit Samthandschuhen angefasst. Sie haben ihn mit einer Kugel im Rücken auf einen Müllcontainer geschmissen. Wie es aussieht, gab es da nicht mehr viel einzusammeln.«

Die Brutalität der Methode hatte Atavian nicht daran gehindert, die Ringe zusammenzuklauben und den Junkie zu identifizieren.

Um zu wissen, woran er war, fragte Paul: »Habt ihr eine Spur?«

Skali brach in schallendes Gelächter aus. »Eine Spur? Du machst wohl Scherze? Die Typen von der Eingreiftruppe sind Profis.«

Cabrera flimmerte es vor den Augen. »Was sagst du da?«

»Die Eingreiftruppe von der DGSE. Militärs, sorgfältig ausgewählt, die ihr Leben damit zubringen, für Einsätze zu trainieren, die als Verteidigungsgeheimnis eingestuft werden. Hast du schon mal was von der *Rainbow Warrior* gehört?«

Ein Geistesblitz.

Der Hell's war nicht von Riad hingerichtet worden. Dreckschweine im Drillich hatten das an seiner Stelle erledigt. Sie hatten die Sache so arrangiert, dass man Kader die Schuld in die Schuhe schieben würde. Eine intelligente Inszenierung, die sie dem Ritual des Milieus entlehnt hatten.

Was hatten diese Geheimagenten in der Geschichte verloren?

Er dachte ein paar Sekunden nach. Der Range Rover streifte bei voll aufgeblendeten Scheinwerfern die Leitplanke und scheuchte dabei aufgeschreckte Fahrzeuge von der Bahn.

»Hast du über den Spitzel was herausbekommen?«

»Nein. Die Akte ist geheim. Bestens geschützt. Ich habe nur erfahren, woher die Schützen kamen. Die Einzelheiten durfte ich nicht einsehen.«

Paul atmete tief durch. Riad hatte den Kopf in seine Richtung gedreht und hob fragend die Augenbrauen. Er bedeutete ihm mit einer Handbewegung, dass alles gut lief.

Er stellte das Handy lauter und wandte sich wieder an Skali: »Ich habe dir gesagt, dass die Akte vom Inlandsgeheimdienst geschützt wird. Stimmt das?«

»Stimmt.«

»Ich meinte natürlich den französischen Verfassungsschutz.«

»Ich sehe keinen anderen.«

»Ich auch nicht. Daher meine Frage: Könnte die DGSE diese Art von Garantie bekommen?«

Schweigen machte sich breit, unterbrochen von einem brummenden Rauschen wie von einem Schwarm Bienen.

Nach einer Weile gab Skali zu: »Möglich.«

»Unter welchen Bedingungen?«

»Die Abteilungen der äußeren Sicherheit haben Zugang zu allem. Diese Art von Intervention dürfte keine Probleme bereiten.«

Während er voll aufs Gaspedal trat, bohrte Paul weiter: »Würde man ihnen auch den Zugriff auf Gerichtsakten gestatten?«

»Kein Problem.«

»Auf die Datenbanken von Interpol?«

»Noch leichter.«

»Könnten sie auch an Handelsdokumenten herumbasteln?«

»Auf der Ebene können sie alles. Das ist eine Frage des ausgeübten Drucks.«

Über Pauls Gesicht huschte ein Lächeln. Als er Riad zugehört hatte, hatte er sich an die Vorstellung gewöhnt, dass Kollegen die Sicherungen durchbrennen konnten. Ihre beiden Ermittlungen hatten sich ergänzt und am Ende eine logische Rahmenhandlung ergeben.

Die Antworten, die Skali ihm gegeben hatte, öffneten die Büchse der Pandora.

Die Armee.

Wie eine Hydra aus Metall kroch sie aus dem Wald heraus und streckte ihre Krallen aus.

»Paul? Bist du noch am Apparat?«

Cabrera antwortete nicht sofort. Auf den nächsten hundert Metern nahm die Zahl der roten Schlusslichter beständig zu. Ein Wahnsinnsstau kündigte an, dass sie vor Toulon angekommen waren.

Der junge Leutnant sah auf seine Uhr. 14:40. Ihm blieben noch zwanzig Minuten, um zum Hafen zu gelangen.

»Was hast du über Nicolet?«

»Nicht viel. Er scheint sich seit seiner Rückkehr von Stanford ruhig zu verhalten.«

»Seit seiner Rückkehr von was?«

»Von der Universität Stanford. Kalifornien. Neben San Francisco. Erzähl mir nicht, dass du das nicht kennst.«

»Entschuldige. Ich habe nicht deine Bildung.«

»Du bist echt ein Marseiller Prolo. Stanford ist die prestigeträchtigste Universität der Vereinigten Staaten. Zusammen mit Harvard und Columbia. Die Amis bilden da ihre klugen Köpfe in Serie aus.«

Paul fischte einen Zigarillo aus seiner Tasche und zündete ihn an. Für amerikanische Unis fühlte er sich nicht zuständig. Dagegen wusste er, dass Riad dieses Detail nicht erwähnt hatte, als er ihn ins Bild gesetzt hatte.

Nicolet war zwei Jahre lang verschwunden gewesen. Niemand hatte gewusst, was aus ihm geworden war.

»Was machte er da?«

»Top Secret. Alles, was ich dir sagen kann, ist, dass er für die DAS arbeitete.«

»Im Klartext?«

»Die strategische Abteilung des französischen Verteidigungsministeriums.«

Das Lego nahm Gestalt an. DAS und DGSE waren Zweige ein und desselben Baums. Der Kopf und die Füße. Der Psychiater aus Collonges hatte seine Kenntnisse in den Dienst der Militärs gestellt. Die Militärs kümmerten sich um die niederen Tätigkeiten: Informationen weiterleiten und die Sache decken, die Unschuldigen ausmerzen, die ein bisschen zu nah rankamen. In dem ganzen Durcheinander begriff Paul immer noch nicht das Wesentliche.

Was für einen Zweck verfolgte Nicolet?

»Hast du noch was?«

»Momentan nicht. Ruf in einer Stunde wieder an.«

Paul betrachtete die Drahtzäune des Flottenstützpunkts, der rechts an ihm vorbeizog. Ihm blieb nicht einmal eine Stunde.

In fünf Minuten würde er Kontakt aufnehmen.

»Danke, mein Süßer. Wir halten einander auf dem Laufenden.«

Er beendete die Verbindung und fuhr langsamer. Die Rue de la République bot einen deprimierenden Anblick und zog sich bis zu den Schnellstraßen. Schmutzige Mietshäuser, ärmliche Läden, ein paar Fast-Food-Ableger; die Touristen, die zur Küste unterwegs waren, düsten weiter, so schnell sie nur konnten. Durch Toulon fuhr man nur durch.

Die Augen des Polizisten suchten die graue Verkehrsader

nach einem Parkplatz ab. Gleichzeitig machte er sich im Geiste einen Plan, wie es weitergehen sollte.

Vincent erwartete Abdou Saïd.

Carré würde auf zwei wütende Polizisten stoßen.

Es war höchst wahrscheinlich, dass der hohe Beamte ihnen die fehlenden Stücke liefern würde.

Und wenn man ihm dafür die Zunge ausreißen müsste.

9

Sie ließen den Range Rover einfach auf dem Trottoir stehen.

Das erhöhte Fahrgestell gestattete es ihnen, den Fallen auszuweichen, die die Kommune ihnen gestellt hatte. Mit anderen Worten: Sie konnten so gut wie überall parken.

Paul brachte Riad kurz auf den neuesten Stand. Über das Schreckgespenst eines militärischen Hintergrunds war der Beur nur wenig erstaunt. Er hatte diese Möglichkeit schon ins Auge gefasst, ohne es rationell begründen zu können. Nicolets Aktivitäten in Stanfort vervollständigten das Puzzle.

Zum Tod von Goldfinger gab Riad keinen Kommentar ab. Er wirkte einfach nur erleichtert. Er dachte wohl, die Welt könne auf einen solchen Mistkerl gut verzichten.

Sie gingen durch die Arkaden, die die Straße vom Quai trennten. Der Verkehrslärm nahm allmählich ab. Als sie an den Anlegestellen vorbeigingen, döste eine einladende Promenade im Dunst der salzhaltigen Luft. Vor den Cafés und Restaurants legten die Händler sich mächtig ins Zeug, um Kundschaft anzulocken. Terrassen mit Korbstühlen bildeten eine grellbunte Palette, auf der Scharlachrot sich mit Türkisblau, Kükengelb und Smaragdgrün mischte. Ein Konzentrat an schlechtem Geschmack, überladen wie eine Bordelltapete.

Das France befand sich ganz am Ende, ein wenig im Hintergrund, versteckt zwischen Geranienträgen. Ein diskretes Plätzchen für heimliche Rendezvous.

Paul ging allein hin. Carré kannte ihn nicht, er würde keinen Verdacht schöpfen. Riad hatte ihm schnell eine kurze Beschreibung gegeben und wartete ein bisschen weiter weg. Er würde per Handy Kontakt zu ihm aufnehmen, sobald er den Fisch an der Angel hätte.

Die Terrasse war zu drei Vierteln leer. Mitten am Nachmittag drängte die Menge sich am Strand zusammen, um dem Erstickungstod zu entrinnen.

Mit einem Blick hatte Paul sein Ziel ausgemacht. Graue Schirmmütze, weißes Hemd, marineblaue Shorts. Nicht gerade das Outfit eines Schnüfflers vom Geheimdienst. Eher das eines Yachtbesitzers, der vor einem Pernot saß.

Er setzte sich in einen Sessel am Nebentisch, keine dreißig Zentimeter entfernt.

Der Mann telefonierte. Er lächelte dem Polizisten freundlich zu und wandte sich etwas ab, während er weitersprach.

Plötzlich erstarrte er. Ein Metallzylinder wurde ihm seitlich in den Rücken gedrückt. Am anderen Ende ein Arm, stark wie ein Drahtseil, auf dem eine Kobra tanzte.

»Beenden Sie das Gespräch«, murmelte Paul und nagelte ihn mit dem Blick fest.

Carré kürzte sein Telefonat ab. Er starrte zurück, ohne in Panik zu geraten.

»Wer sind Sie?«

»Mein Name wird Ihnen nichts sagen. Ich bin nicht wichtig. Der Ihre dagegen steht für etwas.«

Der Mann verzog ein wenig das Gesicht.

»Der meine?«

»Patrick Carré. Außerordentlicher Kommissar. Der große Manitu vom Geheimdienst.«

»Worauf wollen Sie hinaus?«

Cabrera rückte näher. Er hatte eine leichte Veränderung in der Stimme wahrgenommen, ein Zeichen, dass er an Boden gewann.

»Ein Kranker, der Mädchen die Haut abzieht. Ein Psychiater, der für die Armee arbeitet. Rambos, die die Probleme mit FAMAS bereinigen. Soll ich fortfahren?«

»Sie sind verrückt.«

Pauls Gesichtszüge verhärteten sich plötzlich.

»Ich weiß, wer du bist, du Mistkerl. Ein hohes Tier. Ein Unberührbarer. Der beste Mann von der Place Beauvau. Mir ist das scheißegal. Für mich bist du der Mörder eines Bullen. Eines arabischen Bullen.«

Er hatte den Lauf seines Manurhin in Carrés Rippen gerammt. Das hohe Tier verzog das Gesicht. Unmöglich zu sagen, ob vor Schmerz oder aus Angst.

»Ich bin das nicht.«

»Nein? Wer sonst kannte das Versteck?«

Stille. Der Mann starrte auf die Boote, die in der Sonne schliefen. Im Profil betrachtet, sah er aus wie ein Geier.

»Ich sage es Ihnen noch einmal, ich bin das nicht.«

»Das werden wir ja sehen.«

Cabrera holte sein Handy heraus und rief Riad an.

»Komm. Du wirst erwartet.«

Dann lehnte er sich zurück und zündete seinen Zigarillo wieder an, behielt seine Beute aber weiterhin im Visier.

Noch in derselben Minute rückte Kellal an. Er setzte sich Carré gegenüber und zerstörte ihm jede Hoffnung auf einen Rückzug.

»Guten Tag… Vincent.«

Der Mann vom Geheimdienst wurde ganz grün im Gesicht und kippte einen Schluck Perrier herunter.

»Sie haben uns ja ganz schön verarscht. Mein Bruder ist tot, und ich fühlte mich sozusagen wie ein Wiedergänger.«

»Ich habe es schon Ihrem Freund gesagt. Ich habe den Befehl nicht gegeben.«

Riad nahm das Rasiermesser und legte es gut sichtbar auf seine Knie.

»Jetzt hören Sie mal gut zu. Ich habe nicht mehr die Zeit, hier lange Katz und Maus zu spielen. Sie haben uns an diese Plagegeister im Kampfanzug verpfiffen, die den Mörder meines Mädchens schützen. Ich weiß nicht, welche Rolle Sie spielen noch was das Ganze bedeuten soll. Aber Sie kennen ja die Wahrheit. Also, Sie legen uns jetzt die Beichte ab, oder wir nehmen Sie mit auf einen Spaziergang.«

Unter dem Tisch ein Klicken. Der Hammer des Manurhin ging nach oben.

»Das werden Sie nicht wagen. Dazu haben Sie nicht genug Mumm in den Knochen.«

»Glauben Sie?«

Ihre Blicke kreuzten sich. Der von Riad war leer, schwebte bereits an der Grenze des Vergessens. Der von Carré war flackernd, gewöhnt an Pokerzüge, bei denen es kein Zurück mehr gab.

Ein Tablett schob sich in die Kampfarena, von Wurstfingern im Gleichgewicht gehalten. In der Verlängerung ein fettleibiger Kellner.

»Was darf ich Ihnen bringen?«

»Verpiss dich«, antwortete Paul und streckte ihm seine Polizeimarke hin.

Der Kuttelwanst nickte und verschwand.

»Noch ein Bulle?«, knarzte Carré. »Hübsches Familientreffen.«

Riad ließ den Raubvogel nicht aus den Augen.

»Sozusagen. Aber wir werden nicht zögern. Bei Ihren Mauscheleien wird es nicht schwer sein, eine gute Seele zu finden, der man die Schuld in die Schuhe schieben kann.«

Carré nahm eine Stärkung zu sich. Im Milieu dürfte nicht nur Abdou zu seinen Freunden zählen. Feinde gab es bestimmt genauso viele.

Er räusperte sich, als habe er eine Gräte verschluckt.

»Wir haben mit der DGSE ein Abkommen geschlossen. Die Akte Nicolet wurde geschlossen und das Paket ausgeliefert. Im Gegenzug gaben sie uns Informationen über die terroristischen Netzwerke aus Ex-Jugoslawien.«

Paul zog die Brauen hoch. Diese Art von Kooperation hätte er sich niemals träumen lassen. Die Militärs pressten aber auch alles bis auf den letzten Tropfen aus. Jede Information könnte eines Tages nützlich sein.

Riad rutschte auf seinem Sessel herum.

»Das ist grotesk. Was hat der Geheimdienst in der Geschichte zu suchen?«

Carré war sichtlich amüsiert. Er lächelte wie ein Weiser angesichts der Arglosigkeit eines Schülers.

»Hier geht es um Macht. Um Geheimnisse.«

»Ich höre.«

»Um es einmal so zu sagen: Meine Karriere hat mit Nicolet begonnen. 1973. Gleich nachdem er zu dem Forschungsprojekt gestoßen war, haben wir eine Akte über ihn angelegt. Seine unmittelbare Zusammenarbeit mit einem Ministerium schien diese Maßnahme zu rechtfertigen, und der Fall wurde mir übertragen.«

Carré sprach mit leiser Stimme.

»Eine faszinierende Akte. Eine außergewöhnliche Persönlichkeit, die mit einer außerordentlichen Intelligenz gesegnet war. Bis in das Jahr 1999 hinein, und auch nachdem das INC-IV-Programm fallen gelassen wurde, finden wir nichts Kompromittierendes. Privatklientel, Gründung einer Arbeitsgruppe zur Hypnose, wir haben ihn im Verdacht, dass er seine Forschungen mit seinen Patienten weiter betreibt. Wie ich Ihnen bereits gesagt habe, ohne dass wir etwas hätten beweisen können.«

»1999. Ist das nicht das Jahr, in dem er Ihnen entwischt ist?«

»Nicht ganz.«

»Sie wussten, dass er in Stanford war?«

Der durchtriebene Hund verzog einen Mundwinkel zu einem Lächeln.

»Sie wissen das ja auch, wie es aussieht.«

»Warum haben Sie diese Information verschwiegen?«

»Ich musste mich erst vergewissern, was für ein Spiel Sie da spielen. Wer ihr seid. Warum ihr euch für Nicolet interessiert. Ich habe Ihnen nur einen Teil der Wahrheit verraten. Ein bedeutungsloses Stückchen. Als ich bekommen hatte, was ich wollte, wäre es sinnlos gewesen, Ihnen auch noch den Rest zu offenbaren.«

Riad machte eine Geste der Enttäuschung, als sei er geneigt, alle Hinterhältigkeiten bereitwillig hinzunehmen.

»Sie hatten bereits den Stab über uns gebrochen.«

»Der war ohnehin schon gebrochen.«

Paul spürte, wie sein Körper sich elektrisch auflud. Diese Spielchen weckten bei ihm immer Lust aufs Reinschlagen, auf Radikallösungen. Zumindest in den Vorstädten tat man sich da keinen Zwang an.

Sein Kumpel hatte sich besser im Griff. Er strich sich über den Bart, ohne Carré aus den Augen zu lassen.

»Jetzt, da ich überlebt habe, wüsste ich gerne, wie es weitergeht.«

»Stanford ist eine Universität der besonderen Art. Sie besitzt einen Fachbereich, der auf dem Gebiet der Verhaltenswissenschaften führend ist. Wissenschaftler aus allen Fachrichtungen tauschen Informationen aus, durchleuchten die menschliche Psyche, um herauszufinden, wie deren ureigenes Wesen beschaffen ist. Die Grundlagenforschung sollte dabei an erster Stelle stehen, aber die Ergebnisse finden häufig auch praktische Anwendung. Ich weiß nicht, ob Sie auf dem Laufenden sind, aber genau dort werden die Profiling-Spezialisten des FBI ausgebildet.«

Paul hörte interessiert zu. Er fragte sich, ob Foulon, der Profiler mit dem sarkastischen Lächeln, vielleicht einen Abstecher nach Kalifornien gemacht hatte.

»... und es gibt noch einen Punkt, von dem nur wenige Leute etwas wissen. Der Fachbereich Verhaltenswissenschaften arbeitet unmittelbar mit der amerikanischen Armee zusammen. Während des Vietnamkrieges haben sie mit bestimmten Drogen experimentiert, um die Wirkung auf die GIs zu testen. Vor allem mit verschiedenen Formen von Speed. Das Experiment wurde beim ersten Golfkrieg wiederholt, mit der Rechtfertigung, bei den Soldaten die Widerstandsfähigkeit gegen das Schlafbedürfnis erhöhen zu wollen. In Wahrheit verfolgte das Pentagon ein anderes Ziel.«

Carré machte eine Pause. Er versuchte nicht mehr, irgendetwas zu verheimlichen. Was er jetzt sagen wollte, schien ihm jedoch Probleme zu bereiten.

»Die Grausamkeit… Die dunkle Seite des Menschen, die es ihm seit Anbeginn der Zeiten erlaubt hat, sich einen Platz an der Sonne zu schaffen. Der grundlegende Motor zur Behauptung der eigenen Vorrangstellung. Die Militärs entwickelten Cocktails aus Speed und Halluzinogenen. Dann wurden ihre Jungs in das Theater der Operationen geschickt, komplett zugedröhnt. Die Ergebnisse überstiegen ihre Erwartungen. Die Versuchskaninchen kamen zweiundsiebzig Stunden lang ohne Schlaf aus. Aßen nicht mehr. Massakrierten Menschen ohne Unterschied von Geschlecht und Alter, schlugen auf ihre Opfer ein, bis sie nicht mehr wieder zu erkennen waren. Im März 1990 kam es in der Region Basra zu einem etwas heftigeren Zwischenfall. Angehörige der Marine, denen man PcP verabreicht hatte, gelangten hinter die irakischen Linien. Sie fielen über Zivilisten her, eine Bauernfamilie, die vor den Anschlägen der so genannten chirurgischen Kriegsführung auf der Flucht war. Es war ein echtes Gemetzel. Als eine Patrouille sie nach achtundvierzig Stunden ausfindig gemacht hatte, waren nur noch mit dem Kampfdolch zerhackte Stücke übrig geblieben. Die GIs hatten das Herz ihrer Opfer verschlungen, bevor sie sich gegenseitig niedermetzelten.«

Paul suchte Riads Blick zu erhaschen. Der Beur saß völlig erstarrt da und sah aus wie ein Stück nasse Pappe.

Carré nahm einen großen Schluck Blubberwasser.

»Die Amerikaner bekamen es mit der Angst zu tun. Die Experimente wurden sofort gestoppt und das Programm auf Eis gelegt. Zehn Jahre später hörten sie von Nicolet.«

Paul begann zu ahnen, wie die Verbindung aussah. Ein Hypnosespezialist, der in ein militärisches Labor gerät. Der Franzose hatte mit seinen Kollegen von Übersee an einem Programm zur zerebralen Manipulation gearbeitet.

Er fragte: »Was ist seine Rolle gewesen?«

»Den Forschern aus Stanford war es gelungen, mit Hilfe von Drogen das Gewaltpotenzial der Probanden zu erhöhen. Der Franzose sollte herausfinden, wo die Grenze lag. Den Moment bestimmen, in dem die Versuchskaninchen durchzudrehen begannen. Er sollte ihnen in ihr Unbewusstes eine Art Sicherung einbauen, die es gestattete, eine Eskalation zu vermeiden.«

Cabrera begriff plötzlich, was Nicolet antrieb. Über den Umweg des militärischen Wahnsinnsprojekts arbeitete er an seinem Werk weiter. Die Kontrolle der Triebe über den Weg der Hypnose. Das Ende der Ausraster. Er hatte seine Seele dem Teufel verschrieben, im Tausch gegen einen Teil seiner Neuronen.

»Einsatz chemischer Mittel zusammen mit einer Gehirnwäsche. Sie hielten sich für Gott.«

»Der Weg zur Hölle ist mit guten Vorsätzen gepflastert. Den westlichen Ländern hat es immer widerstrebt, dieselben Methoden wie die ›Schurkenstaaten‹ anzuwenden. Doch auf dem Gebiet hatten unsere Gegner einen Vorteil. Für sie ist das Leben eines Menschen völlig wertlos. Es ging darum, alle auf gleichen Fuß zu stellen. Und dabei den Beweis zu erbringen, dass man alles unter Kontrolle hatte.«

Wieder wurde ihm übel. Das war die reinste Heuchelei. Legitime Gewaltanwendung. Paul schloss die Augen. Skali hatte ihm gesagt, Nicolet arbeite für die Abteilung für strategische Angelegenheiten. Die Kommandos vom französischen Geheimdienst DGSE dienten ihm als Prätorianergarde. Die französische Armee steckte bis zum Hals in diesem Albtraum.

Er pfiff durch die zusammengebissenen Zähne.

»Frankreich hat den Amerikanern einen klugen Kopf

ausgeliehen, um Naziexperimente durchzuführen. Hat denn da keiner aufgeschrien?«

»Diese Art von Zusammenarbeit findet man häufig. Das bewegt sich noch im Rahmen des Nordatlantikpaktes. Was man später damit macht...«

Paul zuckte angewidert zurück. Die Wahrheit würde immer geschminkt daherkommen, um das Volk zu täuschen. Er musste an seinen Vater denken, an dieses geradlinige Leben, das der Beruf des Fischers mit sich brachte. Vielleicht war es besser, wenn er weiter in der Illusion lebte.

Riad ergriff das Wort. Er hatte sich Carrés Litanei angehört, ohne ein Wort zu sagen, während seine Finger über das Rasiermesser glitten.

»Mein Mädchen. Sagen Sie mir, was passiert ist.«

Carrés Miene verdüsterte sich. Er ließ ein paar Sekunden verstreichen, bevor er antwortete.

»Es hat Probleme gegeben in Stanford. Meinungsverschiedenheiten zwischen Forschern. Nicolet kam nicht schnell genug voran. Seine Wissenschaft ist empirisch, die Ergebnisse sind schwankend. Er brauchte Zeit. Nach zwei Jahren sind die Amerikaner der Sache überdrüssig geworden. Sie haben sich anderen Dingen zugewandt.«

»Und in dem Moment holte man ihn wieder zurück nach Hause.«

»Ja. Wie dem auch sei, er hatte das Thema vollständig abgehandelt.«

Riad runzelte die Stirn.

Carré erklärte: »Innerhalb der internationalen Organisationen bleiben die Kräfteverhältnisse konstant. Man arbeitet zusammen, da es nicht anders geht. Wenn man darauf verzichten kann, zieht man auf eigene Faust los.«

»Spionage?«

»Nicht ganz. Eher ein Festklopfen des eigenen Bereichs. Als Nicolet zurückkam, verfügte er über nicht wenige Informationen. Er brauchte sie nur noch anzuwenden, während er mit seiner eigenen Arbeit weitermachte. Mit dem Zentrum Les Glycines haben die Militärs ihm Deckung verschafft.«

Jetzt bildete das Mosaik ein verständliches Muster. Den Rest konnte Paul sich ausmalen: neue Versuchskaninchen, unbegrenzte Kredite. Eine Chance, ans Ziel zu gelangen. Leïlas Mörder dürfte zu dem Programm gehört haben.

Carrés Stimme kam als Bumerang zurück.

»Sie haben mir mit Ihrer Geschichte einen Floh ins Ohr gesetzt. Wir überwachen Nicolet, seit er wieder auf heimatlichem Boden gelandet ist. Wir hatten keine Ahnung, was sich da zusammenbraut.«

Riad reagierte mit ziemlich schlechter Laune.

»Und das haben Sie erfahren, als Sie uns Ihren Freunden vom französischen Geheimdienst vorgeworfen haben.«

Der Mann zuckte mit den Schultern.

»Informationsaustausch. So nennt man das.«

Paul hatte eine andere Erklärung. Gleichgewicht der Kräfte. Einflussbereich. Die Abteilungen lieferten sich einen Kampf auf Leben und Tod, um an erster Stelle zu stehen. Sie brachten mehr Zeit damit zu, sich Knüppel zwischen die Beine zu werfen, als die Steuerzahler zu verteidigen.

»Nicolet hat Freiwillige rekrutiert. Er bot ihnen eine große Summe an. Die Probanden wurden auf der Basis eines Rorschachtests und eines Fragebogens zur Familiengeschichte ausgewählt. Er hat sich die Gewalttätigsten ausgesucht.«

»Hat es denn mehrere gegeben?«, fragte Paul erstaunt.

»Zwölf. Vier pro Jahr im Durchschnitt. Die sechs Monate

lang beobachtet wurden. Er hat ihnen einen Cocktail aus Amphetaminen verpasst und ihr Gehirn durchforstet. Davon hat sich keiner wieder erholt.«

»Was wollen Sie damit sagen?«

»Die Hälfte der Patienten in Les Glycines sind Versuchskaninchen. Die andere Hälfte, die Junkies, sind nur zur Vertuschung da.«

Paul erinnerte sich wieder an Riads Bericht. Eine geschlossene Abteilung, verzweifelte Schreie, eine Unmenge an Leid. Nicolet hatte Zauberlehrling gespielt. Seine Geschöpfe drifteten auf einer Woge des Grauens dahin.

Carré sagte abschließend: »Der letzte ist Ihr Mann. Der Einzige, der standgehalten hat.«

Die beiden Bullen tauschten einen Blick. Plötzlich, nach einer Woche blinden Herumtappens, gingen die Scheinwerferlichter an.

»Sein Name?«, fragte Paul.

»Karl Durieux. Aber der wird Ihnen nichts nutzen. Er hat kein Gesicht, keine Adresse, keine Vergangenheit. Die Abteilung für strategische Sicherheit hat alles gelöscht.«

Gefälschte Akten, vertrauliche Informationen, Sonderberechtigungen, der Verrückte war in den Genuss einer ausgefeilten Logistik gekommen.

Paul sprang mit einem Satz auf.

»Die Dreckskerle vom Militär haben diesen Verrückten herausgeholt. Sie haben ihm ein Versteck beschafft, Informationen und Moos. Gehörte das auch zum Programm?«

»Das weiß ich nicht. Eines ist gewiss: Als Sie Ihre Nase da reingesteckt haben, bekamen sie es mit der Angst zu tun. Die Parole lautete schlicht und ergreifend: Alle erdenklichen Spuren, die ihr Projekt enthüllen könnten, ausmerzen. Ihr Freund stand ganz oben auf der Liste.«

Riad hatte sich aus der Schlinge befreien können. Goldfinger, der Pfleger, Kader… Sie hatten weniger Glück gehabt.

Cabrera stand es plötzlich so klar vor Augen, dass sein Magen sich zusammenkrampfte.

»Sie suchen auch nach dem Verrückten.«

»Ihr Geschöpf ist ihnen entwischt. Und Nicolet ist seit gestern verschwunden. Ich überlasse es Ihnen, Ihre logischen Schlüsse daraus zu ziehen.«

10

Die Zeit hatte ihren Würgegriff gelockert.

Philippe lag auf der Matratze und wartete, ausgestreckt in den zwanzig Quadratmetern schmutzigen Betons, in denen sein Leben gerade Schiffbruch erlitt. Der venezianische Spiegel warf nur einen matten Schein zurück, von Schimmelflecken gesprenkelt.

Sein eigenes Bild, getaucht in einen Schleier des Nichts.

Nachdem er das Blutbad entdeckt hatte, war er zum Bunker gerannt und hatte gegen das Metall gehämmert, völlig außer sich, bevor ihm klar wurde, dass ein Vorhängeschloss die Tür versperrte.

Doch eine Gewissheit hatte ihn wieder beruhigt. Wenn Karl sich die Mühe gemacht hatte, den Zugang abzusperren, so bedeutete das, dass er etwas zu verbergen hatte. Außerdem bewies die Verriegelung von außen, dass er sich gerade nicht in der Gegend befand.

Philippe blieb noch etwas Zeit, bevor der letzte Akt begann.

Er hatte weniger als eine Minute gebraucht, um das Schloss aufzubrechen. Das Schloss stammte noch aus Methusalems Zeiten, der Wagenheber aus dem Krankenwagen hatte die verrosteten Backen mühelos aufgeknackt.

Als er hineinging, hatte er das Gefühl, in das Innere eines Massengrabes abzutauchen.

Philippe hatte ein Feuerzeug angezündet. Dann hatte er gewartet, reglos, bis seine Augen sich an das Halbdunkel gewöhnt hatten. Immer noch derselbe Anblick. Ein besetztes Haus, dem Ungeziefer, den Kakerlaken überlassen. Dem Vergessen. Keinerlei Anzeichen, dass jemand hier gewesen war, mit Ausnahme des Hundekadavers, der weiter in einer Ecke vor sich hin verweste.

Er hatte im Abfall gewühlt, die Matratze umgedreht, Staub aufgewirbelt.

Vergeblich.

Die Beweise, die er suchte, verbargen sich vor ihm.

Und doch wusste er, dass sie da waren, irgendwo. Der Sauerstoff war gesättigt vom Gestank nach Tod. Stärker als bei seinem ersten Besuch, frischer, als würde er von einem Ventilator durchgewirbelt.

Karl würde wiederkommen.

Dieser Raum war seine Höhle. Der Ort all seiner Wahnsinnstaten.

Er hatte die Häute hier versteckt.

Ein neuer Anfall hatte sich angekündigt. Philippe war so verstört gewesen, dass er ihn nicht hatte niederkämpfen können. Er hatte sich zu Boden fallen lassen und war zu der Liege gekrochen. Da er halb ohnmächtig war, hatte er nicht gespürt, wie er auf dem Kadaver zusammenbrach.

Seither war er abgedreht, Visionen von verstümmelten Körpern stürmten auf ihn ein.

Ein Quietschen riss ihn aus seinem Koma. Er lehnte sich mit dem Rücken gegen die Wand, unfähig, sich sofort wieder in die Vertikale zu bringen. Schwindel. Das Gefühl, das Blut schieße ihm zu schnell in den Kopf.

Karl.

Der letzte Augenblick, bevor sie einander gegenüberstehen würden.

Er versuchte, nach der Nadel zu greifen, eine lächerliche Waffe gegen das absolute Böse.

Die Tür öffnete sich einen Spaltweit.

Er kniff die Augen zusammen. Eine Form hob sich gegen die feinen Lichtstäbe ab.

Es war eher eine Ahnung denn eine Gewissheit.

Es war nicht Karl. Es konnte nicht Karl sein.

Aus einem einfachen Grund.

Diese Gestalt kannte er.

ELFTER TEIL

1

Rückkehr zur Brigade.

Paul atmete erleichtert den Duft des Hauses ein. Eine Mischung aus Staub, Schweiß und Desinfektionsmittel, die ihn manchmal an Boxhallen erinnerte. Beleidigungen, Bedrohungen, gebrochene Nasen – die Streifenbullen begegneten Stunde um Stunde einer wachsenden Spirale des Hasses.

Die Mannschaft von Leutnant Paul Cabrera bildete da keine Ausnahme. Seine Jungs lebten in einer Welt der Gewalt. Eine konkrete, körperlich greifbare Wahrheit, weit entfernt von den geschönten Bildern, mit denen das Fernsehen die Bürger voll stopfte. In der Wirklichkeit war die Brutalität dabei zu explodieren. Keinerlei Zensur, grausame Gewalttaten.

Und das Ganze hatte einen Geruch: den Geruch von hochkochendem Adrenalin.

Paul schüttelte den Jungs vom Bereitschaftsdienst die Hände und verschwand in seinem Büro. Seit dem verfrühten Abgang Tomasinis hatte er dessen Büro mitsamt seiner Hausgötter besetzt. Der Nachfolger des Korsen, ein junger Grünschnabel, frischgebackener Abgänger einer hochrangigen Jura-Fakultät, war abergläubisch. Er hatte es vorgezogen, sich in den Archiven niederzulassen, unter dem Vorwand, er müsse sich die Akten zu Gemüte führen.

Vor Ort leitete Paul die Brigade.

Er schloss die Tür und stand vor der Vergangenheit. Aus

Respekt, aus Freundschaft hatte er alles so gelassen, wie es war.

Fotos von Marseille, unter Glas, noch aus der Zeit der Schwarzweißfotografie. Andere, jüngeren Datums, zeigten seinen ehemaligen Chef in Begleitung bekannter Schauspieler, herausgeputzter Nutten und Gestalten aus dem Milieu. In einer Ecke stand ein Eichenregal, voll gestopft mit deprimierenden Zeitschriften. Waffen, Jagd, Rennen. Die drei Leidenschaften Tomasinis. Seine Arbeit hatte diesem Triptychon in gewisser Weise eine Einheit verliehen.

Paul schaltete den Computer an. Er gab sein Passwort ein und startete die Suche.

Karl Durieux. Ein seltsamer Name. Eine Mischung aus germanischer Strenge und typisch französischer Seelenruhe.

Sie waren mit ihrer Weisheit am Ende.

Als er von Toulon zurückkam, hatte Cabrera mit Vial telefoniert. Das Phantombild hatte immer noch kein Ergebnis gebracht. Keine Irrenanstalt hatte einen Durchgeknallten mit Kastratenstimme aufgenommen. Es waren schon die ersten Spezialisten aus Aulnay aufgekreuzt, und die Untersuchungsrichterin rief jede Stunde an.

Der Kommissar hatte eine Scheißlaune gehabt.

Paul hatte es vorgezogen, seine Entdeckungen zu verschweigen. Der französische Geheimdienst kroch selbst ins letzte Mauseloch, er war sich nicht mehr sicher, ob er noch irgendwem trauen konnte.

Zuerst musste er den Verrückten finden.

Den Militärs den Rang ablaufen.

Das war die einzige Möglichkeit, aus dieser riskanten Geschichte wieder herauszukommen.

Er durchforstete jede Datei. Fingerabdrücke, verschwundene Personen, gesuchte Personen, Zwangseinweisungen.

Nichts. Die Polizeimaschine kannte keinen Karl Durieux.

Die Vorstellung, Carré könnte sie getäuscht haben, machte ihn ganz kirre. Ein Verstellungskünstler, der ein goldenes Händchen dafür hatte, Situationen zu wenden. Erst hatte er ihr Misstrauen eingeschläfert und sich dann aus der Affäre gezogen, indem er sie auf den Holzweg geschickt hatte. Hernach fielen ihm seine Worte wieder ein: »Kein Gesicht, keine Vergangenheit, sie haben alles gelöscht.«

Carré riskierte nichts, indem er ihm diese Information zusteckte. Der Kindermörder war nur ein virtuelles Wesen, ein Spiegelbild, das sich wie in einem Zerrspiegel ständig veränderte.

Paul erhob sich aus seinem Bürosessel. Sein Magen spielte verrückt. Bald würden die Gendarmen die Ermittlung in die Hand nehmen. Auch sie waren Militärs.

Als sei's der reine Zufall.

Diese ganze Geschichte kam ihm vor wie der Teil eines gigantischen Komplotts. Man hatte nicht gezögert, einen Mengele im Anzug zu unterstützen, ihm Kohle zuzustecken, damit er arme Typen enthirnen konnte. Nicolet hatte freie Hand bekommen, das Innerste des Bewusstseins zu durchforsten und das Böse zu extrahieren.

Das alles im Namen des staatlichen Interesses.

Riad war das Sandkorn gewesen. Ein herzergreifender David im Kampf gegen Goliath. Gegenwärtig versteckte er sich in dem Geländewagen. Bald würde ihn die Dampfwalze zu Mus zerquetschen.

Paul sah auf seine Uhr. Er hatte nicht mehr die Zeit, die Liste der Irrenanstalten durchzuackern. Außerdem glaubte er sowieso nicht mehr an diese Lösung.

Er musste Riad in Sicherheit bringen. Die Karriere seines Kumpels war beendet. Es blieb ihm noch sein Leben.

Er wollte gerade aus dem Zimmer gehen, als ihm ein Gedanke kam.

Das Internet.

Manchmal stieß man im Web auf ganz unerwartete Informationen. Es war ein unkontrollierbares Spinnennetz, ständig in Bewegung. Er hatte schon erlebt, wie dort ganze Stammbäume aufgedeckt wurden, sobald ein Familienmitglied den Voyeuren seine intimen Verbindungen zum Fraß vorwarf.

Der Verrückte hatte einen Vater, eine Mutter, Großeltern.

Musste er haben.

Er schaltete den Computer wieder ein.

Suchmaschine. Die Hoffnung pochte ihm bis in die Fingerkuppen. Paul tippte den Familiennamen in Großbuchstaben ein.

Zwei Seiten. Neun Treffer. Durieux' wohlklingender Name wurde in den verschiedensten Sparten durchdekliniert. Drei Anwälte, ein Analyselaboratorium, Protokolle von Verwaltungsräten, ein unbekannter Schriftsteller, ein Durieux, der der Geschichte angehörte, gestorben während der Besatzungszeit.

Kein Stammbaum.

Aus purer Sturheit klickte er jede Seite an. Aber es schien völlig für die Katz. Nichts hatte auch nur annähernd mit seiner Ermittlung zu tun.

Den historischen Bericht öffnete er zuletzt.

Drei Zeilen, wie ein Nachruf. Keinerlei Hinweis auf den Verfasser der Seite.

Sein Herz krampfte sich zusammen.

Claude Durieux hatte im Hof des Gefängnisses Les Beaumettes ins Gras gebissen, der Kopf wurde durch eine abgeschrägte Klinge vom Kopf getrennt.

Sein Verbrechen: Vergewaltigung und Ermordung von vier Mädchen.

Besonderheit: Ihnen allen war die Haut abgezogen worden.

2

Derselbe Name. Dieselbe Methode. Die geographische Zone passte ebenfalls. Das konnte kein Zufall sein.

Paul raste zum Justizpalast. Er musste die Akte ausgraben. Ein Phantom zum Sprechen bringen, das auf den verschlungenen Pfaden der Geschichte entschwunden war.

Er hoffte, den Missing Link zu finden, der fehlende Teil, der ihn zu dem Verrückten führen würde.

Er stellte sein Auto auf dem Monthyon-Parkplatz ab. Im dritten Untergeschoss, vor Blicken geschützt.

Riad schlotterte. Die Gaze auf seiner Schulter sah aus, als habe man sie in Öl getränkt. Paul streckte ihn lang auf dem Rücksitz aus und schloss die Türen ab.

Er rannte vom Souterrain nach oben. Verschlossene Eingänge, ein menschenleerer Vorplatz – der Gesetzestempel reckte seine Granitsäulen zwischen einer Schneise aus Platanen gen Himmel.

Cabrera überquerte die Rue Emile-Pollak und gelangte zum Neubau. Ein metallenes Schiff mit Fenstern wie Bullaugen, das über drei Häuserblocks hinweg auf dem Trockendock lag.

Er hetzte durch die Eingangsschleuse, seinen Polizeiausweis in der Hand, und ließ einen verdutzten Wachposten in Habachtstellung hinter sich.

Samstagnachmittag.

Leere Hallen, vor sich hin dösende Sitzungsräume, es sah dort genauso aus wie in jeder anderen Verwaltung. Und dennoch, Paul wusste, dass die Bestie atmete. Im Irrgarten der Gänge lagen unermüdliche Verwaltungsbeamte im Hinterhalt und blätterten in Akten. Sie sicherten die Kontinuität des öffentlichen Lebens, indem sie Leute per Express ins Kittchen schickten.

Er blieb vor einem Schalter stehen und drückte seinen Dienstausweis gegen die Scheibe.

»Ich brauche Einblick in die Archive.«

Ein apathischer Hausmeister, krauses Haar und ein Gesicht wie eine Fabelschlange, näherte sich der Sprechmembran.

»Niemand da. Kommen Sie Montag wieder.«

Paul brüllte los und schlug mit der Faust auf den Schaltertresen.

»Kannst du nicht lesen? Hier steht ›Polizei‹, du Armleuchter. Und das heißt sofort.«

Der Kerl schreckte zurück.

»Welches Jahr?«

»Was?«

»Ich frag Sie nach dem Jahr. Für Ihre Recherche.«

»1943.«

Der Mann sah aus, als denke er nach.

»Wir bewahren nichts auf, das älter ist als dreißig Jahre …«

Paul ballte die Fäuste. Die Justiz warf nichts weg. Ihre Klienten waren gebrandmarkt, und zwar für die Ewigkeit. Er fragte: »Wo muss ich hingehen?«

Der Typ katzbuckelte und nahm einen Ordner. Mit gerunzelter Stirn blätterte er in farbigen Papieren herum, die durch Plastikhüllen geschützt waren.

»Vitry-sur-Seine. Archivdienst. Wollen Sie das Telefon benutzen?«

Paul rechnete es sich schnell im Geiste durch. Es blieben ihm nur noch ein paar Stunden, bis er definitiv aus dem Rennen sein würde. Ein Abstecher in die Pariser Vororte würde ihn zu viel Zeit kosten. Zumal die Chancen gut standen, dass er dort erst einmal einen ganzen Berg von Papierkram würde ausfüllen müssen.

Er musste die Antworten hier finden.

Jetzt.

Er verließ das Gebäude und zückte sein Handy. Es gab einen Mann, der ihm weiterhelfen konnte. In seinem Beruf waren die Regeln weniger strikt. Und im Bedarfsfall konnte man sie stets ein wenig zurechtbiegen.

Er hörte nur einen Anrufbeantworter. Paul biss die Zähne zusammen und hinterließ eine Nachricht.

Noch in derselben Minute vibrierte der Apparat in seiner Tasche.

»Hallo, Paul. Hier ist Christophe. Hast du einen Tipp für mich?«

»Diesmal nicht, mein Schnuckel. Du bist es, der jetzt Überstunden machen wird.«

Christophe Varga, Journalist bei *La Próvence*, leitete die Rubrik Vermischtes wie eine Auskunftsstelle. Da er an allen Fronten präsent war, war er den Bullen manchmal auf ihrem eigenen Terrain ein Stück voraus.

Er brummte: »Welcher Art?«

»Recherchen. Bis zu welchem Jahrgang gehen eure Archive zurück?«

»Das weiß ich nicht genau. Wir haben die vom *Méridional* mit denen vom *Provençal* zusammengeführt. Seither ist das ein einziges Chaos.«

»Die Besatzungszeit? Glaubst du, das haut hin?«

»Müsste man schauen.«

»Check das mal durch. In einer halben Stunde.«

Varga hustete am anderen Ende der Leitung.

»Hast du eine Dienstanweisung?«

»Pustekuchen!«

»Dann lass mich mal machen. Wenn du mit mir aufkreuzt, dann kriegen wir vielleicht Probleme.«

Paul ging die Treppen hinunter, die zum Parkplatz führten. In seinem Apparat rauschte es, der Empfang begann verrückt zu spielen. Er blieb in der Mitte stehen.

»Ist mir egal. Um den Verwaltungskram kümmern wir uns später. Schnapp dir deine Kutsche und düs los. Es geht um Leben oder Tod.«

3

Der Archivraum sah aus wie ein Laboratorium.

Ein Kubus aus gekachelten Wänden mit Neonbeleuchtung, der ein Dutzend vernetzter Computer beherbergte. Auf dem Boden liefen Computerkabel in Schlangenlinien zu einer Zentraleinheit.

Paul hatte dem Journalisten erklärt, worum es bei seiner Recherche ging. Einen Fall aus früheren Tagen, gemeines Recht, aus einer Epoche, in der das Standrecht galt. Die Presse dürfte einen ziemlichen Wirbel darum gemacht haben.

Konzentriert, mit schweißnassen Schläfen, brachten die beiden Männer die Maschine zum Rauchen. Das Leben ihrer Stadt seit der Gründung der Tageszeitungen marschierte vor ihnen auf dem Bildschirm auf. Es war, als tauchten sie in ein Familienalbum ein, lauter Gesichter, die mit der Zeit Patina angenommen hatten und die man mit großem Aufwand an Pixeln als erstarrte Aktualität in die Geschichte verbannt hatte.

Paul bewunderte die Arbeit. Jede Seite war fotografiert und eingescannt und dann wieder in die gedruckte Schaltung integriert worden. Die einzige Schwierigkeit bestand darin, dass die Ordnung nach Tagesdatum im Jahr 1962 aufhörte, während der Ereignisse in Algerien. Die weiter zurückliegenden Zeitungen waren vollkommen chaotisch gespeichert worden, nach Jahrgängen geordnet, in der Hoffnung, irgendein motivierter Praktikant werde ihnen eines Tages so etwas wie eine Ordnung geben.

Varga drückte das Kreuz durch. Das kurzärmelige Hemd, in das er in aller Hast geschlüpft war, ließ einen schlaffen Bauch zum Vorschein kommen, so weiß wie Porzellan. Zeichenkolonnen spiegelten sich in seiner Schildpattbrille.

»Nada. Bist du sicher, dass das Jahr stimmt?«

Das Internet hatte ihm nur einen kleinen, anonymen Hinweis gegeben. Paul tischte ihm eine Halbwahrheit auf: »Ganz sicher.«

»Vielleicht haben wir's übersehen. Bei der Geschwindigkeit, mit der wir hier durchrauschen ...«

»Er ist da. Ich weiß es. Wir fangen noch mal von vorne an.«

Der Journalist stieß einen Seufzer aus, der klang, als käme er aus dem Jenseits. Er putzte seine Brillengläser und ließ die Gelenke knacken.

»Du bist echt krank, weißt du das?«

Er beugte sich über die Tastatur, als Paul ihm die Hand auf die Schulter legte.

»Warte …«

Der Bulle hatte gerade eine Erklärung gefunden. Die Spuren, mit deren Hilfe man den Verrückten hätte finden können, waren ausgemerzt worden. Alle Spuren. Die Militärs hatten sich um die Vergangenheit gekümmert. Sie hatten systematisch jeden Faden durchtrennt, der eine Identifizierung des Mörders ermöglicht hätte.

Dass sie hier nichts fanden, bestätigte seine Ahnung. Er hatte den Haifisch an der Harpune.

Er lief ein paar Schritte herum und suchte nach einer Lösung. Die Eisenspitzen seiner Rangers klackerten wie ein Metronom auf den Fliesen. Mit gerunzelter Stirn fummelte Varga mit der Maus herum.

Plötzlich rief Paul aus: »Die Originalquellen!«

»Vernichtet. Sobald sie im Computer archiviert waren.«

»Du hast mir gesagt, bis 1962 sei alles geordnet. Der Archivar dürfte die anderen Jahrgänge aufgehoben haben.«

Varga riss die Augen auf.

»Willst du dir etwa die ganzen Kartons vornehmen?«

»Wenn wir noch eine Chance haben, dann ist sie das. Wo ist das Archiv?«

»Wir haben ein Lager. Hinter der Ablegestelle am Kai. Aber …«

»Kommst du an den Schlüssel ran?«

Der Journalist rollte mit seinem Stuhl nach hinten und sagte mit matter Stimme: »Der Schlüssel ist nicht das Problem. Du wirst drei Leben brauchen, bis du das Ding gefunden hast. Falls es überhaupt da ist.«

»Ich versuch's.«

Paul wusste, dass er alles auf eine Karte setzte. Die Militärs hatten in den Computerdaten geräubert. Wahrscheinlich von draußen, indem sie die Datenbanken der Zeitung geknackt hatten. Eine Recherche vor Ort wäre viel zu unsicher gewesen. Genehmigungen, Publicity, die sakrosankte Pressefreiheit bildeten eine schwer zu nehmende Hürde. Die Abteilung für strategische Angelegenheiten hatte vielleicht nicht das Risiko eingehen wollen, schlafende Hunde zu wecken.

Sie verließen den Raum und gingen wieder hinaus ans Tageslicht. Als sie an dem Range Rover vorbeikamen, sah Paul kurz nach Riad. Er war eingeschlafen, lag mit angezogenen Beinen auf der ledernen Sitzbank. Seine Züge waren entspannt, er schien endlich Ruhe gefunden zu haben.

Varga achtete nicht auf die geborstenen Scheiben und die Einschlaglöcher der Kugeln, die die Karosserie zerfetzt hatten. Er ging flott vorbei, wie ein Dieb, der sich eiligst aus dem Staub machen will.

Das Lager befand sich in einer brandneuen Lagerhalle aus Wellblech mit glänzenden Wänden. Eine Panzertür versperrte den Weg. Der Journalist tippte einen Code ein. Ein grünes Licht blinkte auf.

»Wir beeilen uns. Ich hab keine Lust, mich hier in Begleitung eines Bullen erwischen zu lassen. Und dann noch außerhalb der Öffnungszeiten.«

Sie betraten ein wildes Durcheinander aus Kartons. Reihenweise Stapel, so weit das Auge reichte, im Halbdunkel kaum mehr voneinander zu unterscheiden.

Varga drückte auf einen Schalterknopf. Das Meer aus Zellulose wirkte jetzt noch tiefer. Unter den Metallgerüsten türmten gewaltige Wogen ihre Kämme aus vergilbtem Papier auf, als wollten sie über ihnen zusammenstürzen. Lange Stahlstangen, an denen Aluminiumleitern in Gleitschienen aufgehängt waren, hielten sie davon ab.

Sie gingen zu einem Informationshäuschen, das auf einer

Art Rotunde stand. Von diesem zentralen Punkt aus konnte man das ganze Archiv überblicken. Paul musste an ein Spinnennetz denken. Irgendwo in diesem Netz aus Fasern versteckte sich seine Beute. Er würde sich in aller Ruhe bis zu ihr vorarbeiten und sie dazu bringen, alles auszuspucken.

Der Zeitungsschreiber setzte sich in Bewegung. Er hielt einen abgewetzten Ordner in Händen, in dem sich fliegende Blätter stapelten. Nach wiederholtem Gemurre hatte er schließlich einen Plan zwischen den Fingern.

»Gang H… Zone 3… Scheiße, Cabrera, uns steht noch allerhand bevor.«

Paul riss ihm den Leitfaden aus den Händen.

»Ein Grund mehr, mal einen Zacken zuzulegen.«

Varga warf ihm einen bösen Blick zu und machte auf dem Absatz kehrt.

Sie liefen an dicken Mauern aus Papier vorbei. Über Jahrzehnte gesammelte Artikel, Untersuchungen und Zeilengeldbeiträge fanden sich auf diesem Gedankenfriedhof zusammengepfercht.

Andere Kämpfe, andere Siege.

Andere Morde.

Das Jahr 1943 stapelte sich auf einem Regal, fünf Meter über dem Boden. Zwölf Kartons, über den Daumen gepeilt.

Einer für jeden Monat.

Paul ließ die Leiter über die Schiene gleiten und kletterte hinauf. Er zog die mit mehreren Staubschichten bedeckten Fossilien heraus. Ein Pluspunkt: Seit vielen Jahren schien sie niemand mehr in die Hand genommen zu haben. Auf jedem Packen war mit dem Marker der entsprechende Monat verzeichnet.

Nachdem er seine Beute ins Leere geworfen hatte, kletterte er wieder herunter.

»Wir packen es von beiden Seiten an. Du fängst mit dem Januar an. Ich mit dem Dezember. Und immer nur die Titelseite.«

Varga nickte unwillig.

Sie öffneten die Verpackung. Der Journalist ganz vorsichtig, Paul wie ein Berserker. Die verblichenen Exemplare raschelten unter ihren Fingern wie Papyrus.

Schon bald bildeten sich hohe Stapel um sie herum. Im Schneidersitz gingen sie inmitten der staubigen Termitenhügel wie Grabräuber ihrem Geschäft nach. Dezember, November, Oktober, der Krieg stellte in fetten Schlagzeilen sein Elend zur Schau. Wiederkehrende, seltsam aktuelle Themen deklinierten wie ein Lauffeuer alle Formen der menschlichen Gemeinheit durch. Paul hatte das Gefühl, die Zeit zurückzudrehen. Ereignisse, die in den Schulbüchern flüchtig gestreift wurden, drängten plötzlich in die Gegenwart.

Cabrera nahm den September in Angriff. Das geringste Tagesereignis verschaffte ihm eine Hitzewallung. Dreimal vertiefte er sich in den Rest der Zeitung, um irgendeinen Anhaltspunkt zu finden. Vergeblich.

Plötzlich, die Hoffnung. Ein Mann war im Gefängnis Les Beaumettes hingerichtet worden, am Morgen des vierten September 1943.

Mit einem Knoten im Hals stürzte er sich auf die Details. Ein lächerlicher Artikel, zwei Spalten lang, dazu ein Foto, versteckt auf Seite sieben.

Es war wie ein Erdbeben.

Claude Durieux, zum Zeitpunkt der Ereignisse fünfunddreißig Jahre alt, hatte vier Mädchen im Laufe des Sommers entführt, vergewaltigt und ihnen die Haut abgezogen. Der Verfasser hatte seinen Lesern die Einzelheiten des Gemetzels erspart. Er wies jedoch darauf hin, die Verbrechen seien in einem Bunker an der Südküste verübt worden, unweit vom Hafen Les Goudes. Der Tatort war kein Zufall, Durieux gehörte der Sipo-SD an – der Gestapo – und hatte die deutschen militärischen Einrichtungen bereits für brutale Verhöre benutzt.

Paul verzog angewidert das Gesicht. Dass der Prozess so schnell abgewickelt wurde und es keine Zensur gab, dürfte daran gelegen haben, dass ein Exempel statuiert werden sollte. Die Deutschen hatten beweisen wollen, dass auch sie kollaborierten, selbst wenn der Schuldige in ihren Reihen saß. Korrekte Besatzungsmächte, die das Spiel einer Justiz mitspielten, die ihnen völlig ergeben war.

Auf alle Fälle war der Täter Franzose.

Er vertiefte sich wieder in den Text. Kein Kommentar zu den Tatmotiven. Nichts über ein psychiatrisches Gutachten. Nur ein Porträt des Schuldigen.

Durieux stammte aus einer Handelsfamilie und arbeitete in der Verwaltung. Er war verheiratet, Vater zweier Kinder, 1942 in den Dienst der Miliz getreten.

Pauls Blick glitt hoch zu dem Bild. Ein glattes Gesicht, das Haar nach hinten gekämmt bei einem perfekt gezogenen Scheitel, große, blasse Augen. Der Typ stank nach Wahnsinn, und zwar volle Kanne. Sein Irrsinn sprang einem geradezu ins Gesicht.

Sein Nachfolger hatte denselben Weg gewählt. Ein *bis repetita* des Wahnsinns, potenziert durch Nicolets Methoden. Als der Psychiater die Familienakte des Mörders gelesen hatte, musste er auf diese Geschichte gestoßen sein. Er hatte ihn aufgrund dieses Kriteriums ausgewählt.

Vargas belegte Stimme lockte Paul in die Lagerhalle zurück.

»Hast du was gefunden?«

Er nickte und hielt ihm das Dokument hin. Dann richtete er sich auf, völlig benebelt von dieser neuen Entdeckung. Die Vergangenheit führte nirgendwo hin.

Die wesentliche Frage blieb auch weiterhin hinter einem Schloss mit sieben Siegeln verborgen.

Wo versteckte sich der Verrückte?

Er schlenderte zwischen den Kartons herum, ließ sich den Staubgeruch in die Nase steigen.

Ein Fleck auf einer Wand zog Pauls Aufmerksamkeit an: ein grünes, amöbenförmiges Etwas, das den Gips aufwarf wie ein Furunkel. Mechanisch kratzte er die Kruste ab. Schimmelteilchen steckten ihm zwischen den Fingernägeln.

Ein Bild aus dem Unterbewusstsein rollte mit Macht auf ihn zu.

Von Anfang an hatten sie aufgrund der Flechten, die man auf Leïlas Leiche gefunden hatte, an eine Grotte gedacht. Coglio hatte sie in einem Umkreis von fünf Kilometern rund um den Tatort durchsucht, ergebnislos.

Das war es nicht.

Die Teilchen stammten aus einem Bunker. Der Verrückte hatte sie an sich, als er sich das Mädchen geschnappt hatte. Sie hatte sich vielleicht festgeklammert, ihn gekratzt, und sie hatten sich unter den Fingernägeln gesammelt. Alles passte zusammen.

In seinem Wahn hatte Durieux sich mit seinem Vorfahren identifiziert. Er hatte ähnliche Methoden gewählt und den Ort für die Tötungen gefunden. Das vorgetäuschte Sexualverbrechen war das i-Tüpfelchen der Inszenierung. Sein Trieb war von anderer Art, aber er musste diesen Teil in seine Nachahmung einbauen. Paul rannte zurück zu Varga und riss ihm ohne Vorankündigung die Reliquie aus den Händen.

»Ich lass dich hier aufräumen. Ich werd mich dafür revanchieren.«

Er lief davon, die Schultern in kämpferischer Haltung gespannt.

Der Reporter blieb mit hängenden Armen zurück, inmitten eines Ozeans aus Papier.

4

Paul kannte die Ecke gut.

In seiner Kindheit hatte er die kleinen Buchten zusammen mit anderen Strolchen geplündert, auf der Suche nach Abenteuern, nach Freiheit. Bei ihren Streifzügen waren sie mehr als einmal von der Nacht überrascht worden. Sie hatten dann in den alten Bunkern übernachtet, Höhlen voller Gespenster, in denen alles herrlich aufregend war.

Soweit er sich erinnern konnte, waren es sechs Unterkünfte.

Sie lagen unterhalb der Küstenstraße über eine Strecke von etwa zehn Kilometern verteilt.

Er weckte Riad und ließ ihn auf dem Beifahrersitz Platz nehmen. Der Beur stand völlig neben sich, sein Gesicht war vom Schmerz gezeichnet. Paul band ihn mit dem Sicherheitsgurt fest und raste los.

Les Goudes. Der südlichste Punkt der Reede.

Am anderen Ende der Stadt.

Er fuhr mit quietschenden Reifen durch Marseille. Der Geländewagen heulte bei jeder Kreuzung auf, bahnte sich hupend einen Weg, streifte die Kühler der anderen Autos, drängte sie zur Seite.

Die Corniche Kennedy auf dem Mittelstreifen.

Die Avenue Pierre-Mendès-France über die Gehwege.

Bei der Pinte-Rouge bildete die Straße einen Trichter. Verstopft. Paul scherte aus und fuhr auf der Gegenfahrbahn weiter. Drei weitere Fahrzeuge machten es ihm nach.

Nach zehn Minuten Rodeo bekamen sie den Mont Rose ins Blickfeld. Die Stadt verschwand. An ihre Stelle trat gemartertes Felsgestein, von der Gischt zerkratzt, weiße Felsen, die gleich versteinerten Wachtposten das Meer beobachteten.

Paul fuhr langsamer. Hinter der kleinen Bucht von Saména begann die Straße zu Les Goudes.

Er entdeckte den ersten Bunker. Eine braune Masse, verloren in einem gleißenden Licht. Er lag zwei Schritte von einem Aussichtsposten für Touristen entfernt, und man konnte über drei Betonstufen hineingelangen.

Er ließ den ersten links liegen und fuhr weiter.

Viel zu leicht erreichbar.

Der zweite Bunker. Fünfhundert Meter weiter.

Wieder dasselbe.

Dreihundert Meter weiter. Noch einer. Etwas verdeckt hinter einem kleinen Sandsteinhügel gelegen.

Warum nicht?

Paul parkte das Auto. Riad hatte die Augen geschlossen und atmete stoßweise. In wenigen Stunden hatte sich sein Zustand deutlich verschlechtert. Dass ein Eingriff dringend geboten war, sah man an dem gelblichen Ausfluss, der aus seiner Schulter troff.

Paul wischte seinem Freund die Stirn. Er stand kurz vor dem Ziel. Sein Kumpel würde noch ein paar Minuten durchhalten.

Mit der Waffe in der Hand rannte er zum Bunker.

Zwischen den einzelnen Schritten schossen ihm immer

wieder Bilder der Gewalt ins Bewusstsein. Ins Fleisch gerammte Metzgerhaken, von panischer Angst verzerrte Kindergesichter.

Oben auf dem kleinen Hügel sah er schließlich, dass die kleine Festung nur noch von einer Wand gehalten wurde, der Rest war schutzlos Wind und Wetter ausgesetzt.

Der Polizist rannte den Hang wieder hinunter und sprang in den Wagen.

Hinter den Asphaltstreifen war schon der Hafen von Les Goudes zu erkennen. Ein niedlicher, bunt gesprenkelter Bogen, wo man die Boote am Abhang des Felsgesteins hochzog. Ein Postkartenmotiv.

Es blieb nur noch ein Bunker; um zu ihm zu gelangen, müssten sie auf die andere Seite rüber, nach Callelongue.

Paul bremste auf einer Böschung. Der vierte Zerberus lag in der Garrigue versteckt, außer Sichtweite der Sommerurlauber.

Ein traumhaft schönes Plätzchen. Seine Eingebung sagte ihm, dass es der richtige war.

Er überquerte die Straße und nahm den Pfad. Ein mühsam zu erklimmender schmaler Streifen mitten durchs Felsgestein. Er kletterte schweigend und konzentriert hinauf. Seine Stiefel brachten Kieselsteine ins Rollen.

Ein Kamm, dahinter ging der Weg weiter. Und mittendrin, erbaut auf einer Schneise, die das Meer überragte, eine homogene Masse.

Paul ging näher heran, mit gebeugtem Oberkörper und weichen Knien. Er konnte seine Pumpe in den Trommelfellen pulsieren hören.

Eine Metalltür versperrte den Zugang.

Ihm fiel etwas Widersprüchliches auf. Eine Kette lag am Boden, an ihrem Ende hing ein Vorhängeschloss.

Er ging um den Block herum und achtete darauf, die Äste der Sträucher, die das Gebäude dichtmaschig umschlossen, nicht knacken zu lassen. Eine Schießscharte ging aufs Meer hinaus, hoch genug, um den Lauf eines schweren Maschinengewehrs darauf abzustützen.

Er riskierte einen kurzen Blick hinein.

Drei seiner Sinne meldeten sich gleichzeitig.

Das Sehvermögen: ein dunkler Schacht.

Der Geruchssinn: Aasgestank.

Das Gehör: Flüstern, Weinen.

Er nahm seine Waffe ab und ging vor der Tür in Stellung.

»Polizei! Kommen Sie heraus! Hände über den Kopf!«

Keine Antwort. Eine ohrenbetäubende Stille lastete auf dem Hügel.

»Raus da, du Arschloch! Los, oder ich komm dich holen!«

Gemurmel hinter der Tür. Dann eine Stimme, vornehm und abgekämpft, die Stimme eines Kaisers auf dem Weg ins Exil.

»Schießen Sie nicht… Das ist nicht mehr nötig…«

Die Metalltür drehte sich in den Angeln. In der Türfüllung tauchte ein kreideweißes Gesicht auf, eingerahmt von tintenschwarzem Haar. Der Mann trug einen viel zu weiten Leinenanzug, der zerknittert war wie Krepppapier und den er anscheinend schon mehrere Tage anhatte. Die Melone auf seinem Kopf wirkte wie ein Anachronismus.

Paul runzelte die Stirn, ohne seine Waffe sinken zu lassen.

»Doktor Nicolet?«

Der Mann lächelte hilflos, als erinnere der Name ihn an eine vergangene Zeit. Er öffnete die Hände und sah Paul geringschätzig an, mit dem letzten Rest, der ihm noch an Überheblichkeit geblieben war.

»Sie wollten einen Schuldigen? Kommen Sie … Aber ich bin mir nicht sicher, ob das, was Sie entdecken werden, Ihnen dabei helfen wird, eine Entscheidung zu treffen.«

Er hielt sich ein Taschentuch vor die Nase und lud Paul ein, ihm zu folgen.

5

Rattenlöcher hatte der Bulle schon mehr als eines durchwühlt. Hier hatte er das Gefühl, in die Eingeweide des Nagetiers selbst einzutauchen.

Ein unerträglicher Gestank griff die Atemwege an, brannte auf den Schleimhäuten, lief die Luftröhre entlang, um wie Feuergarben in seinem Magen zu explodieren.

Paul wurde übel. Er zog seinen Pulli aus und band ihn sich vors Gesicht. Mit nacktem Oberkörper und dem zur Hälfte maskierten Gesicht sah er aus wie das Mitglied einer Bergungsmannschaft am Ort eines Erdbebens.

Er blinzelte. Nach dem hellen Licht der Küste legte das Halbdunkel nun eine Binde aus Glühwürmchen über seine Netzhaut.

Der Betonboden trat allmählich deutlicher hervor. Glatt, übersät mit Abfällen und Kot. An einer der Wände lag eine aufgeschlitzte Matratze, in der es vor Ungeziefer nur so wimmelte. Vor ihm ein mannshoher Spiegel, ein unpassender Gegenstand in diesem Dreckloch.

»Wo ist er?«

Nicolet nahm seinen Hut ab. Der Mann wirkte erschöpft, wie von Gewissensbissen zerfressen. Mit gesenktem Kopf sprach er durch sein Taschentuch.

»Ich habe ihm soeben ein Beruhigungsmittel verabreicht. Er schläft.«

Den Polizisten ergriff die nackte Wut. Er packte den Psychiater am Kragen und hob ihn hoch, bis er sich auf Augenhöhe befand.

»Wo zum Teufel? Wo haben Sie ihn versteckt?«

Der Mediziner japste: »Da ... der Spiegel ... dahinter ...«

Ohne seinen Griff zu lockern, suchte Paul die Wand mit dem Blick ab. Keine Tür, keine Luke, glatt wie ein Wachstuch.

Nicolet stieß hervor: »Er ... lässt sich drehen ... er lässt sich drehen.«

Cabrera ließ ihn los und näherte sich dem Spiegel. Er legte die flache Hand aufs Glas. Der Spiegel ließ sich ein wenig bewegen, aber nicht öffnen.

»Wie macht man das?«

Nicolet rang noch immer nach Luft. »Oben ... Ein Mechanismus ... Aber warten Sie ... Ich ... Ich muss zuerst ...«

Paul hörte nicht mehr hin. Seine Finger tasteten den Bronzerahmen ab, durchforsteten die Ritzen. Seine Knöchel schrammten über Rillen. In einer Ecke stieß er auf eine raue Stelle.

Er betätigte den Riegelmechanismus. Der Spiegel ging einen Zentimeter weit auf. Er packte die obere Kante und ließ das Ganze um die Achse drehen.

Verwesungsgestank schlug ihm entgegen. Er war so stark, dass er zurückweichen musste. Der Schlund, aus dem er kam, war tintenschwarz.

Der Polizist schaute sich in dem Raum nach etwas um, woraus er sich eine Fackel basteln könnte. Er wickelte einen alten Strumpf um eine Eisenstange und steckte das Baumwollgewebe in Brand. Mit angehaltenem Atem stürzte er sich in das Grauen.

Schock.

Er hatte das Gefühl, in einem Film gelandet zu sein, den Geist vom Körper getrennt.

Das Schlupfloch war nicht größer als acht Quadratmeter. Vier Stühle, einer auf jeder Seite. An die Stuhllehnen waren Stoffpuppen gebunden.

Zwei große, zwei kleinere.

Mit Haut überzogen.

Auf Beine, Oberkörper und Arme hatte jemand mit Fischergarn die Haut aufgenäht. Die Gesichter hingegen schienen direkt auf den Untergrund aufgeklebt worden zu sein. Sie trugen noch im Tode die Stigmata des Martyriums. Ihre leeren Augenhöhlen starrten die Decke an, sie wirkten wie Darsteller einer Pantomime.

Die Fackel ließ ihren Schein über die sterblichen Überreste wandern.

Die der Erwachsenen waren schon fast schwarz, voller Risse und Blasen, in denen es von milchigweißen Larven nur so wimmelte. Paul schätzte, dass der Tod mehr als drei Monate zurückliegen dürfte.

Der Tod der Kinder war ganz offensichtlich jüngeren Datums. Grünliche Flecken auf dem, was einst Leïla gewesen sein dürfte. Leichenblässe bei dem Jungen.

Blauschimmernde Fliegen taten sich gütlich an ihnen und rieben ihre Flügel auf diesem Massengrab.

Paul war wie hypnotisiert. Er hatte das Gefühl, ins tiefste Innere der Psychose des Mörders einzudringen. Ein Eitertümpel ohne Anfang und Ende.

Er stieß gegen etwas und leuchtete mit der Flamme nach unten. Der Verrückte, auf den er seit einer Woche Jagd machte, lag mit geschlossenen Lidern auf dem Rücken. Sein bestürzend schönes Gesicht sah aus wie das eines Mädchens. Kurze Haare im Bürstenschnitt standen wie ein Nadelteppich von seinem Kopf ab. Seine Hand hielt eine gelbe Perücke umklammert.

Paul unterdrückte einen Schrei.

Der Mund lächelte.

Er zog den Körper nach draußen und stieß den Spiegel mit dem Fuß zu. Vorsichtshalber legte er seiner Beute Handschellen an. Mit dem Rücken an den Beton gelehnt, beobachtete ihn Nicolet, als ginge ihn das alles nichts an.

Seine Stimme erhob sich wie aus weiter Ferne: »Ich hatte einen Traum... In den Schmerz der Menschen hinabzutauchen, um sie zu bessern. Ihnen dieses Stückchen Wahnsinn herauszureißen, das jeder in sich trägt... Es in fließendes Wasser zu verwandeln...«

Ein Lächeln des Bedauerns huschte über sein Gesicht.

»Ich bin nicht Gott...«

Paul hatte sich niedergekauert, um wieder Atem zu schöpfen. Er hatte die Worte des Psychiaters durch eine Art Nebel vernommen, in dem barbarische Visionen aufschienen. Doch noch während die Angst ihn in den Klauen hielt, überkam ihn ein seltsames Gefühl. Der Wunsch, die Beichte zu hören, die sich da ankündigte. Das Geheimnis des Wissenschaftlers zu durchdringen, das Unsägliche in Worte zu fassen.

Er presste den Pulli wieder fest auf die Nase.

»Warum haben Sie Durieux den Laufpass gegeben?«

Nicolet sah ihn von unten an. Seine Augen zwischen den schwarzen Haarsträhnen blinzelten. Er schien dem Polizisten dankbar zu sein.

»Ich hatte den perfekten Probanden. Einen potenziell gewalttätigen Menschen, eine ideale Kombination aus Angeborenem und Erworbenem. Seine Gene trugen den Code des Bösen, sein Leben war nichts anderes als eine Folge von Schmerzen gewesen. Als er zu den Tests kam, wusste ich, er werde meinen Erwartungen entsprechen. Meinen Hoffnungen …

Ich bin wie üblich vorgegangen. Tägliche Injektionen von Halluzinogenen über drei Zeiträume von zehn Tagen hinweg. AC 13467 und UH 89645, die meine Kollegen aus Stanford entwickelt hatten und die während des ersten Golfkriegs getestet worden waren.

Die Chemie hat ihn mit seinen tiefsten Ängsten in Berührung gebracht. Jene Ängste, die zur Gewalt führen, zu Wahnsinn und Tod. Gleichzeitig habe ich ihn so konditioniert, dass er in der Lage war, sie zu überwinden, sie zu sublimieren. Mit Hilfe der Drogen wollte ich ihn an seine Grenzen stoßen lassen, an die Wurzel seiner Qual. Damit hätte ich bewiesen, dass es möglich war, mittels Hypnose den Mechanismus umzukehren, die Energie des Wahns zu nutzen.«

Paul verzog das Gesicht.

»Ich dachte, das Verteidigungsministerium wollte sich diese Gewalt zunutze machen und sie nicht in ein blühendes Feld verwandeln …«

Der Mediziner sah dem Bullen tief in die Augen. Aschegraue Augen, magnetisch aufgeladen.

»Sie haben mir die Mittel an die Hand gegeben, eine Infrastruktur, Probanden. Ihre Ziele hatten keinerlei Bedeutung. Keinerlei Gewicht. Ich kontrollierte das Ganze. Ich war der Wegbereiter.«

Die Stimme, der Tonfall, die Worte, Nicolet war felsenfest von der Richtigkeit dieses Humbugs überzeugt. Paul begriff, dass er einem echten Visionär zuhörte. Einem in die Irre gelaufenen Genie, das seiner eigenen Eitelkeit zum

Opfer gefallen war. Die Militärs hatten geglaubt, sie seien auf einen Goldesel gestoßen. Sie hatten ihn manipuliert, hatten sein Ego benutzt und ihn in ihren Todeswahn hineingezogen.

Nicolet hatte gedacht, er gebe die Regeln vor.

Er hatte sich übertölpeln lassen.

Der Psychiater fuhr fort, als habe er die Gedanken des Bullen erraten.

»Sie haben mich in die Falle gelockt. Als Karl so weit war, wollten sie wissen, wie weit seine Gewalttätigkeit gehen würde.«

Alle Teile griffen ineinander. Die Informationen, die dem Mörder gegeben wurden, das Verschwinden seiner Akte, aller Akten, das Geld für die Zigeuner … Jeder Schritt des Verrückten war gesteuert worden, das Verbrechen hatte unter technischer Anleitung stattgefunden.

Eine Frage blieb noch offen.

»Es hat vier Opfer gegeben. Unter diesen befand sich ein querschnittsgelähmter Junge. Unerbittlicher geht es wohl kaum.«

»Karl hat sich nach jedem Mord weiterentwickelt. Die Arbeit unter Hypnose führte nach und nach dazu, dass die Dinge ihm bewusst wurden.«

»Warten Sie … Wollen Sie damit sagen, dass ihm nicht klar war, was er da tat?«

»Teilweise nicht … Aber nur teilweise. Wenn der Trieb kam, dann war das wie ein Sturm. Dem folgte eine depressive Phase, eine Ruhepause, wie eine weiße Wüste. In genau dem Moment habe ich ihn zurückgerufen.«

Paul begriff, was für ein perverses System das war.

»Er wusste gar nicht, dass Sie ihn zur Laborratte gemacht hatten.«

»Die hypnotische Suggestion machte es möglich, dass er alles vergaß. Ich habe sogar mein Gesicht aus seinem Gedächtnis gelöscht. Aber nach und nach kam es zu Brüchen. Die Risse im System führten zu Albträumen, riefen Anfälle hervor, bei denen die Stücke sich wieder zusammensetzten, ihn quälten. Ohne es zu wissen, begann er Indizien zurückzulassen … Er wollte dem Ganzen ein Ende machen …«

Coglios Analyse erwies sich als stichhaltig. Der Verrückte hatte Leïlas Leiche gut sichtbar liegen gelassen. Mehrere Dutzend Kilometer vom Ort der Folter entfernt. Das letzte Opfer war nicht einmal von seinen Fesseln befreit worden. Durieux ließ weiße Kieselsteine hinter sich fallen, in der Hoffnung, man werde ihn schnappen.

Nicolet massierte sich die Schläfen.

»Ich dachte, die extreme Zerbrechlichkeit des letzten Opfers würde eine Katharsis herbeiführen, die Umkehr des Prozesses heraufbeschwören.«

»Noch zwei oder drei Leichen und Sie hätten das große Los gezogen?«, zischte Paul entrüstet.

»So habe ich mir das vorgestellt. Doch ein Detail war mir entgangen. Ein entscheidendes Detail. Karls Persönlichkeit hatte sich gespalten. Eine schwere Schizophrenie, eine der perversen Wirkungen der Halluzinogene.«

»Eine Persönlichkeitsspaltung?«

»In etwa. In seinem Kopf gab es zwei Persönlichkeiten. Die eine war absolut gewalttätig, was durch die Drogen noch gesteigert wurde – genetisch entartet. Eine Todesmaschine, die den Einflüsterungen des Über-Ichs vollkommen gleichgültig gegenüberstand und die lediglich ihren gespenstischen Trieben folgte. Ihr gegenüber das Gegengewicht, eine Persönlichkeit, die er Philippe genannt hatte. Diese war hypnotischer Suggestionen zugänglich, sie litt, stellte sich in Frage.«

»Wer von beiden trug eine Perücke?«

»Karl. Er hatte auch seine Stimme verstellt. Damit sie der von Philippe nicht ähnelte. Eine Art, sich ein wenig weiter abzuspalten. Ohne sich dessen bewusst zu sein, wechselte er zwischen den beiden Persönlichkeiten hin und her. Er trickste herum, um eine echte Begegnung zu vermeiden. Die beiden konnten nur parallel existieren, sie waren so unfähig zusammenzukommen wie Tag und Nacht.«

Paul hatte von Anfang an das Gefühl gehabt, dass es einen zweiten Mann gab. Als sie Goldfinger gefunden hatten, hatte ihn das nicht zufrieden gestellt. Doch auf eine solche Erklärung wäre er niemals gekommen. Er protestierte: »Sie sind Psychiater. Sie hätten die Folgen voraussehen können.«

»Die Psychiatrie ist keine exakte Wissenschaft. Karl hatte es fertig gebracht, sein Double vor mir zu verbergen. Ich habe das erst begriffen, als ich hierher kam. Heute Nacht haben wir die Verbindung zwischen Philippe und Karl hergestellt. Gemeinsam ...«

Nicolet hielt inne. Er schaute sein Geschöpf zärtlich an, als wolle er es beschützen. Dann fuhr er in demselben bedrückten Ton fort: »Mit dem Auge des Psychiaters betrachtet, habe ich den schlimmsten Psycho-Cocktail zusammengebraut, den man sich nur vorstellen kann. Die schizophrene Persönlichkeitsspaltung, welche die Halluzinogene hervorgerufen hatten, hat zwei weitere Psychosen zu Tage befördert. Latente, komplementäre und unabhängige Perversionen. Philippe war ein perverser Narzisst. Der Schmerz der anderen bereitete ihm Lust. Dieser Schmerz beruhigte ihn, gestattete es ihm, die Konflikte, die durch die Konditionierungssitzungen entstanden, auszuhalten. Und vor allem, mit seinem Double zu leben ...«

Paul begriff nur jedes zweite Wort. Doch eines fiel ihm wie Schuppen von den Augen. Der Profiler hatte einen Teil des Problems erfasst. Das Wesentliche war außen vor geblieben.

Nicolet fuhr fort, als sei er bestürzt über den Klang seiner eigenen Stimme: »Karl war ein Sadist, hatte eine schwere Psychose, ein vollkommener Wahn, der auch Elemente des Verschlingens in sich trug.«

Diesmal musste Paul ihn unterbrechen. »Reden Sie Klartext. Ich kapiere gar nichts mehr.«

Der Psychiater zog die Beine zur Brust. Durch die Schießscharte hindurch sah man die untergehende Sonne, röter als eine Blutlache.

»Karl war von Geburt an psychisch gespalten. Er hatte einen Großvater in der Gestapo, der für ähnliche Verbrechen hingerichtet worden war, einen Vater in der Fremdenlegion, der sich nach der Zeugung aus dem Staub gemacht hat, und schließlich eine Mutter, die Zigeunerin war und der vor seinen Augen bei einem Streit die Kehle durchgeschnitten wurde, als er noch keine drei war.«

Nach und nach füllten sich die Felder. Die Zigeuner waren erstaunt gewesen, dass ein Gajo ihre Sprache so gut beherrschte. Nicolet hatte sich diese Besonderheit zunutze gemacht.

Der Verrückte war zur Hälfte Zigeuner.

Paul erinnerte sich an ein anderes Detail, eine Bemerkung des Profilers über die Ästhetik des Verbrechens. Er fragte: »Hat man ihn in einer Pflegefamilie untergebracht?«

»Die Zigeuner haben ihn aufgenommen. Bei ihnen hat er das Entschwarten gelernt. Danach ist er von Heim zu Heim gezogen, bis zur Adoleszenz. Ein Architektenehepaar hat ihn schließlich adoptiert. Kultivierte Leute, sozial gut gestellt. Aber es war zu spät …«

Der Psychiater nahm den Kopf in beide Hände.

»Ich… Ich habe seine Triebe geweckt… Er hatte keine Wahl… Er war besessen von Tod und Verwesung. Das Zerstückeln von Leichen war ein Versuch, den eigenen Körper auf imaginärer Ebene zu rekonstruieren. Karl glaubte, er könne die positiven Elemente seiner Opfer auf sich übertragen. Da er selbst keine Familie gehabt hatte, hat er sich die Idealfamilie zusammengebastelt.«

Cabrera hatte wieder die Puppen vor Augen, die ein paar Meter weiter verwesten. Der Vater, die Mutter, ihre Sprösslinge. Durieux hatte vier Leben geopfert, um zu versuchen, seinen Geist wieder zurechtzuflicken. Ganz zu schweigen von den Kollateralschäden.

Riad war einer davon.

Seine Eliminierung war fehlgeschlagen, aber die Militärs schlichen immer noch herum. Bei diesem ganzen Gerede von Gemetzeln blieb noch eine Frage unbeantwortet: »Die Armee beschützte Sie. Warum sind Sie geflohen?«

Nicolet spielte mit seinem Ring, einem auf einen einfachen Silberring aufgesetzten Amethyst. Seine Stimme war nur noch ein Murmeln.

»Ich wollte nicht, dass sie ihn töten… Als dieser Bulle nach Lyon kam, habe ich versucht, Zeit zu gewinnen. Ich wusste, dass die Jagd begonnen hatte. Dass sie bis zum Äußersten gehen würden.«

»Dann waren sie gar nicht von Ihnen alarmiert worden?«

»Nein. Sie haben mich kontaktiert. Die Entdeckung der Leiche des kleinen Mädchens war der erste Zwischenfall. Sie waren auf der Hut.«

Paul dachte an den Hell's. Das erste Puzzleteilchen, das Riad gefunden hatte. Der Polizeispitzel stand unter ihrer Beobachtung. Es dürfte nicht schwer gewesen sein, ihn zu einem Geständnis zu nötigen, bevor er auf den Müllcontainer geworfen wurde.

Der Psychiater hatte sich seinem Patienten, seinem Geschöpf genähert. Er strich ihm mit einer gewissen Zärtlichkeit über die Stirn.

»Ich habe das Geheimnis stets bewahrt. Niemand ahnte etwas von dem eigentlichen Motiv, von der Existenz dieses Ortes. Es ist mir gelungen, ihn von den Kommandos vom Autofriedhof fern zu halten. Sie sind zu spät gekommen. Ich wusste, dass ich Karl finden würde … hier.«

Seine Stimme erstarb. Die Hölle war allmählich einer Stille gewichen, wie sie in einer Kapelle herrschte.

Paul richtete sich wieder auf und streckte die Beine. Nach dieser Kaskade von Geständnissen verspürte er eine Art Mitgefühl für Nicolet. Gefangen in seinem Wahn, hatte der Psychiater versucht, den der anderen zu entschlüsseln.

Sie davon zu heilen.

Er schob ihm eine Hand unter die Achsel und versuchte ihn aufzurichten.

»Es ist vorüber. Sie werden …«

Ein Aufschrei ließ alles im Raum erstarren.

»Nein!«

Riad stand leichenblass im Türrahmen. In seiner Hand glänzte wie ein flammender Auswuchs das Metall der Luger.

Paul hatte nicht mehr die Zeit, sich dazwischen zu werfen.

Ein scharfer Knall. Nicolet brach zusammen, mitten in die Brust getroffen.

Die Waffe wurde geschwenkt.

Eine Salve ging auf den Verrückten nieder. Sein Körper zuckte bei jedem Einschlag zusammen, als würden ihm Elektroschocks versetzt.

Als es wieder still war, stieg von dem Verrückten buchstäblich Rauch auf. Schwarze Krater durchlöcherten Oberkörper und Hals. Das Blut floss in Strömen aus ihm heraus. Eine Kugel hatte ins Auge getroffen und dabei den Bogen der Braue weggerissen.

Paul nahm seinen Kopf zwischen die Hände. Er sah seinen Kumpel an, der im Pulvernebel stand.

»Warum? Scheiße, warum? Wir wollten gerade …«

Völlig verstört ließ Riad die Waffe zu Boden fallen. Er sank auf die Knie, sein Körper wurde von Schluchzern geschüttelt.

»Mensch, das war mein Mädchen. Das musst du doch verstehen … mein Mädchen …«

Epilog

Paul war froh, wieder am Strand zu sein.

Es roch nach Sonnencreme, nach gebräunter Haut, nach Gelassenheit.

Er breitete sein Badehandtuch aus und setzte sich vors offene Meer. Eine Flut von Menschen saß hier zusammengepfercht, und ihr sorgloses Gezwitscher schallte bis zum Geflecht der Dünen.

Mittag. Die Sonne knallte von oben herab, der Sand war weiß glühend. Mütter spannten ihre Sonnenschirme auf und begannen mit der Essensverteilung. Schwärme von Kindern hüpften vor den Alufolien, den Thermoskannen und den bis zum Rand mit großartigen Verheißungen gefüllten Tupperwaredosen ungeduldig von einem Fuß auf den anderen.

Ein Lächeln huschte Cabrera übers Gesicht.

Das Leben setzte seinen Reigen fort, absurd, zauberhaft, gleichgültig gegenüber den Abgründen, die sich am Rande auftaten.

Mit dem Tod des Verrückten war die Ermittlung abgeschlossen. Diesmal hatte Paul einen sehr detaillierten Bericht verfasst. Eine geschönte Wahrheit, zugeschnitten auf die Gerichtsmaschinerie.

Laut seinem Protokoll war er im Alleingang hinter Durieux her gewesen. Die Enthüllungen der Zigeuner hatten ihn zu dem Bunker geführt, in dem er nach einem Nahkampf gezwungen gewesen war, ihn aus legitimer Notwehr zu erschießen. Der Verrückte besaß eine Luger, die er ihm im Kampf entwinden und gegen ihn richten konnte. Die Zahl der Einschüsse erklärte sich durch die Panik, die Cabrera gepackt hatte, als er die Puppen entdeckt hatte.

Alles, was Riads Hetzjagd anbelangte, wurde mit Stillschweigen übergangen. Goldfinger, Abdou Saïd, Carré, Nicolet und selbstverständlich auch die Verstrickung der Abteilung für strategische Angelegenheiten. Paul war es gelungen, die Leiche des Psychiaters verschwinden zu lassen, wobei er zu seiner Absicherung noch ein paar Fotos geschossen hatte. Er hatte Carré Abzüge geschickt, direkt an den Geheimdienst, und ihn beauftragt, den Betroffenen die Botschaft zu übermitteln. Sollten die Milizen nicht lockerlassen, würde man sie damit leicht überzeugen können, dass es besser war, Ruhe zu geben.

Der Fall nahm seinen üblichen Lauf.

Vial war nicht auf den Kopf gefallen. Er hatte nicht versucht, mehr herauszufinden, denn er war froh, in dieser schwierigen Angelegenheit einen Schlussstrich ziehen zu können.

Die Gendarmen der Mordkommission hatten keine Zeit gehabt, ihre Koffer auszupacken. Sie waren wieder in ihr Auto gestiegen und Richtung Aulnay-sous-Bois gebraust, anderen Fällen entgegen.

Nach dem Rennen wurde das ganze Verdienst für diesen gelungenen Coup dem Kommissar zugeschrieben.

Paul ließ seinen Blick über die Wellen gleiten. Ehrungen, Medaillen, aufgesetztes Händeschütteln und das ganze folgenlose Gerassel waren ihm so egal wie noch was.

Er hatte seinen Vertrag erfüllt. Einen moralischen Pakt, den er mit sich selbst, mit seiner Vergangenheit, mit seinen Werten geschlossen hatte.

Riad hatte seine Haut retten können.

Der Rest war unwichtig.

Zur Stunde galoppierte der Beur wahrscheinlich durch die Wüste, auf einem Vollbluthengst.

In gewisser Weise schloss sich der Kreis.

Er war vor drei Tagen Richtung Algerien an Bord gegangen. Ein Freund seines Bruders, ein Tierarzt, der aussah wie ein Mullah, hatte sich um die Formalitäten gekümmert: falscher Pass, Fahrkarten der Compagnie Ferryterranée, Devisen. Damit war dem Vordringlichsten Genüge getan.

Er war vor Ort von Männern empfangen worden, deren Wangenknochen an Feuerstein erinnerten, deren Stirn von tiefen Runzeln durchzogen war und die sich in azurblaue Gesichtsschleier, in Scheches hüllten.

Riad hatte Paul von diesen Männern erzählt. Nomadische Schäfer, deren ozeanblaue Augen die Seelenqualen eines Menschen stillschweigend hinnahmen.

Der Exbulle von der Kripo hatte eine virtuelle Grenze überschritten, eine Grenze, die das Gute vom Bösen trennte, in der die einzige Wahrheit, die zählte, diejenige des Herzens war.

Sie glaubten ihn in Sicherheit.

Paul dachte an Malika. Ihre zartgrünen Augen, ihre hennagefärbte Mähne, ihre schroffe Sinnlichkeit, eine Mischung aus starkem Willen und Zerbrechlichkeit.

Sie begleitete ihren Onkel in dieses Land der Hoffnung, in dem es keine Vorurteile und keine Heucheleien gab.

Nach dieser harten Prüfung hatten sie beide ihre Wahrheit gefunden.

Paul stand auf und schlenderte zum Wasser. Aufgrund einer optischen Täuschung konnte er die Küsten des Maghreb am Horizont aufschimmern sehen.

Der junge Leutnant spürte, wie er einen Knoten in den Hals bekam.

Riad würde nicht zurückkehren.

Er würde ihm fehlen.